Knaur

Sophie Massons spannende Trilogie im Knaur Taschenbuch Verlag:

Band 1: Im Wald der Träume
Band 2: Die Herrin der Blumen
Band 3: Der König der Elfen

Über die Autorin:
Sophie Masson wurde als Kind französischer Eltern in Indonesien geboren und wuchs in Australien auf. Sie ist eine der bekanntesten und meistverkauften australischen Autorinnen, die bereits zahlreiche Romane, Jugend- und Kinderbücher veröffentlicht hat. Sie schreibt außerdem regelmäßig für australische und internationale Zeitungen und Magazine. Sophie Masson lebt, gemeinsam mit ihrem Mann und ihren drei Kindern, in der Nähe von Armidale, New South Wales.

Mehr Informationen über die Autorin gibt es im Internet:
www.northnet.com.au/~smasson

Sophie Masson

Im Wald der Träume III

DER KÖNIG DER ELFEN

Roman

Aus dem australischen Englisch von
Usch Pilz

Knaur Taschenbuch Verlag

Die australische Originalausgabe erschien erstmals 2001 in Australien und Neuseeland unter dem Titel *The Stone of Oakenfast* bei Random House Australia Pty Limited, Sydney, Australia. Die vorliegende deutsche Ausgabe erscheint mit freundlicher Genehmigung von Random House Australia.

Besuchen Sie uns im Internet:
www.knaur-fantasy.de
Sagen Sie uns Ihre Meinung zu diesem Buch:
fantasy@droemer-knaur.de

Deutsche Erstausgabe 2004

Redaktion: Lüra – Klemt & Mues GbR
Umschlaggestaltung: ZERO Werbeagentur, München
Umschlagillustration: Jürgen Gawron, München
Satz: Ventura Publisher im Verlag
Druck und Bindung: Clausen & Bosse, Leck
Printed in Germany
ISBN 3-426-70299-1

2 4 5 3 1

KARTE

Die Welt der Marie de France
Mynyw
London
NORMANDIE
Rouen
VERMANDOIS
Paris
CHAMPAGNE
BRETAGNE
ANJOU
TOURAINE
BURGUND
BERRI
POITOU
Poitiers
SAINTONGE
LA MARCHE
ANGOUMOIS
LIMOUSIN
PERIGORD
AGENAIS
GASCOGNE
TOULOUSE
Herrschaftsgebiete von Eleanor von Aquitanien vor ihrer Heirat mit Heinrich II
Ile-de-France
Herrschaftsgebiet Heinrichs II
Gebiete, die Heinrich II und seinen Nachkommen zu Gefolgschaft verpflichtet waren

Am Bache labten sich Wolf und Lamm,
Doch der boshafte Wolf daran Anstoß nahm.
Deswegen gab er sich empört:
»Du Unhold«, sprach er, »hast mich beim Saufen gestört.
Du trübst den Bach, der nur mir gehört.«
»Aber Herr«, sprach das Lamm, »wie sollte das gehn?
Seh' ich Euch doch stromaufwärts stehn.«
»Unerhört!«, schrie der Wolf. »Das muss eine Beleidigung sein!«
»Oh nein, Herr«, sprach das Lamm. »Das fiele niemals mir ein.«
»Aha«, knurrt' der Wolf, »hast du nicht die Untat verübt,
Dann war es dein Vater, der die Quelle getrübt.
Dies schwere Verbrechen zu sühnen, es gilt.«
»Aber Herr!«, sprach das Lamm, nun von Angst erfüllt.
»Zu jener Zeit war ich noch nicht auf der Welt.«
»Mag sein, doch nun stirbst du, weil es mir so gefällt.«
Mit blutigen Pranken kam der Wolf angesprungen
Und hat das unschuldige Lämmlein verschlungen.

Moral: Wenn Macht sich mit Grausamkeit paart, schafft sie sich eigene ungerechte Gesetze.

Marie de France, *The Wolf and the Lamb*

PROLOG

Das Grenzland birgt stets besondere Gefahren. Bündnisse und Verträge sind selten von Dauer, und man ist gut beraten, auf der Hut zu sein. Das gilt für die Welt der Sterblichen ebenso wie für die Welt, die sich in ihr verbirgt, jenen Platz, den die Menschen Anderwelt nennen. Jeder Ort auf der Erde trägt ein Stück der Anderwelt in sich. Und jedes Volk in jedem Winkel der großen weiten Welt hat einen anderen Namen für das, was sich in ihr verbirgt: Unterwelt, Olymp, Asgard, Annufen, Traumzeit oder auch Feenreich ...

Hier im sumpfigen Marschland, im sich stets verändernden grünen Grenzland zwischen England und Wales, nennen die Engländer die Anderwelt Elfland. Da es aber dem Land der Waliser so nahe ist und einst sogar ein Teil von ihm war, ist dieses Elfland so sonderbar und wechselhaft wie das Marschland selbst. Nur ein Mensch, der im Grenzland geboren und aufgewachsen ist, vermag diesen einzigartigen Ort zu verstehen. Zieht dieser Mensch jedoch aus dem Grenzland fort, so spürt auch er, wie die Härchen auf seiner Haut sich aufrichten und wie seine Handflächen feucht werden, wenn er nach langer Abwesenheit wieder an diesen geheimnisvollen Ort voller namenloser Gefahren zurückkehrt ...

Es war an einem sonnigen Herbstmorgen, als ein solcher Mensch, ein Mann, der viele Jahre im Grenzland gelebt hatte, nach langer Zeit wieder den Pfaden durch einen einsamen Wald in dem sumpfigen Land folgte. Mit entschlossenen Schritten ging er den schmalen Weg entlang – es schien, als wäre dieser ihm bestens vertraut. Und doch hielt der Mann hin und wieder inne und erstarrte. Unwillkürlich tastete seine Hand nach dem Griff des Schwertes, das an seiner Seite hing. Die Augen des Wanderers lagen tief in ihren Höhlen, und seine hageren Züge waren offenbar an einem Ort der Sonne ausgesetzt gewesen, wo ein raueres Klima herrschte als hier. Er trug

Kleider in unauffälligem Braun und Grau, und das Schwert steckte in einer schmucklosen Scheide. Ein abgewetzter Beutel, der am Gürtel des Mannes hing, war das einzige Gepäck, das er mit sich führte. Seine vom Wetter gegerbten Hände waren voller Narben und Schwielen. Dabei hatte er lange, feingliedrige Finger, und trotz der ärmlichen Erscheinung, die er bot, schritt er mit hoch erhobenem Kopf und stolz gestrafften Schultern dahin.

Der sanfte Atem des Waldes umwehte ihn. Viele Klänge erfüllten an diesem sonnigen Morgen die Luft. Kleine Tiere bewegten sich raschelnd durchs Unterholz, Vögel stießen heisere Rufe aus, und manchmal trug ein Lufthauch den gedämpften Klang eines Jagdhorns aus weiter Ferne herbei. So spät im Jahr war der Wald von melancholischer, dunkler Schönheit. Silbernes Licht lag auf den schon beinahe kahlen Zweigen, an denen sich nur noch wenige herbstlich gefärbte Blätter festklammerten. In tiefem Gold, in Scharlachrot, Rostrot und dunklem Braun erstrahlten sie, während verrottendes Laub die Pfade längst schlüpfrig gemacht hatte. Die Füße des Wanderers pressten zähflüssigen Saft von der Farbe geronnenen Blutes aus den welken Blättern.

Nun führte der Pfad in eine kleine Senke hinab. Tief hingen die Äste über dem Weg. Sie tauchten den Weg in Unheil kündende Dunkelheit und peitschten das Gesicht des Mannes. Plötzlich blieb er wie angewurzelt stehen. Die Hand mit den Ringen fuhr an das Schwert. Die scharfen Ohren des Wanderers hatten das Knacken eines Zweiges abseits des Pfades vernommen. Angespannt wartete er ein paar Herzschläge lang. Doch als nichts geschah, schob er die Zweige beiseite und setzte seinen Weg fort. Unbehelligt stieg er aus der Senke empor und gelangte auf eine Lichtung, in deren Mitte sich der einsame Stumpf einer Eiche erhob. Er war knorrig und verkohlt von einem Feuer aus längst vergangenen Tagen. Bei dem Baumstumpf blieb der Wanderer stehen. Ein Beobachter hätte sehen können, wie er das modrige Holz flüchtig berührte und wie seine Lippen dabei fast lautlos ein paar Worte flüsterten. Dann ging er ohne einen Blick zurück weiter, verließ die Lichtung und folgte einem Pfad, der noch tiefer in den Wald hineinführte.

Bald gelangte der Wanderer zu einer Höhle im Kalkstein. Drei Pfade liefen hier zusammen. Einen Augenblick lang senkte der Mann das Haupt als bete er.

Da knackte hinter ihm erneut ein Zweig. Der Wanderer wandte sich langsam um und schien angesichts der Gestalt, die auf einem der Wege herannahte, nicht überrascht.

»Ah! Mein Freund, es freut mich zu sehen, dass Ihr sicher hier angekommen seid!«, sagte der Neuankömmling lächelnd.

»Warum? Habt Ihr am Ende etwas anderes erwartet?« Der Wanderer ergriff die Hand, die der andere ihm darbot, nicht. Stattdessen schlossen sich seine Finger um den Griff des Schwertes.

Der Neuankömmling lächelte matt. »Ach, guter Freund, Ihr seid noch immer so misstrauisch wie eh und je! Das ist ein nützlicher Charakterzug. Aber man sollte ihn nicht übertreiben, der Meinung seid Ihr doch sicher auch.« Er wartete auf eine Antwort des Wanderers. Doch der schwieg und ließ sein Gegenüber nicht aus den Augen. Den Eingang der Höhle hatte er dabei im Rücken. »Ich bin froh, dass Euch nichts zugestoßen ist, nicht mehr und nicht weniger. Diese Wälder sind nicht die sichersten ... Aber sieh an«, fuhr der zweite Mann fort und gab sich dabei sichtlich Mühe, freundlich zu wirken, »Ihr seid wirklich gekommen. Ich bin Euch dafür unendlich dankbar. Ist es ... das Buch ... ist es ... das, was wir erwarteten?«

Der Mann mit dem Schwert starrte den anderen an und konnte nicht verhindern, dass sein Gesicht dabei zuckte, als litte er Schmerzen. »Ja. Und es ist noch weitaus mehr.«

»Ah!« Die Miene des anderen hellte sich auf. »Ihr habt es gelesen. Ich ... das freut mich.«

»Tatsächlich?« Die Kälte in der Stimme des Wanderers hätte den anderen Mann warnen sollen.

»Aber natürlich. Nun kennt Ihr die ganze Wahrheit und könnt

alles verstehen. Es ist besser so. Viel besser. Wenn Ihr mir nun das ... das andere Ding auch noch gebracht habt, können wir ...«

»Spart Euch das umständliche Gerede«, unterbrach der Wanderer ihn barsch. »Ich weiß alles.«

Der zweite Mann wurde totenblass. Er öffnete den Mund, als wolle er etwas sagen, doch dann klappte er ihn unversehens wieder zu. Seine Augen funkelten in ihren Höhlen und an seiner Kehle begann eine Ader zu pulsieren, während er den Wanderer anstarrte wie ein Frosch, den der Blick der Schlange lähmt.

Die Stimme des ersten Mannes klang bedrückt, als er nun weitersprach. »Ja. Ich habe das Buch gelesen, wenn auch unter größten Bedenken, denn ich ... denn ich fürchtete mich vor dem, was ich herausfinden könnte. Aber ich musste wissen, wovon es erzählt, denn was in dem Buch geschrieben steht, ist nicht ohne Einfluss auf mein eigenes Leben.«

Das Gesicht des anderen Mannes hatte wieder etwas Farbe bekommen. »Mir scheint, Ihr habt vergessen, was uns beide unterscheidet.«

»Oh nein, das habe ich nicht«, erwiderte der erste. Plötzlich schien eine große Niedergeschlagenheit über ihn zu kommen. »Ich bin mir meines niederen Standes wohl bewusst. Vielleicht wollt Ihr ja gar nicht hören, was ein mittelloser Wanderer wie ich zu sagen hat.« Damit tat er, als wende er sich zum Gehen.

Mit einem Aufschrei griff der andere nach dem Ärmel des Sprechers. Es war eine hastige, verzweifelte Geste. »Sagt es mir! Ihr habt gefunden, was ich so dringend brauche, aber Ihr habt es nicht bei Euch, so ist es doch? Ihr habt es nicht mitgebracht, trotz dem, was ich Euch aufgetragen hatte.«

»Das ist wahr, ich habe es nicht bei mir.«

»Warum nicht? Ihr wisst doch, wie sehr ich es begehre! In Gottes Namen, sagt mir, wo es ist, was Ihr damit angestellt habt!«

Der Wanderer ließ ein bitteres Lachen hören. »In Gottes Namen? Diese Worte höre ich nun zum ersten Mal aus Eurem Munde.«

»Sagt man nicht, Gottes Gnade sei unermesslich? Immerhin habt Ihr Euer Versprechen gehalten und seid zurückgekommen. Und nun sagt mir, wo das Ding, das ich haben will, ist – unserer alten Freundschaft zuliebe.«

»Möge Gott mir vergeben«, sagte der Reisende leise. »Aber ich dachte, ich könnte Euch vielleicht helfen.«

»Das könnt Ihr auch. Sagt mir nur, was Ihr damit getan habt!«

»Nein. Niemals. Aber wenn Ihr tut, was ich Euch nun sage, wird sich vielleicht alles zum Guten wenden. Auch das habe ich herausgefunden.«

Die Augen des anderen funkelten vor Gier und Ungeduld. Doch seine Stimme blieb sanft, und es lag fast so etwas wie Bedauern in seinem Ton. »Ich bin Euch dankbar für alles, was Ihr getan habt. Mehr als Ihr glaubt.« Nach einer kurzen Pause fuhr er hastig fort: »Und Ihr wisst tatsächlich alles?«

Plötzlich trat tiefes Mitleid in die Augen des Wanderers.

»Was also ist Euer Preis?«, fragte der andere. »Was ist der wirkliche Grund für Eure Rückkehr?«

Das Mitleid war noch nicht aus dem Blick des ersten Mannes gewichen. Doch er sprach mit großer Unerbittlichkeit. »Es gibt keinen Preis. Oder zumindest nichts, womit Ihr mich bezahlen könntet. Nur eines: Ich werde niemals jemandem sagen, was ich weiß – was ich in dem Buch gelesen habe – wenn Ihr diesen Ort unverzüglich velasst. Ihr müsst von hier fort und dürft nie zurückkehren.«

Einen Augenblick lang starrte ihn der andere Mann ungläubig an. Dann brach er in schallendes Gelächter aus. »Das ist also das Spiel, das Ihr spielt. Ihr wollt alles, was ich habe – und noch mehr.«

»Glaubt, was Ihr wollt«, antwortete der Wanderer. Auch er war nun blass geworden. Seine Augen hingen am Gesicht des anderen. »Aber Ihr solltet niemals daran zweifeln, dass ich tun werde, was getan werden muss, wenn Ihr bleibt.«

Im Blick des Wanderers lag nun eine so eisige Entschlossenheit, dass der andere mit einem Aufschrei die Hände vors Gesicht schlug. Leise sprach der Wanderer weiter. »Wie ich bereits sagte, ich kam nur zurück, um Euch zu helfen. Ich wollte Euch noch eine letzte Chance geben. Denn, Gott möge mir vergeben, ich fühle mich Euch noch immer zu Treue verpflichtet. Schließlich ... habt Ihr mich aufgenommen. Und Ihr wart freundlich zu mir – einst.«

»Freundlich?«, schrie der andere und stieß dabei ein hartes, wildes Lachen aus. »Törichter! Euer Schicksal hat mich nie berührt. Weder damals und noch jetzt. Es war unterhaltsam, mehr nicht, mit Euch zu spielen oder mich Euch gegenüber freundlich zu erweisen, wie Ihr es nennt. Aber ebenso amüsant ist es stets, unfreundlich und grausam zu sein. Es gibt nichts, was mir etwas bedeutet. Versteht Ihr das?«

Der Wanderer zuckte zusammen wie unter einem scharfen Hieb. Doch er antwortete: »Dann ist wohl alles gesagt.«

»Ja, Ihr habt Recht. Es gibt nichts mehr zu reden – oder zu tun. Ihr habt mir nicht gebracht, was ich haben wollte, und dennoch glaubt Ihr, das Spiel für Euch entschieden zu haben. Ihr scheint nicht zu ahnen, wie groß meine Macht tatsächlich ist. Ich weiß alles, was ich wissen muss, auch ohne Euer Zutun. Ja, vernehmt es und zittert. Es ist mir einerlei, was Ihr damit getan habt. Ich habe längst eine andere Möglichkeit gefunden, an mein Ziel zu gelangen. Und Ihr werdet mich nicht aufhalten. Diener. Geringer. Elender kleiner Wurm, glaubt Ihr, ich fürchte mich vor einem wie Euch?«

Stumm musterten die beiden Männer einander. Dann sagte der Wanderer leise: »Ich glaube, Ihr macht einen Fehler. Ich weiß, Ihr habt keine Angst vor mir, denn ich bin kaum mehr als ein Bettler oder ein fahrender Sänger. Ich bin gekommen, weil ich Euch überreden wollte, diesen Ort zu verlassen, bevor es zu spät ist. Wenn Ihr es nicht um der guten alten Zeiten willen tun wollt, tut Ihr es dann vielleicht für Euch selbst? Um Eure Haut zu retten? Und Eure Seele?«

Auf die Lippen des anderen trat ein dünnes Lächeln. »Meine Haut ist nicht in Gefahr, glaubt mir. Und um meine Seele macht Euch keine Gedanken. Sie ist in den besten Händen. Ihr aber, mein Freund, so allein in diesen tiefen Wäldern, in denen so viele Gefahren auf einen einsamen Wanderer lauern ...«

Der erste Mann wich unwillkürlich einen Schritt zurück. Sein Gegenüber wedelte verächtlich mit der Hand. »Ah, Ihr fürchtet Euch also vor mir! Ihr, mit all Eurer Belesenheit, mit all Eurem Wissen und Eurer klaren Urteilskraft!«

In diesem Augenblick erschallte ganz in der Nähe das tiefe Gebell von Jagdhunden, der Klang erregter menschlicher Stimmen und der silberne Ruf eines Jagdhorns. Der Wanderer erschrak. Erneut fuhr seine Hand an das Schwert.

Der andere Mann lächelte. »Seht Ihr, nicht einmal die Stimme des Herbstes könnt Ihr vernehmen, ohne vor Angst zu zittern wie ein Blatt im Wind«, sagte er. »Eine Jagdgesellschaft, die ausgelassen durch die Wälder zieht, klingt in Euren Ohren wie eine Meute von Höllenhunden. Die Angst ist Euer stetiger Begleiter, kleiner Mann.«

»Die Angst ist mit jedem menschlichen Wesen«, antwortete der Wanderer in sanftem Ton. »In jeder Seele hat die Furcht ihren Platz.«

Der andere lachte nur. »Nicht in der meinen«, sagte er. »Denn, mein Freund, ich weiß genau, was ich noch brauche. Und ich weiß auch, wie ich es bekommen werde, wenn es mich auch einige Zeit kosten wird. Aber das ist nicht weiter schlimm – Zeit habe ich im Überfluss.« Er hielt inne, fuhr dann aber fort: »Es muss Euch traurig stimmen, dass Euer armseliger Versuch, mich zu erpressen, gescheitert ist.« Mit diesen Worten machte er auf dem Absatz kehrt und marschierte mit schnellen Schritten auf einem der Pfade davon. Bald war er im Wald verschwunden.

Der Wanderer sah ihm nach und wandte sich dann mit den schweren, langsamen Bewegungen eines uralten Mannes ebenfalls zum Gehen. Stolpernd schleppte er sich dahin. Er wählte nicht den Pfad, auf dem er gekommen war, denn dieser führte noch tiefer in den Wald hinein; aber er ging dem anderen Mann auch nicht nach. Er entschied sich für den dritten Weg durchs Unterholz.

Plötzlich erstarrte der Wanderer und strebte dann instinktiv den Büschen am Rand des Pfades entgegen. Das Hecheln und Jaulen der Hunde, die ihre Beute verfolgten, kam näher und näher ... Kurz entschlossen verbarg der Mann sich im Unterholz. Er wollte nicht von der Jagdgesellschaft entdeckt werden. Doch als er noch einmal zum Pfad zurückblickte, sah er, was dort tatsächlich unerbittlich näher kam. Aber es war bereits zu spät. Zu spät, um noch zu flüchten oder zu kämpfen. Zu spät sogar, um zu schreien. Ihm blieb nur Zeit für ein geflüstertes Stoßgebet, während er dem Entsetzlichen entgegensah, das nun über ihn kam.

ERSTER TEIL

Poukswood

1

Meuz vaut un povre hum leals,
Si en sei ad sen e valur ...
Que il n'est de prince ou de rei
Quant il n'ad leuate en sei.

Welch große Ehre gebührt dem Mann,
Der aufrichtig, mutig und treu sein kann ...
Er ist mehr als ein Prinz oder König wert,
Der solche Tugenden nicht kennt und nicht ehrt.

Marie de France, Equitan

SALISBURY CASTLE, IM FRÜHEN DEZEMBER 1177

Wilde rote Flammen züngelten und tanzten in der dünnen, kalten Luft. Sie verwandelten die dunkle Nacht in ein ausgelassenes Fest aus Licht und Schatten. Denn in Salisbury wie auch an vielen anderen Orten des Königreiches hatte man große Freudenfeuer entzündet, um den Sieg zu feiern, den die Christen im Heiligen Land errungen hatten. Endlich war Sultan Saladins Heer geschlagen. Salisbury Castle, die sonst so grimmige Festung, sah an diesem Abend völlig anders aus als sonst. Selbst die Wachen und Kerkermeister feierten in dieser Nacht. Sie taten es in Gegenwart ihrer adeligen Gefangenen, der Königin von England, Eleonore von Aquitanien, die Salisbury seit dem Jahre 1174 nicht mehr verlassen durfte, weil sie einen Aufstand gegen ihren Herrn und Gemahl, König Heinrich den Zweiten, unterstützt hatte.

Die Königin saß an der Stirnseite der langen Tafel, an der die Festgesellschaft sich eingefunden hatte. Denn an diesem Abend wurde nicht nur der glorreiche Sieg über die Ungläubigen gefeiert.

Das Fest wurde auch zu Ehren zweier Damen gegeben, welche der schreibenden Zunft angehörten und die die Königin sehr schätzte. Die Erste der beiden betrachtete Eleonore von Aquitanien als eine ihrer ältesten Freundinnen. Jahrelang hatte die Königin die byzantinische Philosophin Lady Phoebe nicht mehr gesehen. In jungen Jahren war die gelehrte Frau wegen einer unabsichtlichen Beleidigung des Kaisers aus ihrem Heimatland verbannt worden und hatte in Wales, wo sie nun ein einfaches, aber glückliches Leben führte, Zuflucht gefunden. Die zweite Dame war die ebenso junge wie schöne Poetin Marie de France, die Königin Eleonore an diesem Abend eine Abschrift ihres neuesten Werkes *Das Lai von Sir Lanval* zum Geschenk gemacht hatte. Es war ein herrliches Gedicht über Liebe und Magie.

Lady Phoebe saß zur Rechten der Königin und Marie zu ihrer Linken. Die Mitglieder des königlichen Haushaltes, die Königin Eleonore schon lange kannten und ihre gefangene Herrscherin liebten, hatten sie schon seit Jahren nicht mehr so fröhlich und heiter gesehen. Lady Marie und Lady Phoebe reisten in Begleitung von Maries zweitem Ehemann, dem gut aussehenden und geheimnisumwitterten Ritter Sir Llew ap Gruffyd aus Wales, den Marie in aller Stille in seiner Heimat geheiratet hatte. Auch er war in Salisbury herzlich willkommen, denn er beherrschte das Harfenspiel wie kein Zweiter. Eleonore von Aquitanien liebte die Musik und die Dichtkunst gleichermaßen. Sie verehrte die Vertreter dieser schönen Künste und förderte sie, soweit es in ihrer Macht stand.

Die Gäste brachten etwas Leben in die Monotonie des langen kalten Winters, der über Salisbury lag. Nicht nur die Königin, auch ihr gelangweilter Hofstaat wusste das zu schätzen. Es war allseits bekannt, dass Lady Marie als junge Witwe des um viele Jahre älteren bretonischen Ritters Hoel de Broceliande vor nicht allzu langer Zeit die Geliebte Prinz Richards, des Herzogs von Aquitanien gewesen war. Prinz Richard, der den Beinamen Löwenherz trug, war der zweite Sohn der Königin und ihr erklärter Liebling. Die viel beachtete Liaison zwischen ihm und Lady Marie hatte nur wenige Monate gedauert. Außenstehende konnten nur Vermutungen darüber anstellen, was zum Bruch zwischen den Liebenden geführt hatte. Aber niemand wunderte sich darüber, dass es so gekommen war. Weise Zungen behaupteten, alle Plantagenets seien flatterhafte Liebhaber, und ihnen sei in Herzensangelegenheiten grundsätzlich nicht zu trauen. Dieselben weisen Zungen tuschelten inzwischen eifrig über die wahre Herkunft des jungen Walisers, dessen vornehme Art die märchenhaften Gerüchte zu bestätigen schien, die sich um ihn rankten. Es hieß, er sei keinesfalls ein einfacher Ritter, sondern ein Spross der königlichen Familie von Lord Rhys, dem Prinzen von Dyfed. Wurde man dieses ergiebigen Themas für Klatschgeschichten einmal vorübergehend überdrüssig, so konnte man sich jederzeit der schillernden Persönlichkeit aus dem fernen Byzanz widmen. Über Lady Phoebe flüsterten die weisen Zungen wiederum gerne, sie sei eine Häretikerin, eine Frau, welche die Dogmen der Heiligen Mutter Kirche in Zweifel ziehe.

Hatte Königin Eleonore nicht sogar den Papst persönlich um schriftliche Erlaubnis ersuchen müssen, damit Lady Phoebe ihren Rückzugsort in Wales ausnahmsweise verlassen durfte? Es hieß, sie habe einige philosophische Abhandlungen verfasst, die an Ketzertum grenzten. Aber da die Königin selbst als treue Tochter der Heiligen Mutter Kirche wenigstens eines dieser ominösen Schriftstücke besaß, konnte es sich dabei nur um dummes Gerede handeln ...

Unbeeindruckt von allen Spekulationen über ihre Person ließ sich die byzantinische Philosophin von den verstohlenen Blicken, mit denen man sie maß, ebenso wenig aus der Ruhe bringen wie durch die zahlreichen listigen Fragen, mit denen man ihr eine Falle zu stellen hoffte. Sie aß herzhaft, lachte viel und wirkte wie eine ganz gewöhnliche, etwas füllige ältere Dame, die in gewisser Weise so gar nicht zu der feinsinnigen und wählerischen Eleonore von Aquitanien passen wollte. Nur einem äußerst aufmerksamen

Beobachter fielen die wache Intelligenz in Lady Phoebes Blick und die Freundlichkeit in ihren vom Alter gezeichneten Zügen auf.

Im Augenblick widmete sich Lady Phoebe scheinbar ausschließlich der gebratenen Gans auf ihrem Teller. In Wirklichkeit lauschte sie jedoch mit großer Aufmerksamkeit der Unterhaltung ihrer beiden Freundinnen. Unter anderen Umständen hätten Marie und Königin Eleonore zu engen Vertrauten werden können, dachte die Philosophin. Doch das plötzliche Ende der Liaison von Marie und Prinz Richard hatte das Verhältnis zwischen den beiden Frauen merklich abgekühlt. Wahrscheinlich war es zwischen ihnen vor allem deshalb nicht zu einem offenen Bruch gekommen, weil die Königin genau wusste, dass ihr Sohn seine Geliebte auf Dauer nicht glücklich gemacht hätte. Außerdem war Lady Eleonore eine sehr einsame Frau. Vielleicht hatte sie in Marie bereits eine Schwiegertochter gesehen, mit der sie vieles verband, und war nun traurig, dass daraus nichts werden konnte.

Lady Phoebe fuhr zusammen, als die Königin sie ansprach. »Ihr seid so still heute Abend, beste Freundin.« Der Blick aus Königin Eleonores kühlen grauen Augen war undurchdringlich und erinnerte Lady Phoebe daran, wie sorgsam ihre Freundin jegliche Art von Gefühlen zu verbergen wusste. Mit jeder Faser ihres Herzens und ihrer Seele eine Herrscherin, behielt Lady Eleonore ihre Sorgen und Nöte meist für sich und vertraute sie selbst ihrer besten und ältesten Freundin nur in seltenen Ausnahmefällen an. Wahrscheinlich hätte es der Königin ganz und gar nicht gefallen, dass die Philosophin sich Gedanken um ihre geistige und seelische Befindlichkeit machte.

Lady Phoebe hoffte, dass ihr Lächeln wohlige Zufriedenheit ausstrahlte. »Oh, Mylady, die vorzüglichen Speisen haben mich ganz in Beschlag genommen.«

»Man könnte fast meinen, es gäbe in Wales nichts zu essen«, sagte Lady Eleonore ein wenig steif.

»Nun, man muss dort nicht gerade Hunger leiden. Aber es

mangelt an echten Gaumenfreuden; es sei denn, man hält gedünsteten Lauch und zähes Hammelfleisch für das Ambrosia der Götter«, scherzte Lady Phoebe. Marie musterte die alte Frau ein wenig erstaunt, denn die Speisen, die sie an Lady Phoebes Tisch in Wales gegessen hatte, waren zwar einfach, aber doch stets sehr schmackhaft gewesen. Krank und dem Tode nahe, hatte Marie in Lady Phoebes von stürmischen Winden umtostem kleinen Haus am Meer liebevolle Pflege erfahren. Aufopfernd hatte die betagte Philosophin dafür gesorgt, dass es ihrem Gast an nichts fehlte.

Königin Eleonore lächelte matt, und Lady Phoebe musste wieder einmal erkennen, dass ihre Freundin sich nicht hinters Licht führen ließ. Die Königin beugte sich zu Marie und legte einen kurzen Moment lang die Hand auf ihre. »Meine Liebe, Ihr wart sehr geduldig. Aber ich sehe, wie Ritter Llews Blicke immer wieder zu unserem Ende des Tisches wandern; genauer gesagt zu Euch. Sicher hat er genug davon, mit fremden Damen zu tanzen und sehnt sich nach seiner Gemahlin. Geht und tanzt mit ihm. Lasst uns alte Frauen allein ein wenig in vergangenen Zeiten schwelgen.«

Das war ein Befehl, und Marie wusste es. Aber sie hatte ganz und gar nichts dagegen, ihn zu befolgen. Seit Llew sich von der Tafel erhoben hatte, um, wie es die Etikette verlangte, mit den Damen aus dem Hofstaat der Königin zu tanzen, war es ihr ein wenig schwer gefallen, sich weiterhin auf das höfliche Geplauder mit Lady Eleonore zu konzentrieren. Als sie Prinz Richards Mutter vor zwei Monaten zum ersten Mal begegnet war, hatte sie ihr Verhältnis zueinander als deutlich herzlicher empfunden. Nun stand Prinz Richard wie eine unsichtbare Wand zwischen ihnen, und die alte Vertrautheit wollte sich nicht einstellen. Marie erhob sich, machte einen tiefen Knicks, wie es bei Hofe Sitte war, murmelte ihren Dank und verließ den Tisch.

Die beiden älteren Frauen sahen ihr nach. Dann sagte Königin Eleonore leise: »Der junge Ritter ist ihr in Liebe ergeben, und er scheint sie gut zu verstehen. Ich glaube, die beiden werden sehr glücklich sein. Die Poetin wird in dem Garten der Liebe, den der Ritter für sie bestellt, zu ihrer vollen Blüte gelangen. Um diese beiden müssen wir uns wohl keine Sorgen machen.«

»Ja, ich stimme Euch zu«, sagte Lady Phoebe. Sie machte eine viel sagende Pause, bevor sie fortfuhr. »Aber Ihr scheint dennoch etwas auf dem Herzen zu haben.«

Königin Eleonore streifte die Philosophin mit einem scharfen Blick. »Es ist nicht, wie Ihr denkt, liebste Freundin. Mein Sohn würde nie ... nie etwas Unwürdiges tun.«

»Natürlich nicht«, antwortete Lady Phoebe diplomatisch. Doch welcher verschmähte Liebhaber war nicht zu törichten Handlungen fähig? Vor allem, wenn er im Übermaß mit dem legendären aufbrausenden Temperament der Plantagenets gesegnet war?

»Mir geht etwas ganz anderes durch den Kopf«, sagte Königin Eleonore barsch. »Madame Marie und Sir Llew werden ins Grenzland reisen. Soweit ich weiß, besitzt Sir Llew dort irgendwelche Ländereien.«

»Ihr sprecht von Bestude. Aber das Anwesen gehört ihm nicht«, erwiderte Lady Phoebe. »Ich glaube, Llews Vater wurde dort geboren; das ist alles.«

»Aha. Aber sicher besitzt Sir Llew doch Ländereien in Wales.«

»Nein, nicht dass ich wüsste.«

»Dann muss sich das ändern«, erklärte Königin Eleonore.

Die Philosophin seufzte. »Unser guter Ritter Llew ist ein stolzer junger Mann. Sicher ist es ihm lieber, durch seine Taten ein Stück Land zu gewinnen, als wenn es ihm aus reiner Großzügigkeit überlassen würde.«

Königin Eleonore hob eine Augenbraue. »Wir werden sehen. Aber man sagt, im sumpfigen Grenzland gäbe es ... verberge sich ein Geheimnis, das Madame Marie und Sir Llew ergründen wollten.«

Lady Phoebe musterte ihre Freundin erstaunt. Wie viel hatte Marie ihr selbst erzählt, und was hatte die weltgewandte Herrscherin aus anderen Quellen erfahren? Lady Phoebe liebte die Königin von Herzen, wusste aber, dass man gut daran tat, weder Eleonore von Aquitanien noch ihrer Familie allzu rückhaltlos zu vertrauen. Vorsichtig sagte die alte Frau: »Ja, so ist es wohl. Jedenfalls erhielten die beiden eine sehr großzügige Einladung des Herrn von Bestude. Sie können seine Gastfreundschaft in Anspruch nehmen, solange sie es wünschen. Sein Name ist ...«

»Roger-Robert de Saint Jean, ja. Soweit ich weiß, ist er ein Nachbar von Sir Walter Clifford.« Königin Eleonore lächelte, als sie den erstaunten Ausdruck in Lady Phoebes Augen sah. »Ihr müsst nicht denken, dass dieser Name mich noch immer um den Schlaf bringt, beste Phoebe. Rosamunde Clifford, die Geliebte meines Mannes, ist tot. Gott möge ihrer Seele Gnade schenken.«

»Ihr seid sehr großzügig, Königin. Ich an Eurer Stelle könnte nicht so leicht verzeihen.«

»Pah«, sagte Lady Eleonore leichthin, »alle Demütigungen und Schmerzen gehören längst der Vergangenheit an. Außerdem: Ich bin noch am Leben, aber sie ist tot.« Nach einer kurzen Pause fuhr die Königin fort: »Etwas anderes ist doch nun viel wichtiger. Ich habe Madame Marie ins Herz geschlossen und möchte nicht, dass ihr etwas zustößt. Das gilt auch für ihren Ritter, denn er scheint ein guter und ehrenwerter Mann zu sein. Und dort draußen im wilden Grenzland lauern viele Gefahren.«

»Wie meint Ihr das?« Lady Phoebe wurde unruhig.

»Nun, Sir Llew erhielt vor nicht allzu langer Zeit einen sehr freundlichen Brief von William de Beauchamp. Sir Roger ist einer seiner Vasallen, und Graf Beauchamp hat, wie Ihr vielleicht wisst, nicht den allerbesten Ruf.«

»Davon habe ich noch nichts gehört«, antwortete Phoebe wahrheitsgemäß. »Ich führe ein sehr zurückgezogenes Leben in meinem kleinen Haus in Wales. Was in England geschieht, erfahre ich oft erst Monate später.«

»Beauchamp ist einer der mächtigsten Herren des Grenzlandes«, sagte Königin Eleonore. »Diese Edelleute stellten schon immer eine eigene Macht dar. Das Grenzland ist nun einmal schwer zu kontrollieren, und die Herren dort benehmen sich nicht selten wie Gesetzlose. Beauchamps Familie bildet darin keine Ausnahme – im Gegenteil. Es heißt, einer seiner Vettern habe zu den vier schändlichen Rittern gehört, die den unvergleichlichen Thomas à Becket, Gott sei seiner Seele gnädig, in Canterbury heimtückisch ermordeten. Graf William de Beauchamp selbst wurde von meinem Herrn, dem König, seines Amtes als Sheriff von Worcester enthoben. Offenbar war er selbst meinem Gemahl zu korrupt. Es heißt, seither habe der Graf sich ein wenig gewandelt. Aber ich fürchte, die Veränderung zum Besseren ist rein oberflächlich. William de Beauchamp ist noch immer ein Mann mit vielen dunklen Seiten. Und er verfügt nach wie vor über sehr viel Einfluss. Übrigens nicht nur in Worcestershire. An Madame Maries und Sir Llews Stelle würde ich ihm kein allzu großes Vertrauen schenken.«

Lady Phoebe sah der Königin ernst ins Gesicht. Sie fragte nicht, woher diese so viel über die Herren im Grenzland und deren Machenschaften wusste. Lady Eleonore mochte in Salisbury gefangen sein, doch in allen Winkeln des Reiches gab es Getreue, die Augen und Ohren für sie offen hielten. Auch was sie von ihren Söhnen erfuhr, war sicher nicht zu unterschätzen. »Habt Ihr schon mit Marie und Llew darüber gesprochen? Wissen sie, dass Ihr Euch um sie sorgt?«

»Das tun sie. Ich riet ihnen, die Reise noch ein wenig aufzuschieben und mich erst noch einige Erkundigungen einziehen zu lassen.«

»Und wie lautete ihre Antwort?«

»Sie dankten mir herzlich für meine Fürsorglichkeit, wollten sich aber nicht von ihren Reiseplänen abbringen lassen. Ja, ich glaube gar …«, die Königin brach ab und seufzte.

»Ihr glaubt gar, was Ihr ihnen gesagt habt, hat ihre Neugier und Abenteuerlust noch angestachelt«, beendete Lady Phoebe den Satz an Königin Eleonores Stelle.

»Ja.«

»Nun, das wundert mich nicht«, sagte die Philosophin. »Aber soweit ich Marie und Llew kenne, sind sie sehr wohl in der Lage, auf sich Acht zu geben.«

»Ja«, sagte Lady Eleonore. »Aber ich mache mir dennoch Sorgen um die beiden. Wenn sie schon ins Ungewisse reiten möchten, würde ich ihnen gerne eine bewaffnete Eskorte mitgeben. Doch bislang wollen sie gerade einmal zwei meiner Männer mitnehmen. Zu mehr konnte ich sie nicht überreden. Und Sir Llew war auch nur um Madame Maries Sicherheit willen dazu bereit. Könnt Ihr nicht noch einmal mit den beiden sprechen, beste Phoebe?«

»Ich kann es versuchen.« Die Besorgnis der Königin rührte die alte Dame, aber sie wunderte sich auch ein wenig darüber. »Allzu große Hoffnungen solltet Ihr Euch allerdings nicht machen. Wenn diese ungestümen jungen Leute sich einmal etwas in den Kopf gesetzt haben, redet man es ihnen nicht so leicht wieder aus!« Sie sah zu den Tanzenden hinüber, die gerade lachend und mit geröteten Gesichtern das Feuer umkreisten.

Die Königin folgte Lady Phoebes Blick und sagte leise: »Erinnert Ihr Euch noch an einen Eurer früheren Besuche bei mir? Es war jene Nacht, in der mein Sohn geboren wurde ... Sicher habt Ihr es nicht vergessen. Aber wisst Ihr auch noch, wie Ihr damals das Horoskop für ihn erstelltet?«

»Ja, ich erinnere mich gut«, sagte Lady Phoebe mit einem mitfühlenden Blick auf ihre Freundin. Sie wusste, was in Königin Eleonore vorging.

»Ihr sagtet, er würde ein großer Menschenführer werden. Auf ewig unvergessen – auf ewig allein. Damals hielt ich das für ein zwar hartes, aber doch glorreiches und lohnenswertes Schicksal. Inzwischen bin ich mir nicht mehr so sicher.«

Die Königin verstummte, und ihre weise alte Freundin wollte das Schweigen, das sich zwischen ihnen ausbreitete, nicht brechen. Sie kannte Eleonore von Aquitanien schon lange und wusste, dass diese noch andere Sorgen und Nöte in ihrem Herzen verbarg. Dabei ging es wohl nicht vorrangig um Marie und Llew und nicht einmal um ihren geliebten Sohn, Prinz Richard. Es hatte wohl etwas mit Lady Eleonores eigener schwieriger Situation zu tun, mit den endlosen politischen Intrigen, in die sie immer wieder verstrickt wurde. Lady Phoebe wusste, dass die Königin sich ihr zu gegebener Zeit anvertrauen würde, wenn sie es wollte. Man durfte auch bei einem so ausgelassenen Fest wie diesem nie außer Acht lassen, dass die Königin die Gefangene ihres Gemahls war. Überall lauerten Spitzel. Und eine aus ihrer Heimat verbannte Philosophin, die noch dazu in dem Ruf stand, gewisse Zweifel an den Dogmen der Heiligen Mutter Kirche zu hegen, wurde wahrscheinlich genauso aufmerksam beobachtet wie die Gefangene selbst.

»Ist es nicht sonderbar, Lady Phoebe so unbefangen zwischen all den Höflingen und Wachen sitzen zu sehen?«, flüsterte Marie Llew ins Ohr, als sie das Freudenfeuer zum dritten Mal umkreisten.

»Oh, ich finde das gar nicht verwunderlich«, sagte Llew und lächelte Marie dabei an. »Mir scheint, Lady Phoebe ist in vielen Welten zu Hause. Vielleicht sogar in solchen, von denen wir noch gar nichts ahnen, meine Geliebte!«

Der wilde Tanz hatte den jungen Ritter erhitzt. Sein Gesicht war gerötet, seine roten Locken waren nass vom Schweiß, und seine Augen blitzten. Maries Liebe für ihn war so groß, dass sie glaubte, just in diesem Augenblick glücklich sterben zu können, wenn sie ihn nur dabei ansehen durfte. Als sie ihrem Gemahl das sagte, fasste er sie um die Taille, hob sie hoch in die Luft und wirbelte sie noch viel ungestümer im Kreis, als der Tanz es verlangte.

»Sterben, meine Liebste? Oh nein, das hat noch lange Zeit! Ich hoffe, Gott schenkt uns zuvor noch viele glückliche gemeinsame Jahre! Denn dieser Tage fühle ich mich lebendiger als je zuvor in meinem Leben«, sagte er und drehte sich weiter mit Marie im Kreis.

Den Musikanten entging die Ausgelassenheit des schönen Paares nicht, und sie spielten schneller und schneller. Bald drehten Llew und Marie sich so geschwind, dass Marie glaubte, ihr Herz müsse zerspringen. Ihr war, als habe man ihr Flügel verliehen, als könne ihr niemals wieder etwas misslingen, solange Llew und sie nur zusammen sein durften und sich nie wieder trennen mussten. Erst als sie beide zu erschöpft waren, um auch nur einen Schritt weiterzutanzen, traten sie aus dem Schein des Feuers auf die feuchte, dunkle Wiese hinaus. Über ihnen funkelten die Sterne hell und klar. Eng umschlungen betrachteten die Liebenden das nächtliche Firmament. Llew hatte seinen schweren wollenen Umhang schützend um seine und Maries Schultern gelegt. Marie blickte zu den Sternen empor und dachte an alles, was geschehen war, bevor sie gemeinsam an diesen Ort gelangt waren. Längst nicht all diese Erinnerungen gehörten zur angenehmen Sorte ...

»Marie«, sagte Llew plötzlich, und seine Worte waren so nah an Maries Gedanken, als könnte er sie in ihren Augen lesen. »Marie, meine Liebste, bitte verzeih mir die Frage – aber gibt es irgendetwas, das du bereust?«

Sie legte den Kopf in den Nacken, um ihn besser ansehen zu können. Seine wunderschönen, verschiedenfarbigen Augen – das eine blau, das andere braun – waren so voll von zärtlichem Verständnis, dass sie seine Frage nicht leichtfertig verneinen wollte.

»Bereuen, Llew?« Es war schwer zu erklären, aber sie musste es versuchen, denn sie wollte, dass von Anfang an nur Ehrlichkeit zwischen ihnen herrschte. »Reue ist das falsche Wort. Mitleid trifft es wohl besser. Mitleid für die, die so vieles haben und doch so wenig.«

Llew wusste genau, von wem sie sprach. Er wusste, sie trauerte weder ihrer Liebschaft mit Herzog Richard nach, noch bedauerte sie, nun nicht länger Teil des glanzvollen Hofstaates seines Vaters, des Königs, zu sein. Llew verstand sehr gut, was Marie mit ihren Worten sagen wollte. Tiefe Einsamkeit war der Preis, den die Reichen, die Mächtigen und Schönen oft für ihre hohe Position bezahlten. Marie beneidete keinen von ihnen darum. Das hatte sie nie getan. Dabei waren ihre Gefühle für Richard Löwenherz, den Herzog von Aquitanien, tief und echt gewesen, und sie hatte sie auch nicht leichthin abgetan. Gleichzeitig wusste Llew, dass die Liebe zwischen Marie und ihm alles überstieg, was sie mit dem Königssohn je verbunden haben mochte. Es war, als wolle man die Strahlkraft der Sonne mit dem Licht einer Fackel vergleichen. Aber Llew war ein Mensch, kein Gott. Darum wollte er an diesem Ort, der für ihn Maries Vergangenheit symbolisierte, gewisse Dinge noch einmal aus ihrem Munde hören.

»Dann bist du dir ganz sicher, dass du nichts bereust? Ich besitze keine Reichtümer, Marie, kein Land, ja, nicht einmal ein herrschaftliches Haus. Ich habe nichts, was in dieser Welt von Wert sein könnte ...«

»Warum sollte mich das kümmern?«, rief sie fröhlich. »Was habe ich dir denn zu bieten, Llew? Nicht einmal einen unbescholtenen Namen, denn in den unbarmherzigen Augen dieser Welt bin ich zweifellos eine skandalumwitterte Frau ohne Scham und Skrupel!«

»Oh ja, genau das bist du, denn du spazierst mit einem landlosen Ritter durch die Nacht und machst dir nichts daraus, was andere denken«, sagte Llew mit einem schelmischen Blitzen in den Augen.

»Schlimmer noch, ich werde diesen Habenichts gleich küssen!«, erwiderte Marie und ließ ihren Worten sogleich Taten folgen. »Lass uns schon morgen aufbrechen, liebster Llew. Ich möchte den Ort sehen, von dem deine englischen Vorfahren stammen.«

»Ich glaube, in Wirklichkeit willst du nur, dass wir miteinander allein sein können, weit weg von allen neugierigen Blicken«, sagte er lächelnd.

»Und wenn es so wäre?«, antwortete Marie ernst. »Ich möchte fort vom Hof, fort aus der Welt, fort von allem, was uns beengt, und mit dir den grünen, unbekannten Pfad in die Zukunft gehen ...«

»Ein grüner, unbekannter Pfad kann uns aber ebenso gut in die Vergangenheit führen«, sagte Llew. Er nahm Maries Gesicht zwischen die Hände und sah ihr tief in die Augen. »Du hast die Warnung der Königin vor Beauchamps und den Gefahren, die im Grenzland lauern, gehört. Vielleicht ist es dumm oder ungerecht von mir, zu ...«

»Wie kannst du es wagen, Sir Llew ap Gruffyd, auch nur anzudeuten, dass eine Valoiz sich vor einem abtrünnigen Grafen mit einem doppelten Zungenschlag fürchten könnte?«, sagte Marie stolz. Doch dann zwinkerte sie ihrem Gatten zu. »Nein. Es wird ein Abenteuer werden, Llew. Ein allzu geruhsames Leben, das ist nichts für mich. Ich kann nicht einfach nur still und bescheiden am Feuer sitzen und Kissenbezüge besticken, wie es sich für eine Edelfrau eigentlich gehört. Dafür habe ich schon zu viel erlebt.«

»Ja, ich fürchte, für solche Dinge bist du wirklich ein für alle Mal verloren«, sagte Llew. Der glückliche, unbeschwerte Ausdruck, der dabei auf sein Gesicht trat, hätte sicher jeden überrascht, dem der stille, ernste, ja oft fast melancholisch wirkende Waliser schon einmal begegnet war. Doch Marie wunderte sich nicht darüber. So vieles hatte sie mit diesem Mann schon durchlitten und durchlebt ...

2

Es gab viele Gründe, warum Llew und Marie ins wilde Worcestershire reisen wollten, in die abgeschiedenen und unsicheren Ländereien an der Grenze zu Wales. Vor allem aber wollten sie mehr über das Leben von Llews Vater Elfric erfahren, der in Bestude geboren und wohl auch dort gestorben war.

Eines wussten Marie und Llew bereits: Elfrics Schicksal war eng mit der Anderwelt und ihren geheimnisvollen Mächten, aber auch mit den Interessen hoher Herren der sterblichen Welt verwoben. Arnaud de Beroul, ein aquitanischer Ritter, der versucht hatte, Llew und die Mächte der Anderwelt zu seinem Vorteil zu nutzen, hatte Marie und ihrem Gemahl von einem mysteriösen Zwerg namens Greenleaf erzählt, der in den Wäldern von Bestude hauste. Von Greenleaf wusste man nur, dass er in den Diensten des Herrn der Grünen Wälder in Elfland, der Anderwelt Englands, stand.

Elfric von Bestude war als sehr junger Mann mit seinem Herrn, dem Normannen Sir Robert de Saint Jean, an den Hof von Prinz Rhys von Dyfed gereist. Dort hatte er die wunderschöne Angharad, die Tochter zweier hoher Wesen aus der Anderwelt kennen gelernt. Die Eltern der Prinzessin waren Lady Morgaine von Avalon und Lord Gwyn von Wybren. Elfric und Angharad hatten sich unsterblich ineinander verliebt. Doch die schöne junge Frau war bereits einem anderen versprochen. Sie sollte die Gemahlin eines großen Herrschers der Anderwelt werden, des Herrn der Grünen Wälder.

Angharads erzürnte Eltern sorgten dafür, dass das Glück der jungen Liebenden nicht lange währte. Sie trennten ihre Tochter von dem Sterblichen, dem ihr Herz gehörte. Zu dieser Zeit hatte Prinzessin Angharad bereits ein Kind unter dem Herzen getragen – ihren Sohn Llew. Doch die Herrscher von Annufen kannten kein Erbarmen. Sie bestraften ihre Tochter aufs Grausamste. Als der kleine Llew zur Welt kam, nahmen sie Angharad ihr Kind fort und verbannten sie ans Ende der Welt. Dort musste die Prinzessin in Gestalt der verkrüppelten Dienerin Ariadne viele Demütigungen ertragen, bis sie eines Tages von der Philosophin Lady Phoebe aufgenommen und deren treue Dienerin geworden war.

Elfric blieb mit gebrochenem Herzen allein zurück. Er wollte seinen Sohn selbst aufziehen, musste sich aber, besitzlos wie er war, als Musikant oder Söldner durchs Leben schlagen. Darum gab er das Kind schweren Herzens in die Obhut des Mönchs Gruffyd. So war Llew im Kloster des heiligen David in Wales aufgewachsen und hatte lange Zeit nicht erfahren, wer er wirklich war, denn man wollte ihn vor dem Schicksal bewahren, das ihm als Sohn Elfrics und Angharads drohte. Jahrelang schickte Elfric regelmäßig Geld an das Kloster, um damit den Unterhalt für seinen Nachkommen zu bezahlen. Doch er kehrte nie nach Wales zurück. Als Llew zwölf Jahre alt war, wurde Elfric in einem einsamen Waldstück ermordet. Llew hatte seinen leiblichen Vater deshalb nie kennen lernen dürfen.

Dies und manches andere hatten Llew und Marie inzwischen in Erfahrung gebracht. Doch sie wollten noch mehr über das Leben Elfrics herausfinden. In Dyfed als Waisenkind und Mündel eines freundlichen Mönchs aufgewachsen, hatte Llew sich einen Platz in der Welt erkämpft, ohne etwas von seiner besonderen Herkunft zu ahnen. Treu diente er dem bretonischen Edelmann Hoel de Broceliande erst als Bursche und später als Ritter. Außerdem spielte er die Harfe wie kein Zweiter. Diese besondere Gabe hatte er von seinem Vater geerbt.

Eines Tages führte Hoel de Broceliande die junge, schöne Marie de Valoiz als seine Braut nach Hause. Kaum hatte Llew die junge Poetin erblickt, da erwachte seine Liebe für sie. Doch er verbarg seine Gefühle, denn Marie stammte aus einer alten Adelsfamilie, und Llew glaubte, ihrer wegen seines geringen Standes nicht würdig zu sein. Zudem war er seinem Herrn in Dankbarkeit und

Freundschaft zugetan und hätte ihn niemals hintergangen. Auf dem Totenbett bat Hoel de Broceliande seinen Getreuen jedoch, Marie zur Seite zu stehen. Der junge Ritter versprach es seinem sterbenden Herrn und stand zu seinem Wort, obwohl es ihn in höchste Gefahr brachte. Denn dunkle Schatten aus Hoels Vergangenheit streckten ihre Klauen nach dem Waliser und der jungen Witwe aus.

Noch ganz unter dem Eindruck der schicksalhaften Begegnung mit einem Ritter der Anderwelt im Wald von Broceliande war Marie nach dem Tod ihres Gemahls nach Rouen gereist. Sie hatte nicht ahnen können, welche unterirdischen und übernatürlichen Kräfte danach trachteten, sie und den walisischen Ritter in ihre Gewalt zu bringen. In der Kathedrale zu Rouen begegnete der jungen Witwe Richard Löwenherz, und sie verliebte sich in ihn. Als die Mächte der irdischen und der übernatürlichen Welt aufeinander prallten, geriet Llew bei seinem Versuch, Marie aus den Fängen der Finsternis zu retten, selbst in tiefste Gefahr und wurde in einen Schwan verwandelt.

Nun war es Marie, die sich durch ein Versprechen band. Trotz ihrer Liebe zu Prinz Richard gelobte sie, nach Mynyw in Wales zu reisen und Llew mit Hilfe des heilenden Wassers aus der Quelle der heiligen Non von dem Fluch zu befreien, der ihm die menschliche Gestalt geraubt hatte. Doch als die junge Witwe ihr Versprechen schließlich erfüllte, gab sie Llew damit nicht nur seinen menschlichen Körper zurück. Sie erkannte auch, dass er ihre einzige, ihre wahre Liebe war, obschon viele Hindernisse den Weg zu dieser Erkenntnis gepflastert hatten. Nach seiner Rettung erfuhr Llew, dass er nicht der verwaiste Sohn bettelarmer Eltern war, sondern aus Annufen, einer der Anderwelten, stammte und dass seine Mutter noch lebte. Auch Prinzessin Angharad wurde bald darauf von ihrem Fluch befreit und erlangte ihre ursprüngliche Gestalt zurück. Nun erfuhr Llew auch von dem traurigen Schicksal seines Vaters Elfric. Der mittellose Ritter und Prinzessin Angharad hatten einander mehr geliebt als das Leben selbst, und die Tochter Annufens betrauerte seinen Tod noch immer ...

Lady Angharad war inzwischen nach Annufen zurückgekehrt; allerdings nicht, ohne Llew zuvor ihren Segen für die Reise nach Bestude zu geben. Llews Mutter war nun zwar wieder eine anmutige Prinzessin der Anderwelt, doch die langen Jahre als Ausgestoßene und als stumme Dienerin waren nicht spurlos an ihr vorübergegangen. Um ihren Geist wieder aufzurichten, musste sie das Reich ihrer Mutter, die heilbringende Insel Avalon, aufsuchen. Dort hoffte sie den Trost zu finden, den ihr gebrochenes Herz so dringend brauchte, ja vielleicht sogar Heilung. Doch zuvor hatte sie Llew und Marie noch viele wichtige Dinge über Bestude, vor allem aber über das Reich der Anderwelt, das in Bestude lag, erzählt. Man nannte diese Anderwelt Elfland, das heimliche Herz Englands.

»Genau wie Annufen ist auch Elfland in verschiedene Reiche unterteilt«, hatte Angharad gesagt. »Das Waldreich, aus dem der Zwerg Greenleaf stammt, muss eines von ihnen sein. Ihr solltet euch vorsehen, denn Elfen sind misstrauische und eifersüchtige Wesen. Und sie sind unberechenbar. Aber, mein Sohn, in deinen Adern fließt ein Gutteil Blut aus der Anderwelt. Und derlei verwandtschaftliche Bande sind für Elfen von großer Bedeutung.«

Llew nickte. »Aber noch wissen wir weder, wer Greenleafs Herr ist, noch warum er Kontakt zu sterblichen Wesen aufgenommen hat ...«

»Das ist nun einmal das Wesen der Elfen. Sie gehen selten geradlinig auf ein Ziel zu, sondern versuchen, es auf Umwegen und mit den Mitteln subtiler List zu erreichen. Wenn Greenleafs Herr überhaupt einen bestimmten Plan verfolgt, dann den, dich, lieber Sohn, in das Herz von Elfland zu locken. Aber das ist nur eine Vermutung, denn die Elfen und die Söhne und Töchter Annufens oder Avalons sind mindestens ebenso verschieden wie Waliser und Engländer. Dennoch sind die Bewohner von Elfland ebenso ein Teil der Anderwelt wie ich es bin, und wir können einander in vielerlei Hinsicht verstehen. England und Wales sind wiederum beide Teil der sterblichen Welt und haben daher auch vieles gemeinsam. Für die Wesen der Anderwelt, ganz gleich, welcher Natur sie sind, gilt aber eines ganz gewiss: Man steht treu zu seinem Wort, und Verrat ist selten. Ich bin sicher, ihr werdet in Elfland nichts zu fürchten haben. Doch in der sterblichen Welt, die es umgibt, könnten die Dinge anders liegen ...«

In diesem Augenblick meldete sich Gayain zu Wort. Der junge Mann war auch als Gwalch oder Falke bekannt, ein gestaltwandlerischer, meist zu allerhand Streichen aufgelegter Jüngling, der allerdings wesentlich zur Rettung Llews und Angharads beigetragen hatte. »Du hast Recht, Kusine. Die menschlichen Bewohner des Grenzlandes sind mindestens ebenso misstrauisch und unberechenbar wie die Elfen der Anderwelt, die dort verborgen ist«, sagte er. »Bestude erscheint auf den ersten Blick wie ein ganz gewöhnliches Anwesen. Auch sein Herr macht einen vernünftigen Eindruck – soweit man das von menschlichen Wesen überhaupt sagen kann. Aber nur ein Narr wird in diesem Teil der Welt seine Nase in alte Geschichten und noch ältere Geheimnisse stecken. Das ist gerade so, als steche man in voller Absicht in ein Wespennest.« Gayains Blick ging zwischen Llew und Angharad hin und her. »Vielleicht könnten wir ja ...«

»Nein«, sagte Llew mit Bestimmtheit. »Wir brauchen den Schutz Annufens nicht.« Dann wandte er sich an seine Mutter. »Du verstehst das, nicht wahr?«

»Ja, ich verstehe es«, sagte Angharad mit sanfter Stimme. »Du möchtest keine Hilfe aus der Anderwelt. Oder zumindest noch nicht. Du willst deinen eigenen Weg finden.«

»Schön. Aber dann wähle deine Schritte mit Bedacht, wenn ich bitten darf«, sagte Gayain. »Dieser Rat gilt übrigens für euch beide«, setzte er mit einem Blick auf Marie hinzu.

Vorsicht walten zu lassen legte ihnen jeder ans Herz, dem sie von ihren Reiseplänen erzählten – sogar die Königin. Aber damit wurden Abenteuerlust und Neugier des jungen Paares nur noch mehr angestachelt. Marie und Llew wollten unbedingt herausfinden, was sich im Herzen des Grenzlandes verbarg, welchem Herren Greenleaf diente und was dieser im Schilde führte.

DAS BUCH VON BUFAWUDA

Erstes Kapitel

In welchem die blutige Geschichte von Edric Streona, eines Ahnherren des Edric von den Wäldern, erzählt wird. Auch die blutigen und traurigen Geschehnisse um die englischen Könige werden beleuchtet, und die Zeit der Ankunft der Normannen, welche schließlich das Land eroberten.

In den Tagen, als die Engländer noch die Herren dieses Landes waren, lebte in Mercia ein junger Edelmann mit dem Namen Aelfric. Er hatte das Unglück, der jüngste Bruder Edric Streonas zu sein, der seinen König Ethelred den Unvorbereiteten verriet und England in den Untergang führte.

Es war Streona, der dem heidnischen Dänen Thurkill und dessen schrecklichem Heer dazu verhalf, das Land zu verwüsten und Mercia und Wessex zu unterwerfen. Durch Streonas Verrat verloren viele Edelleute ihren Besitz, anderen wurde das Augenlicht geraubt und wieder andere wurden ermordet. Streona war es auch, der nach dem gerechten Tod eines seiner anderen Brüder, einem Tyrannen, der über Kent geherrscht hatte, Rache verlangte. Als der König ihm diese versagte, stürzte Streona beleidigt aus den königlichen Gemächern und schlug sich auf die Seite heidnischer Mächte. Der Pirat und Wikinger Earl Thurkill war einer von ihnen. Ja, vor solch niederträchtigem Tun schreckte Streona nicht zurück, obschon er der Schwiegersohn des Königs war! Er übte Verrat, weil ihn nach Gold gelüstete. Seine Gier danach kannte keine Grenzen. Auch Land konnte er nie genug bekommen, und es kümmerte ihn nicht, dass es aus den Händen viel verdienstvollerer Herren stammte, als er es war. Streona ließ sich von seinem Hass gegen den König und dessen Familie leiten und übte blutige Rache bis zum Ende.

Er war es auch, der die hinterhältige Ermordung von Sigferth und Morcar einfädelte. Beide waren Clanoberhäupter in den dänischen Festungen von Danelaw im Osten Englands. Streona übte gegen Freund und Feind Verrat und betrog alle und jeden, selbst den mächtigen Prinzen Edmund, den die Engländer aufgrund seines Mutes und seiner Stärke den Eisernen nannten. Edmund hatte nach Ethelreds Tod das Anrecht auf den Thron. Es wurde ihm jedoch von dem Dänen Canute oder Knut, wie die Heiden ihn nennen, streitig gemacht. Nach langem Hin und Her beschlossen diese beiden, das Königreich zwischen sich aufzuteilen, wie auch ihre Väter es schon getan hatten. Aber bald darauf starb Edmund der Eiserne. Viele behaupten, es sei Edric Streona, der Verräter, gewesen, der ihn feige hingemordet hätte. So wurde der Däne Canute König von England, und Edmunds Bruder Edwy wurde auf Streonas Befehl ebenfalls getötet. Das Volk hatte Edwy den Beinamen König der Geringen gegeben, denn die einfachen Menschen liebten ihn. Edward, ein weiterer Bruder Edmunds, entkam den Mördern, denn zu seinem Glück weilte er am Hofe des Bruders seiner Mutter, Herzog Richard, in der Normandie.

Edric Streona riet Canute, auch die Söhne Edmunds umbringen zu lassen, die noch in den Windeln lagen. Doch selbst der blutrünstige Däne schreckte vor einer solchen Untat zurück. Nicht lange danach fand der hinterhältige Verräter und Mörder Streona sein verdientes Ende. Es geschah, als er mehr Land von Canute verlangte, weil er ihm zum englischen Thron verholfen hatte. Mercia war Streona bereits zugesprochen worden, doch das genügte ihm nicht. In seiner Unverfrorenheit behauptete er, König Canute habe den Thron einzig und allein ihm zu verdanken. Aber wie Gott der Allmächtige sagt: Wer durch das Schwert lebt, wird durch das Schwert umkommen. König Canute antwortete: »Der Mörder seines Königs wird auch seinem neuen Herrn nicht treu sein.« Dann nickte er, und der gefürchtete Eric von Northumbria trat vor, hob seine Streitaxt und schlug Streona mitten entzwei.

Man schnitt das Haupt von den Schultern des verderbten Herzogs. Den Körper warf man in die Themse. Der Kopf aber wurde auf eine Lanze gespießt und auf das höchste Tor von London gesteckt. Alle, die es sahen oder davon erfuhren, bejubelten den Fall Edric Streonas.

Aber lange währte der Grund zur Freude für die Engländer nicht, denn der Däne regierte mit großer Grausamkeit. Die Steuern, die er eintreiben ließ, waren so hoch, dass sogar die Pfaffen gezwungen waren, das Messgeschirr zu verkaufen, damit sie die hohen Summen bezahlen konnten. Bald wurde überall das Geld knapp, denn das meiste davon befand sich in den Schatztruhen Canutes und später in denen seines Sohnes, Hardicanute. In Worcester erhob sich das Volk gegen die Steuereintreiber, die ihnen das Letzte nahmen, was sie noch gerettet hatten. Viele Handlanger des Königs verloren dabei ihr Leben. Darum schickte der König Truppen in die Stadt und ließ sie schließlich anzünden. Ein großer Teil Worcesters brannte nieder.

Dann bestieg Edward der Adelige, der einzige noch lebende Sohn Ethelreds, den Thron. Mit ihm gelangte auch die Familie des kühnen und tapferen Herzogs Godwin zu Macht und Einfluss, dessen Tochter, Editha die Schöne, Edwards Gemahlin war. Edithas Brüder waren ausnahmslos ebenso kühne wie unerschrockene und kluge Männer. Sie hatten allesamt flachsblondes Haar, waren breitschulterig und hoch gewachsen. Als Bester unter den Brüdern galt Harold Godwinsson.

Edric Streonas Familie blieb zu ihrem Glück weitere Unbill erspart, denn sie durfte ihre Ländereien behalten. Aelfric kam viele Male an den Hof und brachte seinen Sohn, der ebenfalls den Namen Edric trug, mit.

König Edward brachte viele seiner normannischen Freunde und Ritter ins Land. Viele von ihnen waren aufrechte Männer, ganz besonders Ralph, der normannische Herzog von Worcestershire. Doch viele kamen auch voller Übermut und Machtgier nach England. Einige, wie Richard Fitz Scrob, bauten Burgen, die ihnen später bei der Unterwerfung der Engländer nützlich waren. In Dover erhob sich der Volkszorn gegen die Normannen, denn sie waren in das Haus eines angesehenen Bürgers eingedrungen, und einer der Eindringlinge hatte dabei den Tod gefunden. Nun schworen die Normannen blutige Rache gegen alle Engländer, und König Edward begann, um seine Sicherheit zu fürchten. Deshalb versprach er, Dover unter das Schwert zu stellen. Doch Herzog Godwin und seine Söhne Sweyne und Harold gingen zum König und verlangten Vergeltung für die Untaten der Normannen. König Edward wollte nicht zwischen die Fronten geraten. Es gelang ihm, Godwins andere Söhne und Ralph, den Herzog von Worcestershire, auf seine Seite zu bringen, und bald wurde der stolze Godwin gemeinsam mit seinen rebellischen Söhnen aus dem Lande verbannt. Wer aber hätte gedacht, dass die Normannen, die Hätschelkinder König Edwards, eines Tages die Fratzen reißender Wölfe tragen könnten? Bald waren sie es, die die Herrschaft an sich rissen. So vergänglich sind Macht und Reichtum.

Edric Streonas Familie führte einstweilen in Mercia ein beschauliches Leben, und Aelfrics Sohn Edric wuchs zum Mann heran. Noch immer besaß die Familie weitläufige Ländereien, wenn ihnen auch manches genommen worden war. Ein Teil von Streonas Verwandtschaft lebte in Scrobeshire, auch Shropshire genannt, ein anderer siedelte in Worcestershire. Und noch einen weiteren Besitz gab es, der Edrics Familie zur Zeit der dänischen Herrschaft von Herzog Haakon überlassen worden war. Die Mönche von Worcester behaupteten allerdings, das Land sei ihnen mit Gewalt genommen worden. Edrics Amme stammte von dort, und das gefiel ihm sehr. Man nannte diesen Ort Bufawuda, was in der alten Sprache »hoch gelegene oder obere Wälder« bedeutet. Ein anderer Name jener Ländereien ist Pucawuda oder »Wald der Dämonen«. Außerdem gehörte noch Estham dazu, was »schönes Land« bedeutet. Nach dem Tod seines Vaters Aelfric gingen die Anwesen von Estham und Bufawuda, die man nun gemeinsam Bestude nennt, an Edric über.

3

Marie und Llew ritten am Vormittag eines kalten, bewölkten Tages mit den beiden bewaffneten Begleitern, die Königin Eleonore ihnen mitgegeben hatte, in Worcester ein. Die alte Stadt, die für ihr Kloster und für ihre Kathedrale berühmt war, zeigte sich an diesem düsteren Morgen nicht von ihrer besten Seite. Worcester hatte sehr unter der normannischen Eroberung vor mehr als einem Jahrhundert gelitten. Zu den Zeiten der Angelsachsen war es eine der schönsten Städte des Reiches gewesen, berühmt für die Weisheit seiner Gelehrten und für den Stolz und die Unabhängigkeit seiner Bürger. Doch die Stadt hatte für die Sturheit ihrer Bewohner teuer bezahlt. Viele Male war sie angezündet und von großen Feuern verwüstet worden. Die Wikinger, rivalisierende englische Fürsten und schließlich die Normannen hatten Worcester nacheinander auf diese Weise heimgesucht. Aber immer wieder war die Stadt von ihren unbeugsamen Bewohnern neu aufgebaut worden. Wer zur Zeit der Angelsachsen über Macht und Einfluss verfügte, betrachtete die Unterstützung durch die Mächtigen von Worcester niemals als Selbstverständlichkeit, so erstrebenswert sie auch sein mochte. In den frühen Tagen ihres Eroberungszuges hatten selbst die Normannen um die Gunst dieser Stadt gebuhlt. Vorsichtig waren sie um ihre Tore geschlichen und hatten unablässig beteuert, wie sehr sie die Gelehrtheit und den Stolz ihrer Bürger schätzten. Doch die Stadthalter, die König William einsetzte, zeigten bald ihr wahres Gesicht. Sie waren nicht viel besser als Banditen und Wegelagerer. Es brauchte nur die Herrschaft zweier solcher korrupter und unfähiger normannischer Sheriffs, um die Stadt zugrunde zu richten.

Unter der weisen Herrschaft König Heinrichs des Zweiten waren die selbstherrlichen Stadthalter ihres Amtes enthoben worden, doch das altehrwürdige Worcester hatte sich noch immer nicht von ihrem zerstörerischen Wirken erholt. An jenem Dezembertag, an dem Marie und Llew durch die Straßen ritten, bot die Stadt ein trauriges Bild. Die hässliche, große Burg, die der erste normannische Sheriff, der berüchtigte Urse d'Abetot, hatte bauen lassen, schien die alten englischen Gebäude des Klosters nachgerade zu erdrücken. Das unscheinbare Kloster lag zu Füßen der Burg, als wäre es eine Maus in den Fängen einer gewaltigen Eule. Einzig die Kathedrale hatte nur wenig von ihrem alten Glanz eingebüßt, und auch die Ufer des Flusses zeugten von der ehemaligen Schönheit der Stadt. Im Gegensatz dazu strahlten die Straßen und Gassen, verkommen und voller Schmutz wie sie waren, eine tiefe Melancholie aus.

So fassten Marie und Llew den Entschluss, sich nicht lange in Worcester aufzuhalten, sondern noch am selben Tag nach Bestude weiterzureiten. Die beiden Bewaffneten, die sie von Salisbury bis in die Stadt begleitet hatten, trennten sich vor der Burg von ihnen. Marie und Llew wollten die Dienste der Männer nicht länger in Anspruch nehmen. Nach einer angemessenen Zeit des vorgetäuschten Zauderns ließen ihre Beschützer sich schließlich durch die Zusicherung beruhigen, dass das junge Paar sich in Worcester nach einem angemessenen Ersatz umtun würde. Die Männer wollten noch ein paar Besorgungen machen und würden in den nächsten Tagen wieder nach Salisbury zurückreiten.

Llew und Marie staunten nicht schlecht über das Durcheinander, das in der Burg herrschte. Kein Mensch schien zu wissen, wohin der Sheriff gegangen war und wann er zurück erwartet wurde. Abgesehen davon zeigte niemand besonderes Interesse an Maries und Llews Vorhaben oder wollte sie gar dabei unterstützen. Die beiden staubigen Reisenden ohne Gefolge erschienen den ungehobelten Soldaten und Sergeanten schlichtweg nicht wichtig genug, um sie mit Respekt zu behandeln und sich um ihre Belange zu kümmern. Niemand fühlte sich bemüßigt, das wärmende Feuer oder ein fröhliches Würfelspiel zu verlassen, nur weil zwei Fremde auf dem Weg durch die kalte, düstere Winterlandschaft ihren Schutz begehrten.

Nicht einmal die Briefe, die Llew vorzeigte, beeindruckten die Männer. Denn unter der illustren Gesellschaft, die in der Burg versammelt war, befand sich nicht ein Einziger, der mehr als zwei Worte lesen konnte. Im Gegenteil, der Anblick des Siegels von William de Beauchamp verleitete die Soldaten sogar zu recht spöttischen Äußerungen.

»Beauchamp ist nicht mehr unser Sheriff, guter Mann«, sagte einer der Serganten. Dabei war er noch nicht einmal besonders unfreundlich.

»Das ist mir bekannt«, fuhr Llew ihn an. »Aber, wie Ihr sehen könnt, ersucht er die Vertreter der Stadt um volle Unterstützung unseres Vorhabens.«

Der Sergeant lachte laut heraus. »Unser jetziger Sheriff kann den früheren Statthalter nicht ausstehen. Nicht im Geringsten. William de Beauchamp mag noch immer ein mächtiger Mann sein, doch beim König ist er in Ungnade gefallen. Und der Sheriff weiß, an wen er sich halten muss.«

Nach einigem Hin und Her war der Sergeant schließlich immerhin bereit, darüber nachzudenken, was zur Unterstützung der Reisenden unternommen werden konnte. Marie und Llew mussten einstweilen im kalten Wachsaal warten und wurden noch nicht einmal an ein wärmendes Feuer gebeten.

»Meine arme Geliebte!«, sagte Llew. »Ich möchte wetten, so unfreundlich bist du noch nirgendwo empfangen worden.«

»Und wenn dem so wäre? Ich wollte ein Abenteuer, und nun habe ich, was ich begehrte«, antwortete Marie unbekümmert. »Aber wie dem auch sei, ich möchte nicht vor der Welt beschützt werden. Ich will sie kennen lernen, Llew, gemeinsam mit dir.«

Das war von Herzen gesprochen. Marie störte sich nicht an der unfreundlichen Behandlung. Die etwas rüde Art des Empfanges weckte vielmehr ihre Neugier auf diesen Ort und seine Bewohner. Allzu viel Respekt vor dem Titel oder dem Namen einer Person stand der wahren Sicht auf die Welt und die Menschen, die in ihr lebten, oft im Wege. So empfand es jedenfalls Marie. Für sie war es ein erfrischendes und befreiendes Gefühl, dass hier niemand ihre Herkunft und ihre Geschichte kannte, oder um ihre Verbindungen zu den höchsten Kreisen wusste. Sie war nur eine unbedeutende Reisende, ein Niemand, der kam und ging, ohne in dem kleinen Theater des Lebens von Worcester eine Rolle zu spielen.

»Dennoch«, sagte Llew und legte dabei die Stirn in Falten, »es ist sehr ärgerlich, dass man sich keine Mühe geben will, uns zu helfen oder wenigstens höflich zu sein.«

In diesem Augenblick erhob sich einer der Soldaten vom Würfeltisch. Mit gelinder Neugier betrachtete Marie den feingliedrigen jungen Mann von etwa achtzehn Jahren mit dem schmalen Gesicht. Er hatte einen zerzausten weißblonden Schopf, eine Hakennase und klare blaue Augen.

Der Jüngling schob seinen Hocker beiseite und bewegte sich mit der Leichtigkeit eines Vogels auf die beiden Reisenden zu.

»Ich habe gehört, was Ihr mit dem Sergeanten gesprochen habt«, sagte er. »Ihr tätet gut daran, Euch in der Stadt eine Bleibe zu suchen, meine Freunde. Es hat keinen Sinn, noch länger hier zu warten. Der Sergeant sitzt inzwischen wahrscheinlich in irgendeiner Kneipe, aber der Sheriff ist sicher bald zurück. Dann könnt Ihr selbst mit ihm reden.«

»Was soll das heißen, bald?«, fragte Llew ungeduldig.

Der Soldat zuckte die Achseln und lächelte charmant. »Wer weiß das schon? Morgen vielleicht. Oder in einer Woche. Länger als ein paar Tage wird es sicher nicht dauern.«

Llew und Marie warfen einander einen langen Blick zu. »Was denkst du, meine Liebste?«, fragte der junge Ritter. »Es ist kalt, und der Tag neigt sich bereits dem Ende zu.«

»Ja, Ihr hättet es sicher wärmer, wenn Ihr Euch ins weiche Heu legen würdet«, sagte der Soldat. Dabei kniff er viel sagend ein Auge zu. »Versucht es in der Jackdaw Taverne am Marktplatz. Das ist mit Sicherheit die beste Herberge, die Ihr hier in der Stadt findet.

Master Edwin und Mistress Emma halten das Haus in Ordnung und kredenzen einen genießbaren Wein. Dort ist es auch nicht allzu kalt. Aber Ihr werdet Euch sicher zu wärmen wissen.« Wieder zwinkerte der junge Mann keck und grinste dabei in eindeutiger Weise.

Llew warf ihm einen drohenden Blick zu, doch Marie lächelte süß. »Ich danke Euch für Eure Freundlichkeit, Master«, sagte sie mit überaus freundlicher Stimme. »Und wie meisterhaft Ihr Euch auf höfliche Andeutungen versteht!«

Der Soldat starrte sie an. Plötzlich schien er sich in seiner Haut nicht mehr ganz wohl zu fühlen. »Ich habe es nicht böse gemeint, edle Dame ...«, begann er verlegen.

»Das weiß ich«, sagte Marie. »Aber Ihr habt Recht, mein Freund. Wir würden die Kälte ohnehin nicht bemerken, denn das Feuer der Liebe verbreitet eine wohlige Hitze.«

»Marie!«, flüsterte Llew erschrocken. Zum ersten Mal, seit sie ihn kannte, sah sie ihn erröten.

Über das Gesicht des jungen Soldaten breitete sich indes ein freundliches Lächeln. Alle Anzüglichkeit war aus seinem Blick verschwunden. »Ihr habt wahr gesprochen, edle Dame.« Dann wandte er sich an Llew. »Ihr seid ein beneidenswerter Mann, mein Freund.«

»Wahr gesprochen«, antwortete Llew knapp.

Der Jüngling betrachtete die Reisenden mit neuem Interesse. Dabei legte er den Kopf schief wie ein neugieriger Vogel. »Hört zu, ich mache Euch einen Vorschlag«, sagte er schließlich. »Für eine kleine Entschädigung werde ich mich ein wenig umhören, ob jemand Euch nach Bestude begleiten möchte. Es ist ja nicht weit, aber viele Reisende zieht es nicht dorthin ... Der Wald in dieser Gegend hat keinen guten Ruf, müsst Ihr wissen. Es gibt dort Strauchdiebe und auch ...«

»Und auch?«, ermunterte Llew den jungen Mann weiterzusprechen. Dabei tauschte er einen Blick mit Marie aus.

Der Soldat machte eine wegwerfende Handbewegung. »Ach, manche Leute behaupten, es gäbe dort Dämonen, böse Geister und sogar gestaltwandlerische Wesen. Sie sind Geschöpfe des Teufels, welche die unterschiedlichsten Formen annehmen können. Einmal erscheinen sie als Vögel, dann wieder als Menschen, als wilde Tiere oder sogar als Bäume. Aber ihre Tarnung dient nur einem einzigen Zweck: Sie wollen arglose Wanderer verschlingen. Vor langer Zeit, müsst Ihr wissen, in den Tagen von König William, verwüstete ein schreckliches Feuer das Dorf Bestude. Zahllose Menschen fielen ihm zum Opfer ... Niemand weiß, wie es zu der Feuersbrunst kam, aber es heißt, die Dämonen und Gespenster aus dem Wald seien die Geister der Toten, und sie hätten das Dorf angezündet. Das ist natürlich ein Ammenmärchen, und ich selbst glaube kein Wort von diesem Geschwätz. Aber viele tun es. Und deshalb ...«

»Deshalb ist es schwierig und vielleicht sogar ein wenig kostspielig, eine Eskorte zu bekommen«, beendete Marie den Satz an seiner Stelle.

»Edle Dame«, sagte der junge Mann lachend, »ich sehe, Ihr versteht mich. Nun, ich werde mein Bestes tun. Aber vor morgen bei Tagesanbruch wird niemand mit Euch gen Bestude ziehen wollen. Trotzdem ist es besser, wenn Ihr mich sogleich nach einem Führer für Euch suchen lasst. Wenn Ihr wartet, bis der Sergeant oder der Sheriff sich Eurer annehmen, steht Ihr am Jüngsten Tag noch hier herum. Dabei gibt es sicher ein paar Burschen, die sich gern die eine oder andere Münze verdienen würden und nichts auf das Gerede von Dämonen und bösen Geistern geben. Wenn Ihr also in der Jackdaw Taverne warten wollt, dann weiß ich, wo ich diese Leute hinschicken kann. Übrigens, mein Name ist Will. Will von Grimford. Manche nennen mich auch Count William. Das ist ein Wortspiel«, erklärte er. »Count ist ein französischer Adelstitel und gleichzeitig das englische Wort für ›zählen‹. Aber das wisst Ihr vielleicht. Wie dem auch sei – zählen und rechnen kann ich jedenfalls besser als alle diese Kerle zusammen genommen.« Count William zeigte auf den Würfeltisch. »Aber genug davon. Ist das alles, was ich im Augenblick für Euch tun kann?«

»Ja, und ich danke Euch von Herzen, Count William«, sagte Llew. »Ihr habt uns sehr geholfen.«

Will strahlte. »Und nach wem sollen die Burschen in der Taverne fragen?«

»Das ist meine Gemahlin, Marie. Mein Name ist Llew.«

»Ich dachte mir schon, dass Ihr ein Waliser seid«, sagte Will zufrieden. »Davon gibt es hier etliche, müsst Ihr wissen. Und wo ist Eure Heimat, edle Dame?«, fuhr er dann fort. Bei dieser Anrede vernahm man einen leicht spöttischen Unterton, als glaube er nicht recht an ihre Angemessenheit. Dabei gelang es ihm dennoch, nicht allzu unverschämt zu klingen. »Ihr seid bestimmt keine Engländerin, habe ich Recht? Ihr kommt gewiss von einem noch weiter entfernt liegenden Ort als er.«

»Ja«, antwortete Marie lächelnd. »Ich komme aus Frankreich, Will.«

Will stieß einen kurzen Pfiff aus. »Das ist ein langer Weg. Aber Ihr seid doch bestimmt nicht von Frankreich direkt hierher geritten?«

»Nein. Wir kommen aus Salisbury.« Marie beschloss, lieber für sich zu behalten, dass sie dort die Gäste von Königin Eleonore gewesen waren. Das hätte wahrscheinlich hochnäsig geklungen, und der junge Mann hätte ihr vermutlich ohnehin nicht geglaubt. Sie schenkte ihm ihr gewinnendstes Lächeln und sagte dann mit fester Stimme: »Es gibt noch etwas, Will, wenn Euch wirklich an der kleinen Entschädigung gelegen ist, die Ihr Euch verdienen wollt. Wir kamen mit zwei bewaffneten Reitern von Salisbury hierher. Könnt Ihr herausfinden, wo sie die Nacht verbringen und sie bitten, eine Nachricht mit zurückzunehmen?«

Will musterte Marie mit einer gewissen Bewunderung. »Warum nicht, wo ich ohnehin in die Stadt muss«, sagte er und verschränkte dabei die Arme. »Das heißt, wenn ich sie finde, bevor die

Freudenmädchen es tun ... vergebt mir«, setzte er hastig hinzu, als er Llews finsteren Blick bemerkte. »Ich meinte natürlich ... äh ... wem sollen sie die Nachricht denn überbringen, wenn sie wieder in Salisbury sind?«

»Lady Phoebe«, antwortete Marie. Sie wusste selbst nicht, warum ihr gerade der Name der alten Philosophin einfiel. Aber nun, da er ihr herausgerutscht war, gefiel ihr die Idee.

»Lady Phoebe«, wiederholte Will bedächtig. »Noch eine Fremde, nicht wahr? Und von wo ...«

Llew riss nun langsam der Geduldsfaden. »Wir danken Euch, Freund«, sagte er scharf. »Würdet Ihr uns nun bitte erklären, wie wir zur Jackdaw Taverne gelangen?«

Llew und Marie ließen einen in Gedanken versunkenen Count William zurück und führten ihre müden Pferde durch die Gassen in die Stadt hinunter.

»Was hältst du von der Geschichte, Llew?«, fragte Marie, während sie nebeneinander hergingen. »Die Dämonen von Bestude ... Glaubst du, dass ...«

»Viele Leute nennen die Anderweltler Dämonen. Sie wissen es nicht besser«, antwortete Llew nachdenklich. »Aber Dämonen hausen, soweit ich weiß, selten im Wald. Sie halten sich lieber in der Nähe von Menschen auf und nicht in der wilden Welt der Tiere und Bäume. Wahrscheinlich werden wir hier in der Stadt eher einem von ihnen begegnen als draußen im Wald.«

»Ja, du hast Recht«, sagte Marie und bekreuzigte sich zur Vorsicht. Ihre Zweifel wurde sie dennoch nicht völlig los. Was, wenn der Zwerg Greenleaf, nach dem sie suchen wollten, gar kein Wesen der Anderwelt, sondern ein Dämon war? Doch Maries Erlebnisse in Annufen und in der Unterwelt, die sie anfangs irrtümlich für die Hölle gehalten hatte, bestätigten im Grunde Llews Aussage. Die Hölle fand man nicht in der Natur, nicht in der wilden Welt, die Gott erschaffen hatte. Diese konnte zwar gewisse Gefahren bergen, aber das Böse wohnte nicht in ihr. Die Hölle mit all ihren Dämonen gab es nur in der engen Nachbarschaft sterblicher Menschen, nicht in der Nähe der Anderweltler ...

Bald erreichten sie die Jackdaw Taverne. Genau wie die übrigen Gebäude der Stadt hatte auch sie schon bessere Tage gesehen. Aber den müden Reisenden blieb nichts anderes übrig, als dort nach einer Unterkunft zu fragen, denn auf ihrem Weg durch die Gassen von Worcester hatten sie kein einziges anderes Haus gesehen, das sie zum Bleiben verlockte. Die Taverne war kein frei stehendes, zur Straße hin offenes Gebäude, wie man es häufig bei Wirtshäusern sah. Sie nahm vielmehr das vordere Zimmer eines schäbigen, mit Lehm verputzten Hauses ein, das sich bei näherer Betrachtung zumindest als halbwegs sauber erwies. Wenigstens auf den ersten Blick lief der Gast nicht Gefahr, seine Gesundheit einzubüßen, wenn er hier einkehrte. An einer Seite des Hauses war eine kleine Küche angebaut, aus der appetitliche Düfte ins Freie drangen. Auf der anderen Seite gab es etliche einfache, aus Lehm und Balken gefertigte Nebengebäude, darunter einen Stall für die Pferde, der aussah, als wäre er noch nicht ganz so alt wie der Rest der Konstruktionen.

»Nun«, sagte Llew ein wenig skeptisch, als sie die Pferde zum Füttern und Tränken in den Stall gebracht hatten, »wenigstens die Tiere haben es gemütlich. Hoffen wir, dass die Unterkünfte für die Menschen nicht viel schlechter sind.« Er sah sich noch einmal um und fuhr dann fort: »Ob unser junger Freund Will wohl vom Wirt dafür bezahlt wird, dass er arglose Reisende hierher schickt?«

»Ohne Zweifel«, antwortete Marie. »Ich weiß nicht, ob man Count William trauen kann, aber immerhin kannte er diese Taverne, und sicher wird er auch irgendeine Art von Eskorte für uns auftreiben.«

»Ja«, sagte Llew nickend. »Er ist ein Schlitzohr. Wir müssen uns vorsehen. Und«, er senkte die Stimme, »dem Wirt dieser Absteige sollten wir auch nicht allzu viel Vertrauen schenken.«

Edwin, der Wirt, war ein dünner, rattengesichtiger Mann mit flinken, blassen Augen. Einige armselige blonde Haarsträhnen hingen schlaff von seinem ansonsten kahlen Schädel. Der Mann erschien Llew von Anfang an ein wenig zu freundlich, ein wenig zu unterwürfig. Aber erst die verstohlenen Blicke, mit denen er Marie maß, machten ihn wirklich abstoßend. Marie versuchte, sich nicht vorzustellen, welche Ekel erregenden Gedanken dem widerlichen Lustmolch bei ihrem Anblick durch den Kopf gingen.

»Ihr seid fremd in der Stadt, edle Herrschaften?«, stellte der Wirt mit einem schmeichlerischen Lächeln fest, nachdem er den Reisenden den dunklen, aber zum Glück halbwegs trockenen Heuboden gezeigt hatte, auf dem sie die Nacht verbringen sollten.

»Ja«, antwortete Llew. »Wir sind nur auf der Durchreise.«

»Ah, und wohin führt Euch Euer Weg, meine Freunde?«

»Nach Bestude«, sagte Marie, sorgsam darauf bedacht, sich von dem schmierigen Kerl fern zu halten.

Edwins Antwort war fast ein Aufschrei, den er jedoch schnell in einem Hüsteln erstickte. Seine Augen flackerten. »Bestude?«, krächzte er.

»Ja, aber was versetzt Euch daran in solche Aufregung?«, fragte Llew voll Misstrauen.

Die Röte, die in Edwins Wangen stieg, stand ihm ganz und gar nicht gut zu Gesicht. »Nichts ... überhaupt nichts«, stammelte er. »Bestude ist ein wunderbarer Ort. Ganz wunderbar. Jawohl. Eines der gepflegtesten Anwesen in der ganzen Gegend. Nur sehr still. Ein wenig abgelegen. Nicht allzu bekannt, wenn Ihr wisst, was ich meine. Und ... und der Weg dorthin ist ein wenig beschwerlich ... und gefährlich, sagt man ...«

»Davon haben wir bereits gehört. Aber wir reisen mit einer Eskorte«, sagte Llew barsch. »Ein Soldat von der Burg – Will von

Grimford – wollte jemanden suchen, der mit uns reitet. Wahrscheinlich brechen wir schon morgen auf.«

Der Wirt gab sich erleichtert. »Ah! Will kümmert sich um Euch! Hervorragend.« Der Mann schien den Blick, den Marie und Llew austauschten, nicht zu bemerken. Jedenfalls lächelte er wieder beflissen und konnte seine Neugier offenbar nur schwer im Zaum halten. »So, nach Bestude wollt Ihr also ...«

»Ja. Wir haben eine Einladung des Herrn von Bestude erhalten.« Llews Offenheit überraschte Marie ein wenig. Sie selbst hätte Edwin lieber nichts davon gesagt.

Der Wirt schien erfreut. »Ah! Ein Mann aus einer guten Familie, der Herr von Bestude. Ein großes normannisches Geschlecht, soweit man hört.«

Marie wusste sehr gut, was die Engländer gemeinhin von den Normannen hielten, und die lobenden Worte dieses Widerlings hatten einen falschen Klang.

»Nun Herr Wirt, wir sind müde, hungrig und durstig«, sagte Llew barsch. Langsam war er der Geschwätzigkeit und der Neugier des Wirtes überdrüssig.

Doch so leicht ließ sich Edwin nicht abfertigen. »Dann, meine Freunde, müsst Ihr mir jetzt an den Ort folgen, wo sich all Eure Wünsche erfüllen werden. Unsere Speisen rühmt man in der ganzen Stadt. Meine Frau Emma – sie werkelt bereits nebenan in der Küche – kocht die besten Kutteln diesseits von London. Dazu kredenzen wir edlen aquitanischen Wein«, fügte er mit stolz geschwellter Brust hinzu.

»Vielen Dank, wir nehmen beides«, sagte Llew. Dabei konnte er ob der ungebrochenen Redseligkeit des Wirtes ein Lächeln nicht unterdrücken.

Edwin verbeugte sich tief. »Aber liebend gerne, meine Freunde. Stets zu Diensten. Es ist mir ein Vergnügen.« Dann veränderte sich sein Ton plötzlich vollkommen. »Alfred!«, brüllte er. »Hierher mit dir, du Taugenichts!«

Ein ausgenommen schmutziger kleiner Kerl mit fast farblosem Haar und wachen blauen Augen löste sich aus den Schatten. »Ja, Onkel Edwin?«

»Nimm die Taschen dieser edlen Herrschaften. Sie essen heute hier. Aber geh sorgsam damit um, hörst du! – So, ich bereite gleich die Tafel für Euch vor und sehe zu, dass Euer Essen fertig wird. Alfred, zeig den gnädigen Herrschaften den Weg.«

Der Knabe nickte stumm, und der Wirt eilte davon.

»Warum hast du ihm so viel erzählt?«, flüsterte Marie leise, während sie Edwin nachblickte. »Ich traue ihm nicht über den Weg.«

»Ich auch nicht«, flüsterte Llew zurück. »Wenn dieser Kerl nicht irgendeine Art von Spitzel ist, wäre ich sehr überrascht. Mit Sicherheit gibt es jemanden, der ihn für seine Auskünfte bezahlt. Nur wer das sein könnte, weiß ich nicht. Vielleicht Beauchamp? Ich hielt es für das Beste, so zu tun, als käme uns seine Fragerei ganz unverdächtig vor. In der Fremde kann es ganz nützlich sein, wenn man sich ein wenig unbedarft und ahnungslos gibt ... Wills Eskorte sollten wir uns dennoch sehr genau ansehen. Wirtsleute und Diebe arbeiten oft Hand in Hand. Ist dir aufgefallen, wie erfreut der Wirt war, als ich ihm sagte, Will würde für unseren Begleitschutz sorgen?«

Marie gab Llew ein Zeichen zu schweigen. Der kleine Alfred hatte sich fast unmerklich ein Stück näher an sie herangeschoben. Er setzte ein Lächeln auf, das wahrscheinlich gewinnend wirken sollte, ihn jedoch auf merkwürdige Weise entstellte. Aber als der Knabe nun sprach, klangen seine Worte schüchtern und unsicher. Atemlos stieß er hervor: »Edle Dame ... gnädiger Herr, würdet Ihr bitte ... nachher in der Taverne anstatt Kutteln den Eintopf verlangen?«

»Eintopf? Aber warum denn, liebes Kind?«, fragte Marie ernst. »Warum gerade Eintopf?«

»Nun, Tante Emma bereitet die Kutteln zu, und die schmecken nicht schlecht ... Aber den Eintopf, den macht meine Schwester, und sie darf einen Teil des Geldes dafür behalten. Onkel Edwin weiß nichts davon ... Jenny legt das Geld beiseite, müsst Ihr wissen. Sie und ich, wir wollen in ein paar Jahren eine eigene Garküche aufmachen ...«

Marie lächelte in das spitze, eifrige und ein wenig listige kleine Gesicht des Knaben. Ihr Herz krampfte sich vor Mitleid zusammen. »Wir werden daran denken«, sagte sie freundlich. Weil das Kind sich aber noch immer nicht entfernte, suchte sie in ihrem Beutel nach einer kleinen Münze. »Hier, das ist für dich.«

Alfreds Hand schloss sich in Windeseile um das Geldstück. Ein breites Grinsen legte sich über seine Züge, doch es wich beinahe sofort einem Ausdruck von fast hündischer Unterwürfigkeit, als er sich zu der Taverne umwandte. »Ich mache mich am besten schnell an die Arbeit. Onkel Edwin fragt sich sicher schon ...«

Llew und Marie sahen zu, wie der Knabe mit ihren Taschen zur Taverne eilte. Der kleine Alfred wirkte viel zu erwachsen für sein Alter und gleichzeitig viel zu klein und schmächtig. Maries Mitleid mit dem Kind wuchs ins Unermessliche. Sie dachte an ihre eigene Kindheit in Valoiz. Wie glücklich war sie dort gewesen, wie satt und unbekümmert!

Die Taverne war voll von lärmendem Volk. Obwohl der Raum im Großen und Ganzen sauber wirkte und sogar frisches Stroh auf dem Boden lag, hing in der Luft der Gestank von Rauch, von Schweiß und verschüttetem Wein. Aber wenigstens war es in der Schankstube warm, und das nicht nur aufgrund der Vielzahl der Leiber, die sich dort zusammendrängten. Ein paar dicke Eichenscheite brannten munter in einem großen offenen Kamin.

Am Ende des Raumes gab es eine lange, hölzerne Theke. Dahinter waren etliche Weinfässer aufgebockt. Lange Tische und grob zusammengezimmerte Bänke bildeten die Einrichtung der Schankstube. Die verschiedensten Leute hatten sich hier eingefunden. Sie aßen, tranken, redeten, lachten und gestikulierten. Ihrem Aussehen nach saßen hier Seeleute neben Händlern und Soldaten neben Handwerkern. Hier und da erblickte Marie auch eine Frau.

Edwin begrüßte die beiden Neuankömmlinge überschwänglich und scheuchte Alfred davon wie eine lästige Fliege. »Setzt Euch, setzt Euch, meine Freunde. Alfred, hierher mit den Taschen! Und nun verschwinde, du Nichtsnutz! Master Ralf wartet sicher schon auf dich.« Dann hob der Wirt die Stimme und rief: »Jenny!«

Es dauerte nicht lange, da erschien ein Mädchen an seiner Seite. Marie kam sie vor wie ein Edelstein, der unversehens aus der Dunkelheit aufblitzte. Das Mädchen war von so ungewöhnlicher Schönheit, dass es Marie einige Mühe kostete, sie nicht offen anzustarren. Dunkle Augen brannten in einem milchig weißen Gesicht, das von vollem, feuerrotem, seidig glänzendem Haar umrahmt wurde. In zwei dicken Zöpfen, die durch ein braunes Band zusammengehalten wurden, hing es der jungen Frau bis zur Taille. Das einfache Kleid des Mädchens war aus grobem braunem Tuch, und sie trug keinerlei Schmuck. Aber selbst die unförmige Kutte, in der sie steckte, konnte nicht ihre wohl proportionierten Rundungen verbergen, und der Mangel an Zierrat ließ ihre Schönheit nur noch stärker zu Tage treten.

»Zwei Teller Kutteln und dazu zwei Becher Wein, Mädchen«, kommandierte Edwin. »Und beeil dich gefälligst!«, herrschte er das Mädchen an. Offenbar glaubte er, damit bei seinen Gästen Eindruck schinden zu können.

»Äh ... Master Edwin«, sagte Llew ruhig, »ich glaube, wir hätten lieber einen Eintopf – wenn es Euch nichts ausmacht.« Marie sah, wie Jennys Augen sich weiteten und ein fast unmerkliches süßes Lächeln in ihre Mundwinkel trat. Stumm wartete Jenny ab.

»Aber diese Taverne ist berühmt für Emmas vorzügliche ...«, begann Edwin. Doch dann zuckte er die Achseln. »Wie Ihr wünscht. Der Eintopf ist auch nicht schlecht, ... aber ...«

»Wie schön«, sagte Llew. »›Nicht schlecht‹ ist uns gut genug.«

»Wie Ihr wünscht«, wiederholte der Wirt ein wenig beleidigt.

»Jenny, zweimal Eintopf und Wein dazu. Und spar dir das Grinsen, Mädchen. Du hast mir die Gewürze, die du benutzt, noch nicht bezahlt. Deine Tante ist zu freundlich zu dir. So, und nun muss ich mich um meine anderen Gäste kümmern.« Mit diesen Worten eilte der Wirt verstimmt davon.

»Ich bin sofort zurück«, sagte das Mädchen und machte sich auf den Weg zur Küche. Ihre Sprechweise überraschte Marie. Sie hatte eine melodiöse, tiefe Stimme erwartet. Doch die wenigen Worte aus Jennys Mund hatten schrill und fast unfreundlich geklungen. Nun glaubte Marie auch, einen harten Glanz in den schönen Augen des Mädchens auszumachen. Das junge Ding verstand es sehr gut, sich in der Enge zwischen den Bänken voller ungehobelter lüsterner Kerle zu bewegen, ohne ständig im Vorbeigehen begrapscht zu werden.

»Sieh an, sieh an«, sagte Llew und blickte dem Mädchen lächelnd nach. »Deshalb ist Will also so begeistert von dieser Taverne. Da liegt der Hund begraben!«

Ein unwürdiges Gefühl griff schmerzhaft nach Maries Magen. »Sie ist schön, nicht wahr?«, sagte sie spitz.

»Ja, wirklich, sehr schön.« Llew sah Marie ins Gesicht. Dabei blitzten seine Augen schelmisch auf. »Aber neben meiner süßen Geliebten ist ihre Schönheit wie die des Mondes neben der aufgehenden Sonne.«

»Gut gesprochen. Aber was geschieht, wenn die Sonne untergeht?«, erwiderte Marie herausfordernd.

Llew hielt ihrem Blick stand. »Dann steigen ehrenwerte Leute in ihr Bett.« Er hielt inne, bevor er hinzusetzte: »Ist es nicht so, meine Geliebte?«

In Maries Adern begann das Blut zu singen, und ihre Kehle wurde eng. »Ja, und manchmal ist das Bett aus Heu«, flüsterte sie. Einen Augenblick lang sahen die beiden einander an, als wären sie allein auf der Welt.

»Zweimal Eintopf, zweimal Wein.« Nicht Jenny brachte ihnen

das Essen, sondern Alfred. »Der Eintopf wird Euch schmecken«, zischte er voll Stolz. »Jenny ist eine gute Köchin. Wirklich. Aber ich muss weiter, oder Master Ralf zieht mir die Hammelbeine lang. Gebt gut auf Euch Acht, Herrschaften!« Und schon war er verschwunden.

»Das arme Kind«, sagte Marie. Ihr mitleidiger Blick folgte dem Knaben. »Ich wünschte, wir könnten ...«

Llew legte seine Hand auf die ihre. »Er tut, was er kann«, sagte er in sanftem Ton. »Er versucht, sich wie ein Mann zu benehmen. Du würdest ihn beleidigen, wenn du ihm zeigtest, für wie schwach und klein du ihn hältst. Aber hab nicht zu viel Mitleid mit ihm. Er geht nicht so schnell unter, da bin ich mir sicher.«

»Aber welchen Preis bezahlt er fürs nackte Überleben?«

»Den Preis, den er bereit ist, zu bezahlen«, antwortete Llew. »Darin unterscheidet er sich von niemandem hier auf Gottes Erden.« Marie wusste, dass Llews Worte alles andere als herzlos waren. Auch er hatte sich, kaum älter als Alfred jetzt war, jahrelang allein durch die Welt schlagen müssen, während Marie stets von allem nur das Beste gehabt hatte.

»Du kannst nicht alle Bettler und Waisen der Welt retten, Geliebte«, sagte Llew lächelnd. »Aber der Eintopf wird kalt, Marie. Ich bin am Verhungern, du nicht auch?«

4

Ein Jäger darf keine Furcht kennen,
denn vielerlei wilde Kreaturen hausen in den Wäldern ...

Aelfric, *Colloquy*, elftes Jahrhundert

Zu Llews und Maries Überraschung waren das Essen und der Wein tatsächlich so vorzüglich, wie Alfred und Edwin es voll Stolz behauptet hatten. Der Wein schmeckte leicht und fruchtig. In der dicken, würzigen Soße des Eintopfs schwammen appetitliche Fleischbrocken, die sich noch dazu als saftig und zart erwiesen. Eine Zeit lang widmeten sich Llew und Marie ganz dem einfachen, aber köstlichen Mahl. Von einem inzwischen wieder bestens gelaunten Edwin gedrängt, tranken beide noch einen Becher Wein und gönnten sich dazu ein oder zwei kleine Honigkuchen. Es dauerte nicht lange, bis Marie und Llew eine wohltuende Wärme durch die kalten Knochen rieselte. Frisch gestärkt und vom Wein beschwingt begannen sie, die anderen Gäste der Taverne ein wenig genauer in Augenschein zu nehmen. Marie, die noch nie längere Zeit in irgendeiner Schankstube gesessen hatte, war begierig auf alles Neue und zeigte sich schon bald recht erstaunt.

Denn ein großer Teil der Gäste sah recht ärmlich und abgerissen aus, trotzdem wirkten die Leute fröhlich und heiter. Die Geschichten, die man sich hier erzählte, und die manchmal recht derben Scherze, die von Tisch zu Tisch gingen, unterschieden sich kaum von dem, was Marie früher an der Tafel ihres Vaters, später in Hoels Saal oder am Hofe Heinrichs des Zweiten gehört hatte. König Heinrich hätte es in der Taverne gefallen, da war Marie sich sicher. Prinz Richard wohl eher nicht. Dazu war er zu sehr Eleonores Sohn. Aber Marie konnte sich gut vorstellen, dass der König gelegentlich inkognito ein solches Gasthaus aufsuchte und sich dort prächtig amüsierte. Vor allem, wenn er dann auch noch von einer Schönheit wie Jenny bewirtet wurde.

Jenny war offenbar der ausgemachte Liebling des Hauses und obwohl die Männer sich die Hälse nach ihr verrenkten, schienen die Frauen nichts gegen sie zu haben. Auch Marie war inzwischen über ihren albernen Anflug von Eifersucht hinweg. Jenny erledigte ihre Arbeit schnell und gewissenhaft. Sie mochte keine Dame sein, und auch als zurückhaltend konnte man sie nicht bezeichnen, doch sie war alles andere als jene Art von leichtem Mädchen, die man an einem solchen Ort eigentlich erwartete. Zwar schlug die junge Frau die Hände, die sich gierig nach ihr ausstreckten, nicht gerade weg, doch sie wusste ihnen auszuweichen und dabei ihre Arbeit mit Schwung und einer Brise derbem Humor zu versehen. Ein wenig beschämt gestand Marie sich ein, dass sie Jenny falsch eingeschätzt hatte.

Für den Wirt Edwin konnte sie sich hingegen beim besten Willen nicht erwärmen. Er hatte eine berechnende Art und versteckte seine Missgunst und seinen Neid hinter übertriebenen Schmeicheleien. Gleichzeitig wirkte er sehr unsicher und gehörte offenbar zu jener Sorte von Lustmolchen, die ihren Trieben im Geheimen nachgaben, anstatt sich mit anzüglichen Sprüchen Luft zu machen. Im Gegensatz zu Edwin war seine Frau Emma mit ihrem breiten Lächeln, den starken Armen und den von der Arbeit in der Hitze des Küchenfeuers geröteten Wangen geradezu liebenswert, auf jeden Fall aber aufrichtig freundlich. Ihre Anweisungen an Jenny gab sie kurz, aber nicht barsch. Marie fragte sich, wie diese freundliche Frau das Leben mit einem so widerlichen Menschen wie Edwin ertragen konnte. Vielleicht lag das Geheimnis darin, dass sie vom Schicksal nicht verwöhnt worden war und daher nichts Besseres erwartete. Aber möglicherweise täuschte Maries erster Eindruck sie auch. Sie hatte wenig Erfahrung mit Menschen außerhalb ihres Standes, wusste kaum etwas über das Leben derer, die den größten Teil der Bevölkerung ausmachten.

»Du bist so still geworden, Geliebte.«

»Mir gehen gerade ein paar Dinge durch den Kopf, Llew. Eben erst fiel mir zum ersten Mal auf, dass ich noch niemals über ganz gewöhnliche Menschen geschrieben habe, über das gemeine Volk. In meinen Geschichten kommen nur Ritter, edle Damen, Könige und Burgen vor.«

»Davon liest man nun einmal am liebsten, Marie«, entgegnete Llew lächelnd. »Das gilt für den Adel genauso wie für das gemeine Volk – wenn es denn des Lesens kundig ist.«

»Ja, mag sein«, sagte Marie ohne rechte Überzeugung. Noch wollte es ihr nicht gelingen, ihre Gedanken in passende Worte zu kleiden. »Aber eines Tages würde ich gerne etwas ausprobieren ... Ich denke an eine Geschichte über Edelleute, wie die Bürger und Bauern sie sehen. Eine Geschichte über die Adler aus dem Blickwinkel der Spatzen.«

»Oder eine Geschichte über die Wölfe, aus der Sicht der Lämmer?«

»Oh nein, liebster Llew, so sollte es doch nun bei Gott nicht sein! Ein guter Fürst darf sich nicht gebärden wie ein reißender Wolf, eher wie ein unerschrockener, aber treuer Hund, der eine hilflose Herde bewacht, sein Leben mit den Schafen teilt und bereit ist, es für sie zu opfern. Nur dann wird ihm die Herde vertrauen und gehorchen.«

Llew schüttelte bedächtig den Kopf. »Ein Hund hat selbst einen Herrn über sich. Und noch eins: Gehorcht die Herde dem Hund aus Liebe oder aus Angst? Schafe halten wir, weil wir ihre Wolle und ihr Fleisch schätzen. Aber vor langer Zeit waren sie wild und zogen frei über die Hügel. Es gab keinen Hund, der sie zusammentrieb.«

»Aber damals machten die Wölfe Jagd auf sie und verschlangen viele von ihnen«, entgegnete Marie hitzig. »Denn wenn es keinen Hund gibt und keinen Herrn, dann sind die Schafe den Wölfen gnadenlos ausgeliefert. Und wenn es keine Fürsten mit treuen Vasallen gibt, regieren die Gesetzlosen und peinigen das Volk.«

»Das ist wahr«, sagte Llew. »Aber, meine Liebste, wer beschützt die Schafe, wenn der Hund in Wirklichkeit ein Wolf ist?«

Bevor Marie darauf antworten konnte, wurde die Tür der Taverne aufgestoßen. Ein kalter Luftzug drang in den Raum, als zwei Männer, die von kräftigem Wuchs, dabei aber nicht sehr groß waren, eintraten. Sie trugen gewaltige Oberlippenbärte und kurz geschnittenes dunkles Haar, wie man es häufig bei den Bewohnern von Wales sah. Den Neuankömmlingen hafteten die Wachsamkeit und die mühsam unterdrückte Reizbarkeit von Männern an, die ihren Lebensunterhalt vornehmlich durch den Gebrauch ihres Schwertes verdienten.

Master Edwin eilte zu ihnen und machte dabei keinen sehr glücklichen Eindruck. Die anderen Gäste der Taverne schenkten den grobschlächtigen Kerlen keine große Aufmerksamkeit. Gesellen wie diese beiden schienen hier ein gewohnter Anblick zu sein. Edwin und die Männer redeten nur kurz miteinander. Dann wedelte der Wirt resigniert mit der Hand und eilte davon. Die bärtigen Kerle bahnten sich einen Weg durch die Bankreihen und blieben schließlich bei Llew und Marie stehen.

»Der Eintopf hat Euch gemundet, meine Freunde?« Die Stimme des Sprechers war tief und leise. Die englischen Worte rollten ihm mit dem melodiösen Akzent der Waliser von der Zunge.

»Ja, in der Tat.«

Der erste Mann setzte sich unaufgefordert neben Llew, der zweite blieb stehen, als hielte er Wache. Marie sah, wie Llews Muskeln sich anspannten. Fast unmerklich rutschte er ein wenig näher an sie heran. Auch er hatte sich jahrelang auf sein Schwert und seinen gesunden Menschenverstand verlassen müssen. Aber der Waliser lächelte sie freundlich an.

»Wir grüßen Euch, Sir Llew und Lady Marie«, sagte er leise. »Wir sind froh, Euch wohlauf zu finden. Aber Ihr müsst weg von hier, und zwar noch heute.«

Llews Blick wanderte zu Edwin und dann zurück zu dem Waliser.

»Wer seid Ihr?«

»Ich bin Cynwal, Sohn des Owain, und das ist mein Bruder Cynedyr. Wir sind Bauern auf dem Land von Walter de Clifford, das an Bestude grenzt. Wir wissen, dass Ihr auf dem Weg dorthin seid.«

Llew musterte den Mann eingehend. »Schickt Euch Will von Grimford zu uns?«

Cynwal schüttelte den Kopf. Die Antwort aber kam von seinem Bruder. Er war ein wenig größer als Cynwal und nicht ganz so gedrungen. Offenbar war er der Jüngere von beiden, und es fehlte ihm ein wenig an Selbstsicherheit. Er beugte sich zu Llew und Marie und flüsterte: »Will von Grimford sollte man ... nun ... sollte man nicht unbedingt ...«

»Man sollte ihm nicht trauen?« Llews Ton war hart.

Cynwal lächelte. »Mein Freund«, sagte er, »zieht Eure eigenen Schlüsse. Er schickte Euch hierher anstatt zu uns. Und das, obwohl er wusste, dass wir uns in der Stadt aufhalten und aus der Nähe von Bestude stammen. Wir sind schon beinahe auf dem Nachhauseweg, auch das wusste er und hat es Euch nicht gesagt. Nun fragt Euch selbst, warum.«

»Ihr sagtet, wir müssten noch heute von hier weg«, erwiderte Llew. »Aber Ihr sagtet nicht, aus welchem Grund.«

Cynwal schien Llews barscher Ton nicht zu beeindrucken. »Diese Taverne ist berühmt, meine Freunde. Oder sollte ich lieber sagen berüchtigt? Jedenfalls trägt sie ihren Namen zu Recht ...«

Wirtsleute und Diebe arbeiten oft Hand in Hand, hatte Llew gesagt. Und der Name der Taverne war Jackdaw. So nannte man in dieser Gegend bestimmte, den Krähen verwandte Vögel, nämlich die Dohlen. Und Dohlen waren bekanntermaßen ebenso diebisch wie ihre Vettern, die Elstern.

Llews Blick war nicht mehr ganz so hart. »Und Ihr seid gekommen, um uns von hier fortzubringen?«

Cynwal wedelte elegant mit der Hand. »Die Entscheidung liegt ganz bei Euch, meine Freunde. Wartet auf Will von Grimford, wenn Ihr wollt. Wartet hier in Master Edwins Jackdaw – oder versucht es mit uns, Euren Landsleuten, Männern die wissen, dass Ihr auf der Suche nach den grünen Blättern des Waldes seid.«

Marie und Llew starrten den Mann erschrocken an. Grüne Blätter. Greenleaf. Der Waliser setzte ein dünnlippiges Lächeln auf und wartete still und fast regungslos auf die Entscheidung der beiden Reisenden. Sein Bruder Cynedyr schien deutlich nervöser zu sein. Ein Muskel zuckte an seiner Kehle.

Schließlich fand Llew seine Stimme wieder. »Und Ihr wisst, wo ... wo man dergleichen finden kann?«

Cynwal nickte langsam. »In der Tat.«

Die beiden Männer musterten einander stumm. Marie kamen sie vor wie wilde Tiere, die sich belauerten.

Doch dann meldete sich Cynedyr zu Wort. Er sprach hastig, und seine Augen flackerten unruhig, als Edwin sich dem Tisch näherte. »Der Gutshof von Ratheford, welcher auf dem Land unseres Herrn Clifford liegt, ist nicht weit von Bestude. Wir müssen uns noch heute auf den Weg dorthin machen, denn in der Nacht wird es schneien. Und dann können die Straßen tagelang, wenn nicht wochenlang unpassierbar sein. Wenn Ihr wirklich nach Bestude wollt, solltet Ihr sofort mit uns aufbrechen.«

Cynwal setzte ruhiger hinzu: »Hat er nicht Recht, Master Edwin?«

Wie viel hatte der Wirt gehört? Marie konnte es nicht sagen, aber der Mann sah nicht sehr glücklich aus.

»Also schön«, sagte sie, bevor jemand etwas einwerfen konnte. »Offenbar müssen wir mit Euch reiten. Denn wir wollen uns in Worcester nicht lange aufhalten. Auch wenn es uns schwer fällt, diese gastliche Taverne zu verlassen.«

Edwin schien darauf nichts Rechtes einzufallen. Sicher hätte er seine Gäste gerne über Nacht im Haus behalten, wenn nicht länger. Die Waliser verdarben ihm ein schönes Geschäft.

»Was meint Ihr, Master Edwin, wird es Schnee geben?«, fragte Llew grimmig.

»Ich glaube, es dauert noch ein paar Tage, bis es zum ersten Mal richtig schneit«, murmelte Edwin widerstrebend. Seine Augen huschten durch den Raum, als suche er jemanden.

»Die Entscheidung liegt natürlich bei Euch«, sagte Cynwal an Marie und Llew gewandt. »Aber vermutlich gibt es in nächster Zeit nicht allzu viele Männer, die in unsere Richtung reiten. Die meisten sind längst zu Hause, weil sie wissen, wie unberechenbar das Wetter um diese Jahreszeit sein kann. Es könnte Tage dauern, bis Ihr eine andere Eskorte findet, vielleicht sogar Wochen.« Seine Augen waren beredter als sein Mund. Nehmt Euch in Acht, sagten sie. Man will Euch hier festhalten. Man will Euch so lange wie möglich in der Stadt haben.

Marie lächelte und sagte leichthin: »Ja, ich glaube, wir sollten aufbrechen, Llew. Der Herr von Bestude erwartet unseren Besuch.«

»Der Wirt, dieser scheußliche Kerl, hat allerhand auf dem Kerbholz«, sagte Cynwal, als sie die Taverne bereits weit hinter sich gelassen hatten und schon fast aus der Stadt waren. Die walisischen Brüder ritten grobknochige Mähren, Bauernpferde ohne jede Eleganz, doch die Männer saßen überraschend geschmeidig in den Sätteln.

Cynedyr grinste. »Edwin ist kein Geschäft zu windig. Was immer etwas fragwürdig ist, zieht ihn magisch an. Er fischt am liebsten im Trüben, das ist nun einmal seine Natur.«

»Armer Kerl«, setzte Cynwal hinzu. »Doch er ist eben ein Engländer. Er kann nichts dafür.«

»Ja, man kann den Ärmsten nur bedauern, dass er nicht wie wir in Wales geboren wurde«, sagte Llew. Dafür handelte er sich misstrauische Blicke von den Brüdern ein, doch seine Züge blieben undurchdringlich. »Sagt, meine Freunde, Ihr reitet so gut und Eure Schwerter sind blank und scharf. Ihr zieht frei umher und wollt doch Bauern auf dem Grund und Boden von Sir Clifford sein?«

»Wir sind freie Männer, keine Leibeigenen. Und Schurken sind wir auch keine, falls Ihr das denkt«, antwortete Cynwal schlagfertig. »Aber gelegentlich reisen wir im Auftrag unseres Herrn durch die Lande. Wenn er oder seine Freunde einen Begleitschutz brauchen, steigen wir aufs Pferd. Die Schwerter gab er uns selbst, denn die Gegend um Ratheford und Bestude kann sehr gefährlich sein. Und was unsere Arbeit als Bauern angeht: Wir bestellen beide ein Stück Land am Waldrand – Land, das unsere Familie schon seit Generationen unter dem Pflug hat. Genau wie Ihr, Llew ap Gruffyd, stammen wir aus einem uralten Geschlecht. Das unsere war schon immer im Grenzland zu Hause. Früher besaßen wir einmal große Ländereien. Aber das war, bevor die Engländer kamen. Vor langer Zeit hatten wir Macht und Einfluss im Lande der Briten ... in den Tagen von Bran ... Aber nun leben wir wie alle Bretonen unter der Herrschaft von Fremden.«

»Ja, das ist bedauerlich«, sagte Llew. Sein gleichgültiger Ton überraschte Marie. Für gewöhnlich nahm er großen Anteil an derlei Geschichten, denn er war stolz darauf, zum Volk der Waliser zu gehören. »Aber sagt, Freunde, Ihr habt uns auf Greenleafs Geheiß aufgesucht, und wir sind Euch dankbar dafür. Aber warum schickt er Euch erst jetzt?«

Die Brüder sahen einander an. »Mylord ...«, begann Cynwal, doch Llew machte eine ungeduldige Handbewegung.

»Mein Freund«, setzte Cynwal noch einmal an, »Ihr wisst wohl, dass ... dass Wesen seiner Art selten direkt auf ihr Ziel zustreben, wie wir Sterblichen es tun. Sie wählen verschlungene und oft undurchsichtige Pfade.«

Treffender hätte er sich nicht ausdrücken können, denn was er sagte, erinnerte Marie und Llew an die Worte von Prinzessin Angharad. Auch sie hatte von diesem Unterschied zwischen Elfen und menschlichen Wesen gesprochen. Und so herrschte im weiteren Verlauf des Rittes eine deutlich kameradschaftlichere Stimmung zwischen den vier Reisegefährten als zu Beginn ihres gemeinsamen Weges.

Bald erreichten sie die Tore von Worcester, überquerten den Severn und trabten hinaus in die Felder. Die Kälte schnitt ihnen in die Gesichter, aber die Wolken schienen nicht mehr ganz so tief über dem Land zu hängen wie in den Tagen zuvor. Hier draußen war es heller als in den engen Gassen der Stadt, und Marie spürte, wie eine freudige Erregung von ihr Besitz ergriff. Das Land breitete sich vor ihr aus wie die Seiten eines reich bebilderten Buches. Doch dieses Buch barg ein Geheimnis. Es enthielt eine Botschaft in einer fremden Sprache, die, einmal entziffert, den Weg zu unsagbaren Schätzen weisen konnte. Vielleicht würden sich ihre Reise und die Geschichte von Bestude mit der Zeit als wenig bemerkenswert erweisen. Doch noch hatte Marie das Gefühl, die Seiten des ihr unbekannten Buches aufzublättern, und sie wollte die Vorfreude und die gespannte Erwartung auf alles, was vor ihnen lag, in vollen Zügen auskosten.

Viele herrliche Bilder breiteten sich vor Marie aus, während sie so dahinritten: Sie sah Bäche und Flüsse, in deren Ufergehölzen noch Vögel zwitscherten, breite Schilfgürtel und knorrige Weiden, die ihre ergrauten Bärte ins Wasser tauchten, Fischer und Aalfänger, die ihren Fang an Stöcken über der Schulter nach Hause trugen. Auch an Gemeindewiesen ritten sie vorbei, wo Hühner geschäftig im braunen Gras scharrten und Kinder mit weithin schallenden Rufen kleine Schafherden zu ihren Pferchen trieben. Männer hielten in ihrer Arbeit inne und verfolgten die Reiter mit misstrauischen Blicken. In den Wäldern starrten Köhler und Schweinehirten stumm hinter ihnen her. Die Mischung aus Neugier, Misstrauen und Zurückhaltung, die ihnen entgegenschlug, überraschte Marie. Ihr war, als läge eine gewisse Feindseligkeit in den heimlichen Blicken, die ihnen folgten. Sicher war es nicht einfach, diese Leute für sich zu gewinnen.

Dann dachte sie an ihr eigenes verlorenes Land, das weit entfernt jenseits des Meeres lag. Die Vorstellung, Valoiz oder selbst

Frankreich vielleicht nie wieder zu sehen, nahm ihr für einen Augenblick den Atem. Würde sie nun ihr Leben lang eine Fremde sein, die durch die Ländereien anderer Völker zog ...?

»Du siehst so traurig aus, meine Geliebte«, sagte Llew mit sanfter Stimme.

»Nein, nein, es geht mir gut, eigentlich ...«

Doch ihre Seelen waren einander verwandt, und er erriet sofort, was sie so schwermütig stimmte.

»Du und ich, Marie, meine Geliebte, wir reiten beide als Fremde in dieses Land der grünen Wälder. Wir sind beide Blätter im Wind, die schon an vielen Orten weilten: An Orten der Seele und des Herzens. Wir kennen uns selbst, und wir kennen einander. Aber das Ziel, dem wir nun entgegenreiten, ist uns unbekannt, auch wenn ich durch das Blut, das in meinen Adern fließt, mit ihm verbunden bin, und du durch deine Liebe zu mir. Wir suchen nach Antworten, die wir vielleicht nicht finden werden. Und wir erhoffen sie uns von Menschen, die sie uns vielleicht nicht geben wollen. Wir werden Fragen stellen, die uns womöglich in Gefahr bringen, denn dies ist nicht unsere Heimat, weder die deine noch meine. Wir sind Zugvögel und werden vielleicht nie ein Haus unser Heim nennen, wie andere Leute es tun. Doch unser Heim ist die Liebe, die wir für einander empfinden. Und die kann uns niemand nehmen, ganz gleich, was noch geschehen mag.«

Marie fühlte, wie bei Llews Worten eine Leichtigkeit in ihrem Herzen Einzug hielt, die einer goldenen Sommerbrise glich. »Ich danke dir, Llew. Du hast ganz Recht, so ist es, denn ... Oh, Llew, sieh nur!«

Ein Eisvogel, dessen Gefieder glänzte wie Samaragde und Saphire im Geschmeide eines Königs, schoss wie ein Pfeil aus dem Wasser eines Baches. Im Schnabel trug er einen silbernen Fisch. Zu dieser Jahreszeit sah man ein solches Bild äußerst selten, und es war von solcher Schönheit, dass Marie froh herauslachte. Was für wunderbare Gaben die Natur doch immer wieder bereithielt! Die beiden Brüder, die vor ihnen ritten, zügelten ihre Pferde und wandten sich um. Sie wollten sehen, was Marie so erheiterte. Und plötzlich lag auch auf ihren düsteren Gesichtern ein warmes Strahlen.

»Ein seltener Anblick«, sagte Cynwal mit seiner melodiösen Stimme. »Eisvögel sieht man im Winter nicht oft.«

»Man sagt, der Eisvogel sei ein Symbol für eine glückliche Ehe«, fügte Cynedyr mit einem schelmischen Blitzen in den Augen hinzu. »Und er bringe denen, die ihn sehen, Glück.«

»Ein wahrhaft gutes Omen also – und so passend«, sagte Llew lächelnd, während er und Marie einander tief in die Augen schauten.

Bald waren alle schweren Gedanken vergessen, und sie erreichten bester Dinge jenes Anwesen mit Namen Stanford, das zu Walter de Cliffords Besitz gehörte. Hier führte eine Furt durch die Teme. Die vier Reiter hielten nicht beim Herrenhaus an, denn Sir Clifford weilte im Augenblick nicht auf dem Anwesen am Fluss. Er verbrachte diese unwirtliche Jahreszeit in Frankreich, wie die meisten hohen Herren es inzwischen taten.

»Hoffen wir, dass der Herr von Bestude nicht auch in den Süden gereist ist!«, sagte Llew in einem Ton, der einem Außenstehenden unbekümmert erschienen wäre. Aber Marie ließ sich nicht täuschen.

Cynwal schüttelte lächelnd den Kopf. »Oh nein! Der Herr von Bestude verreist nie. Er fühlt sich seinem Anwesen und seinen Leuten sehr verbunden.« Etwas wie Bewunderung lag dabei in seiner Stimme. In Britannien und noch dazu auf dem eigenen Besitz zu überwintern, war bei adeligen Herrschaften, die auf Macht und Einfluss bei Hofe oder in der Gesellschaft ganz allgemein hofften, völlig aus der Mode gekommen. Und als altmodisch zu gelten, fürchteten viele dieser Edelleute mehr als der Teufel das Weihwasser. Sir Roger de Saint Jean nahm demnach seine Verpflichtungen dem eigenen Land und den eigenen Leuten gegenüber sehr ernst.

Gerade als die vier Reitersleute sich anschickten, die Furt zu durchqueren, brach eine seltsame Gestalt aus dem Gebüsch neben der Straße hervor. Halb nackt und nur notdürftig mit ein paar schmutzigen Lumpen bedeckt, das schulterlange Haar wirr und verfilzt, sprang ein Wesen vor ihnen auf und ab und brachte die Pferde zum Scheuen. Wie wild wedelte die armselige Gestalt mit den Armen und rief mit einer dünnen, brüchigen Stimme: »Nehmt Euch in Acht, nehmt Euch in Acht!«

»Aus dem Weg, Mann.« Cynwal trieb sein Pferd vorwärts, als wolle er den sonderbaren Kerl über den Haufen reiten. »Denkt Euch nichts dabei«, rief er Marie und Llew zu. »Der Mann ist harmlos. Er ist ein armer Irrer. Seine Familie wurde vor Jahren in Poukswood von Wegelagerern ermordet. Seither steht es um seinen Verstand nicht zum Besten.«

»Halt.« In Llews Stimme lag eine solche Unerbittlichkeit, dass Cynwal sofort gehorchte. In sanfterem Ton fuhr Llew fort: »Wovor wollt Ihr uns denn warnen, guter Mann?«

Die wässrigen blauen Augen des Verrückten rollten unruhig hin und her. »Hütet Euch! Hütet Euch vor Poukswood! Vor den Brandstiftern! Hütet Euch vor den Wölfen!«

»Ich sage Euch doch«, kam es ungeduldig von Cynwal, »der Mann ist nicht bei Trost. ›Die Wölfe‹, so nannte man die Bande, die seine Familie auf dem Gewissen hat. Aber diese Verbrecher gibt es längst nicht mehr. Und die Brandstifter – die kommen nur noch in den Ammenmärchen vor. Diese Legende geht auf die Zeit König Williams zurück ...«

»Wir kennen sie«, sagte Marie leise.

Cynwal musterte sie mit einem scharfen Blick. Doch sein Ton war freundlich, als er antwortete: »Dann wisst Ihr auch, edle Dame, dass viel über diese Dinge geredet wird – aber es ist wenig Wahres darunter. Wir reiten tagein, tagaus durch diesen Wald. Doch mehr als ein paar Kratzer von den Dornen der Brombeeren haben wir noch nie davongetragen. Bei Nacht ist das etwas anderes. Kein vernünftiger Mensch würde nach Einbruch der Dunkelheit den Wald betreten. Aber gilt das nicht für alle Wälder?«

»Lieber Freund« – Llew schenkte Cynwals Worten keine Beachtung, sondern sprach weiter mit dem Irren –, »sagt uns doch bitte ...«

Der Verrückte hob den Blick und sah Llew geradewegs in die Augen. Als er bemerkte, dass das eine grün, das andere aber braun war, stieß er einen entsetzten Schrei aus. »Dämonen! Gespenster! Hexerei!«, schrie er, und nahm die Beine unter den Arm. Wie von Furien gehetzt, rannte er durchs Unterholz. Niemand machte sich die Mühe, ihm zu folgen.

»Nun seht Ihr, was ich meine ...«, begann Cynwal, doch Llew unterbrach ihn.

»Es war von Poukswood die Rede. Nennt man so den Wald von Bestude?«

»Ja, natürlich«, antwortete Cynwal halb ungeduldig, halb erstaunt.

»Pouk ... das kommt von Puca. Puca ist das cymrische Wort für einen Waldgeist ...« Llew sprach langsam, als rede er mit sich selbst.

Marie, die die Begegnung mit dem zerlumpten Irren mit Mitleid und Unbehagen erfüllt hatte, legte ihm die Hand auf den Arm. Er sah sie an. Sein Lächeln wirkte ein wenig traurig, gleichzeitig aber auch geistesabwesend. Marie hatte das Gefühl, dass ihr Gemahl sie in diesem Augenblick kaum wahrnahm. Eine unbestimmte Vorahnung machte ihr das Herz schwer. Vielleicht sollten sie die Warnung des Irren ernst nehmen und sich vom Wald fern halten. Dabei fürchtete Marie weder Wölfe noch Räuber, weder brandschatzende Dämonen noch Geister; sie fürchtete allein das, was Llew dort erfahren würde. In ihr wuchs die Angst, die Macht der Vergangenheit könnte Llew von ihr entfernen.

Je näher sie Bestude kamen, desto näher kamen sie der Erinnerung an Llews Vater, Elfric, der dort geboren war und seinem Herrn treu gedient hatte. Niemand konnte sagen, welche Empfindungen die Heimat seines Vaters für Llew bereithielt. Niemand wusste, ob es ihm gelingen würde herauszufinden, was für ein Mensch Elfric gewesen war, und ob der Sohn mit dem, was er über den Vater erfuhr, leben konnte.

In tiefes Schweigen versunken durchquerten sie die Furt. Die Hufe der Pferde wühlten den Schlamm auf dem Grund des seichten Wassers auf. Am anderen Ufer führte die Straße in einem scharfen Knick nach Osten, am Fluss und am Rand der Auen entlang.

Schließlich gelangten sie an einen Wald. »Poukswood«, sagte Cynwal und ritt voran.

Für Marie unterschied sich dieser Wald zunächst in nichts von jedem anderen Gehölz. Eichen, Buchen, Linden und Birken waren umgeben von einem Dickicht aus Haselsträuchern, Stechpalmen und Weißdorn. Die Bäume waren um diese Jahreszeit beinahe völlig kahl. Nur hier und da zitterten ein paar goldene, braune oder rostrote Blätter an den Zweigen, und kaum eine Hand voll rote Beeren glühte noch im Gebüsch. Bald wurde der Wald dichter und dunkler, und der Pfad verengte sich. Sie mussten hintereinander reiten. Ein dicker Teppich aus vermodernden Blättern dämpfte den Hufschlag der Pferde.

Hier im Herzen des Waldes war es sehr still. Zu still. Kein Mensch schien sich je an diesen Ort zu verirren; kein Schweinehirt, kein Köhler und kein Pilzsammler. Aber auch sonst regte sich nichts. Vergeblich hielt Marie Ausschau nach Vögeln oder nach dem meist unsichtbaren kleinen Getier, das sich nur durch ein Rascheln im Unterholz verriet. Der Wald erschien ihr wie tot. Oder wie ein Wesen, das den Atem anhielt, während sie ihm auf den Pelz krochen.

Elfland musste tief in diesem verfilzten Wald liegen; Elfland, die englische Anderwelt, von der Marie nur das wenige wusste, was Prinzessin Angharad und Gayain ihnen gesagt hatten. Und dann gab es noch Cynwals etwas widersprüchliche Erklärungen ...

Wir wollten dem Grafen Beauchamp kein allzu großes Vertrauen schenken, überlegte Marie verdrossen. Wir wollten uns nicht in der Taverne aufhalten lassen und konnten es nicht erwarten, Greenleaf zu sehen. Wir waren auf der Hut. Aber was, wenn die Gefahr gar nicht von der sterblichen Welt ausging? Was wussten sie denn schon über Elfland? Hatte Prinzessin Angharad sich am Ende getäuscht, und die Elfen Bestudes führten Böses im Schilde? Vielleicht sollte der Zwerg Greenleaf sie ja nur im Auftrag seines geheimnisvollen Herrn in den Wald locken, wo sie unbekannten Mächten hilflos ausgeliefert waren. Konnte es sein, dass Cynwal und Cynedyr, die Greenleaf offenbar kannten, gar nicht zu den sterblichen Wesen der menschlichen Welt gehörten? Dämonen und Gespenster hatte Will gesagt, Dämonen und Gespenster gingen in diesem Wald um. Gestaltwandler, die jede Form annehmen können ... Maries Handflächen begannen zu prickeln. Sie sah, wie Llew sich so einreihte, dass er Cynwal und Cynedyr jederzeit im Auge hatte, und beschloss, besonders wachsam zu sein. Sie ritt etwas näher an Cynedyr heran. Der blickte zwar erstaunt auf, unternahm jedoch keinen Versuch, den Abstand zu ihr wieder zu vergrößern.

Plötzlich wurde der Pfad noch enger und führte dann durch einen Graben mit steilen, dicht bewaldeten Seiten in eine kleine Senke hinab. Sie mussten die Köpfe einziehen, um nicht von den überhängenden Ästen aus dem Sattel gefegt zu werden. Hier standen die Bäume so dicht zusammen, dass Marie sich fühlte wie unter einem Dach. Aber was in der warmen Jahreszeit ein leuchtend grüner Baldachin gewesen wäre, bestand nun nur aus einem winterlich grauen Gewirr ineinander verhakter Zweige. Den Pferden schien dieser Ort nicht zu behagen, und sie mussten energisch vorwärts getrieben werden.

Marie saß auf einer nervösen Apfelschimmelstute, die aus den Stallungen der Königin in Salisbury stammte. Plötzlich stemmte das Pferd die Hufe in den Boden und weigerte sich, auch nur noch einen Schritt weiterzugehen. Direkt vor seiner Nase war eine Dohle auf einem Ast gelandet. Die wässrigen gelben Augen des gefiederten Wächters musterten die Eindringlinge aufmerksam. Dabei stieß der Krähenvogel ein spöttisches Krächzen aus. Marie hatte alle Hände voll zu tun, die nervöse Stute unter Kontrolle zu halten.

»Soll ich Euer Pferd führen, Mylady?« Cynedyr hatte ebenfalls angehalten. »Mir scheint, es braucht eine feste Hand.«

»Nein, danke«, sagte Marie und versuchte die Dohle zu verscheuchen. »Es ist nur der Vogel. Er beunruhigt meine Stute.« Marie drehte den Kopf ein wenig, um sich nach Llew und Cynwal umzusehen, die ein Stück hinter ihnen auf dem Pfad angehalten hatten. Dabei bemerkte sie aus dem Augenwinkel eine plötzliche Bewegung in den Bäumen über ihnen, so als habe jemand seine Position verändert. Das Herz sprang ihr beinahe aus der Brust. Ein Hinterhalt!, schoss ihr durch den Kopf. Sie hob die Finger zum Mund und wollte einen warnenden Pfiff ausstoßen, doch in diesem Augenblick stieß die Stute ein wildes Wiehern aus und bäumte sich unter ihr auf. Marie sah erst einen Lichtblitz, dann nur noch tiefe Dunkelheit. Sie fiel in ein bodenloses Nichts.

Zweites Kapitel

In welchem erzählt wird, wie Sir Edric im Wald eine wilde Prinzessin traf und wie der Segen des Waldes über sein Geschlecht kam.

In den Tagen, bevor William, der König des Nordens, in das Land England kam, wuchs Edric, der Sohn Aelfrics, zum Manne heran. Seine Familie hatte viel erdulden müssen, da der Verräter Streona aus ihr hervorgegangen war, und die Zeit unter der Herrschaft König Edwards hatte ihnen viel Unbill gebracht. Still hatten sie sich auf ihre Ländereien im Westen zurückgezogen, und dort war aus dem Knaben Edric ein dunkler, wilder Mann geworden. Er machte sich einen Namen als Krieger, als er gegen die Briten aus dem Lande Brythland, das man nun Wales nennt, kämpfte, die bei jeder Gelegenheit in England einfielen. Dabei war er schlau genug, sich nie allzu weit von seinem eigenen Grund und Boden zu entfernen. Er war ein schöner Mann, sein Gesicht hager, seine Züge so scharf wie die des Falken, seine Augen dunkel und klar wie ein Bach im Wald, sein Körper sehnig und stark. Man wusste, dass in seinen Adern nicht nur englisches Blut floss, sondern auch das derer von Brythland und vielleicht noch anderer Völker. Was also seine Herkunft anging, war er ein echter Bewohner des Grenzlandes, und sein Anblick erfreute so manche junge Maid. Zahlreich waren die, mit denen er sich im Heu und im Gebüsch wälzte, doch unter ihnen gab es keine, die er genug liebte und achtete, um sie zu seiner Frau zu machen.

Der junge Elfric verbrachte viel Zeit im Wald bei der Jagd. Er kannte jeden Pfad vom Weißen Turm von Clun bis zum Land am Fluss Teme. In den Hügeln von Pucawuda, an jenem Ort, der Waedley genannt wird, jagte Edric Wildschweine, Wölfe und Hirsche. Arnwin, ein Freund aus seiner Kindheit, der inzwischen Priester geworden war, begleitete ihn dabei. Arnwin lebte mit seiner Frau namens Hazel, die aus dem Osten Mittelenglands stammte, und ihren gemeinsamen Kindern, welche die Namen Edmund und Godiva trugen, auf Waedley. Das bescheidene Gut hatte der Bischof Arnwin zugesprochen, weil er ein Freund von Sir Edric war.

Arnwin war ein großer, kräftiger Mann und gut fünf Jahre älter als Edric. Selten sah man den Priester im Zorn, vielmehr lachte er gern, und die Menschen liebten ihn. Der Burgherr Richard Fitz Scrob, ein Normanne, war nicht gut auf Arnwin zu sprechen, denn anders als die normannischen Priester lebte er nicht keusch. Im Gegensatz zu vielen normannischen Gottesdienern hatte er eine Frau, zu der er sich bekannte, und Kinder, für die er sorgte.

Arnwin kannte Pucawuda mit all seinen Pfaden ebenso, wie er die Pfade des Herrn kannte. Er konnte den Wald genauso lesen wie das Wort des Herrn. Viele Gaben waren ihm geschenkt, aber vor allem die eine: Er verstand die Sprache der Elfen und Geister des Waldes und bat sie manchmal um Rat. Dabei musste er den Zorn des Allmächtigen nicht fürchten, denn sein Herz war rein und ohne Arg. Er sah in den Elfen und Waldgeistern die Geschöpfe des Herrn. Die Menschen hatte Gott erst später erschaffen. Arnwin fürchtete sich nicht vor der Hinterlist und der Verschlagenheit jener uralten Kreaturen, denn er war ihnen durchaus gewachsen.

An einem sonnigen Herbsttag begab es sich, dass Arnwin allein durch Pucawuda streifte. An einem Bach namens Pipers Brook traf er auf zwei Wasserelfen, die sich ungeniert über das traurige Schicksal des Herrn von Oakenfast unterhielten. Dessen Tochter Goda weigerte sich, den ihr bestimmten Mann zu heiraten, und machte ihren Vater damit sehr unglücklich. Wassergeister sind die unberechenbarsten unter den Elfen, und ihre Scherze können grausam sein. Dabei ist ihr Geist von großer Klarheit, aber doch so seicht wie das Wasser, das über die Steine einer Furt plätschert.

»Was ist geschehen, gute Geister?«, fragte Arnwin. »Warum seufzt die Jungfer, warum trauert der König?«

»Das törichte Weib hat sich verliebt«, höhnte eine der Wasserelfen. »Ganz krank vor Liebe ist sie schon.«

»Aber dagegen ist doch nichts einzuwenden, wo sie doch heiraten soll.«

»Ah, aber es ist ein Sterblicher, an den sie ihr Herz hängen will. Und ihr Vater ist alles andere als beglückt.« Die silbrigen Augen der Wasserelfe verengten sich. »Aber warum diese Frage, guter Herr, wo Ihr den Mann doch kennt?« Damit schickten die Wasserelfen sich an, über den armen Arnwin herzufallen, ihn zu zwicken und zu kneifen, wie sie es gerne tun, bis die Haut ihres armen Opfers von der endlosen Quälerei mit blauen und schwarzen Flecken übersät ist.

»Liebe gute Elfen«, sagte Arnwin. Dabei zog er schnell seinen Dolch und hielt das kalte Eisen, den Griff nach oben, zwischen sich und die beiden Wasserwesen. Denn Elfen, die Böses im Sinn haben, können eiserne Schranken nicht überwinden, ganz besonders, wenn das Eisen die Form eines Kreuzes hat. »Ich kenne den Namen dieses Sterblichen nicht. Es sei denn, Ihr verratet ihn mir.«

»Es ist dein Freund, der die Wälder so liebt, der, den man den wilden Edric nennt. Prinzessin Goda hat ihn des Öfteren in Pucawuda gesehen, denn dort ruht sie gern in einer Laube. Sie hat sich an seiner weißen Nacktheit ergötzt, während er in den Bächen und Seen des Waldes badete, und sich in ihn verliebt.«

»Und wer ist diese Maid?«, fragte Arnwin, sorgsam darauf bedacht, das eiserne Kreuz zwischen sich und den Elfen zu halten.

»Sie ist die Tochter des Herrn von Oakenfast. Sie ist schön, sie ist rot, golden und standhaft wie die Eiche im Herbstwind«, antworteten die Elfen leichthin und sprangen auf die Füße.

»Sagt, wo findet man diese Jungfer?«

Die Elfen verloren bereits das Interesse an der Unterhaltung mit dem Sterblichen. »Sie ist, wo sie ist«, riefen sie. Dann glitten sie ins Wasser und verschwanden flink und geschmeidig wie silberne Fische.

Arnwin aber ritt schnell davon und suchte seinen Freund und Herrn, Sir Edric. Als er ihn fand, sagte er ihm, was er von den Wasserelfen erfahren hatte. Edric beschloss, sofort in den Wald zu reiten und die Prinzessin zu suchen. Er wollte sie unbedingt sehen, denn er hatte gehört, Elfen seien noch viel schöner als sterbliche Frauen. Stolz füllte sein Herz bei dem Gedanken, dass ein solches Wesen ihm seine Liebe schenken wollte.

Bald ritt Edric an Arnwins Seite, so schnell sein Pferd ihn zu tragen vermochte, nach Pucawuda. Dort suchten und suchten sie den ganzen Tag nach der Laube der Tochter des Herrn von Oakenfast. Doch sie fanden nichts dergleichen. Tiefer und tiefer ritten sie in den Wald hinein. Die Nacht brach herein, und die Männer hatten sich längst verirrt. Schatten bedrängten sie von allen Seiten, und Arnwin begann sich zu fragen, ob die Wasserelfen die Wahrheit gesprochen oder sich nur einen üblen Scherz mit ihm erlaubt hatten. Sir Edric zürnte seinem alten Freund und sagte viele kalte und abfällige Dinge zu ihm. Das war einer seiner unschönen Züge: Er geriet leicht in eine dunkle Wut, die alle in seiner Nähe versengte und verletzte.

Während die Männer sich noch stritten, näherte sich ihnen zwischen den Bäumen plötzlich ein Licht. Es kam von einer hellen Laterne, die ein sonderbarer kleiner Mann hin und her schwenkte. Arnwin wusste sofort, dass dies der uralte Waldgeist Puca sein musste. Er kannte den kleinen Gesellen nicht sehr gut, denn Puca zeigte sich selten. Doch er war einer der ältesten Geister des Landes und hatte schon lange vor den Elfen hier gelebt. Er ließ sich von niemandem dreinreden und diente keinem Herren. Stets tat er nur, was er wollte und kannte nur seine eigenen sonderbaren Gesetze. Manche behaupteten, Puca sei der Diener des Teufels. Doch

Arnwin wusste, dass dem nicht so war. Gleichwohl tat man gut daran, dem kleinen Männlein mit Vorsicht zu begegnen, denn er führte sterbliche Menschen gern in die Irre. In diesem Augenblick aber war Pucas Gesicht freundlich, ja es glänzte geradezu vor Eifer. Er legte einen Finger an die Lippen und sagte: »Folgt mir, gute Männer, und Ihr werdet sehen, was Ihr sehen wollt ...«

Sir Edric verspürte keine Angst. Er dachte nur an die Elfenprinzessin und stürzte Puca gleich hinterher. Arnwin folgte ihm, so schnell er konnte. Fort ging es, über Stock und Stein, immer Pucas Laterne nach. Puca führte sie auf Pfaden, die Arnwin noch nie gesehen hatte, und auf Straßen, die nicht von menschlicher Hand gemacht waren. Schließlich kamen sie zu einer riesigen Eiche. Weder Edric noch Arnwin hatten je einen so mächtigen Baum gesehen. Puca blieb stehen und winkte sie heran.

»Das ist die große Eiche«, sagte er mit seiner Fistelstimme. »Dieser Baum ist der mächtige König von Greenwood, der Wächter Bufawudas und das Tor zu Oakenfast.« Arnwin und Edric empfanden große Ehrfurcht, denn es hieß, in einem solchen Baum wohne die Seele der großen Wälder.

Doch nun verwandelte sich die Eiche im Licht von Pucas Laterne in ein prächtiges Haus mit hell erleuchteten Fenstern, aus denen Musik ins Freie drang. Vor dem Haus, welches sich in einem Land befand, das ihnen fremd war, brannte ein Feuer. Puca hieß die Männer die Augen schließen, drückte die Finger auf ihre Lider und rieb eine kühle Salbe darauf.

»Nun öffnet die Augen und tretet durch das Feuer«, kommandierte er. Und siehe da, das Feuer verbrannte sie nicht, sondern teilte sich vor ihnen, wie das Meer sich vor Moses und dem Volk Israels geteilt hatte. Nun standen sie direkt vor dem prächtigen Haus und konnten durch die Fenster hineinsehen. Sie erblickten eine Anzahl junger Frauen, rothaarige, schwarzhaarige und auch einige mit blondem Haar, die sich an den Händen hielten und anmutig einen Reigen tanzten. Und mitten in dem Kreis holder

Damen tanzte eine Jungfer ganz allein. Jedes dieser Wesen war schöner als alle Frauen, die Sir Edric und Arnwin je gesehen hatten. Doch am allerschönsten war die Jungfer, die sich in der Mitte des Kreises drehte. Ihr Haar war goldrot wie züngelnde Flammen, und ihre Augen leuchteten grün wie das Wasser.

Arnwin betrachtete die jungen Schönheiten und bewunderte ihre Anmut. Doch Hazel, seine Gemahlin, hatte ihren Platz tief in seinem Herzen, und er begehrte keines der Weiber. Sir Edric aber traf der Anblick der überwältigend schönen Jungfer in der Mitte des Kreises in die Seele, und er entflammte in Liebe zu ihr. Er schlug die Warnungen und Proteste seines Freundes in den Wind, sprang durch das offene Fenster in das wunderbare Haus und mitten hinein in den Kreis der Tänzerinnen. Arnwin ahnte, was geschehen würde, doch er vermochte es nicht zu verhindern.

»Ich will dich zur Frau haben!«, rief Sir Edric und versuchte, die schöne Jungfer aus dem Kreis zu zerren. Doch die anderen Frauen fielen über ihn her, rissen an seinem Haar, traten, kratzten und bissen ihn und entwanden die Jungfer seinem Griff. »Unsere Schwester, Prinzessin Goda, ist nicht für dich bestimmt!«, rief die Älteste von ihnen, und so erfuhren Edric und Arnwin, dass die schöne Jungfer die Tochter des Herrn der Elfen war, nach der sie gesucht hatten.

Nun verschwanden das Land, das Haus und der Kreis der Tänzerinnen. Auch Puca verschwand und mit ihm die Laterne. Sir Edric und Arnwin aber standen verloren im nächtlichen Wald, wo dunkle Schatten sie belauerten. Krank vor Liebe weinte, klagte und schluchzte Edric, dass es zum Erbarmen war. Arnwin versuchte vergeblich, seinen Freund zu trösten.

»Ein Elfenwesen lässt sich zu nichts zwingen«, sagte er. »Es kommt nur aus freien Stücken zu dir.«

Doch man nannte Edric nicht umsonst den Wilden. Drei Tage und Nächte lang brüllte er vor Wut und schrie, er würde die

Jungfer zwingen, seine Gemahlin zu werden. Am vierten Tag aber wurde er still und fragte Arnwin, was er tun müsse.

»Ich gehe in den Wald, suche Puca und frage ihn«, antwortete Arnwin, denn er empfand Mitleid mit seinem Freund, dem seine Liebe das Herz zu zerreißen drohte. So ritt der Priester in den Wald und rief leise nach Puca. Das kleine Männlein zeigte sich sofort. Stumm lauschte es dem, was Arnwin zu sagen hatte. Dann kam die Antwort des Waldgeistes.

»Er muss sie um Verzeihung bitten, und das dreimal. Dabei soll er sich dreimal verbeugen und ihr versprechen, sie ewig zu lieben und alles zu tun, was sie von ihm verlangt. Damit wird er ihre Gunst erringen.«

Arnwin dankte Puca freundlich und ritt zu Edric zurück. Der verzog die Miene ob dieser Worte, denn er war ein stolzer Mann. Aber schließlich beschloss er, Pucas Anweisungen zu folgen. Die Männer kehrten in den Wald zurück und warteten, bis die Nacht hereinbrach. Bald erschien Puca mit seiner Laterne, und alles war wie zuvor: die Eiche, das Haus, die Lichter und die holden Jungfern, die den Reigen tanzten.

Diesmal wartete Sir Edric bis zum Ende des Tanzes und rief dann leise durchs Fenster: »Edle Dame, darf ich eintreten? Denn ich will Euch um Vergebung bitten.«

Nun ließen die Frauen ihn ins Haus, und er warf sich Prinzessin Goda zu Füßen. Dreimal bat er sie um Vergebung und dreimal verbeugte er sich vor ihr. Er versprach ihr, sie ewig zu lieben und zu ehren und ihr jeden Wunsch zu erfüllen, wenn sie nur seine Braut werden wollte. Dann wartete er mit gesenktem Haupt auf ihr Urteil.

Schließlich erhob die Prinzessin ihre Stimme. »Ich will deine Frau werden, Edric, doch ich werde damit meinen Vater erzürnen und meinen Platz im Reich von Oakenfast verlieren, denn so verlangen es unsere Gesetze. Dennoch werde ich dir zu deinem Glück verhelfen, denn du gefällst mir. Auch hast du mich in der rechten Weise um Verzeihung gebeten, obwohl du ein so stolzer Mann bist.« Damit streckte sie die Hand aus und half ihm auf. Dann sah sie ihm in die Augen und sprach: »Dies will ich dir geloben: Solange du dich der Liebe der Prinzessin von Oakenfast als würdig erweist, wird der Schutz des Waldes mit dir und deinen Nachkommen sein, ein Leben lang. Aber du musst mir versprechen, mich niemals zu betrügen, weder mit Worten noch mit Taten, weder wissentlich noch unwissentlich. Denn sonst werden furchtbare Dinge geschehen; der Schutz des Waldes wird dir für alle Zeiten entzogen und deine Nachfahren werden für immer den grausamen kalten Winden des Schicksals ausgesetzt sein.«

»Ich verspreche es«, sagte Edric voll Freude.

Arnwin bemerkte den spöttischen Ausdruck auf Pucas Gesicht, als Edric die Worte sprach. Eine unbestimmte Sorge um seinen Freund und Herrn begann Arnwin zu erfüllen, denn er wusste, wie unberechenbar und listig die Wesen aus der Anderwelt sein konnten.

Doch Arnwin schwieg, und bald wurde die Hochzeit von Sir Edric und seiner schönen Braut Prinzessin Goda mit einem rauschenden Fest gefeiert. Von nah und fern kamen die Gäste, um das schöne Paar hochleben zu lassen und auf seine Gesundheit zu trinken. Man feierte den jungen englischen Edelmann und seine Elfenbraut, die Tochter des Herrn von Oakenfast. Selbst der Herr der Elfen, so unglücklich er mit der Wahl seiner Tochter auch sein mochte, machte dem Paar viele Geschenke. Er brachte ein großes Schwert für Sir Edric, reich mit Runenzeichen verziert, wie es den Elfen gefällt, dazu Umhänge aus Seide und Samt, Becher aus purem Silber und Kristall und eine Truhe voller Edelsteine. Sir Edric selbst gab dem Herrn der Elfen das Beste, was Bufawuda zu bieten hatte: kräftige Ponys, Jagdhunde, Falken und Met.

So zog das Glück für eine Zeit in Sir Edrics Haus ein, und schon bald wurde das junge Paar mit Zwillingen gesegnet, einem Knaben und einem Mädchen. Man nannte sie Aelfnoth und Aelfrida, was in unserer Sprache so viel wie »Elfenmut« und »Elfenkönigin« heißt.

Die Kinder führten ein glückliches, unbeschwertes Leben, rannten fröhlich durch den Wald und spielten am Wasser. Sie fürchteten nichts und niemanden und hatten Arnwins Kinder Edmund und Godiva zu Spielkameraden.

Doch im elften Lebensjahr der Zwillinge vernahm man die Nachricht von der Krönung Harold Godwinssons durch den Rat der weisen englischen Stammesfürsten, den Witan, und nichts blieb, wie es war.

ZWEITER TEIL

Jackdaw

Auf dem Rücken des Schafes saß die Krähe.
»Weh und ach!«, rief der Wolf. »Wenn solches ich sehe.
Der diebische Vogel sitzt weich und bequem,
Trotz all seiner Dummheit,
Wer soll das versteh'n?
Niemand jagt ihn davon,
Doch mich, so weise und klug,
Der Schafe schon immer im Herzen trug,
Will man in ihre Nähe nicht lassen,
Man würde mich töten, bekäme man mich zu fassen.
Dabei liebe ich Schafe wie mein Abendmahl!«

Marie de France, *The Wolf and the Crow*

5

Der Morgen war klar und frostig, die Luft dünn. Hoch und blau spannte sich der Himmel über das Land, und ein eisiger Wind strich über es hinweg wie über feinste Seide. Lady Phoebe stand an einem Fenster der Burg und beobachtete, wie die Jagdgesellschaft aus dem Tor ritt. Das farbenprächtige Bild ließ ihr Herz schneller schlagen. Pferde, Hunde, Treiber und Träger, sie alle folgten dem Ruf des Horns und den kurzen Anweisungen des Masters der Jagd. *Ta-ra, ta-ra!* Der schrille silbrige Ton des Jagdhorns ritt auf dem Wind wie auf einem ungestümen Pferd und erfasste Herz und Sinne jeder Kreatur, die seinen Ruf hörte. Am Ende des Tages würden die Träger ein großes Wildschwein und eine ansehnliche Anzahl von anderem Wild zur Burg schleppen. Die Jäger würden zurückkehren, erschöpft aber doch voll freudiger Erregung, und den nächsten Jagdausflug kaum erwarten können.

Lady Phoebe hatte sich der fröhlichen Gesellschaft nicht angeschlossen. Sie war im Haus eines Philosophen in Byzanz aufgewachsen, wo man nur Worte und Ideen gejagt hatte. Die alte Dame saß auch nicht gern im Sattel. Reiten war für sie ein notwendiges Übel, wenn man schneller von einem Ort zum anderen gelangen musste, als die eigenen Füße einen zu tragen vermochten. Der Gedanke daran, sich freiwillig in halsbrecherischem Tempo von einem widerspenstigen Pferd die Knochen durchschütteln zu lassen, und das auf froststarren Feldern und Fluren, war für Lady Phoebe alles andere als verlockend. Und dann die Hunde mit ihrem unablässigen Gebell und Gejaule! Unglaublich, was manche Leute auf sich nahmen, nur um ein großes, hässliches Tier, das zu allem Überfluss auch noch mit dolchartigen Hauern bewehrt war, zur Strecke zu bringen. Nicht einmal das Fleisch des Wildschweins reizte Lady Phoebe, die zarten Lammbraten oder Geflügel bevorzugte. Sie begrüßte den Winter lieber an einem warmen Feuer im

Saal, labte sich an einem Becher Gewürzwein und steckte die Nase in ein Buch. Dennoch erwachte selbst in ihrem ruhigen Herzen eine gewisse Wildheit, als sie nun am Fenster stand und das farbenfrohe Schauspiel betrachtete, das die Hunde und das Feld der Reiter boten, das sich nun langsam auseinander zog. Atemwolken von Mensch und Tier standen in der klaren, frostigen Luft.

Da plötzlich brach ein Keiler aus dem Unterholz und stürzte in wilder Flucht über ein schneebedecktes Feld davon. Wie ein schwarzer Schatten stob er dahin. *Ta-ra, ta-ra!* Nun konnte selbst Lady Phoebe nicht mehr stillstehen. Aufgeregt wippte sie auf den Zehen auf und nieder und stieß unwillkürlich einen warnenden Schrei aus, denn das gewaltige dunkle Untier setzte direkt auf ein kleines Schimmelpony zu. Im Sattel saß ein Mädchen, dessen Haar der Wind aus den Zöpfen gelöst hatte. Die anderen Reiter bemerkten die Gefahr und donnerten in gestrecktem Galopp heran. Doch sie konnten unmöglich rechtzeitig zur Stelle sein. Aber plötzlich ließ ein silberner Blitz den Keiler herumfahren. Wütend nahm er einen schimmernden jungen Mann ins Visier, der nicht zu Pferde saß, sondern einen wilden Tanz vollführte, um die Aufmerksamkeit des gereizten Wildschweins auf sich zu lenken. Selbst von ihrem Platz am Fenster aus konnte Lady Phoebe die Rufe des jungen Mannes hören.

»Was für ein tollkühner Kerl!« Lady Phoebe machte vor Schreck einen kleinen Sprung, als der Ruf hinter ihr erklang. »In meinem ganzen Leben habe ich noch keinen Mann gesehen, der unerschrocken oder verrückt genug gewesen wäre, sich einem Keiler in solcher Weise anzubieten!«

Die alte Frau versuchte, ihren Schreck zu überspielen und sich wieder als die würdevolle Philosophin aus dem Osten zu geben, die aus rein wissenschaftlichem Interesse einen barbarischen westlichen Zeitvertreib beobachtete. Sie musterte den Eindringling mit einem strengen Blick. Lady Phoebe konnte sich nicht daran erinnern, ihn im Haushalt der Königin schon einmal gesehen zu haben.

Doch der junge Mann mit seinem offenen Gesicht und den wachen Augen gefiel ihr sofort. »Und wer bitte, seid Ihr?«, fragte sie in einem Ton, der herablassend klingen sollte. Doch der Jüngling gab sich unbeeindruckt.

»Ihr sprecht Englisch!«, bemerkte er grinsend.

»Davon musstet Ihr ausgehen, sonst hättet Ihr mich nicht in dieser Sprache angesprochen«, erwiderte Lady Phoebe spitz. Sie konnte der Versuchung nicht widerstehen, hinzuzufügen: »Ihr hättet es auch mit Griechisch, Lateinisch, Walisisch, Französisch oder Bretonisch versuchen können. Oder mit ein wenig Flämisch oder Norwegisch.«

Der junge Mann machte große Augen. »Ich wusste gar nicht, dass es auf der Welt so viele Sprachen gibt!«

»Ihr habt meine Frage nicht beantwortet«, sagte Lady Phoebe streng. Ein wenig schämte sie sich nun ob ihrer albernen Prahlerei.

»Eure Frage? Oh, Ihr wollt wissen, wer ich bin. Count William nennt man mich. Und Ihr müsst Lady Phoebe sein. Ich dachte, Ihr wärt nur irgendeine dahergelaufene Fremde. Aber Ihr seid wohl eine edle Dame.«

Die betagte Philosophin musterte den jungen Mann aus zusammengekniffenen Augen und versuchte dabei, ernst zu bleiben. Sie war sich sicher, dass kein französischer Edelmann vor ihr stand, sondern nur ein frecher junger Geck, der sich einen Scherz erlaubte. Doch bevor sie ihm eine geziemende Rüge erteilen konnte, erschallten die silbernen Töne des Horns in schneller Folge. Das konnte nur heißen, dass der Keiler zur Strecke gebracht worden war. Einen kurzen Moment lang empfand Lady Phoebe Mitleid mit der Kreatur, die auf dem eisigen Feld ein blutiges Ende gefunden hatte. Darum klangen ihre Worte freundlicher als beabsichtigt.

»Ja, Count William, ich bin tatsächlich eine Edelfrau. Selbst Fremden ist das nicht verwehrt. Man nennt mich Phoebe von Mynyw, einstmals von Byzanz.«

Ein schelmisches Grinsen huschte über Williams Gesicht. »Ihr könnt mich einfach Will nennen, Mylady. Eigentlich bin ich gar kein Count«, gab er schelmisch grinsend zu.

»Ach, welche Überraschung!«, erwiderte Lady Phoebe trocken. »Aber woher wusstet Ihr meinen Namen, Will? Und woher kommt Ihr?«

»Von Worcester. Ich kam, so schnell ich konnte und hätte dabei fast mein Pferd zuschanden geritten.«

Phoebe seufzte. »Damit solltet Ihr Euch nicht brüsten, mein Junge. Habt Ihr das arme Tier in den Stall gebracht?«

»Aber ja. Wofür haltet Ihr mich? Das Pferd ist bestens versorgt. Und Euren Namen kenne ich, weil Lady Marie ihn mir nannte.«

»Ach ja?« Die alte Frau blickte den Jüngling forschend an.

»Das ist eine lange Geschichte«, sagte William gelassen. »Und ich bin am Verhungern. Gibt es hier wohl irgendwo einen Happen zu essen?«

Lady Phoebe betrachtete ihn genauer. Irgendetwas an diesem schmalen, ein wenig schäbig gekleideten Jungen rührte ihr Herz.

Ta-ra! Ta-ra! Das Horn rief die Jäger zurück zur Burg. Die Königin und der ganze Hofstaat würden nun bald wieder in dem alten Gemäuer einfallen. Man würde die Jagd mit einem Festmahl feiern und dabei den Kopf des Keilers mit den starren toten Augen und dem blutigen Rüssel auf einer silbernen Platte anrichten. Der Gedanke daran trieb Lady Phoebe einen Schauer über den Rücken. Doch es würde auch süßes Gebäck und Pasteten geben, alle Arten von gekochtem Fleisch, Honigkuchen und glasierte Früchte. Die Köche waren längst mit den Vorbereitungen für das Mahl beschäftigt. Lady Phoebes Magen begann, leise zu knurren.

»Kommt mit mir, mein Junge«, sagte sie entschlossen. »Und unterwegs könnt Ihr meine Fragen beantworten.«

Sie eilten durch den Saal, dann die Korridore entlang und schließlich über den eiskalten Innenhof zu den Küchengebäuden. Unterwegs redete Will ohne Unterlass. Bei jedem seiner Worte blieb ein kleines warmes Atemwölkchen in der eiskalten Winterluft stehen. Obwohl er weitschweifig erzählte und lange brauchte, bis er endlich zum eigentlichen Grund für seine Reise kam, unterbrach Lady Phoebe ihn nicht. Sie ließ sich von seiner guten Laune und von der Beschwingtheit in seiner Stimme mitreißen.

»Mein Name ist Will von Grimford, und ich bin ein Soldat des Sheriffs von Worcester«, sagte er. »Ich bin der jüngste Sohn eines Gutsherrn aus Grimford bei Elmley. Reichtümer besitzen wir nicht, und mein Vater hat zu viele Söhne. Für mich ist kein Platz auf dem Gut. Aber ich bedaure das nicht. Pflügen, sähen, all diese Schinderei – ich bin nicht versessen darauf. Nichts als harte Arbeit von Sonnenaufgang bis Sonnenuntergang. Darauf verzichte ich gern.«

Die Philosophin lächelte. »Aber sagte nicht der hochgelobte Aelfric aus Eurem Land, die Mühsal des Bauern sei die edelste unter den weltlichen Arbeiten, weil der Bauer das ganze Volk nährt?«

Will lachte und warf der Philosophin einen schrägen Blick zu. »Mir scheint, der gute alte Aelfric hat noch keinen einzigen Tag auf den Feldern oder im Stall verbracht. Sonst wüsste er, wie wenig edel man sich beim Mist schaufeln, Heu wenden oder beim Pflügen eines vom Wind umtosten Ackers fühlt.«

Lady Phoebe beschloss, dem jungen Mann lieber nicht zu sagen, dass der von ihr zitierte Aelfric schon seit über hundert Jahren tot war.

In den Küchengebäuden herrschte eine wohltuende Wärme, und an den großen Feuern war es schon beinahe zu heiß. Der köstliche Duft von frischem Brot, gebratenem Fleisch und starken, würzigen Soßen lag in der Luft. Fröhlich schrien die Köche und Köchinnen, ihre Gehilfen und die Küchenmägde durcheinander. In Hemdsärmeln rannten die Leute hin und her oder gingen an langen Tischen ihren Beschäftigungen nach. Niemand beachtete Lady Phoebe oder den jungen Will, da alle viel zu beschäftigt waren. Abgesehen davon war die betagte Dame mit der Vorliebe für erlesene

Speisen für die fleißigen Köchinnen und Mägde längst ein gewohnter Anblick. Oft stattete sie der Küche und der Speisekammer einen Besuch ab, probierte eine Soße, naschte vom Backwerk und machte gelegentlich sogar Vorschläge, wie die eine oder andere Speise noch verfeinert werden könnte. Man ließ ihr die Freude und nahm es ihr nicht übel.

Lady Phoebe tippte Will auf die Schulter. »Ihr bekommt zu Essen, wenn Ihr meine Fragen beantwortet habt, Junge. Warum hat Marie Euch zu mir geschickt?«

»Nun, Mylady, der Grund ist der: Vor ein paar Tagen kam sie mit ihrem Gemahl auf die Burg von Worcester. Die beiden hofften auf Begleitschutz, denn sie wollten nach Bestude reiten. Aber es war niemand da, und deshalb schlug ich ihnen vor ...«

»Sie wurden in Worcester nicht erwartet?«

Will hob den Kopf, denn der Ton der alten Dame war plötzlich scharf geworden. »Nein. Niemand wusste, dass sie kommen. Aber sie zeigten ein Schreiben vor. Den Sergeanten beeindruckte das allerdings nicht besonders, denn der Brief trug das Siegel des Grafen Beauchamp, müsst Ihr wissen, und der ...«

»Ja, er ist beim König in Ungnade gefallen, nicht wahr?« Etwas in dieser Art hatte auch schon die Königin gesagt. Eine düstere Vorahnung ließ Lady Phoebes Handflächen prickeln.

»Ja, aber wie ich schon sagte, der Sheriff war nicht da, und der Sergeant interessierte sich nicht für die edlen Herrschaften. Darum erbot ich mich, eine Eskorte für sie aufzutreiben«, fuhr Will fort. »Ich kenne einige unerschrockene Kerle, die sich auf diese Art sicher gern ein paar Münzen verdient hätten. Und notfalls wäre ich auch selbst mitgeritten.«

»Natürlich.«

Will errötete ein wenig und sagte: »Gegen ein kleines Entgelt, natürlich. Aber das war den Herrschaften durchaus recht. Ich schickte sie ins Jackdaw, weil ich glaubte, es würde einige Zeit dauern, bis ...«

»Ins Jackdaw?«

»Das ist eine Taverne.« Will wedelte vage mit der Hand. Eine dicke Köchin, auf deren Kopf eine fleckige Haube saß, eilte mit einer herrlichen Pastete vorbei. Die Speise duftete so verlockend, dass Will sogar bereit gewesen wäre, die Frau zu küssen, wenn ihm das nur ein paar Krümel von der Köstlichkeit eingebracht hätte. »Die Jackdaw Taverne ist nicht übel. Gute Pasteten bekommt man dort auch.« Will grinste viel sagend.

Aber Lady Phoebe ließ sich nicht ablenken. »Und dann?«

»Nun ja, ich sollte den Männern, welche die gnädigen Herrschaften nach Worcester begleitet hatten, eine Botschaft von ihnen überbringen. Doch als ich später noch einmal mit Sir Llew und Lady Marie reden wollte, waren sie verschwunden. Ich machte mir Sorgen, denn ich hatte sie gebeten zu warten, bis ich jemanden gefunden hätte, dem man vertrauen konnte. Sie sollten solange in der Jackdaw Taverne bleiben. In der Stadt wimmelt es von üblem Gesindel, müsst Ihr wissen. Wie auch immer, Master Edwin, der Wirt der Taverne, sagte mir, sie hätten Worcester mit zwei Walisern von Sir Walter Cliffords Anwesen verlassen. Sie würden mit ihnen durch Poukswood nach Bestude reiten. Nun, zuerst dachte ich, es hätte alles seine Ordnung, aber ...«

Die Philosophin hielt den Atem an. »Aber?«

»Aber etwas kam mir seltsam vor, Mylady: Sir Rogers Verwalter – man nennt ihn den eisernen Ralf – kam ebenfalls in die Stadt. Ich hörte anderntags davon. Gelegentlich hat er in Worcester zu tun. Dann wohnt er in einem Haus, das seinem Herrn gehört und kümmert sich von dort aus um dessen Geschäfte. Oder auch um seine eigenen. Hinter vorgehaltener Hand wird gemunkelt, er bestehle Sir Roger de Saint Jean und dessen Gut, er wirtschafte in die eigene Tasche und hätte nie etwas anderes getan. Aber wie dem auch sei, er kam in die Taverne und sprach mit Master Edwin. Die beiden machen manchmal Geschäfte miteinander. Nur von irgendwelchen Gästen sagte der eiserne Ralf nichts. Kein Wort.«

»Aber warum sollte er?«, fragte Lady Phoebe nun schon ein bisschen weniger beunruhigt.

»Warum es verschweigen? So viele Reisende verirren sich nicht dort hinaus. Wenn die gnädigen Herrschaften in Bestude gewesen wären oder sich auf dem Weg dorthin befunden hätten, hätte er etwas davon gesagt. Und eigentlich hätten sie längst dort sein müssen. Bestude liegt gerade einmal fünfzehn Meilen von Worcester entfernt. Zu Pferd braucht man dazu kaum einen halben Tag, eher weniger. Aber Sir Llew und Lady Marie sind nie dort angekommen. Sie sind verschwunden.«

Lady Phoebe dachte ein paar Augenblicke lang über das Gehörte nach. Schließlich sagte sie in sanftem Ton: »Und Ihr seid gekommen, um mir das zu sagen? Das ist sehr ehrenwert von Euch und überaus freundlich.«

»Ehrenwert, ja, das muss ich wohl sein.« Will lächelte breit. »Nein, Mylady, ich will es Euch nicht verschweigen. Ich bin kein reicher Mann, und mein Sold ist kärglich. Dabei hätte ich eines Tages gern genug Geld, um reisen zu können, die Welt zu sehen ... Nun, die edlen Herrschaften hatten eine Art Empfehlungsschreiben des Grafen Beauchamp. Er mag zwar beim König in Ungnade gefallen sein, ist aber trotz allem noch immer ein mächtiger Mann. Außerdem sagte Master Edwin mir, er habe Gold, Silber und ein paar andere wertvolle Dinge in den Beuteln der gnädigen Herrschaften gesehen, also ... also dachte ich, vielleicht ...«

Die Philosophin seufzte. »Ihr dachtet, Ihr könntet Euch eine Belohnung verdienen.«

Will hatte immerhin den Anstand, ein wenig verlegen dreinzublicken. Aber allzu beschämt wirkte er nicht. »Nehmt Ihr mir das übel? Wie ich schon sagte, reich wird man als Soldat nicht.«

Nach kurzem Schweigen antwortete Lady Phoebe: »Nein, mein Junge. Ich nehme es Euch nicht übel.« Dann fuhr sie fort: »Aber Ihr habt einen langen Weg auf Euch genommen, ohne zu wissen, ob Ihr tatsächlich dafür belohnt werden würdet. Und das für zwei

Fremde, die Ihr kaum kennt. Ich hätte nicht hier sein können, und Ihr musstet damit rechnen, dass man Euch unverrichteter Dinge Eurer Wege ziehen lässt. Was hättet Ihr dann getan?«

Will zuckte die Achseln. »Dann hätte ich mir eben etwas einfallen lassen müssen. Aber ich habe Euch ja gefunden, nicht wahr?«

»Und der Sheriff? Gab er Euch die Erlaubnis, nach Salisbury zu reiten?« Mit dieser Frage hatte die Philosophin offenbar den wunden Punkt in Wills Planung getroffen. Nervös trat er von einem Fuß auf den anderen und murmelte dann: »Der Sheriff war nicht da, und der Sergeant ist meist betrunken. Kein Mensch wird merken, dass ich fehle.«

»Aber wenn doch jemandem auffällt, dass Ihr fort seid, Will«, entgegnete Lady Phoebe, »dann wird man sagen, Ihr hättet Euch unerlaubt von Eurem Posten entfernt. Und Ihr wisst, was das bedeutet. Den Kerker, mein Junge.«

»Dazu müssen sie mich erst einmal erwischen.«

»Mir scheint, Ihr habt ein großes Risiko auf Euch genommen, ohne zu wissen, ob es sich für Euch lohnen wird. Seid Ihr sicher, dass Ihr das nur des Geldes willen getan habt?«

Weisheit und Freundlichkeit lagen in Lady Phoebes Blick. Will hielt ihm einen Moment lang stand, dann wandte er den Kopf ab.

»Ich glaube, Ihr habt ein edles Herz, Count William. Ihr seid mutiger und habt mehr Ehrgefühl als so mancher Edelmann, den ich kenne.«

Will errötete und rieb sich die Nase. »Ich sagte Euch doch, ich bin kein Count. Das ist nur ein alberner Name, mehr nicht.«

Phoebe lächelte und sagte dann: »Genug geredet. Ihr und ich, mein Junge, wir reiten gemeinsam nach Worcester zurück. Und gemeinsam werden wir die beiden jungen Leute auch finden.« Sie sah den zweifelnden Ausdruck auf seinem Gesicht. »Ihr denkt, sie sind tot? Nein, das glaube ich nicht. Mehr noch, ich weiß sogar ganz sicher, dass sie am Leben sind.« Lady Phoebes Stimme klang so fest, dass Will keinen Einwand wagte. »Aber möglicherweise brauchen sie unsere Hilfe. Irgendetwas an dieser Sache stinkt zum Himmel. Und beim Namen unserer Heiligen Mutter, ich werde herausfinden, was es ist!«

»Aber …« Will schluckte verlegen. Gerührt stellte Lady Phoebe fest, wie jung er aussah, wenn er sich auch noch so weltgewandt gab.

»Ich bin keine nutzlose alte Frau, bester Will«, sagte sie freundlich. »Ihr werdet Euch wundern, was alles in mir steckt.« Als er darauf nichts erwiderte, klatschte sie in die Hände und rief: »Mahault! Hierher mit der Pastete!« So unerbittlich hallte Lady Phoebes Kommando durch die Küche, dass die Köchin, die sich sonst nicht leicht beeindrucken ließ, ohne Widerspruch gehorchte.

6

Wir haben ein Problem, Gayain«, flüsterte Lady Phoebe dem Jüngling mit dem silbernen Haar zu. Will staunte nicht schlecht, als die alte Dame ihm nun jenen Mann vorstellte, der sich so mutig dem Wildschwein entgegengestellt hatte. Die Philosophin hatte Gayain im Stall bei den Pferden gefunden.

Nun musterten die beiden jungen Männer einander mit einer Mischung aus Neugier und Misstrauen. Will senkte als Erster die Lider. Der andere hatte den starren gelben Blick eines Falken, und dem jungen Soldaten war es unangenehm, in diese Augen zu sehen. Was Gayain nun sagte, war ebenso wenig dazu angetan, Will für ihn einzunehmen.

»Ein Problem? Nennt man ihn so?«

»Gayain«, sagte Lady Phoebe ernst, »spart Euch die kecken Sprüche. Das ist Will von Grimford, er kommt gerade aus Worcester.« Die Philosophin nahm Gayain beiseite und redete schnell und leise auf ihn ein. Will verstand nicht, was sie sagte. Ihm fiel nur auf, wie ruhig ihre Stimme klang. Offenbar glaubte sie tatsächlich, ihre Freunde seien noch am Leben.

Als sie geendet hatte, sagte Gayain: »So. Ich frage mich, ob Greenleaf ... Aber nein. Das passt nicht zu einem Elfenwesen. Einem Sterblichen traue ich so etwas schon eher zu. Aber sie werden sich noch wundern, was sie sich da eingehandelt haben. Wie ich Llew und Marie kenne, wissen sie sich schon zu wehren.«

Lady Phoebe nickte langsam. »Ja, das denke ich auch, Gayain.«

Zwischen der alten Frau und dem silbernen Jüngling herrschte offenbar ein tiefes Einverständnis. Will sah es mit Staunen.

»Dann macht Ihr Euch nun also auf den Weg?«

»Ja. Aber sagt Lady Angharad nichts davon, Gayain. Und auch niemandem sonst. Jetzt noch nicht.«

Gayains Augen verengten sich zu goldenen Schlitzen. Es dauerte eine Weile, bis Will aufging, dass der Jüngling nicht verärgert, sondern eher belustigt war.

»Ihr seid also auf ein Abenteuer aus? Keine Hilfe von unserer Seite?«

Lady Phoebe lächelte schwach. »Nun ... wir sind ein wenig in Eile ...«

Gayain grinste. »Diese Art von Hilfe ist Euch also genehm. Na schön. Ich tue es Euch zuliebe.«

Er beugte sich zu ihr und flüsterte ihr etwas ins Ohr. Will, der daneben stand, verstand die Welt nicht mehr. Dann sagte der silberne Jüngling laut: »Mehr kann ich leider nicht für Euch tun. Weder in England noch in Elfland.«

»Ich kenne die Gesetze Annufens«, erwiderte Phoebe spitz. »Ihr habt sie schon einmal gebrochen und könnt es nicht ein zweites Mal tun. Ihr dürft Euch nicht in die Belange der sterblichen Welt einmischen. Jedenfalls nicht auf allzu offensichtliche Weise. Also werde ich mich wohl um Llew und Marie kümmern müssen. Nur eines noch ...«

Nun war sie es, die sich zu dem Jüngling beugte und ihm etwas zuflüsterte. Will fühlte sich nicht ganz wohl in seiner Haut. Nicht zum ersten Mal fragte er sich, worauf er sich eigentlich eingelassen hatte. Der Blick, mit dem Gayain ihn streifte, ließ ihn erschauern, denn die sonderbaren goldenen Augen schienen mit ihrem gnadenlosen scharfen Licht bis in seine Seele zu blicken und jeden schattigen Winkel darin zu erhellen. Einen Augenblick lang war Will versucht, sich einfach davonzumachen. Später sollte er sich noch so manches Mal wünschen, er hätte es getan.

Doch nun wandte Lady Phoebe sich wieder ihm zu, und es war zu spät, sich unauffällig zu entfernen. »Gut, es ist alles besprochen, Will. Bleibt hier im Stall bei Gayain. Tut was er sagt. Ich komme um Mitternacht herunter, und dann brechen wir auf.«

Wills Herz hämmerte. »Dann wird es dunkel sein ...«, murmelte er.

Gayain lachte. »Genau darum geht es ja, Freund! Kein Mond, aber unzählige Sterne. Besser könnte es gar nicht sein.«

»Ich verlasse Euch jetzt«, sagte Lady Phoebe. »Die Königin wundert sich sicher schon, wo ich stecke. Und denkt daran, Will, folgt Gayains Anweisungen. Er weiß am besten, was zu tun ist.«

Gayain hob eine Augenbraue. Ein schelmisches Grinsen lag in seinem Blick, und Will spürte, wie sein angeborener Optimismus langsam zurückkehrte.

Als Lady Phoebe gegangen war, sagte Gayain freundlich zu ihm: »Nun, mein englischer Freund, Ihr werdet Euch an Orten aufhalten müssen, wo man Euch kennt. Aber sorgt Euch nicht deswegen. Niemand, noch nicht einmal Eure eigene Mutter, wird Euch wieder erkennen.« Plötzlich lagen zwei schimmernde kleine Flaschen in Gayains Hand. Will hatte nicht gesehen, ob der Jüngling sie aus seinem Gewand hervorgezogen oder einfach aus dem Nichts geholt hatte. »Die klare Flüssigkeit ist für Euer Haar und die braune für Eure Haut. Die Wirkung der Mixturen ist unvergleichlich.«

Will beäugte die Fläschchen misstrauisch. Dann sah er Gayain ins Gesicht. »Habe ich recht gehört?«, fragte er. »Ihr spracht von Elfen und ...«

»Ja, das ist wahr. Fürchtet Ihr Euch etwa?«

Wills Herzschlag beschleunigte sich, doch es gelang ihm zu sagen: »Ich bin noch nie einer Elfe begegnet, auch keinem anderen Wesen der Anderwelt, aber ich ...«

»Ihr steht gerade einem gegenüber«, unterbrach ihn Gayain. »Ich stamme zwar nicht aus Elfland, aber mein Volk ist dem der Elfen nicht ganz unähnlich. Jedenfalls bin ich kein Geschöpf der so genannten sterblichen Welt, auch wenn ich mich frei in ihr bewegen kann. Und nun hört genau zu, Will von Grimford!« Gayains Gesichtsausdruck war spöttischer denn je. »Denn, mein Freund, Ihr habt Euch auf ein viel größeres Abenteuer eingelassen, als Ihr ahnen könnt. Aber seid ohne Sorge, Lady Phoebe wird Euch zur Seite stehen. Sie kennt alle Welten. Es gibt keine bessere Führerin als sie. Tut, was sie Euch sagt. Gehorcht ihr.«

»Aber ich ...«

»Kein Aber. Es wird zu Eurem Besten sein. Nun zu Eurer Veränderung: Der Vorgang dauert nur ein paar Minuten. In den Fläschchen ist kein armseliges Gepansche aus der sterblichen Welt. Ich habe die Flüssigkeiten manchmal schon selbst benutzt. Während Ihr Euch ans Werk macht, bereite ich noch ein paar andere Dinge vor.«

»Aber ich weiß nicht, wie ...«, begann Will. Doch Gayain war schon verschwunden.

Will starrte die Fläschchen in seiner Hand an. In die Angst, die ihm die Kehle zuschnürte, mischte sich langsam noch ein anderes Gefühl: Abenteuerlust. Er zog die Korken aus den Behältnissen und roch an deren Inhalt. Überrascht stellte er fest, dass den Flaschen nicht der unangenehme scharfe Gestank üblicher Färbemittel entströmte, sondern ein leichter, süßer Geruch, der eine Erinnerung in ihm wachrief. Sie war teils bitter, teils süß, doch bevor sie in seinen Gedanken Gestalt annehmen konnte, verflüchtigte sie sich schon wieder. Nachdenklich träufelte Will ein wenig von den Flüssigkeiten in seine Hand.

Schon Minuten später spiegelte sich ein junger Mann mit kohlrabenschwarzem Haar, sonnengebräunter Haut und strahlend blauen Augen im Wassertrog. Will schüttelte den Kopf. Gayain hatte Recht. Kein Mensch würde ihn jetzt noch erkennen; er erkannte sich ja selbst kaum wieder. Ein wenig beunruhigt war er dennoch, denn die Mixturen hatten nicht nur seine Haarfarbe und seine Hautfarbe verändert, sondern auch die Form seines Gesichtes und die Beschaffenheit seines Haares ... Zauberei, dachte er, und bekreuzigte sich vorsichtshalber ein paarmal. Diese verblüffende Veränderung konnte nur Zauberei sein. Dennoch empfand Will keine Angst, nur eine gewisse Anspannung, ein sonderbar prickelndes Gefühl. Wenn er daran dachte, was er bisher über die Elfen und die Anderwelt gehört hatte, spürte er wieder die Abenteuerlust in sich aufsteigen.

Er stand noch immer über den Wassertrog gebeugt, als Gayain zurückkehrte. Der silberne Jüngling trug etwas in den Armen, das wie ein Stapel grünen Tuchs aussah. Er warf es Will zu.

»Wo habt Ihr das her?«, fragte Will. Vor lauter Staunen vergaß er sein Misstrauen.

»Das tut nichts zur Sache«, antwortete Gayain. »Gefallen sie Euch?«

Will hatte noch nie im Leben so schöne Kleider gesehen und konnte sich kaum vorstellen, dass er ein solch edles Gewand tragen sollte. Er nickte eifrig.

»Ich weiß nicht, ob das Zeug der derzeitigen Mode entspricht«, sagte Gayain leichthin. »Um solche Dinge kümmere ich mich nicht. Nur in der sterblichen Welt scheint so etwas wichtig zu sein. Ach, und dann muss ich Euch noch das hier geben.« Gayain überreichte Will ein Schwert, an dessen Griff sich rätselhafte Verzierungen befanden.

Der junge Soldat atmete tief durch. In der Waffenkammer der Burg von Worcester hatte er schon ähnliche Schwerter gesehen. In einer längst vergangenen Zeit hatten sie einmal mächtigen englischen Stammesfürsten gehört und waren irgendwann zu Kriegsbeute geworden. Doch dieses Schwert war nicht rostig und stumpf wie diejenigen, die sich in der Waffenkammer stapelten. Man hatte es geschliffen und geölt, und es steckte in einer einfachen, aber schönen schwarzen Scheide. Will wusste sofort, dass er eine sehr wertvolle Waffe in den Händen hielt.

»Was haltet Ihr davon?«, fragte Gayain.

»Es ist großartig!«, sagte Will und strich dabei fast andächtig über das kalte Metall. »Aber neu ist es nicht.«

»Nein, neu kann man es wirklich nicht nennen. Stört Euch das, Engländer?«

»Nein, nein ...« Will hielt die Waffe fest, als fürchtete er, Gayain wolle sie ihm wieder wegnehmen.

Gayain lächelte. Sein goldener Blick bohrte sich in Wills Augen. »Gebt gut darauf Acht, Will. Das Schwert hat eine bewegte Geschichte.«

Will konnte nur stumm nicken.

»So, und nun zieht Euch um.«

Obwohl er in seinem wechselvollen Leben schon viel größeren und gefährlicher aussehenden Kerlen als diesem anmutigen Jüngling gegenübergestanden hatte, tat Will sofort, wie ihm befohlen war.

Lady Phoebe saß missmutig im Saal. Königin Eleonore war den ganzen Tag mit der Jagdgesellschaft über die weiten Ebenen geritten und schien dennoch nicht ans Schlafengehen zu denken. Die Etikette verlangte, dass alle am Tisch sitzen blieben, bis die Königin sich zurückzog. Lady Phoebe war ihrer Freundin Eleonore von Herzen zugetan, aber sie wusste sehr gut, dass diese sich als Tochter eines Herzogs und Gemahlin eines Königs ihres Standes wohl bewusst war und verlangte, danach behandelt zu werden. Darüber konnte auch Lady Eleonores oft so natürliche und umgängliche Art nicht hinwegtäuschen. Unter anderen Umständen hätte Lady Phoebe den Abend in vollen Zügen genossen, denn die Königin war bester Dinge. Sie plauderte geistreich und voll Witz und machte ihrem Ruf als intelligente und belesene Herrscherin alle Ehre. Der wilde Ritt durch Wald und Flur hatte ihr noch dazu neue Frische verliehen. Zu ihrer Rechten saß die kleine Isabelle, die beinahe durch den Keiler zu Schaden gekommen war. Sie erntete viel Bewunderung für die furchtlose Art, in der sie stillgestanden hatte, damit der junge Mann das Untier ablenken konnte. Eleonore bewunderte gute Nerven und mutige Herzen über alles. Darum wurde das Festessen nicht nur zu Ehren Gayains, der das Wildschwein getötet hatte, sondern auch zu Ehren der tapferen Isabelle gegeben.

Gayain war als Wesen Annufens mit vielen Gaben gesegnet. Darum fiel niemandem auf, dass er seinen Platz an der Tafel im Verlauf des Abends immer wieder verließ. Selbst Lady Phoebe, die genau wusste, womit er beschäftigt war, hätte schwören können, er habe ununterbrochen auf seinem Stuhl gesessen. Die Philosophin verfügte über ihre eigenen magischen Fertigkeiten, die sie sich zum Teil schon in Byzanz, zum Teil aber auch erst in Wales angeeignet hatte. Doch ihr Zauber hatte nicht die Kraft der Anderwelt. Darum blieb ihr nichts anderes übrig, als sich in Geduld zu üben. Sie beherrschte verschiedene Methoden der Hypnose, scheute sich aber, diese bei ihrer alten Freundin, der Königin, anzuwenden, denn Lady Eleonore kannte sich in solchen Dingen ebenfalls aus und war viel zu sehr auf der Hut. Ein paarmal musterte Lady Eleonore ihre byzantinische Freundin sogar so eingehend, als hege sie einen gewissen Verdacht. Sie schien zu spüren, dass etwas in der Luft lag. Normalerweise hätte Lady Phoebe die Königin in ihre Pläne eingeweiht, doch diesmal hielt sie eine rein instinktive Vorsicht davon ab. Sie würde einen Brief hinterlassen, der alles erklärte. Aber die Königin durfte ihn erst finden, wenn Lady Phoebe und ihre Begleiter schon in sicherer Entfernung waren.

Endlich erhob sich Lady Eleonore, und dankbar stand auch die Philosophin von ihrem Stuhl auf. Die Königin lächelte sie an.

»Meine arme Freundin«, sagte sie mit ihrer tiefen, wohlklingenden Stimme, »ich habe Eure Geduld schon viel zu lange beansprucht.«

»Aber ganz und gar nicht«, erwiderte Lady Phoebe und tat dabei, als unterdrücke sie ein Gähnen.

Die beiden Frauen sahen einander an. Die betagte Philosophin wurde von einer Welle der Zuneigung für ihre Freundin erfasst. In sanftem Ton sagte sie: »Ich bin alt, das ist wahr. Aber Euch kann das Alter nichts anhaben. Ihr werdet immer so jung sein wie damals in Byzanz, als ich Euch zum ersten Mal sah.«

»Unsinn«, entgegnete die Königin barsch. Doch Lady Phoebe sah ihr an, wie sehr das Kompliment sie freute. Einen Augenblick lang hielt die Königin die Hand der Philosophin in der ihren. »Wir sprechen morgen weiter. Es gibt etwas, was ich Euch sagen möchte. Und ich bin mir sicher, Ihr in Eurer Weisheit könnt mir einen Rat geben. Es handelt sich um eine schwierige Angelegenheit. Solche Dinge bespricht man am besten mit einer klugen Frau, nicht mit einem Mann.«

Lady Phoebe wurde zu gleichen Teilen von Bedauern und Schuldgefühlen ergriffen. Zu gerne hätte sie gehört, was die Königin zu sagen hatte und ihr vielleicht sogar den erhofften Rat gegeben. Seit Llew und Marie fortgeritten waren, hatte Lady Eleonore in ihrer Gegenwart nur philosophische Themen angeschnitten oder in Erinnerungen an die alten Zeiten geschwelgt. Lady Phoebe hätte zu gerne erfahren, was ihre Freundin auf dem Herzen hatte. Aber sie konnte nicht bleiben. Marie und Llew waren verschwunden und befanden sich vielleicht in großer Gefahr. Sie musste noch in dieser Nacht aufbrechen, die Sache duldete keinen Aufschub. Die Philosophin konnte nur hoffen, dass die Königin ihr verzeihen würde, wenn sie nicht da war, obwohl ihre Freundin sie brauchte. Aber auch Lady Eleonore hatte Marie ins Herz geschlossen. Sie würde alles verstehen, wenn der Brief nur den richtigen Ton traf.

7

Es war schon fast Mitternacht, und Will wartete vor dem Stall auf Lady Phoebe und Gayain. Wie der Jüngling aus Annufen vorhergesagt hatte, war die Nacht mondlos, doch die Wolken hatten sich gelichtet. Unzählige Sterne standen am Himmel. Ihr Licht spiegelte sich auf den schneebedeckten Ebenen und ließ die Landschaft fast unirdisch erscheinen. In dem stillen Silberglanz, den das Sternenlicht wie ein feines Gespinst zwischen Himmel und Erde ausbreitete, konnte alles geschehen. Gewöhnliches Mondlicht hatte nicht dieselbe Magie. Will wusste, dass an den kalten Schauern, die ihm über den Rücken liefen, nicht allein die winterlichen Temperaturen schuld waren.

Er stampfte mit den Füßen, um sich warm zu halten und betrachtete die Spuren, die die Sohlen seiner glänzenden neuen Stiefel im Schnee hinterließen. Das Geräusch seiner Schritte hatte etwas Tröstliches. Sonderbarerweise musste er plötzlich an sein Zuhause denken. Nicht an Worcester, sondern an das bescheidene Gut von Grimford. Arbeit, nichts als harte Arbeit, von Sonnenaufgang bis Sonnenuntergang – das hatte er Lady Phoebe gesagt. Aber nun fielen ihm auch andere Dinge wieder ein. Die sturen Gesichter der Schafe, die sich in ihrem Pferch zusammendrängten und Hazel, die Schäferhündin, dabei nicht aus den Augen ließen, der würdevolle Watschelgang der Gänse, wenn sie mit einer langen Rute die Straße entlanggetrieben wurden, die gewaltige alte Muttersau, die drei ihrer neugeborenen Ferkel gefressen hatte, bevor jemand hatte eingreifen können. Will dachte daran, wie er mit seinen vier Brüdern über die sommerlichen Wiesen gesaust war, und an das schwere Leben, das sein Vater führte. Nachdem seine Frau Editha bei der Geburt ihres letzten Kindes, einer Tochter, gestorben war, hatte er die ganze Kinderschar allein aufziehen müssen. Will wusste nicht viel von seiner

Mutter, und auch die Erinnerung an seine kleine Schwester war längst verblasst. Sie war nur ein Jahr jünger gewesen als er. Es musste in ihrem dritten Lebensjahr gewesen sein, als sie an einem sonnigen Wintertag in den verschneiten Garten hinausgelaufen war. Der frische Schnee hatte sie wohl vor die Tür gelockt. Nie wieder hatte man das Kind gesehen. Das kleine Mädchen konnte in den Fluss gefallen und ertrunken sein. Vielleicht hatte es aber auch ein wildes Tier aus dem nahen Wald davongetragen. So etwas kam gelegentlich vor. Was immer auch geschehen sein mochte – der Verlust seiner kleinen Tochter hatte Wills Vater endgültig gebrochen.

Will marschierte auf und ab. Warum gingen ihm solche Gedanken gerade jetzt im Kopf herum? Normalerweise lebte er in der Gegenwart und belastete sich weder mit Erinnerungen, noch grübelte er über Dinge nach, die nicht mehr zu ändern waren. Doch nun sah er das ausgemergelte, traurige Gesicht seines Vaters vor sich, das viel zu früh gealtert war. Er dachte daran, wie der Vater oft über Briefen und Schriftstücken mit Zahlenkolonnen gebrütet hatte.

Die Dorfbewohner brachten ihm Schriftstücke aller Art, denn er war einer der wenigen Männer in der Umgebung, die des Lesens, Schreibens und Rechnens mächtig waren. Das verdankte er den Mönchen des Klosters, in dem er seine Kindheit verbracht hatte. Eigentlich hätte Walt von Grimford ebenfalls ein Mönch werden sollen. Doch dann starb sein einziger Bruder und er musste den Hof übernehmen, denn das Land sollte im Familienbesitz bleiben. Bald darauf begegnete ihm Editha, und jeder Gedanke an ein klösterliches Leben war vergessen. Doch der Tod seiner Frau und seines jüngsten Kindes hatte Walt von Grimfords Leben jeder Freude beraubt. Das Land seiner Väter bestellte er mit großer Gewissenhaftigkeit, doch Ackerbau und Viehzucht lagen ihm nicht im Blut. Viel lieber hätte er sich in der Bibliothek des Klosters in das Studium der Schriften vertieft. Doch er versuchte, ein guter

Bauer und seinen temperamentvollen Söhnen ein guter Vater zu sein.

Will spürte einen Klumpen in seiner Kehle. Er stampfte noch kräftiger mit den Füßen und versuchte, die Erinnerungen abzuschütteln. Doch die stille silberne Nacht schien sie immer wieder zu ihm zurückzuwerfen. Zum ersten Mal seit Jahren gestattete Will sich, Mitleid mit seinem Vater zu empfinden. Walt von Grimford hatte stets sein Bestes gegeben, hatte seine Söhne zu guten Christenmenschen erziehen wollen. Trotz der tiefen Trauer, die ihn niederdrückte, war dies immer sein höchstes Ziel geblieben. Doch Wills Vater neigte dazu, sich das Leben unnötig schwer zu machen. Er hätte wissen müssen, dass die Welt mit denjenigen, die tatsächlich nach den Worten der Heiligen Schrift lebten, besonders hart umsprang. All seine Freundlichkeit, all seine Hilfsbereitschaft hatten ihn nicht vorangebracht. Arm und machtlos war er geblieben, erschöpft von der Arbeit und dem harten Leben als Bauer auf seinem bescheidenen Gut, während andere, die keineswegs besser waren als er, es zu Macht und Reichtum gebracht hatten. Es ist viel klüger, sich von der Welt und den Menschen zu nehmen, was man bekommen kann, bevor diese einem nehmen, was man hat, dachte Will voll Bitterkeit.

Dann hielt er plötzlich unwillkürlich den Atem an. Eine Sternschnuppe zog über das stille Firmament wie ein wilder Reiter, der über eine Klippe stürzt. Einer seiner Brüder hatte immer behauptet, man dürfe sich in einem solchen Augenblick etwas wünschen, und dieser Wunsch würde in Erfüllung gehen.

Das Knirschen von Schritten im Schnee ließ Will herumfahren. Von einem Augenblick zum anderen fiel alle Melancholie von ihm ab. Ein ihm völlig fremder, stattlicher Mann mit weißem Haar führte einen wunderschönen und offenbar recht temperamentvollen kleinen Rappen am Zügel. Der Mann mit dem nachtschwarzen Pferdchen lächelte freundlich. Doch Wills Hand fuhr sofort an das Schwert an seiner Seite. Sobald er die noch ungewohnte Gegenwart des schweren kalten Metalls spürte, durchrieselte ihn ein beruhigendes Gefühl der Zuversicht.

»Ist das Eure Begrüßung für mich, bester Will?« Der Fremde gab sich völlig unbeeindruckt.

Will blieb der Mund offen stehen. »Lady Phoebe?«, stieß er schließlich hervor.

In Männerkleidern und ohne die übliche Haube auf dem kurzen weißen Haar, dafür mit einem falschen Oberlippenbart, hatte die betagte Philosophin nun endgültig jede weibliche Anmut verloren. Eine feine wollene Tunika hüllte ihren massigen Körper ein. Offenbar hatte sie ihre rundliche Gestalt mit dem einen oder anderen Polster in eine männlichere Form gebracht. Nun setzte sie sich einen dunklen Hut auf den Kopf, der ihr ausdrucksvolles Gesicht in tiefe Schatten tauchte. Will hätte schwören können, dass er vorher sogar Bartstoppeln auf ihrem Kinn und ihren Wangen gesehen hatte. Lady Phoebe hatte sich in einen wohlhabenden alten Kaufmann aus einer reichen Handelsstadt verwandelt. Die Vollkommenheit ihrer Maskerade war verblüffend.

»Die Mühe hat sich offenbar gelohnt«, sagte sie lachend. Dabei blitzten ihre Augen lebhafter als je zuvor. »Und wie ich sehe, hat der gute Gayain bei Euch ebenfalls ganze Arbeit geleistet. Nun können wir unerkannt reisen. Sicher ist sicher.« Plötzlich veränderte sich ihre Stimme, und sie sprach mit einem kehligen Akzent weiter. »Ich, mein Freund, bin ein flämischer Kaufmann aus Haverfordwest, das einflussreiche Mitglied einer angesehenen Gilde. Ich bin an größeren Mengen Wolle interessiert, darum muss ich mit den Verwaltern der Güter und Anwesen in der Umgebung von Worcester sprechen. Gehören diese Ländereien nicht einem gewissen Beauchamp, einem Sir Walter Clifford und einem Sir Roger de Saint Jean?«

Will stieß einen leisen Pfiff aus. Erfreut über seine anerkennende Reaktion fuhr Lady Phoebe fort: »Ich weiß, so spät im Jahr ist die Wolle längst verkauft. Aber in meinem Gewerbe muss man langfristig denken. Ich werde die Wolle kaufen, die man erst im nächsten Sommer schert ...«

Will lachte herzlich über diese absonderliche Idee. »Man wird Euch für den größten Einfaltspinsel auf Gottes Erdboden halten, wenn Ihr gutes Geld für eine Ware bietet, die Ihr noch nicht einmal in Augenschein nehmen könnt!«

»Hervorragend! Das ist genau der Eindruck, den ich erwecken möchte. Ich habe viel Gold in den Satteltaschen, schöne, klingende Münzen.«

»Ist das klug? Sämtliche Strauchdiebe und Halsabschneider des Westens werden uns auf den Fersen sein.«

In Lady Phoebes Augen trat ein sonderbarer Ausdruck. Ihre Stimme nahm wieder den üblichen Klang an, als sie sagte: »Eine Katze kann man auf vielerlei Arten häuten, mein Junge. Vertraut mir.«

»Solange man uns nicht das Fell über die Ohren zieht«, antwortete Will leichthin.

»Oh, wir werden uns Mühe geben, einem solchen Schicksal zu entrinnen«, gab Lady Phoebe ebenso unbekümmert zurück. »Nun zu unserer Geschichte. Ich habe Euch auf dem Markt in Worcester getroffen, wir kamen ins Gespräch und ich nahm Euch in meine Dienste.«

Will grinste breit. »Wie ist Euer Name, Herr?«

»Meister Pieter«, antwortete Lady Phoebe prompt. »Meister Pieter aus Haverfordwest. Ich bereise gemeinsam mit meinem Diener Robin die schöne reiche Grafschaft von Worcester, weil mir zu Ohren gekommen ist, von welch hoher Qualität die Wolle ist, die man dort bekommt.«

»Robin?«, fragte Will. Dabei verengten sich seine Augen.

»Natürlich, mein Junge. Ich kann Euch ja wohl kaum bei Eurem richtigen Namen Will von Grimford rufen, oder?«

»Robin«, wiederholte Will langsam, als probiere er den Namen auf der Zunge. Dann huschte ein Lächeln über seine Züge.

»Wir warten nur noch, bis Gayain Gringalet herausbringt, dann brechen wir auf«, sagte Lady Phoebe. Sie hielt Will die Zügel des kleinen Rappen hin. »Ihr reitet diese Stute. Freundet Euch ein wenig mit ihr an. Sie ist gerade erst herabgekommen und scheint noch ein wenig nervös zu sein.«

Will blieb der Mund offen stehen. »Ich soll dieses Pferd reiten?«, wiederholte er ungläubig. Was Lady Phoebe sonst noch gesagt hatte, war ihm offenbar entgangen.

»Ja, natürlich. Euer eigenes Pferd hat sich noch nicht von dem harten Ritt hierher erholt. Aber keine Sorge, Gayain wird sich um das Tier kümmern, bei ihm ist es in den besten Händen. Außerdem müssen wir bei Sonnenaufgang in Worcester sein. Das ist mit irdischen Pferden nicht zu schaffen.«

Wieder überlief Will ein kalter Schauer. »Mit irdischen Pferden?«, flüsterte er. »Bei Sonnenaufgang in Worcester?«

»Ihr stellt das schönste Echo in den Schatten, junger Mann«, versetzte Phoebe spitz. »Ihr habt schon recht gehört.«

Daran zu glauben, dass so etwas wie Magie existieren könnte, war eine Sache – sie am eigenen Leib zu erfahren eine ganz andere. Will betrachtete das kleine schwarze Pferd. Sanfte dunkle Augen von der Farbe reifer Pflaumen erwiderten furchtlos seinen Blick. Er traf Will mitten ins Herz. Wortlos nahm er Lady Phoebe die Zügel aus den Händen.

»Lamrei gefällt Euch also?«, fragte Gayain, der gerade mit einem silbernen Pony zu ihnen trat.

»Ist das ihr Name?«, fragte Will leise. Er strich dem Tier über die seidige Nase. »Lamrei ...«

Die kleine Stute wieherte leise und stupste ihn mit dem Maul an.

»Wenn ihr beide mit eurem Liebesgeflüster fertig seid«, sagte Gayain trocken, »könntet Ihr mir vielleicht Eure geschätzte Aufmerksamkeit schenken, bester Will. Lamrei ist gerade erst herabgekommen und hatte kaum Zeit, sich zu erholen. Sie könnte versuchen, Euch abzuwerfen, wenn sie nun gleich wieder hinaufspringen muss. Aber reiten habt Ihr ja gelernt. Und ganz gleich, was Ihr tut – reißt niemals an ihren Zügeln, auch wenn Ihr fürchtet, Ihr könntet aus dem Sattel fallen. Hier, direkt hinter den Ohren hat Lamrei ein silbernes Mähnenhaar. Wenn Ihr dieses berührt, kann Euch nichts geschehen.«

Will brachte nur ein stummes Nicken zustande. Er traute seiner Stimme nicht, darum zog er es vor zu schweigen. Gayain lächelte, und diesmal lag kein Spott in seinen Augen. »Habt keine Angst, mein Junge«, sagte er freundlich. »Jeder Sterbliche, der mit uns zu tun bekommt, hat anfangs ein sonderbares Gefühl dabei. Aber ich versichere Euch, wir tun Euch nichts zuleide.«

»Oh, das hatte ich auch nicht befürchtet«, murmelte Will. »Ich kann mir nicht vorstellen, dass Lady Phoebe Umgang mit Euch pflegen würde, wenn Ihr die Handlanger des Teufels wärt ...«

Gayain lachte herzlich. »Ja, Lady Phoebe – und ab jetzt nennt Ihr sie besser Meister Pieter – würde mit allen bösen Mächten kurzen Prozess machen; daran gibt es keinen Zweifel.« Gayains gelber Blick bohrte sich in Wills blauen Augen fest. »Ihr werdet Euch noch wundern, wie wenig ihrem Blick verborgen bleibt, mein Freund.«

Will errötete. »Dann bin ich beruhigt. Es ist gut, wenn wenigstens einer von uns klar sieht.« Aber Gayain hatte sich bereits von ihm abgewandt und sprach mit Lady Phoebe, die sich gerade in Gringalets Sattel zurechtsetzte. Will konnte nicht hören, was die beiden zueinander sagten, aber das war ihm einerlei. Er trug ein vorzügliches Schwert an der Seite, steckte in wunderschönen neuen Kleidern und würde die schönste Stute reiten, die er je gesehen hatte. Will von Grimford war bereit, sich in jedes Abenteuer zu stürzen, das die Nacht für ihn bereithielt. Plötzlich erschien ihm das Leben voller aufregender neuer Herausforderungen; er brauchte sich ihnen nur zu stellen.

Ein leiser Ruf von Gayain holte Will aus seinen Träumen

in die Wirklichkeit zurück. Er stieg in Lamreis Sattel und lenkte sie neben Gringalet und Lady Phoebe. Gayain stand mit ausgebreiteten Armen im Schnee. Er erinnerte Will an einen Herold, der den Beginn eines Turniers oder eines Wettkampfes bekannt gibt. Im nächsten Augenblick rief Gayain: »Seid ihr bereit, Gringalet, Lamrei? Dann eins, zwei, drei! Hinauf mit euch!«

Der wilde Schrei eines Pferdes, ein gewaltiger Ruck, ein weiter Sprung ins Leere, und Lamrei rannte. Doch es war kein Schnee, der unter ihren fliegenden Hufen hervorstob; es war nicht die Erde, die unter ihrem Gewicht erbebte. Es war die schwarze Winternacht, die unter ihnen vorbeirauschte, nichts als gähnende Leere und kalte Luft. Atemlos, mit eisigen Händen und heißem Herzen begann Will zu verstehen, wovon Gayain und Lady Phoebe gesprochen hatten. Lamrei war vom Sternenhimmel herabgekommen!

Plötzlich stieß die Stute ein wildes Wiehern aus, bockte, schlug mit den Hufen und bäumte sich unter Wills Gewicht auf. Will entfuhr ein Schreckensschrei. Er wollte hart in die Zügel greifen, doch im letzten Moment fielen ihm Gayains mahnende Worte ein. Der junge Mann zwang sich, seine zitternde Hand hinter Lamreis Ohren zu legen, wo das silberne Haar sein musste. Sobald er es berührte, spürte er, wie Wärme ihn durchrieselte. Gleichzeitig hörte er den hohen klaren Klang einer Harfensaite. Lamrei beruhigte sich sofort. Noch immer kam ihr Atem stoßweise, doch ihr Gang wurde gleichmäßiger. Will, der ebenfalls nach Luft rang, spürte, dass sie in einen scharfen Trab gefallen war. Er schloss die Augen. Er wollte die unendliche gähnende Nacht, die sich unter ihnen ausdehnte, nicht sehen.

»Braves Pferd«, murmelte er. »Braves Pferd, braves Pferd ...«

»Will?« Lady Phoebes Stimme klang ein wenig besorgt. »Ist alles in Ordnung?«

»Ja, ja. Alles bestens«, sagte Will hastig. Er wusste nicht, dass seine Tränen silberne Spuren, die im Sternenlicht schimmerten, auf seinen Wangen hinterlassen hatten. Es waren Tränen des Entsetzens, der Freude und der Ehrfurcht. Der Augenblick, als die schwarze Stute mit ihm in den Sternenhimmel gesprungen war, hatte sein Herz und seine Seele für immer verändert.

8

Einen Mund habe ich nur, aber viele Stimmen,
Ich zerfalle und singe oft ein anderes Lied ...

Angelsächsisches Rätsel

Der flämische Kaufmann und sein schwarzhaariger Gehilfe betraten früh am Morgen die Jackdaw Taverne. Der Fremde in den teuren Kleidern benahm sich dabei so umständlich, dass keinem der Anwesenden seine Gegenwart entgehen konnte.

Seinem Akzent nach musste der junge Bursche ein Engländer aus der näheren Umgebung sein. So mancher Gast bedauerte diesen Landsmann aufrichtig, weil er sich bei einem fetten ausländischen Dummkopf verdingen musste. Doch auch der Gehilfe steckte in feinen neuen Kleidern, und sein Pferd war mindestens ebenso gut wie das des dicken Alten. Zudem zeigte das Blitzen in den blauen Augen des jungen Mannes, dass er im Gegensatz zu seinem Herrn nicht auf den Kopf gefallen war. Zweifellos zog der Gehilfe dem reichen Fremden bei jeder sich bietenden Gelegenheit das Geld aus der Tasche, ohne dass dieser etwas davon bemerkte. Aber das war nun einmal der Gang der Welt. Man gönnte dem Engländer jede Kupfermünze, um die er den aufgeblasenen Ausländer erleichterte. Keiner der Gäste neidete dem jungen Mann sein Glück, denn obschon er vornehm gekleidet war, schien er nicht vergessen zu haben, woher er stammte. Nicht die geringste Spur von Hochmut haftete ihm an. Ja, es gelang ihm sogar das Kunststück, Jenny, der Nichte des Wirts, ein Lächeln zu entlocken. Die unbezahlte Dienstmagd ihres Onkels eilte wie immer mit flinken Schritten durch die Taverne und arbeitete für fünf.

Master Edwin fiel fast über seine eigenen Füße, während er dem fetten alten Goldesel den besten Stuhl anbot und ihm eigenhändig feinsten Wein und Most einschenkte. Der Wirt schickte Jenny zu seiner Frau. Emma sollte gepökeltes Schweinefleisch mit Bohnen kochen und auch für einen Teller voller knuspriger Honigkuchen sorgen.

Die Gäste in der Schankstube spitzten die Ohren und erfuhren bald – auch dank Master Edwins hartnäckiger Fragen – alles Wissenswerte über den reichen Ausländer. Der flämische Kaufmann wollte – so unglaublich das auch scheinen mochte – seinen Konkurrenten um einige Nasenlängen voraus sein, indem er sich bereits um diese Jahreszeit die Wolle der besten Schafherden in der Umgebung sicherte. Master Edwin war voll Bewunderung für derartige geschäftliche Weitsicht, die offenbar von reiner Profitgier geleitet war, und freute sich, seinen Teil zum Gelingen des Vorhabens beitragen zu können. Dass man Wolle kaufen wollte, die noch im Wachsen begriffen war, hatte er allerdings noch nie gehört. Aber als der junge Engländer ihm den Plan einmal erklärt hatte, erschien er dem Wirt einleuchtend. Wenn Meister Pieter – so hieß der reiche Kaufmann – bereits jetzt die gesamte Wolle der Umgebung aufkaufte, konnte er gleich im Frühjahr den Gegenwert für seine Investition eintreiben und alle anderen Händler würden leer ausgehen. Die örtlichen Schafbesitzer sollten natürlich nicht gleich den vollen Preis für die Wolle erhalten. Der gewiefte Flame wollte eine Anzahlung leisten und die Rechnung vollends begleichen, wenn die Ballen im Frühjahr abgeholt wurden. Master Edwin konnte sich vorstellen, dass viele Barone und Gutsbesitzer sich gern auf einen solchen Handel einlassen würden.

»In der Tat, mein Freund«, sagte Edwin und senkte dabei verschwörerisch die Stimme, »ich denke, so mancher Schafzüchter wird gerne bereit sein, Geschäfte mit Euch zu machen. Ich könnte Euch mit den richtigen Männern ...«

»Was ist mit Bestude? Man sagte mir, dort gäbe es gute Herden«, unterbrach Meister Pieter den Wirt rüde.

In der Schankstube breitete sich Stille aus, und Edwin schien erstmals um eine Antwort verlegen. »Nun …«, begann er schließlich. »Ja.«

»Ja, was?«, beharrte der alte Flame.

Die ganze Taverne wartete auf Edwins Antwort. Der Name Bestude hatte offenbar die Neugier der Gäste geweckt und sorgte auch für einige Belustigung unter ihnen.

»Nun, auf Bestude gibt es natürlich Schafe«, räumte der Wirt mit hochrotem Kopf ein.

»Der Verwalter von Bestude ist gerade in der Stadt«, meldete sich Jenny mit schriller Stimme zu Wort. Unsanft setzte sie die bestellten Speisen vor den Gästen ab. »Nicht wahr, Onkel?«

»Ja«, antwortete Edwin widerstrebend. »In der Tat. Der eiserne Ralf ist gerade selbst hier in Worcester.«

Das Aufblitzen in den Augen des Händlers überraschte den Wirt. »Den eisernen Ralf nanntet Ihr ihn?«

»Ja. Eigentlich heißt er Ralf le Fer«, antwortete Edwin, wobei er den französischen Namen mit einem grauenhaften Akzent aussprach. »Aber irgendwer kam auf die Idee, ihn den eisernen Ralf zu nennen.«

»Ihr werdet verstehen, warum, wenn Ihr ihn erst einmal mit eigenen Augen seht«, sagte Jenny. Plötzlich kniff sie die Augen zusammen und wandte sich an Robin. »Euer Gesicht habe ich schon einmal irgendwo gesehen. Seid Ihr aus der Gegend?«

»Von hinter Elmley«, antwortete Robin ruhig. »Schon beinahe aus Warwickshire.«

Edwins Miene, die sich bei der Frage seiner Nichte verdüstert hatte, klärte sich auf. »Ah, dann kennt Ihr sicher das Anwesen des verehrten Grafen Beauchamp. Er ist mit dem Herrn von Bestude verwandt. Wusstet Ihr das?«

»Selbstverständlich«, antwortete Robin frech. »Das wissen selbst die Maulwürfe in ihren Löchern.«

Die anderen Gäste der Taverne grinsten einander viel sagend an. Edwin errötete. Dann sagte er barsch: »Selbstverständlich. Aber wenn Ihr Eure Zeit lieber nicht mit dem eisernen Ralf verschwenden wollt ...«

»Wer sagt das?«, blaffte der Flame dazwischen. »Hört nicht auf das, was mein schwatzhafter Gehilfe von sich gibt, Herr Wirt. Und nun sagt, wo können wir den Mann finden?«

Edwin tippte sich an die Nase. Sein Ärger schien verflogen. »Nun, ich könnte ein Treffen mit ihm arrangieren. Der Mann gehört zu meinen besten Freunden.«

Die Umsitzenden brachen in spöttisches Gelächter aus, und auch Edwins Nichte Jenny stimmte mit ein. Die Wangen des Wirts färbten sich wieder dunkler, doch er ließ sich nicht beirren. »Ich habe viele Freunde. Jeder, der kein Dummkopf ist, steht mit Edwin, dem Wirt der Jackdaw Taverne, gern auf gutem Fuß.« Er machte eine dramatische Pause. »Aber seht Euch vor, mein Freund. Der eiserne Ralf ist kein gewöhnlicher Mensch. Wenn er hier durch diese Tür tritt, muss er sich bücken. Der Mann ist ein Riese.«

Der Kaufmann gab sich unbeeindruckt. »Dann ist er ja leicht zu finden.«

»Oh, Ihr braucht nicht nach ihm zu suchen. Er wird in seinem Haus in der Stadt sein, das er von Master Osric gemietet hat. Mein Neffe Alfred erledigt manchmal Botengänge für ihn und geht dem eisernen Ralf auch sonst zur Hand«, sagte Edwin schnell. »Alfred hat Glück, dass es so viel Arbeit für ihn gibt. Und es schadet ihm auch nichts. Groß genug ist er ja; er ist immerhin schon elf Jahre alt. Meine Frau Emma und ich kümmern uns um die hungrigen Mäuler, seit die Schwester meiner Frau und ihr Schwager vor ein paar Jahren das Zeitliche gesegnet haben.« Als er das ironische Grinsen auf dem Gesicht einiger Umsitzender bemerkte, ereiferte er sich: »Wir haben nichts zu verschenken. Aber hungern muss bei uns keiner. Die beiden haben Arbeit. Jenny geht mir in der Taverne zur Hand, und Alfred ist manchmal auch hier. Aber meistens brauchen Master Ralf oder Master Osric ihn ... Das ist kein schlechtes Leben für zwei Waisenkinder.«

Der Flame wandte sich ab. Edwin deutete die Geste richtig: Seine Familienangelegenheiten interessierten den reichen Fremden nicht. Der Wirt lächelte verdrießlich. »Ich lasse Euch jetzt am besten ungestört Euer Mahl genießen«, sagte er in einem Ton, der forsch klingen sollte. Doch davon ließ sich niemand täuschen.

Robin erhob sich von der Seite seines Herrn und gesellte sich zu einer Gruppe von Männern, die in ein Würfelspiel vertieft waren. Er spielte den ganzen Morgen und bis zum Mittag. Der junge Mann hatte eine glückliche Hand und warf mit lockerer Geste die Münzen auf den Tisch. So mancher seiner Kumpane geriet ins Schwitzen, doch die kessen jungen Frauen, die in der Taverne herumlungerten, warfen ihm schmachtende Blicke zu, strichen um ihn herum, bauschten die Röcke, klimperten mit den Wimpern und lachten laut. Der unbekümmerte Robin sah ihnen tief in die Augen und sorgte mit seinen anzüglichen Scherzen für allgemeine Heiterkeit. Aber keinem, der ihn genauer beobachtete – und davon gab es in der Taverne nicht wenige – konnte entgehen, wie sein Blick immer wieder suchend durch die Schankstube huschte und an einem Paar roter Zöpfe und lebhafter schwarzer Augen hängen blieb. Falls Jenny das ebenfalls auffiel, so ließ sie sich nichts anmerken.

Meister Pieter wärmte sich derweil am Feuer die Füße und studierte einen Stapel Schriftstücke, den er aus seiner Tasche gezogen hatte. Dabei sprach er in der ausdauernden Art aller Flamen beständig dem Wein zu. Edwins bescheidene Erfahrung mit den Vertretern dieses Volksstammes hatte ihn zu der Überzeugung gebracht, dass die Flamen allesamt Weinschläuche an Stelle von Mägen hatten. Meister Pieter war noch dazu ein besonders griesgrämiger alter Geselle. Immer wieder versuchte der Wirt, eine Unterhaltung mit ihm zu beginnen, doch er erhielt stets nur ein kurzes Grunzen zur Antwort und gab schließlich entmutigt auf.

Es war schon später Nachmittag, als der Flame sich endlich erhob. Er fixierte den Wirt mit stählernem Blick und verkündete mit der bemühten Würde eines Angetrunkenen: »Den eisernen Ralf wünsche ich zu sehen. Bringt mich zu ihm. Jetzt sofort!«

Edwin sah sich unsicher nach dem Gehilfen des Kaufmanns um. »Ich dachte ... Euer Diener könnte ...«

»Ihr denkt besser gar nichts. Das steht Euch nicht zu«, blaffte der Flame.

Die überhebliche Art des Mannes reizte den Wirt. Darum vergaß er für einen Augenblick seinen üblichen unterwürfigen Ton. »Ich kann Euch nicht hinbringen. Ich habe zu tun«, knurrte er. »Jenny!«

»Onkel?«

»Bring diesen ... sei so nett und bring Meister Pieter zu Osrics Haus. Er möchte mit dem eisernen Ralf sprechen.«

Die schwarzen Augen des Mädchens blieben ausdruckslos. »Ja, Onkel.«

»Und beeil dich. Du bekommst dein Essen nicht fürs Herumflanieren. Hast du mich verstanden?«

Jenny nickte gehorsam, doch ihre Augen sprachen Bände. Die stumme Verachtung in ihrem Blick entging auch Edwin nicht. Er starrte sie an und schrie: »Worauf wartest du, Mädchen? Steh nicht hier herum! Hinaus mit dir!« Dann stapfte er hinter die Theke, um nach seinen Weinfässern zu sehen.

Drei Menschen in der Taverne verfolgten mit interessierten Blicken, wie der Kaufmann hinter dem Mädchen aus der Tür ging: Edwin, der wütend an seinen Fässern hantierte, Robin, dem das Glück beim Würfeln noch immer hold war, und ein weiterer Mann, der weit hinten in einer schattigen Ecke saß. Seinen wachsamen

Augen entging keine der fahrigen Bewegungen des Wirts, keine der ausladenden Gesten des schwarzhaarigen Jünglings und auch nicht die Trägheit des dicken flämischen Kaufmanns. Kaum hatten das Mädchen und der Flame die Taverne verlassen, da schlüpfte auch der stumme Beobachter aus der Tür und folgte ihnen unbemerkt.

DAS BUCH VON BUFAWUDA

Drittes Kapitel

In welchem erzählt wird, wie Urse, der Sheriff, und seine Getreuen nach England kamen, und was dort geschah.

Nun begab es sich, dass Harold, der nach Edwards Tod von der Versammlung der Fürsten, dem Witan, zum englischen König erklärt wurde, gegen zwei erbitterte Feinde vorgehen musste. Durch den Verrat seines Bruders Tostig sah er sich den norwegischen Truppen Harald Hadraadas gegenüber. Und die Doppelzüngigkeit normannischer Spione in England rief den Bastard William, den Herzog der Normandie, auf den Plan. Dieser behauptete, König Edward, mit dem er verwandt war, habe ihn zu seinem Nachfolger auf dem Thron bestimmt, während Trostig hoffte, mit Hilfe der Norweger selbst zu Macht und Reichtum zu gelangen. William der Normanne aber erschlich sich den Segen der Kirche und ließ Harold exkommunizieren. Er erklärte die Entscheidung des Witans für unrechtmäßig und stellte Harold als Gesetzlosen vor Gott und der Menschheit dar, den es zu zerstören galt.

König Harold schlug gemeinsam mit seinen Stammesfürsten und Getreuen die Nordmänner Hadraadas an der Brücke von Stamford vernichtend. Dort fanden Tostig und Hadraada den Tod. Erschöpft und noch mit dem Blut der Schlacht besudelt, musste König Harold mit seinen Mannen sofort gen Hastings marschieren, wo inzwischen William mit seinen normannischen und bretonischen Truppen gelandet war. Die Schlacht bei Hastings wurde zu einem unvergleichlichen Gemetzel und an ihrem Ende war König Harold nicht mehr. Man weiß nicht, ob er auf dem Schlachtfeld fiel, oder, wie manche behaupten, schwer verwundet an einen geheimen Ort gebracht wurde und dort starb. Alle englischen Fürsten und Gutsbesitzer, die ihm die Treue gehalten hatten, fanden den Tod, mussten fliehen oder wurden zu Gesetzlosen erklärt.

Als Erstes ließ William verkünden, dass all jene, die in Hastings gegen ihn, den rechtmäßigen König Englands, gekämpft hatten, als Verräter zu behandeln waren. Diese Männer verloren ihr Land und all ihre Privilegien. Ihr Besitz und ihre Vorrechte verteilte William nun an die Normannen und Bretonen, die mit ihm in die Schlacht gezogen waren. So wurde das arme England in Stücke gerissen wie die blutige Beute einer Jagd.

Im Gefolge des Eroberers war ein Mann, den die Bewohner West Mercias bald zu hassen lernten. Urse war sein Name, was so viel bedeutet wie Bär. Er stammte von einem kleinen Besitz, Saint Jean d'Abetot mit Namen, der auf den weißen Klippen an den Ufern der Seine lag. Urse war ein untersetzter, hässlicher Mensch und glich dem Braunbären, nach dem er benannt war. Er trug sein Haupthaar kurz und rasierte sich die Wangen, wie alle Normannen es damals taten. Doch sonst war er über und über behaart. Er war wild im Kampf und grausam im Frieden, ungestüm gegenüber dem weiblichen Geschlecht, misstrauisch gegenüber den Männern, blutdurstig wie ein Norweger und grausam wie ein Franzose, doch auf seine ganz eigene Art. Allem, was er tat, haftete die Verschlagenheit des Fuchses an.

In der Normandie wäre Urse d'Abetot Gefahr gelaufen, als Geringer zu enden. Als jüngerer Sohn, dem kein Erbe zustand, konnte er weder zu Reichtum noch zu Macht gelangen und auch nicht zu Land. Aber er war von Ehrgeiz besessen und erkannte, dass ein Beutezug nach England zu seinem Vorteil sein würde. Darum diente er sich Williams Halbbruder Odo, dem schändlichen Bischof von Bayeux an.

Urse war noch nicht verheiratet. Dabei hatte er schon zahllose Bastarde gezeugt und hoffte auf die Hand der jungen normannischen Erbin Adeliza. Doch Adelizas Familie verweigerte dem Paar ihren Segen, denn Urse galt nicht als gute Partie. Das festigte seinen Entschluss, in England sein Glück zu machen, zu gegebener Zeit im Triumph zurückzukehren und die Heirat mit Adeliza zu verlangen.

Urse schloss sich einer Horde von Männern an, die ebenso wild und grausam waren wie er selbst. Streunenden Hunden gleich zogen sie durch England und stritten sich um die Knochen und Fetzen, die die Mächtigen übrig gelassen hatten. Kein englischer Mann, keine Frau und kein Geistlicher war vor ihnen sicher. Doch ihr Herr, der verderbte Odo, übersah geflissentlich ihre Untaten. William der Eroberer selbst achtete jedoch darauf, dass seine staatsmännischen Hände nicht durch Odos stinkende Hunde beschmutzt wurden. Er tat, als kenne er Urse und dessen Kumpane nicht. Seinem Halbbruder Odo misstraute William ohnehin. Und da er nicht nur dem Namen nach König von England sein wollte, hörte der Eroberer sich geduldig die Klagen der Edlen und Bauern an, die unter Urse und seinem Pack zu leiden hatten. Manchmal verhalf er den Klägern zu ihrem Recht, denn wer sich seiner Macht beugte, sollte ihn als gerechten Herrscher erleben. An die Armen aber, die am meisten litten, verschwendete er keinen Gedanken.

Auch ein anderer Mann hatte in Hastings gekämpft: Urses Vetter Robert, ein zarter blonder Jüngling, das vollkommene Gegenteil des Bären. Auf seine raue ungehobelte Art war Urse freundlich zu dem Jungen und versuchte immer wieder, ihn zu dem zu machen, was er unter einem Mann verstand. Robert suchte zwar Urses Gesellschaft und schien seinem wilden Vetter für dessen Fürsorge dankbar zu sein, doch er schreckte vor allem zurück, was Urse als einem Manne geziemend betrachtete.

Es begab sich, dass unter den Normannen in Hastings auch der verschlagene Richard Fitz Scrob war, der seine Burg bereits für die Ankunft seines Herrn vorbereitet hatte. Er kannte Urse seit langem und schwärmte dem Bären von den fruchtbaren Ländereien Edrics von West Mercia vor. Urse gefiel, was er hörte. Darum machte er sich gemeinsam mit seinem Vetter Robert auf den Weg ins sumpfige Grenzland.

Sir Edric hatte nicht wie die meisten aufrechten Engländer in Hastings gekämpft, und das aus vielen verschiedenen Gründen. Er traute König Harold genauso wenig über den Weg wie dieser ihm. Sir Edrics Familie hatte keinen Grund, die Godwinssons zu lieben. Außerdem hatte der schlaue Mercianer stets vermutet, dass Harolds Krönung durch den Witan viel Übel nach sich ziehen würde, denn aus den Erzählungen Richard Fitz Scrobs hatte er einiges über die Normannen erfahren. Er legte keinen Wert darauf, sie sich zu Feinden zu machen, denn sie waren sehr mächtig. Aber er blieb dennoch ein Engländer und war keinesfalls geneigt, die Normannen zu hofieren. Sir Edric fühlte sich einzig seiner Familie und seinem Land zu Treue verpflichtet. Darum hatte er dafür gesorgt, dass er auf hoher See war, als König Harold seine Getreuen erst gegen Harald Hadraada und dann gegen den eiskalten Eroberer selbst zusammengerufen hatte. Sir Edric hatte England monatelang nicht betreten. Ach England, das arme England, zerrissen von Verrat, von Täuschung und Eigennutz! Hätte Harolds Bruder Tostig sich nicht aus purer Eifersucht und Abneigung mit dem Norweger zusammengetan, dann hätte England über die Normannen triumphieren können. Und wenn Männer wie Edric fest zu ihrem König gestanden hätten, anstatt sich nur um ihre eigenen Belange zu kümmern, hätte England nicht dieses traurige Schicksal erleiden müssen. Aber das war nun nicht mehr zu ändern.

Sir Edric, der Herr von Bestude, hatte seinen Freund Arnwin von Waedley für die Zeit seiner Abwesenheit als Verwalter Bufawudas und all seiner anderen Ländereien eingesetzt. Sein junges Weib Goda und seine Kinder Aelfnoth und Aelfrida vertraute er ebenfalls Arnwins Obhut an, denn er wusste, dass er sich voll und ganz auf seinen Freund, den Priester, verlassen konnte. Arnwin tat sein Bestes, doch er hatte selbst ein kleines Anwesen und eine Familie, um die er sich kümmern musste. Außerdem war ihm ein großes

Geheimnis anvertraut worden, das er niemandem verraten durfte. Deswegen war er nicht so häufig in Bufawuda, wie er es hätte sein sollen.

Die Elfenprinzessin Goda, der die Schläue aller elfischen Frauen anhaftete, hatte ebenfalls einen großen Fehler: Sie langweilte sich leicht. Dabei war sie nicht flatterhaft wie sterbliche Frauen, die ihren Gemahl betrügen, nur unachtsam und gedankenlos. Es gefiel ihr nicht, dass Edric übers Meer fuhr und sie mit den Kindern allein zurückließ. Sie liebte Aelfnorth und Aelfrida und spielte mit ihnen, doch ihr Geist war wie ein Schmetterling und blieb nie lange bei einer Sache. Die Zwillinge tollten auch lieber mit Arnwins Kindern Edmund und Godiva umher, die nur zwei oder drei Jahre älter waren als sie. Lady Goda mochte Arnwins Gemahlin Hazel, doch Hazel hatte für ihren Geschmack zu viel Ehrfurcht vor ihrem Gemahl und tat alles, um ihm eine gute, vernünftige Haushälterin zu sein. Sie ließ sich selten auf Lady Godas sonderbare Ideen ein.

So fühlte die Elfenprinzessin sich mitten unter ihren Lieben und Freunden einsam. Sie vermisste ihre Schwestern, besonders die eine, die gar nicht ihre leibliche Schwester, sondern nur ein Ziehkind ihrer Eltern war. Dieses Mädchen war die Tochter des Wasserkönigs und hatte ihre Jugend fern der Heimat in Oakenfast verbracht. Wie Lady Goda hatte sie ihr Herz einem sterblichen Mann geschenkt. Ein Wesen zu ehelichen, das nicht aus der Elfenwelt stammte, verdammte Goda und ihre Ziehschwester zur Einsamkeit, denn sie gehörten nun nicht mehr zu ihrem Volk. Manchmal schickten die beiden verstoßenen Elfenschwestern einander Botschaften. Wasserwesen, die ihnen freundlich gesonnen waren, trugen sie durch die Gewässer der Erde. Doch von Angesicht zu Angesicht konnten die Schwestern einander nie wieder gegenüberstehen, genauso wenig wie ihren anderen Verwandten, denn diese waren für sie nun unsichtbar. So wanderte Lady Goda oft den lieben langen Tag ziellos durch den Garten des Anwesens, kämmte ihr langes, flammenfarbenes Haar und sang traurige Lieder über ihre verlorene Heimat Oakenfast und die sorglosen Tage der Jugend, die sie dort verbracht hatte.

Eines Tages sonnte sie sich am Ufer eines Baches im Wald und sang dabei wie üblich vor sich hin. Da trat in ihrer Nähe ein junger Mann aus dem Unterholz. Er war blass, schmal, unrasiert und schmutzig und blickte wild umher. Lady Goda wusste sofort, dass er sich verirrt hatte. Wahrscheinlich hatte der hinterlistige Puca ihn auf den falschen Pfad gelockt. Sie lächelte listig und wollte sich mit dem armen Jüngling einen Spaß machen. Denn das ist die Natur der Elfen: Wenn sie sich langweilen oder traurig sind, spielen sie gerne Streiche oder begehen andere kleine Grausamkeiten.

»Guten Morgen, junger Herr!«, rief sie leise. Der junge Mann erschrak und starrte sie an, denn er hatte geglaubt, er sei allein. Als er die schöne Goda am Ufer des Flusses sitzen sah, gingen ihm fast die Augen über, und er bewegte die Lippen, ohne einen Ton hervorzubringen.

»Hat Puca dir die Zunge gestohlen?«, fragte Lady Goda mit der Sanftheit einer Sommerbrise. Dabei erhob sie sich anmutig wie eine Blume, die sich im Winde wiegt.

Der junge Mann konnte den Blick nicht abwenden und schüttelte doch den Kopf, als wolle er seinen Augen nicht trauen. Lady Goda ging zu ihm und berührte ihn leicht an der Schulter. Er wich zur Seite wie ein scheuendes Pferd. Doch sie lachte und nahm seine Hände zwischen ihre, die weich und kühl waren. Dabei sah sie ihm tief in die Augen. Sie waren blau, blass und sanft wie die eines Lammes. Sofort ließ Lady Goda die Hand des Jünglings wieder los. Dabei entfuhr ihr ein Schreckensschrei. Die Klarheit ihres elfischen Blickes hatte ihr das Schicksal des Jünglings in seinen Augen offenbart, und sie empfand Mitleid mit ihm. Obschon Elfen oft ein wenig grausam sein mögen – gemein und niederträchtig sind sie nicht. Nie tun sie das Böse willentlich oder unterstützen es mit Absicht. Dennoch richten sie in ihrer gedankenlosen Wut viel Unheil an.

»Geht nach Hause«, sagte Lady Goda nun leise. »Geht nach Hause, Kind, solange noch Zeit dafür ist.«

Doch der junge Mann konnte sich nicht satt sehen an ihr und blieb wie angewurzelt stehen. Lady Goda fühlte sich nicht wohl dabei. Aus diesem Grunde stieg eine Wut in ihr auf, die versengend und scharf war.

»Hinweg mit Euch, Ihr dummer Junge! Oder ich lasse Euch von Puca in einen Sumpf führen, der Euch verschlingt! Geht, oder ich lasse ihn den Jäger auf Euch hetzen. Kennt Ihr den Jäger? Er haust schon so lange in diesem Wald wie Puca selbst und wird Euch unermüdlich verfolgen, wenn ich ihn darum bitte. Geht, geht!« Dabei wedelte sie mit den Armen, als wolle sie eine lästige Fliege verscheuchen. Doch der Jüngling rührte sich nicht vom Fleck. Ein verzücktes Lächeln verklärte seine Züge.

Plötzlich hörte Goda das Knacken von Ästen im Unterholz. Sie legte die Stirn in Falten, denn sonst war der Wald stets friedlich und still. Aber plötzlich schien es darin vor tollpatschigen sterblichen Tölpeln zu wimmeln. Schon vergaß sie, wie gelangweilt und rastlos sie noch vor kurzem gewesen war, und wünschte sich ihre Einsamkeit zurück. Sie wandte sich um und schlüpfte zwischen den Bäumen davon. Dabei warf sie keinen einzigen Blick zurück auf den verzauberten Jüngling und den dunklen, haarigen Unhold, der nun aus dem Unterholz brach.

Und so fanden Urse, der bald der Sheriff von Worcester sein sollte, und sein Vetter Robert – die beiden Männer, die sich im Wald von Pucawuda verirrt hatten – einen Weg aus dem grünen Labyrinth. Als Sir Edric und Arnwin davon erfuhren, war es längst zu spät, denn Lady Goda sprach mit keiner Menschenseele über diese sonderbare Begegnung.

9

Von Natur aus zur Einsamkeit verdammt,
vernarbt vom Eisen,
vom Schwert verwundet ...

Angelsächsisches Rätsel

Jenny eilte dem Fremden voran durch das Labyrinth der Straßen und Gassen. Der alte Kaufmann hatte Mühe, ihr zu folgen.

Einmal versuchte er, ein Gespräch mit ihr zu beginnen, doch sie gab ihm keine Antwort. Endlich blieb die junge Frau vor einem schmalen hohen Haus stehen. Alle Fensterläden waren geschlossen, und so schief, wie es zwischen den breiteren Häusern in seiner Nachbarschaft stand, erinnerte es an eine zaghafte alte Jungfer in einer Schenke voller ungehobelter handfester Gesellen. Jenny ergriff den schweren Eisenring an der Tür und klopfte dreimal an.

Einer der Läden flog auf, und der blonde Schopf eines Knaben erschien im Fenster. Meister Pieter bemerkte den schnellen Blick, den Jenny mit dem blonden Knaben wechselte, der sicherlich ihr Bruder war. »Besuch für den eisernen Ralf. Unser Onkel schickt ihn«, sagte das Mädchen.

»Ist gut«, antwortete der Knabe tonlos. Er zog den Kopf zurück, und man hörte ihn bellen: »Master Ralf! Master Ralf! Jemand will Euch sehen!«

Es dauerte einen Augenblick, dann erklangen schwere Schritte, und an Alfreds Stelle erschien ein Mann am Fenster. Er hatte ein breites, aber doch kantiges, vernarbtes Gesicht, in dem die kältesten Augen standen, die Meister Pieter je gesehen hatte. Der Mund des Mannes war schmal, aber schön geschwungen, und obwohl er kaum über die dreißig hinaus sein konnte, waren sein Haar und sein Oberlippenbart von einem kalten metallischen Grau, das an Eisen erinnerte.

»Ja? Wer verlangt, mich zu sprechen?«, fragte er in einem Englisch, das mit seinem sonderbar harten Akzent und der eigenartigen Betonung fast wie eine andere Sprache klang.

»Der da, ein Flame, Master Ralf. Unser Onkel schickt ihn ...« Meister Pieter staunte, wie zaghaft die sonst so resolute Jenny plötzlich klang.

Der eiserne Ralf blickte auf sie herab. Dabei spielte ein spöttisches Lächeln um seine Lippen. »Dann erwartet dein Onkel dich sicher bereits zurück«, sagte er. »Geh, Jenny. Geh zurück an die Arbeit bei deinem guten Onkel Edwin.«

Der verächtliche Unterton, der die Worte des Mannes begleitete, war unüberhörbar. Jenny errötete, senkte den Kopf und machte sich eilig davon.

»So. Ein Flame macht mir seine Aufwartung. Ich frage mich natürlich, warum.« Amüsiert musterte der eiserne Ralf von seinem Fenster aus den dicken Alten. Der erwiderte ruhig seinen Blick.

»Ist es bei Euch Sitte, einen Besucher vor der Tür stehen zu lassen? In Flandern macht man auf diese Art keine Geschäfte«, sagte Meister Pieter schließlich in herausforderndem Ton.

Der eiserne Ralf zog eine Augenbraue hoch. »Ihr seid hier nicht in Flandern, Freund.« Doch seine Stimme klang freundlicher als zuvor. »Wartet einen Augenblick.«

Der Kopf verschwand und der Fensterladen wurde geschlossen. Meister Pieter wartete. Als die Tür sich öffnete, rang der Kaufmann, ohne es zu wollen, laut hörbar nach Luft und wich unwillkürlich einen Schritt zurück.

Zwar hatte Edwin gesagt, der eiserne Ralf sei ein Riese, doch was redeten die Leute nicht alles daher? Nun konnte Meister Pieter sich mit eigenen Augen davon überzeugen, dass der Wirt nicht übertrieben hatte. Der Mann, dem er gegenüberstand, bot einen Ehrfurcht gebietenden Anblick. Er musste um sieben Fuß groß sein, und seine Arme waren so kräftig, dass sie die Ärmel des ledernen Mantels, den er trug, zu zerreißen drohten. Seine Beine sahen in den eng anliegenden Beinkleidern wie Baumstämme aus, und die gewaltigen Hände, an denen etliche Ringe funkelten, schienen schwer zu sein wie Hämmer. Dennoch war der eiserne Ralf alles andere als ein grobschlächtiger Unhold. Meister Pieter hatte vielmehr das Gefühl, einer ebenso starken wie intelligenten Persönlichkeit gegenüberzustehen, die lediglich durch eine sonderbare Laune der Natur mit ungewöhnlich großzügigen Körpermaßen ausgestattet war.

Der Kaufmann hatte seine Fassung inzwischen wiedererlangt. Nur seine Stimme klang noch ein wenig belegt, als er sagte: »Ich bin Meister Pieter aus Haverfordwest. Darf ich noch immer nicht über die Schwelle treten? Wollt Ihr, dass die ganze Stadt hört, was wir zu besprechen haben?«

Der eiserne Ralf verbeugte sich mit einem spöttischen Lächeln und trat ein wenig beiseite. »Entschuldigt meine schlechten Manieren. Tretet ein. Fühlt Euch wie zu Hause, mein flämischer Freund.«

Meister Pieter trat durch die Tür in eines der ordentlichsten Zimmer, das er je gesehen hatte. Dem Riesen entging sein erstaunter Blick nicht. Er quittierte ihn mit einem Grinsen, bei dem er zwei makellos weiße Zahnreihen entblößte. »Es hat mich viel Mühe gekostet, dem Bürschchen beizubringen, wie man ein Haus in Ordnung hält. Hier entlang.«

Er führte den Kaufmann durch einen etwas größeren angrenzenden Wohnraum und schließlich in ein kleines Zimmer, das dahinter lag. Auch hier herrschte eine geradezu peinliche Ordnung und Sauberkeit. Die Tür war mit einem schweren roten Vorhang verhängt, und das Mobiliar bestand aus einem einfachen Eichentisch, einem Stuhl und einem ordentlich gemachten Bett. Auf dem Tisch brannte mit kräftiger Flamme eine Lampe, die allerdings erbärmlich rußte. Sie warf ihren Lichtschein auf einen Stapel Papiere, ein Tintenfass und etliche Schreibfedern. Der eiserne Ralf hob ob der unübersehbaren Verwunderung des Kaufmanns amüsiert die Augenbrauen.

»Ich weiß nicht, was der gute Onkel Edwin Euch erzählt hat, Freund. Aber ich verwalte einen recht ansehnlichen Besitz, und mein Herr hält sich nicht gerne mit lästigen Kleinigkeiten auf. Schreibarbeiten überlässt er am liebsten mir.«

»Master Edwin sagte lediglich, Ihr wärt einer seiner besten Freunde«, sagte der Flame ohne jeden ironischen Unterton.

Ein Lächeln glitt über die grausamen Züge des eisernen Ralf. »Es freut mich, das zu hören. Oh, aber Meister Pieter, was müsst Ihr von mir denken? Ich habe Euch noch gar keinen Stuhl angeboten. Bitte setzt Euch doch.«

Der Kaufmann nahm etwas steif auf der Stuhlkante Platz, während der eiserne Ralf sich ihm gegenüber auf dem Bett niederließ. Er lehnte sich entspannt auf einen Ellbogen zurück.

»Meister Pieter aus Haverfordwest, sagtet Ihr? Ich kenne den Ort und auch ein paar von den flämischen Webern dort recht gut. Ein Meister Pieter ist mir allerdings noch nie begegnet.«

»Ich kam erst vor kurzem aus Flandern nach England.«

»Ah, das ist natürlich etwas anderes.« Der Riese ließ wieder sein hartes Lächeln sehen und sagte dann in einer recht passablen Nachahmung des flämischen Akzentes: »Dafür ist Euer Englisch ganz hervorragend, mein Freund.«

Meister Pieter ließ sich nicht aus der Ruhe bringen. »Ich hatte einen guten Lehrer. Mein Geschäftspartner in Flandern ist ein Engländer.«

»Aber natürlich. Und Ihr hattet in England bisher keine Schwierigkeiten? Die Engländer sind ja so grässlich stolz darauf, auf einer Insel zu leben. Den Rest der Welt betrachten sie mit dem größten Misstrauen. Das letzte Mal, als ich in Haverfordwest war, zettelten sie gerade einen Aufstand gegen die Flamen an. Das fürchterlichste Geschrei machten natürlich die Lehrlinge. Aber hinter ihnen standen die englischen Zünfte und Gilden, die die

Flamen nicht in Britannien dulden wollen. Es ist ein großes Glück, dass König Heinrich sich dieser Auffassung nicht anschloss, nicht wahr?«

»Politik interessiert mich nicht im Geringsten.«

»Nun, ich muss sagen, das wundert mich«, sagte der eiserne Ralf. »Die meisten Kaufleute reden von nichts anderem.«

»Guter Mann, ich bin nicht gekommen, um mit Euch über die Geschicke dieses grünen Landes zu plaudern. Lasst uns von Geschäften sprechen. Und vom Geld.«

»Geld! Da liegt also Euer Interesse.« Plötzlich verschwand das Lächeln vom Gesicht des Riesen. Er sprang vom Bett und war mit einem Satz hinter dem Türvorhang. Es folgte ein entsetztes Quieken, und einen Augenblick später schleifte der eiserne Ralf den schreckensstarren Alfred herein.

»Seht her, Meister Pieter. Ein kleiner Spion. Zweifellos sperrt er für den guten Onkel Edwin und dessen geschätzten Freund und Stammgast, den Grafen Beauchamp, die Ohren auf. Oder ist diesmal Remy de Malzac dein Auftraggeber?«, fuhr er den völlig verschreckten Knaben an.

Meister Pieter war ein wenig blass um die Nase geworden und seine Hände zitterten unmerklich. Doch er blieb still auf seinem Stuhl sitzen. »Ich schätze Unterbrechungen nicht, Master Ralf. Aber offenbar seid Ihr an meinem Vorschlag nicht interessiert. Von einem guten Verwalter erwarte ich allerdings etwas anderes.«

Die kalten Augen des Riesen blitzten gefährlich auf. »Um welche Art von Vorschlag handelt es sich, Freund? Soweit ich mich erinnere, habt Ihr mir noch nichts davon gesagt. Von einem flämischen Kaufmann erwarte ich allerdings etwas anderes.« Er hielt den Knaben noch immer mit eisernem Griff am Arm fest.

»Dann kennt Ihr die flämischen Kaufleute offenbar nicht allzu gut«, antwortete Meister Pieter ungerührt. Seine dunklen Augen hielten dem Blick des Riesen weiterhin stand. Dann seufzte der Flame ungeduldig. »Was halten wir uns mit diesem Kind auf? Was der Knabe gehört hat oder nicht, ist völlig belanglos. Ich werde ohnehin noch persönlich mit dem Grafen Beauchamp sprechen.«

Der kleine Alfred starrte den Fremden an. Tief in seinen blauen Augen brannte neben der Angst noch etwas anderes; sein Blick war hart und hasserfüllt.

»So lasst ihn doch gehen«, sagte Meister Pieter, als der eiserne Ralf den Knaben noch immer nicht losließ. »Wenn man sich Dienstboten hält, tut man gut daran, sie nicht gegen sich aufzubringen. Es ist sinnvoller, ihnen stets genügend Arbeit anzuweisen.«

Alfred hatte sich offenbar von seinem ersten Schreck erholt und wollte nicht länger schweigen. Er versuchte, einen trotzigen Ton anzuschlagen, doch seine Stimme war kaum mehr als ein ängstliches Fiepen, als er sagte: »Ich fürchte mich nicht vor Euch, eiserner Ralf, denn jetzt habe ich ...«

Bevor er weitersprechen konnte, sprang Meister Pieter erstaunlich behände von seinem Stuhl, schob sich zwischen den Riesen und das Kind, packte den Knaben und versetzte ihm ein paar Backpfeifen.

»Du bist ein Taugenichts!«, zischte er. »Und ein Dummkopf dazu. Wegen dir und deiner Unverschämtheit verschwende ich meine kostbare Zeit. Fort mit dir, in die Taverne!«, kommandierte der Flame. »Sag deinem Onkel, wir erwarten ein genießbares Abendmahl. Und nun geh mir aus den Augen. Sofort!«

Der Flame gab dem Knaben einen Stoß, der ihn halb aus der Tür beförderte. Alfred suchte sein Heil in der Flucht. Im Nu war er aus dem Haus und auf der Straße.

»Gut«, sagte der Kaufmann und rieb sich die Hände, als habe er sie sich an den Kleidern des Knaben beschmutzt. »Nun können wir vielleicht ohne weitere Unterbrechungen übers Geschäft reden.«

Der eiserne Ralf gab darauf vorerst keine Antwort. Er musterte sein Gegenüber mir eiskalter Aufmerksamkeit. Schließlich verzogen sich seine Lippen wieder zu einem harten Lächeln. »Es ist schon sonderbar«, sagte er schließlich. »Dieses Kind geht Euch gar nichts an. Aber dennoch habt Ihr mich davon abgehalten, den Knaben zu züchtigen, wie er es verdient hätte. Ich frage mich, was dahinter steckt.«

»Von welchem Nutzen ist denn angeschlagene Ware?«, blaffte der Kaufmann. »Und wozu ist ein lädierter Diener gut?«

»Ah, natürlich. Hier spricht ein wahrer Geschäftsmann.«

»Master Ralf«, sagte der Flame sehr ruhig. »Ich habe schon erlebt, wie ein kleiner Sprung in einem schönen Krug, ein winziger Fehler in einem ansonsten hervorragend gearbeiteten goldenen Gefäß zu großem Unglück führte.«

»Interessant! Ich hielt Euch für einen gewöhnlichen Wollhändler. Dabei verbirgt sich hinter dessen Maske ein Philosoph.«

Der Flame zuckte die Achseln. »Ach, nennt man es in England so? Nun, in Flandern nennt man es gesunden Menschenverstand.«

In die kalten grünen Augen des Riesen trat ein amüsiertes Blitzen. »Keine allzu weit verbreitete Tugend, fürchte ich. Doch mir scheint, mein flämischer Freund, Ihr seid ein Mann nach meinem Herzen. Kühn, geradeheraus und weise.«

Meister Pieter war nicht anzumerken, ob er den ironischen Unterton in der Stimme des Riesen bemerkt hatte. Er sagte nur barsch: »Genug geplaudert. Nun zum Geschäft, Master Ralf.«

»Zum Geschäft«, wiederholte der eiserne Ralf und verbeugte sich tief. »Ich bin ganz Ohr, mein Freund.«

10

Sie ließen Burgen bauen
und unterdrückten die Unglücklichen ...

über William und Odo, aus *The Anglo-Saxon Chronicle*

Meister Pieter schien äußerst verstimmt, als er in die Jackdaw Taverne zurückkehrte. Er warf die Tür ins Schloss, stapfte ans Feuer und ließ seine Tasche zu Boden plumpsen. Dann starrte er in die Flammen und schnaufte dabei, als sei er den ganzen Weg gerannt. Die Gäste in der Schankstube beobachteten ihn mit unverhohlener Neugier. Jeder wusste, mit wem sich der Flame getroffen hatte. Offenbar war die Unterredung nicht zu seiner Zufriedenheit verlaufen. Unter den Anwesenden machte sich eine gewisse Schadenfreude breit. Selbst Master Edwin empfand Genugtuung dabei, den aufgeblasenen Ausländer so verärgert und enttäuscht zu sehen. Sein schwarzhaariger Gehilfe widmete sich weiterhin unbekümmert dem Würfelspiel. Das spöttische Lächeln auf dem Gesicht des jungen Mannes schien zu sagen, dass er es beim eisernen Ralf wahrscheinlich weiter gebracht hätte als sein unleidiger und dabei einfältiger flämischer Herr.

Als er merkte, dass sämtliche Gäste ihn anstarrten, blickte der Kaufmann auf. Seine Miene verfinsterte sich. »Robin!«, schnauzte er seinen Gehilfen an. »Hierher mit dir, du Taugenichts!«

Robin zwinkerte seinen Kumpanen am Tisch verschwörerisch zu. Dann erhob er sich mit betonter Langsamkeit. »Zu Diensten, Herr«, sagte er und brachte es fertig, die Worte wie eine Unverschämtheit klingen zu lassen. Die anderen Gäste grinsten hämisch, und sogar Jenny hielt in ihrer Arbeit inne, um nur ja nichts zu verpassen.

Der Kaufmann wurde ungeduldig. »Hierher mit dir, hierher, du englischer Tölpel! Nimm meine Tasche!«

Robin warf seinen neuen Freunden einen Blick zu, der eindeutig sagte, wen er für den größeren Tölpel hielt. Dann murmelte er leise vor sich hin: »Und bei der Tasche wird es nicht bleiben.«

Lautes Gelächter antwortete ihm. Die Miene des Kaufmanns wurde noch finsterer. Mit einer herrischen Geste winkte er Edwin zu sich. »Wirt, ich bin müde. Ich will in einem guten Bett schlafen und es auch nicht mit Flöhen teilen«, blaffte er. »Ich weiß, ihr Engländer habt eine sonderbare Auffassung von Bequemlichkeit.«

Edwins Augen verengten sich, doch er verbeugte sich beflissen. »Natürlich, Meister. Ihr sollt das beste Bett im Hause haben. Ich werde Euch selbst hinbringen. Bitte folgt mir.«

»Und ich möchte nicht vom Lärm dieser Saufbrüder gestört werden.« Der Kaufmann starrte dem Wirt geradewegs in die Augen. »Ihr könnt Euch ein schönes Goldstück verdienen, wenn Ihr die Schenke nun zuschließt.«

Dem Wirt blieb der Mund offen stehen. Er schnappte nach Luft wie ein gestrandeter Fisch, brachte aber keinen Ton heraus. Die Gäste machten keinerlei Anstalten, sich von ihren Plätzen zu erheben.

»An der Pest sollst du verrecken, dreckiger Flame!«, schrie einer. »Verschwinde und nimm deine Goldstücke mit! Edwin ist ein aufrechter Engländer und lässt sich so etwas nicht bieten!«

»Wir sollten die Flamen allesamt im Meer ersäufen«, grölte ein anderer.

»Fangen wir doch mit diesem hier an und werfen ihn in den Teich!«

»Das würde platschen, als tauchte ein Wal hinein!«

Meister Pieter stand, ein verächtliches Lächeln auf den Lippen, ungerührt mitten in dem Aufruhr. Im Gegensatz zu seiner Kundschaft schien der Wirt seine Stimme verloren zu haben. Der Adamsapfel zuckte ihm krampfhaft in der Kehle, während sich in seinem Herzen Gier und Feigheit miteinander stritten.

Der schwarzhaarige Gehilfe schien auf eine solch unschöne

Szene nicht vorbereitet. »Bitte, bitte«, sagte er matt. »Freunde, lasst uns nicht ...«

»Was ist los mit Euch?« Zu jedermanns Überraschung ließ Jenny die Arbeit Arbeit sein und marschierte direkt auf den jungen Engländer zu. Das Kinn hatte sie hoch in die Luft gereckt, und ihre Augen blitzten. Sie sah überwältigend aus, und der Gehilfe des Kaufmanns konnte den Blick nicht von ihr lassen. »Wir sind alle Engländer, außer dem Alten!«, sagte sie schrill. »Er hält sich für etwas Besseres. Er glaubt, er stünde weit, weit über uns. Aber mit nacktem Hintern sieht er genauso aus wie wir alle.«

»Jenny!« Der Wirt brachte nur das eine Wort hervor, dann wurde er vom zustimmenden Gelächter seiner Gästeschar übertönt. »Lasst uns dem Kerl die teuren Kleider herunterreißen, so wie Jenny sagt!«

»Ich weiß nicht, ob ich diesen Anblick ertrage!«

»Der Vergleich mit dem Wal war gar nicht so abwegig!«

Schon wollten sich die ersten Gäste auf den Kaufmann stürzen, da erschallte die Stimme des Wirts. »Nein! Schluss jetzt! Bitte!«

Stille breitete sich aus.

»Nein, Freunde« – Edwin wedelte hektisch mit den Händen –, »das ist keine gute Idee. So etwas gehört sich nicht.«

Allgemeines Stöhnen antwortete ihm, und Jenny sagte: »Heißt das, wir sind dir weniger wert als das Gold eines dahergelaufenen Fremden, bester Onkel? Was würde wohl Tante Emma dazu sagen? Sie würde uns nicht aufhalten. Sie hätte keine Angst.«

»Deine Tante ist eine wunderbare Frau«, sagte Edwin mit matter Stimme. »Aber sie denkt manchmal nicht daran, dass die Zeiten sich geändert haben. Der Sheriff ... wenn er erfährt, dass es hier ein Vorkommnis gab ... wir wollen ihn doch nicht hier in der Taverne haben, oder?«

Jenny fiel ihm rüde ins Wort. »Der Sheriff ist nicht in der Stadt. Und der Sergeant würde nur darüber lachen. Also, worauf wartet ihr, meine Freunde?«, rief sie.

»Zieht ihn aus, den fetten Alten!«, schallte es aus vielen Kehlen. »Auf ihn!«

»Bitte, Jenny, sag ihnen, sie sollen es nicht tun ...« Ungläubiges Entsetzen stand in den Augen des Wirts. Er starrte seine Nichte an, als habe sie sich vor seinen Augen in ein wildes Tier verwandelt.

Jenny musterte ihn abschätzig. Dann huschte ein Lächeln über ihre Züge. »Aber natürlich, Onkel Edwin. Wir werden uns die Finger nicht an ihm schmutzig machen.« Der Wirt sah aus, als fielen ihm Felsbrocken vom Herzen, doch seine Gäste machten lange Gesichter. Die Enttäuschung währte allerdings nur kurz, denn Jenny fuhr mit schriller Stimme fort: »Unter einer Bedingung: für jeden von uns einen Becher Ale auf Kosten des Hauses, damit wir den englischen Edelmann Edric von den Wäldern, den wahren Herrn Bestudes, hochleben lassen können. Wir trinken auf Sir Edric, der sein Land durch die Hinterlist der Normannen verlor!«

In dem Augenblick der Stille, die ihren Worten folgte, wechselte Edwins Gesichtsfarbe von Hochrot zu Grau.

»Aber Nichte«, stammelte er, »das sind doch alte Geschichten. Die Zeiten haben sich geändert ...«

»Wenn wir das Bier nicht bekommen«, unterbrach ihn Jenny ungerührt, »ziehen wir den fetten Kerl aus. Und dann statte ich deinem Freund, dem eisernen Ralf, einen Besuch ab und erzähle ihm ein paar Dinge, die ihn interessieren dürften. Entscheide dich, Onkel.«

Das Geschrei, das sich daraufhin erhob, war voll von teuflischem Übermut. Die ausgemergelten, verschlagenen Gesichter der Stammgäste strahlten vor boshafter Schadenfreude.

»Aber liebe Jenny«, stammelte der Wirt. »Sir Edric ist schon seit vielen Jahren tot. Wir können die vergangenen Zeiten nicht zurückholen ... und du verstehst doch sicher ... deine Tante ... sie würde nie ...«

»Was würde sie niemals tun?«, ertönte eine resolute Stimme von der Tür her.

Edwin fuhr herum. »Meine Liebe …«, begann er schwach, während seine Frau Emma ihre beachtliche Körperfülle in die Schankstube schob.

Jenny lächelte ihre Tante stolz an. »Endlich sprechen wir einmal deutliche Worte«, sagte sie. »Wir kriechen nicht mehr vor den Ausländern im Staub.«

»Ach, tatsächlich?« Emmas Augen blitzten. Sie warf einen Blick auf den flämischen Kaufmann, der noch immer am Feuer stand. »Sprichst du von ihm?«, fragte sie.

Nun zögerte Jenny plötzlich. »Er hat uns beleidigt«, sagte sie schließlich trotzig. »Er sagte, die Engländer seien Tölpel …«

»Und Recht hat er«, entgegnete Mistress Emma ruhig. »Tölpel und Dummköpfe, die Streit mit dem Falschen suchen.« Wieder kehrte Stille ein.

Dann erhob Meister Pieter die Stimme. »Sagt, Mistress, wer wäre denn der Richtige? Das würde mich wohl interessieren.«

Die Frau fuhr ärgerlich herum. »Halt dein Maul, Flame. Mit dir hat keiner gesprochen. Jenny, Robin, Edwin! Ihr alle hier! Wir ziehen keinem Fremden die Kleider aus, so etwas gehört sich nicht. Er ist ein Gast des Hauses und dieser Stadt, und einem Gast erweist man Respekt. Wir bekommen unseren Stolz nicht zurück, indem wir ihn einem anderen nehmen, und das wisst ihr auch.«

In der Gästeschar brach unwilliges Gemurmel aus. Viele bedauerten, dass Mistress Emma ihrem Treiben Einhalt geboten und ihnen den Spaß verdorben hatte. Doch die Stimmung hellte sich schnell wieder auf, als sie rief: »Und nun einen Becher Ale auf Kosten des Hauses für jeden von euch, Freunde! Trinken wir auf Edric von den Wäldern und seine wunderschöne Gemahlin, Lady Goda! Trinken wir auf unsere eigenen Herren, die von fremden Tyrannen vertrieben wurden! Trinken wir auf Männer, die noch Männer waren und keine Schwächlinge ohne Rückgrat!«

»Ja, darauf trinken wir!«, schallte es aus vielen durstigen Kehlen.

Edwin seufzte und stöhnte derweil. »Aber meine Liebe, wir sind ruiniert …«

»Ihr habt es gehört, Master Edwin. Die Leute haben Durst.« Im ersten Augenblick erkannte kaum jemand die ruhige Stimme. Aber als die Zecher sahen, wer gesprochen hatte, kehrte erneut Stille ein.

Der Riese zog den Kopf ein und trat durch die Tür. Er trug ein Bündel unter dem Arm, das er auf einen Tisch legte. Die Gästeschar verfolgte jede seiner Bewegungen mit Spannung. »Warum so still, meine Freunde?«, fragte er und ließ seine kalten grünen Augen durch die Schankstube schweifen. »Was hast du denn für dringende Geschäfte zu erledigen, dass du nicht bleiben kannst?«, setzte er in leichtem Tonfall hinzu und packte dabei einen Mann am Kragen, der sich an ihm vorbeidrücken wollte. »Ach bitte, bleib doch. Sonst verpasst du noch die fröhliche Feier. Und feiern wolltet Ihr doch gerade, nicht wahr, Mistress Emma?«

Die Frau des Wirts war blass geworden, doch sie reckte trotzig das Kinn in die Höhe. »Das wird kein fröhliches Fest, eiserner Ralf, eher ein Leichenschmaus – für das, was nicht mehr ist.«

»Ah! Ein Leichenschmaus! Oho! Um den vergangenen Zeiten zu gedenken. Eine Träne und einen tiefen Schluck zur Erinnerung an Sir Edric. Aber in diesem Fall solltet ihr nicht mit Ale anstoßen, sondern mit feurigem Wasser direkt aus der Hölle. Denn euer geliebter Edric von den Wäldern ist derjenige, dem ihr alles Unheil zu verdanken habt, ihr Schwachköpfe. Er hat eure Ahnen der fremden Herrschaft ausgeliefert, weil er sein Wort brach. Er scherte sich nicht um sein eigen Fleisch und Blut, und er scherte sich auch nicht um sein Volk.«

Tödliche Stille hatte sich über den Raum gelegt. Dann sprach Jenny. Sie versuchte verzweifelt, ihrer Stimme einen festen, schneidenden Klang zu geben. »Aber Ihr fürchtet ihn noch immer, Normanne. Auch nach hundert Jahren zittert Ihr noch vor Angst, wenn sein Name fällt. Ganz gleich, ob wir nun das beste Bier aus den Fässern meines Onkels trinken oder das feurige Wasser der Hölle – wir stoßen damit auf Sir Edric und Lady Goda an, davon werdet Ihr uns nicht abhalten!«

Der Riese verschränkte die Arme und lächelte kalt. »Ihr Engländer seid ein Volk von Weichlingen und noch dazu dumm. Die, die stärker waren als ihr, haben euch besiegt, unterworfen und gekauft. Ihr könnt nur noch heulen und mit den Füßen stampfen wie trotzige Kinder. Auf einen Toten wollt ihr trinken? Welch ein Heldenmut, welch ein rebellischer Geist! Aber hat euer Held das auch verdient? Sir Edric wurde sein Land nicht im Kampf genommen. Er hat es verloren, weil er grausam war, weil er ein doppeltes Spiel spielte und es sich mit seinen treuesten Freunden verdarb. Diejenigen, die ihm hätten helfen können, ließ er seinen Hochmut spüren. Er allein ist verantwortlich für das Unglück seiner Gemahlin, seiner Kinder und seiner Leute. Er trägt die Schuld an der Zerstörung seiner Heimat und der Seele Bestudes. Und auf einen solchen Mann seid ihr stolz, ihr armen einfältigen Narren.«

Er sprach die hässlichen Worte mit sanfter Stimme aus. Sein seltsamer Blick war eiskalt. Dutzende Augenpaare hingen an seinen Lippen, und ohnmächtiger Hass schlug dem Mann entgegen, aber niemand rührte sich. Keiner schien dazu in der Lage.

Dann sprach Emma mit fester Stimme, doch ihr sonst so rosiges Gesicht war totenblass. »Ihr könnt gut über solche Dinge sprechen, Master Ralf, denn ein Normanne weiß, was Grausamkeit ist, und was Betrug. Mit Hochmut kennt Ihr Euch aus, und wie man andere ins Unglück stürzt, ist Eurem Volk seit langem geläufig.« Auf ihre Worte folgte eine gespannte Stille. Die Gäste starrten angstvoll und betreten auf ihre Fußspitzen, während Edwin sich, auf alles gefasst, die Augen zuhielt.

Auf den Zügen des Riesen erschien ein leises Lächeln. Die Kälte des Winters und eine große Bitterkeit lagen darin, aber auch dunkle Grausamkeit. »Ich möchte wetten, ich bin nicht der Einzige an diesem gastlichen Ort, der sich in diesen Dingen auskennt.« Er ließ den Blick über die Versammelten schweifen. »Seht euch doch bloß an! Ihr hängt euch an längst verblasste Erinnerungen, und alberne Sehnsüchte sind euer Lebenselixier. Was waren denn Sir Edric und seinesgleichen anderes als reißende Wölfe, ihr dummen Schafe? Was haben sie je für Leute wie euch getan? Macht euch nichts vor – sie hätten euch ohne jeden Skrupel mit Haut und Haar verschlungen.«

»Sie mögen Wölfe gewesen sein«, erwiderte Mistress Emma hitzig. »Aber sie waren welche von uns. Sie gehörten hierher. Sie sprachen unsere Sprache. Sie waren Engländer.«

Der eiserne Ralf schüttelte den Kopf. »Ach, meine Liebe! Was kümmert es das Schaf, ob der Wolf, der es verschlingt, Englisch oder Normannisch spricht? Lässt sich der Wolf erweichen, wenn das Schaf in seiner Sprache blökt? Wolf ist Wolf, und Schaf ist Schaf. Der Wolf frisst das Schaf, und das Schaf wird gefressen. Dazu ist es auf der Welt.«

Plötzlich ergriff Robin das Wort. »Aber die Schafe sind zahlreich, und Wölfe gibt es nur wenige. Auch die Hunde und Jäger solltet Ihr nicht vergessen. Eines Tages werden alle Wölfe zur Strecke gebracht sein. Und dann können die Schafe in Frieden grasen, nur von den Hunden bewacht.«

Der Riese musterte den jungen Mann geringschätzig. »Glaubt Ihr das tatsächlich?« Als er keine Antwort erhielt, fuhr er fort: »Hunde paaren sich mit Wölfen, mein Freund. Korruption und Grausamkeit gehen gerne Hand in Hand. Der Wolf wird immer Verbündete finden.«

»Wölfe, Hunde, Schafe! Alles dummes Geschwätz! Warum redet hier eigentlich niemand von wirklich wichtigen Dingen? Wo ist das versprochene Bier?«, kam es von Meister Pieter.

Die Gäste hielten den Atem an, während der Riese den Flamen ausdruckslos anstarrte. Dann wandte der eiserne Ralf sich an den Wirt. »Ihr habt den Mann gehört, Edwin. Wir wollen unsere Versprechungen doch halten, nicht wahr? Was sollen die Ausländer sonst von England denken? Dass es nicht nur geschlagen und unterworfen wurde, sondern zu allem Überfluss auch noch ausgetrocknet ist?« Er lachte, doch niemand stimmte mit ein. Nur hier und da kräuselte einer die Lippen zu einem unterwürfigen Grinsen. Den eisernen Ralf schien es ohnehin nicht zu kümmern, was die Leute von ihm dachten. Seine Pranke fiel so hart auf Edwins Schulter, dass der Wirt ins Straucheln kam. »Worauf wartet Ihr, Edwin? Füllt die Becher, ich werde dafür bezahlen. In guter klingender Münze. Fürchtet nicht um Euer Silber. Es ist sicher.«

Einigermaßen ratlos stammelte der Wirt: »Aber ... ich dachte, Ihr ...«

»Ihr dachtet, ich hätte etwas dagegen, wenn Ihr auf Eure toten Helden trinkt, während ich dafür bezahle? Aber nein. Woher denn?« Seine eisigen Augen glitten über die stumme Versammlung. »Warum sollte ich? Sir Edric ist nicht mehr. Lady Goda ist Vergangenheit. Arnwins Knochen sind längst verfault. Von euren Helden ist nichts geblieben. Die Nachkommen ihrer Bezwinger regieren nun in Ehren das ganze Land. In Poukswood gibt es Geister und Dämonen, doch keine Elfen und keinen Puca mehr. Ja, aber natürlich weiß ich von ihnen. Haltet ihr mich für blind und taub, nur weil ich keiner von euch bin?« Die letzten Worte spie der Riese geradezu heraus. Mehr als einer der Anwesenden zog den Kopf ein. »Nein, bitte, von mir aus könnt Ihr gerne feiern, Edwin. Tot und machtlos sind die, deren Namen Ihr verehrt. Und mit ihnen starb der Stolz Eures Volkes ... Aber vielleicht tut Ihr gut daran, auf sie zu trinken. Denn verglichen mit den Toten seid ihr Zwerge, meine Guten. Ihr seid wertlose Feinde und nutzlose Freunde – mit einem Wort: Abschaum. Dabei ist euch doch jeder Anlass für ein Besäufnis recht. Also trinken wir auf die gute alte Zeit, los, los! Warum all die langen Gesichter? Ihr könntet ruhig ein wenig fröhlicher dreinblicken, meine Freunde! Ale für das Geschmeiß, Edwin, aber Euren besten Wein für Meister Pieter und mich. Nicht das Gesöff, das Ihr üblicherweise Eurer Kundschaft vorsetzt, sondern den guten Tropfen, den Ihr von Remy de Malzac zum halben Preis bekommen habt. Ihr wisst schon, einiges von dem wohlfeilen Rebensaft habt Ihr an den Sheriff weiterverkauft. Das Zeug war in den Fässern, die auf rätselhafte Weise aus dem Keller des Grafen Beauchamp verschwanden. Mein Freund, ist Euch nicht wohl? Ihr seht aus, als wäre Euch der Leibhaftige erschienen. Ich habe doch nicht etwa etwas Falsches gesagt ...«

Edwin war puterrot angelaufen. »Der Teufel soll ...«

»Ach, bitte nicht. Ich vertrage die Hitze so schlecht. Obwohl ich zugeben muss, der Gedanke hat etwas für sich – in einer kalten Nacht wie dieser.«

Will konnte die Augen nicht von dem Riesen lassen. Er starrte ihn mit einer Mischung aus Faszination und Entsetzen an, und damit war er nicht allein. Der eiserne Ralf war nicht nur dem wörtlichen Sinne nach ein großer Mann, sondern auch Ehrfurcht gebietend und zugleich eine tragische Gestalt – aber auch hinterhältig und böse.

Der Riese setzte wieder sein grausames Lächeln auf. »Also, her mit dem Bier, Edwin!« Der Wirt knallte die Krüge auf die Tische, dass das Bier nur so schwappte. »Lasst es euch schmecken, Freunde!«, rief der eiserne Ralf. »Und wo ist nun der Wein, von dem ich sprach?«

Edwin warf ihm einen hasserfüllten Blick zu und machte sich an den Fässern zu schaffen. Doch der Riese war noch nicht mit ihm fertig. Für alle hörbar rief er hinter dem Wirt her: »Ach übrigens, Edwin, die Handschuhe aus feinem Ziegenleder, nach denen Ihr mich fragtet – Ihr wisst schon, die weichen blassgelben Damenhandschuhe – ich weiß nun, wo Ihr sie bekommt. Feinste Importware, direkt aus Paris, mein Freund.«

»Edwin!« Emmas Stimme war wie ein Donnergrollen. Überraschend flink bewegte sie sich auf den Wirt zu, der dastand wie vom Blitz getroffen. »Ziegenlederhandschuhe? Habe ich recht gehört? Blassgelbe? Direkt aus Paris?«

»So lass dir doch erklären, Teuerste ... Ich wollte dich überraschen. Ehrenwort, ich ...«, stammelte Edwin verzweifelt. Er wurde abwechselnd rot und blass und suchte fieberhaft nach einer Möglichkeit, dem Zorn seines Weibes zu entrinnen.

Wie wohl jede Ansammlung von Zechern auf der ganzen Welt, waren auch die Gäste des Jackdaw einem billigen Vergnügen nicht abgeneigt. Begierig wandten sie sich dem Schauspiel zu, das sich nun vor ihren Augen entspann. Edwins Unbehagen erheiterte die Anwesenden ungemein. Sir Edric, Lady Goda und Arnwin von Waedley mochten große Namen aus der Vergangenheit sein, doch sie verblassten angesichts der Gegenwart, die einen handfesten Streit zwischen zwei Eheleuten versprach.

»Nun zu uns«, sagte der eiserne Ralf an Meister Pieter und Robin gewandt. Da die Gäste anderweitig beschäftigt waren, konnte man ungestört reden. »Mir scheint, ich habe Euch eine recht demütigende Bloßstellung erspart. Nehmt Euch vor diesem Volk in Acht, Meister Pieter! Diese Leute sind keine Helden im eigentlichen Sinn. Aber wenn sie jemand anstachelt, können sie gefährlich werden. Und im Übrigen ist es keine gute Idee, die ganze Welt wissen zu lassen, dass Ihr Gold im Beutel tragt. Ich glaube, es wäre ratsam, diesen Ort zu verlassen und mit mir nach Bestude zu reiten. Jetzt gleich. Dort wärt Ihr bedeutend sicherer.«

»Nein, ich wünsche heute nicht mehr zu reiten«, sagte der Kaufmann stur. »Heute Nacht bleiben wir hier. Morgen vielleicht.«

Das Lächeln des Riesen wurde dünner. »Es wäre besser, gleich aufzubrechen.«

Der alte Flame schüttelte energisch den Kopf. »Heute nicht mehr. Ich bin müde.«

»Schön, dann kommt mit mir und schlaft in Master Osrics Haus. Besser dort als hier in dieser Räuberhöhle.«

»Seid Ihr taub?«, herrschte der Kaufmann den Riesen an. »Ich habe bereits gutes Geld für meine Übernachtung bezahlt. Ich bleibe hier. Das ist mein letztes Wort.«

»Dann werde auch ich die Nacht hier verbringen«, presste der eiserne Ralf zwischen den Zähnen hervor. Robin war sicher, dass der Kaufmann entweder blind oder strohdumm sein musste. Jeder Tölpel konnte sehen, wie verärgert der Riese war.

Doch Meister Pieter gab sich unbeeindruckt. »Tut, was Ihr nicht lassen könnt. Aber glaubt nicht, ich werde Euer Bett bezahlen«, ließ er den eisernen Ralf wissen.

»Darum hat Euch auch kein Mensch gebeten, Ihr geiziger alter Geldsack«, gab der Verwalter Bestudes ungeniert zurück.

»Morgen werde ich mit Euch zu Eurem Herrn reiten«, sagte der Flame, als gewähre er dem Riesen einen großen Gefallen, »aber nicht früher.«

Der eiserne Ralf hob eine Augenbraue. »Ihr seid zu gütig, wirklich«, murmelte er voll Spott. Dann wandte er sich so plötzlich zu Robin um, dass dieser vor Schreck fast hintenüberfiel. »Du da, ja, du mit den Augen wie Untertassen! Mach, dass du zu Master Osrics Haus kommst! Hol mein Pferd und bring es her. Meine Unterlagen habe ich bei mir. Wir brechen im Morgengrauen auf.«

Robin war bereits drauf und dran dem Mann zu sagen, was er von ihm hielt, als er den eisigen Blick des Flamen auffing. Inzwischen interessierten sich auch wieder einige Gäste für das, was der flämische Kaufmann und der Verwalter Bestudes miteinander zu besprechen hatten. Der Gehilfe Robin atmete einmal tief durch und sagte: »Ich eile, Master. Ich bin so schnell ich kann zurück.« Dann verließ er die Taverne, ohne noch einmal nach links oder rechts zu schauen.

11

Der Teufel hat dieses Volk schon zu oft betrogen, und es herrscht wenig Aufrichtigkeit unter den Menschen, obschon sie süße Worte zu sprechen vermögen. Doch zu viele Verbrechen sind ungesühnt geblieben in diesem Land.

Aus *The Sermon of the Wolf to the English*, von Wulfstan, elftes Jahrhundert

Es wurde bereits dunkel, als der junge Mann, der nun den Namen Robin trug, durch die Straßen und Gassen zu Master Osrics Haus eilte. Die unterschiedlichsten Gefühle stritten sich in seiner Brust. Wut vermischte sich mit Scham, dazu kamen Schuldgefühle, Angst und Erregung. Die brodelnde Mixtur machte ihm das Atmen schwer. Der junge Engländer wusste kaum noch, wer er war oder was er tat. Sicher war nur eines: Er empfand den unbändigen Drang, jemanden seine Fäuste spüren zu lassen – vorzugsweise jenen vermaledeiten normannischen Riesen – um damit seinem Herzen Luft zu machen.

Er war Will, Will von Grimford, nicht Robin! Er war ein aufrechter, kühner Engländer und weder ein Sklave noch ein Diener! Der Verwalter Bestudes hätte keine derart unverschämten Beleidigungen gegen die Engländer vorbringen müssen. Der Riese war und blieb ein unerwünschter Fremder und tat besser daran, sich aus den Angelegenheiten der Einheimischen herauszuhalten. Reichte es denn nicht, dass die Normannen den Engländern alles genommen hatten? Mussten sie auch noch Salz in die Wunden streuen?

Und was Meister Pieter anging ... Will knirschte mit den Zähnen. Beinahe hätte er vergessen gehabt, dass der dicke Alte in Wirklichkeit eine Frau war, und der feisten Gestalt ein paar Ohrfeigen versetzt. Ein Mensch konnte viel ertragen, doch es gab gewisse

Grenzen, die man nicht überschreiten sollte. Wütend und deshalb blind für seine Umgebung marschierte Will durch die Gassen, bis er unversehens mit einem vermummten Gesellen zusammenstieß.

Er hörte eine kühle, belustigt klingende Stimme und sah helles Haar unter einer Kapuze hervorlugen. »Wohin des Weges, und warum so schnell, mein Freund?«, kam es von der Gestalt.

Überwältigt von all den Gefühlen, die ihm die Brust zu sprengen drohten, holte Will aus und wollte seinem Gegenüber einen Fausthieb versetzen, der den Kerl in die schmutzige Gosse befördert hätte, wenn der Schlag nicht so vorhersehbar gewesen wäre. Doch der Mann mit der Kapuze wich blitzschnell zur Seite und war mit einem Satz hinter Will. Der hätte später nicht sagen können, wie es zugegangen war, doch er fühlte sich plötzlich mit eisernem Griff von hinten an den Armen gepackt und musste zulassen, dass der andere ihn in einen Hauseingang zerrte. Will wehrte sich mit zusammengebissenen Zähnen. Schreien wollte er nicht, denn er legte keinen Wert darauf, dass jemand Zeuge wurde, wie er einem verzweifelt gackernden Huhn gleich zur Schlachtbank geschleift wurde. Aber was er auch versuchte, er konnte sich dem Griff des Mannes nicht entwinden. Der Kerl besaß Bärenkräfte. Schon hatte er Will an den Händen gefesselt und verband ihm die Augen mit einem stinkenden Stofffetzen. Dann öffnete er die Tür, stieß Will hindurch und schob ihn weiter ins Innere des Hauses hinein. Wills Herz hämmerte, doch er empfand keine Angst, nur unbändige Wut.

Endlich ließ der Mann ihn los, und Will hörte, wie er die Tür verschloss. Es verschaffte ihm eine gewisse Genugtuung, dass auch der andere nach Atem rang. Wenigstens war Wills energische Gegenwehr nicht völlig spurlos an ihm vorbei gegangen.

»Wenn du mich berauben willst, hast du dir den Falschen ausgesucht!«, zischte der junge Gefangene. »Ich habe nichts, das von Wert für dich sein könnte.«

»Ich weiß, mein Freund.«

»Ich will verdammt sein, wenn ich dein Freund bin! Oder legst du deine Freunde immer in Fesseln und verbindest ihnen die Augen?«

»Das kommt ganz darauf an«, antwortete die Stimme freundlich. »Gelegentlich muss ich sie dazu auch noch knebeln. Wenn sie beispielsweise zu viel reden oder weglaufen wollen, oder wenn sie sonst irgendwelche Dummheiten machen, bleibt mir nichts anderes übrig.«

»Du scheinst eine sonderbare Auffassung von Freundschaft zu haben«, sagte Will voll Bitterkeit. Doch dann kam ihm ein unangenehmer Gedanke. Der andere hatte gesprochen wie jemand, der über einige Erfahrung mit der Gefangennahme von Menschen verfügte. Er selbst wiederum war genau genommen aus den Diensten des Sheriffs desertiert ...

Will beschloss, den Unbekannten vorsichtshalber mit etwas mehr Respekt zu behandeln. »Seid Ihr einer der Männer des Sheriffs?« Zu Wills Entsetzen klang seine Frage wie das ängstliche Fiepen eines Hundes. Das Blut schoss ihm in die Wangen.

Der Mann lachte leise. »Nein, macht Euch keine Sorgen. Man könnte sagen, es wäre ... nun, wider meine Natur, einem normannischen Sheriff zu dienen.« Dabei klang seine Stimme, als amüsiere der Mann sich köstlich.

Will konnte nicht erkennen, was an seiner misslichen Lage so erheiternd sein sollte. »Dann arbeitet Ihr sicher für Beauchamp. Der ist immerhin kein Sheriff mehr«, sagte er wütend.

Ein leises Lachen ertönte. »Nein, auch nicht für ihn.«

In diesem Augenblick hörte Will Schritte, die sich eilig näherten. Jemand musste von irgendwo aus dem Gebäude herbeikommen, nicht von der Straße, denn die Tür war verschlossen geblieben.

Dann vernahm er ein undeutliches Murmeln, das er nicht verstehen konnte, das Schlurfen von Schritten, ein Rascheln, und jemand trat zu ihm. Seine blinde Hilflosigkeit brachte Will fast um den Verstand. Er versuchte, die Hände aus den Fesseln zu winden, doch es war vergebens.

»Will von Grimford, ich grüße Euch.« Es war nicht die Stimme seines Angreifers, denn die hatte einem Engländer gehört. Die zweite Person sprach jedoch mit jenem weichen Akzent, der vielen Franzosen eigen war. Doch gleichzeitig lag eine stählerne Härte in seinem Ton.

Will wollte zornig klingen, aber was er sagte, hörte sich eher trotzig an. »Ihr habt den Falschen! Ich kenne keinen Will von Grimford. Ich bin der Gehilfe von Meister Pieter aus Haverfordwest. Mein Name ist Robin von Elmley.«

»Soso«, kam es wieder von der belustigten englischen Stimme. »Das ist ein hübscher Name. Nennt man so in unserer Sprache nicht auch die Rotkehlchen? Muntere kleine Vögel sind das! Aber mit Eurem schwarzen Haar erinnert Ihr eher an eine Krähe oder an eine Dohle – nicht unpassend für einen Stammgast der Jackdaw Taverne.«

»Ich kann über Eure Scherze nicht lachen«, erwiderte Will ärgerlich. »Ihr macht einen Fehler. Ich bin Robin von Elmley. Lasst mich sofort frei, sonst werdet Ihr es bereuen. Mein Herr ist ein wohlhabender Mann und findet bei einflussreichen Persönlichkeiten Gehör. Er wird zum Sheriff gehen und …«

»Es ist sinnlos, zu leugnen, wer Ihr wirklich seid, Freund«, sagte der Engländer unbeeindruckt. »Wir wissen über Euch Bescheid.«

»Aber woher? Hat Beauchamp …« Will besann sich zu spät. Er war in die Falle getappt.

Stille dehnte sich aus. Dann sprach wieder die freundliche Stimme mit dem französischen Akzent. »Will von Grimford, wir zeigen uns Euch gegenüber nur ungern so unhöflich. Aber glaubt uns, wir haben keine andere Wahl.«

Will schwieg verbissen, doch das Herz schlug ihm bis zum Hals. Ganz gleich, was der Engländer sagte, sicher steckte der Sheriff hinter der Sache. Will fragte sich, was man mit ihm vorhatte. Wieder zerrte er an seinen Fesseln, doch sie saßen zu fest.

Der Franzose seufzte. »Vergebt mir, Will, aber ich werde nun anglo-normannisch sprechen. Ich weiß, Ihr versteht diese Sprache, und mit dem Englischen tue ich mich schwer.«

»Dann solltet Ihr es lernen, Master«, gab Will trocken zurück. »Es ist Euch sicher nützlich, wenn Ihr vorhabt, noch öfter arglose Engländer zu überfallen.«

Will hörte ein Schnauben, dann sagte der Franzose – diesmal auf Anglo-normannisch und mit einem amüsierten Unterton: »Vielleicht habt Ihr Recht, Will. Doch ich werde Eure Sprache nie in der Weise beherrschen, wie sie es verdient. Sie ist von großer Schönheit, und ich bedaure oft, dass ich sie nicht besser spreche. Aber so ist das Leben, und leider verbringe ich nicht so viel Zeit in England, wie ich vielleicht sollte. Nun ... sagen wir, ich habe einfach zu viele andere Dinge zu regeln.«

»Wie zum Beispiel ahnungslose Fremde von der Straße zu pflücken«, knurrte Will. Dabei musste er sich eingestehen, dass ihm die Freundlichkeit des Mannes gefiel.

»Es tut mir Leid, wenn wir Euch erschreckt haben. Das war nicht unsere Absicht.« Darauf fiel Will keine Antwort ein, und der Mann fuhr fort: »Nun, Will von Grimford, Ihr werdet gemeinsam mit Lady Phoebe nach Bestude reiten.«

»Lady Phoebe?« Will wäre beinahe das Herz stehen geblieben. »Ich kenne keine ...« Er sprach den Satz nicht zu Ende, denn es war ohnehin zwecklos, noch weiter zu leugnen.

Der Franzose lachte leise. »Wie Ihr wünscht, mein Freund. Ich werde mich an die Spielregeln halten. Sagen wir also, Ihr seid gemeinsam mit einem gewissen Meister Pieter auf dem Weg nach Bestude. Meister Pieter hat ... seine eigenen Gründe für die Reise. Aber Ihr folgt einer Anweisung, die Eures Wissens von Beauchamp kommt.«

Will wurde heiß. Er bereute bitter, vorher den Mund aufgemacht zu haben. »Beauchamp?«, stammelte er. »Ich kenne den Grafen Beauchamp nicht, und ich ...«

»Ich weiß, dass Ihr ihn nicht persönlich kennt«, sagte die Stimme. »Ich sagte nur, Ihr glaubt, seinen Auftrag auszuführen.«

»Wenn Ihr meint, ich sollte nicht für Beauchamp arbeiten, nur weil ich zu den Soldaten des Sheriffs gehöre, wisst Ihr nicht, wie schwer das Leben für einen wie mich ist. Außerdem hatte meine Familie schon immer Verbindungen zum Geschlecht der Beauchamps«, ereiferte sich Will.

»Ja, das ist mir bekannt.« Die Stimme des Franzosen klang sonderbar. Es war, als schwänge so etwas wie Mitleid darin mit. »Ja, Ihr habt den Beauchamps lange Zeit gute Dienste geleistet. Aber nun zurück zu unserem eigentlichen Anliegen. Diesmal wart Ihr etwas überrascht, nicht wahr? Denn normalerweise kommt einer von Malzacs Männern zu Euch, wenn Graf Beauchamp einen Auftrag für Euch hat. Aber wer kam zu Euch, als es darum ging, Lady Phoebe zu holen?«

Will schwieg.

»War es ein Mann, den Ihr noch nie zuvor gesehen hattet? Jemand, der sich so ausdrückte, dass Ihr glauben musstet, er käme von Beauchamp? Glaubt mir, mein Freund, nicht Beauchamp wollte, dass Ihr zu Lady Phoebe reitet, sondern ein anderer.«

Will gelang es zu sagen: »So! Wart Ihr es vielleicht? Was geht Euch die ganze Sache eigentlich an? Und wer seid Ihr überhaupt?«

»Was es mich angeht? Nun, sagen wir, einige Persönlichkeiten, die für mich nicht unwichtig sind, haben mit der Geschichte zu tun.« Nach einer kurzen Pause fügte der Franzose hinzu: »Und wer ich bin, tut nichts zur Sache. Ihr werdet es vielleicht noch erfahren. Aber im Augenblick ist es sicherer, wenn Ihr meinen Namen nicht wisst.«

»Sicherer? Für wen? Für mich oder für Euch? So wie die Dinge liegen, haltet Ihr doch alle Trümpfe in der Hand. Ihr kennt meinen

Namen, mein Gesicht und meinen Auftrag. Doch ich weiß nichts von Euch. Ich bin blind und zwei völlig Unbekannten hilflos ausgeliefert.«

»Das ist mir wohl bewusst, und ich bitte Euch dafür um Vergebung. Ich kann Euch nur bitten, mir zu vertrauen, wenn Euch das möglich ist.«

»Dann spart Euch die vielen schönen Worte und sagt mir endlich, was Ihr von mir wollt«, entgegnete Will. »Also, warum bin ich hier?«

Nach kurzem Schweigen antwortete der Franzose so langsam, als lege er jedes Wort auf die Goldwaage: »Ich möchte Euch einen Brief für ... für Meister Pieter geben. Sie ... vergebt mir ... er muss den Anweisungen darin genau folgen. Es ist von größter Wichtigkeit. Versteht Ihr mich?«

Will erschien die ganze Angelegenheit äußerst verdächtig. Konnte es sein, dass er denselben Leuten in die Hände gefallen war, die Llew und Marie entführt hatten? Enthielt der Brief vielleicht eine Lösegeldforderung? Der Franzose wusste, wer sich hinter den Namen Robin und Meister Pieter wirklich verbarg und wohin sie unterwegs waren. Das deutete auf dunkle Machenschaften hin. Und doch hatte Will das sichere Gefühl, nicht irgendwelchen gewöhnlichen Straßenräubern zum Opfer gefallen zu sein.

Ärgerlich blaffte er: »Warum sucht Ihr Meister Pieter nicht selbst auf und sagt ihm, was er tun soll, wenn Eure Absichten so ehrenwert und Eure Anweisungen so lebenswichtig sind, wie Ihr vorgebt?«

Der andere blieb ihm die Antwort auf diese Fragen schuldig. Stattdessen sagte er: »Mein Freund hat Euch beobachtet und hält Euch für vertrauenswürdig.«

Will lachte. »Kann er einem Menschen so leicht ins Herz sehen?«

»Er hat eine gewisse Übung darin«, antwortete der Franzose ernst.

Wills Handflächen begannen zu prickeln, doch er sagte nichts.

»Werdet Ihr tun, was ich von Euch verlange, Will von Grimford?«

»Warum sollte ich? Bisher habt Ihr mir noch keinen Grund gegeben, Euch zu vertrauen.«

»Mein Freund sagt mir, Ihr stammt aus einem edlen Geschlecht«, sagte der Franzose unvermittelt.

Will lachte bitter. »Dann ist Euer Freund ein Narr. Oder er ist ein Lügner, der glaubt, mich mit schönen Worten einfangen zu können. Ich bin nur Will von Grimford, der Sohn eines Gutsherrn, der ärmer ist als mancher gemeine Bauer. Ich verdinge mich in den Diensten des Sheriffs als einfacher Soldat, und arbeite – ich gebe es zu – insgeheim manchmal für Beauchamp. So und nicht anders ist der Mann, den Ihr vor Euch seht. Überaus edel, nicht wahr? Mit süßen Worten bin ich nicht zu kaufen. Silber, hartes, klingendes Silber – ja, das ist etwas anderes. Dafür bekommt Ihr zehn von meiner Sorte.«

»Ich wünschte, das wäre so einfach«, sagte der Franzose. »Ich könnte wohl zehn von denen kaufen, die sich aufgrund ihres Blutes für Nobelmänner halten, im Herzen jedoch geringer sind als jeder Strauchdieb. Mein armer Freund, was Ihr eben sagtet, zeigt, dass wir uns nicht in Euch getäuscht haben. Nur ein aufrechter Mann, ob nun edel oder gering, kann so sprechen wie Ihr. Ihr seid ein guter Mensch, Will von Grimford, und noch dazu kühn. Männer von Eurer Sorte sind fürwahr nicht allzu dicht gesät. Wahrer Edelmut wohnt im Herzen, mein Freund, nicht im Blut.«

Wills Antwort war ein abfälliges Schnauben.

»Das Schwert, das ich vor der Jackdaw Taverne in ... Meister Pieters Satteltasche sah«, sagte die englische Stimme, »wisst Ihr, wem es gehört?«

Will ärgerte sich, dass er das Schwert nicht bei sich getragen hatte. Dann hätte er nun bestimmt nicht hier wie ein Huhn gesessen, auf das der Kochtopf wartet. Aber er hatte geglaubt, die Waffe sei bei Lady Phoebe sicherer verwahrt. Laut sagte er: »Woher es kommt, weiß ich nicht. Aber jetzt gehört es mir.«

»Vor langer Zeit wurde es Sir Edric, dem Herrn von Bufawuda, gegeben.«

Einen Augenblick lang fehlten Will die Worte. Dann sagte er: »Das kann jeder behaupten.«

»Wie seid Ihr dazu gekommen, Freund?«, fragte die englische Stimme in lauerndem Ton.

Wills Lippen waren trocken. »Das geht Euch nichts an.«

»Das geht mich nichts an? Sir Edrics Schwert soll mich nichts angehen? Laufen denn in dieser unsäglichen Stadt nur Schwachköpfe herum?«

»Ich kenne weder Euren Namen noch Euer Gesicht«, blaffte Will. »Woher soll ich also wissen, was Euch etwas angeht und was nicht?«

»Dann ist Euch wohl auch nicht bekannt, dass Ihr ein Nachfahre Sir Edrics seid.«

Wills Herz machte einen Sprung, doch er knurrte: »Macht Euch nicht lächerlich! Ich soll mit Sir Edric verwandt sein? Das ist unmöglich.«

»Aber warum denn?«

»Warum? Weil ... es kann einfach nicht sein.« Will spürte, wie sein Zorn zurückkehrte. »Überhaupt – weshalb sollte ich Leuten Glauben schenken, die wie Ratten durch die Dunkelheit schleichen? Ihr seid ein Engländer, aber Euer Freund ist keiner. Warum sollte er sich darum scheren, wer in diesem Land mit wem verwandt ist?«

Die englische Stimme fauchte: »Wenn Ihr wüsstet, wen Ihr vor Euch habt, würdet Ihr nicht so daherreden, darauf verwette ich meinen Kopf!«

»Ich weiß nur, dass er ein Ausländer ist, der nicht den Schneid hat, mir sein Gesicht zu zeigen«, sagte Will, der seinen Beschluss, den Unbekannten mit Vorsicht und Respekt zu begegnen, längst wieder vergessen hatte.

Der Franzose ließ ein langes Seufzen hören. »Macht es Euch so viel aus, dass ich kein Engländer bin, Will?«

Will wollte ihm schon ein wütendes Ja entgegenschleudern, doch dann besann er sich eines Besseren. Er musste auch an Lady Phoebe denken und durfte nicht alle Vorsicht in den Wind schlagen. Darum holte er tief Luft und bemühte sich um einen freundlicheren Ton. »Also gut, wenn Ihr mir schon nicht sagen wollt, wer Ihr seid, dann nennt mir wenigstens den Namen dessen, der mir den Auftrag gab, Lady Phoebe aufzusuchen. Wenn es nicht Graf Beauchamp war, wer war es dann?«

Will rechnete mit weiteren Ausflüchten, doch stattdessen sagte die englische Stimme leise: »Wisst Ihr es wirklich nicht, mein Freund? Es war der Verwalter von Bestude, man nennt ihn hier den eisernen Ralf.«

»Aber warum ...« Will konnte den Satz nicht zu Ende sprechen. Seine Kopfhaut begann zu prickeln, denn er hatte eine beklemmende Vorahnung, welche Antwort ihn erwartete.

»Was wisst Ihr von Bestude? Warum trifft man Sir Roger de Saint Jean nie außerhalb seines Anwesens an? Warum kommt stets nur sein Verwalter in die Stadt? Weiß der eiserne Ralf nicht besser als jeder andere, was sich in der Gegend von Bestude und sogar in Worcester selbst ereignet? Habt Ihr Euch je überlegt, Will von Grimford, wer sich hinter dem Riesen wirklich verbirgt?«

Will erschauerte. »Ich weiß nur sehr wenig über ihn«, murmelte er.

»Kennt Ihr jemanden, der überhaupt etwas über ihn weiß?« Für Will war der eiserne Ralf kein gänzlich Unbekannter. Man konnte schließlich nicht für längere Zeit in Worcester leben, ohne ihm zu begegnen. Schon seine ungewöhnliche Körpergröße ließ ihn aus der Menge herausstechen. Und natürlich gab es allerhand Tratsch. Bestude lag in einer gefährlichen Ecke des Landes, im Grenzgebiet. Dort trieben sich seit jeher Banditen und Gesetzlose herum. Hin und wieder hörte man sogar von Mord und Totschlag. Aber der eiserne Ralf war noch niemals überfallen worden, und das, obwohl er doch häufig größere Geldmengen bei sich trug ...

Andererseits war das Anwesen von Bestude weder besonders groß noch übermäßig wichtig, und zwielichtige Verwalter, denen man nicht trauen konnte, galten nicht eben als Seltenheit. Darum schenkte man dem, was dort draußen geschah, auch keine allzu große Beachtung. Was sagten die Leute eigentlich über den eisernen Ralf? Will musste zu seinem Erschrecken feststellen, wie wenig er über ihn wusste. Edwin und die meisten Gäste der Jackdaw Taverne fürchteten sich vor ihm. Das galt sicher auch für Jenny und Alfred, und auch Emma traute ihm nicht über den Weg. Die meisten Männer von ähnlichem Rang wie der Riese – die Sergeanten, die Verwalter anderer Güter, aber auch die meisten Kaufleute – hielten sich von ihm fern. Mit dem eisernen Ralf hatte Will noch nie direkt zu tun bekommen, doch bisher hatte er geglaubt, der Riese sei aus demselben Holz geschnitzt wie Malzac, der Verwalter des Grafen Beauchamp. Jener galt als gierig, käuflich und eigennützig. Doch hinter den Worten des Engländers schien sich noch etwas viel Bedrohlicheres zu verbergen. Will dachte daran, wie unverhofft der eiserne Ralf in der Taverne erschienen war. Er erinnerte sich an die sonderbaren Worte des Riesen, sein eiskaltes Lächeln voller Bitterkeit und die grausamen Züge seines kantigen Gesichtes.

»Heißt das, der eiserne Ralf will uns in Bestude haben«, sagte Will so leise, als spräche er mit sich selbst, »und wir werden morgen gemeinsam mit ihm dorthin reiten ... wie Lämmer zur Schlachtbank?«

»Wohl kaum«, sagte der Engländer. »Ihr seid ja nun gewarnt.«

Will fuhr auf. »Und was ist mit euch, meine feinen Freunde? Ihr wollt, dass ich etwas für euch tue, aber allem Anschein nach soll das ein einseitiges Geschäft werden!«

»Wer sagt das?«, erwiderte der Engländer. »Wir haben Euch gewarnt. Ist das etwa nichts? Gewarnt ist gewappnet. Ihr steht bereits in unserer Schuld, mein Freund.«

»Und wir werden noch mehr für Euch tun«, meldete der Franzose sich zu Wort. Er behauptete zwar, nur wenig Englisch zu sprechen, verstehen konnte er diese Sprache aber offenbar sehr gut. »Wir werden dem Sheriff Eure Abwesenheit erklären. Und zwar so, dass er nicht nur von einer Bestrafung seines abtrünnigen Soldaten absieht, sondern sogar noch stolz auf ihn ist.«

Will schluckte nervös. »Aber Ihr sagtet doch, Ihr stündet nicht in den Diensten des Sheriffs!«

»Und das tun wir auch nicht.«

»Aber wie könnt Ihr dann ...«

»Das braucht Euch nicht zu kümmern!«, blaffte der Engländer. »Ihr stellt zu viele Fragen, einfältiger Narr.«

»Werdet Ihr tun, um was ich Euch bitte, und mein Bote sein, Will?«, fragte der Franzose noch einmal.

Will schwieg.

»Keine Angst«, sagte der Engländer. »Wenn Ihr tut, was man Euch aufträgt, soll es Euer Schaden nicht sein.«

»Ha!«, sagte Will voll Bitterkeit. »Wenn ich für jedes Versprechen, das ich in meinem Leben schon gehört habe, eine Münze bekommen hätte, wäre ich längst so reich wie ein König.«

Der Franzose lachte leise. »Ein Versprechen gebe ich Euch nicht, mein Freund. Ihr habt Recht, zu viele davon werden leichtfertig gebrochen. Ich gebe Euch stattdessen mein Ehrenwort.«

Will schnaubte. Dann antwortete er: »Aufs Reden versteht Ihr Euch prächtig, aber spart Euch die Mühe. Glaubt Ihr, ich tue, was Ihr mir auftragt, nur weil Ihr es in schöne Worte zu kleiden wisst?«

»Nein. Ihr werdet es tun, weil Ihr ein großes, mutiges Herz habt – wenn es auch viele Jahre lang wenig Raum zum Schlagen hatte. Und Ihr habt mein Ehrenwort, dass Ihr reich belohnt werdet, ganz wie mein Freund es sagt.« Damit drückte der Mann Will etwas in die Hand, das sich wie eine Pergamentrolle anfühlte.

»Ich habe Euch nichts versprochen«, beeilte sich Will festzustellen. Dabei merkte er zu seiner Verärgerung, dass die Worte des anderen ihn im Innersten getroffen hatten. »Ich habe nicht gesagt, ich würde auch nur einen einzigen Handschlag für Euch tun.«

Bevor der Franzose darauf antworten konnte, ergriff der Engländer das Wort. »Aber wir werden wissen, ob Ihr Euch an unsere Anweisungen haltet und den Brief an seinen Bestimmungsort bringt.«

Will spürte, wie erneut Wut in ihm aufstieg. »Das glaube ich Euch aufs Wort. Ihr habt mir offenbar schon eine ganze Zeit lang hinterherspioniert, und Ihr werdet es weiterhin tun. So viel zum Wert Eures Ehrenwortes. Aber als guter Hund Eures Herrn müsst Ihr schließlich wissen, wie man ein Schaf im Auge behält.«

Schweigen antwortete Wills aufgebrachten Worten. Als der Franzose es schließlich brach, tat er das in einem Englisch, das längst nicht so schlecht war, wie er vorgegeben hatte. »Ich hoffe, Ihr werdet mit der Zeit etwas besser von uns denken, Will von Grimford. Lebt wohl. Ich weiß nicht, ob wir uns jemals wieder begegnen werden, aber ich werde mich stets an Euch erinnern. Ich vergesse meine Freunde nie, auch wenn sie selbst vielleicht nicht an mich denken.«

Die Stimme des Franzosen war schwer von Traurigkeit, und Will verspürte zu seiner Verwunderung einen Anflug von Mitleid mit dem Mann.

»Ich werde mein Bestes tun«, murmelte er schließlich.

»Ich danke Euch, Will von Grimford«, sagte der Franzose, und Will spürte, wie sich eine Hand einen Herzschlag lang um seine Schulter schloss. Als sie von seinem Arm geglitten war, hörte er Schritte, die sich entfernten. Es folgte ein Murmeln, und dann wurde eine Tür geöffnet.

Plötzlich sprach der Engländer ganz nahe an Wills Ohr. »Kommt, Ihr holt nun besser das Pferd des eisernen Ralf, wie es Euer Auftrag war.« Wieder klang die Stimme amüsiert. Finger machten sich an Wills Handgelenken zu schaffen. Als die Fesseln fielen, spürte Will, wie ihm noch etwas anderes zugesteckt wurde. »Was ich Euch gebe, Will von Grimford, mag Euch nicht so wichtig erscheinen wie der Brief. Aber lasst Euch nicht von Äußerlichkeiten blenden. Ich weiß, Ihr habt das Buch von Bufawuda nicht gelesen, darum sage ich Euch: Seht zu, dass dieser Gegenstand in die richtigen Hände gelangt. Wir werden uns wieder sehen, Vetter.«

In Wills Ohren klang das eher nach einer Drohung als nach einem Versprechen. Sofort war er wieder auf der Hut. Nur wer einen anderen für seine Zwecke einspannen wollte, nannte ihn so vertraulich »Vetter«. Einfältige Gemüter ließen sich dadurch vielleicht täuschen und wiegten sich in Sicherheit, sodass man ihnen mit Leichtigkeit die letzten Kupfermünzen aus der Tasche ziehen konnte. Aber Will blieb keine Zeit, darüber nachzusinnen, denn schon im nächsten Augenblick wurde er ziemlich unsanft aus der Tür geschoben. Ein letzter kräftiger Stoß beförderte ihn in den Straßendreck. Will kam schnell wieder auf die Füße und riss sich den Stofffetzen von den Augen. Doch den Engländer sah er nicht mehr. Der Unbekannte war bereits wieder im Haus verschwunden und hatte die Tür fest verschlossen. Will nahm sie genau in Augenschein. Diese Tür unterschied sich in nichts von sämtlichen anderen in der Stadt – sie war aus starkem Holz gefertigt und mit einem eisernen Klopfer versehen. Das einzige auffällige Merkmal, das der junge Mann entdecken konnte, war ein langer Kratzer auf dem Klopfer, ganz in der Nähe der Stelle, wo er an der Tür befestigt war. Nun, das würde er sich merken.

Erst nachdem er ein paar Schritte gegangen war, sah Will sich genau an, was er in den Händen hielt. Das Ding, das der Engländer ihm zugesteckt hatte, war, wie er schon vermutet hatte, ein Stein, und zwar ein sehr schöner, glänzender. Durchsichtig wie Glas lag er in seiner Hand und funkelte sogar im schummrigen Licht der Gasse noch auffallend hell. Warum hatte der Unbekannte ihm diesen Stein gegeben? Und warum erst, nachdem der Franzose schon gegangen war? War dieser kleine Brocken Kristall ein wertvolles Kleinod? Hatte der Engländer es seinem Herrn am Ende gestohlen? Aber warum das Diebesgut dann einem Fremden überlassen? Wills Gedanken wirbelten wild durcheinander. Was hatte der Mann gesagt? Er, Will, solle dafür sorgen, dass der Stein in die richtigen Hände gelangte ... Ohne darüber nachzudenken, warum er es tat, verbarg Will das funkelnde Ding unter seinen Kleidern, gleich über seinem Herzen. Dann betrachtete er den Brief, den er Lady Phoebe überreichen sollte, und was er darauf entdeckte, ließ ihn alles andere sofort vergessen. Das Pergament trug ein Siegel, und dieses Siegel gehörte keinem Geringeren als König Heinrich selbst.

12

Wahren Mut beweist der Mann, der treu zu seinen Überzeugungen steht; nie soll er den Kummer zeigen, der sein Herz bedrückt, bevor er weiß, wie er sich davon befreien kann ...

Aus *The Wanderer*, anonymer Autor

Will starrte den Brief in seinen Händen ungläubig an. Wieder und wieder begutachtete er das Siegel, um sicherzugehen, dass er sich nicht täuschte. Auf der Burg des Sheriffs hatte er schon gelegentlich Schriftstücke mit dem Siegel des Königs gesehen. Der Abdruck im Wachs zeigte den König, wie er gerade zu Gericht saß. Genauso sah das Siegel auf der Pergamentrolle aus. Aber wenn der Mann ein Bote des Königs gewesen war, wozu dann all die Umstände mit den Fesseln und der Augenbinde? Wozu all die Heimlichtuerei? Will war sicher, dass Lady Phoebe ihm nicht alles gesagt hatte - gerade so, wie auch er ihr manches verschwiegen hatte. Doch er wusste, dass Meister Pieter - Lady Phoebe - über beste Verbindungen verfügen musste, denn er hatte sie in Salisbury an der Seite der Königin sitzen sehen. Nun war die Königin seit langem eine Gefangene ihres rachsüchtigen Gemahls, des Königs. Was steckte wohl dahinter, wenn eine Freundin der Königin einen Brief von deren ärgstem Feind und Kerkermeister erhielt? War Lady Phoebe am Ende einer von König Heinrichs Spitzeln? Hing das Verschwinden eines jungen Paares im Grenzland, wo Verträge und Abmachungen jeden Tag aufs Neue gebrochen wurden, am Ende mit den großen politischen Intrigen zusammen, die das Königreich immer wieder erschütterten?

Machenschaften dieser Art waren in England an der Tagesordnung. König Heinrich musste ständig auf der Hut vor Verschwörungen und Gegenverschwörungen sein. Manche davon, so hieß es, fache er insgeheim selbst an, um seine Widersacher gegeneinander auszuspielen.

Plötzlich ließ ein neuer Gedanke Wills Atem stocken. Die Stimme des zweiten Unbekannten, sein französischer Akzent – freundlich und kultiviert hatte der Mann geklungen, aber auch wie jemand, der es gewohnt war, das Kommando zu führen. Seine wohlgesetzten Worte ... seine heimliche Belustigung ... die unterschwellige Melancholie ... Konnte es sein, dass ... Will musste sich gegen eine Hauswand lehnen. Die Knie wurden ihm schwach, als ihn die ungeheuerliche Gewissheit überkam: Jener Unbekannte, der in dem Haus mit ihm gesprochen hatte, war der König selbst gewesen. Will hatte schon oft Geschichten gehört, die davon handelten, dass Heinrich der Zweite sich gelegentlich inkognito unter das gemeine Volk mischte. Der König vertraute niemandem rückhaltlos und überzeugte sich daher gerne mit eigenen Augen davon, was in seinem Reich vor sich ging. Er verließ sich nicht allein auf seine Berater und Offiziellen. Auch von höfischem Protokoll hielt er nicht viel. Außerdem sagte man, er spräche die englische Sprache mit einem starken französischen Akzent und ließe die Mächtigen im Reich niemals aus den Augen. Schon gar nicht einen Herrn des Grenzlandes wie den Grafen Beauchamp, dessen Familie dafür berüchtigt war, ihr Mäntelchen stets eilfertig nach dem Wind zu hängen. Die Melancholie des Königs rührte wohl daher, dass er erst kürzlich seine große Liebe, die anmutige Rosamunde Clifford verloren hatte. Sie wiederum war die Schwester von Sir Walter Clifford, dessen Ländereien an Bestude grenzten.

Heinrich der Zweite herrschte über ein Reich von gewaltiger Ausdehnung und er tat es mit großer Gewissenhaftigkeit. Dass er die Geschichte Edrics von den Wäldern kannte, wunderte Will daher nicht. Der König wusste alles und hatte überall Leute, die Augen und Ohren für ihn offen hielten. Auf diese Weise war es ihm immer wieder gelungen, Aufstände und Revolten bereits im Keim zu ersticken. Nichts entging seiner Aufmerksamkeit, und er interessierte sich für jede noch so kleine Begebenheit in seinem großen Reich. Nun wandte Heinrich der Zweite seine Aufmerksamkeit aus irgendeinem Grunde – vielleicht hatte es etwas mit den Cliffords zu tun – Bestude, aber auch Sir Llew und Lady Marie zu. Offenbar war es für ihn von großer Wichtigkeit, was sie dort taten.

Will erinnerte sich plötzlich daran, dass die beiden Waliser, die gemeinsam mit dem jungen Paar verschwunden waren, von Sir Walter Cliffords Anwesen stammten. Seine Gedanken rasten. Fieberhaft versuchte er, die Zusammenhänge zu ergründen, doch es wollte ihm nicht recht gelingen. Er konnte sich kaum vorstellen, dass die Waliser Freunde des Königs waren. Doch wenn der König ein so großes Interesse an Sir Llews und Lady Maries Unternehmungen zeigte, musste irgendetwas im Busch sein. Vielleicht war es eine Verschwörung, an der Beauchamp sich beteiligte ... Aber dann wäre der König wohl kaum so freundlich mit einem Mann umgesprungen, der Beauchamp schon manchen Dienst geleistet hatte. Und warum hatte Mitleid in seinem Ton gelegen, als die Sprache auf Wills Familie und das Geschlecht der Beauchamps gekommen war? Woher wusste der Herrscher, dass er, Will, und Lady Phoebe in die Stadt kommen würden? Jemand musste es ihm gesagt haben, so viel war klar. Aber wer?

Dann fiel Will noch etwas anderes ein. Der Familie des Königs, den Plantagenets – wurde diesem Geschlecht nicht eine Verbindung mit der Anderwelt nachgesagt? Was hatte er bloß darüber gehört? Gab es nicht einen Wassergeist oder eine Elfenfrau in ihrer Ahnenreihe? Das mochte das auffallend gute Aussehen der meisten Familienmitglieder erklären, jene fast unheimliche Aura von Macht und Herrlichkeit, die ihnen anhaftete ... Sie waren nicht ganz von dieser Welt. Will erinnerte sich nicht an den Namen von König Heinrichs Ahnfrau aus der Anderwelt. Aber vielleicht kannte ihn Lady Phoebe ...

Tausend Gedanken wirbelten im Kopf des jungen Mannes durcheinander. Oh großer Gott, oh süße Jungfrau! Er, der schlichte Will von Grimford, hatte die Aufmerksamkeit des Königs auf sich gezogen. Warum? Heinrich der Zweite hatte so freundlich mit ihm gesprochen, als wäre er ein Nobelmann oder ein Ritter. Will wusste nicht, was er von seiner angeblichen Verwandtschaft mit Edric von den Wäldern halten sollte. Als eher nüchterner Mensch sagte er sich, dass sein Vater auf solche Vorfahren sicher sehr stolz gewesen wäre und seinen Söhnen davon erzählt hätte. Aber das war ohnehin nicht von Belang. Und auch, ob das Schwert nun Sir Edric gehört hatte oder nicht, tat nichts zur Sache. Mit Vermutungen wollte Will sich nicht länger aufhalten. Denn schon die nackten Tatsachen ließen ihm den Kopf schwirren. Und dazu gehörte das Siegel auf dem Pergament, gehörte der Auftrag des Herrschers, aber vor allem eines: Er hatte das Ehrenwort eines Königs ...

Noch dazu gab der Stein Will Rätsel auf. Wusste der König davon? War es ein Zufall, dass der Engländer den Stein erst hergegeben hatte, nachdem der König gegangen war? Will legte die Stirn in Falten. Es gab so viele Fragen, auf die er keine Antwort wusste. Er war verwirrt und aufgewühlt, aber auch voll wilder Erregung. Ein Günstling des Königs zu sein, ließ ihm die Gefahr, die vom eisernen Ralf ausging, beinahe lächerlich erscheinen. Mit dem Riesen würden sie leicht fertig werden, daran hatte er nun keinen Zweifel mehr. Der König wusste, dass er und Lady Phoebe auf dem Weg nach Bestude waren; er wusste, was der eiserne Ralf im Schilde führte. Sicher hätte der große Herrscher seinen Schützling, Will von Grimford, gewarnt, wenn in Bestude eine tödliche Gefahr lauerte. Noch dazu würde selbst der eiserne Ralf es nicht wagen, einem Boten des Königs ein Haar zu krümmen.

Voll Stolz verstaute Will die Pergamentrolle in dem ledernen Beutel, den er am Gürtel trug, und machte sich eilends auf den Weg zum Haus des eisernen Ralf.

Dort kam er ohne weitere Zwischenfälle an und klopfte kräftig an die Tür. Schon nach kurzer Zeit öffnete ihm ein hoch gewachsener, vornüber gebeugter Mann mit kahlem Kopf, wässrigen blauen

Augen und einem Gesicht, das so verkniffen war, als hätte er Essig getrunken. Vor Will stand Master Osric, der Besitzer des Hauses, welches der eiserne Ralf bewohnte, wenn er in der Stadt war. Die braunen Kleider, die Osric trug, erinnerten in ihrer Schlichtheit an ein Büßergewand. Doch als der Kahlköpfige die Tür noch weiter aufzog, fiel sein Ärmel zurück, und Will sah etwas Silbernes am Handgelenk des Mannes aufblitzen. Offenbar trug er ein wertvolles Armband. Will unterdrückte ein ironisches Lächeln. Master Osric hatte man noch niemals eine Verstrickung in irgendwelche Skandale nachweisen können; er gab sich vielmehr wie ein frommer und der Welt ein wenig entrückter Einsiedler. Und doch vermutete man, er habe beträchtliche Reichtümer angehäuft, wobei niemand sagen konnte, auf welche Art und Weise ihm das gelungen war.

»Guten Abend, Master«, sagte Will zu Osric. »Ich komme im Auftrag des eisernen Ralf. Er braucht sein Pferd und seine Satteltaschen. Wir brechen im Morgengrauen nach Bestude auf.«

Osric maß den jungen Mann mit einem abschätzigen Blick. Dann trat er schweigend beiseite, ließ Will ins Haus und schloss die Tür hinter ihm. Mit einer herrischen Geste forderte er Will auf, ihm zu folgen, doch noch immer sagte er kein Wort. Auch der säuerliche Ausdruck wich nicht von seinen Zügen.

Sie gelangten in einen Stall an der Seite des Hauses. Dort standen zwei Pferde im Dämmerlicht: eine edle Schimmelstute und ein großer knochiger Brauner, dem man sein unberechenbares Temperament deutlich ansah. Als die Männer näher kamen, begann das dunklere Pferd wild mit den Augen zu rollen.

Osric schenkte dem Braunen keinerlei Beachtung und führte Will zu der Schimmelstute. Sie war ein herrliches, feingliedriges Pferd mit einem ähnlich edlen Kopf wie Lamrei, aber doch viel größer und kräftiger als diese. Will bewunderte die Stute und staunte noch mehr, als Osric ihm stumm ihr Sattelzeug übergab. Zu dem aufwändig gearbeiteten dunklen Sattel gehörte ein schönes

Zaumzeug mit glänzenden Metallbeschlägen, die leise klirrten. Dann reichte Osric Will stabile Satteltaschen aus weichem Leder. Diese erlesenen Stücke wären eines Barons würdig, ging es Will durch den Kopf, während er sich daran machte, die Stute zu satteln.

»Wie ist ihr Name?«, fragte er und strich dem Tier über das seidige Fell.

»Satan«, antwortete Osric tonlos.

»Satan?« Will wich einen Schritt zurück.

Osric warf ihm einen feindseligen Blick zu. »Satin«, wiederholte er, und diesmal verstand Will den Namen richtig. Er errötete.

»Vergebt mir, ich dachte ...«

Osric zuckte die Achseln, gab ihm aber keine Antwort.

Will wollte Satin kurzerhand aus dem Stall führen und den alten Griesgram einfach stehen lassen, doch dann besann er sich eines Besseren. »Ich danke Euch Master Osric. Vielen Dank für Eure Hilfe.«

Osric sagte nichts. Mit einer raschen Kopfbewegung forderte er Will auf, ihm zu folgen. Ein wenig verwundert kam Will der Aufforderung nach.

Der alte Griesgram brachte ihn zurück zum Haus. Will führte Satin am Zügel hinter sich her. Mittlerweile war es fast völlig dunkel, und der Abendstern stand bereits am Himmel. »Warte hier«, raunzte Osric den jungen Mann unfreundlich an.

Will blieb stehen und biss sich auf die Lippen, um die unflätigen Ausdrücke, die ihm bereits auf der Zunge lagen, zurückzuhalten.

Dann fuhr er plötzlich erschreckt zusammen, denn die Tür flog auf, und eine kleine Gestalt kam herausgepurzelt. Der hellhaarige Knabe schoss allerdings nicht aus eigenem Antrieb ins Freie, sondern durch einen kräftigen Tritt von Master Osrics Stiefel. Will erkannte das Kind sofort, denn er hatte es schon des Öfteren in der Jackdaw Taverne gesehen. Es handelte sich um Alfred, Jennys Bruder.

Der Knabe landete vor Wills Füßen im Straßendreck. Satin scheute und begann nervös zu tänzeln. Der junge Mann hatte seine liebe Not damit, das erschreckte Pferd zu beruhigen.

»Bei der Heiligen Jungfrau, Master Osric!«, schrie er wütend. »Was hat das zu bedeuten?«

»Ich befreie das Haus von Unrat«, antwortete der Angesprochene knapp, verschwand im Eingang und warf die Tür hinter sich zu.

Alfred rappelte sich wütend auf. »Wer seid Ihr?«, fragte er mürrisch. Anscheinend erkannte er sein Gegenüber nicht, obwohl er Will von Grimford schon oft genug begegnet und keineswegs auf den Kopf gefallen war. Befriedigt stellte Will fest, dass seine Verwandlung offenbar ihren Zweck erfüllte.

»Ich bin Robin, Meister Pieters Gehilfe. Der eiserne Ralf gab mir den Auftrag, sein Pferd zu holen …«

»Ihr gehört zu dem Flamen? Ich kenne ihn. Man könnte meinen, er hätte schlechten Wein getrunken, so sauertöpfisch, wie der dreinblickt.« Der Junge grinste keck, und sein hageres Gesicht strahlte dabei. »Um einen so griesgrämigen Herrn seid Ihr nicht zu beneiden. Aber er hat Master Ralf davon abgehalten, mir sämtliche Knochen im Leib zu brechen. Das wäre bestimmt geschehen, wenn der Riese mir eine Tracht Prügel verpasst hätte. Der eiserne Ralf ist ein grausamer Mensch, bitter und zerfressen wie wurmstichiges Holz. Aber wie dem auch sei, Robin, ich grüße Euch. Ich bin Alfred aus der Jackdaw Taverne.«

»Ich weiß, ich habe schon von dir gehört.« Der junge Mann starrte Alfred an. »Master Osric ist nicht sehr freundlich mit dir umgesprungen, Kind. Warum nannte er dich Unrat und warf dich aus dem Haus?«

Das Grinsen verschwand vom Gesicht des Knaben. Er fauchte Will an wie ein wild gewordenes Tier. »Halt dein Maul, du blöder Trottel!«

Will war überrascht und wurde sofort wütend. »Ich stopfe dir gleich das Maul, du dummer Zwerg!«

Der Mann und der Knabe starrten einander an wie zwei Kampfhähne. Aber plötzlich schnaubte Satin leise und stieß erst Alfred, dann Will sanft mit ihrem weichen Maul an. Das lenkte den Jungen ab. Er tätschelte das seidige Fell des Pferdes, und Will beobachtete ihn dabei.

»Ihr nehmt sie mit?«, fragte Alfred. Trotz des bemüht gleichmütigen Gehabes des Knaben merkte Will, dass er mit den Tränen kämpfte. Vielleicht war das Tier der einzige Freund, den er hatte.

»Ja«, antwortete er sanft. »Der eiserne Ralf will, dass ich sie ihm bringe. Wir reiten morgen gemeinsam nach Bestude.«

In diesem Augenblick wurde der Fensterladen über ihren Köpfen aufgerissen, und Master Osrics kahler Kopf erschien. »Lungert ihr noch immer hier herum, ihr nutzloses Gesindel? Hinfort mit euch, ihr Brut des Teufels!«, schrie er mit sich überschlagender Stimme.

Überall in der Gasse öffneten sich nun die Läden, und neugierige Gesichter erschienen in den Fenstern. Aber Osric scherte sich nicht darum. Er schien überaus aufgebracht zu sein, und sein Gesicht war zu einer Furcht erregenden Fratze verzerrt. »Aus meinen Augen, ihr Höllenhunde!«, kreischte er, als wäre er von Sinnen.

Will hatte seine Stimme wiedergefunden und bemühte sich um ein Lachen, das zu seinem Ärger etwas zittrig klang. »Steigt Euch etwa der Mond zu Kopf, Master Osric?«

Statt einer Antwort prasselte ein Eimer voll verdorbener Essensreste, die für die Hühner bestimmt gewesen waren, auf Will und Alfred nieder.

»Der Teufel soll Euch holen, verrückter Kahlkopf!«, schrie Will und hielt die Zügel des erschreckten Pferdes so fest er konnte. In seinem Haar und auf seinen Schultern klebte stinkender Abfall. Alfred war bei dem Versuch, einem fauligen Apfel auszuweichen, ausgerutscht und kauerte nun im Dreck. Sehr zur Freude der sensationslüsternen Nachbarschaft schrie und fluchte nun auch der Knabe und bedachte Osric mit Schimpfworten der übelsten Sorte.

Will staunte nicht schlecht, denn das ein oder andere davon war selbst ihm noch nie zuvor zu Ohren gekommen.

Osric hörte sich Alfreds Tirade schweigend an. Dann sagte er: »Du magst solche Worte wohl in den Mund nehmen, Alfred, denn deine Seele gehört ohnehin dem Teufel.« Er sprach nun viel ruhiger als zuvor. Die Gewissheit in der Stimme des Mannes ließ es Will bei seinen Worten fast ein wenig unheimlich werden. Osric schloss die Fensterläden und verschwand.

Unter dem Geschrei und Gejohle der Nachbarn beugte Will sich zu dem schreckensstarren Kind hinunter und sagte: »Ich glaube, wir gehen jetzt lieber, Junge.«

Alfred nickte und erlaubte Will, ihm auf die Füße zu helfen. Was soeben geschehen war, schien ihn in Angst und Schrecken zu versetzen, und wieder empfand Will Mitleid mit dem Kind.

Die neugierige Menge war enttäuscht, dass die beiden Gestalten unten in der Gasse auf Osrics boshaften Kommentar nicht mit gleicher Münze geantwortet hatten. Der ein oder andere schrie noch ein Schimpfwort oder eine Verwünschung zu ihnen hinab, in der Hoffnung, den Streit noch einmal anzustacheln. Doch Will und Alfred schenkten den Gaffern keine Beachtung und eilten mit der Stute davon.

Als sie außer Hörweite waren, blieb Will stehen. Er hielt Alfred am Ärmel fest und sagte: »Und nun rede! Was, in Gottes Namen, ist mit Master Osric los? Hat er den Verstand verloren? Und was hat er in dem Haus, das der eiserne Ralf von ihm mietet, überhaupt zu suchen?«

Alfred biss sich auf die Lippen und studierte seine schmutzigen nackten Zehen.

»Master Osric hat wohl ein wenig herumgeschnüffelt«, fuhr Will nachdenklich fort. »Wenn der eiserne Ralf davon erfährt ...«

»Nein! Sagt Master Ralf nichts davon. Bitte!« Angst stand im Gesicht des Knaben.

»Er wird es ohnehin bald herausfinden.«

Alfred starrte trotzig vor sich hin. »Ja, aber das hat Zeit. Erst will ich weit weg sein. Master Osric ... führt sich manchmal recht sonderbar auf.«

Will sah den Knaben forschend an, doch dessen Miene blieb undurchdringlich. Er beschloss, zunächst so zu tun, als glaube er dem Kind. »Ja, es gibt schon seltsame Leute«, stimmte er nachdenklich zu. »Und nun zu dir. Gibt es einen Ort, an dem du unterkommen kannst? Vielleicht in der Taverne, bei deinem Onkel ...«

Alfred schien verwundert. »Was macht Ihr Euch Gedanken um mich? Was wollt Ihr von mir, Robin?«

Will versuchte, sich einen guten Grund einfallen zu lassen, ohne dem Knaben die Wahrheit sagen zu müssen. »Nun ... deine Schwester ...« Er brach ab.

Alfred lächelte dünn. »Ich hätte es mir denken können.« Er reckte das Kinn in die Luft. »Noch so ein Lustmolch, der hinter ihr her ist. Aber Jenny würde einen wie Euch nie auch nur ansehen.«

»Wie alt bist du eigentlich, Alfred?« Wills Stimme klang gefährlich sanft.

»Was geht's Euch an?« Alfred verschränkte trotzig die Arme. »Alt genug, um auf mich selbst aufzupassen. Fast zwölf Winter und sehr wohl in der Lage, ein Messer zu führen – schnell und wirkungsvoll.«

Will seufzte. Langsam verlor er die Geduld mit diesem störrischen Kind. Er wusste selbst nicht, warum er so hartnäckig weiterfragte. »Daran habe ich keinen Zweifel. Aber was willst du denn jetzt machen? Pass auf Alfred, ich könnte dir helfen. Warum sagst du mir nicht, was passiert ist?«

»Weil ich nicht weiß, was Euch das angehen sollte.«

»Ach, halt's Maul!«, schnauzte Will den verstockten Knaben an. Er wollte Alfred packen und ihn kräftig schütteln, damit er zur Vernunft kam. Das Kind versuchte nicht, sich Wills Griff zu entziehen, stattdessen vollführte er nur eine einzige blitzschnelle Bewegung. Will wusste nicht, wie es dem kleinen Teufel gelungen war, ihn zu verletzen, aber er spürte die Wirkung deutlich genug. Der Schmerz war beträchtlich. Der junge Mann ließ den Knaben los und hielt sich die rechte Hand, an der eine dünne Linie kleiner roter Bluttropfen zu sehen war.

Alfred starrte Will mit dem wilden Blick eines in die Ecke getriebenen Tieres an. Auf dem scharfen kleinen Messer, das er in der Hand hielt, schimmerte frisches Blut. Der Knabe wich ein wenig zurück, hielt das Messer aber vorsichtshalber zwischen sich und dem Mann. »Ich habe Euch doch gesagt, ich wüsste mit dem Messer umzugehen. Mischt Euch nicht in meine Angelegenheiten, Fremder. Lasst uns gefälligst in Frieden!«

»Du kleines Ungeheuer!«, knurrte Will undeutlich, während er sich das Blut von der Hand saugte. Der Schnitt war nicht tief; er hatte nur seine Haut geritzt. Viel mehr schmerzte Will die Tatsache, dass es ausgerechnet einem Kind gelungen war, ihn zu verwunden. »Du kleine Schlange! Ich wollte dir doch nur helfen.« Alfred sah ihn ungläubig an. In seiner Wut vergaß Will wieder einmal alle Vorsicht und polterte: »Hör zu, du Tölpel, große und einflussreiche Herren leihen mir ihr Ohr. Sie sind weitaus mächtiger als Master Osric oder ... oder ... der eiserne Ralf. Hast du mich verstanden, du schmutzige kleine Ratte?«

»Wenn Ihr vom Grafen Beauchamp redet, verschwendet Ihr Eure Zeit«, antwortete Alfred, ohne dabei das Messer sinken zu lassen. »Ich kenne ihn nämlich. Oder zumindest seinen Verwalter ...«

»Malzac«, sagte Will ärgerlich. »Ja, den kenne ich auch. Aber ich spreche weder von ihm noch vom Grafen Beauchamp. Die Herren, die ich meine, stehen weit, weit über diesen beiden.«

Alfred machte große Augen. »Wer könnte das sein?«, flüsterte er.

Nun bereute Will, dass er den Mund so weit aufgerissen hatte. »Das kann ich dir nicht sagen.«

Alfreds Züge entspannten sich, dann begann er zu strahlen. »Oh, Robin! Seid Ihr wirklich ein Mann des Königs?« Er trat näher an Will heran. »Ist Meister Pieter ebenfalls im Auftrag des Königs unterwegs? Ist er ein Spion? Ich habe mir gleich gedacht, dass mit ihm ...«

In diesem Moment war Will alles andere als wohl bei der Sache. »Ich kann es dir nicht sagen«, wiederholte er hastig.

»Ohhh ...« Alfred blickte bewundernd zu Will auf. Offenbar bestätigte dieser mit seinen Ausflüchten erst recht den Verdacht des Kindes.

In Wills Unbehagen mischte sich ein gewisser Stolz. »Still«, sagte er, vom Widerstreit seiner Gefühle schon ganz verwirrt.

Alfred lächelte selig. Seine Augen glänzten wie Sterne. »Ja, ich werde schweigen wie ein Grab«, sagte er und legte einen Finger an die Lippen. »Ich verspreche, niemandem etwas zu sagen.« Er holte tief Luft. »Und Robin ... ich danke Euch für Eure Freundlichkeit.« Er ließ den Kopf hängen. »Es tut mir Leid, dass ich das Messer gegen Euch gezogen habe. Aber Ihr habt mir Angst gemacht.«

»Warum denn? Ich wollte dir doch nichts tun. Aber halb so schlimm, es ist nur ein kleiner Kratzer«, sagte Will grimmig. Nun wünschte er sich fast, er hätte dem Kind sagen können, wer er wirklich war und was er vorhatte. Am liebsten hätte er dem kleinen Alfred auch noch von Sir Edrics Schwert erzählt, nur um das ehrfurchtsvolle Staunen in den Augen des Knaben noch einmal zu sehen.

»Ich ...« Alfred bohrte mit einem nackten Fuß im Straßendreck. »Master Osric ... als ich sagte ...«

»Ja?« Endlich machte das Kind den Mund auf!

»Gleich, nachdem Master Ralf heute aus dem Haus gegangen war, erschien Master Osric, als hätte er nur auf diese Gelegenheit gewartet. Er sagte mir, Master Ralf hätte sich etwas von ihm geborgt, und nun bräuchte er es selbst und wollte es sich zurückholen. Na ja, ich dachte, wenn es von Master Osric kommt, wird es sich wohl um Geld handeln. Aber ein wenig wunderte mich das schon, denn Master Ralf mag wohl hart und grausam sein – aber er ist keiner, der sich bei anderen etwas leiht. Da bin ich mir ganz sicher. Doch was sollte ich tun? Ich musste Master Osric einlassen. Natürlich folgte ich ihm durchs ganze Haus, denn wenn er etwas genommen hätte, was Master Ralf gehört, hätte der aus meinen Gedärmen Schnüre drehen lassen. Jedenfalls stöberte Master Osric in jedem Winkel herum, nur gefunden hat er nichts. Master Ralf hatte alles mitgenommen, seine Papiere und vielleicht auch andere Dinge von Wichtigkeit, als wollte er nicht mehr zum Haus zurückkommen. Ich dachte mir, Master Ralf und Master Osric hätten vielleicht Streit. Sie kamen eigentlich nie besonders gut miteinander aus – zu verschieden, die beiden. Nun, Master Osric suchte und suchte, sogar auf dem Abtritt, überall ... Und er wurde immer wütender, weil er nicht fand, was er haben wollte.« Mit funkelnden Augen sah Alfred Will an und flüsterte: »Ich stand immer dabei, und dann sah ich plötzlich hoch oben auf der Fensterbank ...« Er zog etwas aus seinen zerlumpten Kleidern.

»Eine Feder!«

Was immer Will erwartet hatte, das war es mit Sicherheit nicht gewesen.

Alfred nickte. »Nur eine Vogelfeder. Ein ganz gewöhnliches Ding, schwarz ... vielleicht von einer Krähe oder einem Raben ... Nun, als Master Osric sie sah, wurde er blass wie der Tod, vielleicht sogar noch blasser, denn er sah vorher schon aus wie der Sensenmann. Er wollte wissen, wo ich die Feder gefunden hätte. Ich zeigte es ihm, und er wich vor der Feder zurück, als wäre sie vergiftet. Dann fuhr er mich plötzlich an und sagte, ich wäre mit dem Teufel im Bund. Ich hielte das Werkzeug eines Brandstifters in der Hand. Er kreischte und schrie wie ein Besessener. Ich bekam Angst, furchtbare Angst ... Und dann ... ja, dann habt Ihr an die Tür geklopft.«

Will lief ein kalter Schauer über den Rücken. »Aber warum die ganze Aufregung? Es ist doch nur eine ganz gewöhnliche Feder.«

»Ich sage Euch doch, Master Osric ist nicht ganz bei Trost ...« Alfred zögerte. »Aber es gibt da eine Geschichte, Robin ... über einen Dämonen, der in den Wäldern von Bestude umgeht. Die Leute sagen, er kann die Gestalt eines schwarzen Vogels annehmen, einer Krähe oder einer Dohle. Und sicher wisst Ihr, wie man in dieser Gegend hier die Dohlen nennt?«

»Man sagt Jackdaw zu ihnen, und Feuervogel«, sagte Will. Sein Herz begann schneller zu schlagen. »Weil jedes schillernde oder funkelnde Ding diese Vögel magisch anzieht, heben sie manchmal glühende Kohlestücke auf und tragen sie auf ein Dach oder ins Stroh. Der Legende nach ist das große Feuer, das in den Tagen König Williams Bestude in Schutt und Asche legte, auf genau diese Art von einem gestaltwandlerischen Dämonen mit dem Aussehen einer Dohle gelegt worden ...«

Alfreds Augen waren noch größer geworden. »Ja, das habe ich auch schon gehört.«

»Aber warum sollte Master Osric ...«

»Ich weiß es nicht. Und ich will es auch gar nicht wissen. Aber Robin, was ist, wenn der eiserne Ralf ein ...«

Will dachte einen Augenblick lang nach und sagte dann: »Du musst vorsichtig sein, Alfred. So, und nun wohin mit dir?« Es wollte ihm nichts Rechtes einfallen. In die Taverne konnte er den Knaben nicht mitnehmen, solange der eiserne Ralf dort war, so viel stand fest. Im Haus des Verwalters von Bestude hockte der verrückte Master Osric. Auch dort war das Kind nicht gut aufgehoben. Gab es bei den Soldaten in der Burg einen Platz für Alfred? Nein. Im Kloster? Wohl auch nicht.

»Ich finde schon einen Unterschlupf. Ich werde Euch wissen lassen, wo ich bin«, sagte der Knabe und beendete damit Wills angestrengte Überlegungen.

»Ich werde mit deiner Schwester sprechen ...«, sagte der junge Mann lahm und hatte das Gefühl, einiges falsch gemacht zu haben, wenn er auch nicht genau wusste, was.

»Gut.« Alfred grinste schelmisch, wodurch er wieder wie ein kleiner Junge aussah und nicht wie ein verkommener Strolch, der zu schnell erwachsen geworden war. »Sagt Jenny, es geht mir gut. Eigentlich bin ich froh, aus diesem Haus und von diesen Leuten wegzukommen. Richtet ihr und Tante Emma aus, sie sollen sich keine Sorgen um mich machen. Sie werden mich bald wieder sehen.«

Will grinste zurück. »Ja, da bin ich mir sicher. Aber wo gehst du nun hin?«

»Das kann ich Euch nicht sagen. Auch ich habe meine Geheimnisse. Aber ich kann schon selbst auf mich aufpassen.«

Will musterte das Kind, das vor ihm stand. Er zweifelte nicht an dessen Worten. »Aber lass bald von dir hören.«

»Abgemacht ...« Alfred zögerte und sprudelte dann hervor: »Ich danke Euch. Und bitte, denkt nicht zu schlecht von mir, Robin.«

»Warum in aller Welt sollte ich ...«, begann Will, doch er sprach ins Leere, denn der Knabe war bereits verschwunden. Will schüttelte den Kopf. Dann kam ihm ein Gedanke. Ein oder zwei von den Silbermünzen, die Lady Phoebe ihm gegeben hatte, konnte er ohne weiteres entbehren. »He, Alfred, warte! Ich habe noch etwas für dich!«, rief er und tastete nach seinem Beutel.

Er schnürte ihn auf und griff hinein. »Hol's der Teufel!«, entfuhr es ihm. Seine Finger schauten unten aus dem Beutel heraus. Das Leder war mit einem sauberen Schnitt aufgetrennt worden, und nicht nur die Münzen waren weg, sondern auch der Brief des Königs war verschwunden.

»Verdammt!«, schrie Will, diesmal noch lauter. Satin schnaubte leise. Will warf einen Blick auf das Pferd, sprang kurz entschlossen in den Sattel und jagte zur nächsten Straßenecke. Der Knabe war wie vom Erdboden verschluckt. »Denkt nicht zu schlecht von mir.« Will zischte Alfreds Abschiedsworte wütend vor sich hin. »Elende kleine Ratte!« Der Balg hatte ihn schamlos belogen. Master Osric hatte das Kind wahrscheinlich aus dem Haus geworfen, weil er es bei einem Diebstahl ertappt hatte. Die Geschichte mit der Feder und den brandstiftenden Dämonen war nur ein Ammenmärchen, das der Knabe erzählt hatte, um von der Wahrheit abzulenken. Womöglich machte der kleine Strolch gemeinsame Sache mit dem Riesen. Verdammt! Will warf die Feder zornig zu Boden. Der hinterhältige Zwerg musste den Beutel während des kurzen Gerangels aufgeschlitzt haben, als Will ihn hatte schütteln wollen. Sämtliche Münzen und den Brief hatte der Knabe mit den geschickten Fingern eines Beutelschneiders zwischen seinen Lumpen versteckt. Offenbar war er in solchen Dingen geübt und besserte sein eigenes kärgliches Einkommen und das seiner Schwester auf diese Weise auf. Wenn der kleine Dreckspatz sich nicht in Acht nahm, würde er am Galgen enden.

Wahrscheinlich hatte der Knabe gar nicht gewusst, was sich in dem Beutel befand, und war einfach seinen diebischen Instinkten gefolgt. Er hatte gesehen, dass Robin der Gehilfe eines wohlhabenden Kaufmanns war. Auch die wertvollen Pferde, die derzeit im Stall der Jackdaw Taverne standen, waren Alfreds geübtem Auge sicher nicht entgangen. Was lag für einen wie ihn näher als der Schluss, dass die Fremden etwas bei sich trugen, das zu stehlen sich lohnte? Noch dazu war dem verschlagenen kleinen Balg der Flame, wie er sagte, merkwürdig vorgekommen ...

Will fluchte laut vor sich hin, merkte aber, wie sich eine gewisse Bewunderung für den Knaben in seine Wut mischte. Er, Will von Grimford, der sich für so weltläufig hielt und die Gesetze der Straße eigentlich kennen müsste, hatte sich angestellt wie der einfältigste aller Bauerntölpel und war einem Kind auf den Leim gegangen. Er hatte sogar noch mehr oder weniger offen damit geprahlt, dem König begegnet zu sein. Der Gedanke traf Will wie der Huftritt eines Pferdes: Selbst wenn Alfred gar nicht wusste, was ihm in die Hände gefallen war – denn lesen konnte er mit Sicherheit nicht –, würde er das Pergament doch schnellstens zu jemandem bringen, der etwas damit anzufangen wusste. Schließlich wollte ein Dieb wissen, welchen Wert seine Beute hatte. Wahrscheinlich hatte der Knabe eine ganze Reihe von Abnehmern in der Stadt. Aber wer waren sie? Edwin? Der eiserne Ralf? Nun, das Unglück ist nun einmal geschehen, dachte Will mit wachsender Angst. Es war nicht mehr zu ändern. Er musste zu dem Haus zurückkehren, in dem der König mit ihm gesprochen hatte, und ihm das Missgeschick gestehen.

Es dauerte eine ganze Weile, bis er das Haus fand. Aufgeregt begutachtete er zahllose Türklopfer und suchte nach dem langen Kratzer. Endlich entdeckte er den richtigen Eisenring. Er sprang aus dem Sattel, klopfte an die Tür und wartete voll Ungeduld. Nichts geschah. Er klopfte noch einmal an. »Aufmachen! Aufmachen!« Will versuchte, nicht allzu laut zu rufen, seiner Stimme jedoch einen drängenden Ton zu geben. »Ich bin es, Robin. Will, oh ... bitte, macht auf!«

Nur Totenstille antwortete ihm. Die Tür blieb verschlossen, und Will donnerte mit einer solchen Wucht dagegen, dass sie aufsprang und er über die Schwelle purzelte. Er ließ Satins Zügel fahren und eilte ins Haus.

Dort gab es nur zwei Räume, und beide waren leer. In dem einen standen immerhin noch ein Stuhl und ein Tisch, in dem anderen gar nichts. Nur auf dem Fußboden lag etwas Dunkles. Langsam, mit klopfendem Herzen und prickelnder Kopfhaut beugte Will sich hinab. Vor ihm lag eine Feder, die genauso aussah wie diejenige, die Alfred ihm gegeben hatte.

Plötzlich hatte Will das Gefühl, beobachtet zu werden. Jemand ... etwas ... war hier mit ihm im Raum. Er spürte unsichtbare Augen, deren Blicke an ihm klebten ... Ihm wurde abwechselnd heiß und kalt, und das Herz schlug ihm vor Angst bis zum Hals. Mit der Feder in der Hand richtete er sich auf. In diesem Augenblick wünschte er sich nichts sehnlicher, als sein Schwert bei sich zu tragen.

Ein paar Herzschläge lang lauschte er voll Angst und Entsetzen. Aber nichts rührte sich. Das Haus war totenstill. Will zog sich langsam zurück, der Tür entgegen, die zu seiner unendlichen

Erleichterung noch immer offen stand. Alfreds Geschichte, die er noch wenige Minuten zuvor als Ammenmärchen abgetan hatte, drängte sich wieder in seine Gedanken. Oh Herr Jesus, was hatte das alles zu bedeuten? Ein Dämon in der Gestalt eines dunklen Vogels ... ein gestaltwandlerischer böser Geist ... Hatte etwa der eiserne Ralf in diesem Haus mit ihm gesprochen? Aber nein, das königliche Siegel auf dem Brief war echt gewesen; darauf hätte Will seinen Kopf verwettet.

Das Haar in seinem Nacken hatte sich aufgerichtet, als er schließlich wieder auf der Straße stand. Sorgsam zog er die Tür ins Schloss. Noch immer schenkte ihm keine Menschenseele auch nur die geringste Beachtung. Das Haus und die Gasse lagen verlassen in der Dunkelheit. Will ging zu der Schimmelstute – wenigstens war das Pferd nicht davongelaufen – und verstaute die Feder kurzerhand zwischen den Falten seines Hemdes. Er musste zu Lady Phoebe gehen und ihr erzählen, was geschehen war. Sie sollte alles erfahren, auch den wahren Grund, weshalb er sie in Salisbury aufgesucht hatte. Denn allein kam er nun nicht mehr weiter.

13

Also fällt Feuer
auf den zerbrechlichen Leib; das Leben, der Geist
des vom Schicksal Bestimmten macht sich auf den Weg ...

aus *The Phoenix*, anonymer Autor

Und Ihr seid sicher, es war das Siegel des Königs?« Lady Phoebe schien um einiges gelassener als Will. Sie hatte ihm aufmerksam zugehört und ihn nicht ein einziges Mal unterbrochen. Doch ihre schwarzen Augen ruhten so unerbittlich auf ihm, dass dem jungen Mann der Schweiß ausbrach. Vorwurfsvoll und tadelnd, so empfand er den Blick der betagten Philosophin. Immerhin war er unter falschen Vorgaben zu ihr gekommen und hatte ihr verschwiegen, dass er in den Diensten des Grafen Beauchamp stand. Und nun war er auch noch so ungeschickt gewesen, sich den Brief des Königs stehlen zu lassen.

»Ich bin mir sicher«, antwortete Will kleinlaut. »Ich habe das Siegel schon einige Male gesehen. Es hat zwei Seiten. Die eine zeigt den König auf seinem Pferd, und die andere zeigt ihn, wie er zu Gericht sitzt.«

Lady Phoebe nickte. »Ja, dieses Siegel kenne ich auch. Mich wundert nur, dass Marie und Llew nie davon gesprochen haben, dass der König von ihrer Reise nach Bestude weiß. Die Königin ist natürlich im Bilde. Aber König Heinrich? Er hat Anjou seit Monaten nicht verlassen.«

»Nun, vielleicht ist er ja inzwischen doch nach England zurückgekehrt«, sagte Will. Unter Lady Phoebes skeptischen Fragen verflüchtigte sich seine Gewissheit, tatsächlich dem König begegnet zu sein. »Und warum sollte er nichts von der Reise wissen? Sir Walter Cliffords Anwesen grenzt an Bestude, und ihm wird kaum etwas entgehen, was dort draußen geschieht. Und dieser Edelmann fühlt sich dem König sicherlich verbunden und gibt alles, was er erfährt, an ihn weiter ...«

»Ich habe ein Gerücht gehört«, sagte Lady Phoebe nachdenklich. »Es heißt, Rosamunde Clifford hätte dem König im letzten Jahr ein Kind geschenkt.«

»Ja, davon wurde eine Zeit lang gesprochen«, sagte Will. »Man munkelte, König Heinrich wolle sich von der Königin scheiden lassen und Lady Rosamunde heiraten. Und wenn das Kind auch noch ein Sohn gewesen sein sollte, dann ... Jeder weiß, dass die Prinzen dem König viel Kopfzerbrechen bereiten. Sicher hätte er nichts dagegen, seine aufmüpfigen Söhne loszuwerden. Aber bisher hat niemand ein solches Kind zu Gesicht bekommen. Entweder kam es nie zur Welt, oder es starb gleich nach der Geburt.« Will musterte die Philosophin von der Seite. »Die Leute sagen auch, Königin Eleonore hätte Lady Rosamunde gehasst und sie mit Hilfe eines vergifteten Blumenstraußes ermorden lassen ...«

»Was für ein ausnehmend dummes Geschwätz!«, ereiferte sich Lady Phoebe. »Die Königin ist eine würdevolle und stolze Person, die sich nie solch niederer Mittel bedienen würde. Rosamunde Clifford war eine Hure. Ihr Tod ist der Lohn für ihre Sünden.«

»Das war sie nicht!«, erwiderte Will aufgebracht. »Ich habe sie einmal in der Kathedrale von Worcester gesehen. Sie war schön und freundlich und sie hatte ein sanftes Gesicht. Würdevoll oder stolz, das war Lady Rosamunde sicher nicht. Aber still und heiter, so kam sie mir vor. Sie liebte den König, darauf möchte ich wetten. Sie liebte ihn von Herzen.«

Lady Phoebe musterte ihr Gegenüber mit neuem Interesse. Dann schüttelte sie den Kopf. »Vielleicht habt Ihr Recht, Will. Ich bin voreingenommen, denn ich bin meiner Freundin, der Königin, von Herzen zugetan. Aber ich muss zugeben ... Eleonore von Aquitanien und Heinrich von Anjou sind wie zwei kämpfende Löwen oder zwei prasselnde Feuer, die einander eines Tages unausweichlich zerstören werden. Aber was für großartige Menschen sie beide doch sind! Was für eine Schande, was für ein Unglück, dass der Hass zwischen ihnen regiert! Stellt Euch doch nur vor, wie wunderbar dieses Reich sein könnte, wenn die beiden in Frieden miteinander leben würden, und wie glücklich ihre Kinder wären. Aber so, wie die Dinge nun liegen ...« Sie brach ab und seufzte.

Sie saßen auf dem Heuboden, den Master Edwin unter vielen Verbeugungen und unablässigem Geschwätz für sie hergerichtet hatte. Dabei war es ihm gelungen, aus dem Wenigen, was der zugige Raum bot, eine ganz manierliche Unterkunft zu schaffen. Der eiserne Ralf sollte unten am Feuer schlafen. Als Lady Phoebe und Will die Taverne verlassen hatten, hatte der Riese sich bereits in seinem Umhang zusammengerollt. Wills Erregung schien dem Verwalter Bestudes entgangen zu sein. Auch warum Master Pieters Gehilfe so lange gebraucht hatte, um das Pferd zu holen, interessierte ihn offenbar nicht. Er schenkte dem jungen Mann keinerlei Beachtung. Langsam verflüchtigten sich Wills Befürchtungen. Der Riese war offenbar ein Mensch aus Fleisch und Blut, und er roch auch wie einer. Er war ein Normanne, das wusste jeder, und ließ sich weder durch das Kreuzzeichen noch durch die Nennung von Gottes oder Jesu Namen aus der Ruhe bringen. Will hatte sich mehrmals heimlich in der Nähe des Riesen bekreuzigt, ohne dass dieser auch nur zusammengezuckt war. Alfreds Geschichten waren offenbar keinen Pfifferling wert. Dennoch nahm Will sich vor, den eisernen Ralf genau im Auge zu behalten. Der Riese mochte kein Dämon sein – das hieß aber noch lange nicht, dass man ihm auch trauen konnte. Schließlich hatte der Unbekannte in dem verlassenen Haus Will vor dem Verwalter von Bestude gewarnt.

Will zuckte zusammen. Lady Phoebe sah ihn seit geraumer Zeit fragend an. Offenbar erwartete sie eine Antwort von ihm, doch er hatte ihr nicht zugehört. Der junge Mann errötete. »Es tut mir Leid, ich ...«

»Ich sagte gerade, mir sei ein Gedanke gekommen. Wie viele

Menschen im näheren Umfeld des Königs haben wohl Zugang zu seinem Siegel?«

»Aber ...« Will starrte sie an. »Kein Mensch würde wagen ...«

»Das sollte man meinen«, antwortete Lady Phoebe. »Doch der ein oder andere mag sich ausrechnen, dass für ihn der Missbrauch des Siegels – wenn er denn bemerkt wird – keine allzu unangenehmen Folgen hätte.« Sie schüttelte den Kopf. »Schade nur, dass Ihr den Brief nicht geöffnet und gelesen habt, Will.«

Lady Phoebe grinste über Wills bestürztes Gesicht. »Gütiger Himmel, ich wusste gar nicht, dass Ihr solche Skrupel habt. Oder fehlte Euch nur die Zeit dazu?« Sie seufzte. »Aber nun zu dem kleinen Alfred. Seid Ihr sicher, dass er den Brief an sich genommen hat?«

»Wer sollte ihn sonst haben?«, fragte Will. »Dieser kleine Unhold! Er braucht Geld, und er konnte davon ausgehen, dass ich welches bei mir trage. Er besitzt ein Messer, und wir hatten ein kurzes Gerangel. Das verschaffte ihm die Gelegenheit ...«

»Aber wie steht es mit Master Osric?«, unterbrach Lady Phoebe ihn scharf.

»Was soll mit ihm sein?« Plötzlich musste Will an das sonderbare Verhalten des Kahlkopfes denken. War Master Osric ihm nicht auffällig nahe gekommen, als er ihm das Sattelzeug in die Arme gedrückt hatte? Und anschließend hatte der komische Kauz Master Pieters Gehilfen gar nicht schnell genug loswerden können.

»Es ist doch immerhin möglich, dass er Euch beraubt hat«, sagte Lady Phoebe. »Oder etwa nicht?«

Will nickte skeptisch. »Möglich. Aber nicht wahrscheinlich. Was würde der verrückte Geselle mit einem Brief des Königs anstellen? Er ist ein seltsamer Heiliger, aber sicher kein Dieb.«

»Alles ist möglich, Will. Wir dürfen unsere Gedanken vor nichts verschließen.« Lady Phoebe trug noch immer die Männerkleider, und auch ihr Gesicht erinnerte an einen behäbigen alten Mann.

Will fühlte sich durch ihren Anblick unangenehm berührt. Er wünschte, sie könnten die sein, die sie wirklich waren. Von Betrug und doppeltem Spiel hatte er für diesen Tag wahrlich genug!

»Und dann die Feder ...« Will hatte sie der Philosophin gegeben, die das schwarze Ding nun zwischen den Fingern drehte. »Ihr spracht von einer alten Geschichte über ein großes Feuer in Bestude und von einem Vogel, den man den Feuervogel oder den Brandstifter nennt.«

Will zuckte die Achseln. »Das alles ist lange her. Damals regierte König William das Land. Mitten in der Nacht brach im Dorf ein Feuer aus. Alle Häuser und Ställe brannten nieder, und viele Menschen fanden den Tod. Damals war ein Ahnherr von Sir Roger Baron von Bestude. Er kam mit dem Schrecken davon, und auch am Herrenhaus entstand kein Schaden. Der Baron ließ den Brand untersuchen, doch man fand nie heraus, wie es dazu gekommen war. Manche Leute behaupteten, ein Dämon in Form einer Dohle – hier nennt man diese Vögel auch Jackdaw – habe das Feuer ins Dorf getragen. Dieses Gerede mag daher rühren, dass die einstige Herrin von Bestude eine Elfe war. Und manche halten Elfen für Dämonen ...«

»Sprecht Ihr von Sir Edrics Gemahlin?«, wollte Lady Phoebe wissen. »Warum sollte ausgerechnet sie den armen Menschen so etwas antun?«

»Das weiß wohl keiner so recht. Aber es wird vermutet, dass sie und Sir Edric ihren Leuten zürnten, weil sie sich nicht mit Waffengewalt gegen den Einfall der Normannen wehrten. Ich glaube, davon hat auch der eiserne Ralf zuvor in der Taverne gesprochen.«

»Wenn das Feuer tatsächlich so seinen Ursprung nahm«, rief Lady Phoebe erregt, »dann hat der Riese Recht mit dem, was er über die alten englischen Herren sagte! Kein aufrechter Baron oder Ritter würde so etwas tun, es sei denn, er ist mit dem Teufel im Bund.«

»Wahrscheinlich gibt es eine ganz natürliche Erklärung für das Feuer, und alles andere sind Ammenmärchen«, sagte Will.

»Aber abgebrannt ist Bestude damals tatsächlich?«

»Ja, natürlich. Aber wie das Feuer ausbrach, weiß in der Tat keiner. Brände wird es immer geben; die Menschen sind nun einmal unvorsichtig.«

»Das stimmt«, antwortete Lady Phoebe. »Aber bitte Will, erzählt mir das, was Euch heute Abend widerfahren ist, noch einmal von vorn. Und lasst nichts aus.«

Also begann Will seine Erzählung von neuem. Nur was der Engländer ihm gegeben hatte, erfuhr Lady Phoebe nicht. Eigentlich hatte Will ihr den Stein zeigen wollen, doch die warnenden Worte des Unbekannten, der ihn Vetter genannt hatte, klangen ihm noch in den Ohren. Er musste den durchsichtigen Stein in die richtigen Hände geben. Hätte der Mann ihm nicht aufgetragen, Lady Phoebe den Kristallbrocken zu überlassen, wenn er für sie bestimmt gewesen wäre? Immerhin hatte König Heinrich ihm einen Brief für sie anvertraut. Aber der Engländer hatte Will den Stein erst gegeben, nachdem der König gegangen war.

»Der Mann erwähnte ein Buch, das Euch nicht bekannt ist, das Buch von Bufawuda«, murmelte Lady Phoebe, als Will zum Ende seiner Erzählung kam. »Sagte er Euch, wo dieses Buch zu finden sein soll?«

Will hatte dem Buch keine große Bedeutung beigemessen und deshalb nicht danach gefragt. »Nein, ich dachte, er spricht von dem Buch wie …«

»Ihr glaubt, das Buch von Bufawuda sei nur ein Bild, mit dem er eigentlich gar kein Buch, sondern etwas ganz anderes meinte? Das könnte durchaus möglich sein, Will.« Lady Phoebe fasste Wills noch ungeordnete Gedanken mühelos in Worte. Sie lächelte über seinen verdutzten Blick. »Er könnte von der Geschichte Bufawudas gesprochen haben«, sagte sie. »Ganz gleich, ob sie nun in Form eines Buches aufgeschrieben wurde oder nicht.«

»Ich weiß es nicht. Von einem Buch über Bestude habe ich jedenfalls noch nie etwas gehört«, sagte Will. Dann warf er Lady Phoebe einen langen fragenden Blick zu. »Als ... als Gayain mir das Schwert gab, wusstet Ihr da etwas über diese Waffe?«

»Nur was er mir aus freien Stücken sagte«, antwortete die Philosophin spitz. »Gayain ist ein alter Geheimniskrämer. Aber soweit ich weiß, hat Sir Llews Mutter, Prinzessin Angharad, ihm das Schwert gegeben.«

»Dann war es sicher für Sir Llew bestimmt.« Eine Welle tiefer Enttäuschung erfasste Will. Offenbar war das Schwert nur eine Leihgabe, und er musste es an jemanden weitergeben, der dieser wertvollen Waffe würdiger war als er. Sir Llew musste der Nachkomme Sir Edrics von den Wäldern sein. Stammte nicht sein Vater Elfric aus Bestude?

Lady Phoebe ließ den jungen Mann nicht aus den Augen. Er errötete. »Ich werde gut darauf aufpassen«, sagte er, um einen unbekümmerten Ton bemüht. »Sir Llew wird das sicher zu schätzen wissen.«

»Ohne Zweifel.«

»Aber warum hat Gayain überhaupt ...« Will kämpfte gegen die Bitterkeit an, die ihm das Reden schwer machte. Energisch rief er sich selbst zur Ordnung. Schließlich war er nur ein gemeiner Mann, ein Gehilfe, ein Diener. Wie kam er dazu, so enttäuscht zu sein?

Lady Phoebe war inzwischen ganz in die Betrachtung der Feder vertieft. Offenbar versetzte das schwarze Ding sie in Aufregung. Wills Seelenqualen schienen sie nicht weiter zu interessieren. Immerhin war sie eine große Philosophin und erwartete bei aller Freundlichkeit und Warmherzigkeit wohl doch von ihm, dass er sich seines niederen Ranges bewusst war und nicht mit dem Schicksal haderte. Bis jetzt war ihm das auch stets halbwegs gelungen.

»Will, ich glaube, Alfred hat mich auf eine Idee gebracht«, sagte sie jetzt.

»Aber Lady Phoebe, der Bursche ist ein Lügner und ein Beutelschneider, mehr nicht. Er gehört zu den Geringen dieser Welt, so wie auch ich«, erwiderte Will.

Sie schien seinen resignierten Ton nicht zu bemerken. »Vielleicht sollten wir nach ihm suchen ... aber nein. Nein. Ich glaube, die Antworten auf alle Fragen erwarten uns in Bestude; so war es schon die ganze Zeit. Außerdem will der eiserne Ralf, dass wir so bald als möglich mit ihm dorthin reiten.«

Will vergaß schlagartig all sein Selbstmitleid. »Und genau aus diesem Grund sollten wir es nicht tun! Ihr habt doch gehört, was ...«

»Nein mein Bester. Genau deshalb sollten wir es tun. Versteht doch, Will, meine Freunde sind in der Nähe von Bestude verschwunden. Sir Llews Vater stammt von dort, der eiserne Ralf und Greenleaf ebenfalls. Und nun haben wir Grund zu der Annahme, dass auch König Heinrich sich für Bestude interessiert. Edric von den Wäldern, dessen Schwert Euch anvertraut wurde, war vor langer Zeit der Herr von Bestude. Sogar die Geschichte von den Vögeln, die Feuer legen, hat dort ihren Ursprung. Das Netz wird immer enger, Will. Wir müssen diesen Ort aufsuchen!«

Die alte Frau musste den Verstand verloren haben. Das war die einzige Erklärung, die Will dafür einfallen wollte, warum sie die Gefahr so leichthin abtat. Doch gleichzeitig begann sich die Abenteuerlust wieder in ihm zu regen. Für Enttäuschung und Selbstmitleid war da kein Platz mehr. »Ihr sagt, das Netz wird immer enger. Aber vielleicht ist die Spinne, die es webt, äußerst blutdurstig und gefährlich. Sicher wartet sie nur auf ein paar dumme Fliegen, die ihr in die Falle gehen.«

»Unsinn!«, gab Lady Phoebe zurück. »Die Gerüchte über die Gefahren, die in Bestude lauern könnten, sind nur dazu angetan, Neugierige fern zu halten. Ist Euch schon einmal in den Sinn gekommen, dass der Mann, der Euch ... dass König Heinrich daran gelegen sein könnte, uns von unseren Plänen abzubringen? Ich möchte wissen, was sich hinter all dem verbirgt, Will. Ich möchte wissen, welches Geheimnis in Bestude schlummert. Vor allem aber muss ich herausfinden, wo meine Freunde geblieben sind. Und warum nun auch der König sein Augenmerk auf Bestude richtet, interessiert mich ebenfalls brennend. Ich lasse mich nun einmal nicht gerne an der Nase herumführen.«

»Aber genau das tut der eiserne Ralf. Warum hätte er mich sonst zu Euch geschickt, und mich glauben lassen, der Auftrag käme von Graf Beauchamp? Woher wusste er, dass ich der richtige Mann für diese Aufgabe war? Er hat uns eine Falle gestellt, Lady Phoebe. Und nun will er uns hineinlocken.«

»Ich weiß nicht, Will. Es könnte auch ganz anders sein.«

»Soll das heißen, er will gar nicht, dass wir nach Bestude reiten?«

»Nein, mir scheint eher, er will uns prüfen. Vielleicht glaubt er, wir fürchteten uns, wir seien ohne Stolz und Rückgrat und so von Angst zerfressen wie die meisten Leute hier, die sich von schwarzen Federn und schaurigen Ammenmärchen beeindrucken lassen, und denen ihr Ehrgefühl abhanden gekommen ist. Nun, ich stamme nicht aus dieser Gegend. Ich bin aus einem anderen Holz geschnitzt und fürchte mich nicht vor solchen Dingen. Dafür habe ich schon zu viel erlebt. Und meine Ehre – die trage ich hier, in meinen morschen alten Knochen.«

Ihre Knochen mochten tatsächlich schon ein wenig morsch sein, aber ansonsten merkte man dieser Frau ihr Alter nicht an. Ihr Geist jedenfalls sprühte, das musste sich Will eingestehen.

»Armer Will«, sagte Lady Phoebe sanft. Dabei tätschelte sie sein Knie. »Armer Will, nun habt Ihr ein stures altes Weib am Hals. Aber, mein Lieber«, fuhr sie mit derselben Sanftheit fort, »habt Ihr Euch schon einmal überlegt, warum gerade wir beide ein Gespann geworden sind? Es könnte einen Grund dafür geben.«

Wills Ohren wurden feuerrot, und er spürte einen dicken Klumpen in der Kehle. Voll Scham murmelte er: »Ja, den gibt es. Man hat mir schließlich Geld dafür gegeben ... Ich dachte, es käme von Graf Beauchamp.«

Lady Phoebe machte eine wegwerfende Handbewegung. »Nein, nein, das ist es nicht. Denkt doch nur einmal an Eure persönlichen Qualitäten, Will.«

»Fangt Ihr nun auch noch davon an?«, fauchte Will beinahe zornig. »Wollt Ihr mir nun wie jener Unbekannte etwas über mein edles Herz erzählen und behaupten, ich wisse, was Ehre ist? Dann schweigt, denn das ist nur eitles Geschwätz. Ich bin einer jener Engländer ohne Rückgrat und ohne Ehrgefühl, von denen Ihr eben gesprochen habt. Ein reines, starkes Herz? Woher denn? Meines ist verschrumpelt und sauer wie vergorenes Obst. Ich tauge nur zu einem Laufburschen.«

Lange starrten die beiden einander an. Will hatte das beunruhigende Gefühl, dass Lady Phoebe ihm auf den Grund seiner Seele schauen konnte – ganz so, als wäre er aus Glas gemacht. Er hielt ihrem Blick nicht stand. »Warum *Ihr* hier seid, weiß ich«, sagte er leise. »Ihr seid voll Mut und Klugheit. Ihr liebt Eure Freunde, und ihr Schicksal lässt Euch keine Ruhe. Ich selbst bin nicht wie Ihr. Ich bin nur ...«

»Mutig, von klarem Geist und sehr, sehr traurig, mein Kind«, sagte die Philosophin mit fester Stimme. »Ihr tragt einen tiefen Schmerz in Eurem Herzen. Das weiß ich, ich habe es Euch sofort angesehen. Schaut mich an, Will. Schaut mich an.«

»Ihr wisst nicht, was Ihr redet!«, gab Will wütend zurück. »Für Geld habe ich Euch hierher in die Gefahr geführt. Und ich wäre willens gewesen, Euch zu verkaufen. Das ist die Wahrheit, die Ihr nicht sehen wollt!«

Lady Phoebe war blass geworden, doch ihr Blick hatte nichts von seiner ruhigen Klarheit verloren. »Auch das wusste ich, Will. Ich wusste es von Anfang an.«

Nun war er es, der erblasste. Mit offenem Mund starrte er die alte Frau an. »Ihr ... Ihr wusstet es?«, stammelte er schließlich.

»Nun, sagen wir, ich hatte einen gewissen Verdacht. Dann beobachtete ich Euch ein wenig und stellte bald fest, dass ich mich nicht getäuscht hatte«, erklärte Lady Phoebe mit einem leisen Lächeln.

Will konnte nur ungläubig den Kopf schütteln. Gayains Worte fielen ihm wieder ein. In jener Nacht in Salisbury hatte der Sohn Annufens ihm gesagt, er werde sich noch wundern, was Lady Phoebe alles sehen könne. Sicher hatte auch der silberne Jüngling in ihm von Anfang an den erkannt, der er tatsächlich war. Seltsamerweise mischte sich in die Scham, die Will empfand, auch eine gewisse Erleichterung.

»Ihr seid nicht schwer zu durchschauen, liebes Kind«, fuhr Lady Phoebe fort. »Ich kenne kaum einen Soldaten, der es sich leisten könnte, sein Regiment so unbekümmert zu verlassen, wie Ihr es getan habt. Also musste ich annehmen, dass Euch jemand bezahlt; die Frage war nur, wer. Ihr sagtet mir, Lady Marie und Sir Llew hätten einen Brief des Grafen Beauchamp bei sich gehabt, und das schien Euch zu beeindrucken. Die Königin hatte mir schon von den Intrigen dieses Edelmannes erzählt. Noch dazu wusste ich, dass er ein Rivale der Sheriffs ist, der nicht einmal in der Stadt war, als meine Freunde dort ankamen. Ich dachte mir, dass Graf Beauchamp oder seine Mittelsmänner entweder nicht wussten, was mit Lady Marie und Sir Llew geschehen ist, und es herausfinden wollten – oder aber, dass diese Leute selbst in die Sache verwickelt sind und nun ihre Spuren verwischen wollen. Und da ich in die Pläne meiner Freunde eingeweiht war, musste man mich ebenfalls hierher locken. Gleichzeitig wusste ich, dass Ihr keine Ahnung hattet, was mit den beiden wirklich geschehen ist und Euch sogar um sie sorgtet. Ihr konntet also für ihr Verschwinden nicht verantwortlich sein. Außerdem gab Gayain Euch Sir Edrics Schwert. Nein, sagt nichts! Ich weiß, dass Gayain es von Prinzessin Angharad bekam. Doch er legte es in Eure Hände. Er sagte nicht, es sei für Llew bestimmt.«

»Das werden wir noch sehen«, murmelte Will.

»Ach, hört doch endlich damit auf! Vielleicht sollte Llew es ja wirklich bekommen. Vielleicht! Aber Gayain hat nichts dergleichen gesagt. Er ist ein Sohn Annufens, Will. Niemals, unter gar keinen Umständen, hätte er das Schwert jemandem überlassen, der nicht würdig ist, es zu tragen. Gayain setzt großes Vertrauen in Euch. Versteht Ihr das nicht?« Lady Phoebes Stimme war eindringlich geworden.

Will kaute an seiner Unterlippe. »Aber wenn Ihr wusstet ... warum habt Ihr dann nicht ... Warum habt Ihr so getan, als würdet Ihr mir vertrauen, obwohl Ihr wusstet, dass ich Euch nicht die Wahrheit sagte? Warum?«

»Die Antwort auf diese Frage ist nicht schwer«, sagte Lady Phoebe ungerührt. Langsam kehrte etwas Farbe in ihr Gesicht zurück. »Ich vertraute Euch tatsächlich. Ich erkannte die Ehrlichkeit, die tief in Eurem Herzen wohnt. Und seht her – habe ich nicht Recht behalten? Ihr habt mich nicht verraten, sondern mir alles gesagt.«

»Unsinn!«, widersprach Will. »All das Gerede über mein ach so reines Herz ist nichts als Unsinn!« Doch sein Gesicht, das nun nicht mehr blass, sondern puterrot war, strafte diese harten Worte Lügen. Denn es war nicht das Gesicht eines wütenden Mannes, es waren die Züge eines verängstigten, verwirrten Kindes.

Lady Phoebe betrachtete ihn voll Zärtlichkeit und sagte dann leise: »Nach Bestude zieht es mich auch noch aus einem anderen Grund. Ich möchte wissen, warum von dort so viel Angst und Schlechtigkeit ausgeht. Warum sind so viele, die mit diesem Anwesen zu tun haben, so hinterhältig, klein und von Angst zerfressen? Seht Euch doch nur Master Edwin mit all seiner Schläue und Verschlagenheit an. Sicher sperrt er Augen und Ohren für jeden auf, der ihn dafür bezahlt. Und Alfred, der viel älter ist, als ein Kind es je sein sollte, der sich mit Diebereien über Wasser hält und sich auf allerhand zwielichtige Unternehmungen einlässt. Wie lange wird es dauern, bis einer von ihnen im Gefängnis endet, oder, was noch viel schlimmer wäre, durch eine Todsünde seine Seele verliert? Selbst Jenny, die versucht, so gut es geht in die eigene Tasche zu wirtschaften, wird eines Tages gemein und gierig werden, und schließlich ... Aber Ihr schüttelt den Kopf, Will?«

Er wusste nicht, wie er es ihr erklären sollte. Eine so angesehene und berühmte Frau wie sie konnte sich wahrscheinlich gar nicht vorstellen, wie es war, arm und unbedeutend zu sein. Sie kannte nicht die Verzweiflung, mit der jeder seine kleine Ecke behauptete. Sie ahnte nicht, mit welcher Rücksichtslosigkeit man sich nehmen musste, was man bekommen konnte, nur um das nackte Überleben zu sichern.

»Das hat nichts mit Bestude zu tun, Mylady. Wir müssen nun einmal alle von irgendetwas leben. Keinem von uns gefällt es, sich so zu erniedrigen ... ein doppeltes Spiel zu spielen, zu lügen und zu stehlen. Vielleicht wäre selbst Master Edwin lieber nichts anderes als ein ehrlicher Wirt.« Er hielt kurz inne und sprach dann weiter: »Jenny ... ich würde ... ich hätte eines Tages gern genügend Geld, um ihr eine eigene Garküche einzurichten. Aber eine gute. Dann wäre sie nicht mehr auf die Gutmütigkeit ihrer Tante angewiesen oder dem Geiz ihres Onkels ausgeliefert. Dasselbe gilt für Alfred. Es wäre schön, wenn er nicht allein für sich sorgen müsste wie ein erwachsener Mann ... Manchmal denke ich, ich könnte vielleicht ...«

»Darum steht Ihr also gleichzeitig in den Diensten des Sheriffs und des Grafen Beauchamp.« Lady Phoebe betrachtete den jungen Mann voll Sympathie. »Darum ... mein armer Will, mein lieber armer Will.«

Wills Adamsapfel hüpfte krampfhaft auf und ab. In einem Ton, der ungerührt und gelassen klingen sollte, sagte er: »Sie will mich ohnehin nicht. Sie sucht sich einen Besseren. Einen Sergeanten vielleicht, oder einen Ritter. Jedenfalls keinen einfachen Soldaten. Aber wer wollte ihr das verdenken? Sie hat ein besseres Leben verdient.«

»Ja, das ist wahr! Aber ich wäre mir an Eurer Stelle nicht so sicher, dass Sie nichts von Euch wissen will. Ich habe mehr als einmal gesehen, wie ihre Augen auf Euch ruhten.«

»Ja, aber nur weil sie glaubt, ich wäre Robin, der Gehilfe von Meister Pieter – Robin, der die eine oder andere Silbermünze im Beutel trägt. Nach Will von Grimford würde sie sich jedenfalls nicht den Hals verrenken. Das weiß ich, denn ich ... ich gehe oft in die Taverne, aber sie beachtet mich nicht. Mit einfachen Soldaten hat sie nichts im Sinn. Aber genau genommen schaut sie überhaupt keinen an«, setzte Will nachdenklich hinzu. »Dabei haben schon viele ihr Glück bei ihr versucht, das könnt Ihr mir glauben. Allerdings ohne Erfolg. Manchmal kommt Jenny mir vor, als sei sie aus Stein.«

»Sie ist eine junge Frau, die ihren Stolz hat. Gerade so, wie es Gott gefällt«, erwiderte Lady Phoebe spitz. »Wenn sie wie ein Stein ist, dann aber wie ein wertvolles Kleinod: klar und glänzend wie ein Kristall. Und gräbt man nicht selbst die wertvollsten Edelsteine aus dem Dreck und Schmutz der Minen aus? Jenny kann nichts dafür, dass sie die Zecher in einer Taverne bedienen muss. Und es ist ihr hoch anzurechnen, dass sie bisher nicht wie so viele andere darauf verfallen ist, sich mit gewissen Gefälligkeiten ein Zubrot zu verdienen. Ihr sagt, sie verdiene ein besseres Leben, und das ist wahr. Aber zu einem besseren Leben gehören ein liebendes Herz und eine tiefe Seele. Und ich glaube, Will, wenn Ihr dieser Frau Euer wahres Gesicht und Euer edles Herz zeigen würdet, könntet Ihr eine Überraschung erleben. Ich glaube, Ihr könntet in diesem schönen klaren Edelstein ein tiefes Feuer entfachen.«

Will starrte die alte Frau ungläubig an. Wie die Schläge einer Glocke klangen ihre Worte in ihm nach. Langsam griff er unter sein Hemd. »Ich muss Euch noch etwas zeigen«, murmelte er und spürte, wie seine Ohren dabei heiß wurden.

Sie nahm den Stein mit einem kleinen Aufschrei an sich. »Oh, Will!«

»Ihr habt ihn schon einmal gesehen?«

»Nein, aber ich kenne ähnliche Steine. In Byzanz nennen wir sie die ›Tränen Christi‹. Seit kurzem weiß ich, dass sie nicht aus den

Minen dieser Welt, sondern aus der Anderwelt stammen. Die ›Steine von Wybren‹ nennt man sie dort, und sie haben unsägliche Kräfte. Sie beschützen den, der sie trägt, vor großen Gefahren. Doch wenn sie in die falschen Hände gelangen, können sie viel Unheil anrichten. Meine Freundin, Lady Marie, besaß eine Halskette aus diesen Steinen. Grüne, rote und durchsichtige waren darin vereint. Ihr Vater hatte sie in Byzanz für ihre Mutter gekauft und sie ihr vor vielen Jahren zum Geschenk gemacht. Das auffallendste Stück an der Kette war ein großer klarer Stein wie dieser hier ...«

Wills Kopfhaut begann zu prickeln. Wenn sich herausstellte, dass dieser Stein Lady Marie gehörte, bedeutete das dann, dass die beiden Unbekannten aus dem verlassenen Haus die Edelfrau in ihrer Gewalt hatten? Hatte am Ende der König selbst angeordnet ...

»Sicher ist es nicht derselbe Stein.« Lady Phoebes Miene wirkte entschlossen, doch Will wurde den Verdacht nicht los, dass sie sich selbst mindestens so sehr davon überzeugen wollte wie ihn. »Als ich Marie das letzte Mal sah, fehlte der große klare Stein an ihrer Halskette, außerdem ein roter und ein grüner. Marie hatte sie Menschen gegeben, die ihr wichtig waren. Den roten bekam eine Nonne in Frankreich, den grünen schenkte sie Llew. Und den klaren, den gab sie ... sie hat ihn ...«

Will wartete, doch Lady Phoebe sprach nicht weiter. »Wem gab sie den klaren Stein?«, fragte er vorsichtig.

»Ich versuche, mich zu erinnern«, antwortete Lady Phoebe und legte dabei die Stirn in Falten. »Aber ich weiß es nicht. Ich glaube gar, sie hat es mir nie erzählt! Das ist allerdings sonderbar.«

»Der Unbekannte sagte, ich müsse ihn in die richtigen Hände geben«, sagte Will. »Meint Ihr, er sprach von Lady Marie?«

»Möglicherweise ...« Lady Phoebe betrachtete den Stein. »Will, ich möchte Euch um einen Gefallen bitten.« Dabei machte sie ein betont unschuldiges Gesicht und erregte damit sofort das Misstrauen des jungen Mannes.

»Ich werde auf keinen Fall die Taschen des eisernen Ralf ausräumen, wenn Ihr das im Sinn haben solltet.«

Lady Phoebe tat betroffen. »Wo denkt Ihr nur hin! Warum sollte ich Euch um etwas so Schändliches bitten? Nein Will, die Sache ist viel einfacher. Ich brauche Wasser von draußen. Nicht aus dem Brunnen, das wäre zu auffällig. Die Winde quietscht erbärmlich. Nehmt es aus dem Pferdetrog. Für das, was ich versuchen möchte, brauche ich einen ganzen Krug voll.«

Will wusste nicht, was er davon halten sollte. Unsicher sah er die alte Frau an.

»Wasser?«

»Gütiger Himmel, ich werde schon keine Zauberformeln murmeln und auch keine getrockneten Krötenbeine in einen großen brodelnden Kessel werfen«, sagte Lady Phoebe mit einer Unbekümmertheit, die Will unpassend erschien. »Die Kraft schwarzer Magie wird gemeinhin überschätzt. In Byzanz habe ich eine ganze Anzahl von Leuten kennen gelernt, die sich für große Magier hielten. Ich weiß, was von dem ganzen Hokuspokus zu halten ist. Nein, ich denke eher an natürliche Magie, wie sie in der Anderwelt vorkommt. Auch damit habe ich ein wenig Erfahrung. Doch diese Art der Zauberei lässt sich nicht in Sprüche und Formeln fassen. Man muss sie erspüren, mit dem Herzen und mit der Seele, so wie wir es in unseren Träumen tun. Und mein Herz und meine Seele sagen mir, dass ich Wasser brauche, denn es ist das Gegenteil von Feuer. Das leuchtet Euch doch sicher ein.«

In Will mischten sich Ungläubigkeit und Unbehagen zu gleichen Teilen. »Nein, das tut es ganz und gar nicht«, erklärte er stur.

Lady Phoebe lächelte geduldig. »Aber Ihr vertraut mir doch, nicht wahr?«

Unsicher sah er sie an. »Ja, aber ...«

»Ich habe Euch auch vertraut, Will, obwohl ich wusste, dass Ihr mir vieles verschweigt. Nun verschweige ich Euch ein paar Dinge, das wissen wir beide. Ich kann Euch nicht vorschreiben, was Ihr zu denken habt. Ihr müsst selbst entscheiden, ob Ihr mir trauen wollt oder nicht.«

Will fühlte sich in die Enge getrieben. »Habe ich denn überhaupt eine Wahl?«

»Mit dem Kopf zu wählen, ist nicht immer das Wichtigste«, antwortete Lady Phoebe knapp. »Und nun nehmt diesen Krug, füllt ihn bis zum Rand mit Wasser und bringt es mir, Will.«

Will sparte sich die Mühe, ihr zu widersprechen. Zur Sicherheit schnallte er sich das Schwert um die Hüfte, bevor er sich auf den Weg in den Hof hinunter machte. Der eiserne Ralf schlief zwar in der Taverne, aber man konnte nie wissen ...

Will hatte das sonderbare Gefühl, dass der Umgang mit Magie Lady Phoebe ein geradezu diebisches Vergnügen bereitete. Das gewitzte alte Weib fürchtete sich offenkundig nicht vor solchen Dingen. Zwar hatte sie schwarze Magie als Hokuspokus abgetan, aber Will vermutete, dass Lady Phoebe dennoch wusste, wie man den ein oder anderen Zauber anwendete. Dieser Gedanke hätte ihm Angst machen sollen, doch aus irgendeinem Grunde tat er es nicht.

Will schlich über den verlassenen Hof zu den Pferdetrögen. Der Mond segelte hoch am meerschwarzen Himmel dahin und spiegelte sich auf der Wasserfläche, über die die Kälte der Nacht langsam einen Eisfilm legte. Der junge Mann betrachtete einen Augenblick lang das Bild des Mondes im Wasser, bevor er den Krug tief eintauchte. Einer plötzlichen Eingebung folgend, nahm er das Schwert von seiner Seite und hielt es mit dem Griff, der wie ein Kreuz geformt war, nach oben in den Nachthimmel. Er kniete neben dem Trog nieder. Sir Edrics Schwert ... Wills Augen füllten sich mit Tränen, und Wärme durchströmte sein Herz. Wer hätte gedacht, dass er, Will von Grimford, einmal das Schwert des letzten englischen Herrn von Bestude in den Händen halten würde? Selbst wenn er wahrscheinlich kein Nachfahre Edrics von den Wäldern war, was machte das schon? Ihm wurde – aus welchem Grund auch immer – die Ehre zuteil, das Schwert des englischen Edelmannes zu tragen. Und dieses Eisen war eine greifbare Verbindung mit den glanzvollen Tagen des alten England ...

Die Ehrfurcht trieb Will einen kalten Schauer über den Rücken. »Lieber Herr Jesus, gütige Mutter Maria und alle Heiligen, bitte schützt uns in Bestude«, flüsterte er und senkte den Kopf zu einem kurzen Gebet. Dann steckte er das Schwert zurück in die Scheide und nahm den Krug. Im war, als hätten sich Splitter des Mondlichtes darin gefangen. Sie zeigten ihm das Bild einer anmutigen Gestalt – einer hoch gewachsenen, wunderschönen Frau mit ernstem Gesicht, die ein kleines Kind in den Armen hielt. Vorsichtig, um nur ja keinen Tropfen zu verschütten, hob er den Krug.

»Heilige Jungfrau«, flüsterte er. »Süße Mutter Maria mit deinem Sohn, segne dieses Wasser, damit kein Unheil von ihm ausgeht, damit kein böser Zauber mit ihm getrieben werden kann. Es soll nur Gutes bewirken und den gepeinigten Herzen der Menschen Frieden bringen. Schütze uns alle vor dem Feuer der Sünde und zeige uns den Weg zur Wahrheit.«

Lange stand Will so mit dem randvollen Krug in den Händen im Mondlicht. Seine Augen schwammen in Tränen. Dann verschwand die Erscheinung, und er war wieder allein.

Als er auf den Heuboden zurückkam, hatte Lady Phoebe bereits eine hölzerne Schüssel bereitgestellt und den Stein hineingelegt. Im Kerzenlicht leuchtete das Kristall, als würden tausend Feuer in ihm brennen. Will dachte daran, was Lady Phoebe gesagt hatte: Wasser war das Gegenteil von Feuer. Mit zitternder Hand goss er den Inhalt des Kruges in die Schüssel. Er erwartete beinahe, dass der Stein Funken schlagen oder aber wie Schnee schmelzen würde, als das Wasser ihn benetzte. Doch er lag nur still auf dem Grund des Gefäßes. Sein inneres Feuer schien erloschen.

»Versucht Ihr etwa, den Stein durch bloße Willenskraft zum Leben zu erwecken?« Lady Phoebes amüsierte Stimme erschreckte den jungen Mann. Er wurde rot. Will hatte gar nicht gemerkt, dass er so angespannt in die Schüssel gestarrt hatte, doch selbst Lady Phoebes scherzhaft gemeinte Frage nahm er kaum wahr.

Die alte Frau seufzte. »Macht Euch keine Sorgen, Will. So etwas braucht Zeit. Ein Samenkorn, das man im Winter in den Boden legt, treibt auch erst im Frühjahr aus.«

»Ich hätte nicht gedacht, dass Eure Art der Magie so lange dauert. Bis zum Frühjahr können wir kaum warten«, brummte Will. Doch er brachte es nicht fertig, sich über den lahmen Zauber zu ärgern, denn sein Herz war noch immer ganz von der wunderbaren Erscheinung erfüllt.

Lady Phoebe legte ihm die Hand auf den Arm und zeigte auf das Lager, das Master Edwin ihnen im Heu bereitet hatte. »Ihr seht müde aus, Will. Legt Euch hin und schlaft. Ich werde wach bleiben und beobachten, was sich tut.«

Der junge Mann sah die Philosophin misstrauisch an. Sie erwiderte seinen Blick frank und frei; Will konnte nichts als Aufrichtigkeit darin lesen. Er hatte den Verdacht, dass die sonderbare alte Frau ihre gütige Miene wie einen Schleier benutzte. Gleichzeitig wusste er, dass alles Böse ihr fremd war. Auch eine Hexe konnte man sie kaum nennen. Will hoffte, dass er sich nicht in ihr täuschte, denn dieses Abenteuer konnte er nur mit ihr gemeinsam bestehen. »Weckt mich, wenn es irgendeine Veränderung gibt«, sagte er.

»Das werde ich tun«, antwortete Lady Phoebe. Doch ein Blick in ihre tiefen dunklen Augen sagte Will, dass sie ihn schlafen lassen würde. Sonderbarerweise beängstigte dieser Gedanke ihn nicht. Was er nicht sah, würde er auch nicht verstehen müssen. Außerdem war er viel zu erschöpft, um sich noch viele Gedanken zu machen. Er wollte schlafen, solange die Erscheinung sein Herz noch wärmte und schützte.

Die Augen fielen ihm zu, kaum dass er den Kopf ins duftende Heu gedrückt hatte. Lady Phoebe aber blieb noch lange wach. Sie saß vor der Schüssel und betrachtete den Stein. Schließlich holte sie ganz leise die Feder hervor und legte sie auf die Wasseroberfläche. Nach und nach entstanden Bilder im klaren Wasser. Lady Phoebes Herz begann schneller zu schlagen. Freudige Erwartung, dunkle Vorahnungen, Furcht und Traurigkeit begannen sich in ihrem Herzen zu mischen. Sie dachte an Prinzessin Angharad, die Gayain Sir Edrics Schwert anvertraut hatte. Nun hütete der junge Will es wie einen Schatz. Dann wanderten ihre Gedanken von Marie und Llew, die in den Wäldern Bestudes verschwunden waren, zum eisernen Ralf, der gleich einer fetten Spinne in einem riesigen Netz saß, in dessen Mitte sich wiederum Bestude befand. Gestaltwandlerische Dämonen, schwarze Federn, kristallklare Edelsteine und das Siegel des Königs nahmen vor ihrem geistigen Auge Gestalt an und lösten sich wieder auf. Lady Eleonores Warnung vor dem Grafen Beauchamp fiel ihr wieder ein. Die Königin hatte versucht, Marie und Llew zu einem Aufschub ihrer Reise nach Bestude zu bewegen ... Lady Phoebe hatte nicht vergessen, dass die Königin etwas Wichtiges mit ihr hatte besprechen wollen. Ihre Freundin hatte sich einen Rat von ihr erhofft, aber sie war noch in der Nacht gemeinsam mit Will aufgebrochen. Nun glaubte Lady Phoebe zu wissen, was die Königin ihr hatte sagen wollen, was Eleonore von Aquitanien das Herz so schwer machte. Eine tiefe Traurigkeit begann das Herz der Philosophin zu erfüllen.

DAS BUCH VON BUFAWUDA

Viertes Kapitel

In welchem erzählt wird, wie es Urse und seinem Begleiter in Bufawuda erging und was Arnwin und Goda von ihnen hielten.

Urse der Bär und Robert, sein Begleiter, gaben sich als gewöhnliche Reisende aus, als sie nach Bufawuda kamen. Der Bär war sich sicher, dass Sir Edrics Ländereien bald ihm gehören würden. Außerdem wollte er bald Sheriff der gesamten Grafschaft sein. Doch Richard Fitz Scrob hatte ihm geraten, an Stelle von Gewalt eine List anzuwenden, und Urse hielt diesen Rat für weise. Sein Aufenthalt in England hatte den Normannen schon vieles gelehrt. Dazu gehörte auch die Einsicht, dass man nicht alle Fragen mit dem Schwert beantworten kann. Zu einem späteren Zeitpunkt ließ es sich oft viel wirkungsvoller einsetzen. Urse lernte, vor dem Schwert seinen Verstand zu gebrauchen – für ihn keine einfache Lektion, so viel ist sicher. Da Edric von den Wäldern nicht wie die meisten anderen englischen Herren in Hastings gegen die Normannen gekämpft hatte, konnte man ihm auch sein Land nicht einfach nehmen. Allerdings hatte Sir Edric sich auch nie in aller Form König William ergeben und unterworfen. Das war ein kluger Schachzug, denn sich zu ergeben, bedeutete meist auch, einzugestehen, dass man zuvor im Unrecht gewesen war. Sir Edric hatte jedoch äußerst sorgsam jede direkte Auseinandersetzung mit König William vermieden. Nicht einmal des Verrats konnte man ihn bezichtigen. Zwar verletzte die Garnison von Herefordshire mit dem Wissen des Königs gelegentlich die Grenzen von Sir Edrics Anwesen, doch der schlaue normannische Herrscher wollte sich im schwer kontrollierbaren Grenzland nicht auf eine offene Auseinandersetzung mit dem englischen Heißsporn einlassen. Zu genau wusste der Normanne, wie leicht dort eine Falle für ihn zuschnappen konnte, und er verspürte keinerlei Verlangen, gleichzeitig gegen die Engländer und die Waliser zu kämpfen. Natürlich zweifelte er an den friedlichen Absichten Edrics von den Wäldern, hielt es aber für klug, sich großzügig zu geben, bis er seine Herrschaft über England gefestigt hatte. Darum ließ König William Urse d'Abetot durch seinen Halbbruder Bischof Odo mitteilen, er müsse mit peinlichen Strafen rechnen, wenn er den Engländer offen angreife.

Robert de Saint Jean wusste nicht, was sein Vetter Urse im Schilde führte, denn der Geist des jungen Mannes war ebenso schwach wie sein Körper. Was an jenem Tag geschehen war, bestätigte Urses Urteile über den Jüngling, denn sobald sie den Wald betreten hatten, war Robert fast umgekommen vor Angst. Das leiseste Geräusch ließ ihn zusammenfahren, und er warf wilde Blicke in alle Richtungen, als verberge sich hinter jedem Baumstamm ein Dämon. Solche Ängste waren Urse fremd. Er sah nur einen wildreichen Wald, in dem er, wenn er ihm erst gehörte, manche Jagd für den König ausrichten konnte, um sich dessen Wohlwollen zu sichern. Seinen Tölpel von einem Vetter wollte er so bald wie möglich wieder in die Normandie zurückschicken.

Plötzlich stieß Robert einen schrillen Schrei aus, riss die Augen weit auf, sprang vom Pferd und rannte wie ein gehetzter Hase durch das Unterholz. Einigermaßen verdutzt stieg auch Urse aus dem Sattel und folgte seinem Vetter. An einem Bach holte er ihn ein, doch Lady Goda sah er nicht mehr.

Urse mochte ein ungehobelter, grausamer Mensch sein, aber dumm war er nicht. Er stellte seinem Vetter viele bohrende Fragen und erkannte, dass dieser in Liebe zu einer Frau entflammt war. Der Bär gab sich sehr erfreut und versicherte dem jungen Mann, englische Frauen seien leicht zu haben. Sie wären längst nicht so züchtig und zurückhaltend wie eine normannische Frau es sein sollte. Hier auf der Insel konnte Robert sich die Hörner abstoßen, sich mit den gefügigen Weibern im Gebüsch wälzen, bevor er zu gegebener Zeit eine anständige Normannin ehelichte ...

Urse beschloss herauszufinden, welche Frau seinem Vetter am Ufer des Baches begegnet war. Sicher gehörte sie zu einer der Pächterfamilien auf Sir Edrics Land, was sie im Grunde zu einer Leibeigenen machte. Möglicherweise war der englische Edelmann sogar bereit, sie zu verkaufen. Dann konnte der junge Robert in aller Ruhe seinen Gelüsten frönen. Urse war auch nicht abgeneigt, sich selbst einmal mit dem Weib zu beschäftigen, denn Adeliza war in weiter Ferne, und in England gab es viele süße Versuchungen. Schließlich liebten Frauen in Wirklichkeit nichts mehr als einen Eroberer, wenn sie sich auch anfangs zieren mochten. Noch dazu konnte er sich bei der Suche nach dem Weib ein wenig in Bufawuda umsehen und die Vorzüge seines künftigen Besitzes in Augenschein nehmen.

So gelangten die beiden Normannen zum Herrenhaus, doch Lady Goda war nirgends zu finden. Arnwin, der Priester, der schon wusste, dass zwei Männer aus dem Wald gekommen waren, ging ihnen entgegen. Er nahm zwei von Sir Edrics Leuten mit und fragte die Fremden barsch nach ihrem Begehr.

»Wir sind müde Reisende und hoffen, Eure Gastfreundschaft in Anspruch nehmen zu dürfen«, sagte Urse in einem haarsträubenden Latein, denn er sprach kein Englisch und sah, dass der Mann, der vor ihm stand, ein Geistlicher war. Der Bär zeigte Arnwin, dass er keine Waffe bei sich trug, denn Fitz Scrob hatte ihn gedrängt, sein Schwert und seine Streitaxt nicht mit sich zu führen. Ein sorgsam verborgener Dolch musste genügen, um sich zu verteidigen, wenn es denn notwendig werden sollte.

Arnwin durchschaute die aufgesetzte Demut des Mannes sofort. Ein Blick in dessen Augen ließ den Geistlichen etwas von den wahren Absichten, die hinter diesem Besuch steckten, erahnen. Im ersten Augenblick war Arnwin erleichtert, dass die Männer nicht um seinetwillen gekommen waren. Offenbar wussten sie nichts von dem Geheimnis, das er in seinem Herzen verschlossen hielt. Doch zur gleichen Zeit erkannte er in ihnen den Niedergang seines Freundes. Edrics unwürdige Versuche, seinem Schicksal zu entrinnen, hatten ihren Zweck offenbar nicht erfüllt. So wie die Dinge nun lagen, hätte er auch gemeinsam mit König Harold auf das Schlachtfeld von Hastings ziehen und gegen die Normannen kämpfen können. Doch die Gastfreundschaft war ein heiliges Gut, und die beiden Männer trugen keine Waffen bei sich. Arnwin konnte sie also zu seinem Leidwesen weder angreifen noch abweisen. Das wäre jedenfalls nicht klug gewesen. Ihm blieb also nichts anderes übrig, als Lady Goda und die Kinder von den Männern fern zu halten und Sir Edrics Land und seine Leute so gut es ging zu schützen, bis der Herr von Bestude endlich selbst zurückkehrte.

Schweren Herzens zeigte Arnwin den Männern den Weg zum Stall, wo sie ihre Pferde unterstellen konnten. Urses gierige Blicke entgingen ihm nicht. Die fruchtbaren Felder, die gepflegten Obstgärten, die ordentlich instand gehaltenen und gut gefüllten Heuschober, die großen Schaf- und Ziegenherden und das Geflügel, das geschäftig in den Höfen scharrte, betrachtete der Normanne mit kaum verhohlenem Besitzerstolz. Bauern und Leibeigene verstummten, wenn der untersetzte Fremde an ihnen vorüberging. Doch sie verfolgten ihn mit finsteren Blicken, denn auch diese einfachen Leute ahnten, wie die Zukunft aussehen würde. Der schweigsame junge Mann, der Urse überallhin folgte, erregte hingegen kaum Aufmerksamkeit. Man hielt ihn für Urses Diener oder Gehilfen und glaubte, nur seinen Herrn im Auge behalten zu müssen.

Als Urse d'Abetot sich erkundigte, ob eine der leibeigenen Frauen gelegentlich das Ufer eines Baches im Wald aufsuche, erschrak Arnwin zutiefst. Er wusste sofort, dass die Männer Lady Goda gesehen haben mussten, denn diese zog es oft zu den Gewässern der Umgebung. Arnwin antwortete den Männern, dass keine der Leibeigenen den Wald je betreten würde, weil sich alle Geringen vor den Elfen, die dort hausten, fürchteten. Immer wieder fing er davon an. Er hoffte, den Fremden damit ebenfalls Angst einjagen zu können. Doch Urse machte sich nichts aus Geschichten über Elfen und Geister, und Robert schien wie in einem Traum gefangen. Darum verhallten Arnwins Warnungen ohne jede Wirkung.

Lady Goda war an diesem Tag nirgends zu finden, denn sie weilte nicht in ihrem Körper. Die Ankunft der beiden Fremden erfüllte sie mit Misstrauen. Also wandte sie ein wenig von der Elfenmagie an, die ihr noch verblieben war, und verwandelte sich in eine brennende Fackel. Einer der Männer, die gemeinsam mit Arnwin die Fremden im Auge behielten, trug die Fackel in der Hand. Auf diese Weise konnte Lady Goda die beiden Normannen in aller Ruhe beobachten und merkte auch, wie wenig erfreut Arnwin über deren Besuch war. Auch die Zwillinge Aelfnoth und Aelfrida hielt der Priester von den Normannen fern. Man konnte fast meinen, er habe Angst vor den Männern. Doch Lady Goda fürchtete sich nicht, denn Furcht liegt nicht in der Natur der Elfen. Gleichzeitig kennen sie die Gesetze des Schicksals und wissen, dass kein Sterblicher ihnen entgehen kann. Dennoch versuchen sterbliche Menschen immer wieder, das Schicksal zu übertölpeln, denn sie haben einen starken Willen, und die Hoffnung gibt ihnen Kraft und Mut. Das ist ihre Entschädigung für die Gewissheit, sterben zu müssen. Lady Goda glaubte, alles könne gut werden, wenn Edric und Arnwin sich gemeinsam um das Wohl Bufawudas kümmerten. Denn Edrics Kraft überstieg die anderer Sterblicher bei weitem, während Arnwin sich mit den Gepflogenheiten der Elfen auskannte und vieles verstand, von dem gewöhnliche Menschen nichts ahnten. In den Händen dieser Männer war Bufawuda sicher.

In Gestalt einer hellen Flamme an der Wand des Zimmers, in dem die Fremden untergebracht waren, beobachtete Lady Goda die seltsamen Männer. Sie verstand ihre Sprache nicht, doch in ihren seichten Augen las sie viele der unausgesprochenen Dinge, die sie im Herzen trugen. Die Elfenprinzessin beschloss, Arnwin davon zu erzählen, denn wenn es sein musste, konnten sie die Normannen gegeneinander ausspielen.

Doch als sie spätnachts, als alles still war, zu ihm ging, stellte sie fest, dass er vieles von dem, was sie ihm sagen wollte, bereits wusste. Lady Goda erzählte ihm nicht alles, was sich zugetragen hatte, nur dass der junge Mann am Ufer des Baches auf sie gestoßen war.

»Das hatte ich befürchtet«, sagte Arnwin daraufhin. Dann wurde er still. Er dachte an das Geheimnis, welches er schon so lange wahren musste, doch Lady Goda deutete sein Schweigen falsch.

»Oh, macht doch nicht so ein finsteres Gesicht! Wir können die Normannen in Frösche verwandeln«, sagte sie lachend.

»Ihr könnt nur noch Eure eigene Gestalt verändern, das wisst Ihr«, erwiderte Arnwin ärgerlich. »Und wenn diese beiden nicht gekommen wären, wären andere an ihrer Stelle hier eingefallen. Wir müssen gründlich darüber nachdenken, was nun zu tun ist.«

»Denken, denken!«, gab Lady Goda ungeduldig zurück. »Diese ewige Denkerei verursacht mir Kopfschmerzen.«

Sie kräuselte verächtlich die Lippen. Dabei mochte sie Arnwin gerne, denn er war bisweilen ein unterhaltsamer Gefährte, und seine Frau Hazel war lieb und schön. Außerdem hatte sie großen Respekt vor Lady Goda. Der Elfenprinzessin gefiel es, dass Arnwin so viel über ihr Volk wusste. Er kannte ihren Vater, den Herrn der Elfen, und hielt große Stücke auf ihn. Aber genau wie ihr Vater hatte Lady Goda für Arnwins Berufung wenig übrig. Sie war eine Elfe und ihrer Natur nach ein Zwischending zwischen Mensch und

Dämon. Sie war der Kirche nicht feindlich gesonnen, aber sie konnte sich auch nicht für die christliche Religion erwärmen. Arnwin hingegen war mit Leib und Seele ein Mann Gottes. Später sollte es von ihm heißen, er habe dem Herrn über Himmel und Erde stets ergeben gedient und den Atem Gottes in jedem Teil seiner Schöpfung erkannt. Er wusste auch, dass die Wege des Herrn ebenso wunderbar wie unergründlich sind und sich dem menschlichen Verstand nur selten offenbaren. Anders als viele Menschen seiner und der darauf folgenden Zeit sah er in den Elfen keine Dämonen, denn er wusste, dass sie Gottes Wort und die Botschaft seines Sohnes nicht fürchteten. Dabei bedeutete ihnen der christliche Glaube nichts, denn sie waren unsterblich und mussten den Tod nicht überwinden. Arnwin hatte erkannt, wie eigenartig, wie schön und doch einsam das Leben einer Elfe war. Er begegnete diesen Wesen ohne Furcht und Hass. Was er für sie empfand, war eher Mitleid. Dennoch achtete er das Elfenvolk und fand in seinem Herzen sogar Liebe für seine Angehörigen.

Lady Goda betrachtete Arnwin voll Neugier. Ein wenig konnte sie in seine Gedanken hineinsehen. Sie lächelte dünn. »Der junge Mann ist ein Schwachkopf und unverschämt dazu. Er will mich zu der Seinen machen, das weiß ich. Vielleicht sollte ich ihm so den Kopf verdrehen, dass er in den Fluss fällt und ersäuft.«

»Lady Goda!«, sagte Arnwin schockiert. »Ihr würdet Euch versündigen!« Dann hellte sich seine Miene auf. »Andererseits – wenn er Euch wirklich verfallen ist, können wir uns das vielleicht zunutze machen.«

Das gefiel nun wiederum Lady Goda nicht. »Arnwin, ich bin nicht so flatterhaft wie eine Sterbliche«, sagte sie steif. »Ich gehöre Edric, meinem Gemahl, und keinem anderen.«

Arnwin errötete ob dem, was sie ihm mit ihrer Rede unterstellte, doch er antwortete fest: »Ich wollte Euch nicht auffordern, Euren Gemahl zu betrügen. Aber vielleicht könnt Ihr dem jungen Mann mit ein wenig Freundlichkeit begegnen.«

»Ha!«, antwortete Lady Goda. »So billig ist meine Freundlichkeit nicht zu haben. Und wozu sollte das überhaupt gut sein?«

»Nun, vielleicht könnt Ihr ihn wissen lassen, Euer Glück hinge davon ab, dass er seinen Herrn von hier fort führt.«

»Arnwin, Arnwin!« Lady Goda schüttelte lachend den Kopf. »Wie wenig Ihr doch von Eurer eigenen Art versteht! Wenn der einfältige Tölpel glaubt, ich sei ihm zugetan, wird er hier bleiben wollen. Schon jetzt würde der Narr fast alles tun, um nicht mehr von hier fort zu müssen, selbst wenn er sich dafür von seinem Herrn lossagen müsste.«

»Sicher habt Ihr Recht, Lady Goda.« Arnwin schämte sich, dass er überhaupt daran gedacht hatte, der Lage mit Hilfe von Lady Godas Verführungskünsten Herr zu werden. Er beschloss, später dafür Buße zu tun.

Lady Goda bemerkte Arnwins Unbehagen nicht, denn Elfen kennen weder Scham noch Reue. »Ich hätte mich in ein abscheuliches Ding verwandeln sollen – direkt vor seinen Augen! Menschen fürchten sich vor allem, was sie nicht verstehen. Und anders als wir Elfen, die wir uns nicht von Äußerlichkeiten täuschen lassen, ekeln sie sich leicht.«

»Ihr seid ein boshaftes Weib«, sagte Arnwin lächelnd. Er war froh, dass Lady Goda ihm in ihrer unschuldigen, wenn auch manchmal etwas grausamen Art gezeigt hatte, wie unwürdig sein Ansinnen war. Er musste den Verstand verloren haben, um überhaupt auf eine solche Idee zu kommen. Und was das Geheimnis anging, das er im Herzen hütete – nun, bald war er nicht mehr zum Schweigen verdammt. Schon in den nächsten Tagen würde ihm diese Last von den Schultern genommen werden.

Am Morgen erhoben sich Urse und Robert, legten ihre Kleider an und saßen mit den Bewohnern des Herrenhauses zu Tisch. Aber noch immer zeigte Lady Goda sich ihnen nicht. Nur die flachsblonden Kinder aßen schweigend gemeinsam mit den Fremden ihren

Brei und betrachteten die Männer mit ernsten oder gar finsteren Mienen. Urse stellte fest, wie schön und gut gewachsen die Zwillinge waren.

Dann stiegen die Fremden auf ihre Pferde und verabschiedeten sich höflich. Nach vielen guten Wünschen für ihre Gastgeber ritten sie endlich davon und schienen bester Dinge zu sein. Arnwin sah ihnen hinterher, bis sie am Horizont verschwanden. Doch sein ungutes Gefühl wurde er nicht los.

14

Wir wissen sehr gut, dass ein großes Unrecht nur
unter unsäglichen Mühen wieder gutzumachen ist und
dass ein großes Feuer viel Löschwasser braucht,
wenn der Mensch es bekämpfen will.

Aus *The Sermon of the Wolf to the English*, von Wulfstan,
elftes Jahrhundert

Das erste Tageslicht fiel auf eine kalte, frostige Winterlandschaft, denn während der Nacht war alles so weiß geworden, als hätte man große Mengen Salz über dem Land ausgeschüttet. Schon zu dieser frühen Stunde trafen sich die Männer im Hof der Taverne. Der eiserne Ralf schien bester Dinge zu sein. Er scherzte und lachte mit Edwin und schien seiner Rückkehr nach Bestude entgegenzufiebern. Der flämische Kaufmann konnte hingegen kaum die Augen offen halten und war noch reizbarer als sonst.

»Freut Ihr Euch nicht, dass Ihr nun bald Euer Vermögen mehren werdet, Meister Pieter?«, fragte der eiserne Ralf.

»Das muss sich erst noch weisen«, blaffte der alte Flame und kniff die Lippen zusammen.

»Ach, seid doch nicht solch ein Griesgram! Ihr tut ja gerade so, als würde Euch jedes freundliche Wort ein Goldstück kosten!«

In der Zwischenzeit lenkte Robin, der so tat, als habe er etwas vergessen, seine Stute noch einmal zur Tür der Taverne zurück. Jenny trat gerade heraus, um am Brunnen einen Krug mit Wasser zu füllen. »Mistress Jenny!«, rief der Gehilfe des Kaufmanns mit lauter, schmeichlerischer Stimme. »Wie appetitlich Ihr heute Morgen wieder ausseht! Man bekommt ja geradezu Lust, Euch ...«

Als das Mädchen ärgerlich zu dem unverschämten jungen Kerl herumfuhr, beugte er sich hinab, als müsse er den Sattelgurt überprüfen und flüsterte: »Euer Bruder Alfred – Ihr müsst ihn finden und mit ihm sprechen! So bald Ihr könnt. Sagt ihm ... sagt ihm, er muss mir unbedingt zurückgeben, was er mir weggenommen hat ...« Will zögerte und fuhr dann hastig fort: »Und ich danke Euch, dass Ihr Euch gestern in der Taverne auf meine Seite gestellt habt. Das werde ich Euch nicht vergessen. Ihr wart sehr freundlich zu einem Fremden, der Euch doch ganz gleichgültig sein konnte.«

Was Jenny daraufhin sagte und tat, überraschte Will zutiefst. Sie lachte leise und ein wenig bitter. »Ihr seid kein Fremder«, flüsterte sie zurück. »Ich habe schon viele Male gesehen, wie sich Eure Hände in der Taverne um einen Becher Ale schlossen ... Andere mögt Ihr täuschen, doch wir Frauen sehen vieles. Ihr Männer merkt es nur nicht, das ist Euer Fehler.«

Will starrte sie verblüfft an. An seiner Kehle begann eine Ader zu pulsieren. »Wollt Ihr damit etwa sagen ...«

»Ich sage nur«, unterbrach sie ihn mit einem süßen Lächeln, »ich sage nur, ich kenne Eure Hände ... Doch nun sprecht, wie wollt Ihr es halten? Werdet Ihr eines Tages an den Ort zurückkehren, wo Ihr hingehört? Wollt Ihr das tun? Oder werdet Ihr bis ans Ende Eurer Tage einem fetten Geldsack nachlaufen?«

»Jenny, ich ...« Er wagte nicht zu glauben, was er hinter ihrer eindringlichen Frage vermutete. Das Herz wurde ihm leicht, und eine wohlige Wärme durchrieselte seine Brust. Seine Kehle war jedoch wie zugeschnürt, und das Sprechen fiel ihm schwer. »Wollt Ihr denn, dass ich zurückkehre und ...«

»Natürlich, Ihr begriffsstutziger Esel!«, fauchte sie. »Braucht Ihr etwa eine schriftliche Einladung?« Dann flüsterte sie viel sanfter und freundlicher: »Gebt auf Euch Acht – und meinen Bruder werde ich schon finden, macht Euch deswegen keine Sorgen.« Dann warf sie stolz den Kopf zurück, holte aus und versetzte ihm eine kräftige Ohrfeige. Anschließend reckte sie das Kinn in die Luft und stolzierte davon. Will saß wie vom Blitz getroffen auf seinem Pferd. Mit weit aufgerissenen Augen und hängendem Unterkiefer rieb er sich die Wange. Dabei hätte er lieber zärtlich über die Stelle gestrichen, die seine Angebetete berührt hatte. Denn er wusste, dass die Ohrfeige notwendig gewesen war, um die anderen zu täuschen. Sie sollten glauben, die unerschrockene Jenny habe ihm auf diese Weise seine unverschämten Sprüche zurückgezahlt. Jenny, dachte er. Oh Jenny ...

Eine spöttische Stimme riss den verliebten jungen Mann aus seinen Tagträumen.

»Sieh an, sieh an. Das Süßholzraspeln ist Euch wohl nicht gut bekommen?« Die Miene des Riesen war undurchdringlich. »Mit der eisernen Jungfrau der Jackdaw Taverne ist nicht zu spaßen. Das wird Euch hier jeder bestätigen. Zahllose Männer haben schon ihr Glück bei ihr versucht, aber keiner ist damit weit gekommen. Ihr Onkel würde sie aber auch kaum mit einem dahergelaufenen Dienstboten von dannen ziehen lassen. Dafür ist sie viel zu fleißig. Ohne die gute Jenny wäre das Jackdaw nicht halb so viel wert, und das weiß sie auch. Ein großer Teil der Kundschaft kommt nur in die Schankstube, um einen Blick auf sie zu erhaschen. Und das kann man auch niemandem verdenken.«

Der junge Mann zuckte wortlos die Achseln. Doch seine Ohren brannten vor Zorn über die Worte des Riesen. Wenn der eiserne Ralf es wagte, Jenny auch nur anzusehen, würde er ... würde er ihn umbringen!

Der Verwalter von Bestude lächelte kühl. »Aber nun kommt. Wir sollten den Tag nutzen.«

Schweren Herzens wendete Will sein Pferd und ritt mit den anderen aus dem Hof der Taverne.

Sie verließen Worcester und überquerten den Severn. Im Laufe ihres Rittes wurde die Luft immer kälter. Eine Zeit lang zeigte sich am Himmel die Sonne als fahlgelbe Scheibe, und der Reif schmolz ein wenig unter ihren schwachen Strahlen. Doch dann senkten sich graue Wolken hernieder. Lamrei, Gringalet und Satin trabten flott dahin. Sie schienen ebenso schnell nach Bestude gelangen zu wollen wie ihre Reiter, denn die beißende Luft kündete von baldigem Schneefall. Die kleine Gruppe rastete nicht, und kaum ein Mensch begegnete ihnen. Die wenigen, die an diesem Tag unterwegs waren, beeilten sich, ihr Ziel zu erreichen, bevor die ersten Flocken fielen. Anfangs versuchte der eiserne Ralf noch halbherzig, ein Gespräch in Gang zu bringen. Doch als er von seinen nachdenklichen Begleitern nur einsilbige Antworten erhielt, stellte er seine Bemühungen ein. Seiner hervorragenden Laune schien dies jedoch keinen Abbruch zu tun. Im Gegenteil, je näher sie Bestude kamen, desto schwerer fiel es ihm offensichtlich, seine Vorfreude im Zaum zu halten. Bei seinen beiden Reisegefährten verhielt es sich allerdings genau umgekehrt. Sie wurden mit jeder Wegbiegung, die sie von Worcester wegführte, trübsinniger.

Als die Reiter schließlich eine kleine Anhöhe erreichten, zügelte der eiserne Ralf sein Pferd und brach mit kräftiger Stimme das nachdenkliche Schweigen. »Hier seht ihr den ganzen Stolz meines Herrn! Bestude, meine Freunde, liegt euch zu Füßen.«

Das Anwesen erstreckte sich wie ein vielfarbiger Flickenteppich unter ihnen. Reifbedeckte Felder wechselten mit gelblichem Brachland, auf dem noch die Stoppeln des Vorjahres standen. Dunkle Furchen zeigten, wo die Wintersaat ausgebracht worden war. Hellgrüne Wiesen und Auen umrahmten den Fluss, während die Nadelbäume der Wälder sich in tiefem Dunkelgrün vom kahlen Geäst der Laubbäume abhoben. Die Strömung eines kleinen Baches, der von einer steilen Bergflanke rann, drehte ein Mühlrad. Hinter der Mühle vereinte der Bach sich mit dem Fluss im Tal. Ein Stück vom Wasser entfernt stand eine kleine Kirche aus grauem Stein, um die sich die niedrigen Holzhäuser der Siedlung gruppierten. Zwischen den Gebäuden erstreckte sich eine kleine Gemeindewiese, und einen Brunnen gab es auch. Zu jedem Haus gehörte ein ordentlicher Gemüsegarten, in dem Kohl, Lauch und Kräuter angebaut wurden. Dazwischen trotzten kahle

Obstbäume dem Winter. Ein Stück vom Dorf entfernt stand das Herrenhaus mit seinen zahlreichen Nebengebäuden, darunter das Haus des Verwalters, Scheunen, Ställe, Heuschober, Hundezwinger und noch manch anderer Zweckbau. Ein großer Gemüsegarten und ein Obstgarten, dessen Bäume ihre kahlen Zweige in den Winterhimmel reckten, fehlten ebenfalls nicht. Bestude war ein überaus fruchtbares und schönes Anwesen, das ordentlich bestellt wurde. Selbst um diese Jahreszeit konnte das jeder Besucher auf den ersten Blick sehen.

Robin bemerkte, dass der eiserne Ralf ihn amüsiert musterte. »Einen solch erfreulichen Anblick hattet Ihr wohl nicht erwartet, junger Freund«, sagte er spöttisch.

Der Gehilfe des Kaufmanns zuckte die Achseln. »Ich hatte keine bestimmten Vorstellungen von Bestude.«

»Bestude ist fürwahr ein Schmuckstück. Das müsst Ihr doch zugeben.«

»Viel Ahnung habe ich von Ackerbau und Viehzucht nicht, aber von hier aus betrachtet ist an dem Anwesen nichts auszusetzen.« Genau genommen schien Bestude geradezu mustergültig geführt zu werden, wie Will voll Verwunderung feststellte. Wie konnte an diesem Ort ein derartiger Wohlstand herrschen, wo doch allgemein angenommen wurde, dass der Verwalter in die eigene Tasche wirtschaftete? Will hatte mit einem verwahrlosten, schäbigen Weiler gerechnet, nicht mit einer hübschen kleinen Siedlung, die ganz und gar nicht so aussah, als litten ihre Bewohner unter einem despotischen Herrn.

Der Blick des Riesen wurde hart, doch er sagte nur: »Seht ihr die Bäume dort drüben an der Bergflanke? Das ist Poukswood. Die Bauern behaupten, dort würde es spuken. Fürchtet ihr euch vor Geistern und Dämonen, meine Freunde?«

Robin zuckte erneut die Achseln. »Vor den Lebenden muss man auf der Hut sein, nicht vor den Toten.«

»Und wozu würdet Ihr die Dämonen zählen?«, wollte der eiserne

Ralf von ihm wissen. Tief in seinen kalten Augen brannte ein sonderbares Feuer, und Robin fröstelte unwillkürlich.

Der eiserne Ralf ließ ihn nicht aus den Augen. Während der junge Mann noch über eine Antwort nachdachte, meldete sich Meister Pieter zu Wort.

»Wozu sitzen wir hier in der Kälte herum?«, fragte er voll Ungeduld. »Wen kümmern schon die Gespenster in Euren Wäldern? Ich möchte mich endlich im Herrenhaus an einem Feuer wärmen.«

Der eiserne Ralf fuhr herum. Er musterte den Kaufmann mit flackerndem Blick, doch er sagte nur: »Keine Sorge, alter Mann. Wir werden Eure Gebeine im Warmen haben, bevor Ihr bis drei zählen könnt.«

Fast unmerklich berührte er Satins Seiten mit den Unterschenkeln und versetzte sie damit in einen ruhigen Galopp. So ritt er die Anhöhe hinab auf Bestude zu. Die beiden anderen mussten ihre Pferde energisch antreiben, um nicht zurückzubleiben.

Schon bald hatten sie die kleine graue Steinkirche erreicht. Das Gebäude sah ebenso sauber und ordentlich aus wie die anderen Häuser der Siedlung. Neben der Kirche stand ein Haus, in dem normalerweise der Pfarrer wohnen sollte, doch es wirkte verlassen und unbewohnt.

»Wartet«, sagte Meister Pieter, bevor sie an der Kirche vorbei waren. »Ich möchte hineingehen und Gott für unsere sichere Ankunft in Bestude danken.«

»Ich dachte, Ihr könntet es nicht erwarten, am Feuer zu sitzen.«

»Es dauert nicht lange, und solche Dinge sollte man nie vergessen. Komm, Robin.«

Der eiserne Ralf zögerte, aber nur einen kurzen Moment lang. »Ganz wie Ihr wollt«, sagte er dann.

»Wie steht es mit Euch, Master Ralf?«, fragte Robin keck.

Der Riese hob eine Augenbraue. »Ich komme des Öfteren sicher in Bestude an«, erklärte er kühl.

»Aber spracht Ihr nicht von Geistern und Dämonen?«, gab Robin zurück. »Sicher könnt Ihr nicht oft genug in der Kirche auf den Knien liegen und um Schutz vor ihnen beten.«

Der eiserne Ralf starrte ihn an. »Offenbar glaubt Ihr an die Wirkung solcher Gebete.«

Robin versuchte ein frommes Gesicht zu machen. »Aber natürlich. Wie sollte ein armer Sünder sich sonst schützen, wenn nicht durch die helfende Hand Gottes, der Heiligen Jungfrau und aller Heiligen?«

»Ja, wie nur?«, erwiderte der eiserne Ralf ausdruckslos.

»Wo bleibst du denn, Robin?« Meister Pieters Stimme klang scharf wie ein Peitschenhieb. »Genug getratscht!« Ungeduldig stieß der Kaufmann die Kirchentür auf.

Verdammter Griesgram! Robin bekam vor Ärger einen roten Kopf und fluchte leise vor sich hin. »Ich gehe wohl besser«, sagte er zum eisernen Ralf und eilte ebenfalls zur Kirchentür. Dabei spürte er die bohrenden Blicke des Riesen im Rücken.

Im Inneren sah die Kirche genauso aus wie hunderte oder gar tausende solcher kleiner Dorfkirchen. Die Luft war feucht und ein wenig abgestanden, und im Dämmerlicht stand ein einfacher kleiner Altar, der durch eine dicke, kunstvoll geschmiedete Kette vom Rest des Raumes abgetrennt war. Ein Wandgemälde zeigte die Heilige Familie im Stall zu Bethlehem. Es gab einige schöne Schnitzarbeiten, darunter eine Darstellung der Heiligen Jungfrau mit dem Jesuskind. Licht fiel nur durch ein einziges altmodisches Fenster aus farblosem Glas. Dort stand Lady Phoebe und funkelte den jungen Mann wütend an.

»Um Himmels willen, Will! Was habt Ihr Euch nur dabei gedacht?« Ihr Flüstern klang wie das Zischen von heißem Kerzenwachs.

»Aber Lady Phoebe, ich wollte doch nur ... der Riese will die Kirche nicht betreten ... er scheint sich davor zu fürchten ... Ich dachte, auf diese Art könnten wir herausfinden, ob er ...«

»Das ist kein Spiel, Will«, sagte Lady Phoebe streng und war dabei wohl auch ein wenig ungerecht. »Was wir hier tun und herausfinden wollen, ist tödlicher Ernst. Glaubt Ihr, der eiserne Ralf würde sich so leicht von Euch enttarnen lassen, wenn er wirklich das ist, wofür Ihr ihn haltet?«

»Er will die Kirche nicht betreten«, beharrte Will stur. »Das ist doch schon beinahe ein Beweis.«

»Ja, aber wofür? Das wissen wir nicht. Ich habe gesehen, wie Ihr das Kreuz über ihm schlugt, wenn Ihr Euch unbeobachtet glaubtet. Und ich gebe zu, ich habe es selbst auch getan«, fügte sie hinzu, als sie sah, wie sich das Gesicht des jungen Mannes verschloss. »Aber damit haben wir nichts bewirkt. Also kann er auch kein ...«

Sie sprach das Wort nicht aus, und Will wusste, warum. Im Haus Gottes nannte man den schlimmsten Widersacher des Allmächtigen nicht beim Namen.

»Aber wenn er nur ein gewöhnlicher Mensch ist, warum hält er sich dann von der Kirche fern?« So schnell wollte Will nicht aufgeben.

Lady Phoebe hob die Augenbrauen. »Es könnte so sein, wie er sagt: Er hält es nicht für notwendig, Gott für seine sichere Heimkehr zu danken.«

»Aber wir alle sind auf Gottes Segen und seinen Schutz angewiesen«, widersprach Will schockiert. »Nur ein Heide glaubt, er könne ohne Gott bestehen.«

Die Philosophin seufzte. »Mag sein, Will, mag sein. Aber so ungewöhnlich ist die Einstellung des eisernen Ralf gar nicht. Viele Menschen halten es für selbstverständlich, dass Gott sie beschützt, und vergessen völlig, ihm dafür zu danken. Wir behandeln unseren Herrgott, als wäre er unser Diener oder gar unser Sklave. Wir beten zu ihm, bitten um dies und das, und wenn wir es nicht bekommen, zürnen wir ihm. Dann verhärten wir unser Herz gegen den Schöpfer und benehmen uns wie trotzige Kinder, denen eine Nascherei verweigert wurde. In dieser Hinsicht ist der eiserne Ralf sicher keine Ausnahme. Vielleicht ist sein Herz nur noch ein wenig härter als das der meisten anderen Menschen.«

Lady Phoebe kniete nieder und senkte das Haupt zum Gebet. Will folgte ihrem Beispiel. Es fiel ihm nicht leicht, seinen Widerspruch zu schlucken. Sein stummes Gebet fiel recht kurz aus, denn nicht nur der eiserne Ralf, sondern auch Jenny ging ihm im Kopf herum. Am liebsten wäre er sofort nach Worcester zurückgeritten und hätte sie gebeten, ihn zu heiraten. Der König hatte ihm sein Wohlwollen versichert und ... Will fiel der verlorene Brief wieder ein. Er dachte an Alfred, den Dieb, der ...

Als er den Kopf hob, bemerkte er, dass Lady Phoebe ihn schon seit geraumer Zeit kritisch musterte.

»Ist Euch hier in der Kirche irgendetwas aufgefallen, Will?«

Will ließ den Blick durch den dämmrigen kleinen Raum schweifen, doch er konnte nichts Außergewöhnliches entdecken. Er schüttelte den Kopf.

»Ich weiß nicht, ob ich es mir nur einbilde, doch ich habe das Gefühl, dass diese Kirche seit langem nicht mehr benutzt wird. Seht doch nur, wie viel Staub auf der Statue der Heiligen Jungfrau liegt.«

»Vielleicht gibt es nur niemanden, der die Kirche putzt«, entgegnete Will.

»Aber die ganze Siedlung wirkt so sauber und ordentlich. Warum sollte gerade die Kirche vernachlässigt werden?«

Der feuchte modrige Geruch des alten Gemäuers kam Will nun plötzlich beinahe übermächtig vor. In den Lichtstrahlen, die durch das Fenster fielen, tanzten Staubkörner und Fusseln. Zögernd sagte er: »Ich habe nirgends einen Geistlichen gesehen. Womöglich gibt es in dieser Gegend nur einen reisenden Prediger, der von einem Dorf zum anderen zieht.«

»Ja, vielleicht«, antwortete Lady Phoebe. Ächzend erhob sie sich von den Knien und warf dem jungen Mann ein müdes Lächeln zu. »Doch selbst wenn die Kirche wenig genutzt wird – wenigstens gibt es eine.«

Ihr Ausspruch bestätigte Will, dass auch die Philosophin den Gedanken, der eiserne Ralf könne etwas anderes sein als ein Mensch, noch nicht ganz losgeworden war. Die Kirche schien so etwas wie ein schützender Hafen für sie zu sein, ein Zufluchtsort auf ihrer Reise ins Ungewisse. Doch draußen vor der Tür wartete der Riese sicher bereits voll Ungeduld auf sie.

»Wir sollten nun lieber hinausgehen, Lady Phoebe«, drängte Will leise.

»Ja, in der Tat«, antwortete sie, öffnete die Kirchentür und verwandelte sich schlagartig wieder in den geschäftstüchtigen flämischen Kaufmann Meister Pieter.

Der eiserne Ralf sah ihnen mit einem spöttischen Lächeln auf seinem schönen, grausamen Gesicht entgegen.

Schweigend ritten sie weiter durch die Siedlung und gelangten schließlich beim Herrenhaus an. Es bot mit all seinen vorbildlich instand gehaltenen Nebengebäuden einen sehr einladenden Anblick. Die Außenwände waren frisch gekalkt, die Reetdächer mit frischem Schilf gedeckt. Im Hof scharrten fette Hühner, und die Scheunen und Heuschober waren zum Bersten gefüllt. Zottige Schafe standen in den Pferchen, Pferde dösten in ihren Unterständen, und in einem Gatter lagen mehrere Kühe mit kräftigen Kälbern. Man hörte das Quieken von Schweinen und das Meckern von Ziegen. Überall waren Menschen damit beschäftigt, die unzähligen Arbeiten zu verrichten, die auf einem so reichlich ausgestatteten Gutshof wie diesem anfielen. Sie sahen kaum von der Arbeit auf, als der eiserne Ralf mit seinen Begleitern an ihnen vorüberritt. Doch Robin fiel auf, wie wohlgenährt und gesund die Landarbeiter aussahen. Fremden gegenüber schienen sie allerdings sehr zurückhaltend, wenn nicht gar misstrauisch zu sein. Niemand nickte auch nur zum Gruß, selbst seinen Blicken wich man aus.

Inzwischen hatte es heftig zu schneien begonnen. Wild tanzten die Flocken in der kalten Luft. Die Reisenden überließen ihre Pferde den Stallburschen und eilten dann in der Hoffnung auf etwas Wärme und Behaglichkeit zum Herrenhaus. Sie wurden nicht enttäuscht. In einem großen Kamin knisterte ein Feuer, Kerzen und Fackeln erhellten den Raum. Das Mobiliar machte einen soliden Eindruck. Um einen gewaltigen Eichentisch standen ein paar Bänke. Schränke und Truhen waren mit schönen dicken Teppichen bedeckt, einfache und doch gute Wandbehänge sorgten für Gemütlichkeit und hielten kalte Luftzüge ab. Man hatte frisches, duftendes Stroh auf den fest gestampften Lehmboden gestreut, und in einem Regal standen Zinnkrüge, Tonbecher, Teller, Schüsseln und sogar einige Gläser.

Die spöttische Stimme des eisernen Ralf riss die Gäste aus ihrer stummen Betrachtung. »Der Haushalt meines Herrn ist gut bestellt, nicht wahr, meine Freunde?«

Meister Pieter sparte sich die Antwort auf diese Frage und fragte stattdessen: »Wo ist denn nun der Baron von Bestude, der Herr des Hauses?«

»Vergebt mir, meine Freunde, dass ich nicht gleich zu eurer Begrüßung bereitstand«, sagte in diesem Moment eine leise, aber feste Stimme freundlich. Robin und Meister Pieter fuhren herum. Hinter ihnen stieg ein Mann die Leiter hinab, die zum Dachgeschoss führte.

Sir Roger-Robert de Saint Jean, der Herr von Bestude, war ein Mann in mittleren Jahren und wirkte auf den ersten Blick eher unscheinbar. Er war groß und hatte ein recht blasses Gesicht. Lediglich seine Wangen waren hektisch gerötet. Das Haar des Edelmannes erinnerte an vom Winter gebleichtes Stroh, seine Augen waren eisblau, und er trug gute, aber recht unauffällige dunkle Kleider. An einer schmalen silbernen Leine hielt er einen uralten Windhund, ein offenbar innig geliebtes und sorgsam gehegtes Haustier.

Robin war sich sicher, den Mann noch nie zuvor gesehen zu haben, und doch kam ihm der Herr von Bestude auf sonderbare

Weise bekannt vor. Dabei gab es gewiss unzählige Männer seines Standes mit ähnlichem Aussehen. Auffallend an Sir Roger war einzig eine nervöse Angespanntheit, die ihn umgab wie Fetzen von Spinnweben. Den Grund für seine Nervosität fanden die Besucher schnell heraus.

»Kommt ihr im Auftrag von Lady Marie und Sir Llew, meine Freunde? Dem Himmel sei Dank dafür! Wir warten schon lange auf sie. Bringt ihr uns Neuigkeiten? Werden sie bald hier sein?«

»Neuigkeiten? Nun ...« Robin sah Sir Roger verwirrt an. »Wir wissen nicht, ob sie ...«

»Halt den Mund! Kein Mensch spricht mit dir, du Nichtsnutz!«, schnauzte der Flame seinen Gehilfen an. Der klappte beleidigt den Mund wieder zu. Der alte Kaufmann verbeugte sich und sagte: »Bitte vergebt meinem Diener, Mylord. Gelegentlich vergisst er seinen Stand.«

Sir Roger lächelte nervös. Geistesabwesend flocht er seine Finger in die Hundeleine und ruckte daran. Die alte Hündin ließ einen kurzen Protestlaut hören, rührte sich aber nicht von der Stelle. Der Herr von Bestude kraulte den Kopf des Tieres. Dann sprach er zu dem Flamen. »Ach, das ist nicht weiter schlimm. Doch vergebt mir, ich ... ich mache mir große Sorgen um unsere jungen Freunde, die auf dem Weg hierher sein müssen, aber noch nicht angekommen sind. Ich hoffte, Ihr wäret ...« Er brach ab und fuhr sich mit der Hand durchs Haar.

»Mylord, diese Leute, Meister Pieter und sein Gehilfe Robin, sind fremde Reisende«, sagte der eiserne Ralf ruhig. Sein Gesicht war ausdruckslos, doch seine Stimme klang, als spräche er mit einem zurückgebliebenen Kind. »Sie kennen Eure Freunde nicht, Mylord.«

Die hektischen Flecken verschwanden aus dem Gesicht des Barons. Nun sah es nur noch grau und sorgenvoll aus. »Oh! Wir ... wir erwarteten ihre Ankunft etwa um diese Zeit. In einem Brief kündigten sie ihr Kommen an ... Aber offenbar wurden sie aufgehalten. Ralf sagte mir, die Straßen seien um diese Jahreszeit in einem erbärmlichen Zustand.«

»Ja, Mylord, das sind sie in der Tat.«

Robin fing einen spöttischen und wissenden Blick des eisernen Ralf auf. Er spürte, wie eine kalte Hand nach seinem Herzen griff. Wir spielen ein brandgefährliches Spiel mit diesem Kerl, dachte er bei sich – ganz gleich, ob der eiserne Ralf nun ein Mensch ist oder nicht. Worauf hatten sie sich nur eingelassen?

»Ich hoffte, Ihr hättet Neuigkeiten über den Verbleib der beiden«, seufzte Sir Roger. »Aber ich freue mich dennoch, Euch hier begrüßen zu dürfen. Es verirren sich nur selten Besucher nach Bestude.« Er wandte sich an den Verwalter und sagte beinahe flehentlich: »Ich bin nicht gerade für meine Festgelage bekannt, nicht wahr, Ralf?«

»Nein, Mylord«, sagte der Verwalter ausdruckslos.

»Mein Herz und meine Seele gehören voll und ganz dem Anwesen«, erklärte der Baron. »Ralf erledigt alles andere und reitet auch für mich nach Worcester. Er ist ein sehr fähiger Mann. Und Städte – ich mag sie nicht. Ich mochte sie noch nie.«

»Laut, überfüllt und voller Gesindel«, pflichtete Meister Pieter ihm bei.

Ralf lauschte dem Gespräch mit verächtlich gekräuselter Oberlippe, sagte aber lediglich: »Mylord, Meister Pieter ist gekommen, um Euch ein interessantes Geschäft vorzuschlagen. Ich glaube, es könnte sich lohnen, ihm zuzuhören, anstatt unablässig selbst zu reden – wenn Euch das möglich ist.«

Robin wollte seinen Ohren nicht trauen. Noch nie hatte er erlebt, dass ein Diener so unverschämt mit seinem Herrn sprach, und das auch noch vor Fremden.

Sir Roger verzog das Gesicht, sagte aber offenbar beschämt: »Ihr habt Recht, Ralf ... das Zuhören ist nicht meine Stärke. Meine Freunde, ihr bleibt doch sicher für eine Weile hier? Ihr seid mir willkommen, sehr willkommen. Dann können wir in aller Ruhe miteinander reden – über viele Dinge. Es wäre mir ein Vergnügen ... nicht wahr, Ralf?«

Das Schauspiel, das sich den Besuchern bot, war Mitleid erregend und schockierend zugleich. Herr und Diener schienen die Rollen vertauscht zu haben. Doch diesmal antwortete der Riese seinem Herrn wenigstens auf die geziemende Art. »Natürlich, Mylord, das wäre es.«

Meister Pieter sagte in einschmeichelndem Ton: »Ihr seid zu freundlich, Mylord. Wir nehmen Euer Angebot mit dem größten Vergnügen an.« Nach einer kurzen Pause fuhr er fort: »Ich komme aus Haverfordwest, Mylord ...«

»Und sein Gehilfe ist aus Elmley«, schaltete der Riese sich wieder ein.

»Aus Elmley?« Sir Roger lächelte beglückt. Robin nickte. »Dort liegt das Anwesen von Sir William de Beauchamp! Wusstet Ihr, dass es einer seiner Ahnen war, der meiner Familie Bestude gab?« Dann fügte er der Genauigkeit halber hinzu: »Zumindest sprach er bei König William deshalb vor.«

Robin bedauerte den Baron im Stillen. Wenn man dem Mann zuhörte, konnte man glauben, all diese Dinge hätten sich erst gestern zugetragen. Offenbar lebte Sir Roger auf dem abgelegenen Anwesen, das er nie verließ – oder nie verlassen konnte – mehr in der Vergangenheit als in der Gegenwart.

»Wie interessant!«, säuselte Meister Pieter. »Nach Elmley reiten wir auch in nicht allzu ferner Zukunft. Wir werden dem Grafen Beauchamp Grüße von Euch bestellen, Herr.«

»Das wäre wirklich zu freundlich von Euch«, antwortete Sir Roger. Aber Robin fiel auf, wie er dabei die Leine des Windhundes so fest hielt, dass seine Fingerknöchel weiß wurden wie gebleichte Knochen. Die Züge des Barons waren erstarrt.

»Mylord« – der eiserne Ralf schien langsam ungeduldig zu werden –, »hört, was der Kaufmann ...« Er beugte sich zu seinem Herrn hinunter und flüsterte ihm lange ins Ohr. Sir Roger hörte mit ausdrucksloser Miene zu. Als der eiserne Ralf schließlich schwieg, glitt ein Lächeln über das Gesicht seines Herrn, und seine Wangen bekamen wieder etwas Farbe.

»Was für eine außergewöhnliche Idee, meine Freunde! Dafür habt ihr also den langen Weg auf euch genommen. Allerdings will ich zugeben, dass jemand die Wolle erwerben will, die meinen Schafen erst noch wachsen muss, habe ich noch nie zuvor gehört. Es ist, als wolle man die Zukunft kaufen.«

»Das habt Ihr sehr schön ausgedrückt, Mylord.« Das runde Gesicht des Kaufmanns war zu einem unterwürfigen Lächeln verzogen. »Ich bin sicher, es wird für uns alle ein sehr einträgliches Geschäft. Euer Verwalter, Master Ralf, sagte mir bereits, von welch hoher Qualität die Wolle der Schafe hier sei. Es wäre eine große Ehre für mich, wenn Ihr mir etwas davon verkaufen würdet ...«

»Ach, darüber können wir später noch verhandeln.« Sir Roger lächelte. »Ihr bleibt ja erst einmal hier, und wir werden viel Zeit haben, über solche Dinge zu sprechen. Sicher dauert es noch eine ganze Weile, bis der Schnee die Straßen wirklich unpassierbar macht, nicht wahr, Ralf?«

»So ist es, Mylord«, antwortete der Verwalter.

»Außerdem ist doch bald Weihnachten, und wir bekommen hier draußen in unserer verlorenen kleinen Welt so selten Besuch. Ralf, bitte sorgt dafür, dass die Betten für unsere Gäste hier im Herrenhaus zurechtgemacht werden.«

Der Baron erschien nun ein wenig selbstsicherer. In seinen blassen Augen begann ein Funke von Selbstbewusstsein zu glimmen.

Sein Verwalter hob eine Augenbraue. »Hier? Aber in meinem Haus ist doch genügend Platz.«

»Ihr habt schon richtig gehört«, sagte Sir Roger. Dabei zitterte seine Stimme ein wenig. »Unsere Gäste werden hier im Herrenhaus schlafen. Sagt bitte auch in der Küche Bescheid und lasst alle Feuer schüren.« Beinahe trotzig und mit einem Anflug von Stolz gab der Baron seine Anweisungen.

Der Riese neigte das Haupt. »Wie Ihr wünscht, Mylord.«

Kaum hatte der eiserne Ralf den Raum verlassen, da trat Sir Roger näher an Meister Pieter und seinen Gehilfen heran. Unstet flackerte sein Blick, während er aufgeregt zu flüstern begann: »Meine Freunde, ich danke euch für euer Kommen. Ich danke euch von ganzem Herzen. Ihr könnt euch nicht vorstellen, wie einsam ich mich fühlte, wie begierig ich darauf war ...«

»Das ist doch nicht der Rede wert«, antwortete Meister Pieter ein wenig verblüfft.

»Ich weiß, ich weiß«, sagte der Herr von Bestude schnell. »Im Augenblick könnt Ihr noch nicht frei sprechen. Aber ich hoffe ... ich hoffe ... Ich glaube, meine Freunde könnten Euch etwas anvertraut haben. Ihr tragt es doch sicher bei Euch, nicht wahr? Ihr habt es doch dabei?«

Der Kaufmann gab sich verwirrt. »Wovon sprecht Ihr, Mylord? Von Wolle? Von Geld?«

Sir Roger seufzte. Er drehte die Leine des Windhundes zwischen den Händen. »Ihr tut gut daran, vorsichtig zu sein. Er ist ... sehr ... gefährlich.«

Meister Pieter riss die Augen auf. »Gefährlich Mylord? Ich verstehe Euch nicht recht.«

Robin ertrug die Art, wie der Kaufmann den verzagten Edelmann an der Nase herumführte, nicht länger. »Ach, nun hört doch endlich auf!«, rief er. »Seht Ihr denn nicht, dass der arme Ma...«

Der Gehilfe konnte noch nicht einmal das Wort zu Ende sprechen, denn der Kaufmann versetzte ihm völlig überraschend eine so kräftige Ohrfeige, dass dem jungen Mann die Augen tränten und die Ohren klingelten. Robin setzte gerade dazu an, es dem Alten mit gleicher Münze heimzuzahlen, da fiel ihm ein, wer tatsächlich vor ihm stand. Langsam ließ er den Arm sinken. Er wollte nie von sich sagen müssen, er habe die Hand gegen eine Frau erhoben, so groß die Versuchung in diesem Augenblick auch sein mochte.

»Was fällt dir ein, du elender Wicht? Wie kommst du dazu, dich so über deinen Stand zu erheben und uns zu unterbrechen?«, schnauzte Meister Pieter seinen Gehilfen an. »Entschuldige dich sofort bei unserem Gastgeber.«

Sir Roger hatte dem unwürdigen kleinen Schauspiel voll Schrecken beigewohnt. Beschwichtigend sagte er: »Ich bitte Euch, Meister Pieter, Euer Gehilfe meint es sicher nicht böse. Ich hoffte nur ...« Plötzlich sah er unendlich müde aus. »Offenbar wisst Ihr nicht, wovon ich rede. Aber ich ... ich freue mich dennoch, dass Ihr hier seid. Es ist schön, einmal nicht allein zu sein. Bitte entschuldigt mein Gerede von vorhin. Es musste Euch reichlich wirr erscheinen. Ich wäre Euch dankbar, wenn Ihr mit niemandem darüber sprechen würdet.«

Meister Pieter nickte eifrig. »Aber das ist doch selbstverständlich, Mylord.«

Robin hatte es die Sprache verschlagen. Er konnte nur hilflos nicken und hoffen, dass man ihm den Sturm der Gefühle, der in seiner Brust tobte, nicht allzu deutlich ansah.

Als sich das Geräusch von Schritten näherte, trat nackte Angst in die Augen des Barons. Es kostete ihn sichtlich Mühe, halbwegs ruhig zu bleiben und ein hochmütiges Lächeln aufzusetzen, als der eiserne Ralf durch die Tür trat. Dann tat der Baron, als beende er gerade eine Unterhaltung. »Das klingt wirklich überaus interessant, Meister Pieter. Ich muss allerdings zugeben, dass ich selbst wenig Ahnung von den geschäftlichen Belangen des Anwesens habe. In diesen Dingen ist mein Verwalter viel beschlagener als ich, nicht wahr, Ralf?«

»Ja, Mylord«, antwortete dieser kurz angebunden. Der sonderbare Gesichtsausdruck des eisernen Ralf ließ Robins Herz schneller schlagen. Hatte der Mann gehört, was sein Herr vorher zu ihnen gesagt hatte? Und warum in aller Welt stellte Meister Pieter sich unwissend, anstatt die Gelegenheit beim Schopfe zu packen und etwas über den Verbleib von Lady Marie und Sir

Llew herauszufinden? Das dumme Versteckspiel führte doch zu nichts. Noch dazu brauchte der Herr von Bestude offenbar dringend Hilfe.

Der Abend schleppte sich zäh dahin. Zwar plauderte Sir Roger überaus angeregt über dies und das, und auch das Mahl war vorzüglich. Man ließ sich gebratenes Wildschwein, Met und Wein schmecken. Doch außer dem Baron sprach fast niemand ein Wort, nur Meister Pieter gab gelegentlich einen seiner knappen Kommentare ab.

Robin merkte, wie ihm der wachsame Blick des eisernen Ralf nach und nach auf den Magen schlug und die Freude an dem guten Essen vergällte. Er wollte die Flucht nach vorn antreten, die Wahrheit herausschreien und jeden wissen lassen, warum sie hier waren. Aber die bloße Anwesenheit des Riesen schüchterte ihn ein und zwang ihn, die unwürdige Scharade weiterzuspielen. Wie gefangene Tiere in einem Verschlag rannten seine Gedanken bald hierhin, bald dorthin. Konnte er seine Tarnung fallen lassen – oder musste er sie aufrechterhalten? Sollten sie in Bestude bleiben – oder mussten sie so schnell wie möglich weg von diesem Ort? War sein Schwert das Schwert Edrics von den Wäldern – oder nur ein gemeines Stück Eisen? Hatte er das Ehrenwort eines Königs – oder das eines Betrügers? Diese Überlegungen und noch viel mehr wirbelte wild durch Wills Kopf. Nur einen klaren Gedanken konnte er fassen: Man hatte sie direkt in die Höhle des Löwen gelockt. Wie lange würde es dauern, bis er sie verschlang? Vor dem Feuer der Hölle, bewahre uns, oh Herr ...

Schließlich erklärte Sir Roger das Mahl für beendet. »Ihr müsst müde sein, meine Freunde«, sagte er mit bemühter Heiterkeit. »Ihr findet eure Betten in dem Alkoven neben dem Kamin. Ich hoffe, es ist euch dort warm genug.«

»Wir werden mit Sicherheit nicht frieren«, antwortete Meister Pieter. »Nur eines noch, Sir Roger«, fügte er dann hinzu, als sei ihm der Gedanke eben erst gekommen. »Gibt es hier in Bestude einen Geistlichen?«

Robin hörte, wie jemand scharf die Luft einsog. Ob es der Herr oder sein Diener gewesen war, vermochte er nicht zu sagen. Schließlich antwortete Sir Roger in höflichem Ton: »Leider lebt in Bestude schon seit einiger Zeit kein Pfaffe mehr. Die wenigen Schäflein dieser kleinen Siedlung würden ihn nicht ernähren. Früher war das einmal anders ... Aber immerhin gibt es in Waedley Pater Anselm und in Ratheford Pater Martin.«

»Wie schade, dass Ihr hier keinen Priester habt«, sagte Meister Pieter. »Ich wäre gern zur Messe gegangen. Vielleicht sollte ich ja einmal nach Waedley reiten.«

»Warum nicht.« Sir Roger lächelte unsicher. Sein Blick streifte den eisernen Ralf.

»Wollt Ihr mir dabei nicht die Ehre Eurer Gesellschaft erweisen?«, fragte Meister Pieter unschuldig.

Sir Roger warf einen weiteren Blick auf den eisernen Ralf, der mit eisigem Lächeln zugehört hatte. Dann sagte er zögernd: »Sehr gerne. Wenn es nicht gerade zu sehr schneit.« Was Robin dabei in den Augen des Mannes las, würde er nicht so schnell vergessen. Es war nichts als abgrundtiefe Verzweiflung.

Bald wurde es still im Herrenhaus, und nur Meister Pieters Schnarchen war noch zu hören. Will, der es längst satt hatte, von sich als Robin, dem Gehilfen, zu denken, stand leise auf und schlich sich auf Zehenspitzen aus dem Alkoven. Er wusste nicht genau, was er nun tun sollte, vertraute jedoch darauf, dass ihm schon etwas einfallen würde. Dabei konnte er nur hoffen, dass der eiserne Ralf tatsächlich in seinem eigenen Haus schlief ...

Vorsichtig schlich Will durch den Raum und spähte in jeden Winkel. Im Erdgeschoss schien tatsächlich außer Lady Phoebe und ihm niemand zu sein. Lautlos näherte er sich der Leiter, die in das Dachgeschoss hinaufführte, und horchte. Er hörte regelmäßige, ruhige Atemzüge. Schlief Sir Roger oder tat er nur so? Ganz gleich, wie die Antwort auf diese Frage lautete, Will hielt es für halbwegs ungefährlich, die Leiter zu erklimmen, solange sich nur der eiserne Ralf nicht in der Nähe befand. Lady Phoebe mochte zufrieden schnarchen, doch Will hielt es nicht länger aus. Er musste dem armen Herrn von Bestude sagen, was sie wirklich auf sein Anwesen geführt hatte ...

Langsam erklomm Will Sprosse um Sprosse. Sobald er in das obere Stockwerk blicken konnte, verharrte er und sah sich um. Der Raum war vom Mondlicht fast taghell erleuchtet. In seiner Mitte lag eine Gestalt im Stroh; zu ihren Füßen schlief die treue Hündin.

Aber noch etwas anderes konnte Will sehen. Das Obergeschoss war lange nicht so schön und gemütlich ausgestattet wie der untere Teil des Hauses. Der kahle, unfreundliche Raum, in den er nun blickte, erinnerte eher an die Bleibe eines armen Landarbeiters als an die Wohnung eines hohen Herrn. Will fühlte sich bestätigt. Genau das hatte er vermutet. Das ansehnliche Erdgeschoss war nur Blendwerk, das den Zwecken des eisernen Ralf diente. Der traurige Zustand des oberen Stockwerks zeigte hingegen nur allzu deutlich die furchtbare Lage, in der sich der Herr von Bestude befand.

Während Will noch auf der Leiter stand und überlegte, was er als Nächstes tun sollte, hob die Hündin den Kopf. Die blassen, blutunterlaufenen Augen, die Will anblickten, passten gut zu der armseligen Kreatur. Einen Augenblick lang war es dem jungen Mann, als läge eine wissende Traurigkeit im farblosen Blick des Tieres. Mensch und Hund sahen einander lange an. Noch immer war Meister Pieters rhythmisches Schnarchen das einzige Geräusch im Haus. Der Herr des Windhundes schlief; unbeweglich lag er da. »Guter Hund«, murmelte Will. »Braves Mädchen – du beschützt deinen Herrn, nicht wahr? Ich will ihm auch nichts tun. Ich will ihm nur etwas sagen.«

Tief aus der Kehle der Hündin stieg ein leises Knurren. Will breitete bedauernd die Arme aus. Er mochte Tiere seit jeher sehr gern, und normalerweise fassten sie schnell Vertrauen zu ihm. »Ich verstehe dich schon. Ich gehe wieder. Armes Tier, du tust ja nur deine Pflicht.«

Die alte Hündin ließ Will nicht aus den Augen, und der junge Mann hatte das eigenartige Gefühl, dass das Tier ihn auch dann noch beobachtete, als er längst wieder die Leiter hinabgestiegen war und in seinem Bett im Alkoven am Kamin lag. Meister Pieter schnarchte noch immer ohne Unterlass. Wie sollte man bei diesem Lärm ein Auge zutun? Noch dazu, wo im selben Haus ein völlig verängstigter Mann, den nur ein uralter Hund bewachte, die Nacht auf einem armseligen Lager verbringen musste? Unruhig wälzte Will sich auf der Matratze aus Stroh hin und her. Er dachte so angestrengt nach, dass er davon Kopfschmerzen bekam. Was konnten sie nur tun? Wie konnten sie dem Herrn von Bestude helfen?

Plötzlich regte sich ein Gedanke in ihm. Er setzte sich langsam auf und spürte, wie sich sein Pulsschlag beschleunigte. Der Stein! Lady Phoebe hatte gesagt, er besäße magische Kräfte. Er würde den, der ihn trug, vor Schaden bewahren. Und die Philosophin glaubte, dass der Stein aus Lady Maries Halskette stammte. War es möglich ... konnte es sein, dass Sir Roger mit dem »Es«, von dem er gesprochen hatte, den Kristallbrocken gemeint hatte? Musste der Edelstein vor dem eisernen Ralf verborgen werden? Wenn das Ding, das Sir Roger sich so sehnlich herbeiwünschte, tatsächlich dieser Stein war, dann konnte nur er, Will, alles zum Besseren wenden.

Ein Blick auf Lady Phoebe zeigte ihm, dass sie noch immer fest schlief. Er wusste, dass sie den Stein in ihrem Beutel verwahrte – gemeinsam mit der Feder. Will beschloss, ihn sich zu holen, wenn es nötig war, auch ohne die alte Frau zu fragen. Denn sie schien an dem dummen Versteckspiel festhalten zu wollen. Betagte Menschen sind oft zu vorsichtig, dachte Will bei sich. Er wusste, dass Lady Phoebe dem Riesen nicht traute und ebenso wie er selbst vermutete, dass er etwas mit dem Verschwinden von Lady Marie und Sir Llew zu tun hatte. Dennoch wollte sie ihre Tarnung nicht aufgeben.

Leise schlich Will sich an ihr Bett. Doch der Beutel war unerreichbar. Das listige alte Weib hatte ihn sich unter den Kopf geschoben. Wenn Will den Stein an sich bringen wollte, musste er sich etwas einfallen lassen.

DRITTER TEIL

Ödland

Müde war er, krank und betagt.
Der Löwenkönig ging nicht mehr zur Jagd.
Er rief: »Starke Jäger ich mir nun erwähle.
Wem ziemt diese Ehre? Führt ihn in meine Höhle!«
Und alle Tiere weit und breit
Lockte an des Löwen Herrlichkeit.
In der Hoffnung auf Ehre traten sie ein,
Vom König erwählt wollte jedes gern sein.
Nur der Fuchs blieb steh'n vor des Löwen Haus.
Er sah alle hineingeh'n, doch keinen heraus.
»Gevatter Fuchs«, sprach der Löwe, »so tretet doch ein.
Sucht Ihr nicht Ruhm und Ehre? Das wird Euch noch reu'n.«
Der Fuchs wich zurück. »Herr, ich danke Euch sehr.
Doch wer auch zu Euch kam, den sah ich nimmermehr.«

Moral: Wenn ein Mächtiger dich ruft, dann warte ab und beobachte ihn eine Weile, bevor du gehorchst.

Marie de France, *The Lion and the Fox*

15

Marie kam langsam wieder zu sich. Ihr Kopf schmerzte von den Träumen und Alpträumen, welche die lange Ohnmacht begleitet hatten. Ihre Kehle war rau, Übelkeit plagte sie, und Marie fühlte sich so schwach, dass sie nicht einmal die Augen aufschlagen konnte. Darum blieb sie zunächst einfach liegen und versuchte, ein wenig Ordnung in ihre wirren Gedanken zu bringen. Nach und nach kehrten ihre Sinne wieder zurück. Sie roch ein Feuer, das in der Nähe brannte. Unter sich spürte sie Blätter und weiches Gras. Etwas, das zugleich hart und weich war, stützte ihren Kopf. Langsam öffnete sie die Augen einen Spaltbreit und blickte direkt in Llews wildes, von Angst erfülltes Antlitz. Es war Llews Arm, auf dem ihr Kopf ruhte. Marie versuchte zu lächeln, wollte etwas zu ihrem Gemahl sagen, und sah, wie Tränen in seine Augen traten.

»Dem Himmel sei Dank«, flüsterte er stockend. »Oh, dem Himmel sei Dank, Marie ... Du lebst!« Sogleich führte er einen Becher an ihre Lippen. Die Flüssigkeit, die er ihr zu trinken gab, schmeckte süß und frisch. Sie verströmte einen schwachen Duft, der Marie an den Sirup erinnerte, den man im Frühling aus den weißen Blüten des Holunderbusches herstellte. Doch was sie nun trank, war noch viel erfrischender. Marie hatte das Gefühl, als fülle die Flüssigkeit ihre Adern mit einem Lebenselixier. Noch während sie davon trank, ließ der Schmerz in ihrem Kopf und in ihrer Kehle nach. Zwar fühlte sie sich nach wie vor recht schwach, doch sie fand ihre Stimme wieder, und ihre Gedanken gewannen an Klarheit.

»Llew!«, rief sie. »Im Traum sah ich Lady Phoebe. Sie wollte uns zu Hilfe kommen und sagte mir, sie sei ganz in der Nähe. Auch von einer großen Gefahr sprach sie und bat mich, noch nicht nach Bestude zu reiten ...«

Ihr Gemahl zog sie an sich, und sie spürte sein Herz an ihrem schlagen. Tief sog sie seinen vertrauten Geruch ein. Er versuchte, sie anzulächeln. »Tatsächlich, meine Liebste? Nun, dann folgen wir wohl ihrem Rat, denn im Augenblick sind wir wahrlich nicht auf dem Weg nach Bestude.« Seine Stimme begann zu zittern. »Oh, Marie, ich hatte Angst ... so große Angst, dass ...« Er biss sich auf die Lippen.

Sie schmiegte sich an seinen warmen Körper. Lange lagen sie schweigend da.

Schließlich hob Marie den Kopf. »Was ist geschehen, Llew? Wie lange ...« Bruchstückhaft kehrte die Erinnerung zurück. Der Wald ... die Pferde ... die Dohle ... ein Lichtblitz ... tiefe Dunkelheit, die alles verschlang ...

»Du warst tagelang ohnmächtig, meine Geliebte«, antwortete Llew mit sanfter Stimme. Die Härte, die in seine Züge getreten war, passte nicht zu dem liebevollen Ton, den er anschlug.

»Ich verstehe nicht ...«

»Nein«, sagte er finster. »Wie solltest du auch.«

»Bitte hilf mir auf«, sagte Marie nach einer Weile. »Ich möchte mich hinsetzen und sehen ...«

Gestützt von Llew konnte Marie im Sitzen ihre Umgebung besser in Augenschein nehmen. Sie befanden sich auf einer Waldlichtung, die von einem undurchdringlich scheinenden Dickicht und hohen alten Bäumen umgeben war. Mitten auf der freien Fläche stand der uralte Stumpf einer riesigen Eiche, den vor langer Zeit ein Feuer versengt hatte. Ein paar Schritte davon entfernt knisterte ein Lagerfeuer, dem der charakteristische kräftige Duft von Eichenholz entströmte. Davor saß ein Mann und starrte in die Flammen. Er war jung, fast noch ein Kind, mit glatten, bartlosen Wangen, hellen Augen und blondem Haar. Seine Kleider waren rostrot. In der Hand hielt er einen Bogen und auf seinem Rücken entdeckte Marie einen Köcher voller Pfeile. Er erwiderte ihren Blick, doch er lächelte nicht.

»Wir sind sehr froh, dass Ihr wieder zu Euch gekommen seid, Mylady.« Die Stimme des jungen Mannes klang traurig und ernst.

Maries fragender Blick flog zu Llew, doch er schwieg. »Und wer seid Ihr?«, fragte sie den Jüngling.

»Ich bin Arden von Oakenfast, Mylady.« Der junge Mann machte eine ausholende Geste. »Und dies sind meine Leute.« Eine Gruppe junger Menschen, die so wie der Jüngling fast noch wie Kinder aussahen, trat zwischen den Bäumen und aus dem Unterholz hervor. Ihre Kleider waren im Grau, im Rostrot, Gold und Rot des herbstlichen Waldes gehalten.

Marie schluckte. »Gesetzlose«, flüsterte sie.

Sie griff nach Llews Hand. Offenbar waren sie unter die Räuber gefallen. Aber Llew schien nicht allzu beunruhigt zu sein. Zudem erweckten Arden und seine Leute nicht den Eindruck wölfischer Grausamkeit, die der Volksmund den Gesetzlosen, welche allerorten die Wälder unsicher machten, gerne andichtete. Diese jungen Leute sahen ganz und gar nicht wie skrupellose Raubmörder aus, die ahnungslose Reisende in einen Hinterhalt lockten. Marie wusste nicht, was sie denken sollte. Doch plötzlich kehrte ein weiteres Bruchstück ihrer Erinnerung zurück. »Unsere Begleiter! Cynwal und Cynedyr ... was ist mit ihnen geschehen? Wo sind sie hin?«

Llews Züge waren nun hart wie Stein. Seine Augen flackerten. So hatte Marie ihn noch nie gesehen. »Sie sind hier«, presste er zwischen zusammengebissenen Zähnen hervor. Dabei blickte er Arden an. Der nickte fast unmerklich, hob zwei Finger an die Lippen und stieß einen kurzen Pfiff aus.

Zwei seiner Leute stürzten in ein Gebüsch und zerrten schon kurze Zeit später die walisischen Brüder daraus hervor. Man hatte die beiden geknebelt und ihnen die Hände auf dem Rücken gefesselt. Sie waren schmutzig, dunkle Bartstoppeln bedeckten ihre Wangen, und ihre Augen sprühten vor unterdrücktem Hass. Dabei wehrten sie sich nicht gegen ihre Fesseln, sondern marschierten mit festem Schritt und trotzig erhobenem Haupt auf die Lichtung. Marie glaubte, ihren Augen nicht zu trauen.

»Llew! Warum in aller Welt ...«

»Nein, meine Geliebte«, sagte er rau. »Verschwende dein Mitleid nicht an diese Verräter. Sie haben Glück, dass Arden mich von ihnen fern hielt, sonst wären sie beide nicht mehr am Leben.«

Marie betrachtete ihren Gemahl ungläubig und bemerkte erst jetzt eine kaum verheilte Wunde an seiner Hand. Sie rang nach Luft. »Oh, Llew, du bist verletzt ...«

»Es ist nicht weiter schlimm, meine Geliebte«, sagte er voll Zärtlichkeit. Dann fügte er finster hinzu: »Ich habe mehr ausgeteilt als eingesteckt.«

Nun fiel Marie auch die scheußliche, offenbar einige Tage alte Wunde in Cynwals Gesicht auf. Ihr Herz begann zu hämmern. Sie erinnerte sich, wie Cynedyr sein Pferd zu ihr gelenkt hatte; er hatte vorgegeben, ihr mit der widerspenstigen Stute helfen zu wollen. Aber dann war ihr schwarz vor Augen geworden.

Nun sprach Arden. »Ein Hieb mit der flachen Seite von Cynedyrs Schwert brachte Euer Pferd dazu, sich aufzubäumen. Im selben Augenblick fiel Cynwal über Llew her. Ihr seid zu Boden gestürzt und wurdet ohnmächtig. Zum Glück wussten wir, dass ihr kommen würdet, wenn es uns auch nicht gelang, den Übergriff auf euch zu verhindern. Wir hatten zwar mit einem feigen Hinterhalt gerechnet, aber nicht geglaubt, dass man so früh versuchen könnte, euch auszuschalten. Wir dachten, man würde damit warten, bis ihr in Bestude seid.«

Marie nickte benommen. Langsam drang ihr der Schreck in die Glieder, und sie begann zu zittern. »Aber warum das alles? Wir haben ihnen doch nichts getan. Sie sind Fremde ...«

»Oh, es ging weder um dich noch um mich, meine Geliebte. Sie waren auf die Edelsteine in deiner Satteltasche aus, auf die Halskette deiner Mutter.« Llew wärmte Marie in seinen Armen, und doch spürte sie die kalte Wut, die durch seine Adern pulsierte, als wären es ihre eigenen.

Maries Hand fuhr unwillkürlich an ihre Kehle, wo die Kette sonst lag. Dann fiel ihr Blick auf die Satteltaschen, die zu Ardens Füßen lagen.

»Ihr Plan war nicht schlecht«, sagte der Jüngling. »Cynedyr schlitzte die Satteltasche auf und brachte dann das Pferd zum Scheuen, während Cynwal Llew in Schach hielt. Die beiden wären innerhalb weniger Augenblicke verschwunden gewesen, wenn ...«

»Wenn Arden und seine Leute nicht eingegriffen hätten«, ergänzte Llew.

Marie zitterte so sehr, dass sie nicht sprechen konnte. Sie klammerte sich an ihrem Gemahl fest.

»Großer Gott!«, presste er hervor, »Arden entschuldigt sich, dass er den Überfall nicht verhindert hat. Dabei bin ich allein an allem schuld. Ich hätte es wissen müssen. Ich hätte auf die warnende Stimme in meinem Herzen hören sollen, die sich schon zu Wort meldete, als diese Männer sich in der Taverne zu uns gesellten.«

Cynwal und Cynedyr musterten Marie und Llew eher mit Verschlagenheit als mit Hass. Marie fröstelte, denn diese Wolfsaugen schienen sie nicht als menschliches Wesen mit einem Herzen und einer Seele zu betrachten, sondern als Beute. Angesichts solcher Niedertracht musste sie den Blick abwenden.

Nach einer Weile fragte Arden: »Fühlt Ihr Euch kräftig genug, aufzustehen, Mylady?«

Marie dachte nicht lange nach. »Ja, ich glaube, es wird gehen«, antwortete sie.

»Arden und seinen Leuten können wir vertrauen«, sagte Llew. »Dort, wo sie uns hinbringen werden, sind wir sicher.«

»Was wird aus den ...« Marie brachte es nicht über sich, die Namen ihrer Angreifer auszusprechen.

»Aus den Brüdern?« Ardens Stimme klang kalt. »Wir nehmen sie mit. Sie werden die gerechte Strafe für ihre Taten erhalten.«

Marie nickte schwach. Ja, es war gut, sich um Gerechtigkeit zu bemühen, was immer das für Gesetzlose bedeuten mochte. Sie war froh, dass Arden Llew davon abgehalten hatte, die Männer zu töten. Es wäre schrecklich gewesen, ihr Blut an den Händen ihres geliebten Gemahls zu sehen. Rache mochte eine verlockende Speise sein, aber für gewöhnlich war sie vergiftet.

»Llew«, flüsterte sie. »Llew, kannst du ... ich würde die Kette gern tragen ...« Sie biss sich auf die Lippen und wagte nicht weiterzusprechen. Ihr Vater hatte ihrer Mutter das Schmuckstück vor langer Zeit geschenkt. Seit es anlässlich der Hochzeit mit ihrem ersten Mann an sie weitergegeben worden war, hatte es Marie auf all ihren Wegen begleitet.

Llew verstand Maries Wunsch sofort. Für sie maß sich der Wert der Kette nicht an den Edelsteinen, die sie zierten – so schön diese auch sein mochten. Auch die aufwändige Goldfassung machte nicht die eigentliche Besonderheit des Schmuckstücks aus; sie lag allein in den Erinnerungen, die mit den ungewöhnlichen Steinen verbunden waren, mochten sie nun gut, schlecht, süß oder sorgenvoll sein. Llew wusste, dass Marie vor allem deshalb so schockiert war, weil ihr die Männer aus purer Habgier etwas hatten nehmen wollen, dessen wahren Wert sie weder kannten noch zu schätzen wussten.

Er holte die Kette aus Maries Satteltasche und legte sie ihr um den Hals. Die sanfte Berührung seiner Finger ließ Marie erzittern, denn sie spürte, wie gut ihr Gemahl ihre Seele kannte und wie sehr er sie liebte. Dieses großartige Gefühl entschädigte sie für alle Bitterkeit, die sie im Augenblick empfand.

Arden hatte sich inzwischen stumm erhoben und seinen Leuten ein Zeichen gegeben. Marie staunte erneut darüber, wie jung und zart er wirkte. Dabei strahlte er eine würdevolle Autorität aus, die nichts mit Machtgier oder Grausamkeit zu tun hatte. Wenn dieser Jüngling ein Gesetzloser war, dann sicher keiner der skrupellosen Banditen, von denen man gemeinhin hörte. »Nun denn«, sagte Arden, »es ist an der Zeit. Ihr seid die Ersten.«

Bei diesen Worten begannen die Brüder aus Wales, die bislang reglos und mit störrischen Mienen zugehört hatten, an ihren

Fesseln zu reißen. Plötzlich stand Angst in ihren Augen, und sie versuchten, die Knebel abzustreifen. Arden starrte sie grimmig an. »Haltet still!«, befahl er ihnen. »Für Angst ist es nun zu spät. Sie hätte euch von eurer Missetat abhalten sollen, nun nützt sie euch nichts mehr.« Er nickte den jungen Männern zu, die Cynwal und Cynedyr bewachten. Sie stießen die Brüder zu ihm hin.

Dann geschah etwas, das Marie mit einem entsetzten Aufschrei aufspringen ließ. Denn sobald die Gefangenen vor ihm standen, drückte Arden die Daumen auf ihre Augen und beförderte sie mit einem kräftigen Stoß mitten in das Feuer. Die Flammen schlugen über ihnen zusammen wie der Atem eines bösen Ungeheuers. Gespenstisch beleuchteten sie Ardens Gesicht.

»Wir können sie nicht allein hier zurücklassen«, erklärte der Jüngling. Dann winkte er seinen Leuten. Einer nach dem anderen traten sie vor ihn hin. Arden drückte seine Daumen auf ihre geschlossenen Lider. Dann traten sie ins Feuer und verschwanden.

Llew hatte die erschütterte Marie wieder an sich gezogen und hielt sie fest. »Hab keine Angst. Es ist nicht so, wie du denkst. Sieh doch nur, sieh!«, redete er beruhigend auf sie ein. Dabei strich er ihr sanft über den Rücken.

Als Marie bewusst wurde, dass keine verkohlten Leiber im Feuer lagen, und ihr auch nicht der Gestank verbrannten Fleisches in die Nase stieg, schwand ihr Entsetzen. Die verschwommenen Umrisse der Menschen tanzten in den Flammen wie Schatten an einer Wand.

Arden winkte Marie und Llew zu sich. »Kommt, meine Freunde. Nun seid ihr an der Reihe. Fürchtet euch nicht.«

Er machte einen Schritt auf sie zu und legte ihnen sanft die Daumen auf die Augenlider. Die Berührung fühlte sich kühl an, so als würde ihnen eine feine Salbe auf die Haut gerieben. Dann traten sie zusammen in das Feuer. Marie schlug die Augen wieder auf und sah die undeutlichen Konturen einer Landschaft vor sich, in der sich menschliche Gestalten bewegten und Pferde grasten. Der kräftige Geruch der Eichenscheite umgab sie, doch die Flammen versengten sie nicht. Stattdessen spürte Marie eine Kälte, die tief in ihre Knochen drang, und Traurigkeit senkte sich einer dunklen Wolke gleich über ihr Gemüt. Der einzige Trost war Llews warme Hand, die die ihre fest umschloss.

Dann ließen sie die Flammen hinter sich. Anfangs glaubte Marie, sich noch am selben Ort zu befinden, denn die Lichtung, auf der sie standen, schien sich nicht verändert zu haben. Sie erblickte die hohen Bäume und das Dickicht an ihrem Rand, den Eichenstumpf und eine Gruppe von Menschen, die um das Feuer saßen. Doch bei näherem Hinsehen bemerkte sie die vielen Unterschiede. Hier an diesem Ort herrschte bereits tiefster Winter, ein Winter ohne Schnee, aber grau, kalt und trübe. Die kahlen Äste der Bäume krallten sich in den bleiernen Himmel. Es gab keine roten Beeren, keine grünen Stechpalmen, keinen weißen Schnee, keine schwarze Erde. Nicht einmal ein bunter Vogel ließ sich blicken, und selbst dem Feuer schien die Kraft zu fehlen. Seine Flammen waren nicht rot, blau oder golden, sondern silbrig und fast durchsichtig. Dicker grauer Rauch stieg in die kalte Luft.

Ardens Leute kauerten um das Feuer. Es hatten sich noch einige hinzugesellt, die offenbar hier auf die anderen gewartet hatten. Ein paar Pferde weideten das dürre graugrüne Gras der Lichtung ab. Man hörte, wie sie die trockenen Büschel abrupften, sonst herrschte Stille.

Cynwal und Cynedyr knieten unbeweglich und mit gesenkten Häuptern auf der Erde. Vor ihnen stand ein seltsames Wesen in einstmals prächtigen Gewändern: ein Zwerg.

16

Ich kann ein wahres Lied über mich singen ...
Viel Unbill habe ich ertragen,
und bitterer Kummer wohnte in meinem Herzen ...

Aus *The Seafarer*, anonymer Autor

Alle Farbe, die der Landschaft fehlte, schien sich in dem Zwerg wiederzufinden. Er hatte klare, dunkle Augen, einen kohlrabenschwarzen Bart, wirres, verfilztes schwarzes Haar und ein schmales, schlaues Gesicht. Die Lumpen, in denen er steckte, mussten vor langer Zeit Kleider von großer Pracht gewesen sein. Goldbrokat und Stücke eines anderen kostbaren, schimmernd grünen Stoffes waren miteinander zu einem edlen Gewand vernäht gewesen, das nun aber in verdreckten Fetzen an dem Zwerg herunterhing. An einem Finger trug er einen schweren Goldring mit barbarischen Mustern. Seine Füße waren nackt und schmutzig, seine muskulösen Beine wie von Dornen zerkratzt, und er hinkte. Alles in allem bot er ein Bild, das gleichzeitig beeindruckte und erschreckte.

»Master Greenleaf«, sagte Arden, so demütig, wie er bisher in Gegenwart von Marie und Llew noch nicht gesprochen hatte. »Wie Ihr sehen könnt, habe ich sie zu Euch gebracht.«

»Wie ich sehen kann«, wiederholte der Zwerg. Seine Augen funkelten belustigt. »Ich für meinen Teil würde sagen, wir sind sehr erfreut, euch hier begrüßen zu dürfen, Llew Elfricsson und Marie de France.«

»Ihr seid Master Greenleaf! Ihr seid es, der Arnaud de Beroul im Wald begegnete, der Zwerg Greenleaf, mit dem alles begann!«, sagte Llew staunend. »Ich hätte nie geglaubt, dass wir einander unter solch abenteuerlichen Umständen kennen lernen würden.«

»Ehrlich gesagt, ich auch nicht«, antwortete Greenleaf. »Darum drückte ich mich bei meiner Begrüßung auch so vage aus. Ich freue mich natürlich, dass Ihr hier seid. Aber vielleicht sagt Euch die Art und Weise, wie Ihr zu mir gelangt seid, weniger zu. Arden und ich wussten nicht, dass diese beiden ... Helden Eure Führer sein würden.«

»Diese Männer gaben vor, in Eurem Auftrag zu handeln, Master Greenleaf«, sagte Llew mit einem finsteren Blick auf die Brüder. »Sie schienen unsere Pläne zu kennen.«

Der Zwerg nickte. »Das wundert mich nicht. Leute wie sie wissen immer, wie sie ihr Ziel erreichen können. Aber ich muss zugeben, wir hatten nicht mit ihnen und auch nicht mit dem Zeitpunkt ihres Angriffs gerechnet. Ich hoffe, Ihr könnt uns diesen Fehler noch einmal verzeihen. Vor allem Ihr, Lady Marie.«

Marie stellte fest, dass Greenleaf ihr aus irgendeinem Grund gefiel. Das hatte sie nach Gayains Beschreibungen und den Erzählungen des Ritters Arnaud de Beroul über einen mysteriösen, etwas unheimlichen Zwerg, der ihm vor Monaten in einem entlegenen Waldstück im Grenzland begegnet war, nicht erwartet.

»Master Greenleaf«, sagte sie freundlich, »nun sind wir hier und dürfen uns sicher fühlen. Wir danken Euch für unsere Rettung.«

»Pah, dafür müsst Ihr Euch bei Arden bedanken!«, lautete Greenleafs knappe Antwort. »Ich brauche Euch. Ihr werdet es hier bei uns in Oakenfast eine Zeit lang aushalten müssen.«

»Oakenfast?«, wiederholte Marie. Arden hatte gesagt, er komme von dort. Die Antwort des Zwerges war eine ausholende Geste, welche die gesamte Umgebung mit einschloss.

»Das hier ist also Oakenfast ...«, hauchte Llew, und Marie wusste, was in ihm vorging. Wieder waren sie in der Anderwelt, die sich in der menschlichen Welt mit all ihrer Oberflächlichkeit und ihrem Hang zu Äußerlichkeiten verbarg. Sie befanden sich an einem Ort, für den es viele Namen gab. Jedes Volk, jedes Land hatte seinen eigenen: Unterwelt, Annufen und Elfland waren nur einige Bezeichnungen für das Reich der Unsterblichen, die den Menschen manchmal helfend zur Seite standen, oft aber auch nicht. Eines wusste Marie jedoch mit Sicherheit: Diese Welt war so wirklich und so echt wie die alltägliche Welt der Sterblichen.

»Ja, Ihr seid in Oakenfast, Sir Llew«, bestätigte der Zwerg. Dann wandte er sich an Arden und wies dabei mit dem Daumen auf die Gefangenen. »Nun Arden, was fangen wir mit diesem Abschaum an?«

Arden zuckte zusammen. Ein seltsamer Ausdruck trat auf sein angenehmes junges Gesicht. »Herr, warum stellt Ihr mir diese Frage?«

»Ich wollte Eure Meinung hören«, erklärte Greenleaf vergnügt.

»Master, Ihr wisst, ich kann darauf nur eines antworten: Es soll das geschehen, was Ihr wünscht. Die Gerechtigkeit muss siegen.«

»Oh ja, das muss sie«, sagte Llew hitzig. »Wir alle wissen, was die beiden getan haben. Es geht mir nicht um mich. Aber meine Gemahlin wurde verletzt ... Man hat die Brüder auf frischer Tat ertappt. Ist es da noch eine Frage, was mit ihnen geschehen soll? An ihrer Schuld besteht kein Zweifel. Wäre ihr Plan gelungen, dann müsstet Ihr sie nun feige Mörder schimpfen. Nur Ardens beherztes Eingreifen hat das Schlimmste verhindert.«

»Auge um Auge? Ist das Euer Wunsch? Hier. Dann tötet sie.« Der Zwerg zog einen Dolch aus seinem Gewand, der scharf war wie ein Lichtstrahl. Das Metall funkelte in der kalten grauen Luft mit den harten Augen des Zwerges um die Wette. Er streckte Llew die Waffe entgegen. »Nehmt den Dolch, mein Freund.«

Llews Blick versank in den Augen des kleinen Mannes. Langsam streckte er seine Hand nach der Waffe aus.

Eine furchtbare Angst befiel Marie. »Nein!«, rief sie und wollte ihren Gemahl am Arm festhalten, damit er den Dolch nicht an sich nehmen konnte. »Nein, Llew. Wenn wir unsere gemeinsame Zeit in einem neuen Land mit Blut an den Händen beginnen, wo soll das enden? Das ist keine Gerechtigkeit. Das ist Rache.«

Die sonderbar hilflose Dunkelheit in Llews Blick erschreckte Marie zutiefst. »Meine Liebste, mein Herz. Was soll ich tun? Sie hätten dich beinahe getötet, und ich ertrage den Gedanken nicht, dass ...« Er brach ab.

Sie sah die Tränen in seinen Augen und spürte, wie die Liebe zu ihm gleich einer heißen Welle in ihr aufstieg. Sanft legte sie ihm die Hand auf die Schulter, und einen Augenblick lang schien es, als wären sie beide allein.

»Aber sie haben mich nicht umgebracht, mein Geliebter, obwohl sie die Möglichkeit dazu hatten. Cynedyr hätte das Schwert gegen mich erheben können, anstatt mein Pferd damit zu schlagen. Und Cynwal ...« Sie lächelte schwach. »Mein Geliebter, ich glaube, du hast ihn bereits bestraft. Wir sind beide in Sicherheit, Llew. Wir werden uns nicht erniedrigen, indem wir uns für etwas rächen, das gar nicht geschah. Wie viel edler ist es, Gnade walten zu lassen!«

»Dann sollen sie der Gerechtigkeit entgehen?«, fragte Llew leise. »Sie sollen für ihren Verrat und ihre Feigheit keine Strafe erhalten?«

Marie spürte, wie aller Augen sich gespannt auf sie richteten. Doch sie antwortete mit fester Stimme: »Nein, der Gerechtigkeit werden sie nicht entgehen. Gnade walten zu lassen, bedeutet nicht, ein Unrecht zu vergessen. Sie wollten uns schaden. Also sollen sie uns nun dienen und damit das Verbrechen sühnen, das sie zu begehen gedachten. Oft ist das Leben mit den eigenen Missetaten schwerer zu ertragen als ein schneller Tod. Noch dazu wird es zu unserer Sicherheit beitragen, wenn wir uns gnädig erweisen. Denn nur so können wir herausfinden, warum sie uns angegriffen haben. Oh, ich weiß, sie wollten die Halskette an sich bringen und könnten ganz gewöhnliche Diebe sein. Aber Diebe beschmutzen nicht ohne Not das eigene Nest. Warum also zwei Fremde erst hierher führen und sie dann im Wald, ganz in der Nähe des Anwesens von Sir Walter Clifford, wo die Brüder ihre Höfe haben, überfallen? Steckt nur Verzweiflung oder Habgier hinter der Tat? Oder gibt es vielleicht einen ganz anderen Grund dafür? Und woher wussten die beiden überhaupt, dass ich eine wertvolle Halskette besitze?«

Während Maries Rede hatte hin und wieder jemand scharf die Luft eingesogen. Aber sie achtete nicht darauf, wer es war, denn sie hatte nur Augen für Llew. Erleichtert sah sie, wie die dunklen Schatten der Rachsucht aus seinen Augen wichen.

»Gut gesprochen, Marie«, sagte er. »Es gibt in der Tat viele Fragen, die noch auf eine Antwort warten.«

»Nun, wie lautet euer Urteil, meine Freunde?«, fragte der Zwerg ungeduldig. Alle Belustigung war aus seinem Blick verschwunden. »Was soll das Schicksal dieser Männer sein?«

»Löst ihre Fesseln«, sagte Marie. »Befreit sie von den Knebeln, Master Greenleaf. Wir wollen hören, was sie zu sagen haben.«

Llew nickte. »Ja, nehmt ihnen die Fesseln ab.«

Ein Blick auf die Gefangenen zeigte Marie, dass die Hochmut und Verschlagenheit in ihren Mienen einer tiefen Verzweiflung gewichen war. Vielleicht wäre ihnen der Tod tatsächlich lieber gewesen als ein Leben als Verräter, als Diebe und als feige Mörder, die lediglich an der Ausführung ihrer Tat gehindert worden waren.

»Wie Ihr wünscht«, sagte Greenleaf. Mit dem blitzenden Dolch in der Hand trat er zu den beiden Walisern. Aller Augen folgten ihm. Marie beschlich ein ungutes Gefühl. Das Urteil, das sie und Llew gefällt hatten, schien den Zwerg nicht zu überraschen. Schon seit sie den Wald mit Namen Poukswood betreten hatten, quälten sie allerhand Zweifel, und noch immer lag im Dunkeln, was Greenleaf von ihnen wollte. Was, wenn dies auch nur wieder eine Falle war, die hinter ihnen zuschnappte und sie zu einem grausamen Schicksal verdammte? Was wussten sie schon über Greenleaf, was von dem Ort namens Oakenfast, an den sie nun gebracht worden waren?

Der Dolch blitzte auf. Als Erster fiel Cynwal zu Boden, dann Cynedyr. Wie erschlagen lagen die beiden da, doch kein Wort kam ihnen über die Lippen. Einen Augenblick lang herrschte Stille, dann sagte Greenleaf spöttisch: »Die Söhne Cymrus sind auch nicht mehr das, was sie einmal waren. Ach, was waren das für Zeiten, als Sir Edric den walisischen Prinzen Rhiwallon vernichtend schlug! Echte Männer waren sie, wenn auch vielleicht ein wenig wild und grausam. Heutzutage gibt es nur noch Schwächlinge, die sich jedem andienen, der sie dafür bezahlt.«

Mit einem wilden Aufschrei sprangen die Brüder auf die Füße. »Doppelzüngiger Engländer!«, zischte Cynwal. Dabei versuchte er, den Zwerg zu packen. »Wann hast du je die Wahrheit gesprochen?«

»Ich muss doch sehr bitten«, sagte Greenleaf, der dem stämmigen Waliser mühelos ausgewichen war. »Ihr solltet wahrlich nicht andere der Doppelzüngigkeit bezichtigen, mein Freund. Wie steht es denn mit euch? Suchtet ihr nicht die Freundschaft dieser guten Leute, nur um euch bei der ersten Gelegenheit auf sie zu werfen wie verräterische Schlangen?«

»Dämon!«, fauchte Cynedyr. »Waldgeist!« Er bekreuzigte sich, doch der Zwerg gab sich unbeeindruckt.

»Meinen Namen habt Ihr als Lockmittel benutzt, aber meine wahre Natur kennt Ihr noch immer nicht. Heute nennt man mich Greenleaf, früher rief man mich anders. Aber ›Dämon‹ gehörte noch nie zu meinen Namen. Ihr Unwissenden! Es hilft euch nichts, mich mit allerlei schaurigen Titeln zu bedenken. Überlegt euch lieber, wie Lady Marie und Sir Llew euch nennen würden, wenn sie wüssten, dass ihr eure Missetat gegen Bezahlung begehen wolltet.«

Bei diesen Worten schien die Waliser jede Angriffslust zu verlassen. Sie ließen die Schultern hängen, als würden sie von nassen Umhängen beschwert.

»Warum müsst Ihr uns auch noch quälen?« Cynwals Stimme klang müde. »Warum habt Ihr uns am Leben gelassen? Warum habt Ihr uns gerettet, Mylady?« Nun wandte er sich direkt an Marie. »Gnade wolltet Ihr walten lassen, aber man spielt mit uns wie die Katze mit der Maus. Man häuft Schande wie Glut auf unsere Häupter.«

»Das lag nicht in meiner Absicht, und das wisst Ihr auch, Cynwal«, antwortete Marie. Sie sprach mit ruhiger Stimme, doch ihre Augen blitzten, und sie hielt dem wütenden Blick des Walisers stand. »Ich wollte nicht so tief sinken wie Ihr und Böses mit Bösem vergelten. Und nun hört auf, so zu tun, als sei unsere Gnade eine Beleidigung für Euch, und redet wie ein Mann, nicht wie ein jammernder Balg!«

Marie hörte unterdrücktes Gelächter.

»Nun?«, fuhr sie fort. »Ist Euch etwa die Zunge festgewachsen? Wir möchten zu gerne erfahren, warum Ihr den geheiligten Bund der Freundschaft verraten habt und an zwei ahnungslosen Fremden ein gemeines Verbrechen begehen wolltet. Selbst ein Hund hat mehr Anstand in den Knochen!« Ruhiger und freundlicher setzte sie hinzu: »Wir warten auf eine Erklärung, denn wir wissen nicht, was wir Euch angetan haben sollen, um ein solches Schicksal zu verdienen.«

Cynedyr stöhnte. »Mylady, Ihr habt uns nichts angetan, und was wir vorhatten, war falsch. Wir bitten Euch untertänigst um Vergebung ... Wir schulden einem Geldverleiher in Worcester eine größere Summe. Wenn wir sie ihm nicht zurückzahlen, verlieren wir unsere Freiheit. Und freie Bauern waren wir von jeher. Unsere Familie hat nie zu dem Heer von Tagelöhnern und Leibeigenen gehört, auch wenn wir den Grund und Boden, auf dem wir arbeiten und leben, nicht mehr unser eigen nennen dürfen.« Bei diesen Worten warf er Greenleaf einen vernichtenden Blick zu. »So viele gierige Eroberer haben unser grünes Land schon an sich gerissen, aber stets ist es unserer Familie gelungen, sich wenigstens ihre Freiheit zu bewahren. Mehr als einmal entgingen wir dabei nur knapp dem Tod.«

»Der Tod anderer schien Euch weniger zu kümmern.« In Ardens Stimme schwang Verachtung. »Als die Normannen das Land mit Blut und Feuer überzogen, rührte das Schicksal ihrer Nachbarn die Söhne Cymrus nicht.«

»Jeder muss sehen, wo er bleibt. Aber ihr glaubt doch nicht etwa, die Normannen hätten unser Volk verschont? Außerdem waren wir vor euch da. Bevor die Engländer das Land in Besitz nahmen, war es britisch. Es gehörte uns. Die Normannen kamen erst viel später über das Wasser.«

»Aber wir Engländer sind nun schon seit einer Ewigkeit auf dieser Insel. Wir haben uns das Recht, hier zu leben, redlich verdient. Durch unser Blut, unsere Opfer, unserer Hände Arbeit und unsere Liebe. Nie haben wir so unter euren Leuten gewütet wie die Normannen unter uns.« Ardens Wangen waren feuerrot geworden. »Wir vertrieben euch nicht, wir ließen euch eure Sitten und Gebräuche ...«

Ein bitteres Lächeln spielte um Cynwals Lippen. »Ja, das war wirklich sehr edel von euch«, sagte er. »Legendär ist die Großmut der Sachsen! Als die Normannen eure Prinzen vertrieben, eure Kirchen verwüsteten und eure Hütten ansteckten, dachtet ihr längst nicht mehr daran, dass ihr uns einst dasselbe angetan hattet. Von feigen Freveltaten künden eure Lieder nicht, Engländer. Massakrierte Dorfbewohner, abgeschlachtete Mönche und geschändete Frauen kommen darin nicht vor. Sie handeln nur von Heldenmut, von großen Schlachten und kühnen Eroberungen!«

Arden ging mit erhobenen Fäusten auf Cynwal los, doch Llew warf sich zwischen die beiden Streithähne. »Genug! Dieses Gezänk bringt uns nicht voran. Das sind alte Geschichten. Dieses Land hat schon viel zu viel Mord und Totschlag gesehen. Müsst ihr die alten Kriege wieder neu aufflammen lassen, ohne einen Gedanken an die vielen Unschuldigen zu verschwenden, die ihr mit ins Unglück reißt? Normannen, Briten, Waliser und Franzosen – alle leben hier in engster Nachbarschaft, ob es uns nun passt oder nicht. Aber im Augenblick geht es nicht um altes Unrecht. Wir wollen die Wahrheit ergründen. Ihr, Cynwal, und Ihr, Cynedyr, habt uns schon zu lange hingehalten. Ihr sagt, ihr hättet Schulden. Wolltet ihr uns gegen Bezahlung töten, vielleicht auch noch unseren Besitz zu

Geld machen und dieses dann eurem Gläubiger überlassen? Wer gab euch den Auftrag? Euer Herr, Sir Walter Clifford? Und warum?« Die Verachtung, die aus Llews Rede klang, ließ die Waliser die Köpfe einziehen.

»Nein, unser Herr, Sir Clifford, hat nichts damit zu tun«, begann Cynedyr stockend. »Aber es hieß ... es hieß, wir sollten euch töten, falls die Gelegenheit günstig sei. Doch wichtiger als euer Leben waren die Juwelen ... Mein Bruder und ich ... wir wollten euch nicht umbringen. Wir wollten nur die Halskette haben.« Seine Stimme wurde schrill. »Nie hätte ein Sohn von Owain sich dazu hergegeben, eine wehrlose Frau zu töten!« Die ungläubigen Gesichter der Umstehenden brachten ihn zum Schweigen.

»Wie edelmütig von Euch.« Llew hielt seine Wut nur mühsam im Zaum. »Wir sind erfüllt von tiefer Bewunderung für Eure Ehrenhaftigkeit und die Gnade, die Ihr uns angedeihen lassen wolltet. Dass meine Gemahlin sich bei einem Sturz vom Pferd tödlich verletzen könnte, ist Euch wohl nie in den Sinn gekommen? Oder hätte es Euer Gewissen schon beruhigt, dass Ihr Euch die Hände nicht blutig machen musstet? Aber Ihr habt meine eigentliche Frage noch nicht beantwortet: Wer bezahlt Euch?«

Cynedyr warf seinem Bruder einen schnellen Blick zu. Der antwortete bedächtig: »Wir wissen es nicht, denn mit uns sprach nur ein Mittelsmann – der Geldverleiher, bei dem wir in der Kreide stehen. Und Geld haben wir auch noch keines gesehen, denn das sollten wir erst bekommen, nachdem ...« Er errötete, sprach aber doch weiter. »Ja, was wir taten war nicht recht, und wir bereuen es bitter. Aber der Geldverleiher sagte, wenn wir diesen Auftrag erledigt hätten ...«

Cynwal spann die Geschichte weiter. »Er sagte, wenn sein Herr mit uns zufrieden sei, wären unsere Schulden ein für alle Mal getilgt. Wir würden sogar noch eine Belohnung erhalten ...« Die wütenden Blicke der Zuhörer ließen nun auch ihn erröten. »Wir waren verzweifelt. Denn wenn unser Gläubiger uns beim Sheriff angezeigt hätte, hätten wir unser Heim, unsere Freiheit, unsere Ehre und alles, was uns je etwas bedeutet hat, verloren ...« Cynwal wandte sich ab und schluckte. Doch er sah Llew direkt ins Gesicht, als er mit leiser Stimme weitersprach. »Aber wir wollten dafür kein Leben auslöschen. Auch nicht durch einen Unfall. Mit einer solchen Sünde wollten wir unsere Seelen nicht belasten.«

Eine bedrückende Stille folgte seinen Worten.

»Sir Llew, Master Greenleaf«, sagte Arden plötzlich, »hier in Oakenfast mögen wir sicher sein, doch in der sterblichen Welt sind die Dinge oft komplizierter. Wenn ein Mann zur Verzweiflung getrieben wird, tut er manchmal Dinge, die ihm sonst nie einfallen würden. Dumme, widersinnige und verabscheuungswürdige Taten begeht er unter solchen Umständen.« Arden hielt inne und errötete ein wenig, weil sich vier Augenpaare auf ihn geheftet hatten. Cynwal und Cynedyr musterten ihn erstaunt, Llew ausdruckslos und der Zwerg ganz offensichtlich amüsiert.

»Nun Arden, das mag wohl sein«, sagte Greenleaf. Dabei grinste er ganz ungeniert. »Das Leben ist gewiss nicht einfach, aber auch an der Klugheit dieser beiden habe ich gewisse Zweifel.«

»Sie behaupten, sie hätten uns nicht töten wollen, noch nicht einmal aus Versehen.« Llews Stimme war so kalt wie die des Zwerges. Marie erkannte, dass er den Brüdern noch nicht verziehen hatte. »Aber was wäre es anderes gewesen als unser Todesurteil. wenn sie uns verletzt und ohnmächtig im Wald liegen lassen hätten? Wenn wilde Tiere uns nicht schon vorher entdeckt hätten, wären wir erfroren. Mein Vater Elfric geriet seinerzeit in einen Hinterhalt und wurde von den Räubern in seinem Blut liegend zurückgelassen. Auf diese Weise kam er zu Tode.«

Marie fing Greenleafs Blick auf. Sie wusste, dass dieses Bild Llew verfolgte: sein tödlich verletzter Vater, dem niemand zu Hilfe gekommen war. Kein Arden und kein Greenleaf hatte sich seiner angenommen.

Cynedyr ließ den Kopf hängen. »Wir ... wir wollten nach Ratheford reiten und jemanden zu euch schicken. Wir wollten sagen, wir hätten euch im Wald liegen sehen; Räuber müssten euch überfallen haben ... und ...«

»Wie rührend besorgt diese beiden doch um das Wohl ihrer Opfer waren.« Greenleaf grinste spöttisch. »Meine Bewunderung für so viel Mitgefühl und Edelmut kennt keine Grenzen.«

»Aber noch immer wissen wir nicht, was der Geldverleiher mit der Halskette meiner Gemahlin anfangen wollte«, stellte Llew eisig fest.

»Ja, seltsam, nicht wahr? Es ist ein schönes Schmuckstück. Aber drei Steine fehlen«, sagte Greenleaf und hob dabei die Augenbrauen. »Wer geht für eine unvollständige Halskette ein solches Risiko ein?«

»Der Geldverleiher sagte uns, der Schmuck sei seinem rechtmäßigen Eigentümer gestohlen worden, und er müsse ihn zurückhaben, denn er sei sehr wertvoll, und große Kräfte wohnten ihm inne. Das schärfte er uns immer wieder ein, und wir ...« Cynwal zuckte die Achseln und verstummte.

»Wie heißt denn der Geldverleiher mit dem silbernen Zungenschlag?«, fragte Llew. »Wenn wir den Namen kennen, finden wir vielleicht heraus, wer seine Hintermänner sind.«

»Osric«, antwortete Cynwal. »Er stammt eigentlich nicht aus Worcester, lebt aber schon seit Jahren dort. Woher er kommt, weiß ich nicht. Er verleiht nicht nur Geld gegen Zinsen, ihm gehören auch drei Häuser in der Stadt.« Cynwals Augen flackerten. »Eines davon bewohnt der Verwalter von Bestude, wenn er in Worcester ist. Er muss wohl ein Normanne sein, und man nennt ihn den eisernen Ralf.«

Den Namen Osric hatten Marie und Llew noch nie gehört. Aber Cynwals letzte Worte trafen sie mit Macht.

»Der Verwalter von Bestude!«, entfuhr es Marie.

»Ja, manche Leute behaupten, er sei der eigentliche Herr des Anwesens. Aber mit letzter Sicherheit kann das niemand sagen.

Der eiserne Ralf ist ein sonderbarer Mensch. Man hält sich besser von ihm fern. Manchmal scheint es, als lebe er in seiner eigenen Welt. Freunde scheint er jedenfalls keine zu haben.«

»Dieser Osric«, sagte Llew, »wusste er, dass die Halskette meiner Gemahlin unvollständig ist? Hat er Euch das Schmuckstück beschrieben?«

Der Waliser legte die Stirn in Falten, als denke er angestrengt nach. »Er hat es uns beschrieben«, antwortete er schließlich. »Aber er sagte nichts davon, dass einige Steine fehlen. Er sprach von roten, grünen und durchsichtigen Kristallen. Und dann sagte er noch – ja, so war es –, in der Mitte sitze ein besonders großer klarer Stein.«

Aller Augen wanderten zu Maries Kehle, wo die Halskette schimmerte.

»Nun, meine Freunde«, sagte Greenleaf trocken, »ihr habt eure Aufgabe nicht besonders gut erfüllt. Oder seht ihr einen großen klaren Stein in der Mitte?«

Cynwal schüttelte stumm den Kopf.

»Wenn Osric nicht wusste, dass das Schmuckstück unvollständig ist, dann wusste sein Herr es wohl auch nicht.«

Darauf fiel niemandem etwas ein. »Etwas kam uns allerdings eigenartig vor«, sagte Cynedyr schließlich zögernd. »Osric nannte uns die Namen der Leute, die wir ... äh ... begleiten ... äh, eure Namen, gnädige Herrschaften. Master Greenleaf sprach Euch als Marie de France an, Mylady«, fuhr er an Marie gewandt fort. »Aber Osric sagte, Ihr wäret Lady Marie de Valoiz.«

Marie erschrak. Wenn der Geldverleiher ihren Mädchennamen kannte, lag der Schlüssel zu all den Rätseln dann in der Vergangenheit? Es war lange her, seit ihr Vater die Halskette in Byzanz gekauft und seiner jungen Gemahlin zum Geschenk gemacht hatte. Wie viele Verzweigungen, wie viele Wege, die an einer unüberwindlichen Wand endeten, hielt dieses Labyrinth noch für sie bereit, bevor sie seinen Rätseln endlich auf die Spur kamen?

Sie spürte Greenleafs forschenden Blick. »Das Labyrinth, durch das ihr wandert, ist weit verzweigt, meine Freunde. Und seine Wege sind mindestens zweimal so verschlungen, wie ihr glaubt.« Maries offenkundigem Erstaunen schenkte er keinerlei Beachtung. »Arden!«, rief er. »Sind die Pferde gesattelt?«

»Sie stehen bereit, Master Greenleaf.«

»Dann wollen wir keine Zeit verlieren«, sagte Greenleaf. Mit diesen Worten sprang er auf den Rücken eines kleinen schwarzen Ponys, das soeben herbeigeführt wurde.

DAS BUCH VON BUFAWUDA

Fünftes Kapitel

In welchem Edric zurückkehrt und alles nur noch schlimmer macht.

Schließlich kehrte Sir Edric von seinen Streifzügen zurück und fand sein Heim in Bufawuda wegen des Besuchs von Urse d'Abetot und dessen Begleiter in Aufruhr. Arnwin hatte rund um das Anwesen einen festen Zaun errichten lassen und las viele Messen, um Bufawuda vor einem Schicksal zu bewahren, das unabwendbar schien. Der Priester erzählte Sir Edric von dem Besuch der Normannen und sagte ihm auch, welche Absicht sich nach seinem Dafürhalten dahinter verbarg. Dass die Fremden Lady Goda im Wald gesehen hatten, verschwieg er Sir Edric jedoch, denn Prinzessin Goda war eine Elfe und konnte für sich selbst sprechen. Außerdem wusste Arnwin, dass mit Edric, wenn man ihn erzürnte, nicht zu spaßen war. Auch das Geheimnis, welches so schwer auf seinem Herzen lastete, behielt er für sich. Denn diejenigen, die es ihm anvertraut hatten, trauten Edric nicht über den Weg. Darum schwieg der Pfarrer – und sollte sich später oft wünschen, er hätte es nicht getan.

Als Edric von Arnwin erfuhr, dass Urse seine begehrlichen Blicke auf Bufawuda gerichtet hatte, geriet er außer sich vor Wut. Gleichzeitig wusste er, dass es klüger war, den Normannen nicht direkt herauszufordern. Sir Edric glaubte, was die Eroberer betraf, noch immer ein doppeltes Spiel spielen zu können. Er war entschlossen, sie zu besiegen oder wenigstens von seinem Land fern zu halten. Wie er das jedoch anstellen wollte, darüber sprach er nicht.

Auf seinen Streifzügen hatte er insgeheim auch Wales besucht und war mit seinen früheren Feinden, den Prinzen Bleddyn und Rhiwallon von Wales zu einer Übereinkunft gelangt. Wenn die Zeit reif war, würden sie sich alle gemeinsam erheben und die Normannen damit überraschen. Sie wollten die Befestigungsanlagen in Worcestershire, Herefordshire und Shropshire zerstören. Selbst König William würde sich seinen Frieden teuer erkaufen müssen. In der Zwischenzeit wollte Sir Edric abwarten und sich den Anschein geben, als sei er den Normannen freundlich gesinnt.

Obwohl er Augen und Ohren stets offen hielt, erfuhr er nichts von Arnwins Geheimnis. Dass sein Freund ihm etwas verschwieg, hätte den ungestümen Sir Edric sicher erzürnt. Das hätte man ihm auch nicht verdenken können, denn trotz seiner unsteten, aufbrausenden Art war er ein mutiger und kühner Mann. Niemand vermag zu sagen, ob es nicht besser gewesen wäre, ihn in das Geheimnis einzuweihen. Denn oft tun Männer Gutes, wenn man es von ihnen erwartet, und Schlechtes, wenn man ihnen kein Vertrauen schenkt.

Eines Morgens, nachdem er erfahren hatte, dass Urse bei Richard Fitz Scrob in Shropshire war, machte Sir Edric sich allein auf den Weg zu Sir Richards Burg. Das war nicht weiter ungewöhnlich, denn vor der Eroberung des Landes durch die Normannen waren Fitz Scrob und Sir Edrics Familie einander freundlich gesonnen gewesen; und selbst jetzt passte es noch in Fitz Scrobs Pläne, sich mit seinem Nachbarn Sir Edric gut zu stellen. Der Engländer Edric mochte kein allzu mächtiger und einflussreicher Mann sein, doch er konnte viel Unheil anrichten, wenn man ihn erzürnte. Und die Normannen hatten auch ohne diesen Heißsporn schon große Mühe, das eroberte Land unter ihrer Herrschaft zu halten. Vom Kommandeur der Garnison von Herefordshire hatte Fitz Scrob außerdem erfahren, dass Sir Edric und seine Männer das Kriegshandwerk aufs Trefflichste beherrschten. In gewisser Weise bewunderte Fitz Scrob den Engländer dafür. Der Normanne Fitz

Scrob lebte schon so lange in England, dass ihm die Einheimischen nicht mehr wie Fremde oder gar wie geborene Feinde erschienen. Darum hieß er Sir Edric willkommen, stellte ihm Urse vor, beobachtete die beiden und wartete ab.

Sir Edric erkannte schnell, was für eine Art von Mensch er vor sich hatte, und glaubte zu wissen, wie er mit Urse fertig werden würde. Für gewöhnlich ließ er sich von Arnwin beraten, doch dieses Mal hatte er den Geistlichen nicht mitgenommen, denn dieser kannte nur Bufawuda. Er war nie in der Welt umhergereist und wusste nicht viel von dem, was in ihr vorging.

Arnwins Schweigen und Sir Edrics Hochmut sollten sich als fruchtbarer Boden für eine schreckliche Saat erweisen. Sir Edric erzählte dem Normannen Urse allerhand Geschichten über die Reichtümer, die Wales bereithielt, und schwadronierte davon, wie leicht die Waliser zu besiegen seien. Doch Urse, der bei weitem nicht so dumm war, wie der Engländer glaubte, und der zudem langsam lernte, seine wahren Absichten zu verschleiern, wusste, dass Sir Edric nicht die Wahrheit sprach. Immerhin war es den Engländern in den vergangenen Jahrhunderten nicht gelungen, die Waliser zu vertreiben. Darum trugen Sir Edrics Worte nur dazu bei, Urses schwindendes Interesse an Bufawuda wieder neu zu beleben.

Seit der Bär die Reichtümer von Worcester gesehen hatte, war ihm Sir Edrics vergleichsweise kleines Anwesen längst nicht mehr so begehrenswert erschienen. Viel lieber wollte er Sheriff von Worcester werden. Doch Edrics wilde Geschichten ließen in Urse den Entschluss reifen, sich auch die Ländereien entlang jenem Tal der Teme anzueignen. Sir Edric war der letzte englische Edelmann, der dort noch lebte. Wenn man ihn und Arnwin loswurde und es richtig anstellte, würde es an der Grenze zu Wales nur noch loyale Normannen geben. Urse d'Abetot hörte Sir Edric zu und sann gleichzeitig darüber nach, wie er an dessen Land kommen konnte. Das war nicht leicht, denn der Engländer stand im Augenblick noch unter König Williams Schutz, weil es ihm durch eine List gelungen war, bei Hastings nicht gegen die Normannen in die Schlacht zu ziehen.

Mehr Erfolg als bei Urse hatte Edric zunächst bei Robert de Saint Jean. Als Urse die beiden allein ließ, erzählte der Engländer dem jungen Mann von schwarzer Magie und namenlosen Gefahren, die in den Wäldern lauerten. Dann aber schwärmte er von den schönen Elfenfrauen, auf die man im Westen treffen konnte. Das war eine große Dummheit, denn Roberts tiefe Sehnsucht nach der Frau aus dem Wald hatte die Sinne des jungen Normannen geschärft. Als Sir Edric ihm das Aussehen der Elfenfrauen beschrieb, dachte der verliebte junge Mann sofort an das holde Weib, das er am Ufer des Baches gesehen hatte. Staunen und Freude erfüllten das Herz des jungen Normannen. Er wollte noch mehr Geschichten hören, und Sir Edric gab seinem Drängen bereitwillig nach. Er sagte Robert, wenn es ihm gelänge, eine Elfe zu fangen und ihr eine Haarsträhne als Fessel ums Handgelenk zu legen, wäre sie auf immer die Seine. Gemeines Landvolk erzählte diese Geschichte gern, doch Sir Edric wusste, wie weit sie von der Wahrheit entfernt war. Denn Elfenfrauen lassen sich nicht überlisten. Nur durch ihren eigenen Willen werden sie zur treuen Gefährtin eines Mannes, und jeder Versuch, ein solches Wesen einzufangen, würde Robert nur die Schrecken elfischer Rachsucht bescheren. Doch Hinterhältigkeit lag Sir Edric im Blut. Er glaubte, der junge Mann wolle ein Elfenweib für sich haben, hätte jedoch nicht im Traum daran gedacht, dass dies seine eigene Gemahlin sein könnte, da er von der Begegnung im Wald nichts wusste. Wenn Robert, angespornt durch seine Erzählungen, die Elfen erzürnt, so wird das nicht nur ihm selbst, sondern auch Urse schaden – so dachte Sir Edric. Und damit wäre er die beiden landgierigen Normannen los, ohne einen Finger rühren zu müssen und ohne seine Familie und sein Anwesen in Gefahr zu bringen.

Vergnügt ritt Sir Edric zurück nach Bufawuda. Aber auf dem Weg durch den Wald wurde er von einer Waldelfe aufgehalten.

Waldelfen sind viel ernstere Wesen als Wasser- oder Luftgeister. Und diese Waldelfe gehörte außerdem zu den Soldaten des Herrn von Oakenfast, der wiederum nicht gut auf Sir Edric zu sprechen und ohnehin nicht zu Scherzen aufgelegt war. Sie befahl dem Edelmann, sich sofort zu seinem Schwiegervater zu begeben, und Sir Edric wagte keinen Widerspruch. So wurde er durch das Eichenfeuer nach Oakenfast gebracht und stand bald vor dem mächtigen Turm des Herrschers. Er wurde zu dem Herrn aller Elfen geführt, der die meisten Mitglieder seines Volkes um Haupteslänge überragte und ein gar finsteres Gesicht machte.

Allzu freundlich war der Herr von Oakenfast Sir Edric noch nie gesonnen gewesen. Dem stolzen und eifersüchtigen Herrn der Elfen gefiel es nicht, einen Sterblichen zum Schwiegersohn zu haben, denn Menschen hielt er für wenig vertrauenswürdig und ob ihrer wechselnden Launen für unberechenbar. In den alten Zeiten, als die Elfen noch mächtig gewesen waren, hätte er eine solche Verbindung verhindern können. Doch nun war alles anders – selbst in Elfland, wo es längst nicht mehr so viele männliche Elfen gab wie früher. Darum hatte er seiner Tochter ihren Willen gelassen. Außerdem wusste er, wie schwer es war, sie von einem einmal gefassten Entschluss abzubringen. Bei der Hochzeit hatte der Herr der Elfen gute Miene zum bösen Spiel gemacht und Sir Edric seiner Tochter zuliebe reich beschenkt. Doch dann waren die Normannen gekommen, und sein nutzloser Schwiegersohn hatte nicht gegen sie gekämpft.

»Sieh dich vor, Edric«, sagte der Herr der Elfen. »Was du im Herzen trägst, ist nicht allein der Niedergang Bufawudas, sondern auch das Ende von Oakenfast. Erinnere dich, was meine Tochter zu dir sagte, bevor sie deine Frau wurde.«

»Herr«, sagte Edric stolz, »wie könnte ich das je vergessen?«

»Dein Ton gefällt mir nicht«, erwiderte der Herr von Oakenfast, und seine Augen funkelten böse. »Es hat mir nie gepasst, dich zum Schwiegersohn zu haben. Du bist ein Sterblicher und noch dazu verschlagen und undankbar. Du hast ein wildes Herz und weißt nicht, was sich gehört. Doch meine Tochter wollte dich unbedingt haben, und ihr zuliebe stimmte ich dieser Verbindung zu. Das Volk von Oakenfast war sehr großzügig zu dir, Edric. Du wurdest reich beschenkt. Allein das Schwert, das du trägst, ist von unschätzbarem Wert. Es ist feinstes Elfenhandwerk und gebührt einem Helden. Doch das größte aller Geschenke machte dir meine Tochter selbst, als sie dir die Hand zum Bund der Ehe reichte. Das ist eine Ehre, die sogar in diesen schweren Zeiten nur selten einem Sterblichen zuteil wird. Aber zeigst du dich dankbar für all diese Gaben? Nein! Du vernachlässigst meine Tochter und dein Land. Es fehlt nicht viel, und du würdest sie betrügen und dein Land noch dazu. Wenn du so weitermachst, entziehen die Bewohner der Wälder dir ihren Schutz.«

Edric gab sich unbeeindruckt. Er verschränkte die Arme und starrte den Herrn der Elfen an. »Kümmert Euch um Eure eigenen Belange. Mein Anwesen geht Euch nichts an. Die große Eiche beschützt es, nicht Ihr. Und Goda ist nicht mehr Eure Tochter. Sie ist meine Gemahlin und lebt in der Welt der Sterblichen. Ich muss mich um sie sorgen, nicht Ihr. Ich kann mit ihr tun, was ich will. Ob ich sie küsse oder schlage, das ist allein meine Sache.«

Schon oft hatten Edrics hitziges Gemüt und seine lose Zunge ihn in Schwierigkeiten gebracht. Aber dieses Mal war er endgültig zu weit gegangen.

»Törichter!«, brüllte der Herr der Elfen wutentbrannt. »Unverschämter Flegel! Mit diesen hässlichen Worten hast du meine Tochter betrogen. Sie gehört weder dir noch mir, denn sie ist Prinzessin Goda vom stolzen Volk der Elfen. Wie du von ihr sprichst, zeigt deutlich, dass du sie nicht so schätzt, wie du es tun solltest. Du bist ihrer nicht wert, und du bist hier nicht mehr willkommen. Keine Elfe wird je wieder einen Finger rühren, um dir zu helfen, Edric.«

Sir Edric lächelte höhnisch. »Als hättet Ihr je etwas für mich getan, hoher Herr von Oakenfast! Ihr sprecht, als wäre Goda Euch lieb und teuer, aber Ihr kümmert Euch nicht um sie. Ihr habt sie zur Einsamkeit verdammt, und sie hat nicht nur keine Mutter, sondern auch keinen Vater mehr. Und was habt Ihr je für mein Land getan? Warum sollen wir Menschen die Bewohner von Oakenfast ehren, wenn ihr uns nicht zur Seite steht, wenn wir euch brauchen? Wo, oh mächtiger Herr von Oakenfast, war Eure große elfische Macht, als die Normannen unser Hab und Gut unter sich aufteilten? Nicht ein einziges Mal seid Ihr uns in einer Schlacht zu Hilfe geeilt. Aber wenn unsere Feinde erst einmal das ganze Land unterjocht haben, ist das nicht nur unser Ende, sondern auch der Untergang des Elfenreiches. Ihr braucht uns mindestens so sehr wie wir euch.«

Manchmal war Sir Edrics Herz von wildem Mut ergriffen, und er erschien wie einer der großen, strahlenden Helden aus uralten Zeiten. Dabei waren seine Worte unbedacht, auch wenn mehr als ein Funke Wahrheit darin lag.

Einen Moment lang war der Herr der Elfen sprachlos angesichts der Unerschrockenheit des jungen Mannes und der Richtigkeit dessen, was er gesagt hatte. Dann huschte ein grausames Lächeln über seine Züge, und er sagte leise: »Armer Edric! Du weißt so wenig. Selbst für das, was an deinem eigenen Herd geschieht, bist du blind. Der junge Normanne hat Goda gesehen und ist schon ganz krank vor Liebe zu ihr. Du aber hast mit deinem kopflosen Geschwätz alles nur noch schlimmer gemacht.«

Sir Edric starrte den Herrn der Elfen ungläubig an.

»Wusstest du denn wirklich nichts davon, du Ahnungsloser? Dabei blieb dem anderen Mann der Zustand des Jünglings nicht verborgen. Er wollte ihn in seiner Torheit sogar noch bestärken.«

»Welcher andere Mann?«

»Es ist der Gottesdiener, wer sonst?«, fauchte der Herr von Oakenfast. »Der, dem Puca sein Ohr leiht. Derjenige, der so große Stücke auf den Einsiedler in der Höhle hält.«

Die letzten Worte hörte Edric bereits nicht mehr. Nur die Kunde von dem Verrat in den eigenen Reihen drang bis in sein Innerstes vor. »Arnwin?« Sir Edric war blass geworden. »Arnwin hat mich betrogen?«

»Nenn es, wie du willst«, sagte der Herr von Oakenfast, noch immer mit demselben dünnen Lächeln auf den Lippen.

Wer vermag schon zu sagen, was die Elfen dazu treibt, bestimmte Dinge zu tun. Der Herr der Elfen war nicht boshafter als alle anderen seiner Art und hatte im Grunde nichts gegen Arnwin. Doch Edrics hitzige Worte saßen wie ein kalter Stachel in seinem Elfenherz. Mit der jenen Wesen eigenen Unvorsichtigkeit dachte er nicht über die Gegenwart hinaus und überlegte sich nicht, welche Folgen seine Rede für die Zukunft haben könnte. Auch sagte er Sir Edric nicht alles, was er wusste. Schließlich handelte es sich nur um die Querelen zwischen zwei Sterblichen. Dabei vergaß der Herr von Oakenfast, dass sein ungeliebter Schwiegersohn Recht hatte und die sterbliche Welt sein eigenes Reich mit ins Verderben reißen konnte.

Sir Edric warf dem Herrn der Elfen einen letzten hasserfüllten Blick zu, machte auf dem Absatz kehrt und verließ Oakenfast. Danach setzte er nie wieder einen Fuß in das Reich der Elfen oder sprach dessen Namen aus.

Noch immer wütend erreichte er sein Anwesen. Doch gleichzeitig fürchtete er, Goda könne das Haus bereits verlassen haben, denn trotz allem liebte er sie leidenschaftlich. Nur ihr selbst hätte er das nie gesagt, denn das wäre ihm wie das Eingeständnis von Schwäche erschienen. Der arme Edric! Stets erkannte er die Wahrheit erst, wenn es zu spät war.

Doch Goda saß still in ihrer Kammer und ließ die Finger über die Saiten ihrer Harfe gleiten. Sie behexte ihren Gemahl mit ihrem Lächeln, sobald er den Kopf durch die Tür steckte. Beinahe hätte er seinen Zorn auf Arnwin vergessen und wäre bei ihr geblieben. Doch dann fielen ihm die Worte ihres Vaters, des Herrn von

Oakenfast, wieder ein, und seine Wut wurde so übermächtig, dass er nicht mehr wusste, was er tat.

Er rannte aus der Kammer und aus dem Haus. Dann sprang er aufs Pferd und ritt zum Gutshaus von Weadley. Er wusste, wo er den Geistlichen finden würde – nicht etwa in der Kirche, nein, im Garten. Denn Arnwin war ein Mann, der Blumen zum blühen brachte, dessen Gemüse gedieh und dessen Obst reichlich und süß war. Die Bauern verehrten ihn dafür; für sie war er einer von ihnen. Der Gottesdiener liebte die fruchtbare Erde und beackerte und bestellte das Land genau wie sie. Bei dieser Arbeit vergoss er seinen Schweiß, wurde von der Sonne verbrannt und scherte sich nicht um den Schmutz unter seinen Fingernägeln. Oft hörte er bei der Gartenarbeit Gottes Stimme. Und tatsächlich befand Arnwin sich in diesem Augenblick im Garten. Mit regelmäßigen Bewegungen hackte er die Gemüsebeete. Eine große Ruhe war über ihn gekommen, denn endlich hatte man das Geheimnis, das so schwer auf seinem Herzen lastete, von ihm genommen, und er musste nicht länger fürchten, es in einem unachtsamen Augenblick zu verraten. Doch als sein Freund mit gezücktem Dolch auf ihn zusprang, war es um Arnwins Ruhe geschehen.

Zu seinem Glück war der Geistliche ein schneller und wachsamer Mensch, sonst hätte er schon im nächsten Augenblick tot am Boden gelegen. So aber blutete er nur aus einer Wunde an der Hand, bevor es ihm gelang, Edric abzuwehren. Da Arnwin größer und stärker war als sein Freund, bereitete ihm das nicht allzu viel Mühe. Er schlug Sir Edric den Dolch aus der Hand. Die Waffe fiel zu Boden.

»Herr ...«, begann Arnwin. »So lass mich doch erklären ...«

»Fort mit dir, fort!«, presste Sir Edric schnaufend hervor. »Nimm die Deinen und komm niemals zurück. Niemals, hörst du? Niemals! Du bist es nicht wert, dass ich dich Freund nenne. Mein Weib wolltest du an einen Normannen verkaufen – hinter meinem Rücken!« Die Worte erhitzten Edrics Gemüt aufs Neue, und die Wut machte ihn blind. Es konnte aber auch die Feindschaft des Herrn der Elfen sein, der Fluch, der bereits in seinem Herzen wirkte ...

Arnwin fragte Edric nicht, wie er davon erfahren hatte. Er versuchte auch nicht, sich gegen die Vorwürfe zu verteidigen, denn er schämte sich noch immer dessen, wozu er Prinzessin Goda hatte überreden wollen. Er sagte lediglich, so ruhig er konnte: »Mein Herr, Edric, nur der Bischof kann einen Geistlichen von seinem Land vertreiben.«

»Was geht mich der Bischof an!«, schrie Edric. »Der wird noch bald genug von deiner Niedertracht erfahren. Und dann musst du ohnehin gehen.«

»Aber bis dahin«, entgegnete Arnwin steif, »hast du kein Recht ...«

Edric schlug ihm ins Gesicht. Es war ein harter Schlag und ein gemeiner dazu, denn Edric wusste wohl, dass Arnwin als Diener Gottes nicht das Schwert gegen ihn ziehen konnte. Arnwin wurde blass und biss die Zähne zusammen. »Du begehst einen schweren Fehler«, sagte er leise. Dabei erfüllten Trauer und Wut sein Herz mit Schwere. »Nicht ich bin dein Feind.«

»Eine Schlange am Busen ist ein schlimmerer Feind als eine Schlange im Gras«, erwiderte Sir Edric hitzig. »Ich weiß, dass die Normannen mir Übles wollen. Aber ich dachte, du wärest mein treuester Freund.«

»Und das bin ich auch, Herr«, sagte Arnwin niedergeschlagen.

»Freund nennst du dich?« Edric lachte bitter. »Vor solchen Freunden bewahre mich Gott! Verderbter hinterhältiger Lügner!«

In diesem Augenblick trat Hazel aus dem Haus. Sie wollte sehen, was der Lärm zu bedeuten hatte und hörte Sir Edrics letzte Worte. Hazel hatte den englischen Edelmann nie gemocht. Sie hielt ihn für einen schlechten Menschen, der sich noch dazu nicht genügend um seine Ländereien kümmerte. Außerdem stammte sie aus dem Osten Mittelenglands und war mit Leib und Seele Engländerin. Einem Manne, in dessen Adern das Blut der unterschiedlichsten Rassen, ja, sogar das der aalglatten Waliser floss, konnte sie nur mit Misstrauen begegnen. Voll Wut und Verachtung hob sie die Stimme. »Mylord, den wahren Wert dessen, der vor Euch steht, habt Ihr nie erkannt. Wie solltet Ihr auch, wo Loyalität Euch selbst doch fremd ist?«

»Still, Weib«, sagte Arnwin scharf, doch Hazel war wütend und ließ sich nicht besänftigen.

Sie schüttelte die Faust gegen den erstaunten Edelmann und sagte: »Jeder hier kennt Euer Herz, edler Sir Edric. Eure Haut und Eurer Land habt Ihr nur mit Hilfe unwürdiger Listen und skrupelloser Doppelzüngigkeit gerettet. In Gefahr begabt Ihr Euch dafür nicht. Oh nein, dazu seid Ihr nämlich zu feige! Meinem Arnwin könnt Ihr nicht das Wasser reichen. Ihr seid seiner Freundschaft nicht wert.«

»Und was hat Euer Arnwin je getan, außer auf einem friedlichen Stück Land Gemüse anzubauen?«, fragte Sir Edric, der sich nun wieder gefangen hatte. In seiner Stimme lag eine seltsame Sanftheit.

Doch Hazel ließ sich nicht täuschen. Sie bemerkte die verzweifelten Blicke, die ihr Gemahl ihr zuwarf, doch nun gab es kein Zurück mehr. Alle Wut, alle Demütigungen und die Traurigkeit ihres geschlagenen Heimatlandes lagen in ihrer Stimme, als sie sich gegen den Herrn von Bufawuda stellte. »Er hat Großartiges getan. Viel mehr, als Ihr je wissen werdet, Ihr mit Euren unwürdigen Listen.«

»Ach, tatsächlich?« Edric betrachtete die beiden mit wildem Blick. »Er verschweigt mir also, was er treibt, anstatt die Messe zu lesen und die Kranken zu besuchen? Mir, seinem Herrn und Freund? Was hat er denn noch alles vor mir verborgen?«

»Hazel ...«, sagte Arnwin flehentlich. Aber sein Weib hörte nicht auf ihn. Sie kam aus einer alten, angesehenen Familie. Die Ihren mochten nicht von so edlem Geblüt sein wie Edrics Verwandtschaft, aber dafür traute man ihnen über den Weg. Endlich konnte sie dem Herrn von Bufawuda einmal ins Gesicht schleudern, was sie von ihm dachte – als Tochter aus gutem Hause nahm sie sich dieses Recht heraus.

»Euch wollte niemand ins Vertrauen ziehen, hoher Herr«, fauchte sie. »Fragt Euch selbst, warum.«

»Ihr seid mit den Rebellen im Bunde«, sagte Sir Edric, dem es nun wie Schuppen von den Augen fiel. »Ihr einfältigen Narren lasst Euch mit Rebellen ein.«

»Das stünde auch Euch gut an«, gab Hazel hitzig zurück.

Aber Sir Edric hörte ihr schon nicht mehr zu. Sie hatte ihn beleidigt, und sie war nur eine Frau. Mit ihrem Mann wollte er sich streiten, nicht mit ihr, einem schwachen Weib. »Arnwin«, sagte er scharf. »Sag mir die Wahrheit. Steckst du mit den Rebellen unter einer Decke?«

»Ich kann nicht darüber sprechen«, antwortete Arnwin leise, und Edric glaubte, die Antwort zu hören, die er haben wollte.

»Du gehörst also zu ihnen! Warum hast du mir nichts davon gesagt? Warum?«

»Du weißt, warum ...«, begann Hazel, doch Edric winkte ab.

Er packte Arnwin an der Schulter. »Warum?«

»Lass mich los«, sagte Arnwin ruhig. »Lass mich los, Herr.« Sein Blick war fest und stolz. Seine Augen waren dunkel geworden, doch in ihnen lag eine Glut, die Edric verunsicherte. Er zog die Hand zurück.

»Arnwin, wir sind seit unserer Kindheit miteinander befreundet!«, brauste er auf. »Wir kennen einander so lange ...«

»Ja, das ist wahr«, sagte Arnwin mit dem Anflug eines Lächelns. »Damit hast du dir die Antwort auf deine Frage nach dem Warum selbst gegeben.«

Heiße Wut stieg in Sir Edric auf. Er sah nicht, dass Arnwins Blick weich geworden war, dass dieser ihn nicht mit den Augen eines strengen Richters, sondern mit der liebenden Nachsicht eines treuen Freundes betrachtete. Auch die Worte des Herrn von Oakenfast, dem er seine Wut nie ganz hatte zeigen können, hallten noch immer in Sir Edrics Erinnerung nach. Er war einzig von dem Gedanken an Rache an dem Mann und dem Weib beseelt, die nun vor ihm standen und ihrem rechtmäßigen Herrn, wie er glaubte, mit höhnischem Stolz entgegenstarrten. »Du bist zu weit gegangen, Pfaffe!«, zischte Edric zwischen zusammengebissenen Zähnen hervor.

Er machte auf dem Absatz kehrt, marschierte zu seinem Pferd zurück und ließ Hazel und Arnwin stehen.

Und dann tat der englische Edelmann etwas wahrhaft Unehrenhaftes. Er kehrte nicht nach Bufawuda zurück, sondern ritt direkt nach Worcester, ging zu Urse und schwärmte ihm in den höchsten Tönen von der Schönheit des Gutes von Waedley vor. Dass Arnwin mit den Rebellen im Bunde war, sagte er Urse trotz allem nicht, denn selbst Sir Edric wusste, dass dies Verrat war und was darauf stand. In Sir Edrics Stimme schwangen dennoch viele ungesagte Worte mit, als er von Waedley und Arnwins Familie sprach. Urse hörte zu und verstand, was ihm der andere sagen wollte. Aus irgendeinem Grunde schien zwischen den beiden Engländern eine tiefe Feindschaft entstanden zu sein, und diese konnte der Normanne sich zunutze machen. Wenn Arnwin von Waedley fort war, musste er nur noch Sir Edric loswerden. Und mit dem, so dachte Urse bei sich, würde er ein leichteres Spiel haben als mit dem Pfaffen.

Nur vier Tage später ritt Urse d'Abetot mit einem Brief des Bischofs nach Waedley. Darin wurde dem Normannen das Gut mit der Begründung zugesprochen, Arnwin tauge nicht für das Amt eines Pfarrers. Doch als Urse auf dem Gut eintraf, waren Arnwin und seine Familie bereits fort, denn sie wussten, was Edric getan hatte. Nur ein Gesuch beim König selbst hätte sie noch vor der Vertreibung bewahren können, und sie wollten nicht zusehen müssen, wie Urse seinen Triumph auskostete.

Jetzt erst erfuhr Lady Goda, was geschehen war, denn Sir Edric hatte sich bemüht, seine schändliche Tat vor ihr geheim zu halten.

Sie schrie wie eine Besessene, und ihr Gemahl erhob zum ersten Mal die Hand gegen sie. Er schalt sie eine Närrin und sagte, sie sei ihrem verfluchten Vater zu ähnlich. Prinzessin Goda schrie nur einmal auf, als ihr Gemahl sie schlug. Dann wich sie mit blassem Gesicht vor ihm zurück. Niemand erhebt ungestraft die Hand gegen eine Elfe, auch nicht dann, wenn sie fern der Heimat ist. Sir Edric bereute längst alles, was er getan hatte, doch er ließ es sich nicht anmerken. Es war, als brenne ein alles verschlingendes Feuer in ihm, jenes Feuer rücksichtsloser Rache, das erst erlischt, wenn es alles, was ihm in den Weg kommt, zerstört hat.

17

Ich trauere um den schimmernden Kelch, um den Krieger in seinem Harnisch, die strahlende Herrlichkeit des Prinzen. Wie doch die Zeit vergangen ist, wie der Schatten der Nacht auf sie fällt, als wäre sie nie gewesen!

Aus *The Wanderer*, anonymer Autor

Leer und verlassen war das Land. Kein Herdfeuer schickte seinen Rauch in den Himmel. Nirgendwo ging ein Mensch seiner Arbeit nach. Kein Vogel sang, kein Tier kreuzte ihren Pfad. Es gab nur die kahlen, dürren Bäume, trockenes graues Gras und einen bleiernen Himmel, über den kein Windhauch hinwegwehte.

Sie verließen den Wald und sahen eine Reihe sanfter Hügel vor sich, deren Anblick ihr Auge erfreut hätte, wenn sie nicht so farblos gewesen wären. Hier und da gab es Anzeichen dafür, dass diese Gegend einst bewohnt gewesen war. Doch die Überreste längst erloschenen Lebens machten den Anblick der Hügel noch bedrückender, als der graue Wald es gewesen war. Verwüstung gähnte aus den ausgebrannten Ruinen der Hütten. Ein schiefer Grenzstein bot nicht einmal Flechten Halt und Nahrung. Trocken war das Bachbett, das sich durch eine Senke schlängelte. Zerbrochenes Geschirr und morsche Dachbalken lagen nutzlos auf der unfruchtbaren Erde. Ein solches Ödland, eine solche Wüstenei hatte Marie noch nie zuvor gesehen. Die unvergleichliche Lebensfeindlichkeit dieses verwüsteten Landes machte ihr das Herz noch schwerer und ließ sie ihre Angst noch deutlicher spüren. Auf den Gesichtern Llews und der walisischen Brüder las sie dieselben Gefühle. Stummes Entsetzen lag in ihren Augen, und ihre Fäuste schlossen sich hart um die Zügel. Greenleaf, Arden und die anderen ritten schweigend weiter. Keiner machte sich die Mühe, den Neuankömmlingen zu erklären, was hier geschehen war. Schließlich hielt Marie es nicht länger aus.

»Oh, Master Greenleaf, was für schreckliche Dinge haben sich hier nur zugetragen?«

»Vor Euren Augen seht Ihr das einstmals blühende Oakenfast, vor Zeiten eines der herrlichsten Reiche von Elfland.« Greenleaf sprach das Ungeheuerliche gelassen aus. »Noch nicht einmal Krähenschwärme, die nach Aas suchen, verirren sich heute noch hierher. Ihr wollt wissen, was geschehen ist? Ihr seht es vor Euch. Oakenfast wurde in eine Wüstenei verwandelt.«

»Dann sind die Elfen ... die Elfen von Oakenfast nicht mehr hier?«, flüsterte Cynwal. Er war totenblass geworden.

»Überrascht Euch das, Sohn von Cymru? Habt Ihr die Geschichten über Annufen nicht schon mit der Muttermilch eingesogen? Ihr wisst doch fast alles über das Reich der Unsterblichen. Die Elfen fürchtet Ihr offenbar noch immer, denn sie leben nicht in der Anderwelt, die zu Eurem eigenen Land gehört. Sie leben in der Anderwelt Eurer Nachbarn. Mir scheint, Ihr glaubtet tatsächlich, die Elfen könnten noch immer ihre Pfeile auf Euch richten, Waserwesen wollten Euch in ihrer Umarmung in die Tiefe reißen und das Elfenreich sei noch immer so mächtig und voll von boshaftem Tatendrang wie ehedem. Ach, mein Freund, mein armer Freund, Ihr habt Euch ganz umsonst gefürchtet, denn Oakenfast ist schon seit hundert Jahren Ödland. Ja, tatsächlich. Ein ganzes Jahrhundert ist vergangen, seit Euch von hier aus Gefahr drohte – und sei sie auch nur eingebildet gewesen. Noch nicht einmal im Traum hätte Euch dieser Ort heimsuchen müssen; er hat längst all seine Kraft und seine Schrecken verloren. Aber das konntet Ihr Euch mit der beschränkten Kraft Eures menschlichen Geistes nicht vorstellen, so ist es doch? Aus diesem Grund bat ich Arden, Euch Elfensalbe auf die Augenlider zu streichen. Ihr solltet sehen, was aus Elfland geworden ist, und nicht in Eurer sterblichen Blindheit glauben, alles sei noch so wie früher. Seht nun mit eigenen Augen die Wahrheit über Oakenfast. Es ist Ödland – eine Wüste.«

Der Zwerg sprach unbekümmert und ohne Bitterkeit. Seine Züge blieben unbewegt. Doch in die Gesichter Ardens und seiner Leute hatte sich tiefe Verzweiflung eingegraben.

»Davon wussten wir nichts«, sagte Cynwal betroffen. »In der sterblichen Welt ging das Leben weiter; für uns, für die Engländer und die neuen Herren. Wir glaubten, Elfland sei wie Avalon, wie Wybren, unsterblich ...«

»Nein«, unterbrach ihn Marie. Sie erinnerte sich daran, wie sie mit Lord Gwyn von Wybren durch die unvergleichliche Herrlichkeit der Sternenfelder Annufens geritten war. »Jede Anderwelt ist von unserer Welt abhängig, so wie wir von ihr. Avalon und Wybren sind noch immer offen und erstrahlen in alter Herrlichkeit, weil die Bewohner Cymrus ihre Lebensweise nie aufgaben. Doch hier – die Engländer haben nicht nur ihr Land, sondern auch ihren Stolz verloren. So wurde Oakenfast zu einem bitteren, bedrückenden und unfruchtbaren Ort.«

Greenleaf musterte sie aufmerksam. »Ja, Ihr mögt Recht haben. Aber es könnte sich auch umgekehrt verhalten«, sagte er leise. Die Härchen in Maries Nacken richteten sich auf, denn der Zwerg beugte sich zu ihr und versenkte seinen heißen dunklen Blick in dem ihren. »Als sich die Elfen von Oakenfast von Bufawuda abwandten, beschworen sie damit ihren eigenen Niedergang herauf. Denn die Anderwelt braucht die sterbliche Welt, um zu überleben. Und wenn die Brücken zwischen den Welten nicht von beiden Seiten gepflegt und instand gehalten werden, überwuchert sie Unkraut und Dornengestrüpp. Aber schließlich stirbt auch dieses ab, und das ist das Ende aller Dinge.«

Bei Greenleafs Worten begann Maries Haut zu prickeln. Gedanken fielen an den rechten Ort, als wären sie Teil eines Mosaiks. Wenn es ihr gelang, das ganze Bild zusammenzusetzen, würde sie alles verstehen. Doch es war jene Art von Erkenntnis, die nicht allein mit dem Verstand zu fassen ist. Nur die Seele vermag es, in diese Tiefen vorzudringen. Und wenn das, was sie sieht, zu früh ans Licht gezerrt wird, zerfällt es zu Staub, als wäre es nie gewesen.

»Ihr seid kein Engländer, Greenleaf«, sagte Llew, nach einem langen nachdenklichen Schweigen. »Seid Ihr eine der Elfen von Oakenfast?« Seine verschiedenfarbigen Augen waren von einem ebenso tiefen Leuchten erfüllt wie die des Zwerges. Einen Augenblick lang konnte Marie sich vorstellen, warum ihr Gemahl so vielen Menschen ein wenig unheimlich war. In seinem wachen und doch entrückten Blick lag etwas, das nicht ganz in die sterbliche Welt passte. »Man sagte uns, Ihr hättet meine Gemahlin und mich im Auftrag Eures Herrn zu Euch gerufen. Aber hier gibt es keinen Herrscher mehr. Könnte es sein – wäre es möglich, dass Ihr selbst der Herr von Oakenfast seid?«

Greenleaf lächelte. »Nein, mein Freund. Das bin ich nicht. Weder Herr noch Elfe. Es tut mir Leid, Euch enttäuschen zu müssen, Sir Llew. Ich bin nur ein armseliger Gehilfe. Ich habe allen Herren von Oakenfast zu ihrer Zeit gedient. Zuvor stand ich in den Diensten anderer.«

»Aber warum seid Ihr nun hier?«

»Warum wohl, Llew Elfricsson, was glaubt Ihr? Wo hättet Ihr mich denn vermutet? Die meisten Elfen haben sich in das Land ihrer Ahnen, in den hohen Norden, zurückgezogen. Doch diese Gegend ist mir fremd. Ich gehöre hierher, nach Poukswood, nach Oakenfast.«

Llew wandte sich Arden zu, der auf gleicher Höhe mit ihm ritt. »Und Euch, mein Freund?«, fragte er mit sanfter Stimme. »Was führt Euch nach Oakenfast? Auch Ihr seid nicht von elfischem Geblüt, oder sollte ich mich täuschen?«

»Nein, ich bin keine Elfe«, antwortete Arden. »Meine Freunde und ich ... wir sind Sterbliche, die keine Heimat mehr haben. Da, wo wir herkommen, ist kein Platz für Ausgestoßene wie uns. Nur in einem Ödland wie diesem, in einem vergessenen Land, können wir halbwegs in Frieden leben.«

In der Stimme des jungen Mannes lag keine Bitterkeit, doch nun verstand Marie, warum er Cynwal und Cynedyr nicht verurteilt hatte. Er erkannte einen Teil seiner Geschichte in der ihren wieder.

»Ödland! Das ist aus dem Reich von Oakenfast geworden, das einst in Herrlichkeit erstrahlte. Die Macht seines Herrn war unvergleichlich, und man tat gut daran, sich vor ihm und seinem Gefolge in Acht zu nehmen. Wo ist sie hin, all die Pracht und all die Stärke? Was ist geschehen?« Cynwals Stimme klang seltsam scharf.

Arden sah ihn forschend an. »Mein Freund, Ihr sprecht, als wäret Ihr ein Engländer. Ich höre Trauer in Euren Worten. Ist es nicht sonderbar, dass gerade ein Waliser mit Bedauern über den Niedergang seiner Feinde spricht, während die Engländer in der sterblichen Welt sich nicht um den Zerfall ihrer Anderwelt scheren? Mein armer Freund, der Herr von Oakenfast ist nichts ohne sein Volk. Welcher Ruhm, welche Ehre liegt darin, über eine Wüstenei zu herrschen?«

Cynwal neigte das Haupt. »Ich weiß es nicht, Arden.«

»Nun, so schweigt, aber sperrt Augen und Ohren weit auf!«, blaffte Greenleaf.

So ritten sie durch die öde graue Landschaft, durch verlassene Dörfer und Güter. Es war Arden, der schließlich das Schweigen brach und davon sprach, was dieser Ort einst gewesen war. Aus seinem Mund klang die Geschichte nicht wie eine schreckliche Tragödie. Sie wurde vielmehr zu einer ergreifenden Erzählung über die Vergänglichkeit von Ruhm und Herrlichkeit, über die Macht des Kummers und der Verzweiflung. Das Ende der Geschichte war noch nicht geschrieben. Arden sprach von ihr, als wäre er mit ihr aufgewachsen wie andere Kinder mit Milch und Haferbrei. Alle lauschten gespannt seinen Worten. Aber am aufmerksamsten hörten diejenigen zu, deren Freveltat er durch sein Eingreifen vereitelt hatte: Cynwal und Cynedyr.

»In Oakenfast standen einst Häuser aus Holz und Lehmziegeln. Die Dächer waren mit Schilf gedeckt. Auf sonnigen Lichtungen lagen die Güter – wie bei den Angeln, den Sachsen und Juten der sterblichen Welt. Es gab kristallklare Seen, lustig plätschernde Bäche und breite, reißende Flüsse. Aber dann versiegten sie alle, und nur am Hof des Herrschers gab es noch einen Brunnen ... Weizen und Hafer standen einst golden und grün auf den sonnenbeschienenen Feldern. Elfen pflügten, säten und ernteten und sangen heitere Lieder bei der Arbeit. Doch dann gab es nur noch erbärmlich wenig zu essen ... Früher erstreckten sich hier endlose Wälder, in denen die Bäume flüsterten, und Schwärme von Vögeln bevölkerten die Hecken und Büsche. In Sälen voll roter und goldener Pracht besangen elfische Barden die Sehnsucht nach der sterblichen Welt. Von ruhmreichen Kriegern, die gegen die Ungeheuer in den Mooren kämpften, und von sterblichen Jungfern, die verzaubert worden waren, erzählten ihre Lieder. Der Herr von Oakenfast selbst galt in jenen Tagen als größter unter den Barden. Doch nun krächzt nicht einmal ein Rabe die alten Melodien, keine noch so geringe Kreatur vergießt eine Träne für den Herrn von Oakenfast ...

Einst tummelten sich hier wunderschöne Elfenfrauen. Fröhliche Kinder spielten zu ihren Füßen, während sie nach ihren Geliebten Ausschau hielten, die von den Feldern oder aus einer Schlacht zurückkehrten. Doch schon lange hat man keines dieser holden Wesen mehr gesehen ... Ruhmreich war das Heer der Elfen mit seinen Furcht einflößenden Waffen. Die Schwerter waren wie Blitze, die Kettenhemden aus so feinem Gold gefertigt, dass sie wie Wolken auf den Schultern der Krieger schwebten. Doch nun düngen die Knochen der Elfen nicht einmal mehr den Boden, denn sie sind zu Staub zerfallen, und der Wind hat sie weggeweht wie graue Asche ...

Hoch gewachsen und bärenstark waren die Waldelfen von Oakenfast, fröhlich wie der hereinbrechende Frühling. Das Wort Gottes hatten sie nie gehört, doch sie lebten nach ihren eigenen Gesetzen und Büchern. Hoch aus dem Norden, dem Land ihrer Ahnen, kamen sie her. Unsichtbar marschierten sie an der Seite der Angeln, Sachsen und Juten. Sie machten sich dieses schöne Land zu Eigen und lebten Seite an Seite mit den ersten Siedlern. Sie heirateten und zeugten Kinder, und mit der Zeit wurde dieser Ort zu ihrer Heimat, die sie in der alten Weise benannten: Oakenfast – Eichenfestung.

Die Elfen glaubten, ihr Land würde für immer bestehen. Sie hatten einen mächtigen Herrscher und knüpften freundschaftliche Bande mit den Mächtigen anderer Reiche der Anderwelt. Ihr Volk war stark und stolz. Sie brachten gute Feldarbeiter und Bauern hervor, die eine reiche Ernte einfuhren und das Land zum Wohlstand führten. Die Elfen vergaßen nie, dass nicht allein die mächtigen Herren die Größe eines Landes ausmachen ... Sogar mit den Wesen der sterblichen Welt schlossen sie Freundschaften, wenn auch mit großer Vorsicht, denn Elfen sind von Natur aus eifersüchtig und misstrauisch. Darin unterscheiden sie sich sehr von den umgänglichen und großzügigen Bewohnern Annufens. Dennoch hatten sie Freunde unter den sterblichen Menschen. Ihnen zuliebe hielten sie ein wachsames Auge auf die ältesten Bewohner des Waldes, zu denen auch der Jäger gehört ... Für ihren Herrn bauten sie einen Palast von solcher Herrlichkeit, wie sie die Welt noch nie gesehen hatte ...«

Arden verstummte, denn sie waren an einem überaus seltsamen Ort angekommen. Vor ihnen stand ein gewaltiger hölzerner Turm, dessen Wände einst über und über mit Schnitzereien verziert gewesen waren. Nun machten schwarze, versengte Flecken und grauer Schimmel die Bilder und Symbole fast unkenntlich. Ganz oben befand sich an Stelle des Daches eine eigentümliche Halbkugel aus einem Material, das an Glas oder Kristall erinnerte. Es grenzte an ein Wunder, dass die zerbrochenen Dachbalken diesen schweren Aufsatz noch hielten. Rings um den Turm lagen zahllose verkohlte und zersplitterte Sparren.

Marie hielt den Atem an. Zu groß war die Ähnlichkeit des Turms mit der mächtigen Eiche, die einst der König des Waldes gewesen war. Ein Blitzschlag hatte ihrer Herrlichkeit ein Ende gesetzt, und nun war sie nur noch ein morsches, verkohltes Stück Holz. Doch vor den Reitern stand mehr als nur ein Baum: ein kunstvoll gestalteter Turm. Noch konnte man die Spuren großer Handwerkskunst und liebevoller Kleinarbeit erkennen. Das unvergleichliche gläserne Dach, die Schnitzereien und das Wunder der Entstehung dieses Gebäudes beeindruckten Marie trotz seines erbärmlichen Zustandes zutiefst.

Der Anblick des baufälligen Turmes rührte ihr Herz und ließ sie das volle Ausmaß dessen, was hier geschehen war, erahnen. Zerstörung und Grausamkeit hatten hier gewütet. Eine Lebensweise, ja eine ganze Welt war hier zugrunde gegangen. Die viele Mühe und die Liebe, die in die Errichtung des Turmes geflossen waren, der einstmals der Palast des Herrn von Oakenfast gewesen sein musste, machten alles nur noch trauriger. Was tausende von Jahren hätte überdauern sollen, lag nun in Trümmern. All die Schaffenskraft, all das Talent, wo waren sie hin? Niemand bewunderte mehr die Kunstfertigkeit längst vergangener Hände, denn nun stand ihr Werk nutzlos und vergessen ... Alles war grau, kalt und ohne Sinn. Die bedrückende Erkenntnis von der Vergänglichkeit einstmals großer Völker und der Sterblichkeit des Einzelnen griff nach Maries Herz, und sie hatte nicht die Kraft, sich gegen diese kalte Hand zur Wehr zu setzen.

18

Hoch ragten auf die Giebel, groß war die Pracht des Heeres,
Freude herrschte in den Sälen
Bis die Macht des Schicksals alles änderte ...

Aus *The Ruin*, anonymer Autor

Obwohl draußen kein Lufthauch wehte, war es, als hätten sich alle Winde zu einem schaurigen Treiben in dem Turm versammelt. Sie stöhnten und heulten in den Rissen der Wände, sie klagten und polterten wie ein Heer böser Geister, das in einer Flasche gefangen ist. Die schauerlichen Töne ließen selbst das tapferste Herz erbeben. Ein wildes, grelles Licht erhellte diesen Ort der Verwüstung. Es war so hart und blendete das Auge so sehr, dass es an sein Gegenteil – abgrundtiefe Dunkelheit – erinnerte. Den Turm zu betreten war, als ließe man sich im Schädel eines Irren einsperren, wo ungeordnete Gedanken wie grell glitzernde, zerfetzte Splitter an den knöchernen Wänden abprallten.

Erstaunlicherweise empfand Marie, der dieser Vergleich in den Sinn gekommen war, ihn als geradezu tröstlich. Vor vielen Monaten, als sie geglaubt hatte, Llew für immer verloren zu haben, hatte sie schon einmal in den bedrohlichen Abgrund des Wahnsinns geschaut. Sie erinnerte sich an eine Brücke aus blitzenden, scharfen Schwertern, an einen engen, dunklen Tunnel, einen Garten des Todes. Die Erkenntnis, schon einmal der Gefahr entronnen zu sein, machte sie stärker. Sie konnte Augen und Ohren offen halten und wurde nicht von dem erdrückt, was sie hörte und sah. Fest waren ihre Finger mit denen ihres Gemahls verwoben. Sein Gesicht war ernst und angespannt, denn auch er hatte in der Vergangenheit viel durchlitten, und auch ihm waren die Schrecken, die den Turm belagerten, nicht unbekannt ...

Cynwal und Cynedyr hingegen, die bedauernswerten Söhne Cymrus, hatten ebenfalls geglaubt, das Antlitz wahren Schmerzes zu kennen. Doch die Qualen, die sich ihnen hier im Turm offenbarten, hätten sie sich in ihren schlimmsten Alpträumen nicht vorstellen können. Die Sturmwinde tiefster Verzweiflung ließen die Brüder stöhnen und blind um sich schlagen. Das harte Licht bitterster Pein und endlosen Kummers blendete sie. Hätten Ardens Leute die beiden nicht festgehalten, so wären sie gegen die Wände gerannt und hätten sich selbst größten Schaden zugefügt. Diese Strafe war grausamer als jede, die man sich für sie hätte ausdenken können. Hier begegneten die Brüder sich selbst. Alles, was boshaft und verabscheuungswürdig an ihnen war, stand ihnen klar vor Augen, und vor diesem Anblick gab es kein Entrinnen.

»Master Greenleaf«, sagte Marie leise, »könnt Ihr ihnen nicht helfen? Könnt Ihr ihren Schmerz nicht ein wenig lindern?«

»Ich ließ ihnen die Elfensalbe mit voller Absicht auf die Augen reiben«, antwortete der Zwerg. »Sonst hätten sie nur einen schönen, wenn auch vielleicht etwas melancholischen Ort gesehen. Auch das Land hätte sich für die beiden nicht merklich von dem unterschieden, das sie gerade verlassen hatten. Nur Äußerlichkeiten hätten sich ihrem Auge offenbart, aber nicht die Wahrheit.«

»Aber ist das nicht grausam?«, fragte Llew.

»Ja, Sir Llew, vielleicht ist es das«, sagte Arden ruhig, doch jeder konnte das Mitgefühl in seinen Augen sehen. »Aber vielleicht ist es auch Gerechtigkeit. Hier können die Brüder sich nicht vor der Wahrheit verstecken. Ihre Helligkeit blendet sie, und ihr Gebrüll lässt ihnen die Ohren klingen. Aber nur das wird sie letztlich retten.«

Marie musterte den Jüngling aufmerksam. Offenbar wusste er, wovon er sprach.

Gemeinsam betraten sie einen riesigen Raum mit gewölbter Decke. Vor langer Zeit musste er einmal sehr prachtvoll gewesen sein. Noch immer waren Proportionen von gefälliger Symmetrie zu erkennen. Man konnte sich gut vorstellen, wie hier Feste gefeiert worden waren, wie man Gedichte rezitiert und Lieder gesungen hatte ... Es war wie in Ardens Erzählungen. Dies musste einst ein prächtiger Festsaal gewesen sein.

Nun war er zerfallen, voll Staub und Schmutz. Keine Seele verirrte sich mehr an diesen Ort. Doch die Winde des Turmes wehten und brüllten hier am stärksten, und die grellen Lichtstrahlen sammelten sich an einem Punkt in der Mitte des Saales. Dort erhob sich eine gewaltige gläserne Säule. Sie war schön und schrecklich zugleich. Licht flackerte und sprang aus dem Glas wie Flammen aus einem Kamin oder Wasser aus einem Brunnen. Der Anblick war so eigentümlich, dass alle verstummten, sogar die Brüder aus Wales.

Greenleaf und Arden gingen voran. Sie forderten die anderen mit einer Geste auf, stehen zu bleiben. Dann trat der Zwerg in den Lichtschein, legte eine Hand an die Säule und verschwand. Das Glas wurde dunkel, der ganze Saal versank im Zwielicht, so als wäre alle Helligkeit ins Innere der Säule gesogen worden. In ihr war nichts zu sehen, doch alle hörten die Stimme des Zwerges. Bei den Worten, die er nun sprach, erstarben die Winde und wurden still.

»Herr von Oakenfast, unsere Freunde, Llew Elfricsson und Marie de France sind hier, wie Ihr es befohlen habt.«

Alles blieb still. Nur ... Marie sog die Luft ein und sah Llew fragend an. Auch auf seinem Gesicht las sie freudige Verwunderung.

»Frühling«, flüsterte Cynedyr erstaunt. »Es riecht nach Frühling.«

Das köstliche Aroma erwachender Erde, der flüchtige Duft von Wildblumen, der frische Hauch eines Baches, der durch den Wald plätschert: dies alles umgab sie mit einem Mal. Frische Frühlingsluft trug den Klang der Stimme aus der gläsernen Säule zu ihnen hinaus.

Dann regte sich etwas in dem dunklen Glas, eine Gestalt ohne klare Form, ein Gesicht ohne erkennbare Züge. Einen Herzschlag lang wirkte es fast menschlich. Es war schmal und voll Hochmut, mit kalten, von Licht erfüllten Augen. Doch dann verschwamm es, schmolz dahin wie Schnee und veränderte sich so schnell, dass es unkenntlich blieb. Genauso hätte man versuchen können, Morgennebel in eine Form zu gießen. Es war seltsam, eine Gegenwart zu spüren, die keine Gestalt annahm, der man nicht ins Auge blicken konnte. Aber dennoch flößte diese Erscheinung niemandem Angst ein, denn sie war noch immer vom Duft des Frühlings begleitet: süß, frisch und flüchtig.

Die Stimme, die sich nun erhob, war sanft und doch hart wie Eisen.

»Schon wieder störst du mich an meinem Rückzugsort, Greenleaf. Ich erinnere mich nicht daran, dir je einen solchen Befehl gegeben zu haben. Es war deine Idee, sie hierher zu bringen, nicht die meine. Ich bin nicht mehr der Herr von Oakenfast. Das weißt du. Ich bin ein Gefangener und kann nie zurückkehren. Darum versuche ich zu vergessen, was früher war. Warum lässt du mich nicht endlich in Frieden?«

»Nie zurückkehren, Herr?«, sprach die Stimme des unsichtbaren Zwerges. Marie und die andern hörten mit Staunen, wie amüsiert sie klang.

»Niemals«, antwortete die sanfte und doch so harte Elfenstimme. »Die Engländer wollen uns nicht mehr kennen.«

»Wann wissen Menschen schon einmal wirklich, was gut für sie ist, Sire?« Llew war nahe an die gläserne Säule herangetreten.

»Ha!«, sagte der Herr von Oakenfast nach kurzem Schweigen. »Das ist wahr gesprochen. Aber wer erhob seine Stimme?«

»Mylord, ich bin Llew ap Gruffydd, Sohn von Lady Angharad und Elfric von Bufawuda.«

»An Elfric erinnert Ihr Euch doch sicher, Sire«, sagte Greenleaf in lauerndem Ton. »Er spielte die Harfe ...«

»Natürlich erinnere ich mich an ihn. Aber Ihr sprecht von längst vergangenen Zeiten. Sie sind vorbei.«

Marie und Llew sahen einander an. Llew sagte schnell: »Mylord, wir danken Euch, dass Ihr uns erlaubt, Euer Land zu betreten.«

Ein bitteres Lachen. »Ha! Euch erlauben ... als könnte ich jemanden davon abhalten. Ich habe keine Macht mehr über Oakenfast. Ihr seht mich hier in diesem Glas. Näher kann ich meinem Reich nicht mehr kommen, und es kostete mich meine ganze verbliebene Kraft, überhaupt so weit vorzudringen. Der Weg zu meiner Heimat ist mir für immer verschlossen wie durch eiserne Tore. Meinem Heim, meinem Volk, ja sogar meiner eigenen Natur bin ich für immer verloren. Also quält mich nicht mit schönen Worten, beleidigt mich nicht, indem Ihr mir dankt. Erinnert mich nicht an das, was ich verloren habe.«

Llew ließ sich nicht beirren. »Mylord, ich glaube, Greenleaf hat uns aus einem bestimmten Grund hierher gebracht. Vielleicht wollte er, dass wir herausfinden, warum Ihr in der Verbannung lebt und warum Oakenfast zu einer Einöde wurde.«

Die Sehnsucht und der Schmerz in der elfischen Stimme berührten die Herzen aller, die sie hörten. »Warum Greenleaf Euch an diesen Ort gebracht hat, weiß ich nicht. Doch ich wünschte, er hätte es nicht getan. Seid Ihr gekommen, um das Vergessen zu stören und mich an Vergangenes zu erinnern? Schon lange spürte ich, dass Ihr auf dem Weg zu mir wart, und das hat meine Qualen nur verschlimmert. Llew Elfricsson, Ihr würdet nicht so freundlich und kühn zu mir sprechen, wenn Ihr wüsstet, wer ich bin.«

»Mylord, was wollt Ihr damit sagen?« Llew war verblüfft aber auch auf der Hut.

Die Elfenstimme klang leise und sanft, wenn auch ein wenig belustigt. »›Herr von Oakenfast‹ ist nur einer meiner Titel. Viele aber rufen mich bei meinem anderen Namen: Herr der Grünen Wälder.«

»Herr der Grünen Wälder! Dann seid Ihr ...«

»Ja. Mir war die Hand Eurer Mutter, Prinzessin Angharad, versprochen. Ich wollte das verwundete Oakenfast retten, indem ich eine Prinzessin aus Annufen zur Frau nahm. Denn diese Anderwelt hat ihre Kraft und Frische nicht wie die unsere eingebüßt, als die Normannen kamen. Die Eroberer zerstörten England, unser sterbliches Gegenstück ... Elfen können ohne ihre Sterblichen nicht leben, genauso wie diese ohne die Elfen nicht existieren können. Denn wie sollte man Herz und Blut voneinander trennen?«

»Dann ...« Mitleid und Schmerz verdunkelten Llews Augen. »Dann wurde Oakenfast zu einer Wüstenei, weil meine Mutter ihre Liebe meinem Vater schenkte. Weil sie nicht Eure Gemahlin wurde, zerfiel Euer Land.« Nun verstand Llew die Eltern seiner Mutter, die mächtigen Herrscher Annufens, besser. Lady Morgaine und Lord Gwyn waren furchtbar wütend auf ihre Tochter gewesen. Indem sie ihr Herz einem Sterblichen geschenkt hatte, war eine ganze Welt ins Verderben gestürzt worden. Die unbedachte Liebe seiner Eltern hatte Oakenfast zu dem verdammt, was es heute war. Welch eine unendlich schwere Last sie damit auf die Schultern ihres Sohnes gelegt hatten! Welch ein schreckliches Vermächtnis ...

Doch der Herr der Elfen unterbrach Llews schwermütige Gedankengänge. »Ganz so ist es nicht, Elfrics Sohn. Mein Land war schon lange vorher tief verwundet worden – durch unsägliche Torheit und eine Boshaftigkeit, die schwer zu begreifen ist. Ich hoffte, Oakenfast durch eine Verbindung mit Annufen zu retten. Doch wie sollte das gelingen? Selbst zwei Anderwelten, die sich zusammentun, können die Wunden der einen nicht heilen. Jede Anderwelt kann sich nur gemeinsam mit ihrem sterblichen Gegenstück ihre Kraft und Herrlichkeit bewahren.

Llew war noch immer blass. Mit hartem Griff umschloss er Maries Fingerknöchel, doch sie ließ sich den Schmerz nicht anmerken. »Aber dann ...«, begann Llew erneut, doch er wurde von einem unerwarteten Laut unterbrochen: von einem leisen, tiefen Lachen, das dem Trällern eines Vogels glich. Es war das Lachen eines unsteten Wesens, einer unberechenbaren Kreatur, die von einem Augenblick zum anderen schwermütig, fröhlich und dann wieder schwermütig werden konnte.

»Nein, Llew Elfricsson! Ladet Euch diese Bürde nicht auf. Oder glaubt Ihr etwa, Greenleaf hätte Euch aus diesem Grunde hierher gebracht? Nein, Ihr müsst die Schuld weder bei Euch noch bei Euren Eltern suchen. Elfric war ein guter Mann aus einer guten Familie, soweit man das von Sterblichen überhaupt sagen kann. Auch Bufawuda, von wo er stammte, war einst kein schlechter Ort. Das weiß ich jetzt, doch damals schaute ich voll Hochmut auf alles Sterbliche und alle Orte der sterblichen Welt herab und glaubte, nur der Anderwelt gebühre Respekt.«

»Herr von Oakenfast«, sagte Llew, und diesmal war das Zittern in seiner Stimme nicht zu überhören, »Herr der Grünen Wälder, wisst Ihr, wie mein Vater zu Tode kam?«

»Er starb in seinem eigenen Blut«, antwortete der Herr der Elfen so kalt und schnell, dass Marie erschauerte. »Der Tod ereilte ihn auf einem der Pfade von Poukswood.«

»Poukswood? Ich wusste nicht ... dass es dort geschah. Das hat mir bisher noch niemand gesagt. Mylord, bitte verschweigt es mir nicht, wenn Ihr es wisst. Wer hat ihn getötet? Ich hörte, es seien Banditen gewesen, die ihm seinen Beutel rauben wollten. Ist das die Wahrheit, Mylord?«

Eine Zeit lang blieb es still. Als der Herr der Elfen das Schweigen endlich brach, klang seine Stimme freundlicher als zuvor, aber keinesfalls warm. »Sinnt Ihr auf Rache, Elfrics Sohn?«

»Ich ...« Llew konnte nicht weitersprechen, und Marie fühlte, wie Hass in ihr aufstieg, Hass und tiefe, verzweifelte Liebe. Sie hätte an Llews Stelle das Wort ergriffen, doch sie wusste, dass es ihr nicht zustand, so sehr sie sich auch gewünscht hätte, ihrem Gemahl alle Last und Sorge von den Schultern nehmen zu können.

»Nun?«

»Ich glaube ... ich glaube, ich suche nur die Wahrheit«, antwortete Llew schließlich unter Mühen. »Aber ich ... weiß nicht, was ich empfinden werde, wenn ich sie erfahre. Ich weiß nicht, ob Rachegelüste, Trauer oder aber Erleichterung mein Herz erfüllen werden, weil ich nun wenigstens einen Ort habe, an dem ich um meinen Vater trauern kann.«

»Ihr habt ehrlich und mutig gesprochen«, sagte der Herr der Elfen. »Nein, es waren keine gemeinen Strauchdiebe, die Euren Vater töteten. Jedenfalls keine von der gewöhnlichen Sorte. Er starb wie so viele vor ihm: durch seine Kühnheit, durch seine Unerschrockenheit im Kampf für das, was er für gut und richtig hielt ... und durch die böse Gier eines anderen. Mehr kann ich Euch nicht sagen. Nur noch eines: Der Tod ist nicht immer das, was er zu sein scheint.«

»Mylord, was meint Ihr damit?«, fragte Llew stockend.

»Das kann ich Euch nicht sagen«, antwortete der Herr der Elfen noch einmal. »Ich bin nicht frei zu sprechen, denn ich bin kaum mehr als ein Knecht. Viel konnte ich nicht für Euch tun. Und ich kann Euch auch nicht weiterhelfen.«

»Aber das habt Ihr schon.« Llews Gesicht hatte sich verändert, und es war in seiner Verklärung wunderschön. »Ihr habt mir etwas über das Schicksal meines Vaters erzählt. Ich werde Eure Worte wie einen Schatz hüten, denn aus dem, was Ihr sagtet, höre ich heraus, dass mein Vater im Kampf gegen etwas Böses starb. Dafür danke ich Euch von Herzen.«

Stille antwortete ihm. Dann sagte der Herr der Elfen unendlich leise: »Oh Llew Elfricsson, sprecht nicht so zu mir.«

»Ihr sagt, Ihr könntet mir nicht weiterhelfen«, fuhr Llew fort. »Aber vielleicht können wir etwas für Euch tun. Wollt Ihr uns nicht erklären, warum Ihr in Knechtschaft lebt? Wir wissen nur, dass Ihr vergessen wollt, wer Ihr einst wart und woher Ihr kommt. Auch sagtet Ihr, der Tod sei nicht immer, was er zu sein scheine. Meint Ihr damit, dass die Erinnerung stärker ist? Das ist ein wichtiger Grund für meine Reise nach Bestude. Wenn ich die Erinnerung an meinen Vater bewahre, Mylord, und mehr über ihn in Erfahrung bringen kann, dann ist er nicht tot und vergessen; dann lebt er in mir und in den Herzen und Gedanken der Menschen weiter. Das ist die Unsterblichkeit der sterblichen Welt. Aber vielleicht ist es auch die Art von Hilfe, die Ihr für Euch und Euer Land braucht. Wäre es nicht möglich, dass Euer Land Heilung findet, wenn sich Sterbliche daran erinnern? Arden sagte, Ihr wäret einst selbst ein großer Barde gewesen, ein Geschichtenerzähler und Harfenspieler. Auch ich ... auch ich habe eine gewisse Begabung für dieses Instrument, und meine geliebte Gemahlin, Marie ...« Er legte ihr den Arm um die Schultern und zog sie an sich. Dann sprach er von Stolz erfüllt weiter: »Marie gehört zu den begabtesten Poetinnen unserer Zeit. Sie hat schon viele Geschichten über Frankreich, die Bretagne und Wales in Verse gefasst. Sicher wird sie auch über England schreiben. Vielleicht können wir auf unsere Weise zur Heilung Oakenfasts beitragen. Wir können Geschichten erzählen, Lieder singen und Oakenfasts Herrlichkeit in Gedichten und Lais wieder auferstehen lassen. Nach und nach könnte Euer Reich wieder Bande mit Best... Bufawuda knüpfen, in der Einheit mit ihm Heilung finden und in neuer Kraft und Schönheit erstrahlen.«

»Oh bester Llew, hört auf, mich so zu quälen. Niemand kann Oakenfast retten. Keiner. Es ist tot – für immer.« Bitter und hart hallte die Stimme durch den Saal. Alle, die sie hörten, zuckten zusammen wie unter einem Peitschenhieb.

Marie spürte, wie Arden zu ihnen trat. »Herr von Oakenfast«, sagte er leise, »einem einzelnen Menschen mag es vielleicht nicht gelingen, Euch zu helfen. Auch zwei könnten noch zu wenig sein. Doch wenn viele sich bemühen, ist vielleicht noch nicht alles verloren. Meine Freunde und ich sind nur bescheidene Sterbliche, klein und fast ohne Macht. Doch in unseren Herzen haben wir den Wiederaufbau Oakenfasts schon begonnen. Ein jeder von uns wurde aus tiefem Kummer und tiefem Schmerz von Master Greenleaf hierher gebracht. Wir sind ihm dankbar dafür und würden ihm seine Freundlichkeit gerne vergelten. Vielleicht, Mylord, vielleicht kann Oakenfast wieder zum Leben erwachen. Es gibt kleine Hinweise, dass es zu Atmen beginnt. Oh Herr von

Oakenfast, wollt Ihr uns nicht Euren Segen für diese Aufgabe erteilen?«

Die Antwort des Herrn der Elfen klang abweisend. »Was Ihr vorhabt, kann unmöglich gelingen, Arden. Es ist besser, sich in sein Schicksal zu ergeben. Wenn Oakenfast auch noch nicht ganz tot ist, so ist es doch ein Ödland, welches die Seele vertrocknen lässt und das Herz lähmt. Meine Freunde, ihr seid mutig, aufrichtig und voll Güte. Wenn ihr vor Jahren gekommen wäret ... dann ... vielleicht ...« Nach einer Pause fuhr er stockend fort. »Aber es ist zu spät. Zu viele von eurer Art kümmert unser Schicksal nicht, manche wissen noch nicht einmal, dass es uns einst gab. Wieder andere haben den Kampf längst aufgegeben, und ihre Anzahl übersteigt die eure bei weitem. Doch es war nicht nur das Vergessen der Menschen, bester Llew, welches Oakenfast ins Verderben stürzte. Ich selbst war der Tor, der das Wichtigste vergaß. Darum wird Oakenfast nie wieder das sein, was es einst war. Es ist am Ende. Verfallen. Vergangen.«

Wie der Klang einer Totenglocke schallten die Worte durch den Saal. Niemand sprach. Jeder starrte nur stumm vor sich hin. Dann durchzuckte ein zitternder Lichtstrahl das dunkle Glas, und die Gestalt in der Säule löste sich in gleißender Helligkeit auf. Einen Herzschlag lang glaubte Marie, darin Greenleafs gedrungene Form und ein Gespenst, das neben ihm schwebte, zu erkennen. Dann wurde das Glas wieder durchsichtig, und der Zwerg trat allein daraus hervor. Er schnaufte und japste nach Luft. Sein Gesicht war grau.

Llew brach als Erster das Schweigen. Seine Stimme klang jung und sonderbar. Sie ähnelte der eines trotzigen Kindes. »Bester Arden, wenn Ihr noch jemanden braucht, der Euch bei der Wiedererweckung Oakenfasts unterstützt – ich bin bereit. Nicht dem Herrn der Elfen zuliebe; er hat die Hoffnung bereits aufgegeben. Ich möchte es für Euch tun, denn Ihr liebt dieses erbarmungswürdige Land von Herzen.«

»Auch ich bin bereit«, sagte Marie und ergriff dabei Llews Hand.

»Und ich«, sagte Cynwal bedächtig.

»Und ich«, bestätigte auch sein Bruder.

Ardens Lächeln war unendlich traurig. »Ich danke euch, meine Freunde. Aber ihr solltet mit Master Greenleaf sprechen. Einst brachte er uns hierher und nun euch. Er ist derjenige, der niemals die Hoffnung aufgab, dem der lange harte Kampf nie zu viel wurde. Dabei schmolz die Zahl derer, die ihm hätten helfen sollen, dahin wie Schnee in der Sonne, und allzu oft erschöpfte sich ihre Hilfe in nutzlosem Jammern und Klagen ...«

Aller Augen richteten sich nun auf den Zwerg. Sein Gesicht hatte wieder ein wenig Farbe bekommen, und sein Atem ging wieder regelmäßiger. Unter den Blicken der anderen verfinsterte sich Greenleafs Miene.

»Selbst ein Herr der Elfen kann bluten«, sagte er leise. »Selbst der Stolz eines großen Herrschers kann brechen, wenn zu viele schwere Schläge ihn treffen.«

Arden antwortete dem Zwerg in einem ungewöhnlich scharfen Ton. Die anderen horchten auf. »Die Qualen, die der Herr von Oakenfast leidet, wurden ihm nicht von anderen zugefügt. Er selbst brachte sich die tiefsten Wunden bei.«

»Mag sein«, antwortete Greenleaf. »Aber Elfen sind keine Sterblichen und werden es niemals sein. Ihr könnt sie nicht nach menschlichem Maß messen, meine Freunde.«

»Aber wer kann an einem solchen Ort leben?«, meldete sich nun Cynwal zu Wort. »Nichts regt sich, nichts atmet ...«

»Ihr tut es«, sagte Arden lächelnd. »Wir tun es. Die Luft in Oakenfast ist noch immer gut genug für unsere Lungen, auch wenn die Elfen sie nicht mehr mit uns teilen.«

»Es gibt nichts zu essen ... nichts zu trinken ...«

»Eine einzige Quelle fließt noch in Oakenfast.« Arden kniete nieder und hob eine flache Steinplatte an. »Wer sich die Mühe macht, sie zu suchen, kann sie entdecken. Seht her.«

Sie blickten Arden über die Schulter und sahen ein kleines silbernes Rinnsal, das am Fuße der Säule entsprang. Es war kaum mehr als ein armseliges Tröpfeln, doch als sie ihre Finger benetzten, um von dem kühlen Nass zu kosten ...

»Davon hast du mir zu trinken gegeben, als ich in Poukswood aus der Ohnmacht erwachte, nicht wahr?«, sagte Marie zu ihrem Gemahl. Wieder staunte sie über die süße Frische der Flüssigkeit mit dem leichten Aroma von Holunderblütenwein. Lange blieb ihr der Geschmack im Mund. Nur aus den Quellen Annufens sprudelte ein ähnlich belebendes Nass.

»Viel zu essen gibt es in Oakenfast tatsächlich nicht«, fuhr Arden fort. »Es sei denn, Ihr könnt Euch für zähe kleine Pilze und bittere Kräuter erwärmen. Aber in der Welt jenseits des Feuertors, im Wald von Poukswood, lassen sich Vögel von Greenleafs Ruf aus den Baumkronen locken. Kaninchen und Hasen folgen ihm, als wären sie behext. So leben wir in Oakenfast besser als in der Welt der Menschen, wo wir Ausgestoßene oder Leibeigene waren. Hier sind wir wenigstens frei.« Er warf Greenleaf einen langen Blick zu. »Unser guter Herr, Master Greenleaf, kümmert sich um uns. Dies mag ein bedrückender Ort sein, doch hier haben wir die Freiheit gefunden. Keiner will dem anderen Böses, und es herrscht Freundschaft und Rücksichtnahme. Vielleicht gelingt es uns sogar eines Tages, mit Eurer Hilfe dieses Land zu heilen. Dann können wir womöglich auch dorthin zurückkehren, wo wir herkommen, und wieder stolz darauf sein, zum Volk der Engländer zu gehören. Allein dass wir hier sind, hat schon etwas bewirkt. Anfangs gab es nicht einmal die Pilze und Kräuter, nur Schimmel und Moder ...«

Die Augen des Jünglings strahlten. »Oakenfast wird wieder zum Leben erwachen. Das schwöre ich, ganz gleich, was der Herr der Elfen sprach. Hohe Herren haben oft nur Augen für das, was groß und herrlich ist. Ihnen fehlt der Blick für die Schönheit kleiner Dinge, die zusammen genommen doch ein wunderbares Bild ergeben können. Viele kleine Schritte müssen gegangen, viele kleine Taten vollbracht werden, um dieses Land wieder zu dem zu machen, was es einst war. Aber es wird wieder erwachen, ich spüre es in meinem Herzen. Nun, da Ihr hier seid, kann es gelingen ... Denn auf Euch hat Oakenfast gewartet, das weiß ich gewiss. Ihr werdet all die kleinen Schritte und Taten zu einem großen Ganzen verweben mit Euren Liedern, Euren Geschichten, Eurer Poesie. Damit werdet Ihr dem Land neues Leben einhauchen.«

Als Antwort streckte Llew seine Hand aus und Marie die ihre. Arden ergriff sie, und dann traten auch die anderen hinzu. Ihre Hände fügten sich zu einer großen, lebendigen Blüte aus Fleisch und Blut zusammen. Es wurde gelacht und gescherzt, doch tief im Herzen wusste jeder, dass nach diesem Augenblick nichts mehr so sein würde wie zuvor. Ein großes Abenteuer wartete auf ihre Seelen. Llew wandte sich lachend zu Greenleaf um und sagte: »Was ist mit Euch, Freund Greenleaf? Kommt her und legt Eure verschwitzte Hand zu den unseren!«

»Menschliche Albernheiten waren mir schon immer ein Gräuel, Llew Elfricsson«, antwortete Greenleaf und warf Llew einen abschätzigen Blick zu.

»Pah!«, sagte Llew. »Vergesst nicht, mein Freund, ich kenne die Anderwelt! Selten ist mir jemand begegnet, der mehr Schabernack und Albernheiten im Kopf gehabt hätte, als ein Sohn Annufens, mein Vetter Gayain.«

»Das heißt noch lange nicht, dass ich aus demselben Holz geschnitzt bin«, gab der Zwerg spitz zurück. Dennoch trat er hinzu und legte seine kleine Hand zu denen der anderen. Marie spürte das Feuer und Eis der Berührung eines Wesens der Anderwelt durch die Wärme aller menschlichen Hände hindurch. Freudentränen traten ihr in die Augen.

Schließlich führte Greenleaf sie aus dem großen Saal in einen kleineren angrenzenden Raum. Dort war es gemütlicher, die Luft wärmer, und das Licht weitaus weniger grell. Auch der Geruch einer menschlichen Behausung war nicht zu verkennen. Man hatte die Risse in den Wänden verstopft und den Boden mit Stroh bestreut. Tierfelle und Decken zeigten, wo die Bewohner sich zum Schlafen niederlegten.

Alle ließen sich in einem kameradschaftlichen Kreis nieder, und Arden brachte einen kleinen Lederschlauch mit Wein herbei. Man holte Llews Harfe aus seiner Satteltasche, und er spielte sie, während Greenleaf eine hölzerne Flöte erschallen ließ, deren Töne süß und doch schrill wie Vogelgezwitscher klangen. Lieder wurden gesungen, und Marie rezitierte einige ihrer Lais und Balladen, womit sie großen Beifall erntete. Dann erklang aus Greenleafs Flöte eine mitreißende Melodie, und alle sprangen auf und tanzten – sogar Cynwal und Cynedyr. Anfangs taten sich die Brüder aus Wales noch schwer und wirkten ein wenig beschämt. Aber schließlich tanzten sie so ausgelassen und wild wie die anderen, bis sie sich vor Lachen die Seiten hielten.

Zum ersten Mal hatte Marie Zeit, die geröteten Gesichter ringsum genauer zu betrachten. Wieder staunte sie darüber, wie jung diese Leute aussahen. Viele waren noch nicht einmal dem Kindesalter entwachsen. Es gab Knaben und – Heilige Jungfrau Maria! – sogar einige Mädchen mit schmalen Schultern und hohen Stimmen. Diese jungen Menschen sahen allesamt aus, als wäre ihr bisheriges Leben nichts als Mühsal und Plage gewesen. Aus mageren verhärmten Gesichtern blickten Augen, die vor der Zeit gealtert waren. Verkrüppelte Glieder, schielende Augen und vernarbte Haut entstellten so manchen jungen Leib. Viele von Ardens Freunden schienen allerdings auch bei bester Gesundheit zu sein. Nur in ihrem Blick lag die Erinnerung an eine Zeit großer Leiden. Außer Arden, dessen Anmut und stolze Haltung ihn aus der Menge heraushoben, bewegten sich alle bisweilen mit der geduckten Ängstlichkeit geprügelter Hunde. Sie zogen die Köpfe ein und drückten sich an den Wänden entlang. Dabei hatten sie die Unterwürfigkeit von geschundenen Kreaturen längst abgelegt, denn kein grausamer Herr bedrohte sie mit neuen Schlägen. Es war offensichtlich, dass diese blutjungen Männer und Frauen, diese Kinder, noch immer ein entbehrungsreiches Leben führten. Doch der Grausamkeit waren sie entkommen, und Arden hatte das freie Leben in Oakenfast beschworen.

Marie fragte sich, ob diese Kinder Mütter und Väter hatten, die nach ihnen suchten und um sie trauerten, oder ob sie längst verlassen und verstoßen worden waren. Auch davon hatte Arden während des Rittes gesprochen: Es gäbe für ihn und die Seinen keinen Platz in der Welt. Das Ödland war ihnen also, so sonderbar das sein mochte, zur Heimat geworden. In Marie begann sich eine unbestimmte Neugier zu regen. Doch es war Llew, der mit dem, was er nun sagte, ihre Gedanken in Worte fasste.

»Arden, drüben im Saal sagtet Ihr, der Herr von Oakenfast hätte sich seine Qualen selbst zuzuschreiben. Auch mir kam es vor, als schäme er sich seiner Leiden. Er sprach wie einer, der sich selbst ins Verderben stürzte, dem aber noch dazu von anderen Böses zugefügt wurde ... Was ist nur vor all der Zeit hier in Oakenfast geschehen? Warum ist der Herr der Elfen, der Herr der Grünen Wälder, eingesperrt und zu Knechtschaft verdammt? Kennt Ihr die Geschichte von Oakenfast, mein Freund?«

»Die Geschichte von Oakenfast«, antwortete Arden, »ist untrennbar mit der Geschichte von Bufawuda oder Bestude, wie man es inzwischen nennt, verbunden. Denn die beiden sind wie Herz und Blut, wie Leib und Seele. Doch es ist auch die Geschichte von Fremden, die hierher kamen, das Herz verletzten und das Blut vergifteten ... Master Greenleaf, Ihr habt alles miterlebt und wisst, was sich zugetragen hat. Wollt Ihr Lady Marie und Sir Llew nicht von Oakenfast, von Bestude oder Bufawuda und von der Ankunft der Fremden erzählen? Von Sir Edric und seiner Gemahlin, Prinzessin Goda, die aus Oakenfast stammte? Wollt Ihr ihnen nicht von dem Normannen Urse und seinem armen, schwachen Vetter berichten?«

»Das werde ich tun«, sagte Greenleaf bedächtig. »Sie kennen die Geschichte von Bestude nicht, denn in der sterblichen Welt ließ man jede Erinnerung daran erlöschen. Doch es ist an der Zeit, dass wieder davon erzählt wird. Darum will ich es gerne tun. Aber ich möchte Sir Llew bitten, die Harfe erklingen zu lassen, während ich spreche. Denn dieses Instrument gehörte einst Elfric, seinem Vater. Er war der letzte Menschensohn, der die Geschichte Oakenfasts und Bufawudas noch in allen Einzelheiten kannte. Und für diese Geschichte und für das Geheimnis, dessen Schlüssel in ihr liegt, musste er sein Leben lassen ...«

Llews Züge waren wie aus Stein gemeißelt. Doch der Zwerg Greenleaf lächelte und fuhr fort: »Seid ohne Furcht und Trauer, Llew, mein Freund, denn in der Stimme der Harfe hört Ihr die Stimme Eures Vaters. Ihr Klang kündet von dem, was er wusste, wofür er kämpfte und liebte. Er war ein großer Mann, auch wenn er es sein Leben lang in der Welt der Menschen nicht zu Ruhm und Ansehen brachte. Auf seinen Schultern trug er die Bürde der Erinnerung ... Werdet Ihr die Harfe seinem Andenken zuliebe erklingen lassen, Sir Llew?«

»Ja, das werde ich«, antwortete Llew mit belegter Stimme. Marie sah, dass er mit den Tränen kämpfte und rückte noch näher an ihn heran. »Ich tue es, weil Ihr mich darum bittet, Master Greenleaf ...« Er schlang den Arm um Marie. Sie spürte das Zittern in seinen Gliedern und wusste, wie schwer es ihm war, Greenleafs Wunsch zu erfüllen. Dinge, an die er bisher nicht zu rühren gewagt hatte, würden zur Sprache kommen; alte Wunden würden wieder aufreißen. Sie liebte ihren Gemahl nur noch mehr für den Mut, mit dem er der Geschichte seines Vaters, die doch auch die seine war, ins Auge blickte. Ihr liebevoller Blick entlockte ihm ein solch süßes Lächeln, dass sie glaubte, ihre Glieder müssten zerfließen und ihr Herz verbrennen.

Dann griff Llew in die Saiten der Harfe. Wie frisches Quellwasser flossen die Töne durch den im Halbdunkel liegenden Raum. Greenleaf begann zu sprechen wie mit feurigen Zungen. Im wohltuenden Zwielicht, das den Erzähler und seine Zuhörer einhüllte, begannen

Schatten zu wachsen. Sie bewegten und veränderten sich ständig, doch Furcht erregend waren sie nicht. Manche glichen Gestalten, die sich näherten, aber nicht etwa als Bedrohung oder Gefahr, sondern nur, um besser zuhören zu können. Es waren die verlorenen Schatten von Oakenfast, die Mitleid erregenden Geister von Bufawuda, die niemals mehr Gestalt annehmen konnten. Was konnte es schaden, wenn man sie gewähren ließ? Indem sie sich unter die Menschen mischten, näher kamen und zuhörten, wurde ihnen Trost zuteil. Sie erfuhren, dass sie nicht völlig dem Vergessen anheim gefallen waren.

DAS BUCH VON BUFAWUDA

Sechstes Kapitel

In welchem Geoffrey le Cort nach Waedley kommt und Urses Vetter Robert eine schicksalhafte Begegnung hat.

Als Arnwin, der Priester, aufgrund der Anschuldigungen seines ehemaligen Freundes Waedley gemeinsam mit seiner Familie verlassen hatte, kam große Traurigkeit über Bufawuda. Der Bischof sprach Urse dem Bären das Gutshaus von Waedley zu. Doch Urse ließ in Worcester eine Burg bauen und verspürte nicht den Wunsch, auf einem kleinen Landgut ein bescheidenes Dasein zu fristen. So gab es dort keinen Herrn.

Kein Priester kümmerte sich mehr um die Dörfer, und die Menschen spürten den Verlust Arnwins schmerzlich. Sir Edric verfügte, dass von nun an niemand mehr den Namen des Geistlichen aussprechen durfte. Doch er versprach, sich nach einem neuen Pfarrer umzutun, wenn auch widerstrebend. Geistliche, die sich einmischten, wollte er nicht mehr in seiner Nähe haben. So vergingen die Wochen, doch kein neuer Priester wurde gefunden.

Es war eine harte, blutige Zeit, denn im Norden kam es zu einer großen Revolte. Es hieß, Harold, der letzte König der Engländer, habe sein Leben nicht auf dem Schlachtfeld von Hastings ausgehaucht. Schwer verletzt sei er heimlich in Sicherheit gebracht und gesund gepflegt worden. Nun war er zum Kampf gegen die Normannen bereit und verlange die Krone zurück. Die Schlachten begannen, aber Harold wurde nirgends gesehen. Der normannische König aber stürmte wutentbrannt in den Norden. Er wollte den englischen Widerstand ein für alle Mal brechen und ein Exempel statuieren. Wie die Normannen im Norden wüteten, wird niemals in Vergessenheit geraten. Ewig wird diese Wunde weiterbluten und das Land auf Jahrhunderte vergiften. Die Normannen töteten nicht nur die Männer, die gegen sie kämpften, sie metzelten auch Frauen und Kinder nieder. Ungeborene wurden aus dem Schoß ihrer Mütter gerissen und gegen Baumstämme geschlagen. Sie starben ungetauft und ohne Gottes Segen. So war ihnen der Zugang zu Seiner Herrlichkeit und Erlösung auf ewig verwehrt. Nicht nur Hütten und Paläste steckten die Normannen in Brand, auch Kirchen zündeten sie an. Die Gläubigen darin verschonten sie nicht, auch nicht Mönche und Nonnen. Sie verbrannten Bücher und schändeten heilige Bilder. Sie warfen Salz auf die Felder und verbrannten das Heu und die Ernte, die für den Winter aufbewahrt worden war. Pferde, Kühe und Schafe schlachteten sie ab wie alles sonst, was sich bewegte oder atmete. Es war, als wäre die wilde Mordlust der Nordmänner aus längst vergangenen Tagen wiedererwacht.

Das Volk floh vor den blutrünstigen Normannen wie Schafe vor einer reißenden Wolfsmeute. Sie suchten Zuflucht in Höhlen und Wäldern, drängten sich zusammen wie verängstigtes Federvieh und trugen nach und nach die Kunde von den Schrecken, die ihnen widerfahren waren, in den Süden, den Westen und den Osten. Bald lähmte die Angst das ganze Land. Aber schließlich begann der Blutdurst seiner Leute selbst König William anzuwidern, und er gebot ihnen Einhalt.

Urse war gemeinsam mit Robert in den Norden gezogen und wütete dort mit der Axt und dem Schwert. Sir Edric, der inzwischen bedauerte, den Normannen nach Waedley gelockt zu haben, hoffte, Urse möge im Norden den Tod finden. Wie die meisten stolzen, rücksichtslosen Männer wusste Sir Edric nicht, wie er den Schaden, den er angerichtet hatte, wieder gutmachen sollte. Darum tat er nichts, obwohl er Arnwin schmerzhaft vermisste und den Rat des Geistlichen dringend gebraucht hätte. Dem starrköpfigen Edelmann blieb nichts anderes übrig, als alle Entscheidungen allein zu treffen. Er wollte die Normannen vernichten und damit all seine

Zweifel und sein Unbehagen für alle Zeiten abschütteln. Doch im Lichte dessen, was im Norden geschehen war, mussten er und seine walisischen Verbündeten ihre Pläne noch einmal überdenken. Allem Anschein nach waren ehrenvolle Schlachten, die den Regeln der Ritterlichkeit folgten, nicht nach dem Geschmack der Normannen. Man musste ihnen auf andere Weise beikommen. Darüber sann Sir Edric unablässig nach. Daran, einen neuen Priester für Waedley und Bufawuda zu suchen, dachte er hingegen kaum.

Edrics Weib Goda war alles andere als zufrieden mit ihrem Gemahl, aber das bereitete ihm kein Kopfzerbrechen. Er wusste, dass Elfen sich nicht zu etwas zwingen ließen. Wenn Lady Goda also nicht mit ihm sprechen wollte, war das nicht zu ändern. Sollte sie ruhig über das Anwesen und durch die Wälder streifen. Dabei würde sie wohl keinen Schaden anrichten. Sir Edric wusste, dass Goda ihm treu ergeben war. Eine Elfenfrau, die ihre Heimat durch die Liebe zu einem Sterblichen verliert, steht treu an der Seite ihres Gemahls, auch wenn andere die Torheit begehen, sie gegen ihn aufbringen zu wollen.

Was Edric nicht wusste, war, dass die Angst das Herz seines Weibes zerfraß. Denn als Elfe spürte sie, dass den Ihren das Verderben drohte, und sie sah keine Möglichkeit, dieses Schicksal abzuwenden. Ihr Vater hatte ihren sterblichen Gemahl für immer aus Oakenfast verbannt. Sie wagte nicht, den Herrn von Oakenfast um Hilfe zu bitten. Edrics Pläne kannte sie und fürchtete, sie würden zu nichts führen. Doch sie sprach nicht mit ihm darüber, denn sie wusste, er würde nicht auf sie hören. Lady Goda vermisste Arnwin und Hazel, aber sie war keine Sterbliche, die nach ihnen gesucht und sie um Hilfe gebeten hätte. Noch immer waren ihr elfischer Stolz und ihr Eigenwille zu groß. So wandelte sie hilflos durch einen Alptraum aus Zweifeln und dunklen Vorahnungen, aus dem es kein Entrinnen zu geben schien.

Eines Tages war es so weit. Die normannischen Chroniken sprachen später davon, dass der Norden damals endgültig befriedet worden sei. In Wahrheit hinterließen die Eroberer verbrannte Erde und eine Wüstenei. Das nannten sie Frieden, um ihr Gewissen zu beruhigen. Bald darauf hieß es, Urse d'Abetot sei mit einigen Reitern und einem fetten Priester an seiner Seite auf dem Weg nach Bufawuda. Urse gab sich demütig und bescheiden. Nach außen hin zeigte er große Frömmigkeit und Sanftmut. Nicht als normannischer Eroberer, sondern als Sir Edrics Nachbar sei er gekommen, so sagte er. Und er brachte den Dörfern den geistlichen Beistand, den sie so lange entbehrt hatten. Urse schlug vor, der Geistliche solle von nun an nicht mehr im abgelegenen Waedley, sondern in einem Haus bei der Steinkirche von Bufawuda leben, damit er Sir Edric und seinen Leuten näher sein konnte, als Arnwin es gewesen war.

Edric war misstrauisch, denn er fürchtete, der Pfaffe könne Urses Spitzel sein. Andererseits konnte er den Geistlichen, wenn er direkt vor seiner Tür lebte, besser im Auge behalten und ihm gelegentlich falsche Dinge einflüstern, die dann auf direktem Wege an Urses Ohr gelangen würden. Dass der untersetzte Normanne plötzlich fromm geworden war, glaubte Sir Edric nicht einen Augenblick lang. Urse wollte sich lediglich nicht offen gegen die Kirche stellen. Im Gegenteil, er musste Gutwetter machen, denn die Mönche und Nonnen von Worcester hatte er durch seine rücksichtslose und ungehobelte Art mehr als einmal verärgert. Ihre Klagen bei Bischof Odo und dem König hatten Urse zunehmend Schwierigkeiten bereitet.

Urse rächte sich auf seine Art für das endlose Lamentieren der Mönche. Er ließ seine Burg so bauen, dass die Latrinen und Abfallgruben den Friedhof des Klosters beschmutzten. Diese unsägliche Frechheit rief den sächsischen Erzbischof, den ehrwürdigen alten Ealdred von York, unter dessen Schutz die Mönche von Worcester noch immer standen, auf den Plan. »Schande über Euch, Urse! Möge Gott Euch verfluchen!«, donnerte der alte Sachse. Doch Urse ließ sich dadurch nicht beirren. Nur die Tatsache, dass ihm nun auch der König zürnte, ließ ihn so tun, als schäme er sich seiner

Taten und habe sich zur Frömmigkeit bekehrt. Er bat den Erzbischof um Vergebung und behauptete, der Bauplan der Burg wäre ohne sein Wissen auf diese frevelhafte Weise verändert worden. Er jagte den Baumeister davon und ließ die Latrinen verlegen. Doch nur wenige seiner Zeitgenossen konnte er damit täuschen.

Von nun an tat Urse sein Möglichstes, um als frommer Christ zu erscheinen. Dabei war er in Wahrheit der verderbteste Heide, der je über Gottes Erdboden gewandelt war. Seine Seele war noch schwärzer als die der armen Sünder, die Gottes Wort noch nie vernommen hatten, denn er kannte es und verschloss sich vor der Wahrheit. Dabei hoffte er, durch äußerlich zur Schau getragene Frömmigkeit das Wohlwollen der geistlichen und weltlichen Herren zu erringen. Bevor er das Gemetzel im Norden hinter sich ließ, schrieb er einen Brief an den König, in dem er dem Herrscher die trostlosen Zustände in Waedley und Bufawuda schilderte. Er, Urse, wolle für die Vergehen von Worcester Buße tun, indem er persönlich dafür sorge, dass sich die Bewohner jener Siedlungen wieder des geistlichen Beistands eines guten Hirten erfreuen durften. König William schickte eine Antwort, in der er Urses christliche Gesinnung pries und vorschlug, er solle sich an des Königs Halbbruder, Bischof Odo, wenden. Der wiederum war nun allzu gerne bereit, Urse bei jeder Untat zu unterstützen.

Den Priester, den Urse nach Bufawuda brachte, suchte Bischof Odo selbst für ihn aus. Der Mann war kein Normanne; er stammte aus Anjou. Aufgewachsen war er im Haus des Herrn von Anjou, Count Fulk, einem Mann, der als hinterhältig und grausam galt. Doch der Priester, Geoffrey le Cort, der diesen Beinamen seiner geringen Körpergröße verdankte, war alles andere als grausam. Er verabscheute offene Gewalt und ungehobeltes Benehmen. Auch hinterhältig war er nicht, denn dazu fehlte es ihm schlicht an Vorstellungskraft.

Dabei mangelte es Geoffrey beileibe nicht an Mut oder Mitgefühl. Er konnte freundlich sein und war, wenn ihm der Sinn danach stand, ein angenehmer Gesellschafter. Frauen und jeder Art von weltlicher oder fleischlicher Liebe misstraute er genauso wie allem, was er nicht verstand. Seine Leidenschaft gehörte dem minutiösen Führen von Kirchenbüchern, der Buchführung und dem Studium jedweden Regelwerkes, das ihm in die Hände fiel. Außerdem verfolgte er mit Vehemenz alles, was er für barbarischen Aberglauben hielt. Manchmal handelte es sich dabei tatsächlich um finstere Machenschaften, meist jedoch um Dinge, die lediglich seinen Verstand überstiegen.

In seiner früheren Pfarrei hatte er für allerhand Ärger und Unwillen gesorgt, denn er hatte darauf bestanden, dass alle Kirchenbücher peinlich genau geführt wurden. Hohe und Geringe verärgerte er mit der buchstabengetreuen Auslegung aller Regeln gleichermaßen. Er predigte nicht nur gegen Hexerei, sondern auch gegen jede Art von Elfen- oder Feenglauben, dem das gemeine Volk nicht abgeneigt war. Die einfachen Leute gingen davon aus, dass Gott selbst die Feen und Elfenwesen geschaffen hatte. Daher konnte es nicht falsch sein, ihnen Respekt zu zollen. Doch Geoffrey le Cort sah es nicht gerne, wenn leblosen Dingen wie Steinen, Bäumen und Brunnen – selbst wenn sie gesegnet waren – Opfergaben dargebracht wurden. Für ihn kam das der Huldigung heidnischer Idole gleich, und er tat sein Möglichstes, um diesem abergläubischen Treiben Einhalt zu gebieten. Auch viele Feste und Feiern fielen seinem Eifer zum Opfer.

So brachten die Mitglieder seiner Gemeinde in Anjou immer weniger Sympathie für ihren Seelenhirten auf. Eines Tages aber ging er endgültig zu weit. Er versuchte nicht nur die Maifeier, die jedes Jahr in den Wäldern abgehalten wurde, zu unterbinden, schlimmer noch: Er schlug die jüngste Tochter des Herrn von Anjou, die er nicht erkannt hatte, mit der Peitsche. Denn er hatte sie dabei ertappt, wie sie im Maienwald einen Burschen aus dem Dorf küsste. Nur das beherzte Eingreifen Bischof Odos, der sich zum Glück für den übereifrigen Gottesdiener gerade in der Gegend befand, hatte ihn vor Stockhieben oder vielleicht sogar vor Schlimmerem bewahrt. Es hätte nicht viel gefehlt gehabt, und Count Fulks erboste Leute hätten ihm den Garaus gemacht.

Geoffey le Cort galt als Mann, der Worten und dem äußeren Anschein vertraute. Denn er selbst war eine ehrliche Haut und sagte immer, was er dachte. Nach seinem Dafürhalten war Urse ein aufrechter Christenmensch. Die schreckliche Bausünde von Worcester ging ohne Zweifel zu Lasten des unfähigen Baumeisters. All diese Eigenschaften machten den Geistlichen zu einem handlichen Werkzeug für allerhand finstere Umtriebe, auch wenn er selbst dies aufs Heftigste bestritten hätte.

Sir Edric konnte sich für den neuen Priester nicht erwärmen, doch da er dessen Geschichte nicht kannte, glaubte er, der blasse kleine Mann mit der sanften Stimme werde leicht zu lenken sein. Außerdem waren die Bewohner Bufawudas sicher stolz und glücklich, einen Priester zu haben, der unter ihnen und nicht im fernen Waedley lebte. Vor allem aber konnte Sir Edric sich kaum den Anordnungen von Bischof Odo und König William widersetzen, denn noch scheute er jede offene Auseinandersetzung mit den hohen Herren. Mit bemühter Höflichkeit dankte er Urse, der darob zufrieden von dannen ritt, für seinen Einsatz für das Seelenheil derer von Bufawuda. Der Normanne war sicher, dass es nicht lange dauern würde, bis der Pfaffe seine kleinen Gemeinden in ein Hornissennest aus Streit und Zwietracht verwandelt hätte. Dann würde er, der Eroberer, eingreifen müssen – natürlich nur, um den Diener Gottes zu schützen.

Geoffrey le Cort machte sich unverzüglich ans Werk. Niemand, noch nicht einmal der listige Urse, hatte ihm erzählt, woher Lady Goda stammte. Der Normanne hoffte darauf, dass das Entsetzen des Priesters umso größer sein würde, wenn er selbst herausfand, welcher Natur die Herrin von Bufawuda war. Geschwätzige Zungen berichteten dem neuen Seelenhirten schon bald von Arnwins freundschaftlichem Verhältnis zu den Elfen und Waldgeistern und auch davon, dass die große Eiche von Poukswood – das Tor zwischen den beiden Welten – noch immer von vielen aufgesucht wurde. Selbst die Feuer, die man gelegentlich zu Ehren Oakenfasts abbrannte, blieben dem Pfaffen nicht verborgen. All das versetzte den Geistlichen in heiligen Zorn. »Wie konnte ein Diener Gottes sich mit den Mächten der Dunkelheit einlassen, anstatt seine Pfarrei mit eisernem Besen von allen Anzeichen von Hexerei und schwarzer Magie zu reinigen!«, donnerte er. Niemand sagte ihm, dass Arnwin keinerlei Hang zu Hexerei verspürt hatte, sondern lediglich ein freundschaftliches Verhältnis mit den Wesen der Wälder gesucht hatte, weil er in ihnen ebenso wie in den Menschen Kinder Gottes sah. Ihre Kräfte beherrschen oder bekämpfen zu wollen, hätte bedeutet, sich auf eine Stufe mit Gott zu stellen – ganz gleich, ob im Bösen, als Hexer, oder im Guten, als Exorzist.

Doch derlei Überlegungen überstiegen Geoffreys begrenzte Auffassungsgabe. Es war höchste Zeit, dass jemand alle Geister, die in seinen Pfarreien ihr Unwesen trieben, davonjagte. Auch alle von Aberglauben geprägten Riten und Bräuche sollten ein für alle Mal verschwinden. Die Natur war für Geoffrey le Cort lediglich ein leeres Gefäß, in welches Gott seinen Willen goss. Auf keinen Fall durfte sie um ihrer selbst willen verehrt werden, so predigte er es unermüdlich in seinem schlechten Englisch.

Seinen Schäflein wollte das nicht gefallen. Sie mochten nicht jedes Wort verstehen, das der Pfaffe ihnen entgegenschmetterte, doch sie durchschauten seine Absichten. Es erzürnte sie, dass Sir Edric, ihr Herr, einem dahergelaufenen Fremden erlaubte, sie zu behandeln, als wären sie allesamt Heiden und Ungläubige. Doch sie hatten keinen Arnwin mehr, der dem wenig zugänglichen englischen Edelmann ihre Klagen zu Gehör brachte.

Der Herr von Bestude machte noch einen weiteren Fehler. Von den Elfen von Oakenfast hielt er sich seit dem Disput mit dem Herrn der Elfen fern. Und solange der Pfaffe ihn und seine Familie nicht belästigte, durfte er seine Torheiten unbehelligt verbreiten.

Abgesehen davon konnte kein Exorzist der Welt etwas gegen das Volk der Elfen ausrichten, denn sie waren keine Geschöpfe des Teufels und überdies nur sehr schwer greifbar. Genauso gut konnte man versuchen, dem Wind das Wehen auszutreiben oder dem Wasser das Fließen. Solange Geoffrey le Cort der großen Eiche nicht zu nahe kam, sah Sir Edric in ihm keine Gefahr. Dabei wusste er, dass seine Leute mit dem neuen Pfaffen nicht zufrieden waren. Aber die Geringen mussten sich nun einmal mit dem abfinden, was man ihnen vorsetzte. Ihre Meinung hatte den wilden Edric noch nie gekümmert, und es gab keinen Arnwin mehr, der sich zu ihrem Fürsprecher machte.

Sir Edric hatte wahrhaft wichtigere Dinge zu bedenken. Seine Pläne für den Angriff auf die Normannen reiften langsam heran, und die Waliser sammelten bereits ein starkes Heer, das ihm zur Seite stehen sollte. Der Gedanke an die bevorstehenden Schlachten ließ den Edelmann nicht mehr zur Ruhe kommen. Wenn er es richtig anstellte und sich nicht selbst im Wege stand, konnte er zum Anführer einer großen Revolte werden, mit der die Macht der Normannen für alle Zeiten gebrochen werden würde. Er träumte davon, alle Ländereien, über die sein Geschlecht einst geherrscht hatte, wieder in Besitz zu nehmen. Dann würde er der Herr von ganz West Mercia sein. In seinen kühnsten Träumen sah Sir Edric sich gar als neuer König von England, gekrönt von einem wiedererstarkten, dankbaren Witan ...

Das Scheitern des Aufstandes im Norden schrieb er allein schlechter Planung zu. Man durfte die Normannen nicht direkt mit einem großen Heer angreifen, sie mussten durch viele kleine Überfälle und Hinterhalte aufgerieben werden. Bewegliche Stoßtrupps mussten unerwartet zuschlagen. Der Umstand, dass König William und seine Leute auch diejenigen nicht verschont hatten, die nie das Schwert gegen sie erhoben hatten, beunruhigte den Engländer nicht weiter. Die wilden Hügel und Wälder des Grenzlandes hatten wenig mit den viel zugänglicheren Ebenen des Nordens gemein. Im unübersichtlichen Gelände des Westens konnte man die Feinde an vielen kleinen Fronten in zeitraubende Scharmützel verwickeln, und wenn die Revolte erst einmal im Gange war, würden auch andere englische Herren den Aufständischen mit ihren Truppen zu Hilfe kommen.

Die Tatsache, dass er einer der wenigen englischen Edelmänner war, die überhaupt noch einen Fetzen Land besaßen, und der Umstand, dass ihm seine Landsleute nicht trauten, hätte Sir Edric zu denken geben sollen. Doch er sprach nicht einmal mit Lady Goda über seine Pläne, denn er glaubte, sie in Gefahr zu bringen, wenn sie zu viel wusste. Niemals hätte er sich träumen lassen, dass seine Gemahlin längst ahnte, was er vorhatte. Sir Edric war ein Heißsporn, ein stolzer Mann, der nur seiner eigenen Verderben bringenden Urteilskraft vertraute.

So verging die Zeit. Nach und nach gewöhnten sich die Dorfbewohner und ihr neuer Seelenhirte aneinander. Man baute Geoffrey le Cort neben der Kirche ein Haus, und er machte sich daran, die Geister aus dem Wald auszutreiben. Seine Schäflein mussten ihn dabei begleiten. Als sie merkten, dass sein Treiben wenig Wirkung auf die Waldgeister zeigte, taten sie ihm großmütig den Gefallen. Und falls die Elfen sich je verärgert zeigen sollten, konnten sie die Schuld immer noch auf die Einmischung eines ebenso verstockten wie ahnungslosen Ausländers schieben.

Geoffrey hatte aus seinen Schwierigkeiten in Anjou gewisse Lehren gezogen und machte sich nicht sofort daran, die große Eiche zu entfernen. Abgesehen davon fielen die Wälder in den Herrschaftsbereich des Königs. Um den Baum konnte man sich später noch kümmern. Einstweilen war es wichtiger, das Vertrauen des gemeinen Volkes zu gewinnen. Der Pfaffe besuchte die Dorfbewohner in ihren bescheidenen Bleiben, pflegte die Kranken und fand tröstende Worte für die Hinterbliebenen der Verstorbenen.

Anfangs verlachten die Leute ihn hinter vorgehaltener Hand. Die sonderbaren Gepflogenheiten des Ausländers und sein unmännliches Aussehen, sowie die Tatsache, dass er weder eine Frau noch eine Geliebte hatte, boten viel Anlass zu Hohn und Spott. Doch man gewöhnte sich an den Mann aus Anjou, auch wenn man ihn jederzeit gerne gegen Arnwin eingetauscht hätte. Im Übrigen tat man gut daran, nicht gegen einen Pfaffen aufzubegehren, der von den Normannen geschickt worden war.

Für das gemeine Volk war Zurückhaltung gegenüber den Mächtigen wichtiger denn je. Zwar schätzte man die fremden Besatzer nicht, doch solange sie die Bevölkerung in Ruhe ackern, sähen und ernten ließen, sah man keinen Anlass, sich gegen sie zu erheben. Außerdem war inzwischen hinlänglich bekannt, wie die Normannen im Norden gewütet hatten, und niemand legte Wert darauf, seinerseits den rücksichtslosen Blutdurst der Feinde herauszufordern.

Sir Edric war viel zu beschäftigt, um den Machenschaften des Pfaffen auch nur einen Teil seiner Aufmerksamkeit zu widmen. Lady Goda hingegen hasste Geoffrey le Cort mit Inbrunst, denn sie wusste, dass Männer wie er einst den Niedergang des Elfenvolkes bewirken würden. Doch anstatt etwas gegen den Pfaffen zu unternehmen, versank sie in düsteren Grübeleien. Sie ging Geoffrey aus dem Weg und verbrachte immer mehr Zeit in den Wäldern. Aelfnoth und Aelfrida überließ sie der Obhut ihrer alten Amme und anderer Diener.

Geoffrey le Cort war überrascht, dass die Herrin von Bufawuda nicht zur Kirche kam, doch seine Schäflein sagten ihm, Lady Goda sei nicht ganz richtig im Kopf. Etwas Besseres fiel ihnen nicht ein, um ihre Herrin zu schützen. Also übte der Pfaffe sich in Geduld, noch dazu, wo man Kindern geben konnte, was ihre Eltern nicht hatten. Unablässig bemühte er sich um die Zwillinge und versuchte, sie von ihrer unbekümmerten Ahnungslosigkeit zu heilen. Erfolg hatte er vor allem bei Aelfnoth, denn der Knabe war von Natur aus religiös veranlagt. Er vermisste Arnwin noch immer sehr, und was man aus anderen Teilen des Landes hörte, ängstigte ihn. Seine Schwester Aelfrida hörte dem Pfaffen höflich zu, doch ihr wacher, schneller Geist glich zu sehr dem ihrer Mutter, um sich von etwas anderem als ihrem eigenen flatterhaften Wesen leiten zu lassen. Ihre Aufmerksamkeit verharrte nie lange auf einem bestimmten Ding.

Hätte Lady Goda gewusst, was der Priester mit ihren Kindern anstellte, wäre ihr Zorn grenzenlos gewesen, und manches Unheil hätte sich verhindern lassen. Doch es kam ihr nie in den Sinn, danach zu fragen. Die Kinder selbst schwiegen – Aelfnoth aus Angst und Aelfrida aus Gleichgültigkeit.

Lady Goda zeigte ihre tiefe Trauer niemandem. Im Wald sah man sie oft am Ufer eines Baches sitzen, wo sie ihr langes goldenes Haar kämmte und ein Lied dazu sang. Niemand wäre auf den Gedanken gekommen, dass sie schreckliche Qualen litt. Doch sie wurde immer schwermütiger. Ihre Trauer ließ sich daran messen, dass sie nicht länger Fische und andere Kreaturen des nassen Elements mit Botschaften durch die Flüsse und Meere zu ihrer Pflegeschwester schickte. Mit niemandem konnte sie über ihre bedrückenden Gedanken reden, ganz gleich, ob es sich um eine Elfe oder um einen Sterblichen handelte. Lady Goda wusste nun einmal nicht, wie man einem anderen Wesen sein Herz öffnet.

Urses Vetter Robert hatte Geoffrey le Cort auf der Reise nach Bufawuda begleitet. Inzwischen wusste auch er, wer Lady Goda war, denn Urse zog ihn, seit er es herausgefunden hatte, unablässig damit auf. Die Erfahrungen im Norden hatten den jungen Mann verändert. Er hatte viel von seiner Weichheit verloren, zog sich aber immer mehr in sich selbst zurück. Es hatte ihn anfangs abgestoßen, unschuldige Menschen und sogar hilflose Kinder abschlachten zu müssen, doch dann hatte sich sein Herz verhärtet, ohne dass er deswegen am Töten Gefallen fand. Er prahlte nie mit seinen Untaten, wie Urse es tat, und doch fühlte er sich inzwischen als wahrer Eroberer, der sich alles nehmen konnte, wonach ihm der

Sinn stand. Seine frühere Sanftheit war in einem schwarzen Höllenschlund versunken. Wenn Urse ihn mit Lady Goda aufzog, schwieg er. Doch tief in seinem Inneren reifte nach und nach ein schrecklicher Entschluss heran. Bisher hatte Robert noch nichts unternommen, um das Begehren zu stillen, das ihn Tag und Nacht quälte. Auch bekam er Lady Goda nicht zu Gesicht, denn sie hielt sich von ihm fern.

Aber eines Tages saß der junge Normanne wie so oft in der Taverne. Dort traf er auf einen Mann, der sein ganzes Leben verändern sollte. Mit seiner Hilfe wollte Urses Vetter die dunkelsten Gelüste seines Herzens stillen.

19

Dies ist nicht die Dämmerung im Osten;
kein Drache fliegt dahin ...

Aus *The Finnesburgh Fragment*, anonymer Autor

Marie wanderte durch einen schönen grünen Wald. Lichtstrahlen fielen durch das Blätterdach und umtanzten sie. Das Plätschern kleiner Bäche glich hellen Harfentönen. Sie folgte einem glühenden Schein zwischen den Bäumen. Ihr Herz war leicht wie die Luft im Frühling. Dieser wunderbare Ort erfüllte sie mit einer eigentümlichen, tiefen Freude. Sie sah Wesen aus Licht und Schatten in den Bächen und Baumkronen spielen, während sie dahinging. Dann entdeckte sie plötzlich eine Frau, die auf einem Felsblock am Wasser saß. Sie sang ein Lied und ließ dabei ihr langes Haar durch die Finger gleiten. Diese Frau war von deutlich sichtbarer, unveränderlicher Gestalt und konnte doch kein menschliches Wesen sein, denn ihre Haut schimmerte golden und grün wie Bronze, und auch in ihrem Haar fanden sich diese beiden Farben wieder. Schwimmhäute spannten sich zwischen ihren Fingern und Zehen, dabei war jedoch nichts Abstoßendes oder Furcht erregendes an ihr. Freundlich blickte sie Marie ins Gesicht, lächelte und zeigte auf einen weit entfernten Ort zwischen den Bäumen.

So verließ Marie den Lauf des Baches und wanderte weiter durch den Wald. Schließlich gelangte sie zu einer Stelle, an der drei Pfade aufeinander trafen. Auch eine Höhle klaffte dort im Kalkstein. Unter ihrer Außenwand sprudelte eine Quelle hervor, und vor dem Eingang brannte ein Feuer. Innen aber war alles dunkel. Marie spürte, dass sie nicht an einen Ort des Bösen geraten war, sondern an einen Ort der Traurigkeit. Die Neugier trieb sie dazu nachzusehen, was sich in der Höhle verbarg. Sie ging zu deren Eingang und spähte hinein. Doch trotz des Feuers, das dort brannte, konnte sie nichts erkennen. Nur ein schwacher Duft, wie er oft in den ersten Tagen des Frühlings in der Luft liegt, vermischte sich dort mit einem anderen warmen Geruch, der an ein sauberes, angenehmes Tier erinnerte. Marie streckte die Hand aus und flüsterte: »Wenn sich hier Oakenfasts Heilung verbirgt, dann zeige sie sich, damit das Land wieder erblühen kann ...« Plötzlich begann ihr Herz wie wild zu pochen. Ihre Handflächen wurden feucht, und kalte Angst ließ ihre Kehle schmerzen. Von hinten näherten sich Schritte. Es klang, als schleiche sich jemand heimlich an sie heran wie ein Jäger an seine Beute. Dem, was sie da belauerte, wollte Marie sich nicht kampflos überlassen. Lieber flüchtete sie durch das Feuer in die Umarmung des dunklen, traurigen Etwas in der Höhle.

Doch bevor Marie diesen Gedanken in die Tat umsetzen konnte, fühlte sie sich schon mit eisernem Griff gepackt und rückwärts weggezogen – Stück für Stück –, und jeder Schritt schmerzte mehr als der vorige. Mit all ihrer Kraft kämpfte sie gegen die Umklammerung an. Sie fand ihre Stimme wieder und stieß wilde, wütende Schreie aus, deren Echo aus der Höhle zu ihr herausklang. Es vermischte sich mit einem fürchterlichen Brüllen wie von einem zornigen Löwen. Marie erbebte. Ihr wurde abwechselnd heiß und kalt. Sie versuchte, den Kopf so zu drehen, dass sie in die Höhle hineinsehen konnte, und bemerkte, wie sich in der Dunkelheit etwas zu regen begann ...

Doch dann traf sie ein gleißendes Licht, das so schmerzhaft war, dass ihr beinahe die Sinne schwanden. Sie war geblendet und konnte nichts mehr erkennen.

Marie merkte, dass sie erwacht war. Sie lag in Llews Armen unter den Fellen, die sie vor der Kälte der Nacht geschützt hatten. Außer ihnen befand sich niemand mehr im Raum.

Sie blickte in Llews geliebtes Antlitz und erbebte vor Ehrfurcht und Demut, als sie erkannte, dass er soeben aus demselben Traum erwacht war wie sie. Sanft legte sie ihm die Hand auf den Arm. »Oh Llew, dieser Ort – er kam mir so vertraut vor. Es muss ein Ort der Zuflucht für die Seele sein, schön und von großer Wichtigkeit. Erinnerst du dich an jenen weit zurückliegenden Tag im Wald von Broceliande?«

Die Erinnerung ließ Llews verschiedenfarbige Augen aufblitzen. Auch in Marie wurden die Bilder wieder lebendig. Mit wehendem Haar war Llew durch den Wald galoppiert und hatte sie dort an dem dunklen Teich gefunden, an welchem ihr Tydorel, der Ritter der Tiefe, begegnet war. Als Erster hatte er ihr den Weg zur wahren Erkenntnis gezeigt.

»Ich erinnere mich«, sagte Llew. Sie spürte, wie sein Herz unter ihrem Kopf schneller schlug und versuchte, sich vorzustellen, was er vor seinem geistigen Auge sah: Die Frau, der seit Jahren seine heimliche Liebe gehörte, allein im Wald, allein mit ihm. Und doch hatte er sie niemals in unziemlicher Weise berührt oder ihr seine Qualen offenbart.

Marie lächelte, doch ihre Stirn war umwölkt. »Als du mich fandest, hatte der Ritter der Anderwelt mir gesagt, ich würde dreimal auf die Probe gestellt werden – in Erde, Wasser und Feuer. Dreimal würde ich den Löwen suchen, und er würde mich finden. Ich dachte ... ich glaubte eigentlich ...« Sie zögerte, denn noch immer war es nicht leicht, darüber zu sprechen. »Ich dachte, mit dem Löwen sei Prinz Richard Löwenherz gemeint. Aber in Wirklichkeit warst du es.« Ein wenig ruhiger fuhr sie fort: »Du, Llew, Löwe von Cymru, mein innigst Geliebter. In der dunklen Erde von Ysengrins Saal, in den goldenen Wassern von Avalon und nun, in den feurigen Toren von Oakenfast, haben wir einander gesucht und gefunden.«

Llew küsste sie sanft aufs Haar, doch er schwieg. Die Stille zog sich so lange hin, dass Marie schon fürchtete, sie hätte etwas Falsches gesagt.

»Guten Morgen, meine Freunde.« Plötzlich stand Arden vor ihnen. Er wirkte aufgeregt. Seine sonst so blassen Wangen waren gerötet, und seine Augen strahlten. »Es ist etwas Wunderbares geschehen.«

Ardens Erregung wirkte ansteckend. Llew und Marie rappelten sich auf.

»Cynwal hat es heute in der Frühe als Erster entdeckt«, sagte Arden glücklich, während sie nach draußen eilten. Marie dachte an die harten Worte, die tags zuvor gefallen waren, an die Bitterkeit, die seit uralten Zeiten zwischen Engländern und Walisern regierte und staunte über die Freude in Ardens Worten.

Sie durchquerten den Saal, der nun hell und still war. Kein anderes Wesen ließ dort an diesem Morgen seine Gegenwart spüren. Draußen hatten sich alle in einiger Entfernung versammelt, nur Greenleaf fehlte.

Als die anderen sahen, dass Marie, Llew und Arden sich zu ihnen gesellten, machten sie den Neuankömmlingen Platz. Die Gesichter der jungen Leute glühten in stillem Glück. Es war die unterdrückte Freude derer, die gerade erst dabei sind zu lernen, was Hoffnung ist. Nicht in ihrer eigenen Heimat taten sie diesen großen Schritt, sondern im verwüsteten, verwundeten Oakenfast. Die Geschichte, die Greenleaf am Abend zuvor zu erzählen begonnen hatte, war Marie noch bestens in Erinnerung. Umso neugieriger war sie auf den Grund für so viel verhaltene Freude.

Und dann entdeckte sie, worauf sich die strahlenden Augen der Versammelten richteten. Im Schutze eines Felsbrockens, der auf der harten staubigen Erde lag, war über Nacht eine Blume erblüht. Winzig und schwach, mit blassen, knittrigen Blütenblättern und einem zitternden Stängel, kämpfte sie ums Überleben. Das armselige Gewächs sah aus, als könne es kaum eine Stunde, geschweige denn einen Tag überdauern. Doch für alle, die diesen Ort kannten, und auch für diejenigen, die erst vor kurzem angekommen waren, war das Erblühen der winzigen Blume ein Wunder, dessen Größe und Herrlichkeit es mit der Entstehung der Sonne ohne weiteres aufnehmen konnten.

»Oh, Lady Marie, Sir Llew, meine Freunde«, sagte Arden mit zitternder Stimme, »diese Blume konnte sich nur ans Licht des Tages kämpfen, weil ihr hierher gekommen seid. Etwas Vergleichbares ist hier noch niemals geschehen. Und das verdanken wir allein euch.«

20

... es hieß, von allen Königen der Welt
war er der freundlichste, der sanftmütigste,
der gerechteste gegenüber seinem Volk, der,
welcher den größten Ruhm erstrebte.

Aus *Beowulf*, anonymer Autor

In Oakenfast schienen die Tage schneller zu vergehen. Bald wurde es wieder Abend, und sie kehrten zum Turm zurück. Den ganzen Tag über waren sie mit Arden umhergeritten und hatten nach weiteren Anzeichen erwachenden Lebens Ausschau gehalten, doch nichts gefunden. Starr, grau und tot erstreckte sich das Land um sie her. Das Erblühen der kleinen Blume wurde zu einem fast nicht mehr wahrnehmbaren Lichtblick in all der Verwüstung. Arden war enttäuscht. Er hatte gehofft, die Blüte sei nur die Vorbotin größerer Veränderungen gewesen. Als sie wieder am Turm anlangten, sahen sie mit Erleichterung, dass wenigstens die eine Blume noch nicht abgestorben war, wie sie es insgeheim schon beinahe befürchtet hatten. Tapfer behauptete sich das winzige Gewächs im Schutz des Felsblocks. Die Blütenblätter begannen sich bereits für die Nacht zu schließen. Sie mochten blass und ein wenig ausgefranst sein, doch hier an diesem Ort boten sie einen erhebenden Anblick. An diesem Abend war die Schar der Freunde trotz allem nicht bedrückt, nur stiller als am Tag zuvor. Es gelang ihnen nicht, ihre Befürchtungen lachend abzutun, aber sie wollten auch nicht endlos darüber nachgrübeln.

Greenleaf war noch nicht von seinem Jagdausflug in die sterbliche Welt zurückgekehrt. Ungeduldig warteten alle auf sein Erscheinen. Das Wasser der Quelle von Oakenfast mochte köstlich munden, und vom Vortag war noch ein wenig kaltes Fleisch übrig, doch die Aussicht auf einen frischen Braten, der über dem Feuer schmorte, brachte alle Mägen zum Knurren. Dennoch machte sich keine schlechte Laune breit. Man saß in leise Unterhaltungen vertieft um das Feuer und wartete.

»Ich habe einmal gehört«, sagte Cynwal zu Arden, »die Tage in der Anderwelt seien viel länger als die unseren ... fast wie ein Jahr. Aber hier scheint die Zeit nur so dahinzufliegen.«

Alle anderen Gespräche verstummten. Die Blicke der Wartenden richteten sich auf Arden. Der seufzte tief. »Ja, Freund Cynwal, die Tage vergehen tatsächlich schnell. Aber das war nicht immer so. Früher dauerte ein einzelner Tag in Oakenfast tatsächlich so lange wie ein ganzes Jahr in der sterblichen Welt. Dass die Zeit hier nun so schnell vergeht, ist ein weiteres Anzeichen für den Zerfall Oakenfasts. Ein Tag in dieser Einöde entspricht nun gerade noch einer Woche in der menschlichen Welt. Aber darüber müssen wir schon froh sein. Denn wenn die Zerstörung der Zeit so weitergegangen wäre, hätte es nicht mehr lange gedauert, bis ein Jahr in Oakenfast nach der Zeitrechnung der sterblichen Welt kaum noch ein Augenblick gewesen wäre. Am Ende wäre Oakenfast innerhalb eines Lidschlages verschwunden gewesen und nicht einmal in der dunkelsten Erinnerung der Menschen hätte es eine Spur hinterlassen.«

Dieser Gedanke war in seiner Unfassbarkeit überwältigend und schockierend zugleich. Marie wollte Arden noch ein paar Fragen dazu stellen, doch plötzlich horchten alle auf. Donnernder Hufschlag näherte sich. Bald darauf sprang Greenleaf in einer grauen Staubwolke von seinem kleinen schwarzen Pony, über dessen Rücken viele Bündel hingen. »Vergebt mir die Verspätung, aber dieses Mal sind wir wirklich nur mit knapper Not entkommen!«

In diesem Augenblick glitt eines der Bündel von dem schnaufenden Pferdchen und rollte zu Boden. Nun sah Marie, dass das, was sie für einen Gegenstand gehalten hatte, in Wirklichkeit ein völlig erschöpftes Kind war. Ein kleiner, dünner Knabe mit fast farblosem Haar und wässrig-blauen Augen, die verstört aus einem schmutzigen Gesicht blinzelten, lag vor ihren Füßen. Marie und Llew erkannten ihn sofort.

»Der Knabe aus der Jackdaw Taverne!«, sagte Marie und sprang auf. »Alfred, so hieß er doch, nicht wahr?«

Alfred hob den Kopf. Tränen füllten seine Augen, doch er versuchte zu lächeln. »Ja, Mylady, ich bin es.«

Außer Llew und Marie schien Greenleafs sonderbares Mitbringsel niemanden zu überraschen. Die anderen waren bereits damit beschäftigt, die reiche Ausbeute des Zwerges abzuladen und auszupacken. Brotlaibe, ein großer Kohlkopf, tote Kaninchen und Fasane kamen zum Vorschein. Greenleaf und Arden waren beiseite getreten und sprachen leise miteinander. Dann kam Arden zurück und lächelte.

»Willkommen in Oakenfast, Alfred«, sagte er. »Hier bist du sicher und frei. Wir sind nun alle deine Kameraden, deine Familie.«

Alfred starrte ihn mit großen Augen an. »Ich danke Euch, Master«, murmelte er. Dann brach er plötzlich in Tränen aus. Sein schmaler drahtiger Körper wurde von heiserem Schluchzen geschüttelt.

Arden kniete neben ihm nieder. »Freund, ach Freund«, murmelte er, »hab keine Angst. Ich weiß, wie dir zumute ist.«

Alfred wischte sich mit seinem schmutzigen Handrücken übers Gesicht und schluchzte nur noch lauter. Ardens tröstende Worte schien er nicht zu hören. Er lag im Staub von Oakenfast und weinte, als müsse ihm das Herz zerspringen.

»Alfred ...«, sagte Marie mit zitternder Stimme. Sie konnte sich vorstellen, was in dem Knaben vorging. Am liebsten hätte sie das Kind in die Arme genommen, aber dem sonderbaren, widerborstigen, stolzen kleinen Kerl wäre das sicher unangenehm gewesen. Darum berührte sie das Kind nur sanft an der Schulter und sagte: »Alfred, du musst dir wegen deiner Familie keine Sorgen machen. Jenny geht es sicher gut. Und Master Greenleaf wird sie wissen lassen, wo du bist, damit sie nicht denkt, dir sei etwas zugestoßen.«

Das Schluchzen war nun nicht mehr ganz so heftig. Alfred sah Marie nicht an. Doch sie spürte, dass er ihr nicht böse, sondern dankbar war. Mehr denn je wollte sie ihn in ihren Armen wiegen, doch sie wagte es nicht. Stattdessen richtete sie ihren Blick auf den Zwerg, der auf der anderen Seite des Feuers stand, und sagte in bemüht heiterem Ton: »Das werdet Ihr doch tun, nicht wahr, Master Greenleaf? Ihr schickt eine Botschaft in die Jackdaw Taverne, damit man sich dort keine Sorgen um Alfred macht.«

»Pah, das Mädchen weiß auch so, dass dem kleinen Igel nichts fehlt«, antwortete der Zwerg leichthin. Doch dann setzte er hinzu: »Keine Sorge, Alfred, mein Freund. Sie wird es erfahren.«

Alfred nickte. Er wandte sich für einen Moment ab, als müsse er sich sammeln, dann rappelte er sich auf. Den Blick hielt er jedoch weiterhin gesenkt. Er studierte seine Füße, als sähe er sie zum ersten Mal. Dann räusperte er sich und murmelte etwas.

»Wenn du uns danken willst, Alfred, dann beweg deine Knochen zu den Köchen hinüber und zeig ihnen, wie deine Tante und deine Schwester eine ordentliche Mahlzeit zubereiten«, sagte Greenleaf. »Die jungen Leute geben sich zwar große Mühe, aber ein wenig Abwechslung auf dem Speiseplan könnte nichts schaden.«

»Ja«, sagte Llew. »Erkläre ihnen, wie man einen kräftigen Eintopf kocht. Einen so wohlschmeckenden Eintopf wie den deiner Schwester haben wir seit Jahren nicht gegessen, nicht wahr, Marie?«

»Das will ich wohl meinen«, stimmte seine Gemahlin zu.

Alfred hob den Kopf. Der Anflug eines verschmitzten Lächelns glitt über sein schmales, von Tränen verschmiertes Gesicht. »Master Greenleaf hat keine Gewürze mitgebracht«, sagte er. »Aber ich kann es ja wenigstens versuchen.« Mit dem selbstsicheren Schritt eines Mannes, dessen Stolz soeben wiederhergestellt worden war, marschierte der Knabe zu den jungen Leuten. Freundlich begrüßten sie ihn in ihrer Mitte. Es dauerte nicht lange, bis Alfred die ganze Schar herumkommandierte, als wären sie Küchenmägde und Gehilfen, er aber der Koch eines Edelmanns.

»Nun, Master Greenleaf«, sagte Llew bewundernd, »Ihr habt eine weitere Seele vor Verfolgung und Knechtschaft bewahrt. Hier in Oakenfast wird dieses Kind ein würdiges Leben führen können.«

Der Zwerg schüttelte den Kopf. »Dort draußen konnte ich ihn nicht lassen, Freund Llew. Das ist alles«, brummte er. »Das törichte Kind ist eine Gefahr«, fügte er hinzu. »Auch für sich selbst.«

»Eine Gefahr?«

»Oh, der Balg trug etwas bei sich, das er verkaufen wollte. Er glaubte, mit dem Erlös sein und seiner Schwester Glück machen zu können. Der kleine Narr! Was für ein unsägliches Glück, dass ich ihn noch rechtzeitig erwischte ... Ein wenig Hilfe hatten wir auch ...« Der Blick des Zwerges wanderte zwischen Marie und Llew hin und her. »Sicher wird Alfred Euch noch so oft und ausführlich davon erzählen, bis Euch die Ohren klingen, wenn er sich erst ein wenig von dem Schrecken erholt hat. Für mich ist jetzt etwas anderes vordringlicher: Ich habe einen Bärenhunger. Wie steht es mit Euch?«

Sie verstanden sofort, was der Zwerg ihnen damit sagen wollte. Marie und Llew gesellten sich zu den jungen Köchen und halfen bei der Vorbereitung des Mahls mit – nicht widerstrebend, sondern mit einem innerlichen Lächeln. Denn so scheinbar kleine Gesten wie die Verteilung der täglichen Lasten auf alle Schultern waren ein nicht zu unterschätzender Beitrag zur Heilung Oakenfasts.

21

Wenn ein Mann verzweifelt ist, wenn ihm jede Freude verwehrt wird, versinkt er in Trübsal und Kummer ...

Aus *Deor*, anonymer Autor

Das Abendessen war vorüber; es war beinahe ein Festmahl geworden. Am tiefschwarzen Nachthimmel standen schon viele Sterne, und noch immer saßen sie um das knisternde Feuer, redeten und sangen. Alfred war seine Verunsicherung längst nicht mehr anzumerken. Langsam begann er sogar schon, die Langmut der anderen zu strapazieren. Wie ein Floh sprang er umher, mischte sich überall ein und wollte stets ein anderes Lied singen, als das, welches man gerade anstimmte. Cynwal und Cynedyr für ihren Teil schienen sich in der heiteren Gesellschaft inzwischen recht wohl zu fühlen. Ihre dunklen Gesichter, die noch vor Tagen so verschlossen wie Fäuste, so scharf wie Messer ausgesehen hatten, wirkten nun offen und entspannt. Man konnte sie geradezu schön nennen. Marie fiel auf, dass vor allem Arden und Cynwal sich schnell miteinander angefreundet hatten. Gemeinsam sangen die beiden ein Lied in einer alten Sprache. Später erklärte Arden, es sei die mercianische gewesen. Bewegt dachte Marie, dass dies wohl das Friedensangebot des sonst so kampflustigen Walisers an den Engländer gewesen war. Auf diese Art konnte man Arden offenbar am besten für sich gewinnen. Marie beobachtete, wie der Jüngling mit nachdrücklichen Gesten seiner feinen braunen Hände unterstrich, was er sagte; sie sah, wie seine blassen Augen lebhaft aufblitzten, und bemerkte, wie rosig seine blassen Wangen geworden waren. Marie betrachtete Ardens kunstlos geschnittenes, sehr kurzes Haar und erkannte mit dem sicheren Instinkt einer Seele, welche Ähnliches erlebt hat, dass hier ein mutterloses Kind vor ihr saß. Der zurückhaltende Jüngling, der noch längst kein ausgewachsener Mann war, führte dieses verlorene Häuflein junger Menschen mit Kühnheit, Freundlichkeit und klarem Kopf. Sein fester Blick deutete auf ein starkes Herz hin. Sicher hatte der Jüngling eine große Zukunft vor sich.

Marie wusste nicht recht, was sie dazu trieb, doch sie hörte sich selbst ausrufen: »Nun sind wir schon die zweite Nacht hier in Eurer Mitte, aber noch immer wissen wir kaum etwas über die Menschen, mit denen wir die Mahlzeiten und die Schlafstelle teilen. Aus Greenleafs Erzählung kennen wir nun einen Teil der Geschichte Bufawudas. Aber wie steht es mit den einfachen Menschen, die dort lebten? Was ist mit dem Dorf? Was wurde aus den Bauern, die das Land bestellten, aus den Knechten und Mägden, die ernteten, die Kühe molken, Schafe scherten, säten, fischten und spannen, aus den Männern, Frauen und Kindern, die in den Hütten von Bufawuda lebten ...« Sie hielt inne und errötete, weil alle sie anstarrten, selbst Llew. Marie spürte deutlicher denn je, wie weit sie von diesen Menschen entfernt war. Sie war die Tochter eines Edelmannes, hatte eine sorglose Kindheit und ein schönes Leben gehabt. Wie eine unüberwindliche Barriere stand dieses Wissen zwischen ihr und der Freundesschar. Plötzlich war ihr zum Weinen zumute.

»Nur wenige von uns stammen aus Bufawuda«, sagte Arden. »Darum wissen wir nicht viel über das, was sich dort zugetragen hat. Aber wenn Ihr wollt ...«

Greenleaf musterte Marie mit forschendem Blick. »Seid Ihr sicher, dass Ihr derlei Geschichten überhaupt hören wollt? Geschichten über das Schicksal der einfachen Leute?« Ein warnender Unterton lag in seiner Stimme.

»Ein Goldfaden allein macht noch keinen guten Stoff«, antwortete Marie hitzig. »Was hilft eine glitzernde Borte, wenn es kein Leinen gibt, das sie hält? Sie ist weniger wert als nichts. Doch das Leinen braucht kein Gold, um zu etwas nütze zu sein.

Auch ohne diesen Tand ist es gut genug und hat seinen eigenen Wert.«

Arden und die Seinen tauschten überraschte Blicke aus. Marie sah in die schmalen verhärmten Gesichter der Knaben und Mädchen. Freundlich sagte Arden: »Geschichten haben wir genug zu erzählen, Lady Marie. Aber täuscht Euch nicht, denn längst nicht alle von ihnen halten den Vergleich mit gutem, sauberen Leinen aus ...«

»Ich erzähle meine zuerst. Denn ich bin gerade erst hier angekommen und erinnere mich noch am besten an alles«, meldete sich Alfred vorlaut zu Wort. Als er Ardens strengen Blick auffing, setzte er ein wenig vorsichtiger hinzu: »Ist Euch das recht, Arden?«

»Fang schon an, kleiner Floh«, antwortete der Jüngling lächelnd. Und so erzählte Alfred ihnen seine Geschichte. Sie erfuhren von den Eltern, die gestorben waren und ihn und seine Schwester als Waisen zurückgelassen hatten. Sie hörten, wie die Kinder von Onkel und Tante aufgenommen worden waren, und wie der Onkel sie von früh bis spät zur Arbeit angetrieben hatte. Alfred erzählte, dass er nicht nur für Edwin, sondern auch für den Verwalter von Bestude und Master Osric den Laufburschen machen und schwere Arbeiten verrichten musste. Die Blicke, die bei der Nennung dieser Namen zwischen den Zuhörern und Zuhörerinnen hin und her gingen, fielen ihm nicht auf. Alle spitzten die Ohren, besonders die beiden Brüder aus Wales. Als Nächstes berichtete Alfred von einem reichen flämischen Kaufmann und seinem schwarzhaarigen Gehilfen Robin, die in der Jackdaw Taverne eingekehrt waren. Dann erfuhr die Freundesschar, wie Master Osric Alfred aus dem Haus geworfen hatte. Hastig und ein wenig beschämt erzählte der Knabe, dass er Robins Beutel aufgeschlitzt, und – hier warf er einen unsicheren Blick auf Greenleaf – einen Brief an sich gebracht hatte, den er nicht lesen konnte. Doch etwas, was Robin sagte, und auch das Siegel auf dem Schreiben ließ Alfred annehmen, dass seine Beute wertvoll sein musste. Er versteckte sich und überlegte, was er nun unternehmen sollte, denn er fürchtete, seine Schwester würde ihn mit dem Brief zum Sheriff schicken. Nachdenklich wanderte er durch die Gassen, was sich als sehr leichtsinnig erweisen sollte, denn in der Nähe der Kathedrale stürzte sich plötzlich jemand auf ihn. Sicher läge er nun mit durchtrennter Kehle auf dem Pflaster, wenn sich nicht plötzlich eine Dohle vom Turm des Gotteshauses herab direkt in das Gesicht seines Angreifers gestürzt hätte. Ein anderer Mann kam plötzlich hinzu, packte den Banditen und kämpfte mit ihm, bis der Bösewicht besinnungslos zu Boden ging. In diesem Augenblick jagte ein schwarzes Pony herbei, Alfred wurde in den Sattel gezogen, und fort ging es in halsbrecherischem Galopp. Master Greenleaf führte die Zügel. Sie waren nur so dahingestoben, bis sie zu einem Feuer gekommen waren und ... »Und nun bin ich hier bei euch«, sagte Alfred ernst. »Aber etwas ist sonderbar. Ich fand bei den Sachen des eisernen Ralf die Feder einer Dohle. Als Master Osric sie erblickte, geriet er völlig außer sich. Ich weiß nicht, ob er nur wütend war, oder ob er Angst hatte. Und dann kam diese Dohle mir zu Hilfe. Sie stürzte sich von einem Gesims der Kathedrale herab. Ein Dämon kann sie also nicht gewesen sein, oder?«

»Mir hat auch eine Dohle geholfen«, sagte eine schüchterne Stimme in die Stille hinein, die sich nach Alfreds Erzählung ausgebreitet hatte. »Ich heiße Wulf und bin der Sohn armer Tagelöhner, die starben, als ihre Hütte niederbrannte.« Der Knabe fuhr fort, von seinem Leben zu berichten, und selbst Alfred, der sich noch in der Aufmerksamkeit, die ihm seine Geschichte eingebracht hatte, hatte sonnen wollen, hörte ihm atemlos zu. Zum ersten Mal in seinem kurzen Leben erschienen dem kleinen Dieb die Erlebnisse eines anderen bedeutsamer als seine eigenen. Wulf erzählte, wie er als Sohn besitzloser Eltern von klein auf hart hatte arbeiten müssen. Seine Aufgabe war es, sich um die Jagdhunde in den Zwingern von Sir Clifford, auf dessen Anwesen Wulfs Familie lebte, zu kümmern. Ein paarmal bissen die halbwilden Bestien ihn, aber die einzige Art von Zuneigung, die er je in seinem Leben erfahren hatte, verdankte er ebenfalls diesen Tieren. Sonst hagelte es nur Tritte, Spott und böse Worte. Zu essen bekam der Knabe hartes Brot, zu trinken Wasser und manchmal Milch, die ihm in den Hundenapf geschüttet wurde. Trotz allem war er nicht allzu unglücklich mit diesem Leben, denn er kannte es nicht anders. Dann, eines Tages, als er ein paar von den Hunden am Waldrand ausführte, stürzte sich eine Dohle von einem Baum und stahl ihm das Stück Brot, das für den ganzen Tag hätte reichen müssen. Wütend verfolgte er den Vogel, der keck von Ast zu Ast hüpfte und ihn immer weiter in den Wald hineinlockte. Bald waren die Hunde vergessen gewesen, denn Wulf war an einen ganz besonderen Ort geraten ... nach Oakenfast ...

Die anderen jungen Leute nickten bei diesen Worten mit den Köpfen. Ähnliches wussten sie alle zu berichten. So begann ein zartes Mädchen mit Namen Sorrel, dessen Arm verdreht und verkümmert an ihrer Seite hing, zu sprechen. Stockend erzählte sie davon, dass sie die einzige Tochter eines Mannes sei, dessen Frau nach einer langen schweren Geburt am Kindbettfieber gestorben war. Sorrel war viel zu früh zur Welt gekommen, denn der Herr, auf dessen Land ihre Eltern ihr kärgliches Dasein fristeten, hatte bestimmt, dass die Mutter trotz ihres Zustandes von früh bis spät schwere Feldarbeit verrichten musste. Das winzige Mädchen kam mit einem verkrüppelten Arm zur Welt. Wie ein Fluch lastete dieser Umstand von der ersten Stunde seines Lebens an auf dem armen Kind. Und dann starb die Mutter. Ein Jahr später heiratete der Vater eine Frau, die das Kind der anderen nicht ausstehen konnte. Sorrel durfte nicht mehr in der Hütte schlafen, denn ihre Stiefmutter behauptete, das Kind habe Läuse, stinke und würde mit seinem verkümmerten Arm Unglück über die ganze Familie bringen. Also musste es bei den Ochsen im Stall übernachten. Aber das machte dem kleinen Ding nicht viel aus. War nicht sogar der Herr Jesus Christus in einem Stall zur Welt gekommen, und nicht etwa in einem goldenen Palast? Wie der Ärmste der Armen hatte er auf Stroh gebettet in einer Krippe gelegen. Und die Ochsen waren gutmütige, wenn auch ein wenig ungeschlachte Tiere. Mehr als einmal traten sie dem Kind mit ihren riesigen Hufen auf die nackten Zehen. Doch die Füße des kleinen Mädchens waren längst abgehärtet, und der warme Atem der riesigen Tiere tröstete es in mancher kalten Nacht.

Wenn nur ihre Stiefmutter ein wenig freundlicher oder ihr Vater ein wenig bestimmender gewesen wäre, hätte Sorrel mit ihrem Leben zufrieden sein können. Doch eines Tages – ihr Vater war auf den Markt gegangen – schickte die Stiefmutter sie in den Wald, um Pilze zu sammeln ... Es wurde schon dunkel, und das Kind wusste, dass die Frau ihm den Tod wünschte. Es galt als sehr gefährlich, im scheidenden Tageslicht den Wald zu betreten. Aber Sorrel wagte nicht, sich zu widersetzen. Mit dem Korb in der gesunden Hand war sie in den Wald hineinmarschiert und hatte begonnen, nach essbaren Pilzen zu suchen. Da war eine Dohle herbeigeflogen gekommen, hatte sich auf ihren Arm gesetzt und mit den Flügeln geschlagen. Vor Schreck war das Kind tief in den Wald hineingerannt, anstatt aus ihm hinaus ...

»Bei mir war es ein wenig anders«, sagte eine junge Frau, die den Namen Willa trug. Sie versuchte ein unbeschwertes Lachen, das ihr gründlich misslang. »Ich wusste, dass ich ein glückloses Menschenkind war, denn die Leute redeten andauernd davon ...« Als unehelicher Balg der Haushälterin eines Pfaffen hatte man das Mädchen einem alten Onkel überlassen, der ein Trunkenbold war und sich nicht um das Kind kümmerte. Als Willa jedoch ein wenig älter wurde, musste sie lernen, den Zudringlichkeiten des alten Säufers und anderer Männer zu entgehen, indem sie schneller rannte als sie. Doch eines Tages entdeckte eine Horde junger Männer, die helfen mussten, die Ernte des Herrn einzubringen, das Mädchen am Waldrand. Die Kerle warfen Willa ins Laub, und einer nach dem anderen verging sich an ihr. Dann ließen sie das blutende Mädchen in dem Glauben liegen, sie werde sterben ... Das war auch Willas sehnlichster Wunsch. In der Hoffnung, ein wildes Tier möge sie finden und verschlingen, schleppte sie sich mit letzter Kraft in den Wald hinein. Ein solches Ende wäre nicht halb so schlimm gewesen wie das, was die zweibeinigen Bestien ihr angetan hatten. Aber plötzlich war ihr eine Dohle um den Kopf geflogen. Sie hatte den lästigen Vogel verscheuchen wollen ...

So hörte Marie eine Geschichte nach der anderen. Viele der jungen Menschen erzählten selbst, für andere aber, die aufgrund eines Gebrechens oder auch wegen der Tiefe ihrer seelischen Wunden nicht selbst sprechen konnten, ergriffen ihre Kameraden das Wort. Allen Geschichten gemeinsam war das Erscheinen einer Dohle, welche die geschundenen jungen Menschen von ihren Leiden erlöst und nach Oakenfast geführt hatte. Schweigend und mit ernsten Gesichtern hörten alle einander zu. Marie hatte gewusst, dass es viel Not und Elend auf der Welt gab, denn das war nun einmal das Los der sündigen Menschen. Auch sie selbst hatte schon manches erdulden müssen. Sie war ohne Mutter aufgewachsen – doch die Liebe ihres Vaters hatte sie für vieles entschädigt. Wie seinen Augapfel hatte er seine Tochter gehütet. Sie war mit einem Mann verheiratet worden, den sie nicht liebte – aber ach, was für ein ehrsamer und liebevoller Mensch Hoel de Broceliande doch gewesen war! Ihre einzigen Kinder, ein Zwillingspaar, waren wenige Stunden nach der Geburt gestorben. Das war der schlimmste Verlust in Maries Leben gewesen. Aber wenigstens wusste sie, dass die beiden Kinder in Frieden an der Seite ihres Vaters ruhten, dort in ihren Gräbern am Waldrand ... Dann hatte Marie gesündigt und Gottes Gesetze gebrochen, indem sie die Geliebte eines Mannes geworden war, der bereits eine Verlobte hatte. Und doch war die Freude nie aus ihrem Leben gewichen. Der Gedanke an die vielen Gaben, die ihr zuteil geworden waren, erfüllte Marie mit Demut ... Ein schöner Körper, ein wacher Geist, jahrelange Unterweisungen in vielen Künsten und ein kleines Vermögen, über das sie frei verfügen konnte, gehörten dazu. Aber damit nicht genug. Die Gabe der Worte und ein tiefer Einblick in die Welten, die sie umgaben, gehörten zu den wertvollsten Geschenken, die ihr gemacht worden waren. Das größte von allen aber war das Geschenk der Liebe, das tiefe Glück, ihr eigenes Herz zu kennen und den Menschen gefunden zu haben, der ihrer Seele am nächsten stand, Llew ...

Aber diese armen Kinder, diese bemitleidenswerten jungen Seelen – womit hatten sie ihr schweres Schicksal verdient? War es einzig und allein dem Umstand zuzuschreiben, dass sie in Armut und Elend hineingeboren waren? Marie dachte an Sorrels Worte. Selbst Jesus Christus war nicht als mächtiger König, ja nicht einmal als wohlhabender Gutsherr in diese Welt gekommen. Arm war er gewesen und hilflos und klein. Zum ersten Mal im Leben empfand Marie diese Tatsache als harte Lektion, als strenge Rüge. *Denen, die vieles haben, wird noch mehr gegeben werden. Wer aber wenig hat, dem wird auch noch das Letzte genommen werden.* Das waren die Worte des Herrn. Wie oft hatte Marie sie in einer Kirche gehört, aber ihre wahre Bedeutung war an ihr vorübergegangen. Hinter dem, was Jesus sagte, verbarg sich ein tiefer Schmerz. Mit diesen Worten beklagte der Erlöser die Ungerechtigkeit der Welt. Anklagend hingen sie nun über ihr, und Marie wünschte sich nichts sehnlicher, als ihren Sinn schon früher erkannt zu haben.

»Marie ...« Llew ergriff die Hand seiner Gemahlin. »Meine Geliebte, sieh dir diese jungen Leute genau an. Sie erzählen ihre Geschichten nicht, um dir ein schlechtes Gewissen zu machen. Sie erzählen von all den Schrecken, die ihnen widerfahren sind, weil sie es müssen. Jeder von uns sollte es tun.«

»Aber sie haben so viel Furchtbares durchgemacht«, sagte Marie mit Tränen in den Augen. »Ich dagegen ...«

»Die schweren Zeiten liegen nun hinter uns«, erklärte Arden. Dabei lächelte er Marie mit großer Offenheit an. »Wir sind alle Gottes Kinder, Lady Marie. Jeder von uns weiß, was Leiden heißt. Das gilt für Euch genauso wie für Sir Llew und uns alle. Gottes Gnade hat uns in Gestalt einer Dohle hierher geführt. Wir verharren nicht in trübsinnigen Gedanken an die Vergangenheit, aber wir wollen sie auch nicht vergessen. Denn wir bauen Oakenfast wieder auf, wir alle zusammen, so wie wir nun sind. Grämt Euch nicht wegen unserer Geschichten; wir selbst tun es auch nicht.«

Marie konnte nicht sprechen. Ihr Herz war zum Bersten gefüllt. Doch sie nickte und hoffte, dass Arden sie verstehen würde.

»Eines verbindet uns alle«, fuhr Arden fort. »Wir wurden gerettet. Und die Hilfe kam von einem Wesen, das so schwach und klein erscheint: von einer Dohle – oder soll ich lieber Master Greenleaf sagen? Er hat ein Herz für die Ausgestoßenen der Welt.«

Der Zwerg hatte bisher schweigend zugehört. Aber nun sagte er scharf: »Im Laufe der Zeit haben mir die Sterblichen schon viele Namen gegeben. Ich fand auch stets Gefallen daran, mich hier und da einzumischen. Aber eines verbitte ich mir: Ich bin keine Dohle und war auch nie eine. Was ist denn die herausragendste Eigenschaft dieses Vogels? Er ist ein Dieb und ein Brandstifter dazu – ein überaus ungern gesehener Geselle. Und nun seht mich an, meine Freunde. Kennt ihr ein vertrauenswürdigeres, ein aufrichtigeres Wesen? Nach der Dohle müsst ihr anderswo suchen, gute Leute.« Hin und wieder unterbrach das Männlein seine Rede mit einem leisen Lachen, und niemand konnte sagen, ob der Zwerg die Wahrheit sprach oder seine Zuhörer nur zum Narren hielt.

»Und was ist mit Euch, mein Freund?«, wandte sich Llew an Arden. »Half Master Gre... half die Dohle auch Euch? Eure Geschichte kennen wir noch nicht.«

Arden zuckte zusammen. »Ich erzähle nichts, weil es nichts zu erzählen gibt«, sagte er schließlich. »Mir fehlt die Erinnerung, denn ich war noch sehr jung, als ich hierher kam. Ich kenne nur Oakenfast und die Geschichten, die mir mein guter Freund Greenleaf erzählt hat.«

»Aber etwas müsst Ihr doch aus Eurer Vergangenheit herübergerettet haben«, beharrte Llew. Fast beiläufig nahm er die Harfe zur

Hand. Er ließ die Saiten ertönen, als merke er selbst kaum, was er tat. Eine eigentümliche süße Melodie erklang. Marie starrte gebannt auf die Finger ihres Gemahls. Die feinen Härchen in ihrem Nacken stellten sich auf, denn das Bild, das sie vor sich sah, weckte eine Erinnerung in ihr. Wie ein mächtiger Traum stieg sie aus ihrem Inneren empor. Im dunklen Saal des Wolfsfürsten Ysengrin hatte Llew mit dem Klang seiner Harfe ebenfalls Bilder aus der Vergangenheit heraufbeschworen. Mit seiner Musik hatte er die Unterwelt für immer verändert, denn die Töne hatten einer verdammten Seele ihre schmerzlichsten Erinnerungen zurückgegeben. Würde Llew mit seinem Harfenspiel nun auch die Tür zu Ardens Vergangenheit öffnen? Was erwartete den Jüngling in den Abgründen seiner Seele? Eine dunkle Vorahnung machte Marie unruhig. Sie wollte Llew bitten, das Instrument beiseite zu legen, doch Greenleaf hob die Hand. Seine Augen waren dunkel geworden und blitzten doch vor Leben. Ein seltsamer Ausdruck huschte über seine Züge. War es Schadenfreude? Marie konnte weder sprechen noch einen Finger rühren.

Llew hatte die Bewegung des Zwerges nicht bemerkt, denn seine ganze Aufmerksamkeit war auf Arden gerichtet. Arden betrachtete eingehend seine Hände. Plötzlich wirkte er sehr schüchtern. »Meine Vergangenheit? Da gibt es nicht viel zu erzählen, Freund. Nur ein paar Kleinigkeiten sind mir in Erinnerung geblieben ... frische Luft, ein klarer Himmel, Schnee, weiß und sauber ... er knirscht unter meinen Füßen ... Ich bin meiner Familie entflohen, glaube ich. Erleichtert merke ich, dass ich mich nicht in einem stickigen, engen Haus befinde, sondern an der frischen kalten Luft, die mich zu sich hinausgerufen hat. Ich renne, ich hüpfe und spiele. Freude erfüllt mein Herz ...« Arden lächelte verschämt, und Marie entdeckte in seinen jugendlichen Zügen das Kind, das er einst gewesen war. »Ja, der Schnee ist herrlich. Ich stapfe darin herum, springe in die Wehen, werfe mich hinein ...«

Llews Finger bearbeiteten unablässig die Saiten seines Instrumentes. Selten hatte Marie ihn so in sein Harfenspiel vertieft gesehen. Ihr war, als wollten die Töne ihr unter die Haut kriechen. Greenleaf beobachtete Llew mit verschränkten Armen und starrem Blick. Es war unmöglich zu sagen, woran der Zwerg dachte. Auch die anderen – Ardens Leute – lauschten fast andächtig und schienen begierig, die Geschichte ihres Anführers zu erfahren. Auf diesen Augenblick hatten sie lange gewartet.

»Komm, lieber Freund«, flüsterte Wulf. »Denk, Arden, denk nach ...«

»Ich versuche es ja«, sagte Arden lächelnd. »Aber viel mehr als eine verschneite Landschaft kann ich vor meinem inneren Auge nicht sehen.« Plötzlich – so plötzlich, dass Marie erschrak – schwand das Lächeln von seinem Gesicht. Seine Hände ballten sich zu Fäusten, sein Blick wurde starr. »Ich höre eine Stimme. Sie ruft nach mir ... Ein Schatten fällt auf den Schnee ... eine Gestalt kommt auf mich zu ...« Der Jüngling verstummte, doch Llew hörte nicht auf zu spielen. Der Klang der Harfe wurde lauter, fordernder. Er glich nicht mehr dem Wasser, das leicht über die Steine plätschert, sondern wurde scharf und unnachgiebig wie ein Feuer, das langsam erwacht und sich rasch brüllend ausbreitet. Ardens Wangen röteten sich, und sein Blick flackerte unruhig. Dann begann er wieder zu sprechen. Hastig drängten die Worte hervor. »Ich sehe etwas kommen ... es ist nur ein Schatten und sieht aus wie ein Hund, nein, ein Wolf! Nein, es ist ein Mann ... nun kann ich es kaum noch erkennen ... Ja, es ist ein Mann. Er kommt auf mich zu, streckt die Hände aus und lacht. Ich habe keine Angst vor ihm, überhaupt keine Angst ...« Trotz dieser Worte zitterte der Jüngling wie Espenlaub.

Die Töne der Harfe schienen das einzig Lebendige im Raum zu sein. Blass und hohläugig griff Llew in die Saiten, als könne er nie mehr aufhören. Alle anderen saßen starr und stumm wie Statuen, die Augen weit vor Schreck. In den letzten Minuten hatte sich etwas in ihren vertrauten Kreis gesellt, das nicht dort hingehörte.

Etwas Kaltes, Eisiges drängte sich gnadenlos und unaufhaltsam in ihre Mitte. Gleichzeitig war es so wild und zerstörerisch wie Feuer.

Ardens blasse Lippen bewegten sich. »Ich gehe auf ihn zu, stapfe durch den Schnee ... der Schnee ist so weiß ... Der Mann kommt mir entgegen. Auch er ist weiß, er schimmert so seltsam, ist heiß wie weiße Glut ... und ich kann ihm nicht entrinnen, muss zu ihm gehen, muss weiter ... oh ... Ein Vogel ... Plötzlich ist ein schwarzer Vogel da – mit gelben Augen. Sie leuchten so hell! Der Vogel fliegt auf mich zu, schlägt mir mit den Flügeln ins Gesicht. Ich habe Angst, so große Angst ... Ich weiß nicht, wohin ich laufen soll ... Ich stolpere, falle ... oh ... nun sehe ich es ... Ich sehe einen Wolf! Nein, einen Hund! Ich weiß es nicht. Das Tier ist gewaltig, riesengroß ... Es sieht mich an ... Ich kann mich nicht bewegen, nicht bewegen ... Es kommt, es läuft über den Schnee und seine Schnauze ist blutig ... überall Blut ... Seine Augen sind die Augen eines Menschen ... Menschenaugen ... Aber der Vogel, die Dohle ... wirft sich ihm entgegen, zerhackt ihm den Rücken ... und dann kann ich nichts mehr sehen ... Alles ist schwarz ... schwarz ... Dann öffne ich die Augen und bin in Oakenfast ...«

Der scharfe, angstvolle Schrei, der nun ertönte, kam nicht von Arden. Er saß da wie aus kaltem Stein gemeißelt. Nur die Augen in seinem erstarrten Gesicht zeigten, dass er lebte. Llew hatte die Harfe sinken lassen, vergrub den Kopf in den Händen und flüsterte: »Vergebt mir, Arden, oh, vergebt mir.«

Die Antwort kam von Greenleaf. Ruhig, aber auch ein wenig vorwurfsvoll klang die Stimme des Zwerges. »Für eine Bitte um Vergebung ist es nun zu spät, Elfrics Sohn. Vielleicht hättet Ihr an die Folgen denken sollen, bevor Ihr dem Jüngling den Weg zum dunklen Abgrund der Erinnerung gewiesen habt.« Doch das heitere Blitzen in den Augen des Zwerges strafte dessen strenge Worte Lügen.

Marie sah, dass das Männlein sich in Wirklichkeit diebisch freute. Eine unsägliche Wut stieg in ihr auf, und endlich fand sie ihre

Stimme wieder. »Ihr wusstet genau, was geschehen würde.« Maries Ton klang selbst in ihren eigenen Ohren fremd. »Ihr wusstet es, Greenleaf, weil Ihr dabei wart, in der Gestalt einer Dohle. Aber Ihr habt weder Llew noch Arden gewarnt. Das war grausam!«

Der Zwerg lächelte. Marie rang mühsam um Beherrschung. »Nicht Euer Herr befahl Euch, uns hierher zu bringen!«, schrie sie. »Daran habe ich nun keinen Zweifel mehr. Ihr selbst wolltet uns in Oakenfast haben. Denn Ihr wisst so vieles. Ihr kennt die alten Geschichten, und selbst ihr verborgener Sinn ist Euch vertraut. Aber noch immer weiht Ihr uns nicht in Eure Pläne und Geheimnisse ein. Nicht einmal jetzt.«

»Es war die Dohle ...«, begann Greenleaf. Aber Marie fiel ihm ins Wort. »Hört endlich auf, mit uns zu spielen, Master Greenleaf! Sagt uns die Wahrheit! Die Wahrheit!«

Die Worte hallten durch die Nacht wie Donner, der eine Sturmfront ankündigt. Unbehagen, sogar Angst und Schrecken spiegelten sich in den Gesichtern der Freundesschar wider. Greenleaf erhob sich stumm. Ein Lächeln spielte um seine Lippen.

»Ausgerechnet Ihr müsst das sagen«, zischte er. »Ihr, Marie, Tochter des Godefroi de Valoiz. Ihr, deren Familie der Stein von Oakenfast, welcher für dieses Land so wichtig war, anvertraut wurde. Gedankenlos gabt Ihr ihn aus der Hand.«

Mit diesen Worten packte der Zwerg Marie am Arm. Sein Griff war hart und so unerbittlich wie der Tod selbst. Er brannte wie Feuer und Eis. Llew sprang mit einem lauten Aufschrei hinzu, doch es war zu spät. Das Männlein stieß die junge Frau mitten hinein in die Flammen des Feuers.

DAS BUCH VON BUFAWUDA

Siebtes Kapitel

In welchem Lady Goda eine Falle gestellt wird, in die aber Robert tappt.

Nun begab es sich, dass Robert, Urses Vetter, eine Begegnung hatte, die nicht nur für ihn, sondern für Bufawuda und Oakenfast von großer Bedeutung sein sollte. Auf den ersten Blick sah der Normanne, den Robert in einer Taverne kennen lernte, nicht aus, als könne er die Welt aus den Angeln heben. Denn er war nicht nur unscheinbar, er wirkte auch ein wenig heruntergekommen. Der Mann trug den Beinamen Schlang. Diesen verdankte er einer lange zurückliegenden Begegnung mit einem deutschen Ritter. Der ungewöhnliche und hässliche Name war als Beleidigung gedacht gewesen, doch dem Normannen gefiel er. Darum hatte er ihn beibehalten, und inzwischen erinnerte sich kaum noch jemand an seinen richtigen Namen.

Schlang zog es überall hin, wo man Schlachten schlug und Siedlungen dem Erdboden gleichmachte. Er war dem normannischen Heer in den Osten und in den Westen gefolgt und schließlich mit Herzog William nach England gezogen. Land, Gold und weltliche Macht übten, anders als auf Männer wie Urse, keinen Reiz auf ihn aus. Schlang trachtete allein danach, sich auf einem Gebiet zu vervollkommnen, für das er ein gewisses Talent besaß: Er war ein Anhänger der dunklen Künste und wollte alles erfahren, was es darüber zu wissen gab. Dazu war ihm jedes Mittel recht. Der Normanne hatte gehört, die schwarze Magie der Angelsachsen habe große Kraft und sei der Hexenkunst der Deutschen und Norweger nicht unähnlich. Nun wollte er ihre Geheimnisse selbst ergründen.

Eigens zu diesem Zweck hatte er in East Anglia heimlich eine sächsische Hexe gefangen und sie so lange gefoltert, bis sie ihm Einblick in ihr finsteres Handwerk gewährt hatte. Ihr Leben konnte sie damit allerdings nicht retten. Seit jenen Tagen zog Schlang kreuz und quer durch das Land und sammelte alles, was es über Zauberei und Magie zu erfahren gab. Ob sich diese Kunst nun der guten Kräfte der Natur bediente oder der finsteren Kräfte des Teufels, war ihm einerlei. Was er an Neuem lernte, vermischte er mit dem bruchstückhaften Wissen, das er sich im Osten angeeignet hatte.

Einen einträglichen Nebenverdienst sicherte er sich, indem er als Spitzel Augen und Ohren offen hielt. In diesen unruhigen Zeiten verdingte sich so mancher auf diese Weise, denn England war zwar erobert, aber noch längst nicht vollständig unterworfen. Der Bastard König konnte nie genügend Helfer und Helfershelfer haben, die ihn auf die ersten Anzeichen einer Revolte aufmerksam machten. Schlang, der meist für Bischof Odo arbeitete, war ein Meister seines Fachs, denn er hatte die Gabe des Zuhörens. Seine eigenen Absichten verriet er nie. Das machte ihn für seinen Herrn sehr wertvoll. Noch dazu empfand er keinerlei Mitleid für die Menschen, die zum Ziel oder zum Opfer seines Tuns wurden, denn er war kalt wie eine Schlange. Anderen Schmerzen zuzufügen bereitete ihm zwar kein übergroßes Vergnügen, doch wenn es seinen Zwecken diente, schreckte er nicht davor zurück.

Aufgrund seines Wissens über Magie und Zauberkunst konnte er in viele Masken schlüpfen und ständig sein Aussehen verändern wie die Schlange, die sich häutet. Das war einer der Gründe, warum viele Leute, selbst Männer wie Urse, die sonst weder Mensch noch Tier oder Dämon fürchteten, ihm mit Vorsicht begegneten. Die Engländer, mit denen Schlang zu tun bekam, fürchteten sich vor ihm. Ihr Land wurde noch immer in Stücke gerissen, immer wieder aufs Neue von Blut und Gier besudelt. Deshalb glaubte man inzwischen, die Normannen würden selbst vor den verwerflichsten

Beleidigungen der göttlichen Gesetze nicht zurückschrecken, um das Land endgültig zu unterwerfen. Viele hielten Schlang nicht einmal für einen Menschen, sondern für einen Dämon, der die menschliche Gestalt annahm, wenn es seinen Plänen förderlich war.

Schlang versuchte nicht, die absonderlichen Geschichten, die man sich über ihn erzählte, zu widerlegen. Er suchte keine Freundschaft mit anderen Menschen, noch nicht einmal, wenn sie wie er Normannen waren. Es konnte ihm nur recht sein, wenn man sich vor ihm fürchtete. Auf diese Weise war er seinem Herrn nützlich und durfte mit dessen Großzügigkeit rechnen. Bischof Odo war seinerseits taub für alle Gerüchte, die sich um Schlang rankten.

Schlang hörte geduldig zu, wie Robert in seinen Becher jammerte und die entsetzlichen Qualen schilderte, die ihm das unerfüllte Verlangen nach Lady Goda bereitete. Schlang selbst interessierte sich nicht für Frauen. Auch Jünglinge und Männer übten keinen Reiz auf ihn aus. Seine einzige Leidenschaft gehörte dem heimlichen Wissen, das er anderen zu entreißen hoffte. Dafür war er willens, jede Sünde zu begehen. Roberts Geschichte interessierte ihn vor allem deshalb, weil der liebeskranke Normanne behauptete, das Objekt seiner Begierde wäre eine Elfe. Die Quelle elfischer Macht gehörte zu den Rätseln, deren Lösung Schlang bislang versagt geblieben war. Darum ließen Roberts Erzählungen sein Herz höher schlagen. Dass man Elfen mit Hilfe einer Haarsträhne fangen konnte, die man ihnen ums Handgelenk band, hatte auch er schon einmal gehört. Schlang glaubte jedoch nicht, dass eine solch simple Maßnahme ausreichen konnte, um Macht über eine Elfe zu erlangen. Aber wenn es dem törichten jungen Mann gelänge, eine Elfe an sich zu binden, konnte er, Schlang, diesen Umstand vielleicht für sich nutzen und ihr die Geheimnisse elfischer Magie entreißen. Als Robert in seinem Jammern und Stöhnen einmal innehielt, um einen Schluck Wein zu trinken, sagte Schlang mit scharfer Stimme: »Wollt Ihr die Elfenfrau wirklich haben?«

Robert verschluckte sich vor Schreck und starrte sein Gegenüber fassungslos an. »Macht Ihr Euch über mich lustig?«, fragte er misstrauisch.

»Das käme mir nie in den Sinn«, antwortete der Hexer.

Robert lachte bitter auf. »Ihr mögt nicht über mich lachen, aber sie tut es bestimmt«, stöhnte er. »Für keinen Mann hat sie Augen.«

»Für keinen? Seid Ihr sicher?«

»Natürlich bin ich sicher. Sie sieht nur ihren sächsischen Gemahl!«

Ein überlegenes Lächeln umspielte Schlangs schmale Lippen. »Nun, wenn sie nur Augen für ihren Gemahl hat, dann muss dieser eben bei ihr liegen ...«

»Nun verspottet Ihr mich doch!«, schrie Robert erbost. Er sprang auf und griff nach seinem Schwert. Dieser Tage stieg ihm die Wut schnell zu Kopf, und er hätte Schlang deshalb beinahe ohne Zögern oder Reue in Stücke geschlagen. Liebe war dem jungen Mann fremd. Als Urses Gefährte hatte er nur Habgier und Gewalt kennen gelernt und war längst durch und durch vergiftet davon.

Aber Schlang fürchtete sich nicht. Kalt starrte er dem zornigen jungen Mann in die Augen und streckte die Hand aus. Robert wusste nicht, was in ihn gefahren war, doch er setzte sich beschämt wieder an den Tisch.

»Ich versichere Euch, nichts liegt mir ferner als Spott und Schabernack«, sagte Schlang ruhig. »Und nun hört auf, einen solchen Wirbel zu machen. Ihr erregt viel zu viel Aufsehen. Seid still und hört zu, was ich Euch sage ...«

Als Schlang ihm alles erklärt hatte, schwieg Robert lange. Dann flüsterte er: »Könnt Ihr das wirklich tun? Das wäre ... das wäre dasselbe, was Merlin mit Uther und Lady Ygraine gemacht hat ...«

Schlang nickte mit ernster Miene, doch dann lächelte er stolz. »Ich verdanke dieses Wissen Merlin selbst«, sagte er. »Aus seinem Gefängnis in Broceliande heraus verriet er mir das Geheimnis.«

Robert starrte sein Gegenüber fassungslos an. Doch dann sagte er voll Misstrauen: »Aber warum wollt Ihr mir helfen? Was verlangt Ihr dafür?«

»Warum ich Euch helfen will? Es freut mich, wenn eine junge Liebe erwidert wird. Und was ich verlange, ist nicht viel. Das versichere ich Euch.«

Roberts Misstrauen wuchs. Was er bisher über Schlang gehört hatte, ließ ihn an dessen Worten zweifeln. Das unfassbare Angebot des Mannes erinnerte Robert daran, dass viele Schlang nicht für einen Menschen hielten, sondern behaupteten, er sei ein Dämon in Menschengestalt. Sicher konnte nur einer, der mit dem Teufel im Bunde war, über so ungeheure Mächte verfügen. Hieß es nicht, auch Merlin sei von einem Dämonen gezeugt worden? Gerade wollte Robert Schlangs Angebot ablehnen, da erschien vor seinem geistigen Auge ein so lebendiges Bild von Lady Goda, dass er glaubte, sie läge leibhaftig vor ihm. Nackt räkelte sie sich auf dem Waldboden und streckte die Arme nach ihm aus. Fast war ihm, als könne er ihre Lippen schmecken und den Duft ihrer Haut riechen. Eine heiße Welle stieg in ihm empor. Er musste sie haben, sie zu der Seinen machen, koste es, was es wolle! Nichts zählte mehr außer diesem Gedanken. Nichts.

»So sei es denn«, sagte er mit belegter Stimme. »Nennt mir Euren Preis, Zauberer.«

»Es kostet Euch nicht viel«, wiederholte der Hexer und lächelte dabei verschlagen. »Ihr sollt die Dame nur fragen, mein junger Freund, wie der Name des Herrschers ihres Reiches ist. Der wahre, geheime Name.« Das hatte Schlang von der sächsischen Hexe erfahren: Der wahre Name des Herrn der Elfen war der Schlüssel zur Macht über sein Reich. Nun bot sich Schlang die einzigartige Gelegenheit, dieses Losungswort zu erfahren.

Robert starrte ihn an. »Den wahren, geheimen Namen wollt Ihr wissen?«, wiederholte er. »Was für eine sonderbare Art der Bezahlung, Master Schlang.«

»Zerbrecht Euch nicht den Kopf darüber, mein lieber Freund«, sagte Schlang grinsend. »Ein verliebter junger Mann hat andere Dinge zu bedenken. Ich aber bin alt und suche nur noch nach verborgenem Wissen und der Lösung aller Rätsel. Nun, was sagt Ihr dazu?«

Robert nickte langsam. Ihm wollte nichts einfallen, was gegen diesen Handel sprach.

»Gut, gut«, sagte Schlang und rieb sich die Hände. »Ich bin überglücklich, Euch helfen zu können. Und nun müssen wir uns an die Arbeit machen. Eure Verwandlung wird vollkommen sein. Aber vergesst nicht, Ihr dürft unter keinen Umständen verraten, wer Ihr wirklich seid. Ich lege Euch einen kleinen Talisman ums Handgelenk. Es ist nur ein silberner Faden, man sieht ihn kaum. Berührt ihn und ruft dreimal nach mir, wenn Ihr in Not geratet. Und wenn Ihr zurück seid, werdet Ihr mich bezahlen. Habt Ihr alles verstanden?«

»Ja«, sagte Robert ernst. Dabei sah er dem Hexer so fest in die Augen, dass diesem einen Herzschlag lang der Gedanke kam, der junge Mann könne vielleicht doch nicht ganz so einfältig sein wie er dachte. Aber dann verwarf Schlang seine Zweifel. Ein erbärmlicher Weichling wie Robert konnte für einen Mann wie ihn keine Gefahr darstellen. Der Hexer wusste nicht, dass Roberts Seele nach den Gräueltaten, die er im Norden verübt hatte, und durch die anhaltenden Qualen, die seine ungestillte Lust ihm bereitete, längst nicht mehr so formbar und schwach war wie bei seiner Ankunft in England.

So gelangte der falsche Edric unbemerkt nach Pucawuda und fand Lady Goda unter einer großen Eiche. Sie legte die Stirn in Falten und sah ihn verwundert an, denn ihr Gemahl war vor zwei Tagen fortgeritten, um seine Ländereien in Herefordshire zu inspizieren und anschließend in Wales mit seinen Verbündeten zu sprechen. So bald hatte sie ihn nicht zurückerwartet. In seiner Abwesenheit hatte sie endlich darüber nachgedacht, wie sie ihr Heim und ihre Kinder retten konnte.

Der Mann, der aussah wie Edric, stand einfach nur da und starrte sie an, als wolle er den Blick nie mehr von ihr abwenden. Lady Goda wunderte sich. Sie erhob sich und ging ihrem Gemahl entgegen.

»Was ist dir, Herr?«, fragte sie mit ihrer süßen, melodischen Stimme.

Sir Edric schüttelte den Kopf, als wäre er benommen. Er trat einen Schritt auf sie zu, und Prinzessin Goda sah, dass seine Hände zitterten. Stolz blieb sie stehen.

»Wenn du noch einmal die Hand gegen mich erheben willst, Herr«, sagte sie kalt, »dann wisse – ich werde mich wehren.«

Die Augen des Mannes wurden groß. »Dich schlagen?«, murmelte er mit belegter Stimme. Flehentlich streckte er die Hände nach Lady Goda aus. »Oh Herrin ... ich ... ich bin so voll Sorge, dass ich ...«

Die Elfenfrau sah Tränen in den Augen ihres Gemahls. Ihr Staunen kannte keine Grenzen. Vor ihr stand Edric, ihr starrköpfiger Gatte und bat sie um Vergebung! Eine ungekannte Freude ergriff von ihr Besitz. Sie erinnerte sich an Edrics leidenschaftliches Werben um sie, an seine überschäumende Liebe in der ersten Zeit. Ihr elfisches Misstrauen wich dem Streben einer Frau, die nur ihr Glück und das ihres Gemahls im Sinn hat, und sie vergaß jeden letzten Rest von Vorsicht.

»Komm zu mir, Edric, mein Geliebter«, gurrte sie. »Komm, leg dich mit mir ins weiche Moos ...« Sie fasste ihn an der Hand, und er folgte ihr freudig zu der großen Eiche. Dort sanken sie zu Boden. Lady Goda war voller Liebe und Süße, und nie hatten die beiden größere Wonnen gekannt.

Zu dieser Zeit hatte sich Lady Goda, ohne dass es jemand aufgefallen wäre, bereits von ihrer lähmenden Schwermut befreit und beschlossen, ihre Familie und ihr Heim zu retten. Sie war sogar heimlich nach Oakenfast gegangen und hatte ihren Vater um Hilfe gebeten. Doch der Herr der Elfen hatte sie mit harten Worten abgewiesen, und wutentbrannt fasste Prinzessin Goda einen folgenschweren Entschluss. Sie schickte im Namen ihres Vaters eine Botschaft in den hohen Norden, woher die Elfen gekommen waren. Sie bat ihre Ahnen darum, einen Ring herzustellen, einen Ring des Schutzes mit einem seltenen Kristall aus dem entferntesten Brunnen des Nordens. Diesem Stein schrieb man eine große, aber gefährliche Macht zu. In den richtigen Händen konnte er viel Gutes bewirken. Er heilte alle Wunden, so tief sie auch sein mochten. Geriet er jedoch in die falschen Hände, so konnte sich seine Kraft ins Gegenteil verkehren; dann wurde er zu einer schrecklichen Gefahr. Im Unterschied zu anderen Steinen der Anderwelt, deren Macht weniger groß war, durfte er nie einem Sterblichen überlassen werden. Denn die Wesen der Anderwelt wussten sehr gut, was Menschen in ihrem Hochmut und in ihrer offenbar unbegrenzten Fähigkeit, Böses zu tun, anrichten konnten. Nur ein Herrscher des Elfenreiches durfte diesen Stein besitzen, denn nur er allein war der Verantwortung gewachsen, die dieses Kleinod mit sich brachte.

Hätten die Elfen des Nordens geahnt, dass Prinzessin Goda – und nicht ihr Vater, der Herr der Elfen – sie um den Ring bat, sie hätten ihn nie aus den Händen gegeben. Zwei Dinge brachten sie letztlich dazu, es zu tun: Sie hatten gehört, Oakenfast hätte viel von seinem alten Glanz eingebüßt. Darum bedurfte die Macht des Herrn der Elfen wohl der Auffrischung mit Hilfe der Kräfte des Nordens. Außerdem hatte Prinzessin Goda das höchste aller Elfengesetze gebrochen und den geheimen Namen ihres Vaters verwendet, jenen Namen, den jede Elfe nur für sich selbst benutzen darf. Darum schöpften die Elfen des Nordens keinen Verdacht. Sie hatten Verständnis für die Bitte des Herrn der Elfen und beeilten sich, den Ring herzustellen und ihn durch die Gewässer der Erde an seinen Bestimmungsort zu schicken. Lady Goda hatte den Wesen des Wassers, die ihr noch immer gehorchten, den Auftrag gegeben, nach dem Schmuckstück Ausschau zu halten und es unverzüglich zu ihr zu bringen.

Nun, im weichen Moos des Waldes hob sie stolz die Hand mit dem Ring vor dem Mann, den sie für ihren Gemahl hielt, und zeigte ihm den funkelnden Stein. »Das habe ich für uns getan, Herr«, sagte sie. Bevor der falsche Edric wusste, wie ihm geschah, streifte sie mit einer scharfen Kante des Steins seine blasse Haut. Ein scharlachroter Blutstropfen quoll aus der feinen Wunde. Der Mann zog seine Hand mit einem Aufschrei zurück, doch Lady Goda ergriff sie und leckte sanft den Blutstropfen ab. »Fürchte dich nicht, mein Geliebter«, sagte sie. »Du wurdest durch den Stein der Elfen gezeichnet, und nun wird dich seine Macht beschützen.« Dann erzählte sie ihm von der großen Kraft des Kristalls. »Damit bist du vor dem Hass der Normannen sicher, denn sie können dich nur töten, wenn sie den Stein in ihren Besitz bringen. Ich aber werde ihn verbergen und sicher verwahren, damit er uns nie schaden, sondern immer nur nützen kann.«

»Oh Goda, Goda!«, rief der falsche Edric daraufhin aus. Erschrocken sah sie ihn an, denn seine Stimme klang sonderbar – so heiser, fast gebrochen.

»Was ist dir, mein Gemahl?«, fragte sie. »Ich sehe noch immer Tränen in deinen Augen. Ist dir der Stein kein Trost?«

»Ich ... ich ...« Der Mann stotterte und rang nach Luft. Prinzessin Goda musterte ihn voll Verwunderung.

Schließlich sagte er stockend. »Es ist nur, dass ... oh süße Lady Goda, ich fürchte um deine Sicherheit ...«

»Um meine Sicherheit?« Lady Goda starrte ihn an, als habe er den Verstand verloren. »Ich stamme aus dem Volk der Elfen. Mein Vater, der Herr von Oakenfast, wird nicht zulassen, dass ich zugrunde gehe. Außerdem habe ich den Stein. Was soll mir also geschehen?«

»Dein Vater ... der Herr von Oakenfast ... schon lange frage ich mich ... Aber du wirst wütend werden, wenn ich ...« Edric schien nur unter größter Kraftanstrengung sprechen zu können. Der Schweiß brach ihm aus, er war blass, und Goda machte sich

Sorgen. War der Stein für sein menschliches Blut zu mächtig gewesen? Diese Möglichkeit hatte sie nicht erwogen.

»Mein Geliebter«, sagte sie sanft, »fürchte dich nicht. Ich werde nicht wütend sein, denn ich liebe dich. Was wolltest du mich fragen?«

Der falsche Edric starrte sie an. Die Augen traten ihm dabei fast aus dem Kopf. Nun war Lady Goda ernstlich beunruhigt, doch noch immer schöpfte sie keinen Verdacht. Sie wollte schon aufspringen und Hilfe holen, als der Mann endlich krächzte: »Der Name ... der wahre Name des Herrn von Oakenfast ... deines Vaters ... Ich kenne ihn nicht. Warum, Goda? Vertraust du mir nicht?« Er begann leise zu weinen.

Goda erschrak, denn diese Frage erinnerte sie auf unangenehme Weise an ihren Gesetzesbruch. »Du weißt, dass es nicht so ist ...«, begann sie. Doch Edrics Augen hingen flehentlich an den ihren. Wäre sie ganz und gar eine Elfe gewesen und hätte nie unter Menschen gelebt – sie hätte sofort gemerkt, dass es nicht Edrics Geist war, der sie aus diesen Augen ansah, sondern der eines anderen. Doch sie verweilte schon zu lange in der sterblichen Welt, und ihre Sinne waren stumpf geworden. Außerdem wusste sie, wie verwirrend die Menschen im ständigen Wechsel ihrer Gefühle sein konnten. Sie war beunruhigt und verunsichert und deshalb nicht auf der Hut. Leise sagte sie: »Du fragst nach seinem Namen, Edric?«

»Als Pfand unserer Liebe«, stammelte der Mann. »Ich verlange doch nicht viel.«

Fast hätte sie geschwiegen, denn was er verlangte, war in Wirklichkeit ungeheuerlich. Außerdem hatte sie das Gesetz schon einmal gebrochen und wollte es nicht ein zweites Mal tun. Doch dann dachte sie daran, wie ihr Vater sie behandelt hatte, an seine Gleichgültigkeit gegenüber ihrem Schicksal und dem ihrer Kinder. So beugte sie sich zu dem falschen Edric und flüsterte ihm den Namen ihres Vaters, des Herrn von Oakenfast, ins Ohr. Dann richtete sie sich auf und sah ihn an. Ein seltsames Gefühl der Leere überkam sie. Denn das Wissen, das einmal weitergegeben wird, lässt sich nicht wieder zurückholen. Alles hatte sie für ihre Liebe zu diesem Mann geopfert. Zögernd sagte sie: »Bist du nun zufrieden, mein Geliebter?«

»Oh, Goda«, sagte der falsche Edric zitternd, »nie war ich glücklicher als in diesem Augenblick. Nun erst gehören wir wahrhaft zusammen. In meinen kühnsten Träumen hätte ich mir nicht ...« Plötzlich wurden seine Augen glasig und er verzog das Gesicht, als litte er Schmerzen. »Geliebte«, murmelte er, »oh, Goda, ich muss dich jetzt verlassen.«

»Warum?«, fragte sie und strich ihm übers Haar. Was er gesagt hatte, machte sie glücklich. All ihre Zweifel waren vergessen. »Wir sind Mann und Weib, Edric, mein Geliebter, hast du das vergessen? Wir haben einander unsere tiefsten Geheimnisse anvertraut. Komm, leg dich wieder zu mir. Komm, Edric, gib mir deine Hand, mein süßer Geliebter ...« Sie nahm seine Hand und streichelte sie. Leicht wie Spinnweben glitten ihre Finger über seine Haut und berührten ihn am Handgelenk. Plötzlich verengten sich ihre Augen. Sie wurden grün und hart wie die einer Katze.

»Herr«, sagte sie mit sanfter Stimme, »sagt, was ist das hier?« Mit einer unerwarteten schnellen Bewegung riss sie dem falschen Edric den Talisman vom Handgelenk. »Was ist das? Ein Talisman? Warum trägst du ihn? Fürchtest du dich etwa vor deiner eigenen Gemahlin?«

Langsam erhob sie sich. Auch der Mann stand auf und wich vor ihr zurück. »Nein, nein. Aber nun muss ich gehen. Ich muss von hier fort. Bitte, ich ...«

Mit einem einzigen anmutigen Sprung war Prinzessin Goda auf ihm. Sie hob die Hände zum Himmel und zischte die elfische Formel der Enthüllung. Das Gesicht des Mannes verformte sich, verschwamm und veränderte sich ...

Eine Wut, die nicht menschlich war, brannte in Lady Godas Augen. Sie stürzte sich auf den jungen Normannen, schüttelte ihn wie eine Puppe aus Lumpen und überschüttete ihn mit garstigen Flüchen.

Erst als Robert reglos vor ihr auf dem Pfad lag, verstummte sie. Ihr schönes Gesicht war blass und verhärmt, ihre Augen waren leer und wild. Dann sagte sie: »Steh auf, Bursche.«

Robert rappelte sich auf. Er wagte nicht, der Frau, die er so schändlich betrogen hatte, ins Gesicht zu sehen.

»Du bedeutest mir weniger als nichts. Warum hast du das getan? Warum hast du mich entehrt?«

Ihre Stimme war ruhig wie der Tod. Dieser Umstand ängstigte Robert mehr als alles Geschrei und Gezeter es vermocht hätten.

»Ich tat es, weil ich Euch liebe, Lady Goda«, flüsterte er. »Ich glaubte, ich müsste sterben, wenn ich Euch nicht in den Armen halten könnte.«

Sie lachte, und in ihrem Lachen lag der Hauch des Todes. »Weil du mich liebst«, wiederholte sie. Plötzlich packte sie ihn mit eisernem Griff am Arm und zerrte ihn zu dem Baum zurück.

»Liebe!«, zischte sie noch einmal verächtlich und drückte ihn gegen die raue Rinde des Stammes. »Für das, was du Liebe nennst, hast du mich gezwungen, gegen meine eigene Natur zu handeln und meinen Vater zu betrügen. Wegen dir ist Oakenfast nun in großer Gefahr. Nein, fürchte nicht um deine armselige Haut, denn ich kann dich nicht töten.« Lady Goda zitterte vor Wut. »Ich vermag es nicht, denn ich selbst habe dich mit dem Stein gezeichnet. Aber ich werde dafür sorgen, dass du diesen Tag verfluchst. Du wirst deine Freveltat bitter bereuen, solange du lebst.« Damit zog sie sich den Ring vom Finger und warf ihn in den Fluss. Dort ging er unter und ward nicht mehr gesehen. »Nie wirst du diesen Stein besitzen – aber eines Tages wird er zurückkommen. Er wird dich finden und das wird dein Ende sein.«

»Ich kann nichts dafür ... Es war der Zauberer, Schlang ... Ich schwöre es, es ist allein seine Schuld ... Ihn solltet Ihr verfluchen ... Er war es, er allein ...« Robert vergaß die verzehrende Sehnsucht, die ihn zu der schönen Elfenfrau getrieben hatte. Nun wollte er nur noch ihrem versengenden Blick entkommen. Die Angst, die ihn erfüllte, grenzte an Hass. Er wusste nicht mehr, warum er sich je gewünscht hatte, diesen schrecklichen Dämon in den Armen zu halten.

»Ich kann nichts dafür, Lady Goda ... vergebt mir. Vergebt mir ...«

»Schweig!«, herrschte die Elfenfrau ihn an. »Dein Herr wird ebenso bestraft werden wie du.« Im selben Augenblick bemerkte Robert die Veränderung. Die große Eiche schien Lady Goda zu umfangen, und sie wurde von einer lieblichen Frau zu einem Furcht erregenden alten Weib. Hoch ragte sie auf, grün wie der Wald, mit bösen, glitzernden Augen und heißem, stinkendem Atem. Sie umschlang Robert mit Armen, die stärker waren als eiserne Ketten, und nahm ihm den Atem. Ein Schrei des Entsetzens entfuhr ihm. Er wehrte sich und versuchte, ihr zu entkommen. Doch sie drückte ihn nur fester und fester an sich. Schließlich drohte seine Brust zu bersten, und um ihn war tiefe schwarze Nacht.

VIERTER TEIL

Der Herr der grünen Wälder

Aus seinem Bau kam der Fuchs gesprungen,
Spielt draußen froh mit seinen Jungen.
Der Adler flog daher geschwind
Und trug davon des Fuchses Kind.
Der Fuchs verfolgt' ihn mit Geschrei,
Dem Adler war es einerlei.
Gevatter Fuchs lief schnell in sein Haus
Und trug viel dürres Holz hinaus.
Adlers Horst in der hohen Eiche er fand,
Und bald war ein loderndes Feuer entbrannt.
Der Adler schrie: »Wilder Freund, halt ein!
Die Flammen lösch! Das Kind sei dein!
Sonst verliere ich meinen liebsten Sohn!«

Moral: Das Böse sei des Bösen Lohn.

Marie de France, *Der Adler und der Fuchs*

22

Schimmernd wandert der Mond
hinter den Wolken dahin, Böses wird geschehen ...

Aus *The Finnesburgh Fragment*, anonymer Autor

Erschrocken fuhr Lady Phoebe aus dem Schlaf hoch. Doch alles war still. Weiches Mondlicht floss durch eines der Fenster herein. Noch immer leuchtete rote Glut im Kamin, und ihr schwacher Schein fiel auf den schlafenden Will. In mehrere Decken gerollt lag er auf seiner Bettstatt und schnarchte leise.

Lady Phoebe beruhigte sich ein wenig. Doch noch immer hämmerte das Herz wie wild in ihrer Brust, das Blut sauste ihr in den Ohren, und ihre Augen brannten. Sie hatte einen fürchterlichen Alptraum gehabt. Ein riesiges, gefräßiges Feuer, aus dem dicker, erstickender Rauch aufstieg, hatte sie gesehen. In den wilden knisternden Flammen schrien Menschen und Tiere um ihr Leben. Als verzerrte schwarze Schatten wanden sie sich in der todbringenden Glut. Der Gestank verkohlten Fleisches erfüllte ihre Sinne ... Sie wollte rennen, schreien, Wasser holen, doch es war ihr unmöglich. Mit Gliedern wie aus Blei und Füßen wie aus Stein musste sie das Zerstörungswerk des Feuers hilflos mit ansehen ... Die Philosophin blieb noch einen Augenblick lang still liegen. Ihr war, als könne sie den Rauch und das versengte Fleisch noch immer riechen. Tränen liefen ihr über die Wangen; sie konnte sie nicht zurückhalten. Der Ort, an dem sie weilten, war einst von einer schrecklichen Feuersbrunst verwüstet worden. Die Erinnerung daran musste noch immer in den Lüften wohnen ... Aber erzählte der Traum wirklich nur eine Geschichte aus der Vergangenheit, oder wollte er als Warnung verstanden sein? Lady Phoebe vermochte es nicht zu sagen, doch eine dunkle Vorahnung machte ihr das Herz schwer.

Was war sie doch für eine Närrin! Aus freien Stücken hatte sie sich nach Bestude begeben und dabei auf die Hilfe Annufens verzichtet. Wie selbstsicher war sie gewesen in ihrem Glauben, alles zu verstehen. Schließlich war sie eine alte Frau, die die verschlungenen Pfade des Ostens studiert hatte. Die Geheimnisse des Westens waren dagegen stets so leicht zu entschlüsseln gewesen. Will hatte sie gesagt, sie mache sich Sorgen um ihre Freunde. Doch in Llews Adern floss das Blut Annufens. Er war auf der Hut, und sein Blick ging tief. Noch dazu hatte er Marie an seiner Seite. Tief in ihrem Herzen fürchtete Lady Phoebe nicht um das Wohlergehen des jungen Paares. Wenn sie ganz ehrlich war, musste sie zugeben, dass übergroßer Stolz und unverzeihlicher Hochmut sie dazu gebracht hatten, die Reise nach Bestude als eine Art Abenteuer, als Spiel zu betrachten. Greifbare und ungreifbare Mächte standen sich fast wie in einem Wettkampf gegenüber, und sie hatte geglaubt, schlauer als alle Gegner zu sein. Ihre Neugier und die trügerische Gewissheit, es mit jedem Kontrahenten aufnehmen zu können, hatten sie an diesen Ort geführt, der sich nun als Falle entpuppte.

Doch damit nicht genug, auch den armen Will hatte sie in Gefahr gebracht. Der ahnungslose junge Mann trug das Schwert des alten, verlorenen Herrn von Bestude, ohne den Grund dafür zu kennen. Aber konnte sie denn mit Sicherheit sagen, warum man ihm das Schwert überlassen hatte? Sie hatte geglaubt zu wissen, was hier vor sich ging, hatte geglaubt, sie kenne alle Geheimnisse der schwarzen Magie. In ihrem langen Leben war sie schon manches Mal in schwierige Situationen geraten. Aber so sonderbar, so schwer begreiflich und beunruhigend wie die Umstände, die sie hier in Bestude vorgefunden hatte, war noch keine davon gewesen. Bestude, dieser Ort der Schönheit und Verdammnis …

Nach und nach wurde Lady Phoebes Atem ruhiger. Noch immer sickerte Mondlicht durch das hohe Fenster herein. Es segelte unter den zerrissenen Wolken hindurch, ließ sich vom wilden Atem des

Windes tragen. Langsam setzte die Philosophin sich auf und tastete nach ihren Kleidern und ihrem Umhang.

Wie spät war es? Ihrem Gefühl nach musste es weit nach Mitternacht sein. Oh, wie furchtbar ihr der Kopf schmerzte! Es war, als wolle ihr das Hirn aus dem Schädel fallen. Auch in ihrem Bauch rumorte es ... Nun waren sie schon fast eine Woche lang Sir Rogers Gäste, und jede Nacht quälten die Philosophin Albträume der übelsten Sorte. Aber bisher war keiner von ihnen so schlimm gewesen wie der letzte. Lady Phoebe wurde den Gedanken nicht los, dass dies eine Nacht des Todes war. Schwer und kalt quälte sich der Atem durch ihre Kehle.

Ihr Blick fiel auf den friedlich schnarchenden Will. Oh, wie sehr sie sich nun wünschte, sie hätte seine Zweifel ernster genommen und wäre mit ihm in Worcester geblieben, anstatt wie eine heldenhafte Närrin sehenden Auges ins Unglück zu laufen! Die kopflose Jagd nach Abenteuern war eigentlich ein Vorrecht der Jugend. Aber in diesem Fall hatte ein unbedarfter junger Mann mehr Weisheit besessen als eine erfahrene alte Frau, deren Stolz und Sturheit sie jede Warnung in den Wind schlagen ließen. Nun machte sie sich die bittersten Vorwürfe. Nur ihretwegen befand sich Will von Grimford an diesem gefährlichen Ort; ohne sie wäre er nie hierher geraten. Er stammte aus der näheren Umgebung, hatte von den dunklen Geheimnissen, die in Bestude lauerten, gehört. Es mochten nur vage Gerüchte sein, doch das Unbehagen, das allein die Nennung des Namens Bestude in ihm auslöste, musste einen tieferen Grund haben. In seinem Blut, in seinen Knochen lebten Spuren einer uralten Erinnerung, und dass man ihn dafür bezahlt hatte, sie hierher zu locken, an diesen Ort der Schönheit und Angst, hatte ihn mit Recht misstrauisch gemacht.

Und die Angst war hier überall spürbar – überall. Sie war ein Netz, in dessen Mitte der eiserne Ralf wie eine fette Spinne saß. Schon bei ihrer ersten Begegnung mit dem Verwalter Bestudes hatte Lady Phoebe geahnt, dass er kein gewöhnlicher Diener war.

Als sie in Bestude eingetroffen und Sir Roger kennen gelernt hatten, war die Vermutung zur Gewissheit geworden. Offensichtlich gebärdete sich der eiserne Ralf schon seit geraumer Zeit als der eigentliche Herr Bestudes. Wie es ihm gelungen war, eine so große Macht über Sir Roger zu erlangen, war nach wie vor ein Rätsel. Nur so viel stand fest: Sir Roger zitterte vor seinem Verwalter. Lediglich nach außen hin war der Edelmann noch der Herr auf seinem eigenen Anwesen. Er gab Befehle und Anweisungen und tat, als lenke er die Geschicke Bestudes und damit aller Menschen, die hier lebten. Es war beschämend, welchen Aufwand er betrieb, damit niemandem entging, wie er seinem Verwalter Befehle erteilte. Der eiserne Ralf hingegen gab sich wenig Mühe, den Schein zu wahren. Aber immerhin verbrachte er die Nächte nicht im Herrenhaus. Er begab sich scheinbar pflichtschuldig in sein um einiges bescheideneres Quartier. Doch in Wahrheit hatte Sir Roger auf seinem eigenen Anwesen nicht mehr zu sagen als irgendein Dorfbewohner, der zufällig des Weges kam. Die Angst vor dem eisernen Ralf konnte man ihm von den Augen ablesen. Sie verriet sich im nervösen Zucken seiner Mundwinkel, im leisen Zittern seiner Hände. Als erhoffte er sich davon Trost und Sicherheit, streichelte und tätschelte Sir Roger Douce, die alte Hündin, die ihn überallhin begleitete, unablässig.

Schon in Worcester war der eiserne Ralf eine Furcht erregende Erscheinung gewesen. Doch dort hatte man sein herrisches, rücksichtsloses Auftreten dafür verantwortlich machen können. Hier in Bestude bedurfte es dessen nicht. Allein seine Anwesenheit führte dazu, dass alle um ihn her die Köpfe einzogen. Seine böse Macht erreichte mühelos jeden noch so entlegenen Winkel.

Zum ersten Mal im Leben war die betagte Philosophin völlig ratlos. Sie wusste schlicht und einfach nicht, was sie tun sollte. Um sich selbst machte sie sich keine Sorgen, sie hatte keine Angst vor dem Tod. Doch an diesem wunderschönen Ort lauerte noch etwas anderes – etwas, das bedrohlicher war als der Tod selbst.

Will hatte Sir Roger von Anfang an reinen Wein einschenken wollen. Aber Lady Phoebe wollte trotz des tiefen Mitleids, das sie für den Herrn von Bestude empfand, nichts davon hören. Sie erlaubte Will nicht, die Maske fallen zu lassen. Dabei wusste sie genau, dass er diese Entscheidung nicht guthieß. Wenn der eiserne Ralf nach Worcester zurückgekehrt wäre, hätte Lady Phoebe Sir Roger sicher die Wahrheit gesagt. Doch der Verwalter machte keinerlei Anstalten, das Anwesen in absehbarer Zeit noch einmal zu verlassen. Im Gegenteil – er verfolgte die Gäste auf Schritt und Tritt und verließ auch am Abend das Herrenhaus erst, wenn sie sich zur Ruhe gebettet hatten. Sir Roger selbst schien viel zu verängstigt zu sein, um auch nur daran zu denken, sich einmal von seinem Dachboden herunterzuschleichen. Es war, als hielte ihn der eiserne Ralf auch in seiner Abwesenheit fest in der Hand. Dem Herrn von Bestude konnte kaum entgehen, wie entwürdigend, wie Mitleid erregend und schändlich dieser Zustand war. Doch er hatte nicht die Kraft, etwas daran zu ändern. Lady Phoebe kam es vor, als sei der Geist des Edelmannes längst gebrochen, als sei er eine leere Hülle, die lediglich vorgab, der Herr von Bestude zu sein.

Sonderbarerweise schien die Idee, Wolle zu erwerben, die den Schafen erst wachsen musste, Sir Roger noch immer zu faszinieren. Er überschüttete Meister Pieter mit so vielen Fragen zu dieser ungewöhnlichen Idee, dass Lady Phoebe sich wünschte, die ganze Sache wäre nicht nur eine ihrer wilden Erfindungen. Sir Roger führte die Gäste persönlich hinaus zu den Herden, wies sie darauf hin, wie kräftig die Tiere gebaut waren und wie dicht ihr Fell bereits wurde. Er beglückwünschte Meister Pieter so herzlich zu seinem geschäftlichen Weitblick, dass Lady Phoebe ganz übel wurde. Vielleicht verweilte Sir Roger aber auch nur so hartnäckig bei diesem Thema, weil er darüber selbst unter den ewig wachsamen Augen seines Verwalters unbekümmert reden konnte.

Lady Phoebe, der die Maskerade, auf die sie sich so leichthin eingelassen hatte, immer peinlicher wurde, versuchte, das Gespräch von der Wolle auf das Anwesen selbst und die Geschichte Bestudes zu lenken. Auch darüber konnte Sir Roger offenbar unbesorgt sprechen. Die Lebhaftigkeit und Wärme, mit der er das Leben in diesem Winkel des Landes schilderte, zeigte, dass ihm Bestude und das Wohl seiner Leute tatsächlich am Herzen lagen. Er erzählte davon, wie seine Familie Bestude zur Zeit der Normannen übernommen hatte. Der englische Edelmann Edric und dessen Familie waren von ihrem Besitz verschwunden. Sir Roger betonte, wie sehr seine Vorfahren sich von jeher bemüht hätten, gut und weise über das Anwesen zu herrschen. Mit Tränen in den Augen sprach er von dem großen Feuer, das vor einem Jahrhundert so unsägliche Zerstörungen angerichtet und so vielen Menschen das Leben gekostet hatte. Sir Rogers weiser Ahnherr hatte danach die Siedlung in mustergültiger Weise wieder aufbauen lassen, damit die Menschen dort ein gutes und würdiges Leben führen konnten. Die Rede kam außerdem auf Personen, die Sir Roger gekannt hatte, aber auch auf solche, denen er sicherlich nie begegnet war. Er sprach von König William, dem normannischen Eroberer, von Urse, der mit dem König nach England gekommen war, von einer Zeit, in der eine schreckliche Bande von Gesetzlosen, Wölfe genannt, die Wälder und den ganzen Landstrich unsicher gemacht hatte. Einmal erwähnte er sogar – nach einem unsicheren Blick in Richtung seines Verwalters – einen jungen Mann namens Elfric, der in den Diensten seines Vaters gestanden hatte. Niemand wusste, warum der gute Elfric eines Tages seinen Posten verlassen hatte. Doch er wurde nie wieder gesehen, und es hieß, er sei an einem weit entfernten einsamen Ort eines gewaltsamen Todes gestorben. Nach diesem Gespräch war Lady Phoebe sicher, dass Sir Roger auf irgendeine Weise Llews Brief erhalten hatte und wusste, dass der walisische Ritter Elfrics Sohn war. Warum hätte er ihnen sonst von Elfric erzählen sollen? Möglicherweise hatte der eiserne Ralf seinem Herrn den Brief gegeben, nachdem er ihn gelesen und den Inhalt als unbedenklich abgetan hatte. Jedenfalls schien die Nennung von Elfrics Namen den Verwalter nicht zu beunruhigen.

Einmal ergab sich die Gelegenheit, Sir Roger nach ein paar anderen Dingen zu fragen. Es war an dem Tag, als Lady Phoebe und Will nach Waedley ritten, um dort die Heilige Messe zu hören. Meister Pieter bat Sir Roger, sie zu begleiten, doch der Herr von Bestude wehrte fast verzweifelt ab. »Ich kann nicht mit Euch reiten. Ich kann es nicht ... Ralf ... Ich bin hier auf dem Anwesen im Augenblick nicht zu entbehren.« Damit eilte er zu einer der Scheunen und tat sehr beschäftigt. Will konnte seine Empörung nicht stumm ertragen. Auf dem ganzen Weg nach Waedley und wieder zurück schimpfte er laut vor sich hin und meinte, Lady Phoebe solle sich schämen. Es sei eine furchtbare Sünde, jemandem den Empfang der Sakramente vorzuenthalten, und beinahe ebenso schlimm, nicht gegen einen solchen Missstand einzuschreiten. Schließlich riss der Philosophin der Geduldsfaden und sie fuhr Will ärgerlich an. Sie erklärte ihm, dass sie nun einmal um einiges älter sei als er, und dass er lernen müsse, sich in Geduld zu üben, wenn ihm daran gelegen sei, ebenfalls ein hohes Alter zu erreichen. Ein Wort gab das andere, und am Ende hatten die alte Frau und der junge Mann den schönsten Streit. Will warf Lady Phoebe vor, sie habe nur ebenso viel Angst vor dem großen Unhold wie jeder andere an diesem vermaledeiten Ort.

Darüber dachte die alte Frau nun schon seit geraumer Zeit nach. Sie fragte sich, ob sie sich wirklich vor dem eisernen Ralf fürchtete. Vielleicht war das der tiefere Grund für ihre Ratlosigkeit. Einen Augenblick lang war sie versucht gewesen, von Waedley aus kurzerhand in die andere Richtung zu reiten und Bestude den Rücken zu kehren. Doch sie brachte es nicht über sich. Sie musste herausfinden, was aus ihren Freunden geworden war, und auch Sir Roger konnte sie nicht einfach seinem Schicksal überlassen. Das hätte bedeutet, der bösen Macht des eisernen Ralf freie Hand zu lassen. Aber gleichzeitig bewegte die Philosophin irgendetwas dazu – sei es ein Instinkt, den sie sich in den Zeiten der Gefahr und der Unwägbarkeiten in ihrem Leben erworben hatte, sei es das trostlose Dasein des Herrn von Bestude – ihre Tarnung aufrechtzuerhalten. Als Bestude bereits wieder in Sichtweite kam, legte sie Will die Hand auf den Arm und sagte, so ruhig sie es vermochte: »Ich bitte Euch, Will, habt noch ein wenig Geduld. Wartet bis ... bis ich alles verstehe. Tut es nicht um meinetwillen, sondern Jenny zuliebe. Sie sehnt Eure Rückkehr herbei und wäre bestimmt sehr traurig, wenn sie Euch nicht wieder sehen würde.«

Dass Lady Phoebe die Frau, der sein Herz gehörte, ins Spiel brachte, erschreckte und verärgerte Will. Doch sie hatte ihn an seinem wunden Punkt getroffen, und er versprach ihr widerstrebend, sich vorerst zurückzuhalten. Nur wie lange er noch warten konnte, wusste er nicht.

Als sie beim Herrenhaus eintrafen, war der eiserne Ralf wie durch ein Wunder nicht in der Nähe. So konnte Lady Phoebe Sir Roger eine Frage stellen, die sie schon lange mit sich herumtrug. »Seit wann steht der eiserne Ralf in Euren Diensten, Herr?«

Der Herr von Bestude starrte sie aus blassen, ängstlichen Augen an, fragte Meister Pieter aber nicht, was er mit dieser Frage bezweckte. Sir Roger hielt sich an Douces Leine fest wie ein Ertrinkender, der nach einem rettenden Seil greift, und flüsterte: »Eines Tages, es war nicht lange nach dem Tod meines Vaters, erschien Ralf wie aus dem Nichts. Er sagte, ich bräuchte einen Verwalter, und er sei der richtige Mann dafür. Ich war damals noch sehr jung ... Ich hatte vorgehabt ... Ich wollte diese Aufgabe einem anderen Mann übertragen. Ralf hätte ich wegschicken sollen. Aber ich brachte es nicht fertig. Er war zu ...« Sir Roger biss sich auf die Lippen. Er sprach nicht weiter, doch seine Zuhörer verstanden auch so, was sich hinter seinen Worten verbarg. Der Herr von Bestude hatte sich vom ersten Augenblick an vor dem Riesen gefürchtet und sich dieser Angst geschämt.

In diesem Augenblick trat der eiserne Ralf zu ihnen, und Sir Roger versank in grüblerischem Schweigen.

Ob der Riese wusste, dass die Gäste nicht diejenigen waren, für die sie sich ausgaben, konnte Lady Phoebe unmöglich sagen. Aber sie vermutete, dass er zumindest etwas ahnte, denn von Zeit zu Zeit maß er Meister Pieter und dessen Gehilfen mit ebenso eisigen wie vergifteten Blicken. Warum er der Maskerade nicht längst ein Ende gesetzt oder gar den falschen Kaufmann samt seinem Diener getötet hatte, blieb der Philosophin ein Rätsel. Wenn sie den eisernen Ralf ansah, musste Lady Phoebe immer an eine große Spinne denken, die in ihrem Netz lauerte. Doch sie hatte geglaubt, sie würde die klebrigen Fangfäden, lange bevor sie der Spinne ins Netz gingen, entdecken. Nun schien es ihr eher, als näherten sie sich bereits der Mitte des Gespinstes. Die Gegenwart der Spinne war zu erahnen, doch zu sehen war das Untier nicht. Nur sein dunkler Schatten fiel gelegentlich auf die Opfer. Wann die Spinne sich auf sie stürzen würde, wusste niemand, nur dass es geschehen würde, war gewiss. Lady Phoebe hatte damit gerechnet, in Bestude die üblichen Spielarten des Bösen vorzufinden: Korruption, Gewalt, Gier und die gnadenlose Unterdrückung derer, die sich nicht dagegen wehren konnten. Aber das Bild, das sich ihr auf diesem Anwesen bot, sah anders aus. Nirgends gab es Anzeichen offener Gewalt, weder gegen die einfachen Leute, noch gegen den Herrn der Ländereien. Alles wirkte still, friedlich und wohlgeordnet, dem Betrachter bot sich eine mustergültige Siedlung mit zufriedenen Bewohnern. Aber inzwischen glaubte Lady Phoebe zu wissen, warum allein die Nennung des Namens Bestude in den Tavernen Worcesters jede Unterhaltung zum Erliegen brachte, warum man sich verstohlene Blicke zuwarf und schweigend in die Becher starrte, wenn die Rede auf dieses Anwesen kam. Auch die Geschichten über Geister und Dämonen, die angeblich in den umliegenden Wäldern ihr Unwesen trieben, fanden ihre Erklärung in der Atmosphäre dieses Ortes: Er hatte etwas zutiefst Unnatürliches an sich.

Die Bauern und Landarbeiter arbeiteten hart, wirkten aber allesamt gesund und wohlgenährt. Die Häuser und Hütten waren sauber und ordentlich, den wenigen Kindern, die man sah, schien es an nichts zu fehlen. Das herrschaftliche Gut selbst wurde geradezu vorbildlich geführt und instand gehalten. Und doch hatte Lady Phoebe hier noch nie einen Mann oder eine Frau lächeln sehen, kein Kind hüpfte ausgelassen über die Wiesen, und niemand betrat die kleine Kirche, es sei denn, es geschah im Schutze der Nacht. Aber nicht nur das Lachen fehlte: Es wurde auch weder geflucht noch geschrien. Kein Ausruf deutete auf Schmerz, Ärger oder Enttäuschung hin. Über allem lag das klebrige Gefühl trügerischer Harmonie. Der Gedanke, länger an diesem Ort leben zu müssen, erfüllte Lady Phoebe mit Entsetzen. Bestude in all seiner Schönheit war wie ein Körper ohne Seele, wie Worte ohne Bedeutung. Man konnte fast meinen, der Allmächtige habe sein Antlitz von diesem Ort abgewandt, denn nirgendwo spürte man den göttlichen Atem seiner Gegenwart. Nur ganz verhalten wehte er in der staubigen kleinen Kirche.

Ein leises Geräusch riss Lady Phoebe aus ihren Gedanken. Es war ein kaum wahrnehmbares Kratzen und Klopfen. Sie blickte sich um und entdeckte ein kleines, flatterndes Wesen außen am Fenster. Flügel schlugen an das Glas, Krallen suchten einen Halt. Sie gehörten einem dunklen Vogel, und einen Augenblick lang beobachtete Lady Phoebe verwundert die Bemühungen des gefiederten Besuchers. »Was hat das wohl zu bedeuten?«, murmelte sie. Auch ihr Herz flatterte nun wie ein Paar zerbrechlicher Flügel. Leise bückte sie sich nach ihren Schuhen und schlich auf Zehenspitzen zur Tür. Sie war schon beinahe dort angelangt, als Will sich herumwarf und die Augen öffnete.

»Lady Phoebe ...«, murmelte er schlaftrunken. Verwirrt sah er sich um. »Seid Ihr das?«

»Pst«, flüsterte die alte Frau und trat zu ihm. »Seht, dort ...« Sie deutete auf den Vogel, der noch immer am Fenster auf und nieder flatterte. »Das ist eine Dohle«, sagte Will.

»Ich weiß«, zischte Lady Phoebe. »Will, der Vogel möchte uns etwas sagen ... Ich glaube, er fordert uns auf, zu ihm hinauszukommen.«

Will fiel sofort Alfreds Geschichte wieder ein. »Geht nicht hinaus«, flüsterte er. »Bleibt hier.«

Phoebe wusste, woran der junge Mann dachte. »Ich glaube nicht, dass Dämonen die Gestalt einer Dohle annehmen«, murmelte sie. Sie konnte nur hoffen, dass sie sich nicht täuschte. »Sie brauchen für ihre Untaten einen fruchtbaren Boden. Und im Gegensatz zu den Herzen der Menschen sind die Herzen der Tiere und Vögel unschuldig.« Auch ihr eigenes Herz begann erneut zu flattern. Sie schlang die Hände ineinander, damit Will ihr Zittern nicht bemerkte. »Wie dem auch sei – Dämon hin oder her, ich ertrage die Untätigkeit nicht länger. Ich gehe jetzt hinaus.«

Obwohl die Philosophin es nicht beabsichtigte, klangen ihre letzten Worte kalt und hart. Will ließ sich davon anstacheln. »Wer predigt denn seit Tagen Geduld?«, fauchte er. »Und nun sollen wir uns plötzlich mitten in der Nacht einen dummen Vogel – Dämon hin oder her – ansehen?«

Aber die alte Frau war bereits aus der Tür.

Will zuckte verärgert die Achseln. Wozu sollte es gut sein, in die Kälte hinauszurennen? Wenn es keine Falle war, so war es doch eine Narretei. Er wollte sich gerade wieder auf der Bettstatt zusammenrollen, da kam ihm ein Gedanke. Hatte Lady Phoebe ihren Beutel mit hinausgenommen? Vielleicht hatte sie in der Eile und Aufregung nicht daran gedacht, ihn sich an die Seite zu binden.

Mit einem Sprung war Will an ihrer Bettstatt und tastete nach dem Beutel. Er fand ihn tatsächlich unter dem Kopfkissen. Der Stein lag darin – und die schwarze Feder. Sie schien an dem Stein festgeklebt zu sein. Einen Herzschlag lang starrte Will sie unsicher an. Dann bekreuzigte er sich und zog ein wenig an der Feder. Sie löste sich ganz leicht von dem Kristall. Aufatmend verstaute Will beide Gegenstände in seinem eigenen Beutel und legte den von Lady Phoebe wieder unter das Kopfkissen. Sicher würde sie nicht sofort merken, dass Stein und Feder fehlten. Und wenn sie es herausfand, war es zu spät. Sie musste sich damit abfinden, dass er seinen eigenen Willen hatte und auch ohne sie handeln konnte.

Gerade wollte Will die Leiter zu dem Zimmer unter dem Dach hinaufsteigen, da kam ihm das Schwert in den Sinn. Sicher war es besser, die Waffe nicht zurückzulassen. Sorgsam schnallte er sich das Schwert an die Seite. Dann schlich er zu der Leiter, die nach oben führte.

Draußen war es bitter kalt. In eisigen Frost gehüllt lagen Bäume und Dächer im weißen Mondlicht. Im Hof herrschte Stille. Lady Phoebe atmete tief durch. Es tat gut, nicht mehr untätig im Herrenhaus zu liegen. Zwar befand sie sich auch hier draußen in einem Gefängnis, dessen Gitterstäbe allein aus dem eisernen Willen des Riesen bestanden, doch auch er konnte den Himmel, die Wälder und den Fluss nicht beherrschen. Seine Macht erstreckte sich nur auf die Köpfe und Herzen der Menschen. Sie konnte er in Bestude festhalten, aber die Natur ließ sich keine Fesseln anlegen. Dieser Gedanke erfüllte die Philosophin mit tiefer Genugtuung. Noch war es nicht zu spät, den bösen Zauberer zu besiegen, schließlich war er kein Gott. Und der Allmächtige wandte sein Antlitz nie ganz vom Schicksal der Menschen ab. Sogar in seinem Zorn war er all seinen Geschöpfen noch immer ein liebender Vater.

Lady Phoebes Blick fiel auf die Hütten und Häuser der Siedlung unten am Fluss. Dort schien alles friedlich zu schlafen. Hier und da stieg träge ein wenig Rauch aus den Abzugslöchern in den Nachthimmel, sonst gab es kein Lebenszeichen. Auf dem Hügel hinter dem Dorf erstreckte sich das dunkle Labyrinth von Poukswood. Seit ihrer Ankunft waren weder Will noch Lady Phoebe in die Nähe des Waldes gelangt. Man hatte ihnen zwar nicht ausdrücklich verboten, Poukswood zu betreten, doch immer, wenn sie den Pfad entlanggingen, der zum Wald führte, erschien wie zufällig ein Mann oder eine Frau und hielt sie auf. Einmal brauchte man ihre Hilfe, ein andermal musste man sie etwas Dringendes fragen ... Nie gelang es Meister Pieter und seinem Gehilfen, auch nur den Waldrand zu erreichen. Dabei waren die Menschen, welche sie zurückhielten, durchaus freundlich. Nur ihre Augen starrten stumpf und ohne jede Neugier durch die Fremden hindurch. Und seltsamerweise näherten sie sich bei keiner anderen Gelegenheit den Gästen ihres Herrn. Jetzt machte der Anblick des Waldes im Mondlicht Lady Phoebe unruhig. Wieder hatte sie das Gefühl, dass in dieser Nacht eine Entscheidung fallen würde. Es lag etwas in der Luft, im silbrigen Mondlicht, das nur darauf wartete, in Erscheinung zu treten, damit sich eine uralte Bestimmung erfüllte ... Die Nacht des Todes, dachte Lady Phoebe erschauernd. Sie konnte nur hoffen, dass der Allmächtige ihnen beistand. Vielleicht würde es kein feuriger Tod sein, denn im Feuer lag auch Leben und die Hoffnung auf Wiedergeburt. Selbst in der Stille des Waldes schlummerte sie, die Hoffnung. Gottes Atem streifte die Bäume, seine Stimme flüsterte im Wind ...

Lady Phoebe erschrak. Die Dohle hatte sich auf einem tiefhängenden Ast in ihrer Nähe niedergelassen. Nun sah das Tier sie aus hellen Augen an, die viel mehr zu wissen schienen als die eines gewöhnlichen Vogels. »Mein gefiederter Freund«, hauchte Lady Phoebe. Dabei sah sie dem dunklen Geschöpf direkt in die Augen. Ihr Herz machte einen freudigen Sprung, denn der Blick des Tieres erinnerte sie an Gayain, der die Gestalt eines Falken annehmen konnte, und an all die wunderbaren Wesen, die Annufen bevölkerten. Nie würden sie sich als Werkzeuge schwarzer Magie missbrauchen lassen, die der Welt die Wahrheit raubte. »Guter Freund, was wollt Ihr von mir?«

Der Vogel blieb stumm, doch er flatterte auf einen anderen Ast, ein Stück weiter den Weg entlang und blickte sich nach der alten

Frau um. Sofort verstand sie die Aufforderung. Sie sollte der Dohle folgen, den Pfad entlang, hinauf auf den Hügel und hinein in den Wald. Strauchelnd und stolpernd hastete die alte Frau hinter dem Vogel her, der anmutig von Ast zu Ast hüpfte. Am Waldrand wartete die Dohle auf sie. Als Lady Phoebe einen Augenblick lang verweilte, um Atem zu schöpfen, vernahm sie einen einzigen hellen Ton, wie von einem Jagdhorn. Silbern und klar wie Sternenlicht flog er durch die Nacht, doch die alte Frau vermochte nicht zu sagen, ob sie ihn mit den Ohren oder mit dem Herzen gehört hatte. Dann drang von fern das Geläut einer Hundemeute zu ihr. Oder glaubte sie nur, das Gebell zu hören? Eilige Schritte und Geräusche wie von vielen Menschen, die gemeinsam unterwegs waren, näherten sich ihr. Die Philosophin wusste, dass all diese Geräusche aus dem verzauberten Wald kamen, doch sie fürchtete sich nicht und ging weiter. Sie spürte, dass das, was sich ihr näherte, etwas Großes, etwas Wundervolles war und Bestude von dem Fluch, der schon viel zu lange auf ihm lastete, befreien konnte.

Doch nun flog die Dohle ihr um den Kopf, schlug mit den Flügeln und kam Lady Phoebes Augen mit ihrem scharfen Schnabel gefährlich nahe. Erneut blieb die alte Frau stehen.

»Mein Freund, was wollt Ihr mir sagen?«

Die Dohle blinzelte sie an, erhob sich in die Lüfte und stieß zum ersten Mal einen heiseren Schrei aus. Der einzelne Laut klang fast spöttisch. Dann warf der Vogel sich herum und streifte so dicht an Lady Phoebes Gesicht vorbei, dass sie ins Straucheln kam und sich nur mit Mühe wieder fing. Sie folgte dem sonderbaren Vogel mit den Blicken.

Er flog zum Dorf hinab bis zu der Steinkirche, deren gedrungene Form vom fahlen Mondlicht erhellt war. Dort unten stand etwas, das aussah wie eine Vogelscheuche, die noch vom letzten Sommer übrig war. Unruhig schwankte sie auf ihrem Pfahl hin und her. Lady Phoebe kam das äußerst seltsam vor, denn es war völlig windstill. Unbeweglich lag die Landschaft im silbrigen Licht. Die

Dohle landete auf der eckigen Schulter der Vogelscheuche und wandte ihren Kopf in Lady Phoebes Richtung. Die spöttischen Augen des Tieres versprühten trotz der Entfernung ein eiskaltes Licht, seine Federn begannen zu schimmern und zu leuchten. Der Vogel wuchs, dehnte sich aus, wurde zu einem riesigen Ungeheuer. Lady Phoebe hörte das bedrohliche Rauschen seiner Flügel ...

Plötzlich erkannte die alte Frau, was sich vor ihren Augen abspielte, und Entsetzen erfasste sie. Die Vogelscheuche bewegte sich erneut, doch nun wusste Lady Phoebe, dass das, was sie für eine Puppe aus Stroh und Lumpen gehalten hatte, in Wirklichkeit ein hagerer Mann mit fast farblosem Haar war. Man hatte ihn an einen Pfahl gebunden, und er riss angsterfüllt an seinen Fesseln. Sein Gesicht konnte Lady Phoebe nicht erkennen, nur das blasse Haar, die zuckenden Glieder, die dem Mann das Aussehen einer zerbrochenen Puppe gaben, und die Dohle, die wie eine riesige, hässliche Heimsuchung aus einem Alptraum noch immer auf der Schulter ihres Opfers saß.

Alle Geräusche, die gerade noch aus dem Wald gedrungen waren, verstummten. Lady Phoebe fuhr herum. Schneller als der Wind, aber beinahe lautlos glitten unzählige geisterhafte Schatten zwischen den Bäumen hervor. Zielstrebig wie eine Jagdgesellschaft, die ein Wild verfolgt, bewegten sie sich an ihr vorbei, den Hügel hinab. Sie erinnerten an eine Nebelwand, die über das Land zieht. Ihr Ziel war die Gestalt, die hilflos an dem Pfahl zerrte, der gequälte, sterbende Herr von Bestude.

DAS BUCH VON BUFAWUDA

Achtes Kapitel

In welchem der Priester Arnwin nach Bestude zurückkehrt und mit Urse in den Wald geht.

Urse hatte an jenem Tag nach Robert gesucht und erfahren, sein Vetter sei in Schlangs Gesellschaft gesehen worden. Sofort suchte er das Haus des Mannes auf. Urse war kein Dummkopf und wusste, dass es einen guten Grund haben musste, wenn Schlang sich herabließ, mit Robert zu sprechen. Der Bär vermutete voll Argwohn, dass das, was die beiden miteinander zu schaffen hatten, auf irgendeine Art Bestude betraf. Denn jeder wusste von Urses großer Gier nach Sir Edrics Anwesen und Roberts großer Gier nach Sir Edrics Gemahlin. Die Geheimnisse der Magie interessierten Urse nicht. Darum erschien es ihm auch unwahrscheinlich, dass es Schlang allein darum gehen sollte. Vielmehr hatte er den Mann im Verdacht, sich etwas aneignen zu wollen, was ihm oder seinem Vetter gehörte. Der Gegenstand von Roberts Verlangen kümmerte Urse zwar reichlich wenig, die Ländereien ihres Gemahls dafür umso mehr. Wenn es der hinterhältige Zauberer auf den ertragreichen Boden Bestudes abgesehen haben sollte, würde er Urse kennen lernen!

Urses Empörung war stärker als jedes Unbehagen, welches die Gerüchte über die ungeheuren magischen Kräfte des Hexers in ihm auslösten. Doch als er Schlang gegenüberstand, erwies sich der Mann als überaus höflich und hilfsbereit. Genau genommen war Schlang nicht in bester Verfassung, denn seit dem Augenblick, als Lady Goda den Talisman zerrissen hatte, quälten ihn mörderische Kopfschmerzen. Der Talisman war direkt mit seiner Willenskraft verbunden gewesen und hätte ein Zauber von großer Kraft sein sollen. Nun hatte Schlang das Gefühl, der Zauber falle mit zweifacher Macht auf ihn zurück. Man konnte fast meinen, Lady Goda habe ein beißwütiges kleines Tier auf ihn gehetzt, das nun in seinem Hirn und seinen Eingeweiden wühlte. Schmerzlich spürte er die Kraft ihrer Rache. Noch wusste Schlang nicht, dass er nie wieder derselbe sein würde. Rastlos sollte er von nun an durch die Welt ziehen und nach Linderung für die verzehrenden Schmerzen suchen, die ihm nur selten eine kurze Pause gönnten. Seine Macht würde trotz allem größer werden.

Ungeachtet der Qualen, die Lady Godas Fluch ihm bereitete, war Schlang in diesem Augenblick voll freudiger Erregung. Er musste unbedingt erfahren, was Robert herausgefunden hatte, denn die Elfe verfügte offenbar über noch größere magische Kräfte, als Schlang geglaubt hatte. Das folgerte dieser aus den mächtigen Blitzen, die sein Gehirn durchzuckt hatten, als ihr Fluch in ihn gefahren war. Wenn schon eine einzelne Elfenfrau über eine so große Stärke verfügte, welche unvergleichliche Macht musste dann erst der Herrscher über das ganze Elfenreich in den Händen halten? Doch Schlang war viel zu vorsichtig, um selbst in den Wald zu gehen und dort nach Robert zu suchen. Das konnte der ungeschlachte Bär für ihn erledigen. Sollten die Elfen doch an ihm ihre Rachsucht austoben. Er, Schlang, musste dann nur noch ein wenig Geduld haben, bis er von Robert den Namen der höchsten Elfe erfuhr.

So erklärte Schlang Urse, wo er dessen Vetter vermutete, und machte sich danach schleunigst aus dem Staub. Eigentlich hatte Urse Schlang mit in den Wald nehmen wollen, damit er ein Auge auf ihn halten konnte. Aber offenbar war der Zauberer zu feige, mit ihm zu gehen. Außerdem war Urse inzwischen eine Idee gekommen, wie er Sir Edric und dessen gesamte Sippschaft loswerden und Bestude endlich in seinen Besitz bringen konnte, ohne dafür kämpfen und Blut vergießen zu müssen. Nicht dass er je vor solchen Mitteln zurückgeschreckt wäre, doch König William wollte

Frieden im Land und würde ganz und gar nicht erfreut sein, wenn ein Normanne ihn brach.

Urse ritt nicht sofort in den Wald, denn es war ihm einerlei, ob er dort einen Lebenden oder einen Toten vorfand. Stattdessen machte er sich auf die Suche nach Arnwin, der bis vor nicht allzu langer Zeit der Pfaffe von Waedley gewesen war. Es hieß, der Geistliche sei noch immer tief verletzt und sehr zornig darüber, mit welcher Skrupellosigkeit sein ehemaliger Freund, Sir Edric, ihn den normannischen Wölfen zum Fraß vorgeworfen hatte.

Arnwin und seine Familie waren nur bis Worcester gezogen, und eine Zeit lang hatte es so ausgesehen, als würde der Pfaffe trotz des Verlustes seines Heims den Kopf nicht hängen lassen. Ein geheimes inneres Feuer schien ihn zu nähren. Doch seit die Engländer im Norden so vernichtend geschlagen worden waren, war Arnwin nur noch ein Schatten seiner selbst. Er war so sehr abgemagert, dass er inzwischen einem Knochengerüst glich. Fiebrig brannten die Augen in seinem Schädel. Ihm und seiner Familie war es wahrhaftig nicht gut ergangen. Der Priester hatte gehofft, in eine andere Pfarrei geschickt zu werden, in der er arbeiten und eine Bleibe finden konnte. Doch er weigerte sich, das Knie vor Bischof Odo zu beugen, und die sächsischen Bischöfe waren ohne Macht. Schließlich blieb Arnwin nichts anderes übrig, als sich und seine Familie der Gnade der Mönche von Worcester anzubefehlen. Die guten Mönche taten, was sie konnten. Aber sie mussten sich um so viele kümmern, und Arnwin war zu stolz, um noch mehr von ihnen zu erbetteln. Geschwächt vom Hunger wurden die Kinder schwer krank. Die kleine Godiva starb an einem Fieber und Edmund, ihr Bruder, wurde durch die Krankheit taub und stumm.

Die einst so hübsche grünäugige Hazel mit ihrem ehemals so freundlichen Lächeln und den blitzenden Augen hatten die vergangenen zehn Monate um ebenso viele Jahre altern lassen. Das Lächeln war verschwunden, und ihre Augen blickten trübe. Die Trauer um Godiva verzehrte sie, und sie verbrachte Tage und

Nächte im Gebet. Sir Edric schien Hazel in ihrer großen Sorge vergeben oder wenigstens vergessen zu haben. Doch Arnwins Herz war wie aus Stahl und kalt wie Eis, denn Edric allein hatten sie all ihr Unglück zu verdanken; Edric, dem er stets treu gedient hatte, der sein Freund und Herr gewesen war. Arnwin hasste die Normannen, aber Edric hasste er noch mehr. All die Jahre der Freundschaft und Treue hatten ihm nichts gegolten. Ohne Reue hatte der Edelmann Arnwin aus seinem Leben gejagt und ihn dem gemeinsamen Feind ausgeliefert. Wie hätte er, Arnwin, dem unberechenbaren Engländer je etwas von dem wunderbaren und gefährlichen Geheimnis, das ihm anvertraut worden war, erzählen können? Von dem Geheimnis, das sich nun für ihn und ganz England in kalte Asche verwandelt hatte?

Die Kunde von dem neuen Priester Bufawudas hatte sich inzwischen bis zu Arnwin herumgesprochen. Er wusste, dass der andere dort nur mit Edrics Erlaubnis wirken konnte. Auch dass Geoffrey le Cort für Unwillen sorgte, weil er die Bräuche und Gepflogenheiten der einfachen Leute nicht verstand, war Arnwin schon zu Ohren gekommen. Der Geistliche aus Anjou verachtete die Engländer und alles, was englisch war. Arnwin hingegen liebte Bufawuda, Estham und Waedley. Dort war seine Heimat, der Ort, an den er gehörte. Er liebte die Wälder, den Fluss, die Höhlen, Felsen und Bäche. Diese Gegend war ihm ebenso vertraut wie die Linien in seiner eigenen Hand. Er trug das Land im Herzen und in seinem Blut. Die einfachen Leute hatten ihm sehr nahe gestanden; sie hatten all ihre Sorgen und Nöte mit ihm geteilt. Er ertrug es nicht, zu hören, welchen Schaden Sirrah Geoffrey nun unter ihnen anrichtete, doch weder Edric noch Lady Goda schien es zu kümmern.

Arnwin fühlte sich, als wäre ihm die Seele aus dem Leib gerissen worden. Anfangs hatte der Schmerz ihn taub gemacht, doch inzwischen gärten andere Gefühle in ihm.

In seinen bittersten Stunden wollte es Arnwin so vorkommen, als wäre Edric schon immer ein hinterhältiger Verräter gewesen.

Von allen Edelmännern Englands war er der einzige, der einen unehrenhaften Frieden mit König William gesucht hatte. Aber das war kaum verwunderlich, denn schließlich floss in Sir Edrics Adern das Blut des Verräters Streona! Bitterkeit und Hass zerfraßen Arnwins Herz wie der Rost hartes Eisen zerfrisst, bis es zu rotem Staub zerfällt.

Darum schickte er Urse nicht sogleich wieder fort, als dieser zu ihm kam. Dabei hasste und fürchtete der Priester den Normannen. Urse war nicht nur ein Feind, er war auch ein Mann, der ohne Skrupel an sich riss, wofür andere ihr Blut vergossen hatten. Aber Arnwins Wut auf Edric war größer als die Abscheu vor dem Bären. Nie hätte der Normanne die Hände nach Waedley ausgestreckt, wenn Edric ihn nicht dazu gedrängt hätte. Es hieß, Urse habe anfangs gezögert und dem englischen Edelmann nur nach langem Hin und Her den Gefallen getan, das bescheidene Gut von Waedley zu übernehmen. Arnwin wusste nicht, dass Edrics Vorgehen sehr gut in die Pläne des Normannen gepasst hatte, und er wollte es auch nicht wissen, denn sein Herz war von dem Gedanken an Rache vergiftet. Dabei ging es ihm weniger um sich, als vielmehr um seine armen Kinder und seine tapfere Gemahlin. Was ihm selbst angetan worden war, hätte Arnwin vielleicht noch verzeihen können – nicht aber das Leid, das Edric über seine Familie gebracht hatte.

So willigte Arnwin ein, mit Urse nach Pucawuda zu gehen. Sie hielten ihr Vorhaben geheim und wählten einen langen, aber wenig begangenen Weg zum Wald. Urse gab sich gönnerhaft und wollte eine belanglose Unterhaltung beginnen. Doch der Engländer war dem Bären alles andere als freundlich gesinnt und schwieg beharrlich. Darum versank der Normanne ebenfalls bald in Schweigen. Als sie den Wald erreichten, führte Arnwin den Bären mit schlafwandlerischer Sicherheit an die Stelle, an der Robert lag.

»Natürlich«, sagte Arnwin mit einem grimmigen Lächeln als

Antwort auf Urses fragenden Blick. »Er musste hier bei der großen Eiche liegen.« Woher er das wusste, sagte er nicht, aber Urse brauchte keine weiteren Erklärungen. Auch in der Normandie zollte man Eichen großen Respekt. Und diese hier war ein Baumriese voll uralter, wilder Majestät.

Urses junger Vetter sah aus, als wäre er tot. Seine Wangen waren so weiß und kalt wie Marmor, seine Augen weit aufgerissen und glasig. Kein Atemzug hob und senkte seine Brust. Doch Arnwin kniete neben dem jungen Mann nieder und legte die Hände sanft auf dessen kalte Haut. Zu Urse sagte er, sein Vetter sei nicht tot, sondern nur verzaubert.

Der Bär fühlte sich nicht wohl in seiner Haut. Das Aussehen des jungen Mannes, aber noch viel mehr Arnwins unerschütterliche Gewissheit waren ihm unheimlich. Offenbar kannte der Geistliche sich mit solch rätselhaften Dingen wie Zauberei und Verwünschungen bestens aus. Zum ersten Mal fragte sich Urse, ob es klug gewesen war, mit dem Engländer allein in den Wald zu gehen. Ihm war, als beobachteten ihn aus dem Unterholz heraus feindselige Blicke. Viele leise Stimmen flüsterten dort, und unsichtbare Gestalten bewegten sich heimlich durch das Zwielicht.

Brüsk sagte der Normanne zu Arnwin: »Wir müssen meinen Vetter von hier fortbringen, Sachse, sonst stirbt er bestimmt.«

»Er wird nicht sterben«, sagte Arnwin, ohne Urse dabei anzusehen, »denn aus irgendeinem Grunde hält ihn nicht nur gewöhnliche Elfenmagie am Leben. Er steht unter dem persönlichen Schutz des höchsten Elfenherrschers.« Der Blick, mit dem Arnwin Urse nun maß, war undurchdringlich und kalt. »Euer Vetter hatte großes Glück.«

»Glück nennt Ihr das?«, polterte Urse, dem das Herz die Brust zu sprengen drohte. »Der Herrscher, von dem Ihr sprecht – ist das Sir Edric?«

»Nein«, sagte Arnwin grimmig.

»Ist er ein Sterblicher?«

»Ihr wisst, dass er das nicht sein kann.«

»Dann ist er eine Elfe, wie Ihr sagt. Nennt man hier so die Dämonen? Ihr seid ein Priester – warum sprecht Ihr keine Gebete, um die bösen Geister zu bannen?«

Arnwin lachte, doch es lag keine Heiterkeit in seinem Ton. »Kann ein Gebet die große Eiche verdorren lassen, den Wind am Wehen hindern oder die Erde am Beben? Nur ein Vermessener, der sich Gott für ebenbürtig hält, kann auf einen solchen Gedanken kommen. Seid kein Narr, Normanne!«

Urse musterte den Sachsen erbost. Er hatte schon Männern für weniger beleidigende Worte den Schädel gespalten. Doch irgendetwas hielt ihn davon ab, sich an Arnwin zu vergreifen.

»Aber ich habe gehört«, sagte er mit einem listigen Blick auf den Priester, »Sir Edric habe Sirrah Geoffrey den Auftrag gegeben, alle Geister und Dämonen aus diesem Wald auszutreiben und die große Eiche fällen zu lassen.«

Arnwins kalte Augen standen plötzlich in Flammen. »Das wäre das Ende. Für den Priester ... und für den Herrn von Bufawuda. Dann wäre alles vorbei.«

»Wie soll das zugehen?«, fragte Urse. »Denn wenn der Dämon, von dem Ihr sprecht, beschlossen hat, einen Normannen zu beschützen ...«

»Es ist so, wie ich sage«, erwiderte Arnwin unwirsch. Er fragte sich, warum das Leben dieses Eindringlings verschont geblieben war. Dafür gab es keine Erklärung, und es sah den Elfen nicht ähnlich. Arnwin spürte, dass hier ein uraltes, unumstößliches Gesetz gebrochen worden war. Diese Erkenntnis ließ seine zerrissene Seele erzittern und erfüllte ihn mit Angst. Er hatte geglaubt, diesen Ort und all die Wesen, die ihn bewohnten – seien sie nun aus der einen oder der anderen Welt – zu kennen wie keinen zweiten. Doch nun hatte sich alles verändert. Auch ohne dass die Normannen über jeden Winkel dieses Landes herrschten, war es bereits zu einem anderen geworden. Daran war Edric schuld. Mit starrer Miene betrachtete Arnwin den blassen, leblosen Körper des jungen Normannen. »Sir Edric stand einst selbst unter dem Schutz der Elfen. Aber er hat es sich mit ihnen verdorben. Ich weiß nicht, warum der Herrscher des Elfenreiches nun seine Hand über diesen ... diesen Fremden hält, aber wenn er das tut ...« Der Blick, den der Priester Urse zuwarf, war so leer, dass er dem sonst so hartgesottenen Normannen einen kalten Schauer über den Rücken jagte. »... dann ist das Ende nahe«, fuhr Arnwin nach einer kurzen Pause fort.

Die Freude, die bei diesen Worten von Urse Besitz ergriff, ließ ihn das Grauen, das er soeben noch empfunden hatte, vergessen. Endlich merkten die sturen Sachsen, was die Stunde geschlagen hatte. Das Ende war nicht nur nahe, das Spiel war aus. »Sirrah Arnwin«, sagte er, und hatte dabei Mühe, sich seine Freude nicht anmerken zu lassen, »seid Ihr in der Lage, meinen Vetter von diesem Zauber zu befreien? Ich würde Euch dafür reich entlohnen. Ich könnte Euch ...«

Arnwin machte eine wegwerfende Handbewegung, doch der Normanne ließ sich nicht beirren. » ... alles verschaffen, was Ihr wollt. Gold, Land oder auch das Wohlwollen des Bischofs ...« Während er den ausgemergelten Priester so betrachtete, kam Urse ein Gedanke. Ein listiges Funkeln trat in seine Augen. »Es gibt Klagen über Sirrah Geoffrey«, sagte er. »Er ist ein wenig zu ... nun, sagen wir, zu starrköpfig. Er versteht die Leute hier nicht. Sie sehnen sich nach ihrem alten Pfaffen zurück.« Urse lächelte gönnerhaft und hoffte, dass Arnwin seinen bedeutungsvollen Blick verstand. »Wenn Ihr wollt, mein Freund, kann ich Euch Waedley zurückgeben.«

Arnwin sprang auf. Sein Gesicht war gerötet und in seinen Augen flackerte eine mörderische Wut. Aller Schmerz, alle Trauer, aller Zorn und die zahllosen Demütigungen der letzten Monate brachen aus ihm heraus wie ein zerstörerisches Feuer, das alles veschlingt, was sich ihm in den Weg stellt. Dieses Feuer brüllte in Arnwins Ohren, brannte in seinem Kopf, brachte sein Blut zum

Kochen und verlieh ihm eine fast übermenschliche Kraft. Zum ersten Mal in seinem Leben empfand Urse d'Abetot Todesangst, denn der Priester schien vor seinen Augen geradezu zu wachsen.

»Nein, nein!«, schrie er. »Verschont mich! Ich wollte Euch nicht zu nahe treten, Sirrah Arnwin! Ich wollte Euch nicht erzürnen ... Vergesst nicht, Ihr seid ein Diener Gottes ... lasst Gnade walten ...«

Keine dieser flehentlichen Bitten hätte einen normannischen Priester erweichen können. Es war wohlbekannt, dass diese Kirchenmänner nichts dabei fanden, zum Schwert zu greifen und Bluttaten zu begehen. Selbst vor feigen Morden schreckten sie nicht zurück. Von Bischof Odo sagte man, er habe gegenüber den unglücklichen Bewohnern des Nordens keinerlei Gnade walten lassen und mit einer Keule so manchen Schädel eingeschlagen. Der heuchlerische Normanne wollte kein Schwert benutzen, weil ein Mann der Kirche kein Blut vergießen sollte. Arnwin aber war ein Priester der alten englischen Art, dem nicht beigebracht worden war, seine Interessen mit blutiger Gewalt durchzusetzen. Urses verzweifeltes Gestammel – mehr war es nicht, denn woher sollte der Normanne wissen, was Gnade bedeutete? – traf Arnwin ins Mark. Er wusste, dass er sein Gewissen niemals würde reinigen können, wenn er Urse tötete oder auch nur verletzte. Der Priester hatte schon so vieles verloren: sein Heim, seine Gemeinde, seine Familie und seinen Stolz. Sollte er sich nun auch noch um das Letzte bringen, was er besaß – seine Seele?

Mühsam zügelte er seinen verzehrenden Zorn. Seine Fäuste öffneten sich und das tobende Feuer erlosch. Ihm wurde kalt, eiskalt, und er war unendlich müde. Wenn Oakenfast dem jungen Normannen tatsächlich Schutz angedeihen ließ, welches Recht hatte er dann, sich gegen diese Entscheidung des Schicksals zu stellen?

Eine fürchterliche Ahnung von dem, was vor ihm lag, erfüllte Arnwins Geist mit Schmerzen. Für sein Volk war nun endgültig jede Hoffnung gestorben. Alles war vorbei. Sir Edric war längst nicht mehr der wahre Herr Bestudes. Er hatte sich selbst um das Recht gebracht, sich so zu nennen, und schon bald würde Urse dort einziehen. Die großen Herren der Angeln, der Sachsen und Juten waren nicht mehr. Die alten Lieder würden nicht mehr ertönen, die Krieger nicht mehr zu den Waffen greifen, die Klöster keine Bücher von großer Schönheit und voll von tiefem Wissen mehr ansammeln – alles Althergebrachte war so gut wie tot. Neue Herren, die die Sprache des Volkes nicht kannten und sich nicht um das Schicksal der Geringen scherten, würden über die Menschen herrschen. Vor vielen, vielen Jahrhunderten waren Angeln, Sachsen und Juten auf diese Insel gekommen und hatten dort die keltischen Briten vorgefunden. Diesem Volk war sein angestammter Besitz genommen worden. Doch die neuen Herren hatten das Land nicht verwüstet, selbst die alten Sprachen wurden mancherorts bis heute gesprochen. In dem Land, das die Engländer Wales nannten, regierten gar noch immer die alten britischen Geschlechter. Aber die Zeiten hatten sich geändert, und die Normannen waren keine Angeln, Sachsen oder Juten. Sie setzten dem Volk neue Herren vor die Nase. Das Volk selbst verschonten sie, solange es sich nicht gegen sie erhob. Denn sie brauchten Arbeiter, Sklaven, Lasttiere. Die große Eiche würde fallen und einem jungen Ahorn Platz machen müssen, und mit der Zeit würde das Vergessen kommen. Bald würde niemand mehr wissen, wie England einst gewesen war.

Ein letzter Funke der Rebellion flackerte trotz aller Schwermut in Arnwin auf. Er sah Urse ins Gesicht. »Ich werde versuchen, Eurem Vetter zu helfen«, sagte er mit tonloser Stimme. »Unter einer Bedingung.«

Urse hatte die Veränderung in Arnwins Gesicht beobachtet, doch er verstand nicht, was in dem anderen vorging. Er wusste nur, dass er jenen schrecklichen Augenblick der Angst sein Leben lang nicht vergessen würde. Mordlust und Rachsucht hatten ihn aus den irren Augen des Engländers angestarrt. Doch der Pfaffe hatte ihn nicht getötet. »Natürlich, was immer Ihr wollt«, murmelte Urse.

»Versprecht mir, dass Ihr Eure Herrschaft über dieses Stück Land nie zeigen werdet, indem Ihr das Blut Unschuldiger vergießt.«

Urse starrte Arnwin an, als habe er nicht recht gehört. Dann schwand seine Angst und machte einem Gefühl von Verachtung Platz. Diese Engländer waren weich wie Wasser. Oder wie kam ein Mann dazu, einen solch weibischen Wunsch zu äußern?

Arnwin dauerte das Schweigen des Normannen zu lange. »Ihr werdet niemals das Blut Unschuldiger vergießen«, wiederholte er.

Urse nickte langsam. Ein Lächeln huschte über seine groben Züge. »Nie soll das Blut Unschuldiger vergossen werden.«

»Wenn Ihr oder Euer Vetter dieses Versprechen je brecht, wird Euch ein furchtbarer Fluch befallen. Ihr werdet in der Hölle schmoren«, sagte Arnwin.

»Mein Versprechen gilt«, sagte Urse mit leisem Erschauern. Offenbar hatte dieser Mann einen dunklen Pakt mit dem Teufel geschlossen. Er, Urse, hätte Schlang doch mit in den Wald nehmen sollen, um dem englischen Pfaffen besser beikommen zu können. Doch dafür war es nun zu spät. Der Bär bemühte sich, ein aufrichtiges Gesicht zu machen und murmelte: »Sirrah Arnwin, ich glaube, es ist am besten, wenn wir meinen Vetter sogleich nach Worcester bringen.«

»Ihr fürchtet Euch noch immer vor den Wäldern, nicht wahr, Normanne? Trotz all Eurer Siege lebt Ihr noch immer in Angst. Und das wird auch so bleiben. Denn in diesen Wäldern wohnt eine Seele, die nie vergehen wird. Eines Tages aber, wenn Ihr und die Euren längst zu Staub zerfallen und vergessen sein werdet, wird sie aus ihrem Versteck hervorkommen. Wer immer auch unser Land besudelt, Männer voll Gier, voller Blutdurst und Verlangen nach Macht – vor dem ewigen Geist dieses Landes gleichen sie – gleicht Ihr – nur armseligen Würmern. Das Land braucht Euch nicht, bedarf nicht der Erlaubnis von Königen, Fürsten oder Bischöfen, um wieder zu sein, was es immer war!«

Mit diesen Worten kehrte Arnwin Urse den Rücken zu und beugte sich über den besinnungslosen jungen Mann. Dessen Pulsschlag war kaum mehr als ein Flattern in seinem Handgelenk. »Wir bringen ihn nach Worcester«, sagte Arnwin. »Die Mönche dort haben schon manchen von schwerer Krankheit geheilt. Aber zuvor muss ich noch etwas tun, was nur hier in diesem Wald getan werden kann.«

Urse, der Arnwins Gesicht nicht sah, glaubte, den Kampf gewonnen zu haben. Hämisch belächelte er die armseligen Waffen, die den geschlagenen Engländern noch zu Gebote standen: Worte und Verwünschungen. Das bewies nur einmal mehr ihre Machtlosigkeit. Vorsichtshalber wollte Urse sich an Geoffrey le Cort wenden und den Pfaffen dazu anhalten, bei der Austreibung der Geister aus den Wäldern besonders gründlich zu sein. Es war höchste Zeit, endlich den letzten Anflug von Hochmut in den Herzen und Köpfen der Besiegten zu ersticken. Wenn die Wälder und die große Eiche ihnen so teuer waren, wenn sie tatsächlich glaubten, die wahre, unsterbliche Seele des Volkes könne sich hier verbergen, musste man schleunigst etwas dagegen unternehmen.

»So sei es denn, Sirrah Arnwin«, sagte Urse voll aufgesetzter Demut. »Ich warte hier, bis Ihr das getan habt, was man nur in diesen Wäldern tun kann.«

Doch er hatte ins Leere gesprochen, denn Arnwin brauchte die Erlaubnis des Normannen nicht, um sich zu entfernen. Er war bereits zwischen den Bäumen verschwunden und suchte nach Puca. Mit diesem musste er noch ein letztes Mal sprechen.

23

Hörst du es, Wächter? Der Wolf wird
unseren armen Welpen in die Wälder locken ...

Aus *Wulf and Eadwacer*, anonymer Autor

Die kalte Dunkelheit des Feuerportals, des Tores zwischen der menschlichen Welt und der Anderwelt, fiel von Marie ab. Sie konnte wieder sehen, hören und riechen und wusste, dass sie sich in einem grünen Wald der sterblichen Welt befand. Es war tiefe Nacht, und der Mond leuchtete am Himmel. Marie fragte sich, ob sie sich in dem Waldstück namens Poukswood befand. Sie vermutete es, aber sicher war nur eines: Sie war allein – mutterseelenallein.

»Llew!«, rief sie erst leise, dann lauter und drängender. Doch sie wusste, sie würde keine Antwort erhalten. »Llew, mein Geliebter, wo bist du? Greenleaf? Arden?«

Nur das gleichmäßige Rauschen der Bäume antwortete ihr. Das Geräusch glich dem entfernten Flügelschlag eines riesigen, unsichtbaren Vogels. Noch ein wenig benommen stand Marie auf und bemerkte, dass an der Stelle, an der sie gelegen hatte, noch etwas anderes im abgestorbenen Laub lag. Es war das säuberlich gefaltete Pergament, das Greenleaf ihr noch in die Hand gedrückt hatte, bevor er sie unsanft ins Feuer – das Tor zwischen den Welten – gestoßen hatte ...

Greenleafs letzte, fürchterliche Worte klangen ihr noch in den Ohren. »... Marie, Tochter des Godefroi de Valoiz. Ihr, deren Familie der Stein von Oakenfast anvertraut wurde. Gedankenlos gabt Ihr ihn aus der Hand.« Marie wusste genau, wovon der Zwerg gesprochen hatte, welchen Stein er meinte und wem sie ihn gegeben hatte. Als letzten Beweis hielt sie nun das Pergament in der Hand.

Die schwungvolle elegante Schrift, in der es abgefasst war, kannte sie nur zu gut.

Marie las den Brief Zeile für Zeile, bevor sie ihn langsam wieder zusammenfaltete. Ein unaufmerksamer Beobachter hätte sie für überaus ruhig und gefasst halten können, denn ihre Hände zitterten nicht. Doch ihr Gesicht war so blass geworden, dass es im Mondschein beinahe durchsichtig erschien – so blass, als wäre es ganz aus silbernem Licht gemacht.

Marie sah sich um und entdeckte den Schein eines Feuers zwischen den Bäumen. Dies war der Wald, dachte sie voll ruhiger Kälte, dies war der Wald, von dem sie geträumt hatte und von dem auch in dem Brief die Rede war. Es war der Ort, der auf sie wartete ... und nicht nur auf sie allein. Der Gedanke legte sich wie ein schweres Gewicht auf Maries Schultern, denn zu gerne hätte sie das Unausweichliche vermieden. Doch sie hatte keine Wahl.

Langsam ging sie auf den Lichtschein zu. Sie sah alles mit kühler Klarheit vor sich, und doch fühlte sie sich eigenartig benommen, so als wandele sie durch einen Traum. Auch im Traum war sie einem Licht durch den Wald gefolgt und hatte bald eine Frau entdeckt, die am Ufer eines Baches saß ...

Schon gelangte Marie zu eben jenem Bach. Leise plätscherte er im Mondlicht dahin, aber niemand saß an seinem Ufer. Nicht einmal ein Schatten oder ein Gespenst schwebte über dem Wasser. In diesem Fall hätte Marie kehrtmachen und davonlaufen können. Aber wohin sollte sie sich wenden, allein in diesem unbekannten und ihr doch so vertrauten Wald? Ein kleiner Funke von Hoffnung flackerte in ihrem Herzen auf. Am Ende ihres Traumes hatte sie Llew gesehen ... und so ... und so ...

Also ging sie weiter. Sie näherte sich der Stelle, an der die drei Pfade aufeinander trafen, und dort war auch die Höhle, in deren Eingang ein Feuer brannte. Weil die gespannte Stille an ihren Nerven zerrte, begann Marie, ohne es recht zu merken, leise vor sich hin zu singen. Hätte sie das nicht gekonnt, so hätte sie wohl geschrien. Das Lied hatte Llew ihr einst vorgesungen, damals im Wald von Chenemeton, weit, weit entfernt ...

»Oh, des Maienkönigs munterer zweiter Sohn,
Sucht' im Wald eine Maid seit Tagen schon.
Und er band sie aus Blumen, grad wie einen Kranz,
Schenkt' ihr für die Locken des Sonnenlichts Glanz.
Und die Blütenschönheit, die er gemacht,
Vor seinen Augen zum Leben erwacht.
Auf dem Haupt seiner Liebsten aus Blumen ein Kranz,
Und auf ihren Locken des Sonnenlichts Glanz ...«

Leise singend näherte Marie sich der Kalksteinhöhle, vor der die drei Pfade aufeinander trafen. Alles war so wie in ihrem Traum. Eine Quelle entsprang unter der Felswand, die Flammen im Eingang der Höhle züngelten, und ringsumher flüsterte der dunkle Wald von Einsamkeit und von tiefer Trauer über verlorenes Glück.

Die Höhle war dunkel, sah aber aus, als wäre sie nicht sehr tief. Am Feuer stand ein Mann. Doch es war nicht der, den Marie erwartet hatte.

Überrascht blieb sie stehen. Die Flammen erhellten das Gesicht eines Fremden. Es war jung und schmal. Aufmerksam und fast ein wenig spöttisch sah der Mann sie an. Seine Augen waren grün wie die einer Katze, sein volles Haar rotbraun wie der Schwanz eines Fuchses. Er trug Kleider in den rostroten und braunen Tönen des Waldes, die denen der jungen Leute ähnelten, welche sich um Arden geschart hatten. Auf dem Rücken hatte er einen Köcher voller Pfeile, in der einen Hand den Bogen, in der anderen ein silbernes Horn. Maries Herz machte einen Sprung, denn der Jüngling glich Tydorel, dem Ritter der Anderwelt, der ihr vor langer Zeit in einem Wald in der Bretagne begegnet war und seither tief in ihrer Seele wohnte. Doch vor ihr stand nicht der Ritter der Tiefe, obwohl etwas an diesem Fremden an eine der Verkleidungen erinnerte, welcher Tydorel sich bedient hatte: Es war die Ähnlichkeit mit einem Fuchs, mit Renard aus den Tiefen der Unterwelt. Gleichzeitig wusste Marie, dass sie dem jungen Mann noch nie zuvor begegnet war.

»Willkommen, Mylady. Schön, dass Ihr doch noch gekommen seid. Wir warten schon lange auf Euch«, sagte der Fremde mit einer Stimme, die so tief war, dass sie ganz und gar nicht zu einem Wesen der Anderwelt passte. Der Mann sprach ein kehliges, derbes Englisch.

»Ich danke Euch für Euren Gruß«, antwortete Marie. »Aber ich kenne Euch nicht, guter Mann. Wer seid Ihr?«

»Mein Name ist Robin von Sherwood«, sagte er. »Ich komme von weither. Die Sorge um mein Volk und um meinen Freund trieb mich an diesen Ort, um den sich so viele Legenden ranken ...«

»Dieser Ort soll bekannt sein?«, fragte Marie leise. »Ich habe ihn erst einmal gesehen, und das war in einem Traum.«

»Man sagt, vor langer Zeit habe sich ein großer König, der tödlich verwundet war, in dieser Höhle verborgen«, erklärte Robin von Sherwood. Seine schmalen grünen Augen sahen Marie forschend an.

Sie wandte den Kopf ab, um dem unbarmherzigen Blick zu entgehen. Und dann hörte sie aus der Höhle das Lied, das sie selbst gerade gesungen hatte. Die Härchen in ihrem Nacken richteten sich auf. Sie konnte nicht anders, sie musste die Augen wieder auf den Eingang der Höhle richten.

»Und sie liebten einander gar innig und treu,
Bis ein Reiter daherritt, eines Morgens im Mai.
Er war jung, er war frei und er ritt wie der Wind,
Und er führte davon die Prinzessin geschwind ...

... Marie«, sagte der Sänger und trat aus der Höhle ins Licht des Feuers. Das Echo der letzten Töne des Liedes verhallte in dem verzauberten Wald. Der Mann löste sich aus den wässrigen Schatten der Höhle und stellte sich in den hellen Schein der Flammen: Er war von großem Wuchs und trug einfache grüne und braune Kleider. Die Flammen waren golden wie sein Haar und blau wie seine strahlenden Augen.

»Richard ...« Schon seit sie den Brief gelesen hatte, wusste Marie, dass es der Prinz war, der sie erwartete. Aber trotz allem hatte sie noch immer die leise Hoffnung gehegt, ihm nicht noch einmal gegenübertreten zu müssen. Selbst aus ihren Träumen war er verschwunden. Er, der Mann, den sie einst geliebt hatte, von dem sie geglaubt hatte, ihre Seele verzehre sich nach ihm. Wie ein Schatten war er aus dem Reich ihrer Erinnerung geglitten, hinein in das Ödland des absichtlichen Vergessens ...

»Ja, ich bin es«, sagte er mit einem seltsamen Lächeln. »Ihr seid also gekommen.« Vorbei waren die Zeiten, in denen sie sich einer vertrauteren Art der Anrede bedient hatten. »Ich war nicht sicher, ob Ihr mir noch einmal gegenübertreten könntet – nach allem, was Ihr mir angetan habt.«

»Ihr vergesst Eure Antwort auf den Brief, den ich Euch schrieb«, sagte Marie hitzig. »Ihr habt mich abgefertigt wie eine Dienstmagd, die sich den Anweisungen ihres Herrn widersetzt hat. Ich wollte mit Euch sprechen, Euch alles erklären. Aber Ihr habt Euch geweigert, mich noch einmal zu empfangen. Ich hatte geglaubt, Herr, wir könnten ehrlich zueinander sein. Aber Ihr wolltet mich weder sehen noch mit mir reden. Stattdessen beharrtet Ihr auf dem Standpunkt, ich hätte Euch betrogen.«

»So ist es auch«, antwortete der Prinz ruhig. »Ja, ich war wütend, als ich Euch schrieb. Eine Zeit lang dachte ich sogar darüber nach ... Ich erwog, den Mann, der Euch mir gestohlen hatte, töten zu lassen wie einen Hund.«

Maries Kinn schoss ihn die Höhe, ihre Augen blitzten. »Er hat mich nicht gestohlen, Herr. Ich bin kein Zierrat, den ein Dieb sich nimmt. Diese Worte sind Eurer nicht würdig.«

»Aber Ihr seid heute hierher gekommen. Selbst die Zeit, die ich für unser Treffen vorschlug, habt Ihr beinahe eingehalten. Das wagte ich kaum zu hoffen.« Er zeigte auf das Pergament in Maries Hand. »Vorsichtshalber benutzte ich das Siegel meines Vaters. Ich bin froh, dass der Brief, den ich Euch durch Lady Phoebe zukommen ließ, Euch rechtzeitig erreicht hat. Offenbar hielt auch der junge Will sein Wort und hat das Schreiben übergeben und dafür gesorgt, dass alle Anweisungen darin befolgt wurden.«

Marie war nun völlig verwirrt und begann, sich zu sorgen. »Lady Phoebe? Will? Aber sie sind in ...«

»Bestude«, sagte der Prinz ungeduldig. »Sie waren auf dem Weg dorthin, als ich ihnen den Brief zuspielte. Natürlich reisten sie nicht als sie selbst, sondern in einer Verkleidung. Sie wollten nach Euch suchen, denn sie fürchteten um Euer Wohlergehen.«

Maries Mund wurde trocken. »Aber Ihr, Herr, Ihr habt Euch nicht ...«

»Marie«, sagte er. Dabei lächelte er wieder auf seine sonderbare Weise. »Ihr habt mir in sehr eleganten Worten, die ganz sicher von Herzen kamen, mitgeteilt, dass Eure Liebe einem anderen gehört, dass alles, was zwischen Euch und mir war, vorbei ist. Ihr seid längst wieder verheiratet. Ihr reist gemeinsam mit ... mit Eurem Gemahl. Und nun zeigt Ihr Euch überrascht, ja geradezu verärgert darüber, dass ich mich nicht um Euch sorgte?«

Marie spürte, wie ihr die Röte in die Wangen schoss. Die Kehle wurde ihr eng, und sie konnte nur stammeln: »Ich ...«

»Aber ich bin dennoch froh, dass Ihr gekommen seid, Marie. Sonderbar ... Euch hier im Mondlicht vor mir stehen zu sehen, erinnert mich an unsere erste Begegnung. Wisst Ihr es auch noch, Marie? Damals in der Kathedrale von Rouen? Ich war niedergekniet, um zu beten ... Dann, als ich aufblickte, sah ich Euch – von Licht umstrahlt wie eine himmlische Erscheinung.«

Marie war es unangenehm, in Erinnerungen an die Anfänge ihres kurzen gemeinsamen Glücks zu schwelgen. »Herr, ich bitte Euch ...«

»Habt keine Angst, Marie.« Diesmal war das Lächeln des Prinzen bitter, sein Ton scharf. »Ich bin nicht hierher gekommen, um Euch zurückzugewinnen. Es geht mir nicht einmal in erster Linie um das, was einst zwischen uns war.« Wieder begann er, leise zu singen – nur die letzten Worte des Liedes: »Und er führte davon die Prinzessin geschwind ... Ich habe Euch für immer verloren, Marie. Ihr wart mein Traum, doch Ihr konntet mir nicht treu sein. Nicht einem Träumer. Ihr seid mir entglitten wie ein Bild aus einem Traum dem Schläfer im kalten Licht des Morgens entgleitet. Aber das mache ich Euch nicht zum Vorwurf. Ich wusste, wer Ihr seid und was geschehen würde, ich wusste es von Anfang an. Habt keine Angst. Ich werde nicht versuchen, Euch gegen Euren Willen noch einmal zu der Meinen zu machen. Es wäre auch gegen meinen.«

Die Worte des Prinzen trafen Marie zutiefst. Ihre kühle Benommenheit war längst verflogen. »Ihr wusstet, wer ich war, Herr? Ach ja, für Euch war ich ein Traum, oder vielleicht eine wankelmütige Eva – eine Frau, die aus der Rippe eines Mannes entstand, ein Wesen, das er nach seinem Willen formen konnte. Ich verstehe, dass Ihr mich für flatterhaft und untreu haltet. Aber ich bin eine Frau aus Fleisch und Blut, Herr, kein Traum, keine Erscheinung.«

»Ihr wart mein Traum«, beharrte er sanft.

»Aber Träume müssen enden, wenn das wahre Leben beginnt«, stieß sie ärgerlich hervor. »Wenn Ihr wusstet, wer ich war, Herr, wenn Ihr wusstet, was geschehen würde, warum habt Ihr dann nie etwas davon gesagt? Warum habt Ihr Euch mir nicht anvertraut? Ach Herr, Träume mögen süß sein oder bitter. Aber am Ende müssen wir alle doch in der Wirklichkeit leben. Llew und ich, wir sind ...«

Die unwirsche Handbewegung, die der Prinz machte, wirkte, als wolle er damit ihre Worte wegwischen. Seine Augen blitzten.

»Genug! Nennt diesen Namen nicht in meiner Gegenwart. Er ist noch nicht einmal Manns genug, Euch zu begleiten. Er lässt Euch allein gehen, obwohl ich doch sein Rivale bin.«

»Ihr seid nicht sein Rivale, Herr.« Marie bebte. »Er kennt den Inhalt des Briefes nicht, denn das Schreiben wurde mir nicht von Lady Phoebe übergeben. Meine Freundin habe ich schon lange nicht mehr gesehen. Das Pergament mit dem Siegel des Königs wurde mir an einem überaus merkwürdigen Ort zugesteckt, und Eure Worte können mich nicht verletzen. Ihr kennt die Wahrheit, Herr. Bitte zieht nicht in den Schmutz, was mir teuer ist. Llew ist meine wahre, meine einzige Liebe.«

»Was war ich dann für Euch, Marie?« Der Prinz schrie die Frage geradezu heraus, und nun lag echter Schmerz in seinem Ton. »Was war ich für Euch? Antwortet! Sagt mir die Wahrheit!«

Eine Zeit lang blieb sie still. Sie zitterte; die Zunge lag schwer in ihrem Mund. Schließlich seufzte sie und sagte: »Die Wahrheit, Herr? Ich sah Euch in der Seitenkapelle der Kathedrale zu Rouen und traute meinen Augen nicht. Denn ich glaubte, vor mir erhebe sich Tydorel, der Ritter der Tiefe, den ich in meiner Seele trug. Doch ich hatte mich getäuscht.«

Er starrte sie an. »Ihr seid nicht die erste Frau, die mein Anblick verwirrt, Marie. Nicht die erste und nicht die letzte. Das sage ich nicht aus Eitelkeit, denn ich bin nicht stolz darauf. Frauen – ausgenommen meine Mutter – bedeuten mir wenig. So war es immer, denn es gibt so viel Wichtigeres auf der Welt als die Liebe der Frauen ... Doch mit Euch war es anders, Marie. Ich hatte Euch zuvor in meinen Träumen gesehen. Und obwohl ich wusste, dass ich Euch wieder verlieren würde, liebte ich Euch doch. Ihr wart mein Traum, mein ganzes Verlangen, die einzige Frau, die außer meiner Mutter je einen Platz in meinem Herzen fand. Und doch konnte unsere Verbindung nicht von Dauer sein, und Ihr wurdet wieder nur ein Traum. Lange konnte unser gemeinsames Glück nicht währen. Das wusste ich von Anfang an.«

Marie wandte sich ab. Die Worte des Prinzen wühlten sie auf. Sie sah, dass Robin von Sherwood sie stumm beobachtete. Die Miene des jungen Mannes war undurchdringlich. Schließlich flüsterte Marie: »Aber Ihr habt nie mit mir darüber gesprochen, Herr. Nie sagtet Ihr ...«

»Als wir uns in Rouen begegneten«, antwortete der Prinz traurig, »erzählte ich Euch, ich hätte Euch in meinen Träumen gesehen. Ihr hättet zu mir gesprochen, doch ich konnte die Worte nicht verstehen.«

»Und dann sagtet Ihr, nun könntet Ihr es«, murmelte Marie. Mit bitterer Klarheit erinnerte sie sich an jenen Augenblick.

»Träume und Visionen sind sonderbare Botschafter, Mylady«, flüsterte er. Marie konnte ihr Zittern nicht länger verbergen, denn genau das hatte sie ihm damals in Rouen zur Antwort gegeben. »An jenem Tag glaubte ich ... Ich hatte die Hoffnung, die Botschaft meiner Träume könnte sich noch ändern. Ich wollte die Visionen selbst bestimmen, so wie ich auch mein Schicksal selbst in die Hand nehmen wollte. Aber das konnte mir nicht gelingen. Denn die Worte, die Ihr in meinem Traum spracht ...«

»Waren die, die Ihr heute hier aus meinem Munde hörtet.« Aller Ärger, aller Schmerz und alle Traurigkeit waren von Marie abgefallen.

Erstaunen, aber auch Bewunderung lag im Blick des Prinzen. Er war sehr blass geworden. »Ja«, sagte er. »Seht Ihr, Marie, Ihr wisst alles. Und darum konnte unser Glück nicht von Dauer sein. Ihr und ich, Marie, wir sind uns zu ähnlich. Wir sind wie Leib und Seele, wie Traum und Träumender. Darum ist es gut, wenn wir uns heute hier verabschieden und ...«

Sie unterbrach ihn steif. »Aber Ihr sagtet, Ihr wäret nicht um meinetwillen hierher gekommen, Herr. Für Euch gab und gibt es stets wichtigere Dinge als die Liebe.«

»Seht mich nicht so an, Marie – nicht wie ein Reh, das der Pfeil des Jägers traf. Meine Worte waren hart, aber ich bin auch deshalb gekommen, weil ich Euch wieder sehen wollte. Wie könnt Ihr etwas anderes denken? Und auch Ihr machtet Euch auf den Weg, als Ihr meinen Brief gelesen hattet.«

»Nein«, sagte sie mit eiskalter Stimme. »Ich bin kein verwundetes Reh, kein Traum und auch keine Hellseherin, die den Sinn all Eurer Worte und Eures Tuns erraten könnte. Ich bin keine Dame aus einem Lai über die Anderwelt, kein Wesen mit geheimen Mächten. Ich bin nur Marie de France, eine arme Sünderin, die sich an der Poesie versucht. Und ich bin die wahre Liebe des großen und ehrsamen Ritters Llew ap Gruffydd. Ich kam nicht um Euretwillen hierher. Ich träumte nicht, dass ich Euch hier begegnen würde, denn ich träume niemals mehr von Euch. Mit meinem Gemahl kam ich in diese Gegend, Herr, denn wir wollen niemals voneinander getrennt sein. Wir hoffen herauszufinden, was mit Llews Vater Elfric geschah, der in diesen Wäldern allein und ohne geistlichen Beistand eines gewaltsamen Todes starb. Zwischen Llew und mir gibt es keine Geheimnisse, so wie es zwischen Euch und mir der Fall war. Zwischen meinem Gemahl und mir besteht ein so tiefes Vertrauen, wie Ihr und ich es nie gekannt haben.« Marie hatte das Kinn in die Höhe gereckt, ihre Augen sprühten Funken, und das Sternenlicht über dem verzauberten Wald ließ sie in solcher Schönheit erstrahlen, dass Prinz Richard fast vor ihr auf die Knie gesunken wäre. Doch davon ahnte sie nichts, und es gelang ihm, unter Aufbietung ungeheurer Selbstbeherrschung, sich nichts anmerken zu lassen.

»Diese Höhle ...«, sagte er in leichterem Ton und wandte sich zu dem Eingang in der Felswand um. »Diese Höhle, Marie – wisst Ihr, wer sich einst hier verbarg?«

Mit blinden Augen folgte sie seinem Blick, sah das lodernde Feuer und Robin von Sherwood, der sich ein wenig zur Seite begeben hatte. Marie wunderte sich nicht über den plötzlichen Wechsel des Themas und die Veränderung im Gebaren des Prinzen. Damit musste man bei ihm zu jeder Zeit rechnen. Er war ein hoher Herr und ließ sich nicht vorschreiben, was er zu sagen oder zu denken hatte. Mit tonloser Stimme antwortete sie: »Euer Freund, Herr, Robin – er sagte, einst habe sich hier ein großer König verborgen …«

»Oh, Marie, das war Harold!« Richards Stimme klang erst noch ruhig und gefasst. Aber bald sprudelten die Worte nur so aus ihm hervor. Marie bewunderte die Lebendigkeit des Prinzen, bewunderte das Strahlen, das von ihm ausging wie Sonnenlicht, das sich in seichtem Wasser spiegelt. »Es war Harold, den das Volk den letzten König der Engländer nennt! Es heißt, er sei nicht auf dem Schlachtfeld von Hastings gestorben. Man hätte ihn von dort fortgebracht und immer wieder an anderen Orten, die über das ganze Land verstreut waren, versteckt. In den Häusern seiner Getreuen, in Höhlen und Klöstern pflegte man ihn … Auch hier verweilte er eine Zeit lang, bevor er sich auf den Weg nach Norden machte. Man sagt, er habe eine Rebellion gegen König William anführen wollen. Doch er sei auf dem Weg in den Norden doch noch seinen schweren Verletzungen erlegen.«

»Ja, ich habe davon gehört. Aber das sind nur alte Geschichten, vielleicht auch nur Träume wie die vielen anderen, die das unbedarfte Volk ins Verderben führen.«

Die Kälte in Maries Stimme ließ den Prinzen zusammenzucken, doch er schwieg.

»Und selbst wenn es nicht nur ein Märchen ist – warum sollte König Harolds Schicksal Euch bewegen?«, fuhr Marie in hartem Ton fort. »Schließlich war er eine Bedrohung für Eure normannischen Vorfahren.«

Richard fuhr auf. »Es geht mir nicht um König Harold selbst, denn er hat seinen Herrn, König William, betrogen und verraten. Und vielleicht ist es ja tatsächlich nur das Wunschdenken seiner Getreuen, dem wir die Geschichte von König Harolds Rettung aus den Wirren der Schlacht verdanken. Die Wunden, die er in Hastings davontrug, müssen jedenfalls fürchterlich gewesen sein.

Aber im Augenblick tut es nichts zur Sache, ob die Geschichte wahr ist oder erfunden, ob der König hier weilte oder auf dem Schlachtfeld verblutete. Denn dies, Marie, ist der Ort, an dem alle Wasser zusammenfließen. Wo die drei Pfade aufeinander treffen, liegt das Herz dieses Landes.«

Auch in ihrem eigenen Herzen gab es drei Pfade, die sich berührten, ging es Marie voll Verwunderung durch den Kopf. Es gab den Pfad der Unterwelt, wo sie gelernt hatte, dass es ihre Aufgabe war, eine Poetin zu sein, den Pfad Annufens, wo sie gelernt hatte, wem ihre wahre Liebe gehörte, und den Pfad von Oakenfast, wo sie ...

Sie konnte den Gedanken nicht zu Ende führen, denn noch wusste sie nicht, was Oakenfast sie lehren wollte – jedenfalls nicht mit letzter Sicherheit. Sie musste den Pfad erst bis an sein Ende gehen.

Richards Blick ruhte auf ihr. Ein wenig traurig lächelte er sie an. »Wisst Ihr, wer König Harold hier versteckt haben soll? Wer ihn pflegte und sich um ihn kümmerte, bis man ihn an einen anderen Ort bringen konnte?«

»Woher sollte ich das wissen, Herr?« Sie hätte erleichtert oder gar glücklich sein sollen, dass der Prinz weder sie noch Llew mit Rachegelüsten verfolgte. Er war aus einem anderen Grund hierher gekommen, den sie vielleicht nie erfahren würde. Doch Marie fühlte sich nur schwer wie Blei und kalt wie Eisen. Vor ihr stand der Mann, den ihr törichtes Herz als Ersten erwählt hatte, der Mann, der so wissend und gleichzeitig so seltsam kalt war wie ein Herr der Elfen. Ja, dachte Marie, Richard Löwenherz ist dem Herrn von Oakenfast, der aus der Lichtsäule heraus mit uns gesprochen hat, nicht unähnlich. Der Königssohn erinnerte sie an den Vater der armen Prinzessin Goda, der seine Tochter in der Stunde höchster Not abgewiesen hatte, der sie dazu gebracht hatte, die Gesetze der Elfen zu brechen ... Vielleicht hatte Tydorel ihr mit seiner Prophezeiung an jenem weit zurückliegenden Tag im Wald von

Broceliande ja diese Stunde vorausgesagt. Durch Erde, Wasser und Feuer hatte sie gehen müssen, um am Ende vor dem Löwen zu stehen, dem Herrn der Wüstenei, zu welcher sein menschliches Herz geworden war ...

Richard sprach weiter. »Es war ein Priester, Marie, ein Sachse namens Arnwin. Er war ein großer Mann, ein wahrhaft großer Mann.«

»Ich habe von ihm gehört«, sagte Marie mit tonloser Stimme.

Eine Zeit lang schwieg der Prinz. Offenbar enttäuschte ihn Maries mangelnde Begeisterung. Schließlich zuckte er die Achseln. Es war eine symbolische Geste. Innerlich wandte er sich ab, war bereit, seinen eigenen Weg zu gehen, ganz gleich, was andere denken mochten. In Marie schwanden damit die letzten Zweifel daran, ob wirklich elfisches Blut in Richards Adern floss.

Doch dann sagte er leise: »Fragt Ihr Euch nicht, warum ich diesen Ort gewählt habe, Marie? Ihr sagtet, Ihr hättet ihn schon einmal im Traum gesehen. Gab es in diesem Traum auch eine Frau, die am Ufer eines Baches saß? Eine Frau mit langem, wallendem Haar und bronzegrüner Haut? Winkte sie Euch zu und wies dann zwischen die Bäume auf die Stelle, wo sich die Höhle befindet und wo die drei Pfade aufeinander treffen?«

Der Schreck nahm Marie fast den Atem. Sie stand wie angewurzelt da und starrte den Prinzen an.

Ein Lächeln huschte über seine Züge. »Sicher habt Ihr schon gehört, dass manche Leute behaupten, wir würden in direkter Linie vom Teufel abstammen. Damit tut man unserer Ahnfrau Undine allerdings Unrecht. Sie war eine Elfenprinzessin, die in der Tiefe wohnte, ein schöner Wassergeist, in den sich mein Ahnherr verliebte ... Gottes Wort kannte die Elfenprinzessin nicht. Es war ihr ebenso wenig verkündet worden wie den Bäumen und Flüssen. Doch sie war eine gute Ehefrau und ganz sicher keine Tochter des Teufels. Denn Gott der Allmächtige selbst hat Undine und den Ihren den Lebensatem eingehaucht, gerade so wie seinen menschlichen Kindern. Prinzessin Undine wuchs nicht in ihrem eigenen Elternhaus, sondern am Hofe eines anderen Elfenherrschers auf. Dort hatte sie eine Busenfreundin, die ihr so lieb wurde wie eine Schwester. Dieses Mädchen war die Tochter des Herrn der Elfen und hieß ...«

»Goda«, flüsterte Marie.

»Ja, so war ihr Name. Undine saß oft hier am Bach und wartete auf ihre Freundin Goda. Hier spielten die beiden miteinander ... und ich glaube, ihr Geist ist noch immer hier.« Wie ruhig die Stimme des Prinzen klang – beinahe heiter. »Ich habe Prinzessin Undine oft in meinen Träumen gesehen, sie winkte mir zu und wies mir den Weg, denn sie ist meine Ahnfrau, und ich glaube, in gewissem Sinne bin ich ihr sehr ähnlich.«

»Aber wenn das so ist, warum ...«

»Warum auch Ihr von Undine geträumt habt, meine Liebste? Ihr seid eine Frau mit vielen Begabungen. Sicher könnt Ihr Euch die Antwort auf diese Frage denken.« Marie war so verwirrt, dass ihr nicht einmal das Kosewort auffiel, das Prinz Richard verwendet hatte. Ein bittersüßes Lächeln huschte über sein Antlitz.

»Nein!«, rief Marie. »Nein, das kann nicht sein ... Sie kann nicht auch meine Ahnfrau sein ... Sie war die Gemahlin *Eures* Ahnherren ...«

»Euer Urgroßvater und der meine waren enge Freunde – und außerdem Rivalen«, sagte Richard. »Ja, sie war die Gemahlin meines Urgroßvaters. Aber eines Tages, als er gerade nicht zu Hause war, wurde Prinzessin Undine ihrer sterblichen Familie durch eine Geisteraustreibung entrissen. Ausgeführt hat sie ein damals berühmter Exorzist, ein Priester ...«

»Geoffrey le Cort.«

»Seht Ihr, Ihr wisst ja doch alles! Ja, er war es. Doch Undine war ungreifbar wie ein Windhauch und wechselhaft wie das Wasser. Es hat sie furchtbar erbost, auf derart respektlose Art und Weise behandelt zu werden. Noch wütender wurde sie, als mein Urgroßvater den Pfaffen für seine herzlosen und törichten Umtriebe nicht bestrafen wollte oder konnte. Sirrah Geoffrey hatte für seine exorzistischen Maßnahmen den Segen des Bischofs erhalten. Und es gelang ihm, den Bischof davon zu überzeugen, dass Undine ein unreiner Geist war ... Mein Urgroßvater, heißt es, wäre Undines zu jener Zeit längst überdrüssig gewesen. Die boshaften Streiche, die sie ausheckte, ihr unberechenbares Temperament und ihre Sprunghaftigkeit ...«

Prinz Richards Augen blitzten vor lebendigem Vergnügen, während er die Geschichte erzählte. Marie sprach den Gedanken nicht aus, der wie ein kalter Stein in ihrem Herzen lag: Der Ahnherr des Königssohns war mit seinem Weib verfahren, wie ein echter Plantagenet es mit einer widerspenstigen Frau nun einmal tat. Er hatte sich abgewandt und darauf gewartet, dass ein anderer ihm die störende Last abnahm ...

»Was also sollte meine Ahnfrau anderes tun«, fuhr Richard fort, »als bei jemandem Zuflucht zu suchen, der ihre Gesellschaft schätzte und sie beschützen konnte? So ging sie zu dem Rivalen ihres Gemahls, zu dem verwitweten großen Baron Thierry de Valoiz, in dessen Adern das Blut französischer Könige floss. Ja, Marie! Ich spreche von Eurem Urgroßvater.«

»Aber heißt das ...« Die Worte wollten ihr nicht über die Lippen.

»Heißt das, dass Ihr und ich, dass wir beide dieselbe Ahnfrau haben? Dass wir Nachkommen ein und derselben Teufelin sind, Marie?« Dieser Gedanke schien den Prinzen zu amüsieren. »Mit Sicherheit vermag ich das nicht zu sagen. Hatten Thierry de Valoiz und Prinzessin Undine gemeinsame Kinder? Möglich wäre es. Gibt es in Eurer Familie keine Geschichten darüber?«

Maries Gedanken drehten sich im Kreis. Verzweifelt versuchte sie, sich daran zu erinnern, was ihr Vater Godefroi ihr über seine Großmutter, ihre Urgroßmutter, erzählt hatte. Es war nicht viel gewesen, nur dass sie eine große Dame gewesen war. Bislang war Marie diese knappe Erklärung nicht weiter seltsam vorgekommen.

Erst jetzt fiel ihr auf, wie sonderbar es war, dass ein Mann wie ihr Vater, der oft und gerne über seine Vorfahren sprach, der die unglaublichsten Geschichten über sie kannte und genau wusste, was sich in welchem Jahr zugetragen hatte, nichts über ihre Urgroßmutter zu sagen wusste. »Euch war bekannt ... Ihr wusstet von Anfang an, dass die Möglichkeit bestand, Herr? Die Möglichkeit, dass Ihr und ich ...«

»Natürlich wusste ich das.« Ja, natürlich! Alle hatten es gewusst: Prinz Richard, König Heinrich, Königin Eleonore – kein Zweifel. Hatte es der Königin nicht stets großes Vergnügen bereitet, ja, sie vielleicht sogar erheitert, sich mit Marie zu befassen? Manchmal hatte Marie sogar so etwas wie Mitleid aus dem Gebaren der Herrscherin herausgelesen. Und König Heinrich? Er kannte nicht nur die alten Geschichten, er hatte auch Rosamunde Clifford zu seiner Geliebten erwählt – Rosamunde Clifford, deren Familie aus dieser Gegend stammte. Das Anwesen ihres Bruders Sir Walter Clifford grenzte an Bestude ...

Marie kam plötzlich ein Gedanke. »Sagt Herr, Euer Vater, der König – kennt er diesen Ort?«

Es erfüllte sie mit heimlicher Genugtuung, wie sehr sie den Prinzen mit dieser Frage verwirrte. Entsprechend knapp fiel seine Antwort aus. »Ja, sicher.«

»Dann wird er auch die Geschichten gehört haben – über Sir Edric und Lady Goda.«

Prinz Richards Miene hellte sich wieder auf. »Das kann gut sein. Mein Vater liebt Geschichten über die alten Zeiten.«

Doch einen Herzschlag lang hatte sich Richards Miene verfinstert. Was hatte er hinter ihrer Frage vermutet? Vielleicht hatte er an Rosamunde Clifford gedacht und geglaubt, Marie wolle an noch unverheilte Wunden rühren. Sie wusste, dass der Prinz die Geliebte seines Vaters nicht gemocht, ja, vielleicht sogar gehasst hatte. Prinz Richard und seine Brüder hatten fürchten müssen, dass ... Langsam ging Marie ein Licht auf. Es hatte ein Gerücht gegeben, dass König Heinrich sich von Königin Eleonore scheiden lassen und an ihrer statt Rosamunde Clifford ehelichen wollte. Dann hätte er seine ewig aufmüpfigen Söhne enterben können. Doch bei dem Gerücht war es geblieben. Außerdem hatte Rosamunde Clifford nie ein Kind zur Welt gebracht. Oder etwa doch? Marie fand die Antwort auf diese Frage in Richards hellen Augen, die den meisten Menschen, wenn sie ihn zum ersten Mal trafen, so ehrlich und offen erschienen.

»Ihr dachtet, Rosamunde Cliffords Sohn sei in Ratheford«, sagte sie kalt. »Deshalb seid Ihr hierher gekommen, nicht wahr? Ihr dachtet, er könnte auf dem Anwesen Sir Walter Cliffords versteckt sein, habe ich Recht? Aber Ihr habt kein Kind gefunden.« Nach einer kurzen Pause sprach sie weiter. »Aber Herr, wenn Ihr es gefunden hättet, was hättet Ihr dann getan?«

Zunächst gab Richard Löwenherz Marie keine Antwort, jedenfalls keine direkte. »Als ich noch in Anjou war, hatte ich einen Traum«, sagte er. »Ich sah wieder diesen Ort im Wald und Prinzessin Undine, die am Ufer des Baches saß ... Sie zeigte in Richtung des Flusses, nach Ratheford. Und ich konnte die ... die Geliebte meines Vaters erkennen. In den Armen trug sie ein rothaariges Kind. Sie wickelte es in Decken, legte es in eine Wiege und ließ es darin den Fluss hinabtreiben. Ich konnte sehen, wohin die Strömung das Kind tragen würde. Früher oder später musste es dort ankommen, denn Undine zeigte mir ...«

»Es würde das Schloss erreichen«, sagte Marie leise und voll Mitleid. »Das Schloss der Plantagenets.«

Ein langes Schweigen folgte Maries Worten. »Ja«, murmelte Prinz Richard schließlich. »Mein Vater ist ein harter Mann, Marie. Aber ich glaube nicht ... er würde uns niemals ... Andererseits liebte er diese Frau, er liebte sie tatsächlich. Wie er das fertig brachte, nachdem er meine Mutter ...« Der Prinz biss sich auf die Lippen. »Genug davon. Ja, ich wollte sehen, ob es den Bastard wirklich gibt, und das konnte ich nur tun, solange Sir Walter Clifford außer

Landes ist. Aber ich habe keine Spur von einem Kind entdecken können. Kein einziges Lebenszeichen. Wenn ich es gefunden hätte, nun, dann hätte ich eine Entscheidung treffen müssen. Aber Ihr sollt wissen, Marie, ich könnte niemals einem Kind etwas zuleide tun.«

Sprach er die Wahrheit? Marie war sich nicht sicher. Was war von den Gerüchten über dieses Kind zu halten? Hatte es wirklich nie eines gegeben? Schließlich hatte die Liebschaft zwischen Rosamunde Clifford und dem König jahrelang bestanden. Das schnelle Siechtum und der Tod der Frau im vergangenen Jahr warfen Rätsel auf. Unzählige Gerüchte rankten sich um das Ableben der Geliebten König Heinrichs. Die einen munkelten, sie sei auf Königin Eleonores Geheiß hin vergiftet worden. Die anderen sagten, sie sei guter Hoffnung gewesen, habe das Kind des Königs unter dem Herzen getragen, als ... Das Gerede wollte kein Ende nehmen. Prinz Richard mochte diesen Geschichten keine große Bedeutung beimessen, doch er war der Sohn seiner Eltern und wie diese stets misstrauisch und eifersüchtig. Noch dazu konnte er sich seiner Stellung im Reich nie ganz sicher sein. Darum war es ihm wohl klüger erschienen, sich selbst davon zu überzeugen, ob die Gerüchte einen wahren Kern hatten.

»Die Königin riet mir und meinem Gemahl, unsere Reise noch ein wenig aufzuschieben«, sagte Marie. »Welchen Grund hatte sie wohl dafür? Llew und ich wurden in der Nähe des Anwesens der Cliffords von unseren Begleitern überfallen. Ob es da eine Verbindung gibt?«

»Ich weiß, dass mein Vater große Stücke auf Euch hält. Ich weiß auch, dass Sir Llew kein Land besitzt und Euren Lebensunterhalt nur mit Hilfe seines Schwertes bestreiten kann. Nein, Marie, lasst mich ausreden! Auch von dem sehr herzlich formulierten Brief, den William de Beauchamp Euch zukommen ließ, habe ich Kenntnis. Er gibt sich die größte Mühe, meinem Vater seine treue Gefolgschaft zu versichern. Und nach allem, was er sich bis vor nicht allzu langer Zeit zuschulden kommen ließ, tut er auch gut daran. Wie konnte ich sicher sein, dass Ihr nicht auf Geheiß meines Vaters auf dem Weg nach Ratheford wart, um dort für ihn nach dem Bastard seiner Geliebten zu suchen? Eure Reise nach Bestude wäre ein guter Vorwand dafür gewesen.«

Marie sah den Prinzen an, schaute in die strahlenden Augen, die so blau waren und so fest. Und doch umwölkte sie übermächtiger Stolz, unersättlicher Ehrgeiz und rastloses Streben. »Herr, wenn Ihr Euch selbst nicht sicher seid, wie soll ich Euch Eure Zweifel nehmen?« Mehr konnte Marie nicht sagen. Ihr Zorn war zu groß.

Wenigstens hatte der Prinz den Anstand, ein wenig beschämt auszusehen. »Vergebt mir, Marie ... Ich wollte Euch nichts unterstellen. Genau wie Ihr mir niemals unterstellen würdet, ich könnte mich an einem Kind vergreifen. Wir beide fügen anderen, ohne es zu wollen, mit unserem fürchterlichen Stolz oft schwere Verletzungen zu. Ach Marie, Ihr und ich ... wir sind vom selben Blut, wir sind unter demselben Stern vereint.«

Das waren die Worte, die Tydorel vor so langer Zeit im Wald von Broceliande gesprochen hatte: Der Löwe wird Euch finden, denn Ihr seid unter demselben Stern vereint. Wie sonderbar, wie schrecklich, aber auch unvermeidlich, diesen Satz nun aus Prinz Richards Mund zu hören. In unseren Adern fließt dasselbe Blut, wir stammen aus demselben Geschlecht, ging es Marie durch den Kopf. Ja, sie waren wirklich unter demselben Stern vereint. So einfach ließen sich Tydorels Worte entschlüsseln. Ihre erste Vermutung erwies sich nun doch als die richtige. Der Löwe war Prinz Richard, ein Spross aus demselben Stamm wie sie, der Spiegel ihrer Seele. Doch das Bild, das er zurückwarf, war verzerrt. Nie hatte er offen mit ihr geredet, sich ihr nie anvertraut ... Er hatte ihr erlaubt, sich in ihn zu verlieben und dabei doch gewusst, dass es nur Eigenliebe war. Sie hatte ihr Herz einem Spiegelbild geschenkt, und er tat auf seine Weise dasselbe. Er hatte Recht, wenn er sagte, sie wären einander zu ähnlich, als dass ihr gemeinsames Glück von Dauer hätte sein können. Wenn er und sie dieselbe Urgroßmutter hatten, dann waren sie viel zu eng miteinander verwandt, viel zu eng. Elfenblut, wechselhaft, unberechenbar und kalt, floss in ihren Adern. Ihre gemeinsame Herkunft verband Marie mit dem Prinzen, schaffte eine enge, schicksalhafte Verflechtung. Doch Maries Fleisch rebellierte gegen diesen Gedanken und das Blut wollte ihr in den Adern gefrieren. Sie wollte sich nicht mit Richard Löwenherz verbunden fühlen, nicht glauben, dass sie tief unter ihrer Haut einander so ähnlich waren. Marie ertrug es nicht, dass die kühle Distanziertheit, die elfische Oberflächlichkeit, das tiefe, aber herzlose Wissen – all die Dinge, die in Richards Augen sichtbar waren und in seiner Seele wohnten – auch in der ihren leben sollten.

Prinz Richard und sie waren von einem Blut. Marie spürte es in ihrem tiefsten Inneren. Aber wie konnten sie und Llew jemals wieder glücklich miteinander sein, wenn dieses Wissen nun so schwer zwischen ihnen lag? Marie dachte keinen Augenblick lang daran, ihrem Gemahl zu verschweigen, was sie von Prinz Richard erfahren hatte.

Das Herz war ihr unendlich schwer, als sie nun den Blick abwandte. Er fiel auf Robin von Sherwood, dessen Anwesenheit sie schon beinahe vergessen hatte. Die Art, wie der junge Mann sie ansah, ließ die Worte aus Marie herausbrechen: »Und was ist mit Euch, Robin von Sherwood? Warum seid Ihr hierher gekommen? Seid auch Ihr auf der Suche nach einem mythischen Kind? Oder betrachtet Ihr Euch ebenfalls als Spross der elfischen Undine? Man könnte fast meinen, man befände sich auf einem Familientreffen!«

Marie spürte Prinz Richards Erstaunen mehr, als dass sie es sah. Natürlich staunte er über ihre Frage. Wie hätte es anders sein können? Der Herzog von Aquitanien in all seiner Pracht kam nie auf den Gedanken, seine Gefolgsleute könnten ihre eigenen Gründe haben, mit ihm zu ziehen. Dem Prinzen erschien es nur natürlich, dass sie ihn auf seinem Weg begleiteten. Es hatte ihnen zu genügen, dass sie sich in dem Licht sonnen durften, das von dem strahlenden Königssohn auf sie fiel. Robin hingegen schien überhaupt nicht überrascht. Seine grünen Augen tanzten.

»Oh nein, Lady Marie, ich bin kein Nachkömmling Undines, und auch mit Prinzessin Goda bin ich nicht verwandt. Ich stamme nicht aus dieser Gegend, sondern freue mich, Sherwood meine Heimat nennen zu dürfen. Ich bin einem Verwandten zuliebe hierher gekommen. Und der ist nicht Prinz Richard, obwohl ich den Sohn unseres Königs achte und ehre – als Freund und als meinen Herrn. Das will ich auch immer tun, ganz gleich, was noch geschieht. Wir lernten uns vor Jahren kennen, als er gemeinsam mit seinem Vater im Wald von Sherwood jagte. Seither sind wir Freunde. Leider sehen wir uns viel zu selten, denn unser Leben verläuft in Bahnen, die unterschiedlicher nicht sein könnten.« Robin von Sherwood zog ein dickes Bündel aus Pergament unter seinem Umhang hervor. Es war ein Buch mit einer sehr einfachen Bindung. »Ich bin hierher gekommen, Mylady, um das Buch von Bufawuda an den Ort zurückzubringen, an den es gehört. Wie ich schon sagte – meinem Verwandten zuliebe.«

DAS BUCH VON BUFAWUDA

Neuntes Kapitel

In welchem Puca mit seinem Eingreifen das Schicksal Edrics von den Wäldern und dessen Gemahlin Goda von den Elfen besiegelt.

Bevor Urse und Arnwin den Wald erreichten und zu dem wie tot auf der Erde liegenden Robert gelangten, rief Lady Goda den Waldgeist Puca herbei und bat ihn um seinen Rat. Die Elfenprinzessin wusste nun, dass Bufawuda, Estham und Waedley eine große Gefahr drohte, die auch vor Oakenfast nicht Halt machen würde. Nicht nur Roberts Betrug und Edrics Härte waren daran schuld, auch sie selbst hatte schwere Fehler begangen. Nun musste sie unbedingt ihre Kinder schützen, denn wer konnte schon sagen, wozu Schlang fähig war? Lady Goda hasste und fürchtete böse Zauberer genauso sehr, wie Sterbliche es taten. Wer sich mit Hilfe schwarzer Magie Zugang zu der Macht und Kraft der Anderwelt verschaffte, konnte auch ihren Bewohnern gefährlich werden. Außerdem deuteten diese finsteren Umtriebe auf einen Bund mit bösen dämonischen Kräften hin, Kräfte, welche die Elfen aufs Bitterste hassten – ganz gleich, was törichte Sterbliche behaupten mochten.

Puca war der Elfenprinzessin zunächst keine große Hilfe. Mit gekreuzten Beinen hockte er auf einem Baumstumpf und grinste sie mit unverhohlener Schadenfreude an. Als Lady Goda ihm sagte, sein Benehmen gefiele ihr nicht, grinste er nur noch breiter und stellte fest: »Ich weiß nicht, ob es Euch zusteht, mich zurechtzuweisen, Prinzessin Goda.«

»Spart Euch die schlauen Sprüche!«, fauchte die Elfenfrau nicht ohne Schuldbewusstsein. »Werdet Ihr mir nun helfen oder nicht?«

»Ei, ei, wie direkt Ihr doch sein könnt!«, sagte Puca mit gespieltem Erstaunen. »Ihr sprecht schon wie eine Sterbliche! Euer Leben in dieser Welt hat Euch sehr verändert, Prinzessin Goda.«

Die Elfe machte sich nicht die Mühe, ihm zu antworten. Sie wandte sich ab und wollte davongehen, doch da rief das kleine Männlein: »Prinzessin Goda, Ihr habt dem törichten Jungen den geheimen Namen Eures Vaters verraten! Aber habt Ihr ihm auch gesagt, welche Macht der Stein von Oakenfast wirklich in sich trägt, den Ihr in den Bach geworfen habt, damit sich die Wasserwesen seiner annehmen?«

Lady Goda blieb stehen. »Nein, das habe ich nicht getan.« Ein wenig Hoffnung regte sich in ihr.

»Und weiß Prinzessin Undine, zu welcher die Wasserwesen den Stein in Eurem Auftrag bringen werden, um seine große Macht?«

»Nein. Sie wird ahnen, dass der Stein etwas Besonderes ist. Aber welch große Dinge er vermag, ist ihr nicht bekannt. Doch ich bin mir sicher, bei ihr wird er für alle Zeiten in sicherem Gewahrsam sein. Undine würde mich niemals hintergehen.«

»Nun, das ist wenigstens etwas«, sagte Puca. »Und der Stein ist bereits weit weg. Auch das ist kein Fehler. Aber Ihr solltet Euch nichts vormachen, Lady Goda« – hier wurde das Grinsen des Zwerges geradezu teuflisch –, »was Ihr und Euer Gemahl getan oder unterlassen habt, wird Euer sicherer Untergang sein – mit dem Stein oder ohne ihn. Ihr werdet nahezu alles verlieren. Aber nun macht kein so betrübtes Gesicht. Wo noch Leben ist, da ist auch Hoffnung, wie die Sterblichen zu sagen pflegen. Und jetzt will ich versuchen, mit Eurem Vater, dem geschätzten König von Oakenfast, dem Herrn der grünen Wälder, zu sprechen, obwohl ich nicht glaube, dass er mir Gehör schenken wird. Ihr, Prinzessin Goda, solltet Euch danach auf dem schnellsten Wege zu Euren Kindern begeben. Denn wisset, Aelfnoth ist nicht in Gefahr, weil der einfältige fette Pfaffe ihn ins Herz geschlossen hat und ihn in ein Kloster bringen wird, wo ihm die schwarze Magie des Hexers nichts anhaben kann. Der normannische Zauberer wird es nicht wagen, dem Kind innerhalb der heiligen Mauern zu nahe zu kommen. Eurer Tochter Aelfrida aber droht der Tod, denn sie ist einer Elfe ähnlicher als einer Sterblichen. Wenn es Euch nicht gelingt, sie so gut zu verstecken, dass sie nie gefunden werden kann, ist sie in höchster Gefahr. Der sicherste Ort für sie ist allerdings am Busen Eures größten Feindes.«

Lady Goda starrte den Waldgeist ungläubig an. Sie kannte Puca schon ihr ganzes Leben lang, doch zum ersten Mal versetzte sein Anblick sie in Angst. »Muss ich meine Tochter etwa zu dem haarigen Normannen schicken?«

»Pfff!«, schnaubte Puca. »Urse d'Abetot ist Euer Feind, das ist wahr, aber bei weitem nicht der schlimmste, denn Ihr seid ihm einerlei. Er will nur Euer Land. Dass es auch eine Seele hat, kümmert ihn nicht. Von Eurem größten Feind habe ich gesprochen. Und wer könnte das sein, wenn nicht Arnwin?«

»Arnwin?«, wiederholte Lady Goda voll Verwunderung. Den Priester hatte sie wahrlich nie als ihren Feind betrachtet.

Pucas Stimme wurde streng, seine Augen glühten rot und Prinzessin Goda verstummte. »Er ist nun Euer schlimmster Feind, weil er einst Euer bester Freund war. Ihr aber habt das nicht erkannt. Ihr habt ihm nicht geholfen, als er Eure Hilfe am nötigsten brauchte, Prinzessin. Aber so, wie ein guter Freund zum Feind werden kann, kann Feindschaft sich auch wieder in Freundschaft verwandeln. Denn Hass ist der engste Verwandte der Liebe.«

Lady Godas Stimme klang trotzig. »Aber er ist kein Krieger wie mein Gemahl, er ist nur ein Pfaffe ...«

»Schweigt«, sagte Puca kalt. »Nie solltet Ihr einen Krieger über einen Priester stellen, auch wenn es unter den Gottesdienern allerhand törichte Narren gibt. Aber darin stehen die Krieger den Priestern wiederum in nichts nach. Arnwin leidet schreckliche Qualen. Die Sorge um Oakenfast und Bufawuda zerfrisst seine Seele. Er ist ein großer Mann, dem Euer Gemahl nicht das Wasser reichen kann.

Wie oft habe ich schon den Tag verflucht, an dem ich Euch und Sir Edric zusammengebracht habe, denn Ihr seid einander zu ähnlich und bringt Elend und Sorge über alle, die Euch nahe stehen. Nein, unterbrecht mich nicht! Bringt Eure Tochter Aelfrida sofort zu der alten Heilerin, die einst ihre Amme war. Das Weib soll ein Elixier brauen, mit dessen Hilfe Ihr Haut und Haar Eurer Tochter verändern könnt. Dann schickt Ihr das Kind zu Hazel nach Worcester. Sprecht nicht mit der Heilerin. Ich werde dafür sorgen, dass sie weiß, was sie zu tun hat. Später wird es ihr erscheinen, als sei alles nur ein Traum gewesen, und so muss es auch bleiben. Auch mit Hazel dürft Ihr nicht sprechen. Niemand soll etwas erfahren, bevor die Zeit reif ist. Nein, Lady Goda, sagt nichts«, fügte er hinzu, als die Elfenprinzessin sich anschickte zu sprechen. »Habt Ihr alles verstanden?«

Sie nickte. Ihr stolzes Elfenherz wollte sich gegen Pucas Anweisungen auflehnen, doch sie wusste, dass das Männlein die bittere Wahrheit sprach und ihr helfen würde zu retten, was zu retten war.

»Euer Sohn Aelfnoth mag Euch erscheinen, als sei er für die elfische Welt verloren. Aber er wird sich noch verändern, und die Jahre werden ihm Weisheit bescheren. Eines Tages werden die Sterblichen ihn einen guten, ja heiligen Mann nennen. Aelfridas Kinder hingegen werden einst hierher zurückkehren ... wenn Ihr sie vor der Schlange bewahren könnt, die im Gras auf sie lauert.«

Lady Goda nickte beklommen.

»Wartet hier auf mich. Ich werde schneller zurück sein, als man einen Gürtel um die Erde legen kann«, sagte Puca, der wusste, welche Qualen Prinzessin Goda litt, sie aber nicht trösten wollte. Mit einem Augenzwinkern und einem Nicken verschwand er und ließ die Elfenprinzessin allein.

Lady Goda hatte das Gefühl, bisher ungekannte Seiten des Lebens zu entdecken. Schmerzen und Leiden, die sie nie für möglich gehalten hätte, warteten dort auf sie. Die Elfe war tief erschüttert, denn sie glaubte, sich nun endgültig in eine Sterbliche zu verwandeln und ihr Leben als Elfe zu verlieren. Oh, wie sehr sie sich nach Oakenfast und den unbeschwerten Jugendtagen, die sie dort verbracht hatte, sehnte! Wie sehr sie ihre Busenfreundin, Prinzessin Undine mit den langen grüngoldenen Locken, vermisste! Wie schön war es gewesen, im Wechsel von Licht und Schatten über den Waldboden zu tanzen, in der süßen Morgendämmerung in Oakenfasts klaren Wassern zu schwimmen! Doch die Zeiten hatten sich gründlich geändert, und nichts würde noch einmal so sein wie früher. Lady Goda trauerte um das verlorene Glück, wie eine Sterbliche es tut. Doch sie fügte sich in ihr Schicksal auf eine Art, wie nur eine Unsterbliche es vermag. Vieles von dem Unglück, das sie nun beklagte, hatte sie selbst über sich gebracht. An manchem waren auch andere schuld – nicht zuletzt ihr Gemahl und die Normannen. Das Schicksal würde dennoch seinen Lauf nehmen, und sie musste sich ihm bis zum bitteren Ende beugen. Dabei hatte sie noch Grund zu Dankbarkeit, denn Puca hatte gesagt, ihre Kinder würden diese Zeit höchster Gefahr überleben.

In diesem Augenblick kam der Waldgeist zurück. »Es ist genau so, wie ich dachte«, sagte er unvermittelt. »Euer Vater, der König, ist voller Sorge, aber er ist auch sehr wütend, denn Ihr habt ihn fürchterlich betrogen. Der Herr von Oakenfast schlägt die Tür zu, schließt die Grenze und versiegelt jedes Schlupfloch zu seinem Reich. Er wird der sterblichen Welt nicht helfen, sondern sich in seine eigene zurückziehen und versuchen zu retten, was zu retten ist.«

»Das kann ihm nicht gelingen«, flüsterte Goda, deren Mund trocken geworden war. »Oakenfast kann ohne uns nicht bestehen.«

»Ohne uns?«, wiederholte Puca spöttisch. Er hob die Augenbrauen. »Fühlt Ihr Euch nun ganz der sterblichen Welt und ihrem Schicksal zugehörig? Solange die Eiche noch steht, ist Oakenfast sicher.«

»Aber selbst eine so gewaltige Eiche kann man binnen weniger Stunden zu Fall bringen«, sagte Goda. »Das wisst Ihr so gut wie ich.«

»Ihr habt Recht«, antwortete Puca seufzend. »Und das habe ich auch Eurem Vater, dem großen Herrn von Oakenfast – möge sein Ruhm die Zeiten überdauern – gesagt. Doch er meint, die Eiche wird niemals fallen, denn kein Sterblicher würde es wagen, die Elfen derart zu beleidigen.«

»Immerhin wagten sie es, eine Elfe mit Hilfe eines Zaubers aufs Schändlichste zu täuschen«, sagte Lady Goda leise. »Und ich habe ihnen das Geheimnis meines Vaters verraten ...«

»Still«, sagte Puca und legte einen Finger an die Lippen. »Wo es Wissen gibt, wohnt auch das Vergessen. Die Köpfe der Sterblichen können nicht alles festhalten, was sie einmal aufgenommen haben ...«

»Wollt Ihr damit sagen, er wird vergessen, was ich ...«

»Damit will ich sagen, dass es in diesen Wäldern nicht nur elfische Wesen gibt«, sagte Puca. »Gewisse Mächte sind sogar noch älter als Euer Volk.«

Lady Goda wusste, dass Puca selbst zu diesen Mächten gehörte. Er, der uralte Waldgeist, hatte schon zur Zeit der Vorherrschaft britischer Stämme das Unterholz durchstreift und war wohl längst vor ihnen in diesen Wäldern angekommen. Und es gab noch einen anderen.

»Ihr meint den Jäger!«, rief Prinzessin Goda. Ein Hoffnungsschimmer zeigte sich am Horizont. »Kann er nicht losgelassen werden, Puca? Kann er uns nicht beschützen? Uns und Oakenfast?«

»Die Magie des Jägers ist dunkel und sehr sonderbar«, antwortete Puca nüchtern. »Man kann sie nur ein einziges Mal anwenden und muss dazu in höchster Not sein. Die Not, in der Ihr Euch befindet, ist noch nicht groß genug.«

»Nicht groß genug!« Lady Goda fiel merklich in sich zusammen. Sie sah das Männlein forschend an. »Mein Vater hat Euch noch etwas anderes gesagt, nicht wahr, Puca?«

»Mylady«, erwiderte Puca mit einem leisen Lächeln, »Ihr konntet meine Gedanken schon immer erraten.« Nun schlüpfte er wieder in die Rolle, die er so häufig spielte. Er war ein schmutziger kleiner Diener, ein zerlumpter Alter, bescheiden und unterwürfig gegenüber denen, die nach ihm gekommen waren. Man hätte das Gesicht, das er vorher gezeigt hatte, fast vergessen können.

Puca räusperte sich. »Wenn unser Plan gelingen soll und wir das Leben der Kinder retten wollen, so dürft Ihr und Sir Edric die Zwillinge nach dem heutigen Tag nie wieder sehen. So will es Euer Vater. Außerdem müsst Ihr Bufawuda verlassen und dürft niemals mehr zurückkommen.«

Eine schreckliche Kälte legte sich über Lady Godas Herz. Doch sie sagte nur: »Dann wird alles den Normannen gehören.«

»Das Land werden sie sich nehmen«, sagte Puca leise. Trotz ihres tiefen Schmerzes entging Lady Goda nicht, dass seine Augen sanft geworden waren. »Aber die Kinder bekommen sie nicht – obwohl sie alles daran setzen werden. Auch Oakenfast wird ihnen nicht in die Hände fallen. Niemals. Das verspreche ich Euch.«

»Und was ist mit dem Stein?«, fragte Lady Goda. »Wenn sie ihn finden ...«

»Das müssen wir abwarten«, sagte der Zwerg grimmig. »Ihr könnt nicht erwarten, dass Ihr alles erfahrt, Lady Goda. Nicht nach dem, was Ihr getan habt.«

»Ja«, sagte sie niedergeschlagen. »So ist es wohl. Und nun will ich gehen. Ich danke Euch, Puca ... guter Freund, für alles, was Ihr für mich und die Meinen getan habt.«

»Pah!«, sagte Puca mit einem scheußlichen Grinsen. »Was Ihr so daherredet, Prinzessin Goda!« Und damit verschwand er. Die Elfenprinzessin sammelte sich und ging ohne die Leichtigkeit, die sonst ihre Schritte beflügelte, aber auch ohne die Schwere, die sie ohne die Hilfe des Waldgeistes niedergedrückt hätte, ins Dorf hinab. Sie musste ihre Kinder finden. Puca aber beobachtete sie aus seinem Versteck zwischen den Bäumen und wartete auf Arnwin.

Prinzessin Goda fand ihren Sohn Aelfnoth bei dem fetten törichten Pfaffen, wie Puca ihn genannt hatte. Der Knabe sagte gerade die Buchstaben auf. Lady Goda bemerkte, wie groß er geworden war, und wie er vor ihr zurückwich. Sprach er jedoch zu dem Pfaffen, so leuchteten seine Augen. Als Sirrah Geoffrey ihr sagte, Aelfnoth wolle in ein Kloster eintreten, nickte Lady Goda nur stumm. Geoffrey le Cort war auf einen Streit vorbereitet gewesen, und es enttäuschte ihn beinahe, dass die Mutter des Knaben keinerlei Einwände zu haben schien. Mit frommer Miene erklärte der Pfaffe, die Erlaubnis Sir Edrics stünde noch aus, doch Aelfnoth wolle dem Ruf des Herrn so bald als möglich folgen.

Lady Goda schenkte dem Priester keinerlei Beachtung. »Mein Kind«, sagte sie zu dem blassen Knaben, der sie unsicher anblinzelte. »Mein Sohn, nur um eines will ich dich bitten: Bewahre uns ein liebendes Andenken, erinnere dich unser mit Freundlichkeit. Ich war dir nicht die Mutter, die du verdientest. Aber ich konnte nicht gegen meine Natur angehen.«

»Oh Frau Mutter ...«, stammelte Aelfnoth. Hilfe suchend sah er den Priester an. Doch in dessen Miene las der Knabe nur Verwirrung. »Frau Mutter, das werde ich tun, denn so würde es Jesus Christus gefallen.«

»Ja, so ist es wohl«, sagte Lady Goda. Geoffrey le Corts Verwirrung steigerte sich ins Unermessliche. Er sah, dass der Mutter des Knaben die Röte ins Gesicht stieg, sah, wie ihre Augen funkelten. Doch den Grund dafür ahnte er nicht. Aelfnoth aber kannte seine Mutter und zog den Kopf ein. Er wartete auf einen Ausbruch elfischer Wut. Aber nichts dergleichen geschah. Prinzessin Goda legte ihm ihre kühlen Finger auf die Lippen, dann auf die Stirn. Mehr tat sie nicht. Dann wandte die Elfe sich abrupt ab und sagte: »Ich muss mit meiner Tochter nach Worcester reiten. Falls mein Gemahl während unserer Abwesenheit zurückkehrt, sagt ihm, dass ich bald wieder da bin.«

Sie blickte sich nicht noch einmal um. Darum sah sie die Tränen nicht, die ihrem Sohn plötzlich in die Augen stiegen. Auch das erleichterte Aufatmen des Pfaffen entging ihr. Lady Goda schwang sich auf ihr Pferd und ritt schnell wie der Wind zu den Wiesen am Fluss hinab. Sie wusste, dass sie Aelfrida bei den wilden Blumen, die dort blühten, finden würde.

Das Kind fragte seine Mutter nicht, warum sie so spät noch über Land reiten mussten. Während des Rittes plauderte Aelfrida unbekümmert über dies und das. Lady Goda gab ihr nur einsilbige Antworten, denn sie hörte kaum, was ihre Tochter sagte. Umso deutlicher spürte sie deren Nähe und Wärme. Die Elfenprinzessin betrachtete das helle Haar, die schmalen Augen und das spitze Gesicht ihres Kindes und erkannte, dass vor ihr im Sattel ein echter Spross des Elfenvolkes saß. Diesem Kind drohte die größte Gefahr von Sterblichen wie dem Hexer.

Als sie die Hütte der Heilerin erreichten, sprang Lady Goda vom Pferd, half ihrer Tochter aus dem Sattel und führte sie in das kleine Haus. Wie Puca angekündigt hatte, braute die Alte bereits das Elixier, welches die hellhäutige, hellhaarige Aelfrida für alle Zeiten dunkel färben würde. Ein anderer Trank würde dafür sorgen, dass sie vergaß, wer sie war. Während die elfische Helligkeit aus dem Gesicht ihres Kindes wich, wurde Lady Godas schweres Herz noch schwerer. Bald erblickte sie eine Fremde, die ihr doch gleichzeitig sehr vertraut war. Die Elfenprinzessin schöpfte wieder ein wenig Mut, nahm das Kind, das Aelfrida gewesen war, an der Hand und ritt mit ihm nach Worcester. Sie erreichten die Stadt bei Einbruch der Dunkelheit.

Hazel kam gerade aus der Kapelle des Klosters, wo sie gebetet hatte. Im letzten Tageslicht sah Lady Goda mit ihrem weißen Reiseschleier, den sie sich übers Gesicht gezogen hatte, ihrem blauen Umhang und dem silbernen Haar für die arme Hazel aus wie die Gottesmutter, die vom Himmel herabgestiegen war, um ihr Trost zu spenden. Und der Trost war noch viel vollkommener, als Hazel je zu hoffen gewagt hätte, denn die Heilige Jungfrau führte ein Kind an der Hand. Es war die süße schwarzhaarige Godiva, die auf wundersame Weise wieder zum Leben erwacht sein musste. Das Kind wirkte gesund und unversehrt, wenn auch ein wenig verwirrt und still. Hazel umarmte ihre vermeintliche Tochter unter Freudentränen und Dankgebeten. Lady Goda sah, dass ihr Kind hier gut aufgehoben war und entfernte sich unbemerkt. Wie ein Stein lag ihr das Herz in der Brust, als sie sich auf den Weg nach Bufawuda machte, das sie nun bald für immer verlassen musste. Auf dem Anwesen wollte sie auf ihren Gemahl warten und ihm sagen, was das Schicksal ihnen zugedacht hatte. Sie drehte sich nicht noch einmal um. So ist die Natur der Elfen.

Hazel nahm das Kind, das sie für ihre Tochter Godiva hielt, welche aus dem Reich der Toten zurückgekehrt war, und brachte es zu Edmund, ihrem Sohn. Der Knabe betrachtete das Mädchen stumm. Er erkannte in ihm seine Spielkameradin aus vergangenen glücklichen Tagen wieder. Doch die Krankheit hatte seine Zunge und seine Ohren getroffen, und er konnte niemandem sagen, was er wusste.

Als Arnwin zu seiner Gemahlin zurückeilte, fand er das Kind, das sie für Godiva hielt, bei ihr. Trotz allem, was Puca ihm gesagt hatte, beschlich ihn ein ungutes Gefühl. Er fragte sich, ob das, was hier vor sich ging, nicht gegen Gottes Wille verstieß. Auch fiel ihm die alte Geschichte wieder ein, in der es hieß, Puca sei ein Gesandter des Teufels. Doch dann sah er, dass die Augen seiner Gemahlin etwas von ihrem alten Glanz zurückgewonnen hatten, dass wieder Leben und Freude darin waren. Darum sagte er Hazel nicht, dass das Kind ihrer Tochter Godiva, abgesehen von dem schwarzen Haar, überhaupt nicht ähnlich sah. Er sagte nicht, sie solle aufhören, sich selbst zu belügen und so zu tun, als sei Godiva wieder zum Leben erwacht. Hazel zuliebe behielt Arnwin das ungute Gefühl für sich. Auch empfand er Mitleid mit dem Mädchen, das offenbar nicht wusste, wer es war. Das schöne Kind ließ sich streicheln und kosen, und in Arnwins Herz begann sich etwas zu regen. Gottes

Gnade geht oft sonderbare Wege, dachte er, doch der Allmächtige wirkt viele Wunder, wenn man es nur geschehen lässt. Zwar liebte Arnwin seine verlorene Tochter nicht weniger, doch schon in diesem Augenblick begann er das Ziehkind ins Herz zu schließen. Damit war ein erster kleiner Schritt zur Heilung seiner Seele vollbracht. In späteren Zeiten weihte er das Mädchen sogar in manche Geheimnisse ein und erzählte ihm Geschichten über die weit entfernten Wälder und das Treiben des Waldgeistes Puca. Vieles behielt er aber auch für sich, und er sagte seiner Ziehtochter nie, wessen Kind sie wirklich war, denn das musste zu ihrem eigenen Besten für alle Zeiten ein Geheimnis bleiben.

Seiner Gemahlin erzählte er nicht, was sich im Wald zugetragen hatte. Für den jungen Normannen hatte er getan, was er konnte. Arnwin empfand sogar ein wenig Mitleid mit ihm, denn er wusste, wie gnadenlos Elfen Sterbliche verfolgen, die bei ihnen in Ungnade gefallen sind. Warum sie das Leben des Normannen überhaupt verschont hatten, war ihm ein Rätsel, auf dessen Lösung er allerdings gerne verzichten wollte. Robert war außer Gefahr, nur darauf kam es an. Wahrscheinlich würde er nie wieder derselbe sein, doch wer konnte das nach einer Begegnung mit den Mächten der Anderwelt schon von sich behaupten? Nach und nach würde der junge Mann sich erholen. Und der doppelzüngige Urse würde nun, da sein Vetter gerettet war, das Versprechen, das er Arnwin gegeben hatte, in Windeseile vergessen. Etwas anderes hatte der Priester von dem grausamen Normannen auch gar nicht erwartet. Mehr noch, Arnwin war sich sicher, dass der Bär bereits auf eine Möglichkeit sann, ihn für immer zum Schweigen zu bringen. Als Hazel in jener Nacht vorschlug, Worcester und dem Westen den Rücken zu kehren und stattdessen in den Osten der Landesmitte zu ziehen, wo in der Nähe des großen Waldes von Sherwood ihre Familie lebte, willigte Arnwin sofort ein. So beluden sie einen Karren mit ihren wenigen Besitztümern und machten sich auf den Weg. Sie wanderten abseits der Pfade quer durch die Wälder und vermieden alle Siedlungen und Dörfer, bis sie schließlich den Wald von Sherwood erreichten.

Sobald Urse erkannte, dass sein Vetter außer Gefahr war, begann er tatsächlich, nach Arnwin zu suchen. Der Normanne hielt es für besser, wenn es für das seltsame Treiben seines Verwandten keine Zeugen gäbe. Er wusste, wie König William über Hexerei dachte. Zwar hatte Urse selbst nichts mit derlei Umtrieben zu tun, doch der Gestank der schwarzen Magie würde auch an ihm haften bleiben. Andererseits wäre Bischof Odo sicher nicht erfreut, wenn ihm sein bester Spitzel aufgrund einer Anzeige wegen Zauberei verloren ginge. Darum beschloss Urse, Arnwin zum Schweigen zu bringen. Als er ihn nicht fand, machte er sich dennoch keine allzu großen Sorgen. Solange der Pfaffe sich ruhig verhielt und keine Scherereien machte, gab es keinen Grund, für eine aufwändige Suche. Sicher legte der Engländer keinen Wert darauf, auf einer von König Williams Burgen einem peinlichen Verhör unterzogen zu werden und wusste wohl, dass er mit seinem Schweigen auch seine eigene Haut rettete. Und es hatte noch einen weiteren Vorteil, wenn Arnwin unauffindbar war: Er, Urse, würde ein leichteres Spiel mit Sir Edric haben. Bis jetzt hatte er nie sicher sein können, ob der Priester seinem alten Freund nicht doch zu Hilfe eilen würde, wenn es hart auf hart ginge.

Urses Vetter Robert aber blieb so lange ohne Besinnung, dass alle glaubten, er würde nie mehr aus seinem Dämmerzustand erwachen.

24

Wenn Gott will, findet alles ein gutes Ende.

Aus einer Eintragung für 1066, *Angelsächsische Chronik*

Als Will die letzte Sprosse der Leiter erklommen hatte, blieb er stehen. Mondlicht durchflutete den Raum unter dem Dach, und er sah, dass die Bettstatt leer war. Sir Roger war nirgends zu entdecken, nur die Hündin lag zusammengerollt am Fuß des Bettes. Verwundert schob Will sich ein wenig näher heran. Noch nie hatte er Sir Roger ohne den alten Windhund gesehen und das Tier nicht ohne seinen Herrn.

Schon nach wenigen Schritten wusste Will, warum die betagte Douce sich nicht bewegte. Die sonst so wachen Augen der Hündin waren trübe und verhangen. Man hatte die arme Kreatur gefesselt – nicht mit einem Seil oder einer Schnur, sondern mit eisernen Ketten. Wills Haut begann zu prickeln. Ihm wurde kalt. Beruhigend flüsterte er auf die Hündin ein, während er sich ihr näherte. Das Tier hob den Kopf und starrte ihn mit ausdruckslosem Blick an.

»Du armes, unschuldiges Ding ... Was ist nur mit deinem Herrn geschehen ...« Will war den Tränen nahe, als er sich an den grausamen Ketten zu schaffen machte. Er dankte dem Himmel, dass sie nicht allzu kräftig angezogen worden waren. Die Ketten waren dick und schwer und auf eine ganz spezielle Weise geschmiedet. Sie erinnerten Will an etwas, das er vor nicht allzu langer Zeit irgendwo gesehen hatte. Im Augenblick fiel ihm allerdings nicht ein, was oder wo das gewesen war. Er beeilte sich, die Hündin von ihren Fesseln zu befreien und hoffte, dass das Tier ihn danach direkt zu Sir Roger führen würde. Dann konnte er, Will, dem Herrn von Bestude endlich helfen, denn er hatte den Stein und Sir Edrics Schwert ...

Die letzte Kette fiel, und die Hündin war frei. Sie sprang so plötzlich auf, dass Will beinahe das Gleichgewicht verlor.

»Immer mit der Ruhe, altes Mädchen!« Der junge Mann sah sich nach der Leine des Hundes um, konnte sie aber nirgends entdecken. Zu seiner Verwunderung begann die Hündin zu knurren. Sie hatte sich bemerkenswert schnell erholt. Die eben noch so trüben Augen blitzten, und das Tier schien begierig darauf, sich auf die Suche nach seinem Herrn zu machen.

»Also gut«, sagte Will und wollte gerade zurück zu der Leiter gehen, als Douce schon an ihm vorbeisetzte, die Leiter hinabsprang und aus der offenen Tür rannte. »Warte!«, schrie Will. »So warte doch, du undankbares Vieh! Ich muss doch sehen, wohin du läufst, damit ich deinem Herrn helfen kann ...«

Als Will an der Haustür anlangte, sah er gerade noch, wie die Hündin auf das Dorf zurannte. Kurz entschlossen eilte er hinter ihr her. Das Schwert schwang wild an seiner Seite und brachte ihn mehr als einmal beinahe zum Stolpern. Den Stein und die Feder trug er in seinem Beutel mit sich. Unten im Dorf öffneten sich die Türen, und die Menschen kamen aus ihren Hütten. Stumm und mit ausdruckslosen Mienen beobachteten sie das Rennen von Mann und Hund. Der Gedanke daran, wie sehr diese Siedlung und ihre Bewohner unter der unbarmherzigen Herrschaft des eisernen Ralf litten, machte Will das Atmen schwer. Doch er schüttelte den Gedanken schnell wieder ab. Für solche Überlegungen war jetzt keine Zeit.

Er durfte den Hund nicht aus den Augen verlieren. Wie ein Schatten aus flüssigem Silber rannte das Tier auf die Kirche zu. Dort regte sich etwas ... Will rannte schneller. Entsetzen erfasste ihn. Er sah einen Pfahl, um den Holz geschichtet war. Ein hellhaariger Mann war an dem Pfahl festgebunden und hatte offenbar bereits die Besinnung verloren. Auf seiner Schulter saß ein großer dunkler Vogel ...

In diesem Augenblick hörte Will einen Schrei und den durchdringenden Ton eines Jagdhorns. Vor seinen Augen rannte Lady Phoebe den Hügel hinab. Ihre Kaufmannsroben bauschten sich durch den schnellen Lauf, ihr Gesicht war verzerrt. Wie lebendig gewordener Nebel, wie böser Dunst verfolgte sie ein Heer von Geistern – kalt, grau und gnadenlos. Will spürte keine Angst, nur blankes Entsetzen. Und dieses Gefühl verlieh ihm Kraft und Entschlossenheit. Sir Edrics Schwert hoch über dem Kopf schwingend, rannte er auf das Feld neben der Kirche hinaus.

Als Marie das Buch in Robins Händen erblickte, fiel ihr wieder ein, was sie im Aufruhr der Gefühle, dem sie in den vergangenen Minuten ausgesetzt gewesen war, vergessen hatte.

»Der Stein, den ich Euch in Rouen gab, Herr«, sagte sie, »der Stein aus der Halskette meiner Mutter – er wird nun dringend gebraucht.«

»Der Stein, den Ihr mir gabt?« Richard bedachte Marie mit einem dünnen Lächeln. »Sind Eure Geschenke von solcher Art, Marie? Sind sie nur eine Leihgabe, die Ihr zurückverlangt, wenn Euch der Sinn danach steht? Ich sollte mich nicht darüber wundern, denn mit Eurem Herzen verfahrt Ihr geradeso. Aber habt keine Angst, ich werde Euch den Stein zukommen lassen, und dann könnt Ihr mich endgültig aus Eurer Erinnerung verbannen.«

Marie schoss das Blut in die Wangen; jedes weitere Wort wurde ihr zur Qual. »Oh Herr, warum müssen wir einander immer noch Schmerzen zufügen? Ich will den Stein nicht, um Euch vergessen zu können, sondern ...«

Sie brachte den Satz nicht zu Ende, denn plötzlich wurde das Unterholz lebendig. Hufe donnerten über den Waldboden, und dann stand Llew bei ihnen – allein und barhäuptig.

Ihr Gemahl sprang aus dem Sattel und trat auf Marie zu. Einen Herzschlag lang zuckte sie zurück. Die Szene erinnerte sie zu sehr an jenen weit zurückliegenden Tag, an dem der Ritter sie in Broceliande gefunden hatte. Damals hatte sie ihn nicht gefragt, warum er gekommen war und woher er gewusst hatte, wo er sie finden würde. Doch sie war nicht mehr das unbedarfte junge Ding von damals. Nun rief sie: »Oh Llew, wie hast du mich so schnell gefunden? Hat der Traum, den wir beide teilten, dich hierher geführt?« Dann fügte sie angstvoll hinzu: »Oder war es das Schicksal, das dich führte? Wusstest du, was geschehen würde und hast es mir nur nicht gesagt?«

Llew verlangsamte seine Schritte nicht, obwohl er Robin und Prinz Richard inzwischen gesehen haben musste. Erst vor Marie blieb er stehen, riss sie in seine Arme, drückte sie fest an sich und ließ sie erst nach geraumer Zeit wieder los. »Ich wusste, dass ich dich hier finden würde. Aber nicht das Schicksal hat es mir verraten und auch kein Traum. Dabei glaube ich, den Traum, von dem du sprichst, zu kennen. Aber ich bin mir nicht sicher, ob wir denselben Traum hatten. Können zwei Seelen im Schlaf überhaupt genau dieselben Bilder sehen? Nein, ich kannte deinen Aufenthaltsort, weil er mir verraten wurde – von Greenleaf. Er sagte mir, du wärest hier, und er sagte mir auch, wen ich außer dir hier antreffen würde. Greenleaf ist mit den anderen in Bestude.«

Marie fühlte die Erleichterung wie eine Blume, die nach langer Dürre den ersten Regen spürt und ihren Blütenkelch öffnet.

»Ich hoffe, Ihr vergebt uns, Herr«, sagte Llew nun. Dabei neigte er höflich, aber keinesfalls unterwürfig das Haupt vor dem Prinzen. »Aber in Bestude brauen sich viele dunkle und sonderbare Dinge zusammen. Wir werden dort gebraucht.«

»Nein, Sir Llew«, sagte Richard mit ruhiger Stimme. »Ich kann Euch nicht vergeben, denn ich vermag es nicht.«

»Nun«, sagte Llew entschlossen, »ich fürchte, unter diesen Umständen werden wir auch ohne Eure Vergebung aufbrechen müssen.«

»Bleibt! Das wenigstens seid Ihr mir schuldig. Gesteht Ihr mir nicht zu, Euch zu hassen, Ritter? Habe ich nicht jedes Recht, Euch als meinen bittersten Feind zu betrachten, weil Ihr mir etwas gestohlen habt, das mir kostbar war? Habt Ihr mir nicht die größte Schmach und die tiefsten Qualen bereitet, die ein Mann einem anderen bescheren kann?«

Die Worte des Prinzen schienen Llew nicht zu beeindrucken. Er hielt dem Blick des Königssohns stand und wich nicht von Maries Seite. Nur ein wenig blass war er geworden. Langsam und mit fester Stimme sagte er: »Lasst mich Eure Fragen mit einer Gegenfrage beantworten: Glaubt Ihr auch nur ein einziges Wort von dem, was Ihr da sagt, Prinz Richard? Glaubt Ihr es aus tiefstem Herzen?«

Er wartete, doch der Prinz schwieg. Schließlich fuhr Llew fort: »Ich habe mein eigenes Herz erforscht, Herr. Denn die Fragen, die Ihr mir stelltet, erschienen mir einst gerecht. Ich stellte sie mir anfangs sogar selbst. Doch nach einiger Zeit begriff ich, dass sie bedeutungslos waren. Denn ich habe Euch kein Unrecht angetan, und auch Marie hat sich nichts vorzuwerfen.« Der Ritter schluckte, und langsam kam wieder Farbe in sein Gesicht. »Wie ... wie kann man verlieren, was einem nie gehörte? Wie kann man etwas besitzen wollen, dessen Wert man nicht zu schätzen weiß? Kann man ein menschliches Wesen stehlen wie ein Ding, das keinen eigenen Willen, kein Herz und keine Seele hat? Herr, die Liebe ist kein Besitz, und das wisst Ihr so gut wie ich. Es braucht zwei Seelen für die Liebe, nicht eine. Zwei Seelen müssen es sein, die sich aus eigenem freien Willen verbinden, die gemeinsam das noble Wagnis eingehen – nicht eine, die nur ihr Spiegelbild sucht und hofft, die andere möge sich in ihr auflösen. War es wirklich Marie, der Eure Liebe gehörte? Oder liebtet Ihr nur den Widerschein Eurer eigenen Sehnsucht? Die Schmach und die Qualen, von denen Ihr sprecht – wenn es sie denn gab –, fügten Euch nicht andere zu. Ihr habt sie nur Euch selbst zuzuschreiben.«

Marie hatte den Atem angehalten. Nun stieß sie ihn geräuschvoll aus. Richard streifte sie mit einem Blick, wandte sich dann aber sofort wieder an Llew.

»Ihr habt einen Mut, der an Unverschämtheit grenzt, Ritter. Doch Eure Rede war kühn und ehrlich«, sagte er steif. Marie sah, wie Llews Augen sich weiteten. Im ersten Augenblick verstand sie nicht, warum. Doch dann fiel auch ihr auf, wie sehr Prinz Richards Worte an das erinnerten, was auch der Herr der Elfen von Oakenfast gesagt hatte. Den Schmerz, den sie nun fühlte, empfand sie nicht um ihrer selbst willen, sondern für Richard Löwenherz.

»Prinz Richard«, sagte sie in sanftem Ton. »Ihr sagtet, Ihr und ich, wir seien beide Nachfahren Undines, einer Prinzessin der Anderwelt. Mein Gemahl ist aber über Prinzessin Angharad noch enger mit den Mächten Annufens verwandt als wir mit den Elfen. Ihr hattet Eure eigenen Gründe, hierher zu kommen. Doch Ihr seid auch gekommen, weil ... weil wir denselben Traum träumten. Vielleicht stehen wir nun gemeinsam an diesem Ort, an dem drei Pfade aufeinander treffen und an dem nach Euren Worten das Herz des Landes schlägt, um ein Herz zu heilen. Nicht das Eure, nicht meines und auch nicht das meines Gemahls. Ich spreche vom Herzen einer Welt, die zu einem Ödland verkam und nun wieder erblühen kann, weil wir hierher gekommen sind. Der Stein, den ich Euch gab, wird allein zu diesem Zweck gebraucht – für die Welt, von der ich spreche. Herr ich erbitte ihn nicht zurück, um vergessen zu können, sondern um die Erinnerung wiederzuerwecken. Kann es denn nicht sein, dass wir alle drei in dieser Sache verbunden sind, dass wir auf diesen Augenblick und diese Konstellation der Sterne gewartet haben?« Marie verstummte. Plötzlich fürchtete sie die Kraft ihrer eigenen Worte. Ihre Wangen brannten, und ihr Herz begann, wie wild zu schlagen.

Nicht nur Prinz Richard starrte sie an, als sehe er sie zum ersten Mal, auch Llew musterte sie voll Verwunderung aus seinen verschiedenfarbigen Augen.

Ein Ausdruck von Besorgnis, wie Marie ihn noch nie zuvor gesehen hatte, trat auf die Züge des goldenen Prinzen. Dieser Ausdruck veranlasste sie dazu, Dinge zu sagen, die ihr sonst niemals über die Lippen gekommen wären. Gleichzeitig wusste sie, dass sie wahre, wichtige Worte sprach.

»Richard, Herr!«, rief sie erregt, »wollt Ihr nicht mit uns kommen, damit wir gemeinsam für diese Welt tun können, was getan werden muss?«

Ihre Aufforderung schien den Prinzen nicht zu überraschen, doch er erwiderte ebenso aufgewühlt: »Nein, Marie, das kann ich nicht, obwohl ich ... obwohl Eure Worte mich mit Freude erfüllen. Doch ich habe sie nicht verdient. Und außerdem – mein Schicksal ist ein anderes als das Eure. Es steht in anderen Sternen, auch wenn wir unter dem einen vereint sind.« In den letzten Worten des Prinzen lag ein Anflug von Bitterkeit. »Trotz aller Verbindungen, die fraglos zwischen uns bestehen, glaube ich, dass wir einander nie wieder begegnen werden – weder im Traum noch in der Wirklichkeit.«

Marie konnte nicht sprechen. Tränen traten ihr in die Augen. Es waren weder Tränen der Erleichterung noch der Trauer oder der Freude. Sie waren Ausdruck eines tiefen, starken Gefühls, für das es keinen Namen gab.

Prinz Richard wandte sich wieder an Llew. »Ich könnte Euch einen Freund nennen und Euch als solchem Lebewohl sagen«, sagte er leise. An seiner Kehle pulsierte eine Ader, während er sprach. »Vielleicht tue ich es nicht, weil mir der Mut und die Großherzigkeit dafür fehlen. Ich kann nur hoffen, dass der Grund ein anderer ist: Es wäre unpassend, und ich würde Euch damit eine schwere Last aufladen. Mit Großzügigkeit hätte das nichts zu tun. Aber lasst mich Euch das Eine sagen: Ihr seid ein aufrichtiger Mann, Sir Llew, und ein wahrhaft ehrenwerter Ritter. Nur wenige dürfen das von sich behaupten, und nur wenige könnten Euch das Wasser reichen.«

»Herr«, begann Llew ebenso leise, »Herr, man spricht oft von Eurem ausgeprägten Ehrgefühl, Eurem unvergleichlichen Mut und

Eurer Großzügigkeit. Doch mir scheint, das Löwenherz hat noch niemand zutreffend beschrieben. Und doch erstrahlt dieses Herz wie kein anderes und verdient die Bewunderung und Liebe aller, auf die sein Glanz fällt. Das wird auf immer so sein.«

»Ich danke Euch«, sagte Prinz Richard mit einem milden Lächeln. »Doch etwas habt Ihr nicht ausgesprochen: Der Löwe mag der Herr über alles sein, was sich in seinem Reich regt, und sein Ruhm wird sich verbreiten. Liebe und Sanftheit aber haben es in seinem wilden Herzen schwer. Und so ist er dazu verdammt, seinen Weg allein zu gehen. Wenn dies mein Schicksal ist, dann will ich für jetzt und alle Zeiten das Löwenherz sein. Und ich will meine Bestimmung nicht mit verkniffenem Gesicht und harter Entschlossenheit auf mich nehmen, sondern mit einem Lächeln und einem Lied auf den Lippen. Und nun muss ich mich aufmachen. Ich gehe zurück nach Aquitanien, denn hier in England gibt es nichts mehr, was mich hält. Euch beiden sage ich Lebewohl. Auch von meinem Freund Robin von Sherwood, der mich so selbstlos hierher begleitete und mir großzügig sein Schweigen schenkte, will ich mich verabschieden. Ich glaube, mein alter Freund hat hier noch etwas zu erledigen. Darum trennen sich nun unsere Wege. Aber sicher werden wir uns eines Tages wieder sehen – natürlich nicht hier, eher wohl in Sherwood.«

Im Gegensatz zu Llew, Marie und Richard machte Robin von Sherwood weder ein ernstes noch ein trauriges Gesicht. Er sah vielmehr recht fröhlich aus. Seine Augen lachten, und er schien gleichzeitig erfreut und gelassen zu sein. »Herr, ich bin sicher, so wird es sein. Und eines Tages wird England auch Euch lieb und teuer werden.« Damit beugte er das Knie und küsste die Hand, die Prinz Richard ihm bot. »Ihr seid nicht nur mein Herr, sondern auch mein Freund. Wenn die Zeit reif ist, werden wir im schönen grünen Wald gemeinsam zu Tisch sitzen und unsere Freundschaft hochleben lassen, daran zweifle ich nicht.«

Richard zog ihn auf die Füße und umarmte ihn. »Möge Gott

Euch segnen, Robin von Sherwood«, sagte er. »Und denkt daran, was ich Euch wegen Will von Grimford gesagt habe, denn ich möchte das Wort, das ich ihm gab, unbedingt halten.«

»Ich werde es nicht vergessen, Herr«, sagte Robin fest.

Richard wandte sich nun an Marie und Llew. »Möge Gott Euch beschützen, Lady Marie und Sir Llew. Möge der Allmächtige uns helfen, den Weg, der uns zugedacht ist, in Ehre und Anstand zu gehen.« Der Prinz hielt einen Augenblick lang inne und fuhr dann fort: »Den Stein, von dem Ihr spracht, Marie, habe ich meinem Freund Robin gegeben. Denn ... er erzählte mir von der großen Kraft des Kristalls, und ich wusste, dass dieses Kleinod hierher zurückkehren muss. Ich brachte es nicht über mich, Euch den Stein selbst zu geben. Aber nicht aus Hochmut oder Ärger. Meint Ihr ... glaubt Ihr, Ihr könnt mich verstehen?«

»Oh ja, Herr. Das kann ich – so wie ich auch mein eigenes Herz verstehe.«

Eine große Traurigkeit trat in Prinz Richards Augen. Dann flüsterte er: »Ihr erweist mir eine große Ehre, Madame.«

Nach diesen Worten wandte er sich abrupt ab und eilte den ersten Pfad hinab. Vergeblich wartete Marie darauf, dass er sich noch einmal umdrehte, um ihnen zuzuwinken. Die Haltung des Königssohnes war nicht die eines traurigen und melancholischen Menschen. Zielsicher und entschlossen wirkte sein Schritt, als fühle er sich befreit und gestärkt. Maries Hand lag in der ihres Gemahls, während Worte und Gefühle in ihr wild durcheinander wirbelten. Der große Prinz Richard Löwenherz, das Licht des Westens – da eilt er hin, ging es ihr durch den Kopf. Er hastet neuen Abenteuern im dunklen, wundersamen und herrlichen Wald des Lebens entgegen. Diese Erkenntnis machte Marie gleichzeitig froh und besorgt.

Doch nun sprach Robin von Sherwood voll Entschlossenheit zu ihnen. »Wir müssen uns sofort auf den Weg machen«, sagte er. »Sonst gelangt der Stein von Oakenfast in die falschen Hände.«

Ohne eine weitere Erklärung sprang er auf den Rücken von Llews Pferd und bedeutete ihnen, es ihm gleich zu tun. Kaum saßen sie hinter ihm, riss Robin das Tier schon mit einem wilden Schrei herum und lenkte es, so schnell es seine Last zu tragen vermochte, dem Herrenhaus von Bestude entgegen.

25

Doch nun merkt auf! Im Namen des Herrn wollen wir tun, was getan werden muss, um uns aufs Beste zu schützen, damit wir nicht alle ins Verderben stürzen …

Aus *The Sermon of the Wolf to the English*, von Wulfstan, elftes Jahrhundert

Lady Phoebe erreichte die reglose Gestalt als Erste. Doch sie blieb stumm und wie angewurzelt stehen, als sie sah, um wen es sich handelte. Mondlicht schimmerte auf dem silbernen Haar, auf den schlaff herunterhängenden, riesenhaften Gliedern, dem kantigen, grausamen Gesicht, den Seilen, mit denen der Körper gefesselt war, und den scheußlichen Wunden an der Kehle. Es beleuchtete auch die Dohle, die noch immer wie ein Alptraum auf der Schulter der Gestalt hockte … Um den Pfahl wanden sich die Schatten der Geister wie widerwärtiger Nebel. Doch sie teilten sich, als Will von Grimford mit gezogenem Schwert dahergerannt kam.

Als auch er erkannte, wer an dem Pfahl hing, erging es ihm genauso wie zuvor Lady Phoebe. Sprachlos, wie gelähmt und voll Verwunderung betrachtete er einen Herzschlag lang den Riesen, der nun allen Schrecken verloren hatte. Doch dann befreiten Freude und Erleichterung Will aus seiner Erstarrung.

»Dem Himmel sei Dank! Es ist der eiserne Ralf! Endlich hat sich das Schicksal gewendet, und Sir Roger ist in Sicherheit!«

In diesem Augenblick stieß die Dohle ein lautes Krächzen aus und erhob sich von der Schulter des Mannes. Will wich zurück und sah zu, wie der dunkle Vogel mit schnellen Flügelschlägen zum Wald flog. Die Geister, die noch immer um den Pfahl schwebten, machten sich auf und folgten ihm. »Da fliegt er hin, der Dämon, die schwarze Seele des Riesen«, sagte Will zu Lady Phoebe.

Ein Blick in ihr Gesicht ließ den jungen Mann erschrecken. Es wirkte eingefallen und blass, und Lady Phoebe sah alt aus, uralt. Sie murmelte: »Gott vergebe mir ... wie konnte ich nur so blind sein ...«

Will überlegte fieberhaft, ob sie nun endgültig den Verstand verloren hatte. Nervös sah er sich nach einem Lebenszeichen von Sir Roger und der Hündin um. Der Herr von Bestude musste seinen Verwalter auf irgendeine Weise überwältigt und ihn an den Pfahl gefesselt haben. Das mochte zwar eine überaus ungewöhnliche und verzweifelte Tat sein, doch die schweren Zeiten rechtfertigten derartige Maßnahmen. Auch Lady Phoebe würde das bald erkennen und kein Mitleid mehr mit dem bösen Riesen haben. Will suchte mit seinen Blicken den Waldrand oben auf dem Hügel ab. Ja, tatsächlich, dort waren sie!

Als der junge Mann gerade etwas zu Lady Phoebe sagen wollte, öffnete der eiserne Ralf die Augen. Der eisige, hasserfüllte Blick, den er Will trotz seiner misslichen Lage zuwarf, sagte diesem nur allzu deutlich, dass der Riese noch längst nicht geschlagen war. Wills Entscheidung fiel in diesem Augenblick. »Wartet hier und bewacht ihn. Ich bin gleich wieder zurück. Der Herr von Bestude muss den Stein bekommen«, rief er Lady Phoebe schon im Davoneilen zu. Mit ein paar Schritten war er an ihr vorbei und hastete den Pfad entlang, der zur Spitze des Hügels und zum Waldrand führte, wo er Sir Roger und die Hündin entdeckt hatte. Was Lady Phoebe ihm nachrief, verstand Will nicht. Doch er wollte nicht noch einmal umkehren.

»Sir Roger!«, rief Will erleichtert, als er bei dem Mann und der Hündin anlangte. »Ich bin so froh, dass Ihr in Sicherheit seid.«

»Robin ...«, sagte Sir Roger überrascht und musterte ihn, als sähe er ihn zum ersten Mal. Der Hund stand still an der Seite seines Herrn. Wie Sterne leuchteten seine Augen, nun, da er den gefunden hatte, zu dem er gehörte. »Eure Stimme ... sie kommt mir bekannt vor ... und doch fremd.«

»Oh, ich heiße gar nicht Robin«, sagte Will lächelnd. »Mein richtiger Name ist Will von Grimford, und Meister Pieter – nun in Wirklichkeit ist er Lady Phoebe aus St. David. Wir sind die Freunde Eurer Freunde, und der eiserne Ralf ist nicht nur Euer Feind, sondern auch der unsere.«

»Ah!« Der Herr von Bestude seufzte tief und sah Will aus seinen wässrigen blauen Augen aufmerksam an. »Das ist gut.«

»Herr, wie ist es Euch gelungen, den eisernen Ralf zu überwältigen? Das war eine wahrhaft kühne Tat.«

»Meint Ihr das wirklich? Nun es war nicht einfach, und ich hatte große Angst ... wie schon seit Jahren .... Doch Eure Gegenwart gab mir Kraft, mein Freund ... Ich lag wach in meinem Zimmer, denn dieser Tage schlafe ich oft schlecht. Die arme Douce wachte an meiner Bettstatt. Ein Geräusch ließ mich aufschrecken. Ich ging zum Fenster und schaute hinaus. Und dort, bei der Kirche, sah ich, wie der eiserne Ralf einen großen Holzstapel auftürmte. Auf seiner Schulter saß eine Dohle, und in diesem Augenblick wusste ich, dass er tatsächlich ein Dämon in menschlicher Gestalt war. Seine schwarze Seele trug er außerhalb des Körpers. Kein Mensch vermag so etwas. Ich erkannte, dass er ein großes Feuer entfachen wollte, das uns alle verschlingen würde und wusste, dass ich keine Zeit verlieren durfte. Ich konnte mich nicht länger der Herrschaft des Bösen beugen.« Sir Roger trug den Kopf hoch, seine Augen strahlten und seine Wangen waren rosig. Wahrscheinlich braucht er den Stein gar nicht mehr, ging es Will durch den Kopf. Der Herr von Bestude hatte etwas viel Wertvolleres wiederentdeckt: seine Männlichkeit.

Sir Roger redete ohne Unterlass. Die treue Douce stand neben ihm und stieß leise kehlige Töne aus, als wolle sie ihm zustimmen. »Ich wollte Euch wecken, aber Ihr und ... und die Dame, Ihr schlieft so fest, dass ich glaubte, ein Zauber läge über Euch. Es blieb mir also nichts anderes übrig, als allein mein Glück zu versuchen. Ich hatte Angst, aber ich ging dennoch hinaus. Douce ließ ich zu Eurer

Bewachung im Haus ...« Sir Roger begann, die silbernen Ohren der Hündin zu kraulen. »All die langen Jahre hindurch hat sie mich treu beschützt.«

Die Hündin musterte Will mit ihrem kühlen, klugen Blick, und der junge Mann sagte in sanftem Ton: »Ja, das kann man sehen. Aber es war sehr mutig von Euch, allein hinauszugehen und den Hund bei uns zu lassen.«

»Ich ... ich hielt es für das Beste.« Die Bewunderung in Wills Stimme hatte Sir Roger ein wenig erröten lassen. »Als ich hinaus kam, war der eiserne Ralf verschwunden, und ich wusste nicht wohin. Ich suchte nach ihm, doch er war wie vom Erdboden verschluckt. Dann bog ich um eine Ecke und sah ihn plötzlich vor mir stehen ...« Einen Augenblick lang wandte Sir Roger sich ab, als fürchtete er, von seinen Gefühlen überwältigt zu werden. »Will, in den Händen hielt er die Statue der Heiligen Jungfrau aus der Kirche ... Ich sah, dass er sie auf den Scheiterhaufen werfen und verbrennen wollte. Damit hätte er wirklich alles zerstört. Ihr müsst wissen, dass die Kirche bis zu jenem Tag, an dem der eiserne Ralf hierher kam, der ganze Stolz unserer Siedlung war. Erst seit er hier ist, fürchten sich alle ... Aber bisher hat er nie Hand an das Gotteshaus gelegt. Ich glaube, es war dieser Frevel und Eure Gegenwart, die mir die Entschlossenheit verliehen, zu handeln, und mich nicht von bösen Riesen in die ewige Verdammnis reißen zu lassen. Also schlug ich das Kreuz über ihm und sprach viele Gebete. Er stöhnte, fiel und warf die Hände in die Luft. Ich konnte ihn zu seinem eigenen Scheiterhaufen schleifen und an den Pfahl binden. Oh, Will! Es war, als habe mich eine große Kraft überkommen, eine Kraft, die ich nie in mir vermutet hätte.« Nach einer kurzen Pause fuhr Sir Roger fort: »Und nun seid Ihr hier, und Euch ist nichts geschehen. Douce muss ...«

»Er muss noch einmal im Haus gewesen sein und den Hund gefesselt haben«, sagte Will. Dann erzählte er dem Herrn von

Bestude, wie er das Tier vorgefunden hatte. Sir Roger schnappte nach Luft und tätschelte seine treue Gefährtin.

»Oh, dann habe ich wohl das Richtige getan«, sagte er leise, und Will nickte dazu.

»Ja, es ist gut so, Herr.«

»Aber Will, nun weiß ich, wer Ihr seid. Sagt mir doch, habt Ihr mir gebracht, was ich brauche? Ihr müsst wissen, es heißt, wenn ein bestimmter Edelstein nach Bestude zurückgelangt, wird der Fluch für immer von diesem Ort genommen ...«

»Ihr wollt den Stein?«, fragte Will und nahm bei diesen Worten den Kristall aus seinem Beutel. Er funkelte wie ein kleines Feuer in seiner Hand. »Hier ist das Kleinod, Herr. Man sagte mir, ich dürfe den Stein nur in die richtigen Hände geben. Ich weiß, das können nur die Eurigen sein.« Plötzlich legte Will die Stirn in Falten. »Aber Herr, seht doch nur – hinter Euch. Wer sind diese ... diese Leute, die nun den Hügel herabkommen? Es sieht aus, als wollten sie ...«

Sir Roger wandte sich nicht um. Seine Augen hingen wie gebannt an dem Stein, der auf Wills Handfläche lag. »Das ist nur ein böser Zauber des eisernen Ralf«, sagte er schnell. »Lasst Euch nicht täuschen. Der verderbte Hexer ist noch nicht tot. Erst mit Hilfe des Steins kann ich seine Macht endgültig brechen. Vorher wird er nicht sterben, und Bestude wird seine Seele nicht zurückerlangen. Gebt mir den Stein, Will!«

Doch Will hörte ihm nicht zu. Seine Hand schloss sich um den Kristall, und sein Herz schlug schneller, als er die Gestalten erkannte, die den Hügel herabstürzten. »Ich glaube, ich kann Lady Marie und ihren Gemahl sehen. Sie kommen aus dem Wald, Herr! Sie müssen noch am Leben gewesen sein und standen wohl nur unter einem Bann! Als Ihr den eisernen Ralf gefangen nahmt, habt Ihr diesen Bann offenbar ebenfalls gebrochen, Mylord!«

»Will von Grimford«, sagte Sir Roger scharf, »ich sage Euch, es ist eine böse Täuschung. Gebt mir den Stein, bevor es zu spät ist!«

Der drängende Ton des Herrn von Bestude fiel Will nun trotz seiner Erregung auf. »Aber Herr …«, begann er.

»Seht Ihr denn nicht, was geschehen wird, Ihr Narr! Gleich ist es zu spät!«

Wills Ohren brannten. Er fühlte sich zu Unrecht gescholten. Langsam öffnete er die Hand und ließ den Stein in die Handfläche des Herrn von Bestude gleiten. Als die Finger des anderen das glitzernde Ding umschlossen, erkannte Will urplötzlich zwei Dinge. Er wusste, an wen ihn das vor drängender Ungeduld fast unmenschlich verzerrte Gesicht Sir Rogers erinnert hatte: In diesem Augenblick hatte der Edelmann dem wutschnaubenden Osric geglichen wie ein Zwillingsbruder. Außerdem fiel Will nun ein, wo er so eigentümlich geschmiedete Ketten wie die, mit denen der Hund gefesselt worden war, schon einmal gesehen hatte. In der Kirche von Bestude trennten sie den Altarraum vom Kirchenschiff.

26

So wird das prächtigste aller Nester, das Haus des kühnen Vogels, ein Raub der Flammen; es erkaltet sein toter Leib ...

Aus *The Phoenix*, anonymer Autor

Doch es war zu spät. Sir Roger hatte bereits einen Triumphschrei ausgestoßen, der alles um ihn her erstarren ließ. Und die Hündin ... die Hündin an seiner Seite war nicht mehr die dürre, fast bis aufs Skelett abgemagerte Kreatur, die Will inzwischen zu kennen glaubte. Gerade so, als hätte sie sich an den Ereignissen der Nacht gemästet, war aus der klapprigen alten Douce ein riesenhaftes, Furcht erregendes Ungeheuer geworden. Die Augen dieser Bestie leuchteten rot wie glühende Kohlen. Stoßweiße kam ihr stinkender Atem, und immer wieder stieß sie ein kurzes kehliges Heulen aus. Sir Roger hielt das Wesen, das einst ein Hund gewesen war, an einer silbernen Leine, doch nur, weil dieses es ihm erlaubte. Unter Kontrolle halten konnte er das Untier mit Sicherheit nicht.

Der schreckensstarre Will brachte keinen einzigen Ton hervor.

»Nun, Will«, sagte Sir Roger freundlich, »Ihr werdet Euch jetzt umdrehen. Ja, so ist es gut. Und dann geht Ihr mit mir hinab zu der Stelle, wo der eiserne Ralf angebunden ist. Kommt nicht auf die Idee zu flüchten. Und glaubt nicht, dass Eure Freunde Euch zu Hilfe kommen werden, denn das können sie nicht. Ich halte den Stein von Oakenfast in der Hand, den Stein der höchsten Elfen des Nordens, die über ganz besonders starke magische Kräfte verfügen. Mit dem Stein, auf den ich so lange Zeit gewartet habe, werde ich größer und mächtiger sein denn je.«

Sir Roger stieß Will in den Rücken, weil dieser ihm noch viel zu langsam ging. Der junge Mann stolperte und wäre fast gefallen.

Doch er spürte den heißen Atem der fürchterlichen Bestie im Nacken, das hielt ihn auf den Beinen.

Der Herr von Bestude lachte. »Habt Ihr etwa Angst vor meiner Beschützerin, der lieben kleinen Douce? Das ist kein Fehler. Denn sie ist äußerst zornig. Es gefiel ihr nicht, dass man die Ketten Gottes auf so unverschämte Weise um sie schlang.«

»Niemals könntet Ihr diese geweihten Dinge berühren ...«, stammelte Will. Nie zuvor in seinem Leben hatte er so große Angst verspürt. »Auch Gebete konntet Ihr nicht sprechen, um den eisernen Ralf damit zu bannen. Ihr würdet sie nicht über die Lippen bringen. Im Übrigen haben sie auf den eisernen Ralf keinerlei Wirkung. Ich habe das bereits selbst ausprobiert. Er kann kein Dämon sein ... Aber Ihr ...«

»Oh, auch ich bin kein Dämon«, sagte Sir Roger, noch immer in einem heiteren, freundlichen Ton. »Aber ...«

Will brauchte keine Erklärung, denn Douce war dicht hinter ihm, und ihr stinkender Atem traf ihn so heiß, als käme er direkt aus den Feuern der Hölle.

»Törichter Narr«, sagte Sir Roger verächtlich. »Ihr glaubtet, der eiserne Ralf sei der wahre Herr Bestudes. Aber das war immer nur ich allein. Ich hatte ihn in der Hand, Will, denn ich kenne seinen geheimen Namen. Darum wird er auch bis in alle Ewigkeit mein Diener sein.«

»Ihr seid mir in Worcester in der Gestalt von Master Osric begegnet ...« Trotz seiner fürchterlichen Angst war Will nicht bereit aufzugeben. Sie hatten das Dorf schon fast erreicht. Die Bewohner standen noch immer wie erstarrt vor ihren Hütten. Verzweifelt fragte sich Will, was mit Lady Marie, Sir Llew und den anderen geschehen war, die er aus dem Wald hatte kommen sehen. Er konnte nur hoffen, dass sie die Geistesgegenwart besessen hatten umzukehren. Bleischwer hing das Verderben über ihm.

»Wie klug Ihr doch seid. Ja, ich bin auch Master Osric. Es amüsiert mich, den eisernen Ralf stets im Auge zu behalten.«

»Aber ich glaube ... ich glaube ... ganz und gar beherrscht ihr ihn nicht. Nach allem, was ich gesehen habe, fürchtet Ihr ihn sogar, denn er ist kein Sterblicher. Oder sollte ich mich täuschen?«

»Ihr überrascht mich, Will! Die Angst scheint Eure Sinne zu schärfen.« Nun waren sie in Sichtweite des Pfahles angelangt, wo Lady Phoebe noch immer reglos verharrte. »Ihr habt Recht, junger Mann. Der eiserne Ralf ist kein Sterblicher. Einst war er ein mächtiger Herrscher der Anderwelt, der Herr der Elfen, den sein Hochmut und sein großer Stolz zu einem gefährlichen Gegner machten. Dieselben Eigenschaften führten übrigens zu seinem Niedergang. Nie hätte er sich träumen lassen, welch unerhörte Macht ein armseliges menschliches Wesen haben kann. Ich nannte ihn den eisernen Ralf, denn mit Eisen können wir schwachen Sterblichen die mächtigen Wesen der Anderwelt bezwingen, und der Name Ralf ist seinem geheimen Namen nicht unähnlich. Dadurch wird er unablässig daran erinnert, dass er mein Diener ist. Mag sein, dass ich ihn nicht ganz und gar beherrschen konnte. Doch nun habe ich den Stein, den Ihr mir aus freien Stücken überlassen habt, Ihr Narr – Nachkomme des glücklosen Sir Edric!«

Nun hatten sie den Pfahl erreicht. Unbeweglich stand Lady Phoebe davor. Ihr Gesicht war zu einer Maske aus Trauer und Entsetzen geworden. Doch es waren die Augen des gefangenen Riesen, die Will die letzte Sicherheit gaben, dass er einen schrecklichen Fehler begangen hatte. Wildes, kaltes und tiefes Leiden lag im Blick des eisernen Ralf. Diese Augen gehörten keinem Menschen, sie gehörten einer verlorenen Welt, in der unvorstellbare Verzweiflung herrschte.

»Seht ihn Euch an, den Herrn von Oakenfast, den Herrn der Grünen Wälder! Die letzten Augenblicke seines jämmerlichen Daseins sind nun angebrochen.« Sir Roger achtete sorgsam darauf, dass der Hund zwischen ihm und Lady Phoebe stand, Will jedoch an seiner Seite war.

»Lady Phoebe«, sagte der Herr von Bestude mit einer tiefen

Verbeugung, »Euer junger Freund hat mir ein sehr wertvolles Geschenk gemacht: Er gab mir den Stein von Oakenfast. Nun will ich den Scheiterhaufen des letzten Herrschers jener Anderwelt mit Hilfe des Steins entzünden. Die Flammen, die der Stein entfacht, werden den König und sein Land vertilgen und jede Erinnerung an Oakenfast auslöschen – für alle Zeiten!«

Endlich kam wieder etwas Leben in Lady Phoebe. Leise sagte sie: »Seht Euch um, Sir Roger. Eine große Schar kommt aus dem Wald und den Hügel herab. Meine Freunde werden von jenen begleitet, die um den traurigen Zustand von Oakenfast wissen. Sie sind entschlossen, das Land zu retten. Euer Plan wird Euch nicht gelingen, bedauernswerter Herr von Bestude. Eure Herrschaft neigt sich dem Ende zu.«

Einen Augenblick lang starrte Sir Roger die alte Frau an. Dann brach er in schallendes Gelächter aus. »Hat Euch das etwa der gefesselte Irre erzählt? Dann wisset, Lady, seine Macht ist bereits so gering, dass es mir nicht schwer fiel, ihn zu überwältigen. Das gelang mir, obwohl er meine arme Douce in Ketten legte, weil er glaubte, damit seine Haut retten zu können. Er leistete kaum Widerstand, Lady ... All die vielen Jahre habe ich mich für nichts und wieder nichts vor ihm gefürchtet.«

»Ja, das ist wohl wahr, armer Mann«, sagte Lady Phoebe noch leiser als zuvor. »All Eure Angst war umsonst, denn er wollte Euch nie etwas zuleide tun. Er versuchte nur, das Wenige zu retten, das an diesem Ort noch nicht verloren war.«

»Ja«, sagte eine unbekannte Stimme. Benommen, aber keineswegs erstaunt betrachtete Will den sonderbaren kleinen Mann, der sich aus der Menge, die inzwischen bei der Steinkirche angekommen war, gelöst hatte und sich nun vor Sir Roger aufbaute.

»Der Herr von Oakenfast war nicht etwa Euer Diener, weil Ihr seinen geheimen Namen kanntet, Roger-Robert de Saint Jean«, sagte der Zwerg. Der Herr von Bestude schluckte nervös und rückte ein wenig näher an den riesenhaften Hund heran. »Der Grund war ein anderer. Wie Ihr selbst immer wieder gerne betont, beschützt Euch dieses – Ding. Der Herr der Elfen wusste, dass in der Gestalt dieser Bestie sein Ende lauerte. Dennoch kam er nach Bestude und ließ sich von Euch beherrschen, weil er mit seinem Stolz den Niedergang von Oakenfast verschuldet hatte. Auch am Niedergang Bufawudas und am traurigen Schicksal seiner Tochter und ihrer ganzen Familie trägt der Herr von Oakenfast schwer. Er kam von Kummer zerfressen zu Euch, doch er tat es aus Ehrgefühl, obwohl sein Herz nicht das Herz eines Menschen ist. Sein Wesen ist sonderbar, und manchmal erscheint es kalt. Versteht Ihr mich, Ihr, der Ihr alles zu verstehen glaubt?«

Sir Roger hatte sich ein wenig von seiner Überraschung erholt. Mit eisiger Stimme sagte er: »Ihr seid eine seiner Kreaturen, nicht wahr? Ein Wesen aus Oakenfast. Doch mit Euch ist es nun endgültig vorbei, Freund. Euer Land ist eine Wüstenei, Eure Kraft hat sich in Schwäche verwandelt. Mit Eurem Geschwätz versucht Ihr nur, die Wahrheit zu verschleiern. Ihr wisst gar nichts, und Ihr seid am Ende, genau wie er, der so lange mein Sklave war.«

Greenleaf – denn er war der kleine Mann, der zu Sir Roger gesprochen hatte – schüttelte traurig den Kopf. »Ich wusste, Ihr würdet mich nicht verstehen. In Eurem Fall kann man tatsächlich von der äußeren Erscheinung auf den Charakter schließen. Ihr seid nur noch die leere Hülle eines Menschen: entmannt durch Eure eigene Schwäche, Eure Angst und Euren Hass.«

Sir Roger lächelte nur dünn. »Worte!«, sagte er verächtlich. »Alles nur Worte! Mehr ist von der Kraft und Macht Oakenfasts nicht geblieben. Welch ein trauriger Zustand! Oakenfast ist Ödland, tot und zerstört.«

Nun trat Marie vor und erhob die Stimme. Ihre Worte waren zwar an Sir Roger gerichtet, doch sie galten dem leidenden Herrn von Oakenfast, der die Augen geschlossen hatte. »Ihr täuscht Euch, Herr von Bestude. Oakenfast ist nicht tot. Es lebt. Erst heute Morgen hat dort eine Blume ihren Blütenkelch geöffnet ... Die erste ...«

Die Lider des Herrn der Elfen blieben geschlossen. Sir Roger lächelte spöttisch. »Warum sollte mich das kümmern? Nur was ich in meiner Hand halte, ist noch von Bedeutung. Oakenfast ist Vergangenheit und nicht einmal mehr das, denn seine Unsterblichkeit wird sich in nichts auflösen, sobald ich den Stein werfe. Und nun, geht mir aus dem Weg und lasst mich tun, was getan werden muss.«

»Nein«, sagte Will, der endlich seine Stimme wiedergefunden hatte. »Ich bitte Euch, Sir Roger. Ist nicht schon genug Unheil geschehen, gibt es nicht schon genug Schmerz und Qual? Warum wollt Ihr Oakenfast für alle Zeiten zerstören und Bestude ebenso dem Untergang weihen? Eure Ahnen liebten dieses Stück Land.«

»Narr!«, erwiderte Sir Roger mit einem hämischen Grinsen. »Ihr habt gar nichts verstanden. Ihr sagt, meine Ahnen hätten dieses Stück Land geliebt. Aber das taten sie nicht, und dafür gibt es einen einfachen Grund: Es gab sie nie. Ich bin der einzige Spross meiner Familie, der sich je Herr von Bestude nannte.«

Das Entsetzen stand nun allen ins Gesicht geschrieben. Nur Greenleaf schien gänzlich unbeeindruckt. Mit ruhiger Stimme sagte er: »Ja, so ist es, Sir Roger. Oder soll ich Euch lieber Robert-Roger de Saint Jean nennen, den Vetter des normannischen Sheriffs Urse d'Abetot? Ihr wart Euer eigener Vater, Euer Sohn und Enkel!«

»Es ist tatsächlich wahr«, flüsterte Lady Phoebe. »Ihr seid noch immer der erste normannische Herr von Bestude – der einzige. Ihr seid nie gestorben ... Der Tod kann Euch nichts anhaben ...«

»Ah! Ihr habt offenbar erkannt, wer vor Euch steht. Gut. Damit gehört Ihr zu den wenigen menschlichen Wesen, die nicht gänzlich auf den Kopf gefallen sind. Ist es nicht großartig, was ich vermag? Ich lebe. Ich bin nicht in einen tiefen, verzauberten Schlaf gefallen wie Lady Goda oder wie Sir Edric, dem all seine Listen nicht weiterhalfen. Und ich bin auch nicht gestorben wie der Verräter Elfric.« Sir Rogers Blick war nun nicht mehr gehetzt. Seine Augen glichen denen des Hundes, in ihnen glühte ein rotes, verzehrendes Licht, voll von unendlicher Boshaftigkeit. »Er war ein armseliger Wurm, dieser Elfric. Armselig. Eigentlich hätte er mein Freund sein sollen, sogar das Gut sollte er für mich bewirtschaften. Ich gab ihm alles, schenkte ihm sogar mein Vertrauen. Und wie vergalt er mir meine Großzügigkeit?« Die Stimme des Herrn von Bestude hatte einen jammernden Ton angenommen, glich dem dünnen, unwürdigen Gewinsel eines Hundes. »Kaum kannte er die Wahrheit, schon wandte er sich gegen mich. Meine Klugheit sah er nicht, und er verstand nicht, dass ich alles vermag, alles – weil ich unsterblich bin. Gutes kann ich tun, wenn mir der Sinn danach steht, und Böses, wenn ich es so will. Denn für einen Unsterblichen haben Gut und Böse keinerlei Bedeutung. Alles wird zum Spiel. Fragt den Zwerg, wenn Ihr mir nicht glaubt. Fragt den Riesen, der nun an dem Pfahl hängt.«

»Nein, nein«, sagte der Zwerg lächelnd. »Was es zu berichten gibt, sollen sie aus Eurem Munde hören, Bruder. Ihr seid doch einer von uns, ein Unsterblicher. Eure Geschichte interessiert diese guten Leute sicher brennend.«

Der Herr von Bestude starrte Greenleaf an. »Soll ich Euch trauen?« Er wirkte verunsichert. »Ihr versucht besser nicht, mich hereinzulegen, Zwerg. Ich habe den Stein, und der wird Euren Herrn bald vollends vernichten.«

»Aber Ihr wart so klug«, sagte Greenleaf leichthin. »Ich bin sicher, sie werden Euch andächtig lauschen, mein Freund. Zu erfahren, wie Ihr die Unsterblichkeit erlangt habt, ist ihr gutes Recht, findet Ihr nicht? Schließlich sind um Euch nun die Nachkommen von Sirrah Arnwin, Lady Goda, Sir Edric und Prinzessin Undine versammelt. Hilflos stehen sie vor diesem Scheiterhaufen, Herr. Ihr habt sie alle in der Hand. Also nutzt diese Gelegenheit und brecht Euer Schweigen. Sicher gelüstet es Euch schon lange danach.«

Die Augen des Herrn von Bestude blitzten gefährlich. »Ich kenne die falschen Zungen der Anderwelt«, fauchte er. Dann schlich sich ein verschlagener Ausdruck in seine Züge. »Aber es ist wahr, ich habe Einzigartiges vollbracht. Und ich möchte, dass der Herr von Oakenfast noch davon erfährt, bevor es mit ihm zu Ende ist. Er soll auch wissen, dass er seine Zerstörung einem Nachfahren des Narren Edric verdankt. Der junge Einfaltspinsel übergab mir aus freien Stücken die Waffe, mit der ich den Feind für alle Zeiten besiegen werde. Und wieder ist es ein Spross aus der Familie des englischen Pfaffen Arnwin, der mich nicht aufhalten kann. Aber nicht genug damit: Die Nachfahren des törichten Elfenweibs Goda und ihrer Ziehschwester Undine verstanden auch diesmal die Zusammenhänge erst, als es schon zu spät war. Ich kann tun, was mir beliebt, denn nur eine Tochter Edrics, eine Tochter Bestudes, könnte mir und meinem Beschützer noch gefährlich werden. Doch ich selbst habe dafür gesorgt, dass es eine solche Tochter nicht mehr gibt, obwohl man alles versucht hat, sie vor mir zu verbergen. Aelfrida habe ich nicht bekommen. Aber ihre Tochter, die holte ich mir.« Der Blick des Normannen saugte sich an Will fest. »Der jüngste Grimford-Balg war ein Mädchen. Ein Mädchen! Und es starb im Schnee in den Fängen eines Wolfes. Oder war es ein Hund, der das Kind zerfleischte? Ein guter, guter Hund? Douce?«

Die Bestie begann zu knurren, doch Will hörte es nicht. Mit aller Macht versuchte er, sich zu erinnern: An ein Kind, das in den Schnee hinausgelaufen war, ein Kind, dessen Tod das Herz seines Vaters gebrochen hatte ...

Zufrieden ließ der Herr von Bestude seinen Blick über die schweigende Versammlung schweifen. »Die Hexe Goda, die böse Elfe, hätte mich fast vernichtet mit ihrer Lüsternheit und ihrer Wut. Doch sie wusste nicht, dass mein Herz stärker ist als das ihre, und dass ich gute Freunde hatte, die größere Mächte anrufen konnten als sie selbst. Das armselige Weib! Von Schlang, dem Magier, ließ ich mir erklären, wie ich ein Wesen der Hölle an mich binden konnte, das mich fortan gegen alle Nachstellungen aus dem bösen, scheußlichen Ort, den man die Anderwelt nennt, schützen würde.

Da es Gott nicht zu kümmern schien, ob ich lebte oder tot war, musste ich mich an jene andere Macht wenden, die für ihr tiefes Interesse an menschlichen Wesen bekannt ist und diese nicht sich selbst überlässt. Das war kein einfaches Unterfangen. Es kostete mich viele Jahre, und das meiste musste ich mir selbst aneignen, denn Schlang war längst nicht so beschlagen, wie er mich glauben ließ. Vielleicht waren seine Anweisungen ganz einfach nur fehlerhaft, oder er wollte mich mit ein paar nutzlosen Zauberformeln abspeisen.«

Unter Dieben gibt es keine Ehre, ging es Marie durch den Kopf, und böse Menschen kennen keine Freundschaft. Voll Mitleid und Entsetzen erinnerte sie sich an den Schlangenfürsten aus der Unterwelt und an die Art, wie er gestorben war. Kannte der Herr von Bestude das Schicksal des Zauberers? Vermutlich nicht. Doch selbst wenn er davon wusste, kümmerte es ihn wohl kaum. Denn für einen solchen Mann war kein anderes Wesen von Wichtigkeit.

Der Herr von Bestude hatte sich in seinen Redefluss hineingesteigert. Seine Stimme wurde lauter und immer prahlerischer. »Aber schließlich gelang mir das Ungeheuerliche. Ich erkaufte mir meinen Schutz. Der Preis war nicht hoch. Wer braucht schon die Seele, die Gott, dieser zweitklassige Possenreißer und drittklassige Magier, einem Sterblichen verleiht? Der Teufel ist viel mächtiger als er.«

»Armer Wicht«, sagte Greenleaf und schüttelte scheinbar traurig den Kopf. »Die Mühe hättet Ihr Euch sparen können. Was Lady Goda getan hat, war Schutz genug.«

»Glaubt Ihr, ich würde solchem Hokuspokus trauen?«, fuhr der Herr von Bestude ihn wütend an. »Sie hat mich aufs Schrecklichste betrogen. Sie war ein unreiner Geist, ein hässliches, böses Ding. Sie und die Ihren mussten ausgelöscht werden. Und das habe ich getan.« Ein grausames Lächeln umspielte die Lippen des Normannen. »Sir Edric und Lady Goda rannten davon, meine Freunde. Sie hatten Angst. Ich konnte mit Bestude also tun und lassen, was ich wollte, und beschloss, einen ganz neuen Anfang zu machen. Erinnert Ihr Euch an die Geschichte von dem großen Feuer, welches Bestude zerstörte? Ich selbst habe es gelegt. Habt Ihr von einer Bande Gesetzloser gehört, welche man die Wölfe nennt? Jahrelang machten sie die Wälder unsicher. Dahinter steckte ich allein. Die große Eiche – sie wurde gefällt, damit der Zauber, der die Anderwelt mit Bestude verband, erstarb. Ich selbst ließ als Erster die Axt in das Holz sausen. Der Herr von Oakenfast wurde zum Sklaven. Das verdankt er allein mir. Rache ist süß, meine Freunde. Sie ist eine köstliche Speise, an der man sich nicht genug laben kann. Die Hexe Goda verlor ihr Leben nicht. Sie verlor nur ihre Macht. Für alle Zeiten ist sie in einem Stein gefangen, gemeinsam mit ihrem nutzlosen Gemahl. Die Wälder wurden von den Wesen der Anderwelt gereinigt. Nur die wahren Mächte, diejenigen, die es selbst mit Gott aufnehmen können, haben hier noch einen Platz. Und da ich mich nicht scheute, den Preis dafür zu bezahlen, befreite ich mich schließlich von allen, die mich noch hätten beherrschen können. Die Ketten der Sterblichkeit fielen von mir ab. Keine Anderwelt konnte mich noch aufhalten. Selbst Gott kann keinen Gehorsam mehr von mir verlangen. Ich bin nicht mehr sein Sklave. Ich, meine Freunde, bin die Zukunft und die Hoffnung der gesamten menschlichen Art!«

»Soll die gesamte Menschheit fortan in einer Wüstenei leben?«, fragte Llew, der bislang schweigend zugehört hatte. »Ihr wollt den letzten Stein werfen, um damit den Zauber der Anderwelt für alle Zeiten zu zerstören. Ihr wollt eine Zukunft ohne Gott, ohne den Teufel und ohne die Anderwelt. Bedeutet das nicht einen Tod, der noch schrecklicher und endgültiger ist als das Ende gewöhnlicher Sterblicher es je sein kann? Ist das nicht eine Art von Sterblichkeit, die das Ende eines Menschenkindes noch übertrifft, eine Hölle ohne Grenzen, die immer währt?«

Der Herr von Bestude musterte Llew aus zusammengekniffenen

Augen. Ein hämisches Lächeln verzerrte seine Züge. »Ihr seid Elfrics Sohn.«

Aus dem Augenwinkel nahm Marie eine Bewegung am Rande der Menge wahr. Sie wusste nicht, wer sich dort regte. Doch ihr Herz verkrampfte sich vor Angst, der Herr von Bestude könnte etwas bemerken und sich dadurch zu einer überstürzten Handlung hinreißen lassen.

Doch Sir Roger-Robert war blind für alles außer dem, was er für seinen eigenen Triumph hielt. In herablassendem Ton fuhr er fort: »Ich kann nicht erwarten, dass Ihr mich versteht, denn Ihr seid Elfrics Sohn und werft mir zweifellos den Tod Eures Vaters vor. Dabei solltet Ihr eines wissen: Ich tötete Elfric nicht aus Wut oder Rache, nicht aus irgendeinem armseligen menschlichen Gefühl heraus. Er wurde das Opfer seiner eigenen Einfalt und seines Hochmutes. Er glaubte, er könne sich über mich erheben. Damals, vor all den Jahren forderte er mich heraus. Er wollte nicht, dass ich den Stein bekam. Darum musste ich ihn auslöschen, das versteht Ihr doch? So ist es nun einmal. Für gewisse Vergehen bestrafen und töten Götter Sterbliche nun einmal. Er dachte, er könne sich zum Richter über mich aufschwingen, dieser armselige Wurm! Wisst Ihr, was geschah, wisst Ihr, wie sich unsere Pfade kreuzten? Nein? Nun, ich will es Euch erzählen. Ich traf ihn eines Tages in Worcester. Elfric war damals noch sehr jung und spielte an einer Straßenecke Harfe. In jenen Tagen mochte ich Musik noch sehr gerne. Das war bevor ... bevor ich erkannte, welche Macht ich besaß. Damals war ich noch voller dummer Zweifel und unbegründeter Ängste. Die Unsterblichkeit erschien mir wie eine Bürde, nicht wie eine Auszeichnung. Und Elfrics Musik beruhigte und tröstete mich. Er bewirkte mit seinem Harfenspiel Dinge, von denen er selbst vermutlich gar nichts ahnte. Kurzum, ich lud ihn nach Bestude ein, gewährte ihm Obdach und kümmerte mich um sein leibliches Wohl. Ich machte ihn zu meinem Burschen und zu meinem Freund. Gemeinsam zogen wir durch die Lande. Sogar nach Wales ritten wir, jawohl, denn ich hoffte noch immer, den Schlüssel zu finden, der mich von den Ketten meines Schmerzes und meiner Angst befreien würde, damit ich endlich zur vollen Macht gelangen konnte. Zu dieser Zeit änderten sich die Dinge zwischen Elfric und mir. Damals wusste ich noch nicht, dass er ein Spross aus der Sippschaft des englischen Pfaffen Arnwin war. Als ich es später erfuhr, fiel es mir wie Schuppen von den Augen. Sicher war Elfric mir von Anfang an nicht freundlich gesinnt gewesen und glaubte, ich hätte das Land seiner Familie gestohlen. Welch ein Narr! Er verließ Bestude und zog lange durch die Welt. Als Söldner hätte er sich verdingt, hieß es. Aber ich glaube, er war immer nur ein Spitzel, ein Spion. Er steckte seine Nase in Dinge, die ihn nichts angingen. Jedenfalls fand er heraus, dass ich selbst das Feuer gelegt hatte und auch für die Untaten der Wölfe verantwortlich war. Die Gesetzlosen gab es in Wirklichkeit natürlich nie. Sie waren Dämonen, die ich rufen und wieder bannen konnte, wie es mir beliebte. Aber ich, ich war aus Fleisch und Blut. Ich war ihr Herr und Anführer. Ach, meine Lieben, ihr hättet uns sehen sollen! Ich tat alles, einfach alles, was mir beliebte. Ich tötete, schändete, brandschatzte, entweihte Kirchen; ich beging jede Untat, die ihr euch denken könnt, und schreckte selbst vor Dingen nicht zurück, die eure Vorstellungskraft übersteigen. Und mir geschah gar nichts. Kein strafender Gott schleuderte Blitze auf mich, kein zorniges Wort des Allmächtigen streckte mich nieder. In jener Zeit erkannte ich endlich die Wahrheit. Gott kümmerte sich nicht um mich, weil es ihn gar nicht gibt. Es war wie eine Wiedergeburt, wie eine Befreiung. Böses und Gutes – ich konnte es ganz nach Belieben tun. Manchmal gefiel es mir, ein guter Mensch zu sein. Sicher habt ihr bemerkt, dass auf meinem Anwesen niemand Hunger leidet oder misshandelt wird. Dann wieder drängte es mich nach Abwechslung, und ich tat Böses. Die Entscheidung lag ganz bei mir. Ich allein bestimmte darüber, denn ich bin unsterblich und weder einem Gott noch dem Teufel Rechenschaft schuldig. Aber Elfric konnte das nicht begreifen. Er sah nicht, das ich selbst nach seinen armseligen menschlichen Maßstäben mehr Gutes als Böses tat.« Sir Roger-Robert leckte sich die Lippen. Sein Blick flackerte nervös. »Elfric kam nach Bestude zurück. Er kam tatsächlich zu mir und stellte Forderungen. Noch eine Chance wollte er mir geben. Aber was wusste er schon? Auf jenem Pfad im Wald sprach er von Reue und Mitleid. Er wollte mir Angst machen, und das kostete ihn sein Leben. Er war totes Fleisch. Ihr hättet sein Gesicht sehen sollen, als er sich umwandte und den mächtigen Dämon, der mich schützt, herannahen sah. Ich hätte lachen können. Aber so viele Gefühle wollte ich nicht an diesen armseligen Wurm verschwenden.«

Marie erschauerte. Doch Llew, der totenblass geworden war, erzitterte nicht. Leise sagte er: »Nehmt Euch in Acht, Herr von Bestude.«

»Genau das hat Euer Vater auch gesagt!«, lachte Sir Roger. »Nehmt Euch in Acht, nehmt Euch in Acht! Doch er war es, der sein Leben ließ. Nichts ist von ihm geblieben, nicht einmal seine Knochen. Wilde Tiere haben sie gefressen. Ich weiß es, denn als ich am nächsten Tag noch einmal an die Stelle zurückkehrte, war nichts mehr von ihm übrig. Er hat versucht, mich aufzuhalten, indem er den hochmütigen Herrn von Oakenfast bat, mich unschädlich zu machen. Der große Herr der Elfen kam auch tatsächlich zu mir, aber genützt hat es ihnen gar nichts. Denn ich kannte den geheimen Namen des Herrn der Elfen, und so wurde derjenige, der glaubte, mich beherrschen zu können, zu meinem Diener, zum eisernen Ralf. Er musste auf dem Gut arbeiten, und es amüsierte mich, es ihn mustergültig sauber, schön und ordentlich halten zu lassen, während er gleichzeitig wusste, was unter diesem Land verborgen lag. Sein eigenes elfisches Herz, das den falschen Schein nicht erträgt, musste er als mein Sklave betrügen. Welch eine Freude mir das bereitete, meine Freunde!« Nach einer kurzen Pause fuhr der Normanne fort: »Bevor ich den Stein werfe, soll der eiserne Ralf, wie ich ihn nannte, noch eines erfahren, und ihr alle sollt es ebenfalls hören: Ich fürchte nichts und niemanden. Ich bin auf niemanden angewiesen und nur mir selbst Rechenschaft schuldig. Und wisst ihr, warum? Hört es und erzittert! Weil ich Gott bin.«

Marie hatte das Gefühl, dass der Himmel ins Wanken geraten und ihnen auf die Köpfe gefallen war. Die grauen Gesichter ihrer Gefährten spiegelten das Unglaubliche wider, das der Herr von Bestude gesagt hatte. Selbst dem Zwerg schien diese ungeheuerliche Gotteslästerung die Sprache verschlagen zu haben. Doch kein Kugelblitz zuckte vom Himmel, kein Donnergrollen erhob sich. Nur das tiefe Knurren des Hundes, das Feixen des Herrn von Bestude und der sterbende Riese schienen in diesem fürchterlichen Augenblick der Benommenheit noch wirklich. Sir Roger-Robert beugte sich zu dem Holzstapel nieder, den Stein in der Hand. »Nun«, sagte er mit weithin schallender Stimme, »so werde ich ...«

»Haltet ein, Herr von Bestude«, ertönte ein scheues, aber doch durchdringendes Flüstern. »Zuvor muss noch etwas gesagt werden. Ihr seid in der Tat mächtig, so mächtig wie Gott!«

Der Herr von Bestude richtete sich wieder auf. Seine Augen suchten nach dem, der gesprochen hatte. »Nicht *wie* Gott. Ihr habt mir nicht zugehört! Ich *bin* Gott!«

»Aber was ist mit dem Teufel?«, beharrte die Stimme. »Ihr stelltet ihn über Gott und spracht von seiner großen Macht. Wie steht es nun mit Euch? Seid Ihr ihm ebenbürtig oder ist er Euer Rivale?«

Sir Roger suchte mit zusammengekniffenen Augen die Menge nach dem Sprecher ab. »Der Teufel ist groß«, sagte er trotzig.

»Euch gleich oder Euer Rivale?«, fragte die Stimme.

Der Hund knurrte. Speichel triefte von seinen Lefzen. Die Zähne der Bestie blitzten, und ihre Augen glühten rot. Lady Phoebe sah mit Entsetzten, wie das Tier sich näher an seinen Herrn heranschob, dessen Faust sich um den Stein geschlossen hatte.

»Ihr wollt meine Frage nicht beantworten, Herr von Bestude? Fürchtet Ihr Euch etwa?« Die Stimme war kühl und spöttisch, doch sie gehörte nicht dem Zwerg. Marie versuchte zu erkennen, wer Sir

Roger-Robert mit diesen Fragen so aus dem Gleichgewicht brachte. Sie konnte nicht sagen, wem die Stimme gehörte, und doch schien sie ihr sonderbar vertraut ...

»Mich fürchten? Ich?« Der Herr von Bestude kicherte nervös. »Wovor sollte ich Angst haben?«

»Nun, Ihr habt einen Preis bezahlt, nicht wahr? Den Preis, den der Teufel forderte.«

»Nur meine Seele, das sagte ich doch schon! Ich brauche sie nicht. Aber damit bin ich frei. Wie ich schon sagte, ich bin weder Gott noch dem Teufel Rechenschaft schuldig. Warum sollte ich also ...«

»Wenn Eure Seele so nutzlos ist, warum wollte der Teufel sie dann unbedingt haben? Man sagt, er selbst habe keine Seele und sei darum groß und mächtig. Aber wenn das so ist, warum sollte ihm dann an der Euren gelegen sein? Sicher will er nur etwas besitzen, das kostbar und unersetzlich ist.«

Lady Phoebes Gedanken rasten. Als wortgewandte Philosophin, als gelehrte Frau wusste sie, wohin diese Fragen führen würden. Aber sollte man wirklich ... Ein solches Vorgehen war gefährlich. Es konnte furchtbar enden ... Lady Phoebe war sich sicher, dass die Stimme keinem Unsterblichen gehörte, sondern einem menschlichen Wesen, einem Sterblichen. Hier begab sich eine Seele in höchste Gefahr. Mit den Augen suchte die alte Frau die Menge nach dem Sprecher ab, doch sie konnte ihn nicht entdecken. Als sie sich wieder dem Pfahl zuwandte, bemerkte sie, dass der Riese nun nicht mehr kraftlos in den Seilen hing. Er hatte sich ein wenig aufgerichtet, schien wieder größer geworden zu sein. Lady Phoebe musste an einen geprügelten Hund denken, der plötzlich die Stimme einer geliebten Person erkennt. Die Augen des Herrn von Oakenfast huschten hungrig über die Gesichter der Gefährten, die wie erstarrt vor dem Scheiterhaufen standen. Als sein Blick den der alten Philosophin traf, staunte sie über die grausame, bittere Freude, die darin lag.

Der Herr von Bestude bemerkte von alledem nichts. Er hielt sich für einen großen Magier und war berauscht von seiner eigenen Schläue und seiner Allwissenheit. Sir Roger-Robert spürte, wie der Hund sich an ihn drängte und tätschelte die Bestie geistesabwesend. Oh, wie sicher er sich fühlte! »Ihr wollt wissen, welchen Nutzen eine Seele hat?«, fragte er. »Nun, keinen. Weder für mich noch für ein anderes menschliches Wesen. Seelen sind nur Illusionen. Es gibt sie nicht. Aber wie dem auch sei, ich habe den Teufel nicht gefragt, wozu er die meine braucht.«

»Nein, natürlich nicht«, kam es in spöttischem Ton. »Ihr habt nicht danach gefragt, weil Ihr Euch vor der Antwort fürchtetet, Herr von Bestude. Ihr hattet Angst zu erfahren, dass die Unsterblichkeit, die wahre Unsterblichkeit, mit der Seele verbunden ist, mit jener nutzlosen Illusion, die Ihr so bereitwillig hergegeben habt.«

Unbarmherzig fuhr die Stimme fort: »Demnach habt Ihr doch einen Herrn: Es ist der Teufel. Mit Eurer Seele hat er Euch in der Hand. Und darum, Herr von Bestude, seid Ihr auch nicht frei. Eure Macht ist begrenzt. Ihr mögt Euch für unsterblich halten, aber in Wahrheit seid Ihr ein Sklave. Der Sklave einer größeren Macht.«

Der Hund – er wuchs und wuchs. Sein silbriges Fell wurde rot und schwarz. Es glänzte wie heißes, flüssiges Gold. Die Bestie veränderte ihre Gestalt wie Eisen sich im Feuer der Esse verändert. Gierig und suchend blickten ihre Augen. Doch der Herr von Bestude hielt noch immer die dünne Leine in der Hand, als führe er ein braves Haustier spazieren. Der Gestank der Bestie wurde immer stärker, geradezu überwältigend. Ringsum fielen Menschen zu Boden, wanden sich vor Qual und bedeckten ihre Gesichter, Augen und Ohren mit den Händen.

Die Stimme aber sprach unbeeindruckt weiter. Sie war ein wenig schwächer geworden, hatte aber nichts von ihrer Unnachgiebigkeit verloren. »Ihr schweigt, Herr von Bestude? So lasst uns doch hören, was Ihr zu sagen habt. Euer Gebieter wird ungeduldig, auch er wartet auf eine Antwort. Er hat seinen Stolz, und den solltet Ihr nicht verletzen. Sprecht endlich, sagt er! Ihr seid ein Sklave, Herr von Bestude! Ihr seid ein Sklave.«

Sir Roger-Robert antwortete mit ruhiger Stimme. Kein Zittern, keine Erregung waren ihr anzuhören. »Ich kein Sklave. Ich bin frei.«

So spricht der Stolz des Teufels, ging es Lady Phoebe durch den Sinn. Wie erbärmlich, wie Mitleid erregend der Herr von Bestude nun aussieht, und doch scheint ihn teuflische Hochmut zu erfüllen ...

»Gut, einen Sklaven wollt Ihr Euch also nicht nennen, Ihr nennt Euch lieber Gott. Dabei habt Ihr uns selbst gesagt, der Teufel sei größer als der Allmächtige.«

Wie kam es nur, dass diese Stimme immer weiter und weiter sprechen konnte? Wie konnte der Sprecher die Hitze, den Gestank und die fürchterliche Dunkelheit ertragen? War dies ein Kampf, Mut gegen Mut, Stolz gegen Stolz, Abgrund gegen Abgrund? Sah so ihre letzte Hoffnung aus? Würde ein großes Opfer sie alle retten?

»Ich bin die Menschheit. Ich bin ihre Zukunft.«

Jemand schnappte nach Luft, dann ertönte ein Klagelaut. Will hatte die Augen weit aufgerissen. Sie waren strahlend blau, doch die Erinnerung färbte sie dunkel. »Schwester!« Das Wort stieg wie ein Schrei aus seiner Kehle. »Nein, liebe Schwester, versuche nicht ...« Der Herr von Bestude stieß Will direkt vor das triefende Maul des Hundes. Doch die Bestie schenkte dem jungen Mann keinerlei Beachtung. Nur ihr heißer stinkender Atem traf Will und raubte ihm die Besinnung. Ohnmächtig lag er am Fuß des Scheiterhaufens. Noch immer rührte der Hund sich nicht von der Stelle. Seine ganze Aufmerksamkeit richtete sich auf seinen Herrn.

Die Stimme war ins Stocken geraten. Aber nur einen Herzschlag lang. Gehörte sie einem Mann oder einer Frau? Niemand vermochte es mit Sicherheit zu sagen. »Ist es die Zukunft aller Menschen, sich von Gott loszusagen und zu Sklaven des Teufels zu werden?«

Der Herr von Bestude schien den Hund und die ganze Versammlung vergessen zu haben. Nur die Stimme hatte für ihn noch

Bedeutung. Die Finger hatte er fest um den Stein von Oakenfast gekrallt. Lady Phoebe konnte den Kristall zwischen seinen weißen Knöcheln funkeln sehen. Ihr war, als hielte allein sein Glanz den Hund zurück. »Ich habe es Euch doch gesagt«, antwortete der Herr von Bestude wie ein störrisches Kind. »Ich bin kein Sklave.«

»Was seid Ihr dann?«

»Schweigt endlich!«, schrie Sir Roger-Robert. »Ihr seid dumm, hochnäsig und einfältig! Und bevor Ihr sterbt, vernehmt dies: Ich habe mich von Gott und dem Teufel gleichermaßen befreit! Was mir genommen wurde, ist mir einerlei! Ich brauche es nicht! Es lebt sich hervorragend ohne dieses Ding! Der Teufel hat keine Macht über mich! Ich bin ihm weder ebenbürtig, noch bin ich sein Rivale. Ich bin sein Herr, so wie ein Mann der Herr seines Hundes ist!«

Später konnte niemand genau sagen, was geschehen war, was sich im Einzelnen vor seinen Augen abgespielt hatte. Gott breitete in seiner Gnade einen Schleier über das, was andernfalls unerträglich gewesen wäre.

Alle fielen auf die Knie. Ein riesenhafter Mann mit eisigen, blitzenden Augen sprang vom Scheiterhaufen. Ein scheußliches Ungeheuer wuchs zu enormer Größe heran und verbreitete einen bestialischen Gestank. Ein kristallener Blitz löste sich in der Nachtluft auf. Ein Feuerball, der unvorstellbar schreckliche Formen annahm und einmal fast einem Menschen glich, erschien und verschwand wieder. Ein Übelkeit erregender Geruch und der beißende Gestank von Rauch verflogen bald. Alles dies war gewiss. Diejenigen, die Oakenfast kannten, glaubten außerdem Stimmen aus dem Herzen des Ödlands zu hören, die dem Kreischen Wahnsinniger glichen. Das Geschrei und Getöse hielt lange an – wieder und wieder brach sich sein Echo –, um dann abrupt zu verstummen. Doch außer diesen wirren Eindrücken blieb nur wenig in der Erinnerung der versammelten Sterblichen haften. Was der Zwerg Greenleaf, der auch Puca war, sah und verstand, kann niemand sagen, denn er sprach nie mit einer Menschenseele darüber. Sicher ist aber, dass die Mächte der Anderwelt die Kraft des Bösen nicht fürchten. Gleichwohl nennen sie sie nicht bei ihrem Namen und wollen ihre Gestalt nicht beschreiben.

Nach und nach kehrten den Menschen die Sinne zurück, die ihnen geschwunden waren. Vorsichtig hoben sie die Köpfe und sahen, dass der Herr von Bestude und der Hund nicht mehr da waren. Fast schien es, als hätte es sie nie gegeben. Kein Riese hing mehr an dem Pfahl auf dem Scheiterhaufen. Auch der Gestank war verflogen, stattdessen lag ein frischer Frühlingsduft in der Luft, denn aus den Reisigbündeln sprießten Blüten, obwohl tiefster Winter und eine beklemmende Finsternis herrschten.

Am Fuß des Scheiterhaufens kauerte Will weinend über Ardens leblosem Körper. »Oh Schwester!«, schluchzte er. »Oh Arden, meine arme, süße verloren geglaubte Schwester ... Nun haben wir einander endlich wiedergefunden, nur um uns sofort wieder trennen zu müssen. Wenn ich dir nur hätte sagen können, wie stolz ich auf dich bin, wie sehr ich dich liebe! Wie konntest du das Schreckliche so unerschrocken tun, dein Leben, deine Seele, dein Herz hingeben ...«

Greenleaf schnaubte ungeduldig. »Hört endlich auf mit dem Gejammer«, sagte der Zwerg. »Was wir nun brauchen, ist ...«

»Ist es das hier, Master Greenleaf?« Marie ging zu den blühenden Reisigbündeln und zog vorsichtig etwas zwischen den Zweigen hervor, das sie von ferne hatte glitzern sehen. Es glich einem schimmernden Tautropfen. Mehr war von dem Stein von Oakenfast nicht übrig geblieben. Der Blick, den Greenleaf ihr zuwarf, ließ Marie erglühen, als strahle das Feuer des Steins in ihr. In Greenleafs Augen lag das Licht der Hoffnung, wahrer Hoffnung, die sich nie verschließt, sondern immer offen bleibt und auf Neues wartet. Vorsichtig hielt der Zwerg den winzigen Kristall zwischen Daumen und Zeigefinger und beugte sich damit über Arden und Will.

Niemand sah genau, was er tat. Nur Lady Phoebe glaubte, etwas von Greenleafs Händen fallen zu sehen, das klar war wie Wasser und funkelte, wie der Stein es einst getan hatte. Die Flüssigkeit duftete süß wie der Frühling selbst. »Der Stein brachte nicht Verderben, er brachte Heilung«, hörten sie Greenleaf sagen. »Aber das konnte er nur mit Ardens Hilfe. Sie war bereit, mehr als ihr Leben zu riskieren, um wieder gutzumachen, was ihre Ahnen, Sir Edric und Lady Goda, angerichtet hatten. Selbst die Elfen und der Herr von Oakenfast wussten nicht, dass der Stein gemeinsam mit dem Mädchen ein solches Wunder bewirken konnte.« Doch die Erklärungen des Zwerges gingen in einer anderen Stimme unter. Es war Arden, die sprach, und ihre Stimme klang stark, jung und kühn und war voll von einer Leidenschaft, die sie vorher nicht besessen hatte. Die Stimme war eine andere geworden, genau wie der ganze Mensch.

»Will«, sprach sie, »Bruder ... du bist es.«

Wills Stimme war klamm vor Zärtlichkeit. »Arden«, sagte er, »Arden, meine Schwester! Ich habe dich am Klang deiner Stimme erkannt. Du standest da und sprachst unerschrocken die furchtbarsten Worte aus. Du bist so mutig und gleichzeitig so töricht ...«

»Du beschreibst dich selbst, lieber Will«, sagte Arden, die gleichzeitig lachte und weinte. »Denn als du dem Herrn von Bestude den Stein gabst, hast du ihn tatsächlich, ohne es zu wissen, in die richtigen Hände gelegt.«

»Ich war nie in der Anderwelt, so wie du«, sagte Will kleinlaut. »Darum wirst du mir verzeihen müssen.«

»Es gibt nichts zu verzeihen, Will. Du hast getan, was getan werden musste. Du hast Sir Roger-Robert die Waffe gegeben, mit der er sich selbst gerichtet hat. Du hast den Dämon aus Bestude ausgetrieben und den Herrn von Oakenfast aus der Sklaverei befreit.«

»Sprich nicht so«, widersprach Will. »Ich habe nichts von alledem getan.« Verwirrt betrachtete er Arden. »Und schon gar nicht für den Herrn von Oakenfast.« Nur zu gut erinnerte er sich an das harte, grausame Gesicht des eisernen Ralf mit den unergründlichen grünen Augen. Doch nun wusste er, dass das, was er für Kälte und Hass gehalten hatte, in Wahrheit der Ausdruck großen Schmerzes gewesen war. Die endlosen Qualen eines Unsterblichen hatten ihn aus den Augen des Herrn der Elfen angeblickt. Doch nun blühten Blumen auf seinem Scheiterhaufen.

Arden lächelte süß. »Das sind die Blumen von Oakenfast«, sagte sie. »Sie blühen, weil der Herr von Oakenfast endlich in seine Heimat zurückgekehrt ist. In der sterblichen Welt werden wir ihn nicht mehr zu sehen bekommen. Doch sein Herz ist hier in Bestude, und nie wieder wird er das starke Band zerreißen, mit dem Sterbliche und Elfen verbunden sind – das Band der Liebe. Diese Erkenntnis verdankt er all den Jahren, die er hier unter menschlichen Wesen gelebt hat.« Nun blickte sich Arden forschend um. »Aber wo ist die Dohle? Sie saß auf meiner Schulter und flüsterte mir die Worte ein, die ich zu Sir Roger-Robert sagen sollte. Wo ist sie hin?«

»Ich sehe weit und breit keinen solchen Vogel«, sagte Will lächelnd. »Aber ich glaube, ich weiß, wer unser gefiederter Freund in Wirklichkeit ist ... Oh, Schwester, die Worte, die er dir einflüsterte, waren gefährlich. Ich glaube gar, sie hätten dich fast das Leben gekostet.«

»Ach Will, wie ahnungslos ich doch war! Dabei lebte ich so lange in der Anderwelt und glaubte, ihre verschlungenen Pfade gut zu kennen. Aber sieh dich an: Obwohl du in der sterblichen Welt aufgewachsen bist, wusstest du, wen du vor dir hattest ...«

»Meine Schwester!«, sagte Will, noch immer voll Zärtlichkeit. Dann schüttelte er bedächtig den Kopf. »Gütiger Himmel, Schwester Arden, was Vater wohl sagen wird, wenn er dich so sieht? Dein Haar ist noch kürzer als das eines Knaben und deine Hände sind so ...«

»Schmutzig«, ergänzte Arden lachend den Satz ihres Bruders. Die anderen hatten sich um die Geschwister geschart und verbargen ihr Staunen nicht. Nur Greenleaf und vielleicht auch Robin von Sherwood schienen nahezu unbeeindruckt. Alle beobachteten, wie Ardens Wangen sich röteten und hörten, wie ihre Stimme weiblicher wurde. Marie und Llew tauschten Blicke, in denen gleichzeitig Glück, Erleichterung, Sorge und Freude lagen. Der Zwerg und Robin von Sherwood gesellten sich zu ihnen.

Doch es war Cynwal, der schließlich vortrat und sich Arden, die nun wieder ganz sie selbst war, zögernd näherte. Sein dunkles cymrisches Gesicht strahlte vor tief empfundener Freude, und seine Worte wärmten die Umstehenden, wie goldenes Sonnenlicht die gefrorene Erde wärmt. »Willkommen zu Hause, Arden und Will. Danken wir Gott für die Freude, die er uns beschert, indem er die Nachkommen von Sir Edric und Lady Goda zu dem Ort zurückgeführt hat, an den sie gehören.« Cynwals Willkommensgruß galt beiden Geschwistern, doch sein strahlender Blick ruhte auf der jungen Frau in den rostroten Männerkleidern, der er nun die Hand bot. Der beredte Blick des Walisers ließ Arden ein wenig erröten. Doch sie ergriff seine Hand und schüttelte sie kräftig. Und alle, die es sahen, jubelten ihnen zu.

DAS BUCH VON BUFAWUDA

Zehntes Kapitel

In welchem erzählt wird, was nach Aelfridas Verschwinden in Bestude geschah, und mit welchem dieses Buch endet.

Sir Edric wollte sein Anwesen nicht, wie es der Herr von Oakenfast verlangte, verlassen. Lady Godas flehentliche Bitten verhallten ungehört. Statt sich den Anordnungen des Herrn der Elfen zu beugen, rief der Edelmann in unbändiger Wut die Prinzen von Wales mit ihren Kriegern herbei. Gemeinsam unternahmen sie einen Überraschungsangriff auf Hereford. Dann ritten sie weiter nach Shropshire, und eine Zeit lang sah es so aus, als würden sie alle Feinde vor sich hertreiben. Doch König William sandte Urse den Bären und viele seiner besten Männer aus, die ein großes Heer um sich scharten und die Aufständischen schließlich vernichtend schlugen. Einigen Rebellen gelang die Flucht nach Wales, andere verbargen sich in den Wäldern des Grenzlandes.

Dieser Zeit verdankt Sir Edric seinen Beinamen. Er wurde als Edric Silvaticus oder Edric von den Wäldern bekannt, denn gleich einem wilden Tier hauste er in den grünen Labyrinthen und musste seinem Anwesen fern bleiben. Nach einiger Zeit erfuhr er, dass sein Weib Goda spurlos verschwunden war. Seine Tochter Aelfrida, hieß es, sei gestorben und auf dem Kirchhof verscharrt worden. Sein Sohn war ihm ebenfalls verloren, denn er lebte unter der Aufsicht seines Mentors Geoffrey le Cort hinter den Mauern eines Klosters. Trauer und Wut erfüllten Sir Edric, und endlich sah er ein, dass er mit all seinen Listen und all seinem Taktieren das Unglück nicht hatte aufhalten können.

Aber noch immer weigerte er sich, das Knie vor König William zu beugen. Mit dem bitteren Mut der Verzweiflung wagte Sir Edric sich immer wieder aus der Deckung und griff die Männer des Königs an. Schließlich verlor der Normanne die Geduld und beauftragte Urse d'Abetot, den englischen Rebellen so lange ohne Gnade zu jagen, bis er zur Strecke gebracht war. Für den Fall, dass der Bär diese Mission erfolgreich zu Ende führte, wurde ihm der Posten des Sheriffs von Worcester in Aussicht gestellt. Urse war hocherfreut über den Auftrag des Königs und machte sich gemeinsam mit seinem Vetter Robert de Saint Jean unverzüglich ans Werk. Als Erstes legten sie mitten in der Nacht in Sir Edrics Herrenhaus und in der Siedlung Feuer. Viele Menschen verloren ihr Leben, und Bufawuda wurde fast völlig zerstört. Die einfachen Leute bezeichneten die Feuersbrunst als Strafe eines erzürnten Gottes. Sir Edric lockte man damit allerdings nicht aus seinem Versteck. Die ganze nähere und weitere Umgebung wurde bei der Suche nach dem rebellischen Engländer durchkämmt, und die Normannen scheuten weder Kosten noch Mühen, um ihren erbitterten Feind endlich aufzuspüren. Dennoch verging eine lange Zeit, bis man Sir Edric schließlich fand.

Inzwischen musste ein neuer Herr für Bufawuda – oder Bestude, wie die Normannen das Gut nannten – gefunden werden. Denn Sir Edric hatte wegen seiner aufständischen Umtriebe kein Anrecht mehr auf das Land. Urse schlug vor, seinen Vetter dort einzusetzen, denn er selbst verfolgte ehrgeizigere Pläne. König William gewährte dem Bären die Bitte, und in den folgenden Jahren wurde Bestude unter Robert de Saint Jean wieder aufgebaut. Die einen sagten, der neue Herr wäre kaum schlechter als der alte. Andere aber behaupteten, der jüngere Normanne sei schlimmer als Urse selbst.

Geoffrey le Cort blieb auch unter dem neuen Herrn noch einige Jahre in Bestude. Er freute sich, als Robert de Saint Jean die große Eiche fällen ließ. Aus dem Holz wurde das neue Herrenhaus samt seiner Nebengebäude errichtet. Menge und Qualität des Baumaterials übertrafen alles, was man in dieser Gegend je gesehen hatte.

Und bald hieß es, das Herrenhaus von Bufawuda sei schöner und bequemer als jedes andere weit und breit. Doch die Seele des Anwesens schien entschwunden zu sein, und niemand vermochte zu sagen, wohin. Kein Mensch wagte laut auszusprechen, dass mit der Eiche auch die Seele Bufawudas zerstört worden war, oder dass der neue Herr seinen Aufgaben nicht gerecht wurde. Auch Edric hatte sich nicht in dem Maße um die Siedlung und die Ländereien gekümmert, wie er es hätte tun sollen. Das Böse wohnt nicht allein in den Taten schlechter Menschen. Auch diejenigen, die das Gute, das sie tun sollten, unterlassen, oder nur aus Selbstsucht handeln, verhelfen ihm zur Macht.

Nach vielen Jahren kehrte Sirrah Geoffrey le Cort nach Frankreich zurück. Er machte sich einen Namen als Exorzist und brachte es in seinem langen Leben zu großem Ruhm und Ansehen im Kampf gegen alles Dämonische – oder alles, was er dafür hielt. Es heißt, er habe unzählige elfische Wesen gebannt und die Orte, an denen ihre Macht spürbar war, unnachgiebig zerstört. Falls jemand gegen sein herzloses Treiben Klage erhob, so fand diese Tatsache keinen Eingang in die Aufzeichnungen jener Zeit.

Die Elfen zogen sich in ihre alte Heimat im Norden zurück oder wanderten fortan rastlos durch die Welt. Sie wurden zu Vagabunden und zerlumpten Bettlern. Ihre Zeit war vorbei, und bald glaubte niemand mehr an sie und erwies ihnen Ehre. Es mag gerecht sein oder ungerecht, doch der Herr von Oakenfast blieb am Leben, obwohl er fast ohne Macht war. Viele sagen, durch seine Hartherzigkeit habe er den Niedergang Bufawudas mitverschuldet. Doch auch das Herz einer Elfe kann bluten, und auch der Geist einer Elfe kann mit Schwermut geschlagen werden. Darum sollten wir kein vorschnelles Urteil über diese Wesen fällen. Nur Gottes Gnade vermag es, ihnen wie uns manche schwere Last von den Schultern zu nehmen.

Urses Vetter Robert lebte lange Jahre in Bestude. Keiner wusste, wie er starb und wann. Aber schließlich trat sein Sohn das Erbe an.

Er war ein verschlossener Mensch, der die Gesellschaft anderer scheute, keiner Frau den Hof machte und nie einem Rock hinterherrannte. Der jüngere de Saint Jean führte ein zurückgezogenes, fast heimliches Leben auf dem Anwesen.

Edric von den Wäldern griff den Normannen Robert anfangs noch häufig an. Doch mit der Zeit wurden die Scharmützel seltener. Der zerlumpte Haufen von Sir Edrics Anhängern zerstreute sich nach und nach. Immer wieder schlich sich der inzwischen besitzlose Edelmann in die Nähe seines früheren Anwesens, um einen Blick auf das Land zu werfen, das ihm einst gehört hatte.

Schließlich entdeckte Urse, der Sheriff, Edric von den Wäldern. Nicht im Unterholz von Bufawuda spürte er ihn auf, sondern auf den kahlen Felsenhügeln von Shropshire, die den Namen Stiperstones tragen. Obwohl Sir Edric bereits geschwächt war und längst jede Lust daran verloren hatte, sich noch zu verstecken, kannte Urse keine Gnade. Der Bär entledigte sich seiner Widersacher gerne ein für alle Mal. Doch gerade als er das Schwert über Sir Edric hob, erschien eine Frau in weißen Gewändern. Ihr langes silbernes Haar floss ihr bis auf die Taille hinab. Sie saß auf einem Pferd, das die Farbe des Mondlichts hatte, und preschte über die Hügel heran. Dann nahm sie Sir Edric in die Arme und trug ihn davon. So brachte sie den Bären um seine Beute.

Viele behaupten, diese rätselhafte Frau sei keine andere als Lady Goda selbst gewesen. Der unsterbliche Geist der Elfenprinzessin war ihrem Gemahl zu Hilfe geeilt. Manche sagen, die beiden seien hernach nicht gestorben, sondern lebten unter den Felsen der Stiperstone Hügel fort. Wieder andere erzählen, es sei die Strafe der beiden, für immer dort zu hausen. Nur wenn ein Feind aus der Fremde zur Gefahr für England werde, dürften sie sich wieder zeigen, denn sie hätten die Gefahr, die England von den Normannen drohte, verkannt. Ich selbst hege gewisse Zweifel an diesen Darstellungen, denn in meinen späten Jahren durfte ich erfahren, wie weit die Gnade Gottes reicht und wie unergründlich Seine

Wege oft sind. Dieses Mysterium ist die Freude meiner Seele, und ich will es stets von ganzem Herzen ehren.

Urse der Bär konnte, selbst nachdem sein Herr, Bischof Odo, beim König in Ungnade gefallen war, mit seinem Leben zufrieden sein. Denn als Sheriff von Worcester hielt ihn nichts davon ab, das gemeine Volk nach Belieben auszupressen. Doch auch ihn ereilte eines Tages die gerechte Strafe, die mit der Verbannung seines eigenen Sohnes ihren Anfang nahm. Als seine Ländereien endlich samt und sonders an seine Tochter Emmeline fielen, welche die Gemahlin eines Beauchamp war, zeigten sich viele glücklich. Zwar waren die Beauchamps ebenfalls normannischer Abstammung, doch sie unterschieden sich sehr von Urse. Sie standen in dem Ruf, weder grausam noch ungerecht, sondern lediglich käuflich zu sein. In den Zeiten, die vor uns liegen, werden sich eines Tages vielleicht sogar die Normannen in den großen Flickenteppich einfügen, der England schon immer war, und das Land wird seine Seele wiederfinden.

Oakenfast blieb allen verschlossen, die sich in die Wälder wagten. Seit die große Eiche gefällt worden war, hatte sich dort kein elfisches Wesen mehr gezeigt. Keiner weiß, was sich in Oakenfast während all dieser Jahre zutrug. Doch es heißt, der listige Geist des Schabernacks und der bösen Streiche namens Puca, der so alt ist wie die Bäume selbst, treibe in den Wäldern noch immer sein Unwesen. Die Menschen haben ihm im Laufe der Zeit viele verschiedene Namen gegeben. Puck, Pug und Greenleaf sind nur drei davon. Ich, der ich nun schon so lange Jahre in einem Kloster lebe, habe viele Bücher studiert und weiß, dass schon die Alten ihn kannten. Sie nannten ihn Merkur, Hermes oder Pan. Manche sagen, er sei der Berater des Teufels. Aber wer das behauptet, hat den Teufel nie gesehen und weiß nicht, welche Gestalt er annimmt, wenn er die Menschen heimsucht. Mir selbst ist Puca oft begegnet, und ich weiß, dass er nicht mit dem Teufel im Bunde ist. Den größten Teil der Geschichte von Bufawuda, die ich in diesem Buch niedergeschrieben habe, verdanke ich seinen Erzählungen. Inzwischen bin ich zu dem Schluss gelangt, dass Puca der Hofnarr Gottes ist und in dieser Eigenschaft zur Erheiterung des Allmächtigen beiträgt. Außerdem ist er ein Mysterium, das sich dem menschlichen Geist nie ganz erschließen wird.

Der Zauberer Schlang, den man auch die Schlange nannte, war derjenige, der den Teufel gesehen hat. Er erkannte ihn genauso, wie er das Gesicht erkannte, das sich im Wasser spiegelte. Schlang blieb nicht lange in England, sondern fuhr wieder übers Meer. Viele Jahre verbrachte er damit, Wissen über schwarze Magie und dunkle Kräfte anzuhäufen. Seine Reisen führten ihn nach Frankreich, Anjou, Deutschland und Aquitanien. Auch in der Bretagne und an vielen anderen Orten wurde er gesehen. Es heißt, ihm seien auf seinen Wanderungen viele seltsame und gefährliche Menschen und Wesen begegnet, und er sei nie gestorben, weil er das Elixier des ewigen Lebens gefunden habe. Doch anders als Sir Edric und Lady Goda verdankte er seine Unsterblichkeit bösen dämonischen Mächten und nicht der Gnade Gottes. Darum wird sein immerwährendes Leben ihm keine Freude bringen. Es wird ihn aushöhlen und vergiften, ihn schließlich den letzten Rest an Menschlichkeit kosten, der ihm noch verblieben ist. Die Unsterblichkeit ist nicht immer ein Segen. Diejenigen Wesen, die sie sich auf verschlungenen Wegen erkauft haben, welken im Laufe der Zeit dahin. Und wenn sie schließlich zerfallen und sich auflösen, ist ihr Ende endgültiger als der Tod, denn für ihre körperliche Unsterblichkeit haben sie zumeist ihre Seele eingetauscht. Möge Gott sich all unseren Seelen gnädig erweisen, denn ohne Ihn gibt es kein Sein und kein Leben – weder kurz noch ewig!

Ein anderer, der mir Teile der Geschichte von Bufawuda, welche auch die Geschichte meines Geschlechtes ist, erzählt hat, ist ein wahrhaft großer Mann. Ich spreche von dem demütigen Priester Arnwin von Waedley, der mich bis zu seinem Tod viele Male im Kloster besucht hat. Anfangs kam er als Unbekannter ohne Namen, später gab er sich zu erkennen. Er erinnerte mich, der ich hinter diesen Mauern Bruder Peter genannt werde, daran, dass ich als Aelfnoth von Bufawuda geboren wurde.

Es erfüllt mich mit tiefer Freude, dass Arnwin und seine Familie nach einer langen Zeit großer Entbehrungen in Sherwood eine neue Heimat fanden. Der Priester und seine Gemahlin zogen die Kinder, ihr eigenes und das angenommene, in Weisheit und Güte auf. Arnwin konnte nicht länger als Priester wirken. So wurde er der Tutor vieler Söhne hoher Herren, denn seine Gelehrtheit war groß. Diese Arbeit erlaubte es ihm, ab und an durch die Lande zu schweifen. Auf diese Weise konnte er mich gelegentlich in meinem Kloster besuchen und mir viele Geschichten erzählen. Auch in so manches Geheimnis weihte er mich ein. Nur in einer Sache konnte ich ihn nie zu einem eindeutigen Bekenntnis bewegen: Bis heute weiß ich nicht, ob der Priester den großen König Harold, den letzten der englischen Herrscher, tatsächlich nach der Schlacht bei Hastings in einer Höhle im Wald pflegte. Als ich Arnwin danach fragte, trat ein bekümmerter und gleichzeitig doch froher Ausdruck in seine Augen. Er sagte, er könne mir keine Antwort geben, denn König Harold sei tot und sein Rivale, König William, ebenfalls. England habe sich verändert, sagte er, und auch das Leben auf der Insel sei nicht mehr wie früher. So wird dieses letzte Geheimnis wohl nie gelüftet werden.

Arnwins Sohn Edmund, den eine Krankheit taub und stumm gemacht hatte, wurde dennoch zu einem begnadeten Harfenspieler. Es gehört zu Gottes größten Wundern, dass Er Trost spendet, wo sonst das Leben zur Qual werden würde. Edmund heiratete und zeugte zwei Kinder: einen Sohn und eine Tochter. Beide haben ebenfalls bereits wieder Kinder und leben noch immer in Sherwood. Godgifu, Edmunds Tochter, wird sich jedoch mit ihrer Familie bald in den Westen aufmachen, denn dort, wo sie nun lebt, herrscht große Not und Gesetzlosigkeit. Vor nicht allzu langer Zeit brachte Godgifu ihren kleinen Sohn zu mir, welcher den Namen

Elfric trägt. Als er seine weiche kleine Hand in die meine legte, die so alt und runzelig ist, spürte ich von tiefstem Herzen, wie unergründlich Gottes Plan ist und wie wunderbar Seine Gnade.

Das Mädchen, das mit Edmund aufwuchs und Godiva gerufen wurde, obwohl sie in Wahrheit Aelfrida und meine leibliche Schwester war, fand kein Glück und keine Ruhe. In der liebenden Familie, die ihr geschenkt worden war, fühlte sie sich nie ganz zu Hause.

Eines Tages verließ sie Sherwood und gelangte an einen Ort namens Grimford in der Nähe von Elmley. Was dann mit ihr geschah, habe ich nie erfahren, denn in Grimford verliert sich ihre Spur.

Doch ich weiß, dass Arnwin sich, als sein Ende nahte, ihretwegen große Sorgen machte und sich fragte, ob er ihr hätte sagen sollen, wer sie wirklich war. Doch das hätte die Last, die ihre Seele niederdrückte, vielleicht noch schwerer gemacht. Sicher ist, dass sie so rastlos war wie ein gefangener Vogel und stets auf Dinge lauschte, die das menschliche Ohr nicht zu hören vermag. Ich weiß, der Grund war das elfische Blut, das durch ihre Adern floss. Selbst ich, der ich nun längst ein in sich gekehrter alter Mönch bin, spüre noch manchmal, wie es in mir aufwallt. Diese Unruhe wird erst ganz in mir ersterben, wenn ich eines Tages still in einem Grab liege. Hier sitze ich nun in einem Hafen des Friedens inmitten eines von Kriegen gebeutelten Landes und bete für meine Schwester, die arme Aelfrida, für meine Eltern, Sir Edric und Lady Goda, und für viele andere. Gleichzeitig empfinde ich einen Stolz auf mein Geschlecht, der einem Mönch von meinen Jahren vielleicht nicht zusteht.

Doch dank alldem, was Puca und Arnwin mir erzählt haben, weiß ich, dass mein Vater und meine Mutter von einer Art waren, wie es sie heute nicht mehr gibt. Es wird hunderte von Jahren dauern – wenn es überhaupt noch einmal geschieht – bis wieder Wesen wie sie über die Erde wandeln. Die Erinnerung an ihre Taten aber lebt in den Gedanken des einfachen Volkes weiter und im Lied des

Windes, der über die Hügel pfeift. Auch die Dankbarkeit, welche ich trotz allem gegenüber Sirrah Geoffrey empfinde, der mich so freundlich behandelte, soll nicht verschwiegen werden. Genauso muss ich erwähnen, dass sich mancher Normanne, Franzose oder Bretone meiner fürsorglich annahm. Nun bin ich alt und weiß um die Vergänglichkeit aller Dinge. Doch ich weiß auch, dass aus den Leiden unseres Volkes etwas Neues erwachsen ist: Die Feinde sind keine Unbekannten mehr, und auch die Feindschaft währt nicht ewig.

Meine Schwester Aelfrida aber war wilder und elfischer als ich, darum litt sie mehr unter dem Verlust unserer Welt und der Verwüstung all dessen, was einst so herrlich gewesen war. Im Laufe der Jahre habe ich viel über Aelfridas Kummer und die schweren Prüfungen nachgedacht, die ihr auferlegt wurden. Ich bin überzeugt, dass sie dieses harte Schicksal nicht verdiente. Nur eine Erklärung scheint mir plausibel: Pucas Prophezeiung hat sich noch nicht erfüllt. Jener Tag, an dem Aelfridas Nachkommen, die auch meine Neffen und Nichten sind, nach Bestude zurückkehren und vielleicht zu einem Teil des neuen, blühenden Landes werden, das sich wie ein Phoenix aus der Asche erhebt, liegt noch vor uns. Den Grund für meine Überzeugung will ich nicht verschweigen: Edmunds Tochter Godgifu wurde von ihm nach seiner verlorenen Schwester Godiva benannt. Godgifu wiederum nannte ihren Sohn Elfric, als müsse sie einem Namen, den sie nie gehört hatte, wieder zu Ehre verhelfen – dem Namen Aelfrida. Wer der alten Sprache noch mächtig ist, wird wissen, dass Elfric oder Aelfric, wie man früher schrieb, Elfenkönig bedeutet und Aelfrida Elfenkönigin.

Im Jahr des Herrn 1142, dem sechsundachtzigsten meines Lebens, in dem England wieder schwere Prüfungen auferlegt werden – diesmal durch Aufstände und grausame Bürgerkriege, nicht durch fremde Eroberer –, setze ich nun mein Siegel und meinen Namen, Aelfnoth von Bufawuda, unter dieses Buch. Ich habe es zum Lobe Gottes des Allmächtigen verfasst. Wer es liest, wird sich vielleicht fragen, wie ein greiser Mönch dazu kommt, eine Geschichte niederzuschreiben, die in Teilen gottlos erscheinen mag. Ich kann nur hoffen und beten, dass meine gewogenen Leser die Zeilen genauestens studieren und sich Gedanken über die tiefere Bedeutung des hier Aufgezeichneten machen. Denn es beschreibt die Wunder, die Gott in all Seinen Welten wirkt. Gott ist voll Liebe und manchmal voll Zorn, was man auch an den Welten erkennt, die Er geschaffen hat. Seinen menschlichen Kindern lässt er große Gnade und Gerechtigkeit angedeihen. Die schrecklichste Strafe für einen bösen Menschen ist darum auch nicht das Feuer der Hölle, sondern die Abwesenheit Gottes in seinem Leben. Eine Welt ohne Gott verdient diesen Namen nicht, sie ist nicht mehr als eine leere Hülle. Der Teufel aber haust nicht nur in der Hölle allein. Er schlägt sein Quartier in der Wüstenei einer jeden toten Seele auf.

27

Obschon die Söhne der Menschen,
die das Land bewohnen, nun gespannt
auf ein Zeichen von mir warten, verberge
ich meine Spuren des Öfteren vor den
Augen der Menschheit.

Aus Rätsel 95, *The Exeter Riddle Book*, anonymer Autor

Feierlich erklang am Vormittag des Tages, den man Heiligabend nennt, die Glocke der Steinkirche zu Bestude. Der Morgen war sonnig und windstill. Schon zwei Tage zuvor hatte es aufgehört zu schneien, und nun zeigte die Welt sich in einem festlichen Kleid aus Silber und Blau. In der Kirche drängten sich Männer, Frauen und Kinder. Der Duft von Weihrauch und Wachskerzen erfüllte die Luft. Fröhliche Festgesänge, die von neuem Leben, neuer Hoffnung und neuer Liebe kündeten, wurden angestimmt, denn in diesem Gottesdienst sollten zwei Paare einander das Eheversprechen geben: Will und Jenny und Arden und Cynwal. Die verliebten jungen Leute hatten sich besonders festlich gekleidet und wurden von der ganzen Gemeinde bewundert. Jenny hatte sich für ein Kleid in strahlendem Blau und Gold entschieden, Will erschien in Blau und Silber. Arden trug ein cremeweißes Kleid, welches einen wunderbaren Kontrast zu den rostroten und braunen Gewändern Cynwals bot.

Marie, Llew und Lady Phoebe wünschten ihnen mit Freudentränen in den Augen Glück. Die Bewohner Bestudes hatten ihre misstrauische Wachsamkeit abgelegt und zeigten sich nun offen und fröhlich. Sie trugen ihre besten Kleider und hatten auch ihre Kinder fein herausgeputzt. Die jungen Menschen, die Arden in Oakenfast um sich geschart hatte, wohnten dem Gottesdienst bei, und unter ihnen war auch Robin von Sherwood mit seinem Fuchsgesicht. Sie wurden in den Häusern der Dorfbewohner beherbergt und hatten längst auch Eingang in deren Herzen gefunden. Emma aus der Jackdaw Taverne sprengte beinahe das festliche blauschwarze Kleid, in das sie sich zur Feier des Tages gezwängt hatte. Stolz hing ihr Blick an ihrer wunderschönen Nichte Jenny, welche der glückstrahlende Will am Arm führte. Jedem, der es hören wollte, versicherte die Frau des Wirts, sie habe schon immer geahnt, dass in den Adern des jungen Mannes Sir Edrics Blut flösse. Edwin, der Wirt der Jackdaw Taverne, verbeugte sich unablässig und nickte beflissen in alle Richtungen. Zweifelsohne hoffte er, aus der festlichen Versammlung irgendeinen Nutzen für sich ziehen zu können. Alfred konnte vor lauter Aufregung keinen Augenblick lang still stehen.

Ein neuer Priester war nach Bestude gekommen. Es handelte sich um Sirrah Harry, der erst wenige Wochen zuvor die Weihen empfangen hatte. Sein rundes, fröhliches Gesicht strahlte mit den Kerzen um die Wette. Will nannte er Bruder, denn die beiden waren miteinander verwandt und hatten in Grimford in enger Nachbarschaft gelebt. Der warmherzige, stets gut gelaunte Priester hatte der kleinen Kirche längst zu neuem Glanz verholfen. Doch er konnte auch ernst sein, wenn der Anlass es verlangte. Die Messe zelebrierte er so voll Inbrunst und Hingabe, dass sie allen zu Herzen ging. Jeder, der ihn hörte, konnte das Mysterium vom Herz der Welten, das Mysterium, das Gott selbst für die Menschen ist, tief in seiner Seele spüren. Auch gab es einen Augenblick kummervollen Gedenkens an Sir Roger, der mit seiner unersättlichen Machtgier den eigenen Niedergang heraufbeschworen hatte. Niemand empfand Hass für den Normannen, der sie um ein Haar alle mit ins Verderben gerissen hätte, denn kein Mensch konnte sich überhaupt irgendeine Art von Gefühl für ihn abringen.

Als die letzten Worte der Messe schließlich verklungen waren, trat die ganze Schar hinaus in den hellen, sonnigen Tag. Am Abend sollte die Christmette abgehalten werden, in der man der Geburt des Jesuskindes gedenken würde, das so bescheiden in diese Welt gekommen war und doch so Großes bewirkt hatte.

Doch jetzt wartete im Herrenhaus bereits das Festmahl auf die Hochzeitspaare und ihre Gäste. Bevor man sich zu Tisch setzte, gab es allerdings noch etwas zu tun, das keinen Aufschub duldete. Es sollte ein feierlicher Moment, ein Augenblick tiefer Freude und ein Symbol für das Schönste werden, was die Welt zu bieten hat: die Geburt neuen Lebens.

So zog die ganze bunte Festgemeinde fröhlich hinaus zu den Hügeln. Lachend und schwatzend wanderte man den Pfad zum Waldrand hinauf. Die einen gingen zu Fuß, andere ritten hinterher. An der Spitze des Zuges aber ging Sirrah Harry, der das Kreuz des Erlösers in den Händen hielt. Als sie den Waldrand erreichten, erhob sich eine Dohle von einem der niedrig hängenden Äste. Sie flog den gut gelaunten Menschen um die Köpfe, stieß ihr spöttisches Gekrächze aus und ließ sich schließlich auf Llews samtbedeckter Schulter nieder. Dort saß der Vogel beinahe regungslos und musterte Marie und die ganze ausgelassene Schar mit seinen wässrigen gelben Augen.

So zog die Dohle mit ihnen durch den Wald, bis sie schließlich eine große Lichtung erreichten, wo neben dem riesigen Stumpf einer uralten Eiche ein Feuer brannte. Drei Gestalten standen dort: Ein Zwerg in Gewändern von zerlumpter Pracht, ein Riese mit auffallend goldenem Haar und eisgrünen Augen, der noch den größten Mann um Haupteslänge überragte, und eine Frau, deren langes wallendes Haar die dunkle Farbe des vom Mondlicht beschienenen Meeres hatte. Freudenrufe und Grüße flogen hin und her. Dann teilte sich die Menge, und Marie und Llew, Arden und Cynwal und Will und Jenny traten zu dem Stumpf der großen Eiche. Die Dohle saß noch immer ruhig und still auf Llews Schulter. In diesem Augenblick erkannten alle, dass der Vogel nicht der Zwerg Greenleaf sein konnte. Aber noch immer wussten sie nicht, wer sich wirklich hinter dem gefiederten Menschenfreund verbarg.

Der Riese hielt ein silbernes Jagdhorn in der Hand. Er hob es hoch und legte es dann auf den Baumstumpf. Die Frau tat dasselbe mit einer wunderschönen goldenen Harfe. Der Zwerg hatte nichts, was er hochheben oder niederlegen konnte. Doch er winkte Arden und Will heran. Gemeinsam traten sie vor. Sie trugen ein prachtvolles Buch in den Händen: das Buch von Bufawuda, das auch das Buch von Oakenfast war. Es hatte kaum noch etwas mit dem nachlässig gebundenen Stapel Pergament gemein, den Robin von Sherwood Marie gezeigt hatte, sondern war ein Kunstwerk von großer Schönheit und Kostbarkeit. Die Geschwister legten es ebenfalls auf den Eichenstumpf. Beim Anblick des Buches lächelte der Riese. Seine Augen waren nun nicht mehr eisig, sondern blitzten und funkelten wie das süße Wasser eines Baches, der über die Steine springt. Nun traten nacheinander alle Menschen vor. Manche kamen einzeln, andere zu zweit, viele aber mit der ganzen Familie. Jeder legte nieder, was er geben konnte, und schon bald häuften sich bescheidene Mitbringsel neben kostbaren Gaben auf dem verwitterten Eichenholz.

Der Letzte in der Reihe war Llew. Er hielt eine Harfensaite in der Hand, die so golden war wie das Haar auf dem Kopf des Herrn von Oakenfast. Als er die Saite zu den anderen Dingen auf dem Baumstumpf legen wollte, stieß die Dohle einmal mehr ihren heiseren Ruf aus. Dann zog sie sich eine kohlschwarze Feder aus der Seite. Llew nahm die Feder entgegen. Aber anstatt sie gemeinsam mit der Harfensaite zu den anderen Dingen zu legen, trat er, die Dohle noch immer auf der Schulter, mit der Feder und der Saite auf die Frau mit dem dunklen Haar zu. Es war die schöne unsterbliche Angharad, seine eigene Mutter.

Die Prinzessin aus Annufen nahm die Gaben aus den Händen ihres Sohnes entgegen und sah erst ihn, dann die Dohle lange an. Tiefer Kummer und unendliche Freude mischten sich in ihren

Zügen. Sorgsam legte sie die beiden Gegenstände zu den anderen und tauschte denn erst mit dem Zwerg, dann mit dem Riesen und schließlich mit Sirrah Harry einen seltsamen, langen Blick. Zwischen den drei Männern geschah nun etwas, das später niemand genau beschreiben konnte. Sirrah Harry nickte und erhob das Kreuz, jenes Symbol des Leidens, des Schmerzes und des Todes, aber auch des Lebens, der Erneuerung und der aufopferungsvollsten Liebe, die den Menschen je zuteil wurde. Im selben Augenblick legte Greenleaf die Finger an die Lippen und stieß einen schrillen Pfiff aus.

Aus den Tiefen des Waldes – niemand vermochte genau zu sagen, woher – nahte eine seltsame Erscheinung heran. Sie war weder groß noch klein, weder Frau noch Mann oder Kind und doch von menschlicher Gestalt. Langes schwarzes Haar fiel ihr über den Rücken, einfache Kleider aus Wildleder bedeckten ihren Leib, und in der Hand trug sie ein Messer mit einer Klinge aus Stein. Vor dem Eichenstumpf blieb sie stehen und hob den Kopf. Ihre Augen waren nicht braun oder schwarz, wie man es ob des dunklen Haares für passend gehalten hätte, sondern von einem kalten Himmelblau. Die Ältesten unter den Versammelten flüsterten ängstlich und ehrfurchtsvoll einen Namen. »Der Jäger ... Der Jäger ...«

Doch dann schlug das Wesen die Augen nieder und trat wie auf einen Wink von Greenleaf zu Llew. Sanft nahm der Jäger ihm die Dohle von der Schulter und hielt den Vogel mit seinen kräftigen braunen Händen fest, die gleichzeitig so geschmeidig und geschickt waren. Die Dohle blieb stumm und wehrte sich nicht. Sie ließ sich von dem seltsamen Wesen zu dem Eichenstumpf tragen und dort zu all den anderen Gaben setzen. Plötzlich hob der Jäger mit einer so unsagbaren Schnelligkeit, dass kaum einer es kommen sah, das Messer und ließ es auf die Dohle niedersausen. Er tötete den Vogel mit einem einzigen Stich und warf den armseligen Kadaver ins Feuer.

Einen Augenblick lang wurde der gefiederte Leib noch in den

Flammen am Fuße des Baumstumpfes hin und her geworfen. Dann löste er sich auf, und das Feuer loderte höher denn je. Bald bildete es die Umrisse eines großen Tores, und dahinter erschien langsam ein Land von ebensolcher Schönheit wie das, welches die Versammelten umgab. Nur war dieses neue Land nicht von weichem weißen Schnee bedeckt, vielmehr erstrahlte es im frischen Grün und in den fröhlichen Farben des Frühlings. Wer Oakenfast schon einmal betreten hatte, erkannte es sofort wieder, obwohl es sich so wunderbar verändert hatte. Durch dieses frühlingshafte Paradies schritt würdevoll ein Mann. Am Finger trug er einen schweren silbernen Ring, und seine schwarzen Kleider waren staubig. Matt ließ er die Schultern hängen. Sein hageres Gesicht hatte einen gehetzten Ausdruck. Er wandelte durch das wieder zum Leben erwachte Oakenfast, als wäre er blind für all die Pracht, die ihn umgab. Mit verzweifelten Augen starrte er durch das Feuerportal zu denen, die auf der anderen Seite standen. Dann veränderte sich plötzlich der Ausdruck auf seinem Gesicht, als hätte man tief in seinem Inneren ein Licht entzündet. Ein Lächeln höchster Glückseligkeit erschien auf seinen Lippen, und schon bald wussten alle, warum. Prinzessin Angharad stand nicht mehr bei den anderen in der sterblichen Welt. Sie war durch das feurige Tor getreten, hatte die Hand auf die Schulter des Mannes gelegt und ihr Gesicht dem seinen entgegengehoben. »Elfric«, hörte man sie flüstern, »Elfric – mein Geliebter!« Die Stimme des Mannes klang rau, ganz so, als habe er lange nicht gesprochen. »Angharad ... bist du es wirklich?« Dann wandte das Paar sich den Menschen zu, die mit offenen Mündern jenseits des Tores standen. Durch den Dunst, der sich inzwischen erhoben hatte, sah man, wie die Lippen der beiden Wesen sich bewegten. »Llew«, flüsterten sie, »Llew, unser geliebter Sohn, sei nicht traurig, denn wir sind endlich wieder vereint. Wir können nicht mit dir in der sterblichen Welt leben, aber wir werden stets in der Seelenwelt sein, die man Oakenfast nennt, und über die der Herr von Oakenfast regiert.«

Marie war an die Seite ihres Gemahls getreten und hatte die Arme um ihn gelegt. Er weinte lautlos. Auch Marie flüsterte zärtlich seinen Namen. Doch sie wusste, dass die Tränen, die er vergoss, nicht allein Tränen der Trauer waren, sondern ein Zeichen tief empfundener Dankbarkeit.

Sirrah Harry fiel auf die Knie und sprach ein Gebet, das zur gleichen Zeit eine Ode an die Schönheit und die Hoffnung war. Alle stimmten voll Ehrfurcht und Staunen mit ein. In der heiligen Weihnachtszeit hatten sie nun mit eigenen Augen die Unsterblichkeit der Liebe und der reinen Seelen schauen dürfen. Sie waren Zeugen von Gottes unendlicher Gnade und Fürsorglichkeit geworden, denn wer anderer als der Allmächtige selbst hätte der Welt Elfrics Seele in der Gestalt einer Dohle so lange erhalten können, damit den Unterdrückten und Verstoßenen Hilfe zuteil werden konnte? Allein Gottes tiefe Liebe zu Seinen Geschöpfen hatte die Macht, solche Wunder zu bewirken. Denn der Allmächtige ist weder ein Tyrann noch ein Sklave, sondern der Spiegel aller Mysterien und das Fenster zum wahren Sinn des Lebens. Nach diesem aber suchen all seine Kinder, solange sie durch die wunderschöne und gleichzeitig oft so tragische Welt wandeln, die Er geschaffen hat.

EPILOG

Ich bin höher als der Himmel und der mächtigste der Könige
bittet mich, Zeuge seiner geheimen Natur zu werden;
ich sehe auch alles, was unter der Welt verborgen liegt,
die trostlosen Abgründe lasterhafter Geister.
Viel älter bin ich als das Erdenrund
oder diese Mittelwelt es je sein könnten,
und ich ward gestern erst geboren – ein Säugling
aus dem Schoß meiner Mutter, von den Menschen gefeiert.

Aus Rätsel 40, »Creation«, *The Exeter Riddle Book*,
anonymer Autor

Monate später saß man in freundschaftlicher Runde um den großen Tisch im prachtvollen Herrenhaus von Bestude und hatte viel zu besprechen. Als Erster ergriff Llew voll dringlichem Eifer das Wort.

»Seid Ihr Euch sicher? Habt Ihr es auch gut bedacht? Schließlich gehört Bestude seit uralten Zeiten Eurem Geschlecht, und wir wollen nicht ...«

»Mein Freund«, sagte Will, und seine blauen Augen strahlten, als er sich zu Llew hinüberlehnte, »täuscht Euch nicht. Arden und ich würden Euch die Gedärme herausreißen, wenn wir glauben müssten, Ihr wolltet uns um unser angestammtes Recht bringen. Doch es erscheint uns beiden gut und richtig, dass Ihr und Marie Euch hier niederlasst – um Euretwillen und um Eurem Vater zu danken, der Bestude liebte und so viel zu seiner Rettung beitrug. Aus diesem Grund schrieben Arden und ich an unseren Herrn William de Beauchamp, der sich wiederum direkt an König Heinrich wandte, und – seht her ...«

Will zog ein vielfach gefaltetes Pergament aus seinem Gewand und reichte es Llew. »Seht selbst, was hier geschrieben steht. ›Zugesprochen Sir Llew und Lady Marie, die des Landes zweifellos würdig sind.‹ Dem Willen des Königs können wir uns kaum widersetzen, oder?«

»Will«, sagte Llew mit glühenden Wangen, »Arden ... Ich weiß nicht, was ich sagen soll. Ihr hättet vorher mit uns darüber sprechen und ...«

»Ach haltet doch Euer ehrwürdiges Maul! Ja, mir gefällt Bestude sehr gut. Aber Jenny und ich wollen im Augenblick nicht an einen Ort gebunden sein. In die Welt wollen wir hinausziehen, nun, da wir es endlich vermögen.« Will warf seiner Gemahlin mit dem lieblichen Gesicht einen zärtlichen Blick zu, und sie legte lächelnd ihre Hand auf die seine. »So ist es, bester Llew«, sagte sie. »Und wer könnte schon einem derart sturen Mann wie dem meinen widersprechen?«

»Robin hat uns viel von Sherwood erzählt. Dort warten vielleicht noch ein paar Abenteuer auf uns. Außerdem möchten wir gerne die Verwandtschaft kennen lernen. Vielleicht reiten wir aber auch zuerst mit Lady Phoebe nach Salisbury und machen der Königin unsere Aufwartung. Dass sie eine wunderbare Frau ist, weiß ich ja bereits. Und später könnten wir noch übers Meer fahren.«

»Das will ich wohl meinen«, sagte Lady Phoebe mit Nachdruck. »Will ist ein gelehriger Schüler und hat schon recht viel Lateinisch und Griechisch von mir gelernt. Für Sprachen hat er ein natürliches Talent. Und Jenny interessiert sich für Astrologie. Abgesehen davon könnte sie noch so manchem hochgelobten Koch beibringen, wie man schmackhafte Speisen zubereitet. Ja, meine Freude, eine schöne lange Reise wäre ganz nach meinem Geschmack. Solange sie nur nicht zu anstrengend wird und ich sie in Gesellschaft so guter Freunde wie diesen beiden hier unternehmen kann.«

»Da staunt ihr, nicht wahr?«, sagte Will zu Marie und Llew, die Mühe hatten, sich ihre Überraschung nicht allzu sehr anmerken zu lassen. »Nun tun es die Engländer den Ausländern gleich und ziehen in die Welt hinaus. Wahrscheinlich werden wir bald weiter gereist sein als alle anderen Völker.« Er lachte herzhaft über Lady Phoebes nur scheinbar pikierte Miene.

Marie schlug das Herz bis zum Hals, da sie wusste, dass Llew sich nichts sehnlicher wünschte, als sich in Bestude niederzulassen. Denn dies war der Ort, dem wahrhaft sein Herz gehörte und an dem das Kind gezeugt worden war, welches Marie nun unter dem Herzen trug. Es war bereits spätes Frühjahr, und die Niederkunft würde im Herbst stattfinden. Dass dieses Kind nach dem Willen ihrer Freunde an diesem wunderschönen Ort das Licht der Welt erblicken sollte, erfüllte Marie und Llew mit Hoffnung und Freude. Längst erschien Bestude Marie nicht mehr wie ein reich bebildertes Buch, das sie nicht entziffern konnte. Jeden Tag erwachte es vor ihren Augen und in ihrem Herzen ein wenig mehr zum Leben und fand seinen Weg in ihre Seele. Dasselbe galt für Llew, das wusste Marie. Denn sein Vater Elfric hatte die Seele Bestudes vor dem Untergang bewahrt, und sein Geist würde nun gemeinsam mit Prinzessin Angharad für immer in Oakenfast, dem Reich des Herrn der Elfen, weilen. Auch dieser hatte die Erinnerung an Oakenfast hochgehalten und aus Elfrics Opfermut Kraft geschöpft.

»Gütiger Himmel!«, sagte Llew. »Offenbar ist alles längst beschlossene Sache. Aber eines Tages werdet Ihr zurückkehren wollen und ...«

»Passt auf«, unterbrach ihn Will fast schon ein wenig ungehalten, »macht Euch keine Gedanken um uns. Arden und ich verfügen nun sogar über eigenes Geld. Der König überließ uns die Häuser in Worcester, die Sir Roger-Robert in Osrics Gestalt besaß und vermietete. Nun dürfen wir die Einnahmen behalten und können davon wunderbar leben. Außerdem hat Prinz Richard versprochen, sich an mich zu erinnern. Ich denke, ich werde von ihm noch eine Belohnung erhalten. Von alledem einmal abgesehen, kann ich mich für Ackerbau und Viehzucht beim besten Willen nicht erwärmen, verehrter Llew. Gütiger Himmel, kein Jahr würde es dauern, bis ich den Verstand verlöre. Unser Vater in Grimford kennt unsere Pläne ebenfalls. Er freute sich sehr, Arden und mich wieder zu sehen, doch er war froh, uns nun nicht auch noch auf seinem bescheidenen Gut durchfüttern zu müssen. Und Jenny würden keine zehn Pferde dort hinausbringen. Sie würde in Grimford schon nach einer Woche den Verstand verlieren, nicht wahr, meine Liebste?«

»Ihr könntet Euch einen Verwalter zulegen«, erwiderte Llew nachdenklich.

»Einen Verwalter! Und dann müssten wir uns ständig fragen, ob der Kerl uns nicht hintergeht und sich auf unsere Kosten bereichert. Wenige Verwalter sind so gewissenhaft ... und so Furcht erregend wie der eiserne Ralf ...« Will grinste ein wenig verschämt.

»Aber was ist mit den Bewohnern der Siedlung? Werden sie sich ohne Murren einen fremden Herrn und eine fremde Herrin vor die Nase setzen lassen? Und wie steht es mit Euch, Arden? Ihr seid so still? Hat Will Euch etwa zu alledem überredet?«

»Ganz und gar nicht«, antwortete Arden. »Ich bin ganz seiner Meinung. Gegen die Landwirtschaft habe ich nichts einzuwenden, und auch in Bestude gefällt es mir gut. Aber Cynwal und ich – nun, auch wir wollen übers Meer fahren. Wir möchten gerne den Ort besuchen, von dem die Ziehschwester unserer Ahnfrau stammt. Schließlich war es die arme Prinzessin Undine, die den Stein von Oakenfast verwahrte und am Ende dafür sorgte, dass er in die richtigen Hände gelangte.« An dieser Stelle warf Arden Marie einen freundlichen Blick zu. »Hätte sie das nicht getan, so gäbe es Oakenfast heute wohl nicht mehr. Und auch Will und ich würden heute nicht hier sitzen. Mit den Bewohnern der Siedlung haben mein Bruder und ich schon gesprochen. Ihre Antwort erstaunte uns im ersten Augenblick, doch wir mussten ihnen Recht geben. Sie sagten, Eure Familien hätten mehr zur Erhaltung Bestudes beigetragen als die unsere.« Arden hob die Hand, um Llews Protest im

Keim zu ersticken. »Ja, es ist wirklich so. Der Priester Arnwin war viel eher der Beschützer Bestudes als unser Ahnherr Edric. Arnwin war es auch, der Edrics Tochter Aelfrida, unserer Ahnfrau, Schutz und Obdach gewährte. Und es war sein Urenkel Elfric, Euer Vater, den sein tapferes Ringen um Bestude das Leben kostete. Unter Blutsverwandten wird das Land gemeinhin weitervererbt. Doch was ist mit jenen, die sich darum verdient gemacht haben? Steht es denen, die mit Herzblut an einem Anwesen hängen, es schützen und verteidigen, nicht noch viel eher zu? Ihr werdet Euch also fügen müssen ...«

»Erteilt Ihr nun schon erwachsenen Männern Befehle, mein liebes Kind?«, erschallte Greenleafs spöttische Stimme. Wie aus dem Boden gewachsen, stand der Zwerg plötzlich mitten im Raum. »Aber Ihr habt Recht, Arden. Und Ihr, Llew Elfricsson, seid wahrlich ein Dickschädel. Warum beendet Ihr den Disput nicht einfach und macht Euch an die Arbeit? Und wenn Ihr einen guten Verwalter sucht, fragt Cynedyr. Er mag ein noch schlimmerer walisischer Sturkopf sein als Ihr, Sir Llew, aber wenigstens werdet Ihr Euch leicht verständigen können.«

Und so wurde es beschlossen. Will und Jenny machten sich gemeinsam mit Lady Phoebe auf die Reise gen Süden und Osten, Cynwal und Arden fuhren nach Frankreich. Als sie schließlich von ihrer abenteuerlichen Fahrt zurückkehrten, übernahmen Will und Jenny die Jackdaw Taverne in Worcester und machten sie zum besten Gasthaus weit und breit. Bald rühmte man die Bequemlichkeit und die hervorragende Küche dieses gastlichen Hauses im ganzen Land. Alfred übernahm die Aufsicht über die Stallungen und war unter seinen Freunden, den Pferden, glücklicher als ein Floh im Fell eines Kettenhundes.

Arden und Cynwal ließen sich nach ihrer Reise auf einem Stück Land südlich von Bestude nieder. Dort gab es einen Wald, der Ardens Namen trug. Das erschien ihnen als gutes Omen. Oft besuchten sie ihre Freunde und Verwandten in Worcestershire. Ihre Kinder spielten miteinander und gewannen einander lieb; so lieb, dass eine von Llews und Maries Töchtern einen von Ardens und Cynwals Söhnen zum Mann nahm und mit ihm ebenfalls in der Nähe des Waldes von Arden siedelte. Schließlich und endlich wurde ein Spross aus dieser Familie zum größten Barden, den England je gekannt hat, und dessen Ruhm noch heute im ganzen Erdenrund Bestand hat. In ihm vereinten sich alle Welten, aus ihm strahlte die Herrlichkeit von Oakenfast und Annufen. Sein Rufname sollte an Will von Grimford, einen seiner Ahnen, erinnern, und schließlich nannte man ihn nur noch den süßen William, den Schwan von Avon. Diesen Beinamen verdankte er den Abenteuern eines weiteren Ahnen, Llew Elfricsson, der einst in einen Schwan verwandelt worden war ... Doch das ist eine andere Geschichte aus einer anderen Zeit und soll uns im Augenblick nicht kümmern.

Lady Phoebe lebte noch viele Jahre. Zwar reiste sie nur noch selten in die entlegenen Winkel der Insel, die ihr zur Heimat geworden war, doch sie schrieb viele Briefe, die immer fröhlich und heiter klangen. Und sie war die Patin zahlreicher Kinder, die in Bestude aufwuchsen.

Llew und Marie blieben in Bestude und führten dort inmitten ihrer Kinder und Enkel noch lange ein glückliches und erfülltes Leben. Bald kannten sie jeden Pfad und jeden Baum auf den Ländereien, die sie nun ihre Heimat nannten. Die Tür des Herrenhauses stand allen offen. Genauso waren Llew und Marie in jedem Haus und jeder Hütte von Bestude willkommen. Llew wurde ein guter Bauer und blieb ein begnadeter Harfenspieler. Marie schrieb viele Lais und Balladen, die sich bei Hofe und weit darüber hinaus großer Beliebtheit erfreuten. Aber weder sie noch ihr Gemahl hatten viel mit den Mächtigen des Landes zu tun. Mit dem König und der Königin standen sie allerdings immer auf gutem Fuß.

Als König Heinrich starb, bestieg sein ältester Sohn, Prinz Heinrich, den Thron. Nach dessen Ableben wurde Prinz Richard König von England. Umgehend beendete er die lange Gefangenschaft seiner Mutter. Weilte König Richard nicht im Lande, so führte Königin Eleonore für ihn die Regierungsgeschäfte. Dazu gab der Sohn seiner Mutter häufig und ausgiebig Gelegenheit. Nie vergaß die Königin die Poetin Marie de France. Sie schrieb ihr gelegentlich Briefe und verfolgte die Entwicklungen in Maries Schreibkunst mit Interesse. Marie begnügte sich längst nicht mehr mit dem Verfassen von Lais, sie schrieb auch viele Fabeln, die sie jenem fröhlichen Count William widmete, der ihr vor langer Zeit in Worcester begegnet war. Außer Maries engsten Freunden und Verwandten wusste niemand, wer dieser rätselhafte Nobelmann war. Doch Will und seine Schwester Arden gerieten auf diese Weise niemals in Vergessenheit. Marie versuchte sich auch an einem langen und frommen Buch, das die heiligen Wanderungen der Seele beschrieb. Außerdem erzählten sie und Llew ihren Kindern viele wunderbare Geschichten, die über die Jahre von einer Generation an die nächste weitergegeben wurden. Am allerliebsten hörten die Kinder jedoch die Geschichte der Liebe ihrer Eltern. Nie konnten sie von den Abenteuern der jungen Poetin und des edlen Ritters genug bekommen.

Jedes Jahr an Heiligabend gab es eine feierliche Prozession. Eine festlich herausgeputzte Gemeinde zog von der kleinen Steinkirche der Siedlung hinaus in den Wald, wo auf einer großen Lichtung eine junge Eiche ihre Äste dem Himmel entgegenreckte. An diesen Feiertagen zeigte sich stets auch Greenleaf – um keinen Tag gealtert, um keinen Tag verjüngt –, ein seltsamer Zwerg in prächtigen Lumpen. Er wartete an der Grenze des grünen und geheimnisvollen Oakenfast.

In der großen Kathedrale zu Rouen aber, mit ihren wässrigen Schatten, die dem Dämmerlicht des Waldes so ähnlich waren, erschien gelegentlich ein Mann. Er kam nicht jedes Jahr, aber doch sooft er konnte, und stets war er erfüllt von Erinnerungen. Doch im

Leben eines Prinzen oder eines Königs ist wenig Zeit für stille Einkehr. Meist kniete er in der Kapelle der Heiligen Jungfrau nieder und murmelte dort ein Gebet. Dabei dachte er an eine schöne junge Frau mit kohlrabenschwarzem Haar. Im Geiste sah er noch einmal, wie ihre Augen sich vor Staunen geweitet hatten, als er aus dem Schatten zu ihr hingetreten war. Obwohl sein Leben von Kriegen, Triumphen, Gold und Ruhm erfüllt war, vergaß er diese Frau niemals. Und eines Tages – allerdings viel zu früh, denn dieser Mann starb in der Blüte seiner Jahre – stand ein großer steinerner Sarkophag in den Schatten der Kathedrale. Wer sich die Mühe machte, konnte die Worte lesen, die in den Stein gemeißelt waren: Hier ruht das Herz von Richard Löwenherz.

Nachwort der Autorin

Die Gerüchte vom Überleben und der abenteuerlichen Flucht Harolds, des letzten englischen Königs, und die Verbindung des Schwans von Avon, William Shakespeare, mit Worcestershire und dem westlichen Mittelengland mögen wie Produkte meiner Fantasie erscheinen. Ich stütze mich jedoch auf Anekdoten und Volkssagen, die man sich in bestimmten Regionen des Inselreiches noch immer erzählt.

Es heißt, König Harold sei nicht bei Hastings gestorben. Schwer verwundet habe man ihn vom Schlachtfeld geschmuggelt und ihn anschließend in den Höhlen und Wäldern im Westen Mittelenglands versteckt. Leider ist nicht überliefert, ob der König am Leben blieb, oder ob seine Verletzungen doch zu gravierend waren. In der Nähe von Eastham in Shelsey Beauchamp gibt es eine Kalksteinformation, die den Namen Hermit's Cave – Einsiedlerhöhle – trägt. Man könnte sich durchaus vorstellen, dass sie als Zufluchtsort für einen Verfolgten geeignet wäre.

Der junge William Shakespeare, der bekanntlich fünfzig Meilen weiter südlich in Stratford-upon-Avon lebte, stammt mütterlicherseits von den Ardens ab, nach denen der Wald von Arden benannt ist. Der Überlieferung nach wurde Shakespeare außerdem einmal unter dem Verdacht der Wilderei verhaftet. In Eastham wird noch heute behauptet, die Gefangennahme sei auf einem Gut namens Eastham Park erfolgt. Eastham Park wiederum liegt in der Nähe der Ländereien von Sir Thomas Lucy, die dieser in Worcestershire besaß. Auf seinem Grund und Boden soll Shakespeare unerlaubterweise dem Wild nachgestellt haben. Die Frage, warum es ihn gerade dorthin gezogen haben soll, um heimlich zu jagen, bleibt allerdings offen. Als kleinen Beitrag zu ihrer Beantwortung könnte man Shakespeare über die Verbundenheit mit seinen Ahnen auch eine gewisse

Verbundenheit mit diesem Teil des schönen Tales der Teme unterstellen.

Fest steht allerdings eines: Der ewige grüne Geist Englands, jener Geist, der von so vielen genährt wurde – seien es nun Kelten, Römer, Angelsachsen, Normannen oder Angehörige der Völker, welche die Insel vor ihnen besiedelten –, der Geist der sichtbaren Welt und der Anderwelt, entfaltete sich aufs Wundervollste und Brillanteste in den Werken des Mannes aus dem Wald von Arden.

Ulrike Schweikert

Die Herrin der Burg

Roman

Zwei Frauen, die ihre gesellschaftliche Stellung zu trennen scheint: Tilia, Tochter des Ritters von Wehrstein, und Gret, ihre Magd, die am selben Tag wie sie geboren wurde und denselben Vater hat wie Tilia. In der Fremde, weit weg von der väterlichen Burg, muss sich ihre Freundschaft bewähren ...

Nach »Die Tochter des Salzsieders« und
»Die Hexe und die Heilige«
der neue große Roman der Erfolgsautorin!

Knaur Taschenbuch Verlag

Eine Stimme verzaubert Italien

Iny Lorentz

Die Kastratin

Roman

Die junge Giulia, Tochter des Kapellmeisters Fassi aus Salerno, hat nur einen brennenden Wunsch: Sie möchte im Chor ihres Vaters singen, denn sie hat eine wunderschöne Stimme. Doch im Italien der Renaissance ist den Frauen das Singen in der Kirche verwehrt. Ein Zufall gibt Giulia die Chance, ihren größten Traum zu verwirklichen, doch sie zahlt einen hohen Preis dafür, denn fortan muss sie als Kastrat verkleidet durch die Lande ziehen ...

Knaur Taschenbuch Verlag